KB263976

오디세이아

호메로스(Homeros, ?-?)
(지롤라모 트로파, 1665~1668년)

현대지성 클래식 65

오디세이아

ODYSSEIA

호메로스 | 페테르 파울 루벤스 외 그림 | 박문재 옮김

현대
지성

명화와 함께 읽는 『오디세이아』의 배경*

➡ 트로이아 전쟁은 막바지에 접어들었다. 헥토르가 전사한 후, 아마존 여왕 펜테실레이아가 트로이아를 돕기 위해 참전했으나, 결국 아킬레우스에게 목숨을 잃었다. 전투가 끝난 뒤, 그녀의 아름다움에 매료된 아킬레우스는 적장임에도 불구하고 그녀의 죽음을 애도했다.

〈아킬레우스와 펜테실레이아〉(요한 하인리히 빌헬름 티슈바인, 1823년경)

* 독자가 쉽게 이해할 수 있도록, 『일리아스』의 결말 이후부터 『오디세이아』 제1권이 시작되기 전까지의 주요 사건을 정리했다. 『그리스 신화』, 『아이네이스』, 『아이티오피스』, 『작은 일리아스』 등 여러 문헌을 참고하여 재구성했으며, 본문에 언급되지 않았거나 내용이 일부 차이가 있는 사건도 포함했다.

➡ 이후 전투에서 아킬레우스가 트로이아군을 몰아붙이자, 파리스는 아폴론의 도움을 받아 활을 쏘았다. 화살은 아킬레우스의 유일한 약점인 발뒤꿈치를 명중시켰고, 그는 결국 숨을 거두었다. 『일리아스』와 『오디세이아』에는 아킬레우스의 전사 장면이 직접 등장하지 않으며, 여러 문헌을 통해 이 사건에 대한 다양한 전승이 전해진다.

〈아킬레우스의 죽음〉(알렉산더 로타우그, 연대 미상)

➥ 아킬레우스의 죽음과 관련된 설화 중에는 트로이아 공주 폴릭세네와 연관된 이야기도
있다. 아킬레우스가 그녀에게 마음을 두고 신전에서 만나려 했을 때, 미리 숨어 있던
파리스가 아폴론의 도움을 받아 활을 쏘았다. 결국, 아킬레우스는 자신의 유일한 약점
이었던 발뒤꿈치에 독화살을 맞고 생을 마감했다.

〈아킬레우스의 죽음〉(페테르 파울 루벤스, 1635년경)

➡ 아킬레우스가 죽은 후, 그의 갑옷을 누가 물려받을지를 두고 논쟁이 벌어졌다. 투표 결과, 오디세우스가 갑옷을 차지하게 되자 경쟁자였던 아이아스는 분노에 휩싸여 자제력을 잃고 무분별한 행동을 저질렀다. 정신을 차린 후 깊은 낙담에 빠진 그는, 한때 적장이었던 헥토르에게 선물 받은 칼로 자결했다.

〈아킬레우스의 갑옷을 둘러싼 아이아스와 오디세우스의 다툼〉(아고스티노 마수치, 18세기)

한편, 트로이아로 향하는 과정에서 뱀에 물려 렘노스섬에 남겨졌던 필록테테스는 다시 그리스군에 합류했다. 그는 헤라클레스가 남긴 신성한 화살을 쏘아 파리스에게 치명상을 입혔다. 부상을 입은 파리스는 자신의 연인이었던 이데산의 요정 오이노네를 찾아가 치료를 애원했지만, 그녀는 냉정하게 거절했다. 결국 파리스는 치료받지 못한 채 숨을 거두었고, 오이노네 또한 뒤늦게 후회하며 스스로 목숨을 끊었다.

〈부상당한 파리스를 외면하는 오이노네〉(앙투안 장 밥티스트 토마, 1816년)

➡ 그리스군은 신탁에 따라 트로이아 함락을 위해 성안의 신성한 신상 팔라디온을 훔쳐야
  함을 알게 되었다. 디오메데스와 오디세우스는 트로이아성에 잠입해, 우연히 마주친
  헬레네의 도움으로 신상을 성공적으로 탈취했다.

〈팔라디온 탈취〉(폼페이 벽화, 연대 미상)

➡ 그리스군은 마지막 전략으로 거대한 목마를 제작한 뒤, 그 속에 정예 병사들을 숨겼다.
이후 철군하는 척하며 배를 타고 떠나는 시늉을 했다. 동시에, 시논이라는 병사를 일부
러 남겨두어 거짓 정보를 흘리게 함으로써 트로이아 사람들을 안심시켰다.

〈트로이아 목마 건조〉(조반니 도메니코 티에폴로, 1760년경)

〈라오콘〉(프란체스코 하예즈, 1812년)

➡ 트로이아군 사제 라오콘이 그리스군이 남긴 목마를 경계하다 신의 천벌을 받자, 트로이아 사람들은 이를 신의 뜻이라 여겼다. 그들은 목마를 성안으로 들여 승리를 자축하며 연회를 열었다. 그 과정에서 성문의 대들보가 깨지는 일이 발생했는데, 이는 트로이아 함락과 관련된 신탁이 모두 이루어졌음을 의미하는 징조였다.

〈트로이아로 들어가는 목마〉(조반니 도메니코 티에폴로, 1760년경)

➡ 한밤중, 목마 속에 숨어 있던 그리스 정예병들이 일제히 쏟아져 나왔다. 그들이 성문을
활짝 열자, 테네도스섬에서 대기하던 그리스 대군이 성안으로 물밀듯 쳐들어왔다. 불
길이 트로이아의 하늘을 붉게 물들이면서, 불멸의 도시는 마침내 무너졌다.

〈불타는 트로이아〉(플랑드르 학교, 17세기)

➡ 네오프톨레모스(아킬레우스의 아들)는 트로이아의 왕자 폴리테스를 제우스의 제단 앞에
서 살해했다. 이에 분노한 프리아모스왕이 창을 던지며 저항했지만, 결국 그의 손에 목
숨을 잃었다.

〈프리아모스왕의 죽음〉(타데오 쿤체, 1756년)

〈트로이아의 화재에서 아버지를 구하는 아이네이아스〉(샤를 앙드레 반 루, 18세기)

➡ 파리스의 죽음 후 그의 시동생 데이포보스와 결혼한 헬레네는 본래 남편 메넬라오스가 성안으로 들어오자, 그를 도와 데이포보스를 죽이게 했다. 10년 만의 재회 후 메넬라오스와 함께 스파르타로 귀환한 그녀는, 후에 오디세우스의 아들 텔레마코스가 아버지를 찾아왔을 때도 그곳에 살고 있었다.

〈헬레네와 메넬라오스〉(요한 하인리히 빌헬름 티슈바인, 1816년)

➡️ 트로이아 왕실의 여인들은 전쟁 패배 후 비극적인 운명을 맞았다. 헥토르의 아내 안드로마케는 네오프톨레모스의 노예가 되었고, 폴릭세네는 아킬레우스의 무덤에 제물로 바쳐졌다. 또한, 공주이자 예언자인 카산드라는 아테나 신전에서 작은 아이아스에게 겁탈을 당했다.

〈아이아스에게 복수해달라고 아테나에게 간청하는 카산드라〉
(제롬 마르탱 랑글루아, 19세기)

➡ 자신의 신전에서 불경한 일이 벌어진 것에 분노한 아테나 여신은 포세이돈에게 도움을
요청했다. 이에 포세이돈은 귀향하던 그리스군이 거센 폭풍우를 만나도록 했고, 이로
인해 그들은 막대한 병력을 잃었다. 살아남은 자들도 수많은 시련을 겪은 후에야 고향
에 도착할 수 있었다.

〈트로이아에서 돌아오던 중 난파한 그리스 함대〉(요스 데 몸퍼, 연대 미상)

➡️ 헬레네의 사촌이자 오디세우스의 아내 페넬로페이아는 남편을 기다리며 20년을 버텼다. 그러나 오디세우스는 전쟁이 끝난 후에도 바로 귀향하지 못하고 10년간 바다를 떠돌며 방랑하는 운명을 맞았다. 그 사이, 이타케에는 수많은 구혼자들이 몰려와 페넬로페이아를 괴롭혔다.

〈스파르테를 떠나 이타케로 가는 페넬로페이아와 오디세우스〉
(장 자크 프랑수아 르 바르비에, 1789년)

바티칸 박물관의 오디세우스 동상(2세기 후반 제작)

지중해 세계와 오디세우스의 여정

❶ 트로이아

❷ 키코네스인들의 땅 이스마로스

❸ 말레이아곶에서 파도, 조류, 북풍을 만나 항로 이탈

❹ 키테라에서 표류

❺ 로토파고스인들의 땅

❻ 폴리페모스의 동굴이 있는 키클롭스들의 땅

❼ 순풍을 선물로 받은 아이올리에섬

❽ 라이스트리곤인들의 텔레필로스

❾ 키르케의 아이아이에섬

❿ 하이데스의 집(지하세계)으로 들어가는 킴메르인들의 땅

⓫ 세이렌 자매가 있는 섬

⓬ 스킬라가 있는 곳

⓭ 카리브디스가 있는 곳

⓮ 헬리오스의 가축이 있는 트리나키에

⓯ 칼립소의 오기기에섬

⓰ 파이악스인들이 사는 스케리아

⓱ 오디세우스의 집이 있는 이타케

◇ 차례 ◇

일러두기
1. 이 책의 그리스어 원전 번역 대본으로는 Oxford Classical Texts로 나온 David B. Monro and
   Thomas W. Allen, *Homeri Opera*, III/IV (Oxford: OxfordUniversity Press, 1917-1919)를 사용했다.
   영어 번역본으로는 Robert Fagles, *The Odyssey*, Penguin Classics (London: Penguin Books, 2006),
   H. Rieu, et al., *The Odyssey*, Penguin Classics (London: Penguin Books, 2003), Walter Shewring, *The
   Odyssey*, Oxford World Classics (Oxford: Oxford University Press, 1998), A. T. Murray, *The Odyssey*,
   Loeb Classical Library 104, 105 (London: Harvard University Press, 1919)를 참조했다.
2. 본문의 고유명사는 대부분 국립국어원의 외래어 표기법을 따라 적었고, 일부는 저자 호메로스가
   주로 썼던 이오니아 방언 중심의 그리스어 발음을 반영해서 적었다. 각주나 해설에서도 대체로
   호메로스의 표기법을 따랐다.
3. 문단이 시작될 때는 들여쓰기를 하였다. 원문의 한 행을 우리말로 옮기는 과정에서 분량이 늘어
   난 경우에는 두 행으로 나누어 배치하였으며, 이때 두 번째 행은 들여쓰기를 하였다. 문단 시작의
   들여쓰기와 긴 문장의 두 번째 행 들여쓰기는 그 간격을 다르게 하여 구분하였다.
4. 그리스어를 우리말로 옮기는 과정에서 행 번호가 원문과 달라지거나 한 문장이 부자연스럽게 두
   행으로 나뉠 수 있다.
5. 출처를 표기하지 않은 시각 자료는 public domain에서 가져왔다.
6. 본문의 각주, 해설 및 부록은 옮긴이가 작성했다.

제1권 텔레마코스를 찾아간 아테나

들려주소서, 무사 여신[1]이여, 신성한 도시 트로이아[2]를

멸망시킨 후 오랫동안 방랑한 계책 많은 남자[3]에 대해.

그는 수많은 사람의 도시들을 보고 그들의 생각을 알았으며,

바다에서는 자기 목숨을 구하고 전우들을 귀향시키고자

온갖 시련을 겪었노라. 하지만 그 온갖 고난 속에서도   5

전우들을 구하지 못했으니, 그들이 경솔하고 무모한

---

1   "무사 여신"은 제우스와 티탄 신족인 기억의 여신 므네모시네 사이에서 태어난 아홉 자매를 말한다. 예술, 문학, 학문 등을 주관하며 시인과 예술가에게 재능과 영감을 주기 때문에 호메로스는 서사시 첫 행에서 무사 여신에게 도움을 요청한다.

2   "트로이아"는 『오디세이아』의 전편이라 할 수 있는 『일리아스』의 중심 무대가 된 도시다. 일리아스는 '일리온 이야기'라는 뜻이고, 일리온은 트로이아의 별칭이다. 고대 도시들은 어떤 식으로든 신과 연관되면 "신성한 도시"라고 불렸다. 트로이아를 건설한 일로스의 증조부 다르다노스는 제우스와 아틀라스의 딸인 요정 엘렉트라 사이에서 태어난 아들로, 아나톨리아(소아시아)의 트로아스반도에 전설적인 도시국가 다르다니아를 세웠다. 트로이아는 거기서 갈라져 나온 도시국가다. 라오메돈왕이 트로이아를 다스릴 당시, 아폴론과 포세이돈이 제우스에게 반항한 죄로 1년간 인간에게 봉사하기 위해 찾아와서는 왕의 지시를 받아 트로이아 성벽을 건설했다.

3   "계책 많은 남자"는 『오디세이아』의 주인공 오디세우스를 가리킨다. 그는 이타케의 왕 라에르테스와 최고의 도둑 아우톨리코스의 딸 안티클레이아 사이에서 태어났다. 그리스군 최고의 지략가라는 그의 명성은 혈통에서 기인한 것으로 보인다. 페넬로페이아와 결혼해서 아들 텔레마코스를 두었다.

행동으로 파멸을 자초했기 때문이다. 그 어리석은 자들이
태양신 히페리온[4]의 소 떼를 잡아먹었고 히페리온은 그들에게서
귀향의 날을 앗아갔다. 제우스의 따님인 여신이시여,
이 일에 관해 어느 대목부터든 우리에게 들려주소서.   10
  벼랑 끝의 파멸을 피한 다른 사람[5]은 모두
전쟁과 바다에서 벗어나 지금은 집에 돌아와 있었다.
하지만 귀향하여 아내를 만나고자 고대했던 오디세우스만은
여신들 중 고귀하고 존귀한 요정 칼립소[6]가 남편으로
삼고 싶은 욕심이 나서 그를 속 빈 동굴에 붙잡아두었다.   15
해가 여러 번 바뀌어 이타케[7]로 귀향하기로
신들이 정한 해가 되었어도 그는 고난에서 벗어나지 못해서
이타케로 돌아갈 수도, 사랑하는 사람들 곁에 있을 수도 없었다.
그런 그를 모든 신이 가련하게 여겼지만,
포세이돈[8]만은 예외여서 신 같은 오디세우스가   20

---

4 "태양신 히페리온"은 대지의 여신 가이아와 하늘의 신 우라노스 사이에서 태어난 티탄 열
 두 신 중 하나다. 티탄 신족인 빛의 여신 테이아와 결혼해 태양신 헬리오스, 달의 여신 셀
 레네, 새벽의 여신 에오스를 낳았다. "히페리온"은 '위에 있는 자'라는 뜻이다.
5 "벼랑 끝의 파멸"은 벼랑에서 떨어지듯 갑자기 닥친 죽음을 뜻한다. "다른 사람"은 트로이
 아 전쟁에서 트로이아성을 함락시킨 후 살아 귀향한 사람들을 가리킨다.
6 "칼립소"는 티탄 신족 아틀라스의 딸이자 오기기에섬에 사는 바다 요정이다.
7 "이타케"는 오디세우스와 그의 아버지 라에르테스의 궁이 있는 섬으로 케팔레니아섬 바로
 옆에 있다. 라에르테스는 이타케의 왕으로 아르고호 원정대와 칼리돈의 멧돼지 사냥에 참
 가한 영웅이었다. 조부 케팔로스가 케팔레니아섬의 시조였기 때문에 그는 케팔레니아인
 의 왕으로 불리기도 했다. 케팔레니아섬은 펠로폰네소스반도 서쪽 이오니아제도에서 가
 장 큰 섬이다.
8 "포세이돈"은 크로노스와 레아 사이에서 태어난 올림포스 열두 신 중 하나로, 바다의 신이
 며 제우스와 하이데스(하데스)의 형제다. 삼지창으로 바다에는 거센 파도를, 대지에는 지
 진을 일으키고 샘이 터져 나오게 하기 때문에 '대지를 뒤흔드는 자', '대지를 떠받치는 자'로
 불린다. 제우스를 중심으로 올림포스 신들이 티탄 신족과의 전쟁에서 승리한 후 하늘은
 제우스가, 바다는 포세이돈이, 지하세계는 하이데스가 나누어 다스린다. 오디세우스는 외
 눈박이 거인 키클롭스 중 하나이자, 포세이돈의 아들 폴리페모스의 눈을 멀게 하여 포세

〈신들의 회합〉(자코포 주치, 1575~1576년)

고국 땅에 이를 때까지 결코 그에 대한 분노를 거두지 않았다.

　　하지만 지금 포세이돈은 저 멀리 아이티옵스인[9]에게 가 있으니,
인간들 중 가장 먼 외곽에 둘로 나뉘어 한 무리는 태양신 히페리온이
지는 곳에서, 한 무리는 떠오르는 곳에서 살아가는 아이티옵스인이
이제 황소와 양들로 성대한 제사[10]를 앞두고 있었다.　　　　　　　　25
포세이돈은 그곳에 이미 와 즐거워하며 앉아 있었고,
다른 신들은 올림포스의 제우스[11] 궁에 모여 있었다.
그들 가운데서 인간과 신들의 아버지 제우스가 먼저 말했다.
제우스는 아가멤논의 아들이며 명성 자자한 오레스테스[12]에게 죽은
흠잡을 데 없이 훌륭한 아이기스토스를 마음속으로 생각했다.　　　　30

이돈의 맹렬한 분노를 불러일으켰다.

9　아이티옵스(Αἰθίοψ)는 '탄 얼굴'이라는 뜻의 합성어로 에티오피아인을 가리킨다. 고대 그
리스인들은 에티오피아를 땅끝으로 생각했다.

10　"성대한 제사"로 번역한 헤카톰베(ἑκατόμβη)는 직역하면 '100마리의 소'라는 뜻으로,
100마리의 소를 제물로 바치는 제사를 뜻한다. 그러나 문자 그대로 정확히 소를 100마리
바친 것은 아니다.

11　제우스는 티탄 신족의 수장 크로노스와 레아 사이에서 태어난 육남매 중 하나다. 다른 전
승들은 제우스를 막내로 보지만, 호메로스는 장남이라고 말한다. 아버지 우라노스를 몰아
내고 제2대 최고신에 등극한 크로노스는 자기도 아들에게 축출될 것이라는 예언을 듣고
는 자녀들이 태어날 때마다 그들을 삼켜버렸다. 아내 레아는 막내 제우스를 낳자 크레테
섬의 한 동굴에 숨기고, 대신 강보에 싼 돌덩이를 크로노스에게 건넨다. 성장한 제우스는
지하감옥 타르타로스에 갇혀 있는 헤카톤케이레스 삼형제와 키클롭스 삼형제의 힘을 이
용하면 티탄 신족을 물리칠 수 있다는 가이아의 신탁에 따라 그들을 타르타로스에서 구해
준다. 외눈박이 거인족 키클롭스들은 보답으로 제우스에게는 천둥과 벼락을, 포세이돈에
게는 삼지창을, 하이데스에게는 머리에 쓰면 보이지 않게 되는 투구를 만들어준다. 티탄
신족과 올림포스 신족 간의 10년 전쟁에서 결국 제우스와 올림포스 신들이 승리를 거두
었고, 이후 제우스가 제3대 최고신에 등극하며 올림포스 신들의 시대가 열린다. 올림포스
신들의 거처는 처음에는 하늘 높이 솟은 올림포스산 정상으로 여겨졌지만, 호메로스의 서
사시에서는 하늘에 있는 산으로 나온다.

12　그리스군 총사령관 아가멤논은 트로이아 전쟁을 끝내고 귀향했으나, 아내 클리타임네스
트라와 그녀의 정부 "아이기스토스"에게 살해된다. 아가멤논의 아들 "오레스테스"는 나중
에 이 두 사람을 죽여 복수한다. 모든 일의 뿌리에는 아가멤논과 아이기스토스가 속한 탄
탈로스 가문의 저주가 있다.

그는 아이기스토스를 떠올리며 신들 가운데서 말했다.

 "아, 한심하게도 필멸의 인간들은 툭하면 신들 탓을 하더이다.
재앙이 신들에게서 비롯되었다 하나, 실상은 그들의 경솔함으로
악을 행하여 운명을 넘어선 고통과 괴로움을 겪는 건데 말이오.
이번에 아이기스토스만 해도 정해진 운명을 넘어, 귀향한
아트레우스[13]의 아들 아가멤논을 죽이고 그의 아내와 결혼까지 했잖소.
그런 짓을 하면 벼랑 끝의 파멸을 맞는다는 걸 뻔히 알면서도.
우리는 아르고스를 죽인 자, 정탐에 뛰어난 헤르메스[14]를 보내
그에게 미리 말해두었소. 오레스테스가 장성해 고국 땅을
그리워하게 되면 아트레우스의 아들 아가멤논의 복수를 하게 될 테니
아가멤논을 죽이지 말고 그의 아내에게 구혼하지도 말라고.
헤르메스가 선한 의도로 말했지만 아이기스토스의 마음을 설득하지
못했고, 이제 그는 자기가 한 짓의 대가를 모두 치르고 말았소."

---

13 "아트레우스"는 리디아 왕 탄탈로스의 아들 펠롭스와 엘리스 지방 올림피아에 있는 피사
 왕 오이노마오스의 딸 히포다메이아 사이에서 태어났다. 에우리스테우스왕이 죽으면서
 이나코스 왕가에 의한 아르고스 통치가 끝나자, 아트레우스는 형제 티에스테스를 추방하
 고 미케네(아르고스)의 왕이 된다. 티에스테스는 복수하기 위해 신탁에 따라 딸 펠로페이
 아를 강간해 아들 아이기스토스를 얻고, 아이기스토스는 아트레우스를 죽인다. 미케네의
 왕이 된 티에스테스는 아트레우스의 아들들인 아가멤논과 메넬라오스를 스파르테(스파
 르타)로 추방한다. 하지만 아가멤논은 스파르테 왕 틴다레오스의 도움을 받아 왕위를 되
 찾고, 그의 딸 클리타임네스트라와 결혼한다. 메넬라오스는 틴다레오스의 왕비 레다가 제
 우스와의 사이에서 낳은 헬레네의 구혼자 경합에서 우승해 나중에 스파르테의 왕위를 물
 려받는다.
14 "헤르메스"는 제우스와 티탄 신족 아틀라스의 딸 마이아 사이에서 태어난 올림포스 열두
 신 중 하나다. 신의 세계, 인간의 세계, 지하세계를 넘나들며 제우스의 뜻을 전하는 전령
 의 신이자 여행의 신, 상업의 신, 도둑의 신이다. "아르고스를 죽인 자"(Ἀργειφόντης, '아
 르게이폰테스')라는 별칭은 100개의 눈을 가진 거인 아르고스를 죽이고 얻었다. 제우스는
 강의 신 이나코스의 딸 이오를 사랑하고 그녀를 지키기 위해 암소로 변신시키지만, 이를
 질투한 헤라는 아르고스를 시켜 이오를 감시하게 한다. 헤르메스는 제우스의 지시를 따라
 피리와 지팡이로 아르고스를 잠들게 한 후 그의 목을 베고 이오를 구출한다.

〈아이기스토스와 클리타임네스트라를 죽이는 오레스테스〉(베르나르디노 메이, 1654년)

빛나는 눈의 여신 아테나[15]가 제우스에게 대꾸했다.

"오, 크로노스[16]의 아드님, 우리의 아버지 최고의 통치자시여,　　　45

그자가 그렇게 파멸을 맞이한 건 지극히 당연한 일이에요.

그런 짓을 저지른 자는 누구든지 멸망하는 게 마땅하니까요.

반면 오랜 세월 사랑하는 사람들과 멀리 떨어져

바닷물이 사방에서 넘실거리는 섬, 망망대해 한가운데서 신음하는

현명한 오디세우스를 생각하면 마음이 타는 듯이 아파요.　　　50

울창한 숲속 그 섬의 거처에는 한 여신이 머무는데

아틀라스의 딸[17]이지요. 늘 해코지할 생각만 하는 고약한

심보를 지닌 아틀라스는 대지와 하늘을 양쪽에서 잇는 아주 길고

---

15 "아테나"는 올림포스 열두 신에 속하며 지혜와 전쟁과 기술을 관장하는 여신이다. 제우스
와 티탄 신족 메티스 사이에서 태어났다. 어머니 메티스는 지혜와 기술의 여신으로 '신과
인간 중 가장 지혜로운 자'로 불렸다. 제우스의 어머니인 대지의 여신 가이아가 예언하길,
메티스의 아들이 제우스처럼 아버지를 몰아내고 왕좌를 차지할 것이라고 하자 제우스는
임신한 메티스를 삼켜버렸고, 아테나는 제우스의 몸속에서 자랐다. 결국 제우스에게 엄청
난 두통이 찾아와 대장장이의 신 헤파이스토스가 도끼로 그의 이마를 열자, 거기서 무장
한 아테나가 천지가 진동할 정도로 큰 함성을 지르며 나온다. 아테나는 '빛나는 눈을 지닌
자'(γλαυκῶπις, '글라우코피스')로 불렸다. 큰 눈으로 어둠 속에서도 사물을 잘 분간할
수 있는 올빼미는 그리스어로 글라우크스(γλαύξ)이며, 지혜의 여신 아테나를 상징하는
새다. 또한 아테나는 창과 아이기스 방패로 무장한 전쟁의 여신이다. 같은 전쟁의 신 아레
스가 폭력적인 전투를 상징하는 반면, 아테나는 지혜를 기반으로 전술을 사용하는 전투를
상징한다.

16 고대 그리스 신화에 따르면, 우주에 카오스(캄캄하고 텅 빈 공간)가 가장 먼저 생겨났고,
다음으로 대지의 신 가이아가 생겨났다. 가이아는 혼자 바다의 신 폰토스와 하늘의 신 우
라노스를 낳고, 이어서 아들 우라노스와의 사이에서 "크로노스"를 비롯한 12명의 티탄 신
족, 외눈박이 거인 키클롭스 삼형제, 100개의 손을 지닌 거인 헤카톤케이레스 삼형제를
낳는다. 어머니 가이아의 지시를 받아 제1대 최고신이자 아버지인 우라노스를 거세한 후
제2대 최고신이 된 크로노스는 형제인 키클롭스 삼형제와 헤카톤케이레스 삼형제를 지하
감옥에 감금하고, 누나인 레아와 결혼해 낳은 자식들도 차례로 삼켜버리는 만행을 저지르
다가 결국 아들 제우스에게 축출된다.

17 "아틀라스"는 티탄 신족인 이아페토스의 아들이며, 인간에게 불을 가져다준 프로메테우스
의 형제다. 티탄 신족과 올림포스 신들의 전쟁에서 티탄 신족의 편에 섰다가 제우스의 미
움을 받아 지구 서쪽 끝에서 두 손과 머리로 하늘을 떠받치는 벌을 받는다. 여기서 "아틀
라스의 딸"은 오기기에섬에 사는 요정 칼립소를 가리킨다.

거대한 기둥들을 떠받치고 있어 깊은 바다를 모두 알지요.
그의 딸이 비탄에 빠져 있는 그 가엾고 불쌍한 사람을   55
붙잡아두고는 이타케를 잊으라며 끊임없이 부드럽고 달콤한
말로 유혹하고 있답니다. 하지만 오디세우스는 고국 땅에서
피어오르는 연기라도 보고 싶어 죽을 지경이지요.
그런데도 아버지께서는 그에게 마음을 전혀 쓰지 않으시는군요.
올림포스의 주인이시여, 오디세우스가 드넓은 트로이아   60
아르고스인[18]의 함선들 옆에서 아버지께 제물 바치기를 소홀히
하기라도 했나요? 도대체 왜 그를 이토록 미워하시나요, 제우스시여?"
　　　구름을 모으는 자 제우스가 아테나에게 대답했다.
"얘야, 입 밖으로 어떻게 그런 말을 내뱉을 수 있단 말이냐?
오디세우스는 현명할 뿐 아니라 드넓은 하늘에서   65
살아가는 불멸의 신들에게 제물을 바치는 일에서도
필멸의 인간들 가운데서 월등한 자다.
내가 어찌 그런 신 같은 오디세우스를 못 본 척하겠느냐?
하지만 대지를 떠받치는 포세이돈이 그에게 분노를 품고
완강하게 버티는구나. 그가 모든 키클롭스[19] 중에서도   70
가장 강하고 신 같은 폴리페모스의 눈을 멀게 했기 때문이다.
폴리페모스는 불모의 바다를 다스리는 자 포르키스[20]의 딸인

---

18 "아르고스인"은 아카이오스인, 다나오스인과 더불어 『일리아스』에서 트로이아 전쟁에 참
　　전한 그리스인 전체를 가리키는 명칭이다. 아르고스는 펠로폰네소스반도 동부의 도시이
　　자 지방 이름이며, 미케네 왕 아가멤논이 다스리는 영토다. 아르고스 지역을 다스린 최초
　　의 왕은 제우스와 니오베 사이에서 태어난 아르고스로, 그는 제우스의 피를 물려받은 최
　　초의 인간이었다. 아르고스는 포로네이아의 건설자인 외조부 포로네우스에게 왕국을 물
　　려받아 아르고스 왕국으로 개명하고 왕이 된다.
19 "키클롭스"는 시켈리아(시칠리아) 섬 해안에서 양과 염소를 기르며 동굴에 사는 외눈박이
　　거인족이다. 거대한 체구에 엄청난 힘을 지닌 그들은 불멸의 신들은 물론이고 제우스조차
　　두려워하지 않는 자들로 묘사된다.
20 "포르키스"는 '바다의 노인'이라 불리는 바다신 중 하나다. 대지의 여신 가이아와 태초의

요정 토오사가 속 빈 동굴에서 포세이돈과 서로 몸을 섞어

낳은 아들이란다. 이 일로 대지를 뒤흔드는 자 포세이돈은

오디세우스를 죽이지는 않되 조상들의 땅에서 먼 곳을   75

떠돌게 하는 것이다. 그러니 자, 여기 모인 우리가

어떻게 하면 그를 귀향시킬 수 있을지 생각해봅시다.

우리가 결정하면 포세이돈도 분노를 풀 것이오.

누가 감히 혼자 모든 불멸의 신과 맞서 싸울 수 있겠소.”

　　　　빛나는 눈의 여신 아테나가 말했다.   80

“오, 크로노스의 아드님, 우리의 아버지, 최고의 통치자시여,

계책 많은 오디세우스의 귀향이

지금 축복받은 신들이 좋아하는 일이라면,

아르고스를 죽인 자이며 제우스의 사자인 헤르메스를

얼른 오기기에섬으로 보내야 합니다.   85

그래서 강인한 오디세우스를 귀향시키기로 한 우리의 결정을

머릿결 고운 그 요정에게 하루라도 빨리 알려주어

그를 집으로 돌려보내게 해야 합니다. 저는 이타케로 가

그의 아들을 더욱 독려하고 마음속에 용기를 불어넣어

장발의 아카이오스인[21]을 회의장으로 소집하게 하겠어요.   90

바다신 폰토스 사이에서 태어났으며, 역시 바다의 노인이라 불리는 네레우스의 형제다.
누이인 바다의 여신 케토와 결혼해 '포르키데스'(포르키스의 자식들)라 불리는 수많은 바
다 괴물을 낳았다.

21　"아카이오스인"은 '아카이오스의 자손들'이라는 뜻으로, 『일리아스』에서는 트로이아 전쟁
　　에 참전한 그리스인 전체를 가리키지만, 『오디세이아』에서는 주로 오디세우스가 다스리
　　는 지역의 백성들을 가리킨다. 이들은 모든 그리스인의 시조 헬렌의 후손이다. 헬렌은 제
　　우스가 대홍수를 일으켜 인류를 멸망시켰을 때 유일하게 살아남은 데우칼리온과 피라의
　　장남이고, 데우칼리온의 아버지 프로메테우스는 티탄 열두 신 중 하나인 이아페토스의 아
　　들이다. 데우칼리온과 피라는 그리스 본토 중부 로크리스에 정착해 헬렌을 낳았다. 헬렌
　　은 테살리아 지방 프티아의 왕이 되어 산의 요정 오르세이스에게서 아이올로스, 크수토
　　스, 도로스를 낳은 후 그리스를 삼등분해 각각에게 물려준다. 크수토스는 아테나이(아테

모든 구혼자가 많은 양 떼와 느릿느릿 걷는 뿔 굽은 황소들을
더는 잡아먹지 못하게 말이에요.
또한 그를 스파르테와 모래 많은 필로스[22]로 보내
사랑하는 아버지의 귀향과 관련된 소식을 수소문해
사람들 가운데서 명성을 얻도록 할게요."   95
          아테나는 이렇게 말한 후 바람결을 타고
축축한 바다와 끝없는 대지 위로 여신을 실어다줄
천상의 아름다운 황금 신발을 발아래로 묶은 다음,
날카로운 청동 날이 박힌 튼튼한 창을 집어 들었다.
강력한 아버지의 딸인 이 여신은 자신의 분노를 산   100
수많은 영웅을 이 무겁고 크고 튼튼한 창으로 굴복시켜왔다.
아테나는 올림포스 정상을 출발하여 쏜살같이 내달려
이타케 땅 오디세우스의 궁 안마당으로 들어가는 대문 앞에 섰다.
청동 창을 손에 쥔 여신은 오디세우스의 의형제이며
타포스인[23]의 지도자인 멘테스로 변신했다.   105

네) 에레크테우스왕의 공주 크레우사와 결혼해 아카이오스를 낳고, 펠로폰네소스반도 북
동부 아이기알로스로 가서 살았다. 아이기알로스는 나중에 아카이오스의 이름을 따라 아
카이아로 개명되고, 아카이오스는 아카이오스인의 시조가 된다. 나중에 아카이오스는 고
향인 테살리아의 프티아로 돌아가 그곳을 부흥시켰고, 테살리아 남부 백성은 아카이오스
인이라 불리게 된다. 그 외에도 아카이오스의 자손은 아테나이, 라케다이몬(스파르테)에
도 살았다.

22 "스파르테"와 "필로스"는 펠로폰네소스반도 남부의 나라들이다. 반도의 서쪽 해안에 자리
   잡고 있던 필로스는 트로이아 전쟁의 현자이자 영웅인 네스토르의 영토다. 필로스와 동쪽
   으로 인접해 있는 스파르테는 아가멤논의 동생 메넬라오스가 통치했다.

23 "타포스인"은 오디세우스의 영토인 케팔레니아에 속한 타포스섬에 사는 사람들을 가리킨
   다. 이들은 해적 활동으로 유명했다. 포세이돈의 아들 타피오스가 아카르나니아 지방 연
   안의 이 섬으로 이주해 다스렸다고 해서 타포스섬이라는 명칭이 생겼다. 헤르메스 신이
   아테나이 왕 케크롭스의 딸 헤르세에게서 낳은 케팔로스는 티린스 왕 알카이오스의 아들
   인 암피트리온을 도와 타포스인에게 복수해준 대가로 타포스섬을 중심으로 한 타포스인
   의 왕국을 받는다. 케팔로스는 그중 사메(사모스)섬을 도성으로 삼고 나라 이름을 케팔레
   니아로 개명한다. 그 후 케팔로스는 신탁소를 나와 처음 마주치는 암컷과 동침하면 아들

안마당에는 건방진 구혼자들이 득실거렸다.

그들은 직접 도살한 황소의 가죽을 깔고 앉은 채

방문 앞에서 장기를 두며 즐기고 있었다.

그들의 전령과 시종들도 바쁘게 움직였다.

그들 중 일부는 희석용 동이[24]에 포도주를 부은 후 물을 탔고,　110

일부는 구멍 많은 해면으로 식탁을 닦아 다시 내놓았으며,

일부는 고기를 식탁마다 넉넉하게 차려냈다.

　　신들과 같은 텔레마코스가 맨 먼저 여신의 모습을 알아보았다.

그는 훌륭한 아버지를 마음속으로 그리고,

어디선가 그분이 돌아와 이 집에서 구혼자들을 쫓아내고　115

존경을 한몸에 받으며 집안을 다스리기만을 바라면서

비통한 심정으로 구혼자 사이에 앉아 있었다.

구혼자들 사이에 앉아 이런 생각을 하다가 아테나를 본

그는 자기 집을 찾아온 나그네를 오랫동안 문 앞에

세워두자니 마음에 걸려 즉시 대문 쪽으로 갔다.　120

텔레마코스는 다가가 나그네의 오른손을 잡고

청동 창을 받아들며 그에게 날개 달린 말[25]로 인사했다.

　　"어서 오시오, 나그네여. 환영합니다.

먼저 식사부터 하고 용건을 말씀하시지요."

　　그가 이렇게 말하며 앞장서자 팔라스 아테나[26]가 따라갔다.　125

을 얻을 것이라는 신탁을 받고, 처음 마주친 암곰과 동침하여 아르키시오스를 얻는다. 케
팔로스 왕가는 아르키시오스-라에르테스-오디세우스로 이어진다. 이 섬들은 이오니아해
에 있고, 그 주변의 해안이 오디세우스의 근거지였다.

24　고대 그리스인들은 포도주를 원액 그대로 마시지 않고 "희석용 동이"(κρατήρ, '크라테
르')에 부은 다음, 일정 비율의 물을 부어 희석시킨 후 마셨다.

25　호메로스는 『일리아스』와 『오디세이아』에서 "날개 달린 말"이라는 표현을 관용어처럼 사
용한다. 이는 속사포처럼 거침없이 말한다는 뜻이다.

26　아테나의 별칭 중 하나인 "팔라스 아테나"의 유래에는 세 가지 설이 있다. 첫째, 올림포스

높고 큰 궁 안으로 들어온 텔레마코스는 들고 있던 창을
광낸 창꽂이에 꽂아 긴 기둥에 기대어 놓았다. 창꽂이에는 다른 창들이
많이 꽂혀 있었으니 모두 강인한 오디세우스의 무기였다.
텔레마코스는 여신을 안내하여 꽃을 수놓아 정교하고 아름답게 만든
푹신한 의자에 앉게 했다. 의자 위에는 천이 깔려 있었고,   130
아래쪽에는 발판이 달려 있었다. 그곳은 구혼자들과
조금 떨어진 자리였다. 텔레마코스는 그 의자 옆에 자신이 앉을
정교하게 만든 소파도 하나 갖다 놓았다. 나그네가 왁자지껄한
소음에 언짢아지거나 오만방자하게 구는 자들 때문에 식사할
마음이 없어지지 않게 배려한 처사였지만, 한편으로 멀리 있는   135
아버지의 소식을 그에게 묻고 싶기도 했기 때문이다.
하녀가 손 씻을 물이 담긴 아름다운 황금 물주전자를 가져와
은대야 위로 여신의 손에 물을 부어 씻게 한 다음 광낸 식탁을
펼쳤다. 이어서 주방을 담당한 기품 있는 시녀가 빵을 가져오고,
이미 마련된 다른 음식도 푸짐하게 가져와 차려놓았다.   140
고기를 썰어 내오는 하인은 온갖 고기가 담긴 그릇들을
가져와 앞에 차려놓았고, 그 옆에는 황금 술잔을 놓았다.
전령들은 분주히 오가며 그들에게 포도주를 따랐다.
        이때 오만방자한 구혼자들이 들어왔다.
그들이 차례로 좌석에 자리를 잡자   145
전령들이 그들의 손에 물을 부어주었고,

신들과 기간테스(대지의 여신 가이아의 자식들인 거인족) 사이에 전쟁이 일어났을 때, 아
테나가 기간테스 중 하나인 팔라스를 죽이고 그 껍질을 벗겨 자신의 아이기스 방패에 씌
워 이런 별칭이 생겼다는 것이다. 둘째, 아테나가 어릴 적 창던지기 놀이를 하다가 실수로
죽인 친구 팔라스(바다의 신 트리톤의 딸)를 기리기 위해 자기 이름에 팔라스라는 이름을
덧붙이고 팔라디온 신상도 만들었다는 것이다. 셋째, 창을 휘두르는 아테나를 묘사한 별
칭이라는 것이다. '팔라스'는 '창을 휘두르는 자'를 의미한다.

하녀들은 그들 앞에 있는 바구니에 빵을 쌓아놓았으며,

하인들은 희석용 동이에 술을 가득 채웠다.

그들은 손을 내밀어 앞에 차려진 음식을 집어 들었다.

이윽고 식욕이 충분히 채워지자   150

구혼자들의 마음은 다른 것, 즉 노래와 춤에 쏠렸으니

그런 것들이야말로 연회의 절정이리라.

전령이 페미오스[27]의 손에 지극히 아름다운 키타리스[28]를 건넸다.

그는 지금까지 구혼자들의 강요로 어쩔 수 없이 노래해야 했다.

페미오스는 키타리스를 연주하며 아름다운 노래를 부르기 시작했다.   155

한편 텔레마코스는 다른 사람이 듣지 못하게

빛나는 눈의 아테나에게 얼굴을 가까이 대고 말했다.

    "친애하는 나그네여, 내가 이런 말을 하면 혹시 언짢으실까요?

저 사람들은 보복당할 걱정 없이 남의 살림을 거덜내고 있어

저리도 마음 편히 키타리스와 노래를 즐기고 있답니다.   160

이 살림의 주인이신 분의 백골은 대지 위에 누워 비바람 속에서

썩고 있거나 바다의 파도 속에서 구르고 있을지 모르는데 말입니다.

하지만 그분이 이타케로 돌아오는 걸 보게 된다면,

저들은 황금과 좋은 옷으로 더 부자가 되려 하기는커녕

다들 자기 발이 더 빠르게 달리기만을 기도할 테지요.   165

하지만 그분은 비운의 죽음을 맞이하셨으니

---

27 테르피스의 아들 "페미오스"는 구혼자들의 강요로 그들 가운데서 노래하게 된 음유시인이
    다. 테르피스는 '즐거움'이라는 뜻이고, 페미오스는 '말하는 자'라는 뜻이다.

28 "키타리스" 혹은 '키타라'로 알려진 이 악기는 서사시 후반부에서 '포르밍크스'로도 등장
    한다. 포르밍크스는 고대 그리스의 현악기 리라가 키타라로 진화하는 과도기에 사용된 것
    으로 추정된다. '키타라'는 현대의 '기타'라는 단어의 어원이다. '리라'라는 악기는 기원전
    3000년경부터 연주되었으나, 그 명칭은 기원전 2000년경 크레테섬의 미케네 문명에 처
    음 등장했다. 리라를 개량한 키타라는 아폴론의 상징 악기였으며, 디오니소스의 피리인
    아울로스와 더불어 고대 그리스를 대표하는 악기였다.

땅 위에 살아가는 인간 중 누군가가 그분이 돌아오리라고

말한들, 이제 우리에게 아무런 위로가 되지 못합니다.

그분의 귀향의 날은 영영 스러지고 말았으니까요.

그러니 자, 내 질문에 있는 그대로 자세히 말해주십시오.　　　　170

당신은 인간의 세상 어디서 오셨나요? 당신과 당신의 부모님은

어느 도시에 사십니까? 무슨 배를 타고 오셨나요? 선원들이 어떻게

당신을 이타케로 데려다주었나요? 그들은 자신을 누구라고 하던가요?

걸어서 여기 오신 건 아닐 테니까요. 그리고 이런 것들도

사실대로 말해 내가 제대로 알도록 해주십시오. 당신은 여기에　　　175

처음 왔나요, 아니면 내 아버지의 의형제[29]였나요? 아버지께서 교제를

좋아해 많은 이들이 우리 집을 드나들었기에 드리는 말씀입니다."

　　　　빛나는 눈의 여신 아테나가 대답했다.

"그렇다면 그대의 질문에 있는 그대로 말하리다.

나는 현명한 안키알로스의 아들이라는 자부심을 가지고,　　　　180

노를 좋아하는 타포스인들을 다스리고 있소.

나는 번쩍이는 무쇠를 싣고 다른 언어로 말하는

사람들이 있는 곳, 청동이 있는 테메세[30]로 가기 위해

지금 전우들과 함께 배를 타고 내려와

포도주빛 바다 위를 항해하고 있다오.　　　　185

내 배는 도시에서 떨어져 있는 시골,

숲이 우거진 네이온산 아래 레이트론항[31]에 정박해 있소.

29　여기서 "의형제"로 번역한 크세노스(ξένος)는 주인과 손님으로 만난 양 가문이 나그네의
　　신인 제우스 앞에서 맹세하여 서로를 환대하기로 약속하고 선물을 교환해 의형제가 된 사
　　이를 가리킨다. 다른 용례에서는 단순히 '나그네'를 뜻하기도 한다.
30　"테메세"는 구리 광산으로 유명한 곳이다. 키프로스섬의 타마소스 또는 이탈리아 남서부
　　브루티움 지방의 테마사를 가리키는 듯하다.
31　"네이온"은 배를 만들 목재를 구하는 장소를 뜻하고, "레이트론"은 '강이 흐르는 곳'이란 뜻
　　으로 바다와 강이 만나는 지점을 의미한다. 이 두 곳은 모두 이타케에 있다.

노영웅 라에르테스에게 가서 물어보면 알겠지만,
우리는 옛적 할아버지 대부터 서로 의형제를 맺은 사이라오.
그분은 이제 더는 도시에 오지 않고
멀리 시골에서 나이 든 시녀 한 명을 두고 고생하시는데,
포도밭 언덕을 오르다 팔다리가 지치고 힘들어질 때면
그 시녀가 음식을 차려 내온다고 하더군요.
지금 내가 온 것은 그대의 아버지가 집에 왔다고
사람들이 말하는 소리를 분명히 들었기 때문이오.
하지만 지금 보니 그의 귀향길을 신들께서
방해하고 있는 게 분명하오. 고귀한 오디세우스는
죽어 대지 위에 누워 있지 않고 분명 어딘가에
살아 있을 것이오. 다만 드넓은 바다 위, 사방이
바다에 둘러싸인 섬에 붙들려 있을 것이오.
위험한 야만인들이 그를 억지로 붙잡아둔 게 틀림없소.
나는 예언자가 아니고 새 점도 잘 모르지만, 불멸의 신들께서
마음속에 던져주신 대로 지금 그대에게 예언하리다.
그가 사랑하는 조상들의 땅에서 멀리 떨어져 있을 날도
이제 얼마 남지 않았소. 설령 쇠사슬에 묶여 있다 해도
오래 걸리지 않을 것이오. 그는 계책이 많으니 돌아올
방법을 생각해낼 것이오. 그러니 자, 내 앞에 있는 그대가
정말 오디세우스의 아들인지 솔직하게 말해주시오.
하긴 용모와 고운 눈매가 영락없이 그를 닮았구려.
그가 다른 아르고스인 장수들과 함께 속 빈 함선에 올라
트로이아로 출항하기 전, 우리는 서로 자주 어울렸다오.
하지만 그 후로는 그를 보지 못했고, 그도 나를 보지 못했소."

현명한 텔레마코스가 아테나에게 말했다.
"나그네여, 그렇다면 아주 솔직하게 말씀드리지요.

나는 알지 못하지만 어머니께서는 내가 그분의 아들이라고
말씀하십니다. 누군들 자기를 낳아준 분을 알까요?
내 아버지께서 자기 살림을 지키며 노년을 맞이하는
축복받은 사람이라면 얼마나 좋겠습니까.
당신이 물으시니 말씀드리지만, 사람들이 말하길 내가 필멸의
인간들 중 가장 불운한 자의 아들로 태어났다고 하더군요."

　　　빛나는 눈의 여신 아테나가 그에게 다시 말했다.
"페넬로페이아[32]가 그대를 이렇게 낳아주었으니 신들께서는 그대를
이름 없는 가문에 두신 게 아니오. 그러니 자, 내게 솔직히 말해보시오.
대체 이것은 무슨 연회이고, 이 많은 사람은 누구이며,
그대는 왜 이들을 대접하고 있소? 잔치 비용을 나누어 내는

모임은 아닌 듯한데 집안 연회요, 결혼 피로연이오?
내 눈에는 오만방자한 자들이 집을 점령해서 난장판을
벌이는 것 같구려. 양식 있는 사람이 이곳에 온다면
그들의 이런 부끄러운 짓을 보고 분개할 것이오."

　　　현명한 텔레마코스가 아테나에게 대답했다.

"나그네여, 이 일에 대해 캐물으시니 말씀드립니다만,
전에 그분이 집에 계시는 동안 이 집은 부유했고 흠잡을 데 없이
훌륭했습니다. 그런데 지금은 신들께서 나쁜 마음을 품고 생각을

---

32 "페넬로페이아"는 오디세우스의 아내다. 원래 이름은 페넬로페지만, 서사시에서는 페넬로
페이아로 표기된다. 오디세우스는 예전에 스파르테 왕 틴다레오스의 딸 헬레네의 구혼자
중 한 명이었다. 그리스 최고의 미녀 헬레네가 결혼할 나이가 되자, 그리스 전역에서 구혼
자들이 엄청난 결혼 선물을 들고 몰려든다. 가난한 이타케 출신의 오디세우스는 구혼을
포기하고, 대신 헬레네의 사촌이자 틴다레오스의 동생 이카리오스의 딸 페넬로페이아와
결혼하기로 결심한다. 헬레네의 구혼자들은 대부분 유명한 영웅이거나 왕이어서 틴다레
오스는 선택받지 못한 구혼자들이 모욕당했다고 느끼고 전쟁을 걸어올까 봐 두려워했다.
오디세우스는 틴다레오스를 찾아가 모든 구혼자에게 누가 남편으로 선택받든 그 권리를
인정하며 앞으로 부부를 지켜주겠다는 서약을 받아내라고 조언해주고, 그의 도움을 받아
페넬로페이아와 결혼한다.

달리하여 인간 세상에서 아무도 그분을 볼 수 없게 만드셨지요.

그분이 트로스인의 땅에서 전우들과 함께 돌아가셨다거나 235

전쟁을 치른 후 사랑하는 사람들의 품안에서 돌아가셨다면,

비록 그렇다고 한들 나는 이렇게 고통스럽지 않았을 겁니다.

그랬더라면 모든 아카이오스인이 그분을 위해 무덤을 만들고,

그분은 아들에게 큰 명성을 남겨주셨을 테니까요.

그런데 낚아채는 신들, 곧 폭풍의 신들이 그분을 240

명예롭지 못하게 낚아채 갔고, 그분에게는 지금 아무런 명성도

남지 않았습니다. 그분은 감쪽같이 사라져버렸고,

나는 그분을 볼 수도, 그분에 대해 들을 수도 없답니다.

고통과 비탄만 남았지요. 하지만 내가 비통해하고

괴로운 것은 단지 그분 때문만은 아닙니다. 245

신들께서는 또 다른 사악한 고난을 내게 준비해두셨지요.

둘리키온섬, 사메섬, 숲이 우거진 자킨토스섬,[33] 바위 많은

이타케섬을 다스리는 통치자들이 내 어머니에게 구혼하며

이 집 살림을 탕진하고 있지 뭡니까. 어머니께서 그 저주스러운

구혼을 거절하지도, 끝내지도 못하고 계십니다. 250

머지않아 그들은 살림을 거덜내고 나마저 파멸시킬 겁니다."

　　팔라스 아테나는 분노가 가득하여 텔레마코스에게 말했다.

"오, 정말 안타깝소. 오디세우스가 여기 있었다면 파렴치한

구혼자들에게 주먹을 날렸을 텐데. 그대에게는 멀리 떠나 있는

33　"둘리키온섬"은 오디세우스의 영토 케팔레니아에 속한 곳으로 아카스토스왕이 다스리고
　　있었고, 이 섬에서만 52명의 구혼자가 왔다. "사메섬"(사모스섬)은 오디세우스가 속한 케
　　팔로스 왕가의 시조 케팔로스가 왕국을 세우고 도성으로 삼은 곳으로, 여기서 24명의 구
　　혼자가 왔다. "자킨토스섬"은 이오니아해에서 세 번째로 큰 섬으로 엘리스 맞은편에 있으
　　며, 여기서 20명의 구혼자가 왔다. "이타케섬"(이타카섬)은 이오니아해의 큰 섬 자킨토스
　　위에 있고 오디세우스의 왕궁이 있는 곳으로, 여기서는 12명의 구혼자가 왔다.

그의 빈자리가 무척이나 크게 느껴지겠소.　　　　　　　　　255

지금 그가 투구를 쓰고 방패와 두 자루의 창을 들고

이 집 대문 앞에 와 서 있다면 얼마나 좋겠소!

우리 집에서 술을 마시고 즐거워하던 그를

내가 처음 보았을 때, 바로 그런 모습이었다오.

그때 그는 에피라[34]에 있는 메르메로스의 아들　　　　　260

일로스의 집을 나와 돌아오던 길이었소. 청동 촉이 박힌 화살들에

바를 맹독을 구하러 빠른 함선을 타고 그곳으로 갔건만,

일로스는 영원히 계시는 신들께서 진노하실까 봐 겁나

그에게 독을 주지 않았다오. 하지만 내 아버지께서 그 독을

그에게 주셨소. 그를 무척 아끼셨기 때문이오.　　　　　265

그런 오디세우스가 구혼자들을 상대한다면 얼마나 좋겠소!

그렇게만 된다면 그들은 요절하는 비참한 구혼자들이 되고 말 텐데.

하지만 그가 집으로 돌아와 궁에서 복수할 수 있을지 없을지는

신들의 무릎에 놓여 있소. 그대는 구혼자들을 이 궁에서

몰아내려면 어떻게 할지 궁리해야 하오.　　　　　　　270

자, 지금부터 내가 하는 말을 잘 듣고 명심하시오.

내일 아카이오스인의 영웅들을 회의장으로 불러

신들을 증인으로 삼아 모두에게 똑똑히 말해두시오.

구혼자들에게는 각자 집으로 흩어지라고 명령하고,

그대의 어머니에게는 만약 결혼할 마음이 있다면　　　　275

---

34 "에피라"는 코린토스의 옛 이름이다. 펠로폰네소스반도의 도시국가로, 반도와 그리스 본
토를 잇는 다리 같은 좁은 지형 위에 위치했다. 에피라의 건설자 시시포스는 그리스인의
시조 헬렌의 손자이자 아이올로스의 아들이며 교활한 지혜로 유명하다. 그는 제우스의 분
노를 사 저승으로 갔지만, 거기서도 하이데스를 속이고 장수를 누린다. 결국 저승에서 무
거운 바위를 산 정상으로 밀어 올리지만 바위가 다시 아래로 굴러 떨어져 이 일을 영원히
반복하는 벌을 받는다. "메르메로스"와 "일로스"는 시시포스 왕가의 왕들이었을 것이다.

그녀의 크고 강력한 아버지의 집으로 돌아가라고 이르시오.

그러면 부모님이 그녀를 결혼시키고, 사랑하는 딸에게

관례에 따른 지참금도 아주 넉넉하게 주어 보낼 것이오.

그대에게도 현명한 조언을 해줄 테니 그대로 하시오.

그대는 스무 명이 노를 저을 수 있는 가장 좋은 배를

타고 나가 오랜 세월 떠나 계신 아버지를 수소문해보시오.

그러면 필멸의 인간들 중 누군가에게 또는

제우스에게 무언가를 듣게 될 텐데, 그런 풍문이

사람들에게 소식을 전해주는 가장 좋은 수단이라오.

먼저 필로스로 가서 고귀한 네스토르[35]에게 물어보고,

다음으로는 그곳에서 스파르테로 건너가 금발의 메넬라오스[36]를

찾으시오. 메넬라오스는 청동 갑옷 입은 아카이오스인 중

마지막으로 돌아온 사람이오.[37] 아버지가 살아 계시고

280

285

---

35 "네스토르"는 펠로폰네소스반도 서쪽 해안의 도시국가 필로스의 왕이며, '넬레우스의 아
   들'로 불린다. 고대 그리스인의 시조 헬렌의 아들 아이올로스는 일곱 아들을 낳았는데, 그
   중 장남인 크레테우스는 형제인 살모네우스의 딸 티로와 결혼해 아이손과 아미타온을 낳
   았고, 티로가 결혼 전 포세이돈과의 사이에서 낳은 넬레우스와 펠리아스도 양아들로 삼
   는다. 크레테우스가 어린 친아들들을 두고 죽자, 펠리아스는 친형제 넬레우스를 추방하고
   불법적으로 왕위에 오른다. 이때 넬레우스는 외조부 살모네우스의 형제 페리에레스가 건
   설한 메세네(메세니아)로 간다. 페리에레스의 아들이자 메세네의 왕이었던 아파레우스는
   그에게 해변의 땅을 떼어준다. 넬레우스는 그곳으로 가서 "필로스"의 왕이 되고, 트로이아
   전쟁의 영웅 네스토르를 낳는다. 『일리아스』에서 네스토르는 그리스군에서 가장 나이가
   많고 지혜로운 조언을 하는 장군으로 그려진다.
36 "메넬라오스"는 스파르테 왕으로 아가멤논의 동생이며, 트로이아 전쟁의 발단이 된 헬레
   네의 남편이다. 트로이아의 왕자 파리스에게 아내를 빼앗긴 메넬라오스는 그녀의 옛 구혼
   자들을 모아 그들이 예전에 했던 서약, 헬레네 남편의 생명과 권리를 존중하겠다는 약속
   을 이행하도록 요구한다. 마침내 메넬라오스의 형 아가멤논이 총사령관인 그리스 원정군
   이 결성되고, 트로이아 전쟁이 시작된다.
37 메넬라오스는 오디세우스 다음으로 귀향길이 험난했다. 그는 트로이아 전쟁에서 승리한
   후 신들께 제사 드리기를 소홀히 했다는 이유로, 귀향 중에 50척의 함선 중 5척만 남기고
   다 잃는다. 그는 이집트까지 표류하여 그곳에서 5년을 머물다 마침내 귀향한다.

귀향하고 있다는 말을 들으면, 어떤 고난이 닥쳐도 일 년을
더 버티고 계속 수소문하시오. 하지만 아버지가 돌아가셨고   290
더 이상 이 세상에 계시지 않는다는 말을 듣는다면,
사랑하는 조상들의 땅으로 돌아와 그의 무덤을 만들고,
합당한 예를 갖추어 성대하게 장례를 치른 후
어머니를 새 남편에게 내어주시오. 하지만 이런 일을 마친 후에는
그대의 궁에서 계책을 쓰든 공개적으로든 구혼자들을 죽이려면   295
어떻게 해야 할지 마음속으로 생각해내시오. 어린아이 같은
유치한 생각은 하지 마시오. 그럴 나이는 이미 지났으니.
그대는 고귀한 오레스테스가 교활한 아이기스토스, 곧 명성 자자한
자기 아버지를 살해한 그를 죽여 모든 사람 가운데서
어떤 명성을 얻었는지 모르지 않을 것이오.   300
친구여, 그대는 용모가 준수하고 체격도 크니
후세 사람들이 그대를 칭송하도록 용기를 내시오.
전우들이 몹시 걱정하며 기다리고 있을 테니 나는 이제
그만 빠른 배와 전우들이 있는 곳으로 내려가야겠소.
그대가 알아서 할 일이지만 내 말을 명심하시오.”   305
　　　현명한 텔레마코스가 아테나에게 대답했다.
“나그네께서 마치 아버지가 아들에게 하듯
이렇게 아끼는 마음에서 말씀해주시니 그 내용을
언제까지나 잊지 않겠습니다. 갈 길이 바쁘더라도
잠시 머물면서 목욕하여 마음을 즐겁게 한 후,   310
선물을 가지고 기쁜 마음으로 배로 돌아가시지요.
내가 드리는 것도 지극히 훌륭하고 귀하여 서로 아끼는
의형제가 나누는 선물처럼 소중히 간직할 만할 겁니다.”
　　　빛나는 눈의 여신 아테나가 대답했다.
“내 갈 길이 바빠 마음이 급하니 이제 더는 나를 붙잡지 마시오.   315

그대의 마음이 내게 선물을 주라고 명령한다면, 내가 다시 집으로
올라가는 길에 가져가도록 해주시오. 아주 훌륭한 선물로
골라놓으시오. 그래야 그대도 값진 답례를 받게 될 테니.”

빛나는 눈의 아테나가 이렇게 말한 후 떠나가니 새처럼 날아
자취를 감추었다. 아테나는 텔레마코스의 마음속에   320
힘과 용기를 불어넣었고, 이전보다 더 아버지 생각이 나게 했다.
텔레마코스는 마음속으로 이 사실을 알아차리고 깜짝 놀랐다.
나그네가 신이라는 생각이 들었기 때문이다.

그는 즉시 구혼자들에게 다가갔다. 유명한 신 같은 음유시인이
그들 가운데서 노래하고, 그들은 조용히 앉아 듣고 있었다.   325
음유시인은 팔라스 아테나가 트로이아에서 아카이오스인들에게
예고했던 처참한 귀향을 노래했다.

신의 영감으로 가득한 이 노래가 이층 방에 있던 이카리오스의 딸
지극히 사려 깊은 페넬로페이아의 마음을 파고들자,
그녀는 이층 방의 높은 계단을 내려왔다.   330
그녀 혼자는 아니었고 두 명의 시녀가 함께 동행했다.
여자들 중 고귀한 페넬로페이아는 구혼자들이 있는 쪽으로 다가가
지붕을 튼튼하게 떠받치는 기둥 옆에 섰다.
얼굴에는 면사포를 썼고,
양옆으로 믿음직한 시녀들이 서 있었다.   335
그녀는 눈물을 흘리며 신 같은 음유시인에게 말했다.

“페미오스, 음유시인들이 들려주는 다른 얘기도 당신은 많이 알고
　　있지 않소.
인간과 신의 일들 가운데 필멸의 인간을 매료시키는 얘기 말이오.
그러니 저 사람들은 조용히 술을 마시라 하고,
당신은 그들 옆에 앉아 그런 얘기들 중 하나를 노래하시오.   340
잊을 수 없게 극심한 비탄을 몰고 와 늘 내 가슴속

〈페미오스의 노래와 페넬로페이아의 슬픔〉(토머스 랠프 스펜스, 1897년)

마음을 후벼 파는 이 잔인한 노래는 이제 그치시오.

이 노래를 들으면 헬라스와 아르고스[38] 한복판에서

명성 자자했던 그이가 떠올라 사무치게 그립기 때문이오.”

    현명한 텔레마코스가 페넬로페이아에게 말했다.   345

“어머니, 훌륭한 음유시인이 마음에 떠오르는 대로

노래하며 즐겁게 해주고 있는데 왜 언짢아하세요?

음유시인들에게는 잘못이 없습니다.

굳이 잘못을 찾는다면 열심히 살아가는 사람들 각각에게

마음 내키는 대로 베푸시는 제우스께 있겠지요.   350

이 사람이 다나오스인[39]의 불운을 노래한다고 화낼 일이 아닙니다.

가장 새로운 이야기를 담은 노래를 으뜸으로 여기니까요.

어머니께서도 노여움을 거두고 한번 들어보세요.

오디세우스께서만 트로이아에서 귀향의 날을 잃으신 게 아니라

다른 많은 사람도 그날을 잃어버렸으니까요.   355

그러니 어머니께서는 베틀이든 물레든 어머니 일에 신경 쓰시고,

시녀들에게도 각자 일을 보라고 시키시지요.

이야기와 노래는 전부 남자가 맡아서 하는 일이고,

특히 이 집의 가장인 제 소관이니까요.”

    그러자 페넬로페이아는 깜짝 놀라 다시 자기 방으로 돌아갔다.   360

아들의 지혜로운 말을 마음속에 새겼기 때문이다.

---

38 ‘헬라스’는 원래 고대 그리스인의 시조 헬렌이 테살리아에 세운 도시 이름이고, 그 후에는
아킬레우스의 미르미도네스인들이 살았으며 그리스 중북부 테살리아에 속한 프티아 지
방을 가리킨다. 여기서 “헬라스”는 펠로폰네소스반도 북부를 포함한 그리스 북부 지역을,
“아르고스”는 펠로폰네소스반도 중남부를 가리키는 것으로 보인다. 따라서 “헬라스와 아
르고스”란, 트로이아 전쟁에 참전했던 그리스 전 지역을 나타낸다.
39 “다나오스인”은 이오와 제우스 사이에서 태어난 다나오스가 시조인 종족이다. 근거지는
펠로폰네소스반도의 아르고스 지방(당시에 아가멤논이 다스리던 영토)이지만, 아르고스
인, 아카이오스인과 더불어 고대 그리스인 전체를 가리키기도 한다.

그녀는 시중드는 여자들과 함께 이층 방으로 올라가
빛나는 눈의 아테나가 눈꺼풀에 달콤한 잠을 던져줄 때까지
사랑하는 남편 오디세우스를 생각하며 울었다.

　　　한편 구혼자들은 그늘진 대청에서 소란을 피웠고, 365
다들 그녀의 침상에서 그녀 옆에 눕게 해달라고 기도했다.
현명한 텔레마코스가 그들 가운데서 입을 열었다.

　　　"내 어머니의 구혼자이며 오만방자한 이들이여,
신 같은 목소리를 지닌, 이런 훌륭한 음유시인의 노래를
듣기란 흔치 않은 일이니 더 이상 소란 피우지 말고 370
연회를 즐겨주시오. 하지만 날이 밝으면 모두 회의장으로 가서
앉읍시다. 내 결심을 확고하게 밝히고, 여러분에게 이 궁에서
나가달라고 말할 작정이오. 이제 연회는 다른 곳에서 열기 바라오.
여러분끼리 서로의 집을 번갈아 다니며 연회를 열고
서로의 재산을 먹어치우란 말이오. 375
여럿이 한 사람의 살림을 아무런 보상 없이 끝장내는 게
더 바람직하고 생각한다면 얼마든지 거덜내보시든가.
하지만 나는 영원히 계시는 신들께 부르짖을 것이오.
제우스께서 보복해주실지 모르니까. 그러면 여러분도
이 집에서 아무런 보상도 받지 못하고 끝장날 겁니다." 380

　　　텔레마코스의 당당한 말에
구혼자들은 모두 놀라 입술을 깨물었다.

　　　에우페이테스의 아들 안티노오스[40]가 그에게 대꾸했다.
"텔레마코스, 큰소리치고 허세 부리는 걸 보니

---

40 "안티노오스"는 구혼자들의 우두머리 격이다. 그의 아버지 "에우페이테스"는 이타케섬의
　　귀족으로, 예전에 타포스인들과 함께 아카르나니아 지방 해안에 사는 테스프로티아인을
　　상대로 해적 행위를 하다가 붙잡혀 죽을 뻔했으나 오디세우스의 도움으로 목숨을 건졌다.

신들이 대담하게 말하라고 가르친 게 틀림없구나.   385

하지만 자네가 바다로 둘러싸인 이타케의 왕이 되는 권리를 조상에게

물려받았다 해도, 크로노스의 아드님께서 허락지 않으실 것이다.”

　　　현명한 텔레마코스가 대답했다.

“안티노오스, 내가 한 말에 화가 나셨소?

왕이 되지 못하는 것이 제우스께서 내게 주시는 운명이라면   390

기꺼이 받아들이지요. 혹시 왕이 되지 못하는 것이 인간에게

일어날 수 있는 가장 좋지 않은 일이라고 생각하시오?

물론 왕이 되는 건 좋은 일이오. 왕이 되면 금세 부자가 되고

존경도 받으니까. 하지만 바다로 둘러싸인 이타케에는

아카이오스인을 다스리는 젊은 왕들과 나이 든 왕들이 많소.   395

고귀한 오디세우스께서 돌아가셨으니 그들 중 한 명이 이타케의 왕이

되겠지요. 하지만 우리 집과 고귀한 오디세우스께서 나를 위해

전리품으로 데려온 노예들의 주인은 다름 아닌 나요.”

　　　폴리보스의 아들 에우리마코스[41]가 대꾸했다.

“텔레마코스, 바다로 둘러싸인 이타케에서 누가   400

아카이오스인의 왕이 되느냐 하는 문제는 신들의 무릎에

놓여 있으니, 자네 재산은 자네가 갖고 자네 집의 주인이 되게.

이타케에서 살아가는 자들 중에 자네가 원치 않는데 자네 재산을

힘으로 빼앗으려는 자가 아무도 없기를 바라네.

그런데 훌륭한 이여, 나는 자네를 찾아온 저 나그네가 궁금하네.   405

그는 어디서 왔고 어느 나라 출신이라 자랑하던가?

가문과 조상들의 경작지는 어디에 있다고 하던가?

자네 아버지가 돌아오신다는 소식이라도 가져왔는가,

---

41 “에우리마코스”는 안티노오스와 함께 구혼자들의 우두머리 중 하나다. 그의 아버지 “폴리
　보스”는 이타케섬의 귀족이다.

아니면 자기 용무를 보러 왔는가? 미천한 사람 같지는 않던데
홀연히 왔다가 오래 머물지 않고 금방 떠나버려   410
누구인지 알아볼 틈이 없었기에 이렇게 묻는 거라네."
　　　현명한 텔레마코스가 대답했다.
"에우리마코스여, 내 아버지의 귀향은 이미 틀린 일이오.
이제 나는 어디서 들려오든 어떤 소식도 믿지 않고,
어머니께서 어떤 예언자를 집으로 불러들여 물으시든   415
신경도 쓰지 않소. 그 손님은 타포스에서 오신 분으로
조상 때부터 알고 지내던 사이인데
자기는 현명한 안키알로스의 아들 멘테스이고,
노를 좋아하는 타포스인을 다스린다고 밝히더이다."
　　　텔레마코스는 이렇게 말했지만   420
속으로는 그가 불멸의 여신임을 알고 있었다.
구혼자들은 춤과 노래로 여흥을 즐기며 밤이 오기를
기다렸고, 마침내 검은 밤이 찾아오자
잠자리에 누우러 각자의 집으로 돌아갔다.
텔레마코스도 지극히 아름다운 안마당, 사방으로 트여   425
멀리까지 볼 수 있도록 높은 곳에 지은 자기 방으로 갔다.
그는 마음속으로 이런저런 생각을 하며 침상으로 향했고,
그를 정성껏 보살펴온 에우리클레이아[42]가 횃불을 들고
그를 따랐다. 페이세노르의 아들 옵스의 딸인 그녀가
꽃다운 나이였을 때, 라에르테스는 자기 재산 중에서   430
황소 스무 마리 값을 주고 그녀를 샀다. 그는 궁에서
사랑하는 아내만큼이나 그녀를 소중히 여겼지만,

------

42 "에우리클레이아"는 오디세우스의 충성스러운 유모다. 오디세우스의 아들 텔레마코스의
　　유모이기도 하다.

아내가 질투할까 봐 그녀와 동침하여 몸을 섞지는 않았다.

그런 그녀가 횃불을 들고 텔레마코스를 수행했다.

시녀들 중에서 텔레마코스를 가장 아끼고,　　　　　　　　　435

어린 시절부터 돌봐준 이도 그녀였다.

텔레마코스는 튼튼하게 지은 문을 열고 들어가 침상에

앉은 후 부드러운 웃옷을 벗어 세심한 할멈의 손에 건넸다.

할멈은 웃옷을 매만지고 포갠 다음

많은 구멍 사이로 튼튼한 끈을 엮어 만든　　　　　　　　440

침상 옆의 걸개에 걸었다. 그리고 방에서 나가며

은고리가 달린 방문을 당겨 가죽끈으로 빗장을 걸었다.

방안에서 텔레마코스는 양모피를 덮은 채

아테나가 말해준 여행을 밤새도록 곰곰이 생각했다.

제2권   항해를 시작한 텔레마코스

이른 아침에 태어난, 장밋빛 손가락의 새벽 여신 에오스[1]가

모습을 드러내자, 오디세우스의 사랑하는 아들 텔레마코스는

침상에서 일어나 옷을 입은 후

어깨에는 예리한 칼을 메고, 윤기 나는 발밑에는

아름다운 신발을 매어 신은 다음, 신 같은 위엄으로 방을 나섰다.   5

그는 즉시 목소리 낭랑한 전령들에게 장발의

아카이오스인들을 회의장으로 모이게 하라고 지시했다.

전령들을 통해 소집 명령을 받은 아카이오스인들은

무척 신속하게 모여들었다. 이윽고 와야 할 자들이 다 모이자

텔레마코스는 청동 창을 손에 들고 회의장으로 갔다.   10

그는 혼자가 아니었으니, 날쌘 개 두 마리가 그의 뒤를 따랐다.

아테나가 그에게 경이로운 기품을 부어주자

모든 백성이 다가오는 그를 뚫어져라 바라보았다.

원로들은 길을 비켜주었고, 텔레마코스는 아버지의 자리에 가서

---

1   새벽의 여신 "에오스"는 티탄 신족들인 태양신 히페리온과 빛의 여신 테이아 사이에서 태
    어났다. 태양의 신 헬리오스, 달의 여신 셀레네와 형제자매 사이이다. 에오스의 궁은 동쪽 끝
    오케아노스강 변에 있어, 에오스는 매일 새벽 파에톤('눈부심')과 람포스('빛')가 끄는 쌍
    두마차를 타고 오케아노스 위로 날아올라 태양의 신 헬리오스를 따라 하늘을 여행한다.

앉았다. 영웅 아이깁티오스가 그들 가운데서 가장 먼저
발언했다. 나이 많고 등이 굽은 그는 아는 게 무수히 많았다.
그가 제일 먼저 입을 연 까닭은, 사랑하는 아들 전사 안티포스가
신 같은 오디세우스와 함께 속 빈 함선을 타고
말들이 많은 일리오스로 갔기 때문이다. 그러나 야만적인 키클롭스가
이미 속 빈 동굴에서 그를 죽여 마지막으로 먹어치운 터였다.
아이깁티오스에게는 다른 세 아들이 있는데, 그중 에우리노모스는
구혼자들과 어울렸고, 두 아들은 늘 아버지의 일을 도왔다.
하지만 그는 여전히 그 아들을 잊지 못해 눈물로 세월을 보내고 있었다.
그는 눈물을 쏟으며 회의장에서 말문을 열었다.

      "이타케인들이여, 이제 내가 하는 말을 잘 들으시오.
고귀한 오디세우스가 속 빈 함선들을 타고 떠난 후로
우리는 회의장에 앉아 회의를 해본 적이 없소.
그런데 이제 와서 누가 회의를 소집했단 말이오?
젊은이나 나이 든 이들 중에 누가 회의의 필요성을 느낀 것이오?
군대가 돌아온다는 소식을 누군가가 들은 것이오?
그렇다면 먼저 자신이 들은 것을 분명하게 말해주어야 하지 않겠소?
아니면 다른 공적인 일을 말하고 의논하려는 것이오?
그는 신들에게 축복받은 훌륭한 사람 같으니
그가 간절히 바라는 좋은 일을 제우스께서 이루어주시길!"

      아이깁티오스가 이렇게 말하자, 오디세우스의 사랑하는 아들은
기쁨을 이기지 못해 더는 앉아 있을 수 없어
회의장 한가운데로 가 섰다. 그러자 사리 밝고 지혜로운 전령
페이세노르가 그의 손에 홀을 쥐여 주었다. 텔레마코스는 먼저
아이깁티오스 노인을 향해 말하기 시작했다.

      "어르신, 그 사람은 멀리 있지 않으니 금세 아시게 될 겁니다.
백성을 소집한 이는 바로 나니까요. 나는 지금 극심한 고통을 겪고

있습니다. 군대가 돌아온다는 소식을 들은 건 아닙니다.

그러니 내가 먼저 듣고 여러분에게 분명히 전할 소식은 없습니다.

나는 공적인 일이 아니라 개인적인 일을 말씀드리고 의논하려 합니다.

그 일은 내 집에 불행을 이중으로 안겨주었지요.

우선 나는 훌륭한 아버지를 잃었습니다. 그분은 일찍이 이곳에서

아버지처럼 인자한 여러분의 왕이었습니다. 그런데 이제 훨씬 더

큰 불행이 닥쳐와 내 집을 박살 내고 살림도 거덜내는 중입니다.

본인은 원치 않는데도 구혼자들이 내 어머니를 괴롭히고 있지요.

그들은 이곳에서 가장 지체 높은 분들의 귀한 아들이면서도

내 어머니의 아버지 이카리오스[2]의 집으로 찾아가기를 꺼립니다.

이카리오스께서 구혼 선물을 정해놓고, 내키는 대로 자기 마음에 드는

사람에게 딸을 내어주는 일이 벌어질까 염려하기 때문입니다.

그래서 날이면 날마다 우리 집을 들락거리며 살진 소와 양과

염소들을 잡아 제를 올린 후, 무리 지어 떠들썩하게 연회를 벌이고

화염 같은 포도주를 퍼마십니다. 내 집의 많은 재산이 그렇게

탕진되었습니다. 이 집의 파멸을 막아줄 오디세우스 같은 남자가

없으니까요. 지금 내게는 그런 파멸을 막아낼 힘이 없습니다.

서글프게도 나는 그런 힘을 갖지 못했고 앞으로도 그럴 테지요.

내게 그럴 힘만 있었다면 진즉 막아냈을 텐데 말입니다.

용납할 수 없는 일이 계속 벌어졌고, 내 집은 이미 불미스럽게도

완전히 피폐해졌습니다. 여러분은 자신에게 분개하고,

주위에서 살아가는 이웃들에게 부끄러운 줄 알아야 합니다.

신들께서 여러분의 악행에 진노하여 이제 거꾸로

여러분이 그런 악행을 당하게 하시는 일이 없으려면

신들의 진노를 두려워해야 합니다. 올림포스에 사시는 제우스와

45

50

55

60

65

---

2 "이카리오스"는 스파르테 왕 틴다레오스의 동생이다.

남자들의 회의를 흩트리기도 모으기도 하시는 테미스,[3]
두 신의 이름으로 간청합니다. 친구들이여, 내 아버지 고귀한
오디세우스께서 훌륭한 정강이 보호대를 한 아카이오스인들에게
악의적으로 해코지하신 적이 없다면, 이쯤 해두고 70
나 혼자 비참한 괴로움 속에서 시들어가게 내버려두시오.
만약 내 아버지께서 나쁜 짓을 하셨다면, 사람들을
부추겨 악의적으로 내게 나쁜 짓을 하게 해서 나를 벌하시오.
차라리 여러분이 내 재산과 가축을 먹어치우는 편이 내게는 더 이롭소.
그렇게 먹어치운다면 머지않아 내가 그에 대한 75
배상을 받아낼 테니 말이오. 그때 우리는 도시 전체를 다니며
말로 호소하고, 모든 재산을 돌려받을 때까지
반환을 요구할 것이오. 하지만 지금 여러분은
내 마음에 쓸데없는 고통을 안겨주고 있소.”

　　　　텔레마코스는 이렇게 말한 후 분한 마음에 홀을 땅바닥에 80
내던지며 울음을 터뜨렸다. 그러자 그를 측은히 여기는 마음이
백성 모두를 사로잡았다. 그런 상황에서 다른 사람은
모두 묵묵히 있었고, 아무도 심한 말로 텔레마코스에게
응수하지 않았지만 안티노오스만 혼자 이렇게 맞받아쳤다.

　　　　“텔레마코스, 허세 부리고 분노를 다스릴 줄 모르는 자여, 85
왜 그런 식으로 말하며 우리를 모욕하고 우리 탓을 하는가?
잘못은 아카이오스인 구혼자들이 아니라 술수를 잘 쓰는,

3　“테미스”는 티탄 열두 신 중 하나이며 예지와 지혜의 여신이다. 두 눈을 가리고 양손에 심
　판의 저울과 칼을 들고 있는 모습으로 묘사된다. 정의의 여신 디케는 그녀의 딸이다. 제우
　스의 두 번째 부인이기도 한 테미스는 대지의 여신 가이아에 이어 두 번째로 델포이 신탁
　의 수호신이 되었다. 델포이 신탁의 수호신답게 예지력과 통찰력에서는 제우스를 능가한
　다. 신탁, 제의, 율법 등을 제정하여 신들에게 도움을 주고, 올림포스산에서 신들의 회의를
　소집하고 연회를 주관하는 역할도 했다.

자네가 사랑하는 어머니에게 있네.
자네 어머니가 아카이오스인들의 가슴속 마음을 우롱해온 지
벌써 삼 년이 지나고 사 년이 다 되어가네.   90
마음속으로 바라는 바는 딴 데 있으면서도 모든 남자에게
희망을 심어주고 달콤한 약속과 다정한 안부로 그들을
붙들어두고 있지 않나. 그녀는 교묘한 계책을
마음속에 품고 자기 방에 큰 베틀을 세워놓고 아주 크고 고운 천을
짜기 시작했지. 그러더니 갑자기 우리에게 이렇게 말했다네.   95
'내게 구혼하는 젊은이들이여, 이왕 고귀한 오디세우스께서 돌아가셨으니
여러분은 나와 결혼하고 싶더라도 이 수의를 다 짤 때까지
기다려주시오. 수의 짜는 일을 중도에 그만두어 헛수고하고
싶지는 않소. 나는 죽음이 긴 잠으로 데려갈 때가
영웅 라에르테스께 닥칠 때를 대비해 수의를 짜두려 하오.   100
그래야 막대한 재산을 가진 분을 수의도 없이 누워 있게 한다고
내게 분개할 사람이 아카이오스인 여자들 중에 아무도 없을 테니까.'
그녀가 이렇게 말하자 사내대장부인 우리는 그 말을 수긍하고
믿었네. 그런데 그녀는 낮이면 큰 베틀에서 수의를 짰지만,
밤이면 옆에 횃불을 밝힌 채 낮에 짠 수의를 다시 풀었다네.   105
삼 년 동안이나 이런 속임수를 쓰며 들키지 않고
아카이오스인들을 믿게 했지. 하지만 계절이 수차례 바뀌어
넷째 해가 되었을 때, 이 일을 분명히 알고 있던 어떤 여자가
우리에게 사실을 털어놓더군. 우리는 그녀가 낮에 짰던
빛나는 수의를 다시 푸는 광경을 목격했다네.   110
그러니 그녀는 원치 않아도 수의를 완성할 수밖에 없었지.
구혼자들이 자네에게 이런 말을 하는 이유는 자네도 이 사실을
알아야 하고, 모든 아카이오스인도 알아야 하기 때문이네.
그러니 자네는 어머니를 친정집으로 돌려보내 친정아버지가

〈페넬로페이아와 구혼자들〉(존 윌리엄 워터하우스, 1912년)

〈실을 푸는 페넬로페이아〉(조지프 라이트, 1783~1784년)

정해주고 그녀의 마음에 드는 사람과 결혼할 수 있도록 하게.   115
이제부터는 아테나께서 내리신 비범한 재주와 뛰어난 기지와
책략으로 마음속에서 일을 꾸며내 아카이오스인의 아들들을
화나게 하는 일이 없도록 말이야. 머릿결 고운
아카이오스인 여자들 중 누구도 그런 식으로 처신했다는
얘기를 들어본 적이 없네. 티로, 알크메네, 아름다운   120
화관을 쓴 미케네,[4] 그들 중 누구도 그녀와 같지 않았네.
이번만큼은 그녀의 행동이 올바르지 못하네.
신들이 지금 가슴속에 두신 생각을 그녀가 계속 지니는 한,
구혼자들은 자네의 살림과 재산을 먹어치울 테니까.
그러면 그녀의 명성은 크게 올라가겠지만   125
자네의 살림은 상당히 축날 것이네. 그녀가 자신이 원하는
아카이오스인과 결혼하기 전까지 우리는 경작지로든
그 외 다른 곳으로든 아무데도 가지 않을 작정이네."

　　　현명한 텔레마코스가 그에게 대답했다.
"안티노오스여, 내 아버지께서 타지로 나가 살아 계시는지
돌아가셨는지 모르는데, 나를 낳고 길러주신 분을 어떻게 집에서   130
강제로 내보낼 수 있겠소? 게다가 내가 원해서 어머니를 돌려보내면
이카리오스께 많은 배상금을 지불해야 하는데 그것도 큰일이오.
어머니의 아버지 쪽으로부터 재앙이 닥치는 것은 물론이고,
어머니도 집을 떠나며 내게 앙심을 품고 복수의 여신들에게   135

---

4 "티로"는 펠로폰네소스반도의 엘리스 왕 살모네우스의 딸이며, 포세이돈과의 사이에서 넬
   레우스와 펠리아스를 낳았다. 나중에 이올코스 왕국의 건설자 크레테우스와 결혼해 아이
   손, 페레스, 아미타온 등을 낳는다. "알크메네"는 미케네 왕 엘렉트리온의 딸로 미케네의
   왕족이자 외숙부인 암피트리온과 결혼하지만, 제우스와의 사이에서 헤라클레스를 낳는
   다. "미케네"는 아르고스의 초대 왕이자 강의 신 이나코스의 딸이며, 아르고스의 왕족 아
   레스토르와 결혼했다. 고대 도시 미케네는 그녀의 이름을 따른 것이다.

기도하신다면, 신께서 나를 가만두지 않으실 것이고, 사람들도

내게 분개하지 않겠소. 그러니 나는 어머니께 집에서 나가시라는 말은

앞으로도 하지 않을 생각이오. 내가 하는 말이 못마땅하다면

이 집에서 나가 다른 곳에서 연회를 즐기시오. 여러분끼리 서로의 집을

번갈아 다니며 연회를 열고 서로의 재산을 먹어치우란 말이오.　　　　140

한 사람의 살림을 아무런 보상 없이 탕진하는 게

더 바람직하고 낫겠다고 생각한다면 얼마든지 그러시든가.

하지만 나는 신들께 부르짖을 것이오.

제우스께서 보복해주실지도 모르니까. 그러면 여러분도

이 집에서 아무런 보상도 받지 못하고 끝장날 것이오."　　　　145

　　　텔레마코스의 말이 끝나자마자 멀리 보는 제우스가

높은 산꼭대기에서 독수리 두 마리를 날려 보냈다.

독수리들은 한동안 날개를 펴고

서로 바짝 붙어 바람의 숨을 따라 날다가

시끄러운 회의장 한복판에 도착하자　　　　150

깃털 촘촘한 날개를 퍼덕이며 빙 돌고 모두의

머리를 내려다보았으니, 이것은 파멸의 징조였다.

독수리들은 발톱으로 서로 뺨과 목을 할퀴더니

거기 모여 있는 사람들의 집과 도시를 지나 오른쪽으로

쏜살같이 날아갔다. 사람들은 새들의 징조를 두 눈으로　　　　155

똑똑히 보고 놀라며 앞으로 어떤 일이 일어날지 마음속으로

온갖 생각에 잠겼다. 늙은 영웅 할리테르세스[5]가 그들

가운데서 발언했다. 그는 새 점에 관한 지식이나 징조를

말하는 일에서 동년배 중 최고인 까닭이었다. 회의장에 모인

5　"할리테르세스"는 마스토르의 아들로 이타케 섬의 예언자였다. 고대인들은 새를 신의 전
　령으로 여겨, 새들의 움직임을 관찰하여 신의 뜻을 읽고자 했다.

사람들 가운데서 그는 좋은 의도로 이렇게 발언했다.   160

　　"이타케인들이여, 이제 내가 말하려 하니 귀 기울여주시오.
특히 구혼자들에게 분명히 말해두겠소.
그들에게 큰 재앙이 굴러오고 있소. 오디세우스는
사랑하는 처자식에게서 멀리 떨어져 있지 않기 때문이오.
그는 이미 어딘가 가까운 곳에 와 있고, 구혼자 모두에게 살육과   165
죽음의 운명을 안겨줄 계획을 하고 있소. 그는 멀리서도 뚜렷이 보이는
이타케에서 살아가는 다른 많은 사람에게도 재앙이 될 것이오.
그러니 그런 일을 막을 수 있는 방도를 일찌감치 강구해야 하오.
구혼자들이 스스로 그만두게 해야 하오.
그러는 편이 그들에게 더 바람직하오.   170
나는 근거 없이 말하는 게 아니라 분명히 알고 예언하는 거요.
아르고스인들이 일리오스로 떠나고, 계책 많은 오디세우스가
그들과 함께 간 이후로 내가 말한 모든 일이 그에게 이루어졌소.
그가 안 좋은 일을 무수히 겪은 후 전우를 모두 잃고,
스무째 되는 해에 아무도 모르게 귀향할 것이라고   175
나는 말했고, 이제 그 모든 일이 이루어질 것이오."

　　폴리보스의 아들 에우리마코스가 그의 말을 맞받아쳤다.
"어이, 늙은이, 이제 그만 집으로 돌아가 당신 자식들에게나
예언하는 게 어떻소? 아무래도 훗날 재앙을 당할 것 같으니.
당신이 언급한 그 일에 관해서는 내가 당신보다   180
훨씬 똑바로 예언할 수 있소. 해 아래로 많은 새가
날아다니지만 모든 새가 징조를 보여주는 건 아니오.
오디세우스는 먼 곳에 가 이미 죽었고, 당신도 그와 함께 죽었어야 했소.
그랬더라면 텔레마코스가 당신 집에 줄 선물을 기대하며
예언한답시고 그따위 황당한 말을 하지 않았을 것이고,   185
그렇지 않아도 화가 난 텔레마코스를 그런 식으로 부추기는 일도

없었을 테지. 지금부터 내가 하는 말은 반드시 이루어지리니

명심하시오. 당신이 지난날의 많은 일을 안다고 해서

속이는 말로 더 젊은 사람을 부추겨 분노를 돋운다면,

우선 그 사람만 더 괴롭고 힘들어질 뿐이오.   190

그래 봤자 그가 할 수 있는 일은 하나도 없을 테니까.

또한 늙은이, 우리는 당신에게 벌금을 부과할 것이오.

당신은 그 벌금을 내느라 마음이 괴롭고 몸은 힘들어질 테지.

그리고 모두 모인 이 자리에서 내가 텔레마코스에게 충고하리다.

그는 어머니에게 친정아버지 집으로 가라고 명령해야 하오.   195

그래야 부모가 사랑하는 딸에게 합당한 지참금을

아주 넉넉하게 주어 그녀를 결혼시키지 않겠소.

그렇게 하기 전까지 아카이오스인의 아들들은

이 힘들고 괴로운 구혼을 그만두지 않을 것이오.

우리가 두려워할 자는 아무도 없소. 말 많은 텔레마코스도   200

두렵지 않고, 늙은이 당신이 떠드는 예언도 개의치 않소.

그 예언은 이루어지지 않고 당신만 점점 더 미움을 살 테니.

그녀가 결혼 문제로 아카이오스인들을 힘들게 한다면,

유감스럽게도 우리가 그 집의 재물을 먹어치워도

합당한 배상은 받지 못할 것이오. 또한 우리는 각자에게 맞는   205

짝과 결혼하기 위해 다른 여자를 찾아 나서지 않고, 날마다

그 집에 가서 최고의 혼처를 쟁취하고자 다툴 참이오.”

      현명한 텔레마코스가 그에게 대답했다.

“에우리마코스를 비롯한 대장부다운 구혼자들이여, 앞으로

이 일로 여러분에게 간청하지도, 회의를 열지도 않겠소.   210

이제 신들과 모든 아카이오스인이 이 일을 알게 되었기 때문이오.

그러니 자, 내가 여기저기를 여행할 수 있도록

빠른 배 한 척과 동승할 선원 스무 명이나 내어주시오.

스파르테와 모래 많은 필로스로 가서 오랫동안 떠나 계신

아버지의 귀향 소식을 들어보려 하오.

그러면 필멸의 인간들 중 누구에게든, 혹은 제우스에게서

무슨 말이라도 듣게 될 테고, 그런 풍문이야말로 사람들에게

소식을 전하는 가장 좋은 수단이 아니겠소? 아버지가 살아 계시며

귀향하고 있다는 얘기를 듣는다면, 나는 무슨 일이 있어도 일 년을

더 버티면서 계속 수소문할 참이오. 하지만 그분이 돌아가셨고   220

더 이상 이 세상에 계시지 않는다는 얘기를 듣는다면, 사랑하는

조상들의 땅으로 돌아와 그분의 무덤을 만들고, 합당한 예를

갖추어 성대히 장례를 치른 후 어머니를 새 남편에게 보내드리겠소.”

　　텔레마코스가 이렇게 말한 후 자리에 앉자, 멘토르[6]가 그들 가운

데서 일어섰으니,

그는 흠잡을 데 없이 훌륭한 오디세우스의 동료였다.   225

오디세우스는 함선을 타고 떠나면서 그에게 집안일을 모두 맡기고,

라에르테스 노인과 상의해 모든 것을 확실히 지키도록 했다.

멘토르는 회의장에 모인 사람들 가운데서 좋은 의도로 이렇게 말했다.

　　“이타케인들이여, 이제 내가 하는 말에 귀 기울여주시오.

앞으로 홀을 지닌 왕은 누구든지 온화하고 인자하거나   230

백성을 적극적으로 도우려는 마음이 없고, 신들의 뜻을 따라

바른 것을 아는 마음도 지니지 않아 언제나 포악하고

불의를 저지르길 바라오. 신 같은 오디세우스는 백성에게

인자한 아버지 같은 왕이었는데도, 그가 다스린 백성 중에

그를 기억하고 마음에 두는 자가 아무도 없기 때문이오.   235

나쁜 마음을 먹고 행패 부리는 저 오만하고 막무가내인

---

6 ‘생각하는 자’, ‘조언하는 자’라는 뜻을 가진 “멘토르”는 오디세우스의 오랜 친구로 충직한
　인물이다. 아테나 여신이 주로 멘토르로 변신해 오디세우스와 텔레마코스 부자를 돕는다.

구혼자들 때문에 불평하는 건 아니오. 그들은 오디세우스가
이제 돌아오지 못할 것이라고 생각해 자기들 머리를 내놓고
그의 집안 살림을 먹어치우는 것이니 말이오.
지금 내가 분개하는 이는 다른 백성이오. 다수인데도 소수인   240
구혼자들을 말로 꾸짖고 제지하기는커녕 모두 침묵하고 있잖소."
　　에우에노르의 아들 레오크리토스가 그의 말에 반박했다.
"머저리 멘토르, 얼빠진 자여, 그따위 말로 사람들을 부추겨
우리를 막으려 하다니. 연회가 벌어지고 있는 곳에서
많은 남자들과 맞서 싸우기는 어렵소. 설령 이타케의   245
오디세우스가 직접 와 자기 집안에서 연회를 벌이는 훌륭한
구혼자들을 쫓아내려고 마음속에서 열망한다 해도,
그의 귀향을 학수고대해온 아내조차 그가 돌아온 것을
마냥 기뻐하지는 못할 것이오. 그는 돌아온 즉시
많은 사람과 싸우다가 수치스러운 죽음을 맞게 될 테니.   250
그러니 당신의 말은 이치에 맞지 않소.
자, 백성들은 흩어져 각자 일을 보시오.
텔레마코스가 말한 여행은 오래전부터 그의 아버지의 동료였던
멘토르와 할리테르세스가 서둘러 준비할 것이오. 하지만 내 생각에
텔레마코스는 오랫동안 이타케에 눌러앉은 채 아버지 소식을   255
알아보려 했고 앞으로도 그럴 테니, 이 여행은 이루어질 것 같진 않소."
　　레오크리토스는 이렇게 말한 후 서둘러 회의를 끝냈다.
백성은 흩어져 각자 자기 집으로 갔지만,
구혼자들은 신 같은 오디세우스의 집으로 향했다.
　　텔레마코스는 멀리 떨어진 바닷가로 가서   260
잿빛 바닷물에 두 손을 씻고 아테나에게 기도했다.
　　"기도를 들어주소서. 신께서는 어제 우리 집에 오시어
어슴푸레한 바다 위로 배를 타고 나가 오랫동안 떠나 계신

아버지의 귀향 소식을 알아보라고 제게 지시하셨지요.

하지만 아카이오스인들, 특히 사악하고 말할 수 없이   265

오만방자한 구혼자들이 이 일을 방해하고 있습니다."

　　　텔레마코스가 이렇게 기도하자, 아테나가 그에게 가까이

다가왔는데 생김새와 목소리가 멘토르와 같았다.

아테나는 날개 달린 말을 그에게 건넸다.

　　　"자네 아버지는 말과 행동을 실천하는 분이었네.   270

그 고귀한 용기가 자네 안에도 분명 들어 있다면

앞으로 자네는 겁쟁이도, 분별없는 자도 될 리 없네.

그러니 자네의 여행은 헛되거나 무위로 돌아가지 않을 걸세.

자네가 자네 아버지와 페넬로페이아의 소생이 아니라면

지금 열망하는 바를 이루리라고 나도 기대하지 않겠지.   275

사실 아들이 아버지만 한 경우는 드물다네.

대체로 아버지보다 못하고, 아버지보다 나은 아들은 얼마 되지 않지.

하지만 자네는 겁쟁이가 아니고 분별없는 자도 아닌 데다

오디세우스의 지략이 자네에게 아예 없지 않을 테니

이 일을 이루어낼 희망은 있네.   280

구혼자들은 지각이 없고 정의롭지 않은 자들이니

앞으로 그들의 계획이나 생각은 개의치 말게나.

검은 죽음의 운명이 가까이 와 있어

한 날에 다 죽을 텐데도 그들은 전혀 모르고 있네.

자네는 머지않아 간절히 바라는 여행을 떠날 것이네.   285

자네 아버지와 함께해온 내가 자네를 위해

빠른 배를 준비하고 동행하겠네.

자네는 집으로 돌아가 구혼자들과 어울리면서

여행에 필요한 양식을 모두 그릇에 넣되 포도주는

손잡이 둘 달린 항아리에 담고, 남자들의 기력에 좋은   290

〈멘토르의 조언을 듣고 있는 텔레마코스〉(샤를 조제프 나투아르, 18세기)

보릿가루는 튼튼한 가죽 부대에 담게. 나는 백성 가운데서
우리와 함께하고자 하는 이들을 서둘러 모으겠네.
바다로 둘러싸인 이타케에는 새 것이든 헌 것이든
배들이 많으니 그중 가장 좋은 배도 고르겠네.
그러면 신속하게 준비해 드넓은 바다로 나갈 수 있겠지."   295
        제우스의 딸 아테나가 이렇게 말하자 텔레마코스는
여신의 음성을 듣고는 더 이상 지체하지 않았다.
텔레마코스가 근심 가득한 마음으로 집에 가 보니
오만한 구혼자들이 안마당에서 염소들의
가죽을 벗기고 살진 돼지들을 굽고 있었다.   300
안티노오스가 웃으며 곧장 텔레마코스에게로 다가와
그의 손을 잡고 이름을 부르며 말했다.

        "텔레마코스, 허세 부리고 분노를 다스릴 줄 모르는 자여,
또 다시 마음속에서 안 좋은 일이나 말을 꾸며내려 하지 말고,
그저 이전처럼 먹고 마시게. 어서 빨리 지극히 신성한   305
필로스로 가 훌륭한 아버지의 소식을 들을 수 있도록
아카이오스인들이 배와 최고의 선원들을 비롯해 자네가
요청한 모든 것을 꼼꼼히 준비해줄 것이네."
        현명한 텔레마코스가 이렇게 맞받아쳤다.
"안티노오스여, 내가 어떻게 오만방자한   310
여러분과 함께 마음 편히 연회를 즐길 수 있겠소?
구혼자들이여, 지금까지 내가 어린아이였을 동안
여러분이 내 훌륭한 재산을 많이 먹어치운 것만으로도
충분하지 않소? 이제 나도 장성해 다른 사람의 말을
알아들을 수 있고 내면에서는 기개도 커졌으니,   315
내가 필로스로 가든 이 땅에 있든 여러분에게 사악한 죽음의
운명을 안겨줄 작정이오. 회의장에서 여행을 가겠다고 한 건

빈 말이 아니오. 다른 사람의 배를 타고 승객으로라도 갈 것이오.

아무래도 내가 배와 선원들을 구하지 못할 것 같으니.

그래야 여러분에게도 이롭게 보이지 않겠소?"   320

　　　텔레마코스는 안티노오스의 손에서 자신의 손을 가볍게 뺐다.

구혼자들은 집 안에서 연회를 준비하는 내내

텔레마코스를 말로 조롱하고 비웃었다.

오만하기 짝이 없는 젊은이들 중 어떤 자는 이렇게 말했다.

　　　"텔레마코스가 우리를 죽일 궁리를 하고 있는 게 틀림없어.   325

우리를 죽이고 싶은 열망이 저렇게 가득하니

모래 많은 필로스나 스파르테에서 구원군을 데려오겠지.

아니면 에피라의 풍요로운 들로 가서

사람을 죽이는 독초를 가져와 희석용 동이에 넣고

우리를 모두 죽이려 할지도 모르겠군."   330

　　　오만방자한 젊은이들 중 또 다른 자는 이렇게 말했다.

"그도 오디세우스처럼 속 빈 배를 타고 가족들에게서 멀리

떠나가 떠돌다가 죽게 되는지 누가 알겠나?

그러면 우리는 아주 큰 노고를 떠안게 되겠지. 그의 전 재산을

나눠 가질 뿐 아니라 이 집을 그의 어머니와 그녀의   335

남편 될 사람에게 주는 일을 도맡아 해야 할 테니까."

　　　구혼자들은 이런 식으로 말했지만, 텔레마코스는 아버지 소유의

지붕 높고 넓은 창고방으로 내려갔다. 그곳에는 황금과 청동이 쌓여

있고, 큰 궤짝들에는 옷과 향기로운 올리브기름이 들어 있었다.

또한 크디큰 항아리들에는 오래된 꿀처럼 달콤한   340

포도주가 들어 있었다. 희석시키지 않은 신성한 음료가 담긴

이 항아리들은 벽 쪽에 가지런히 세워져 있었는데,

오디세우스가 수많은 고초를 겪고 집에 돌아오면

사용하려고 비축해놓은 것이었다.

양쪽으로 열도록 튼튼하게 짜맞춘 두 짝의 문에는 자물쇠가   345
달려 있었고, 페이세노르의 아들 옵스의 딸이자 아는 게 많고
깊은 지혜를 지닌 에우리클레이아가 그 모든 것을
관리하고 있었다. 텔레마코스는 그녀를 창고방으로 불러 말했다.
　"유모, 자, 나를 위해 손잡이 둘 달린 항아리들에 향긋한
포도주를 담아주세요. 제우스의 자손 오디세우스께서   350
죽음과 운명을 피해 돌아오실 때를 대비해
당신이 그 불운한 분을 생각하며 소중히 보관하고 있는 것
다음으로 맛있는 것으로요. 열두 항아리를 가득 채우면
뚜껑을 전부 닫아주세요. 꼼꼼히 바느질한 가죽 부대에는
방앗간에서 빻은 보릿가루 스무 말을 담아주시고요.   355
이 일은 유모 혼자만 알아야 해요. 밤이 되어
어머니께서 주무시러 이층 방으로 올라가면 내가 그것을
옮길 테니 모든 것을 한꺼번에 준비해주세요.
나는 사랑하는 아버지의 귀향 소식을 혹시 들을 수 있을까 해서
스파르테와 모래 많은 필로스로 가려 해요."   360
　텔레마코스가 이렇게 말하자 사랑하는 유모 에우리클레이아가
소리 내어 울며 날개 달린 말로 탄식했다.
　"도련님, 어쩌려고 마음속에 그런 생각을 하세요? 제우스의 자손
오디세우스께서는 조상들의 땅을 멀리 떠나 미지의 땅에서
이미 돌아가셨는데, 그분의 귀한 독자가 많은 나라를 여기저기   365
다니려 하시다니요? 도련님이 떠나시면 그자들이 즉시
음모를 꾸밀 것입니다. 도련님은 그들의 교활한 계략에
휘말려 돌아가실 테고, 저자들은 도련님의 전 재산을 자기들끼리
나누어 가지겠지요. 그러니 도련님은 불모의 바다를 떠돌며
고생하지 말고, 재산이 있는 이곳에 머무르셔야 해요."   370
　현명한 텔레마코스가 대답했다.

"유모, 이 일은 신의 계획 없이 이루어지는 일이 아니니
안심하세요. 그러니 열하루나 열이틀 날이 되기 전에, 또는
사랑하는 어머니께서 나를 보고 싶어 하거나 내가 떠났다는 소식을
듣기 전까지는, 이 일을 그분께 말씀드리지 않겠다고 맹세하세요.   375
어머니께서 이 일로 눈물 흘려 고운 피부를 상하시면 안 되니까요."
        텔레마코스가 이렇게 말하자 할멈은 신들의 이름으로
엄숙하게 맹세했다. 그녀는 맹세를 마친 후
즉시 손잡이 둘 달린 항아리에 포도주를 채우고,
꼼꼼히 바느질한 가죽 부대에는 보릿가루를 담았다.   380
텔레마코스는 집으로 돌아가 구혼자들과 어울렸다.
        한편 빛나는 눈의 여신 아테나는 다시 다른 일에 착수했다.
텔레마코스로 변신한 여신은 도시 전체를 다니면서
남자를 만날 때마다 옆으로 다가가 말을 건네고,
밤이 되면 빠른 배 옆으로 모이라고 지시했다.   385
또한 여신은 프로니오스의 영광스러운 아들 노에몬에게
빠른 배 한 척을 부탁했고, 그는 그렇게 하겠다고 말했다.
        이제 해는 지고 모든 길이 어두워졌다.
그러자 노에몬은 빠른 배를 바다로 끌어 내리고,
노 젓는 자리마다 갖추어야 할   390
도구를 모두 배에 실은 후 항구의 가장 바깥쪽에 세워놓았다.
훌륭한 선원들이 배 주위에 집결하자 여신은 그들을 일일이 독려했다.
        그런 후 빛나는 눈의 여신 아테나는 또 다른 일을
생각해내고는 신 같은 오디세우스의 집으로 갔다.
거기서 여신은 구혼자들에게 달콤한 잠을 쏟아붓고,   395
잔을 놓칠 만큼 취한 그들의 정신을 아득하게 만들었다.
눈꺼풀에 잠이 쏟아져 더 이상 앉아 있지 못하게 되자
그들은 자러 가기 위해 도시 곳곳으로 빠르게 내달렸다.

이윽고 빛나는 눈의 아테나는 생김새로나 목소리로나
멘토르와 똑같은 모습으로 변신한 다음,   400
살기 좋은 궁에서 텔레마코스를 불러내 말했다.

　　"텔레마코스, 훌륭한 정강이 보호대를 한 선원들이
이미 노 옆에 앉아 자네의 명령만 기다리고 있으니
여행이 더 이상 지체되지 않도록 어서 가세."

　　팔라스 아테나가 이렇게 말한 후 빠른 걸음으로   495
앞서 가자 텔레마코스는 여신의 발자국을 쫓아갔다.
그들은 배와 바다 쪽으로 내려갔고,
바닷가에서 장발의 선원들을 발견했다.
신성하고 강력한 텔레마코스가 그들 가운데서 말했다.

　　"친구들이여, 여행에 필요한 양식을 가져와야 하니 이리로 오시오.   410
모든 것이 내 집에 있소. 내 어머니께서는 아무것도 모르시고,
내가 말해둔 시녀 한 명 말고는 다른 시녀들도 마찬가지요."

　　텔레마코스가 이렇게 말한 후 앞장서자 그들도 따라갔다.
그들은 오디세우스의 사랑하는 아들이 지시한 대로
여행에 필요한 양식을 모두 가져와   415
훌륭한 노가 장착된 배에 실었다.
아테나가 먼저 배에 올라 뒤편에 앉았고,
텔레마코스도 배에 올라 여신 옆에 앉았다.
선원들도 배를 묶어둔 밧줄을 푼 후 배에 올라 노 옆에 앉았다.
빛나는 눈의 아테나가 그들에게 순풍을 보내주니   420
포도주빛 바다 위에 윙윙거리는 거센 서풍이 불었다.
텔레마코스가 선원들에게 닻을 올리고 항해 도구들을
잘 묶어두라고 독려하자 선원들은 그의 지시를 따랐다.
그들은 전나무 돛대를 세워 배 중앙의 나무 구멍에 집어넣고,
앞당김 밧줄로 돛대 끝과 뱃머리를 이어 묶은 후   425

튼튼하게 꼰 소가죽 밧줄로 흰 돛을 끌어 올렸다.
불어오는 바람에 돛의 중심부가 한껏 부풀어 올랐고,
배가 앞으로 나아가면서 용골[7] 양쪽으로 검은 파도가
크게 울부짖었다. 배는 파도를 헤치고 나아갔다.
선원들은 빠른 검은 배 안에서 항해에 필요한 도구를
단단히 묶은 후, 포도주가 가득 든 희석용 동이들을 세워놓고
영생불멸의 신들, 그중에서도 특히 제우스의 딸
빛나는 눈의 여신에게 술을 부어 바쳤다.
배는 밤새도록, 또 새벽이 되어서도 앞으로 질주했다.

430

---

7 "용골"은 배의 앞머리부터 뒷부분까지 이어지는 배 바닥의 중심부 골격으로, 두껍고 긴 목
   재로 만든다. 배에서 마치 우리 몸의 척추와 같은 역할을 한다.

제3권   필로스의 네스토르

태양신 헬리오스가 불멸의 신들과 인간들, 곧 곡물을 내는

경작지에서 살아가는 필멸의 인간들에게 빛을 주기 위해

지극히 아름다운 대양을 떠나 청동 하늘을 향해 달리기 시작할 때,

그들은 넬레우스가 잘 지은 도시 필로스[1]에 도착했다.

마침 바닷가에서 대지를 뒤흔드는 자, 검은 머리의 신[2]에게   5

몸 전체가 새까만 황소들을 잡아 제를 올리고 있었다.

의자가 아홉 줄로 놓여 있었고, 한 줄에 오백 명씩 앉았으며,

각 줄에서 아홉 마리의 황소를 제물로 드렸다.

사람들이 구운 내장을 맛본 후 제단 위에서 넓적다리뼈를 태워

신들께 올려드릴 때, 텔레마코스 일행은 균형 잡힌 배의   10

돛을 끌어 내려 잘 접어놓고 정박시킨 후 배에서 내렸다.

텔레마코스가 배에서 내리자 아테나가 앞장섰다.

1　"넬레우스"는 필로스의 왕 네스토르의 아버지다. 더 자세한 내용은 제1권 각주 35를 보라.

2　"대지를 뒤흔드는 자 검은 머리의 신"은 포세이돈을 말한다. 외눈박이 거인족 키클롭스들을 지하감옥에서 꺼내주고 선물로 받은 삼지창으로 바다에는 거센 파도를, 대지에는 지진을 일으키고 샘이 터져 나오게 해 "대지를 뒤흔드는 자"라는 별명을 얻었다. 또한 말의 신이자 바다의 신인 포세이돈은 검푸른 파도와 검은 말 갈기 같은 머리를 가졌다고 해서 "검은 머리의 신"으로 불리기도 했다.

빛나는 눈의 여신 아테나가 그에게 말했다.

　　"텔레마코스, 자네는 지금부터 전혀 위축될 필요 없네.

대지가 자네 아버지를 어디에 감추었고, 그분이 어떤 운명을　　　　15

맞았는지 알아보려고 바다 위를 항해하여 이곳까지 왔잖은가.

그러니 자, 이제 곧장 말 길들이는 네스토르를 찾아가

그가 가슴속에 어떤 계책을 품었는지 알아보게.

있는 그대로 말해달라고 그에게 직접 간청해보게.

그는 매우 현명한 사람이니 거짓을 말하진 않을 걸세."　　　　20

　　　현명한 텔레마코스가 대답했다.

"멘토르, 어찌하면 좋겠습니까? 어떤 말씀을 먼저 드려야 할지요?

지혜롭게 말하는 데는 아직 서툴뿐더러

어린 사람이 나이 많은 분께 여쭈려 하니 위축됩니다."

　　　빛나는 눈의 여신 아테나가 대답했다.　　　　25

"텔레마코스, 자네 마음속에 스스로 생각나는 것도 있고,

신께서 말해주시는 것도 있을 걸세. 신들의 뜻이 아니었다면

자네는 태어나지도 자라나지도 못했을 테니까."

　　　팔라스 아테나가 이렇게 말한 후 앞장서자

텔레마코스는 여신의 발자국을 쫓아갔다.　　　　30

그들은 필로스 남자들이 모여 있는 의자 쪽으로 다가갔다.

그곳에는 네스토르가 아들들과 함께 앉아 있었고,

주위에서는 사람들이 고기를 굽거나 꼬챙이에 꿰면서

연회를 준비하고 있었다. 이방인 나그네들을 본 그들은

모두 한꺼번에 몰려와 손을 잡고 반갑게 인사하며　　　　35

자리에 앉기를 권했다. 네스토르의 아들 페이시스트라토스가

가장 먼저 다가와 둘의 손을 잡고 이끌어 바닷가 모래 위

부드러운 양모피가 깔려 있는 연회석으로 데려갔고,

형 트라시메데스와 아버지 네스토르 옆자리에 앉혔다.

페이시스트라토스가 환영의 표시로 두 사람에게 40

내장 중 일부를 건네고 황금 술잔에 포도주를 따른 후,

아이기스 방패[3]를 지닌 제우스의 딸 팔라스 아테나에게 말했다.

"이방인 나그네여, 이제 포세이돈 군주께 기도하시오.

마침 그분을 위한 연회를 열고 있는데 당신들이 왔소.

그러니 예법에 따라 헌주하고 기도한 후 45

꿀맛 나는 포도주를 당신의 벗에게도 건네어 바치게 하시오.

모든 인간에게는 신들이 필요한 법이니 당신의 친구도

불멸의 신들께 기도하고 싶지 않겠소?

하지만 저 친구는 나이가 더 어리고 나와 동년배니

이 황금 술잔은 당신에게 먼저 드리리다." 50

　　　　페이시스트라토스가 이렇게 말하고 꿀처럼 달콤한

포도주가 든 잔을 여신의 손에 건네자, 아테나는 황금 술잔을

자기에게 먼저 준 지혜롭고 올바른 젊은이를 흡족해하며

즉시 포세이돈 군주에게 간절히 기도했다.

　　　　"대지를 떠받치는 포세이돈이시여, 기도를 들어주소서. 55

기도하는 우리를 외면하지 마시고 다음과 같은 일이

이루어지게 하소서. 먼저는 네스토르와 그의 아들들에게

영광을 내려주시고, 다음으로는 이 성대한 제물을 바치는

필로스의 다른 모든 백성에게도 합당한 보상을 베풀어주소서.

또한 검고 빠른 배를 타고 여기로 온 텔레마코스와 제가 60

일을 성공적으로 마치고 돌아가게 하소서."

3　"아이기스 방패"는 대장장이 신 헤파이스토스가 제우스를 길렀다고 전해지는 암염소 아말
　테이아의 가죽으로 만들어 제우스에게 준 방패다. 방패 중앙에 있는 무시무시한 메두사의
　머리는 페르세우스가 고르곤 자매의 한 명인 메두사를 죽인 후 머리를 잘라 아테나 여신
　에게 바친 것이다. 이 방패를 흔들면 천둥과 번개가 치고 폭풍이 휘몰아친다. 나중에는 아
　테나가 이 방패를 들고 다닌다.

아테나는 이렇게 기도했고, 자신이 직접 이 모든 일을 이루었다.
여신은 손잡이 둘 달린 황금 술잔을 텔레마코스에게 건넸고,
오디세우스의 사랑하는 아들도 똑같이 기도했다.
사람들은 꼬챙이에 고기를 꿰어 구운 후 빼내					65
모두에게 각자의 몫을 나누어 주고 성대한 연회를 즐겼다.
이윽고 먹고 마시는 욕구에서 벗어나자 전차를 타고 싸우는
게레니아의 네스토르[4]가 그들 가운데서 먼저 말했다.

		"이제 이방인 나그네들도 식사를 마쳤으니
그들의 정체를 자세히 물을 때가 된 것 같소.					70
이방인 나그네들이여, 그대들은 누구시오? 어디서 출발해
축축한 바닷길을 항해하여 오셨소? 용무가 있어 온 사람들이오?
아니면 정처 없이 떠돌아다니는 사람들이오? 목숨 걸고 바다 위를
떠돌며 다른 사람에게 재앙을 안겨주는 해적들처럼 말이오."

		현명한 텔레마코스는 당당하게 대답했다.					75
그가 멀리 떠나 돌아오지 않고 있는 아버지에 대해 묻고
사람들 가운데서 훌륭한 명성을 얻을 수 있도록
아테나가 가슴속에 용기를 불어넣은 덕분이었다.

		"넬레우스의 아드님이며 아카이오스인의 위대한 영광인
네스토르여, 저희가 어디서 왔는지 물으시니 말씀드리지요.			80
저희는 네이온곶 아래 있는 이타케에서 왔습니다.
저희의 용무는 회의장에서 입에 올릴 공적인 일이 아니라
저 자신에 관한 사적인 일입니다. 제 아버지, 강인하고 고귀한
오디세우스의 널리 퍼진 소문을 따라 무슨 얘기라도

4 　"게레니아"는 메세네 지방의 한 도시다. 헤라클레스가 네스토르의 아버지이자 필로스 왕
　　이었던 넬레우스에게 앙심을 품고 공격해 그와 그의 아들들을 죽였을 때, 네스토르만 게
　　레니아에 있어서 화를 피했다. 필로스가 파괴된 후 네스토르는 필로스의 왕으로 즉위하고
　　나서도 한동안 게레니아에서 다스려 "게레니아의 네스토르"로 불렸다.

들을까 해서 이곳에 왔지요. 그분이 당신과 함께 싸워   85

트로스인의 도시를 함락시키셨다고 들었습니다. 트로스인과 싸운

다른 사람이 각자 어디서 비참한 죽음을 맞이했는지는

이미 들어 알고 있지만, 제 아버지의 죽음에 대해서는

크로노스의 아드님께서 아무도 알지 못하게 하셨지요.

그분이 어디서 돌아가셨는지, 육지에서 적들의 손에 돌아가셨는지,   90

아니면 바다에서 암피트리테[5]의 파도에 휩쓸려 돌아가셨는지

말해줄 수 있는 사람이 아무도 없습니다.

그런 이유로 지금 제가 여기로 와 당신의 무릎을 붙잡고 간청하니

그분의 비참한 죽음을 목격했거나, 그분이 떠돌아다닌다는

얘기를 누군가에게 들었다면 허심탄회하게 말씀해주십시오.   95

어느 쪽이든 그분의 어머니께서 그분을 가련하고 불쌍한 운명으로

낳아주신 결과일 테지요. 그러니 저를 배려하거나 동정하여 좋게

꾸미지 말고 보고 겪은 대로 자세히 말씀해주십시오.

아카이오스인이 재앙을 겪은 트로스인의 땅에서 전에 제 아버지

훌륭한 오디세우스께서 당신에게 약속한 말이나 일을 다   100

지키셨다면, 지금 그것들을 기억해 있는 그대로 말씀해주십시오.”

　　　전차를 타고 싸우는 게레니아의 네스토르가 대답했다.

“여보게, 자네는 천하무적인 우리 아카이오스인의 아들들이

아킬레우스의 선도 아래 전리품을 얻고자 함선들을 타고

안개 자욱한 검은 바다 위를 떠돌거나, 프리아모스왕[6]의   105

---

5 ‘아우성치다’라는 뜻을 지닌 “암피트리테”는 바다의 노인 네레우스의 딸 50명 중 하나로,
  바다의 요정이자 포세이돈의 아내다. 포세이돈은 암피트리테를 아내로 맞이해 바다의 지
  배자가 될 수 있었다고도 한다. 바다의 지배자답게 이들의 결혼식에는 하반신이 물고기
  모습인 말이나 소, 양, 사슴, 사자 등 여러 바다 괴물이 참석했다.
6 “프리아모스”는 그리스 연합군이 트로이아를 공격했을 당시 트로이아의 왕이다. 원래 이
  름은 포르다케스이며, 트로이아 왕 라오메돈과 강의 신 스카만드로스의 딸 스트리모 사이
  에서 태어났다. 그는 두 번째 아내 헤카베에게서 트로이아 전쟁에 등장하는 여러 아들을

〈서로 얼싸안는 텔레마코스와 네스토르〉(제이콥 폴케마, 1732년)

큰 성 주위에서 싸우느라 트로스인[7]의 땅에서 견뎌낸 시련을
일깨워주는구먼. 그곳에서 가장 훌륭한 이들이 목숨을 잃었네.
용맹한 아이아스도 거기에 누워 있고, 아킬레우스도 누워 있고,
신들과 맞먹는 책사 파트로클로스도 누워 있으며,[8]
내 사랑하는 아들, 민첩하고 빠르게 달리며 전투에   110
탁월했던 흠잡을 데 없이 훌륭한 맹장 안틸로코스도 누워 있네.
그런 일 말고도 우리는 다른 불행한 일을 많이 겪었지만,
필멸의 인간들 중 그 모든 일을 말할 수 있는 이가 누구겠는가?
이곳에 다섯 해든 여섯 해든 머물며 고귀한 아카이오스인들이
그곳에서 불행한 일들을 얼마나 많이 겪었는지 묻는다 해도,   115
그 일들에 대해 다 듣기도 전에 자네는 화가 나고 비탄에 젖어
조상들의 땅으로 돌아가고 말 걸세.
우리는 아홉 해가 지나도록 온갖 책략을 동원해 그들에게 재앙을
안기려 했고, 크로노스의 아드님께서는 그 일을 간신히 이루어주셨지.
자네가 그의 소생이라니 하는 말이지만,   120
자네 아버지 오디세우스는 온갖 지략에서 월등히 뛰어난지라
그 점에서는 그와 다투려 하는 자가 아무도 없었네.
자네가 이치에 맞는 말을 하는 것을 보니

 얻는다. 장남은 트로이아 진영의 최고 영웅 헥토르이고, 둘째가 헬레네를 트로이아로 데려온 파리스다.

7 "트로스인"은 트로이아 왕국의 백성을 가리킨다. 다르다니아 왕 트로스의 아들 일로스가 트로이아를 건설했다. 트로이아 또는 일리오스, 일리온이라는 명칭은 이들의 이름에서 유래한다.

8 "아킬레우스"는 그리스 연합군의 최고 영웅으로, 『일리아스』를 이끌어가는 주요 인물이다. 아버지는 테살리아 지방의 프티아 왕 펠레우스이고, 어머니는 바다의 신 네레우스의 딸인 여신 테티스다. "아이아스"도 그리스 연합군의 맹장으로 활약한 영웅이다. 그의 아버지 텔라몬과 아킬레우스의 아버지 펠레우스는 형제지간이다. "파트로클로스"는 아킬레우스의 시종이자 절친한 친구로, 그의 죽음은 아가멤논과 불화해서 뒤로 물러나 있었던 아킬레우스가 다시 전장으로 나오는 중요한 계기가 된다.

경탄하지 않을 수 없네그려. 젊은이가 이치에 맞는
말을 하기란 쉽지 않은데 말이야.   125
그곳에 있는 동안 나와 고귀한 오디세우스는 회의할 때나
어떤 일을 결정할 때나 서로 의견이 갈린 적이 없었다네.
우리는 한마음 한뜻이 되어 깊이 생각하여
무엇이 가장 훌륭한 일인지 아르고스인들에게 말해주었네.
하지만 우리가 프리아모스의 높고 가파른 도시를 함락시키고   130
함선에 탔을 때, 신께서는 아카이오스인들을 박살 내셨다네.
제우스께서 아르고스인들의 비참한 귀향을 작정하신 거야.
아르고스인들 모두가 사려 깊고 정의롭게 행한 건 아니었으니까.
그들 중 다수가 강력한 아버지 제우스의 따님이며
빛나는 눈의 여신 아테나의 파멸적인 진노로 비참한   135
최후를 맞이했네. 여신께서는 아트레우스의 두 아들[9] 사이에
불화를 두셨지. 두 사람은 해가 지자 법도에 맞지 않게 쓸데없이
모든 아카이오스인들을 회의장으로 불러 모았네.
아카이오스인의 아들들이 술에 잔뜩 취한 채 왔고,
아트레우스의 두 아들은 군사들을 소집한 이유를 말했네.   140
이때 메넬라오스는 모든 아카이오스인들에게 바다의 드넓은 등을 타고
귀향할 준비를 하도록 지시했지만, 아가멤논은 그런 지시를
아주 못마땅해했네. 아테나의 무시무시한 진노를 달래기 위해
군사들을 붙잡아두고 신성한 제를 성대하게 올리고 싶었던 거야.
영원히 계시는 신들의 마음은 빨리 돌아서지 않는 법인데도   145
아가멤논은 어리석어 그런 식으로는 여신을 설득할 수 없다는 걸

---

9 "아트레우스의 두 아들"은 각각 아가멤논과 메넬라오스를 말한다. 형 아가멤논은 그리스
   연합군 총사령관이자 미케네 왕이고, 동생 메넬라오스는 트로이아 전쟁의 발단이 된 헬레
   네의 남편이자 스파르테의 왕이다.

몰랐다네. 그래서 아트레우스의 두 아들은 맞서며 서로에게
독설을 퍼부었고, 훌륭한 정강이 보호대를 한 아카이오스인들도
메넬라오스의 계획에 찬성하는 편과 반대하는 편으로 갈린 채
자리를 박차고 일어나 서로에게 고함을 질러댔네.   150
그날 밤 우리는 마음속으로 서로에게 분노를 품은 채로 잠들었네.
제우스께서 우리 앞에 사악한 재앙을 준비하신 탓이지.
날이 밝자 우리 중 일부는 함선들을 신성한 바다 위로
끌어내린 후 제물과, 허리춤까지 옷을 입은[10] 여인들을 태웠네.
군사의 절반은 백성들의 목자 아트레우스의 아들 아가멤논에게   155
붙들려 그의 곁에 남았고, 나머지 절반은 함선들에 올라
노를 저어 앞으로 나아갔네. 신께서 거대한 심연의 바다를
잔잔케 해주신 덕분에 함선들은 아주 빨리 항해할 수 있었지.
테네도스[11]에 도착한 우리는 집에 무사히 가게 해달라고 신들께 제를
    올렸네.
하지만 제우스께서는 우리를 무사히 귀향시킬 생각이 없으셨지.   160
비정하게도 우리 가운데 또다시 사악한 불화를 일으키셨으니까.
결국 우리 중에서 계책이 많고 현명한 오디세우스왕과 그의 군사들이
다시 한번 아트레우스의 아들 아가멤논에게 호의를 베풀고자
양쪽으로 노 젓는 함선들을 되돌려 가버렸네.
하지만 나는 신께서 안 좋은 일을 계획하고 계심을   165
알았기에 나를 따르는 모든 함선과 함께 도망쳤네.

---

10 "허리춤까지 옷을 입은"으로 번역한 바티조노스(βαθύζωνος)는 허리띠를 가슴 바로 아
    래가 아닌 엉덩이께에 두르고 웃웃이 그 위로 드리워진 옷차림을 가리킨다.
11 "테네도스"는 에게해에서 헬레스폰토스 해협(지금의 다르다넬스 해협)으로 들어가는 입
    구에 위치한 섬이다. 트로이아 전쟁에서 그리스군은 회군하는 척하며 테네도스에 정박했
    다가, 나중에 목마에서 나온 그리스군 전사들이 트로이아 성문을 열자 다시 성안으로 쇄
    도해 들어가 성을 함락시킨다.

티테우스의 아들 용맹한 디오메데스[12]도 군사를 독려하여 도망쳤지.

한참 후 금발의 메넬라오스도 우리와 함께했네.

우리가 산과 바위가 많은 키오스를 왼편에 두고

프시리에를 향해 먼 길을 항해할지,　　　　　　　　　　　　　　170

아니면 키오스 아래로 내려가 바람 많은 미마스 옆을 지날지

레스보스에서 의논하고 있을 때[13] 메넬라오스가 도착했네.

우리는 신께 길흉의 징조를 보여주시기를 간청했네. 그러자 신께서는

그렇게 해주시면서 에우보이아를 향해 바다 한가운데를

가로질러 한시라도 빨리 재앙에서 벗어나라고 지시하셨네.　　　175

순풍이 휘갈기며 불어닥쳤고, 함선들은 아주 빠르게 달려

물고기 가득한 뱃길을 지나 밤중에 게라이스토스에 도착했네.[14]

우리는 망망대해를 무사히 지나온 것에 감사하며

그곳에서 포세이돈께 황소의 넓적다리뼈를 많이 태워 올렸지.

나흘째 되는 날 티테우스의 아들 말 길들이는 디오메데스의　　180

군사들은 균형 잡힌 함선들을 아르고스에 정박시킬 수 있었네.

12　"디오메데스"는 아르고스의 왕으로, 테베 공략 7장군 중 한 명인 티테우스와 테베 공략을
　　주도한 아르고스 왕 아드라스토스의 딸 데이필레 사이에서 태어났다. 『일리아스』에서는
　　아킬레우스가 참전하지 않는 동안 가장 용맹하게 싸운 그리스군 장수로 묘사된다.

13　"키오스"는 아나톨리아반도 서쪽 에게해에 있는 섬으로, 일설에 의하면 호메로스의 출생
　　지다. 키오스섬 위에 "프시리에"가 있다. 프시리에섬 위에 있는 "레스보스"는 아나톨리아
　　서쪽 해상에서 가장 큰 섬으로, 미틸레네라는 큰 도시가 있다. 라피테스인들의 시조인 라
　　피테스의 아들 레스보스는 신탁에 따라 태양신 헬리오스의 아들 마카레우스가 다스리던
　　그리스 동부의 섬으로 가서 공주 메팀나와 결혼해 왕위를 물려받고, 그 섬의 이름을 레스
　　보스라 불렀다. "미마스"는 키오스섬 동쪽 아나톨리아 카라부룬반도에 있는 곳으로, 키오
　　스섬에서 약 8킬로미터 떨어져 있다.

14　"에우보이아"는 그리스 본토 보이오티아 지방 동쪽에 있는 큰 섬으로, 좁은 에우리포스 해
　　협을 통해 그리스 본토와 분리되어 있다. 에게해에 있는 이 섬은 북서쪽에서 남동쪽으로
　　150킬로미터 정도 길게 뻗어 있고, 폭은 50킬로미터다. "게라이스토스"는 에우보이아섬의
　　서남단에 있는 곳이다. 따라서 네스토르 일행은 처음에 에게해에 있는 많은 섬을 끼고 가
　　는, 멀지만 좀 더 안전한 길을 계획했다가 신의 지시로 트로이아에서 남서쪽 방향으로 위
　　험한 망망대해를 직진해 항해한 것이다.

반면에 나는 필로스 쪽으로 방향을 잡아 순풍을 타고 항해를 이어갔네.

신께서 처음에 보내주신 바람이 쉬지 않고 불어준 덕분이었지.

사랑하는 젊은이여, 나는 이렇게 떠나와 그곳에 남아 있는 사람들이

어떻게 되었는지, 아카이오스인 중 누가 죽고 누가 살았는지 185

전혀 알지 못한다네. 하지만 내가 우리 궁에 앉아 알게 된 일을

숨기지 않고 말할 테니 당연히 자네도 알게 될 걸세.

기개 있는 아킬레우스의 영광스러운 아들이 이끈, 창으로 싸우는

미르미도네스인[15]은 무사히 돌아왔고, 포이아스의 눈부신 아들

필록테테스[16]도 무사히 돌아왔다고 들었네. 이도메네우스[17]도 전쟁에서 190

살아남은 군사들을 모두 크레테로 이끌었고, 바다는 그들 중 한 사람도

앗아가지 않았네. 아트레우스의 아들 아가멤논과 관련해서는

비록 먼 곳에서 일어난 일이긴 하지만, 그가 어떻게 돌아왔고, 어떻게

아이기스토스가 그의 비참한 죽음을 계획했는지 자네들도 들었을 테지.

그자는 결국 자기 죗값을 치렀네. 195

아가멤논의 아들이 명성 높은 아버지를 죽인

교활한 살해자 아이기스토스에게 복수한 걸 보면,

사람이 아들을 남기고 죽는 건 좋은 일이지 않은가.

여보게, 내가 보기에 자네는 용모 준수하며 체격도 크고 당당하니

후대 사람들이 그 이름을 기억하도록 용맹을 보이게." 200

---

15 '개미족'이라는 뜻의 "미르미도네스인"은 테살리아 지방의 한 종족으로, 아킬레우스가 이
    끄는 군사들을 가리킨다.
16 "필록테테스"는 테살리아 지방에 있는 멜리보이아의 왕이다. 트로이아 전쟁을 하러 가는
    중에 테네도스섬에서 제를 올리다 물뱀에게 다리를 물려 악취와 통증이 심해지자 근처의
    렘노스섬에 버려진다. 전쟁 10년째 프리아모스의 아들이자 예언자 헬레노스가 오디세우
    스에게 잡혀 그리스군이 승리하려면 필록테테스를 데려와야 한다고 말한 덕분에, 그는 다
    시 트로이아 전쟁에 참전해 헤라클레스의 화살로 파리스를 죽이는 공을 세우고 귀향한다.
17 "이도메네우스"는 크레테의 전설적인 왕 미노스의 손자이자 데우칼리온의 아들이다. 예전
    에 헬레네의 구혼자였던 인연으로 80척의 함선으로 크레테군을 이끌고 트로이아 전쟁에
    참전한다. 트로이아 목마 안에 들어가 성안으로 숨어든 40명의 용사 중 하나다.

　　현명한 텔레마코스가 대답했다.

"넬레우스의 아들이며 아카이오스인들의 위대한 영광인

네스토르여, 아가멤논의 아들은 제대로 복수했고,

아카이오스인은 그의 명성을 널리 전할 테니

후세 사람도 그에 관한 얘기를 듣겠지요.　　　　　　　　　　　　　　　205

신들께서 저에게도 그만한 힘을 허락하시면 좋겠습니다.

저를 해치려고 사악한 흉계를 꾸미는 오만방자한 무법자인

구혼자들을 응징하게 말입니다. 하지만 신들께서 아버지와 제게는

그런 축복을 허락지 않으셨으니 지금은 어쩔 도리가 없습니다."

　　　전차를 타고 싸우는 게레니아의 네스토르가 대답했다.　　　　　210

"여보게, 자네가 그렇게 말하니 자네 어머니에게 구혼하러 온

많은 이들이 자네의 뜻을 무시하고 자네 궁에서 흉계를

꾸민다는 말을 들은 게 생각나는구먼. 말해보게.

자네는 어떤 의도를 가지고 그들에게 굴복하는 건가, 아니면

온 백성이 신탁의 말씀을 따라 자네를 등지고 있는 건가?　　　　　215

언젠가 오디세우스가 돌아와 혼자서든, 모든 아카이오스인과 함께하든

그들의 행패를 응징할지 누가 알겠는가? 전에 아카이오스인이

재앙을 겪었던 트로스인의 땅에서 빛나는 눈의 아테나께서

명성 높은 오디세우스를 돌보셨던 것처럼

자네를 아끼고 사랑해주실지 모르잖나.　　　　　　　　　　　　　220

팔라스 아테나께서는 그의 곁에 가까이 머물며 노골적으로 도우셨지.

신들께서 인간을 그렇게 대놓고 아끼며 사랑하시는 걸 나는

지금껏 본 적이 없다네. 여신께서 그렇게 자네를 아끼고 돌보고자

하신다면, 구혼자들 중에 결혼을 완전히 잊게 될 자도 나올 걸세."

　　　현명한 텔레마코스가 대답했다.　　　　　　　　　　　　　225

"어르신, 그 말씀은 이루어지지 않을 것 같습니다. 너무 엄청난 내용에

깜짝 놀랐습니다. 그런 일은 제가 바란다고 일어날 일도 아니고,

신들께서 원하신다 해도 일어나지 않을 겁니다."

　　　　빛나는 눈의 여신 아테나가 텔레마코스에게 말했다.

"텔레마코스, 왜 그런 말을 이빨 울타리 밖으로 내보내는가?　　　　230

신께서는 마음만 먹으면 멀리서도 사람을 손쉽게 구해주시네.

아가멤논이 귀향해 아이기스토스와 아내의 간악한 흉계에 걸려

죽은 것처럼 나도 내 집 화롯가에서 죽을지언정

수많은 고초를 겪고서라도 집으로 돌아와

귀향의 날을 보고 싶을 것 같네.　　　　235

사람을 길게 누이는 파멸적인 죽음의 운명이 덮친 후에는

신들조차 자신이 아끼고 사랑하는 사람을 누구에게나 똑같이

찾아오는 죽음으로부터 지켜줄 수 없다네."

　　　　현명한 텔레마코스가 대답했다.

"멘토르여, 아무리 괴로워도 그 일은 이제 거론하지 말아주세요.　　　　240

그분의 죽음과 검은 운명은 불멸의 신들께서 이미 계획해두어

그분에게 귀향은 더 이상 현실이 될 수 없을 테니까요.

지금 저는 다른 일을 네스토르께 자세히 여쭤보고 싶습니다.

그분은 정의와 지혜에서 남보다 더 많이 알고 계시니까요.

네스토르께서는 세 세대에 걸쳐 인간을 다스리셨다고 들었습니다.　　　　245

그래서인지 저분을 보면 불멸의 신을 보는 듯합니다.

넬레우스의 아들 네스토르여, 숨김없이 말해주십시오.

아트레우스의 아들 드넓은 땅을 다스렸던 아가멤논은 어떻게 죽었나

　　요? 메넬라오스는 어디에 있었고,

교활한 아이기스토스는 어떻게 아가멤논의 죽음을 계획했나요?

그자가 자기보다 훨씬 용맹한 이를 죽였기에 하는 말입니다.　　　　250

메넬라오스는 아카이오스인의 아르고스에 있었나요? 아니면

다른 곳에서 사람들 사이를 돌아다녔기에 아이기스토스가 감히 아가멤

　　논을 죽일 마음을 먹은 건가요?"

　　전차를 타고 싸우는 게레니아의 네스토르가 대답했다.
"그렇다면 젊은이, 자네에게 모든 것을 숨김없이 말해주겠네.
만일 아트레우스의 아들 금발의 메넬라오스가 트로이아에서 돌아와　　　255
아이기스토스가 살아서 궁에 있는 걸 보았다면,
무슨 일이 벌어졌을지 자네도 충분히 짐작할 수 있을 테지.
분명 메넬라오스는 그를 죽인 후 흙을 부어 무덤을 만들지 않고,
도성에서 멀리 떨어진 들판에 내다 버려
개와 새들이 그의 시신을 갈기갈기 찢어 먹어치우게 했을 걸세.　　　260
아카이오스인 여자들 중 아무도 그를 위해 곡하지 않았을 것이고.
그가 너무나 엄청난 일을 계획했기 때문이지. 우리가 트로이아에 머물며
수많은 전투를 벌이는 동안, 아이기스토스는 전장에서 아주
멀리 떨어진, 말이 풀 뜯는 아르고스 깊숙한 곳에 편히 앉아
많은 말로 아가멤논의 아내를 끊임없이 유혹했다네.　　　265
고귀한 클리타임네스트라[18]는 처음에는 부끄러운 짓을 마다했다지.
착한 마음을 지니고 있었으니. 또한 아트레우스의 아들 아가멤논이
트로이아로 떠나면서 한 음유시인에게 자기 아내를 지키라고
엄명을 내렸기에 그녀 옆에는 그 음유시인도 있었네.
하지만 신들이 그녀를 파멸의 운명으로 묶어버리자　　　270
아이기스토스는 그 음유시인을 외딴 섬으로 데려가
그곳에 버려두어 새들의 노획물과 약탈물이 되게 한 후,
그녀를 자기 집으로 데려갔네. 두 사람은 서로를 원했지.
그는 마음속으로 꿈도 꿀 수 없었던 엄청난 일을 해낸 다음
신들의 신성한 제단 위에 넓적다리뼈를 많이 태워 올렸고,　　　275

---

18 "클리타임네스트라"는 스파르테 왕 틴다레오스의 딸이자 헬레네의 자매다. 호메로스는 이
　　오니아 방언에 따라 '클리타임네스트레'라고 표기했으나, 이 책에서는 아테나이가 중심인
　　아티케 방언 표기법을 따라 '클리타임네스트라'로 표기했다.

직물이나 황금 같은 예물도 무수히 바쳤네.

그때 아트레우스의 아들 메넬라오스와 나는 서로

절친한 친구가 되어 트로이아를 떠나 항해하고 있었네.

그런데 우리가 아테나이의 신성한 수니온곶[19]에 이르렀을 때,

포이보스 아폴론[20]이 유연한 화살들을 가지고 다가와   280

메넬라오스가 탄 함선의 키잡이 오네토르의 아들 프론티스를 죽였네.

그는 달리는 함선의 키를 두 손으로 잡고 있었지.

폭풍이 미친 듯이 휘몰아칠 때 키를 잡고

배를 조종하는 일에서는 인간 종족 중에 가장 뛰어난 자였네.

메넬라오스는 갈 길이 바빴지만, 그곳에서 예를 갖추어 전우를 화장하   285
　　고 묻어주느라 시간을 지체했네.

그런 후 메넬라오스가 속 빈 함선을 타고 그곳을 떠나

포도주빛 바다 위를 질주하여 높고 가파른 말레이아곶[21]에 이르렀을 때,

멀리 내다보시는 제우스께서 그를 위해 험난한 항해를 준비하셨으니

세찬 바람을 몰아치게 하시어 산더미 같은 거대한   290

파도가 솟구쳤네. 그때 제우스께서는 함대를 둘로 나누시어,

그중 한 무리를 키돈인이 이아르다노스 강 양안에

---

19 "수니온곶"은 아티케반도 남단에 있는 곶으로, 아테나이에서 남동쪽으로 70킬로미터 정
　　도 떨어져 있다. 아테나이의 황금기 건축물 중 하나인 포세이돈 신전이 있는 곳으로 유명
　　하다.

20 "포이보스"(Φοῖβος)는 '밝게 빛나는 자'라는 뜻으로 아폴론의 별칭이다. 아폴론은 아버지
　　제우스의 명령으로 델포이로 가서 신탁소를 차지하고 있는 거대한 뱀 피톤을 활로 쏘아
　　죽이고, 신탁소의 명칭을 델포이로 바꾸었다. 가이아에 이어 두 번째로 델포이 신탁소의
　　수호신이 된 티탄 신족이자 법의 여신 테미스는 이곳을 자매인 포이베에게 넘겼고, 포이
　　베는 다시 아폴론에게 물려주었다. 이런 연유로 아폴론은 빛의 여신 '포이베'의 남성형인
　　'포이보스'라는 별명을 얻게 되었다.

21 "말레이아곶"은 펠로폰네소스반도 라케다이몬(스파르테) 지방의 남동단에 있는 곶으로,
　　동쪽의 에게해와 서쪽의 라코니아만이 접하는 지점에 있다. 주변의 바다는 날씨 변화가
　　심하고 거센 폭풍이 자주 불어 항해하기 어렵기로 악명이 높다.

살고 있는 크레테로 몰고 가셨네.[22] 고르티스의 끝자락인 그곳

안개 자욱하고 거무스름한 바다에는 높고 가파르며 매끄러운 바위가

바다 쪽을 향해 있다네. 그곳에서 남풍이 파이스토스[23]를 향해

왼쪽 곳으로 큰 파도를 밀어붙이면 이 작은 바위가

그 파도를 저지한다네. 한 무리의 함선은 그곳으로 갔고,

사람들은 겨우 목숨을 건졌으나 파도에 떠밀린 함선들은

바위에 부딪쳐 산산조각 나고 말았다네. 한편, 뱃머리를 검게 칠한

나머지 다섯 척은 바람과 바닷물에 떠밀려 아이깁토스[24]로 갔네.

메넬라오스는 그곳에서 함선들을 이끌고 다른 언어를 사용하는

사람들 사이를 떠돌며 많은 재산과 황금을 모았다네.

그러는 사이에 아이기스토스가 저 끔찍한 짓을 계획했지.

그는 아트레우스의 아들 아가멤논을 죽이고는

일곱 해 동안이나 황금 많은 미케네를 다스렸고,

백성은 그에게 굴복했네. 하지만 여덟째 되는 해에

295

300

305

---

22 "크레테"는 그리스에서 가장 큰 섬으로, 그리스 본토에서 남쪽으로 약 160킬로미터 떨어져 있다. 동에서 서로 260킬로미터 뻗어 있지만, 폭은 60킬로미터 정도다. "키돈인"은 크레테섬 북서쪽 해안의 "이아르다노스"강 변에서 살던 종족이다.

23 "고르티스"는 크레테섬의 남단 중앙에 있는 도시다. "파이스토스"는 고르티스에서 서쪽으로 15킬로미터 떨어져 있다.

24 "아이깁토스"는 이집트를 가리킨다. 아르고스 지방의 강의 신 이나코스의 딸 이오는 헤라를 모시는 여제관이었는데, 제우스는 이오를 유혹해 검은 구름으로 주위를 덮은 뒤 관계를 갖고 나서 헤라의 눈을 속이기 위해 암소로 변신시킨다. 이것을 눈치챈 헤라는 100개의 눈을 가진 거인 괴물 아르고스에게 암소로 변한 이오를 감시하게 하지만, 제우스가 보낸 전령의 신 헤르메스는 피리 소리로 아르고스를 잠재워 죽이고, 제우스와 관계를 맺어 임신한 이오는 이집트로 가서 아들 에파포스를 낳는다. 에파포스는 이집트의 왕 텔레고노스의 양아들이 되어 왕위를 물려받고, 나일강의 신 네일로스의 딸 멤피스와 결혼해 딸 리비에를 낳는다. 에파포스는 나일강 변에 왕비의 이름을 따 멤피스라는 도시를 건설하고, 이웃 나라를 병합해 딸의 이름을 따라 리비아로 불렸다. 리비에는 포세이돈과의 사이에서 벨로스를 낳고, 벨로스는 쌍둥이 형제 아이깁토스와 다나오스를 낳아 둘에게 각각 아라비아와 리비아를 물려주었다. 그런 후 아이깁토스는 멜람포데스인이 사는 나라를 정복하고 자신의 이름을 따라 이집트라는 이름을 붙였다.

〈아가멤논 살해〉(외젠 들라크루아, 1850년대)

고귀한 오레스테스가 복수하기 위해 아테나이에서 돌아와[25]

명성 높은 아버지를 살해한 원수, 교활한

아이기스토스를 죽였지. 오레스테스는 그자를 죽인 후,

가증스러운 어머니와 나약한 아이기스토스의 장례를 치르고　　　310

아르고스인을 위해 연회를 베풀었네.

바로 그날 함성 소리 우렁찬 메넬라오스도 많은 재물을

함선들에 싣고 오레스테스에게 돌아왔지. 그러니 여보게, 자네도

자네 재물과 그토록 오만방자한 자들을 자네 집에 내버려둔 채

집을 떠나 오랫동안 떠돌아다녀서는 안 되네.　　　315

그자들이 자네 재산을 모조리 먹어치우고 자기들끼리 나누어 가지고,

자네는 아무런 소득 없는 여행을 하게 될까 봐 그런다네.

하지만 메넬라오스만큼은 찾아갈 것을 권하고 싶네.

폭풍에 떠밀려 망망대해에서 길을 잃으면

다시 돌아올 희망을 품을 수 없기 마련인데,　　　320

메넬라오스는 그런 곳에서 살아가는 사람들에게서 돌아온 지

얼마 되지 않았으니. 그 바다는 크고 무시무시해 새들조차

일 년 안에 건널 수 없는 곳이네. 그러니 자네는 이제 동료들과 함께

---

25 "오레스테스"는 누이 엘렉트라와 유모의 도움으로 아이기스토스에게서 벗어나 포키스의 왕 스트로피오스에게 피신한다. 아버지 아가멤논의 누이 아낙시비아가 그곳의 왕비였기 때문이다. 한편, 유모는 오레스테스를 죽이러 온 아이기스토스에게 자기 아들을 내주어 대신 죽게 하고 오레스테스를 탈출시킨다. 성인이 된 오레스테스는 델포이의 아폴론 신전을 찾아가 앞으로 해야 할 일을 물었고, 신탁은 그에게 복수를 명령했다. 오레스테스는 스트로피오스왕의 전령으로 가장해, 아이기스토스와 클리타임네스트라에게 오레스테스의 죽음을 알리고 유골을 전하는 척하다가 칼로 두 사람을 죽여 아버지의 원수를 갚는다. 모친 살해자가 된 그는 복수의 여신들에게 쫓기고, 결국 아테나이의 아레오파고스에서 아테나 여신의 주재로 재판을 받아 무죄 판결을 받는다. 하지만 복수의 여신들은 야만족 나라 타우리스에 있는 아르테미스 신전의 여신상을 훔쳐 그리스로 가져와야 저주가 풀릴 것이라고 말한다. 오레스테스는 그곳의 신전 여제관으로 있던 누이 이피게네이아를 만나 여신상을 훔쳐 그리스로 돌아오고, 마침내 미케네, 아르고스, 스파르테의 왕이 된다. 여기서 오레스테스가 "아테나이에서 돌아와" 복수했다는 것은 착오인 듯하다.

배를 타고 떠나게. 육로로 가겠다면 마차와 말들을 내어주고

내 아들들을 자네와 함께 보내 금발의 메넬라오스가 있는 325

신성한 라케다이몬[26]까지 길잡이를 해주겠네.

자네가 직접 그에게 있는 그대로 말해달라고 청하게.

그는 무척 지혜로우니, 거짓으로 말하진 않을 걸세."

네스토르가 이렇게 말한 후, 해가 지고 어둠이 찾아왔다.

그들 가운데서 빛나는 눈의 여신 아테나가 말했다. 330

"어르신, 지당한 말씀입니다. 그러면 자, 잠잘 시간이 되어

우리는 포세이돈을 비롯한 불멸의 신들께 헌주하고 자려 하니

제물들의 혀를 자르고 포도주를 희석시키시지요.

빛이 지하세계의 어둠 아래로 이미

사라졌으니 신들의 연회에 더 이상 335

앉아 있지 말고 돌아가는 게 마땅합니다."

　　제우스의 딸이 이렇게 말하자 그들은 그녀가 말한 대로 했다.

전령들은 두 사람의 손에 물을 부었고,

장정들은 물을 섞은 포도주가 가득 담긴 희석용 동이들을 가져와

신들께 헌주할 수 있도록 모두의 잔에 포도주를 조금씩 따랐다. 340

그들은 제물들의 혀를 불에 던진 후 일어나 헌주했다.

그들이 헌주하고 나서 마음껏 마셨을 때,

아테나와 신 같은 텔레마코스는

속 빈 배로 돌아가려 했다.

하지만 네스토르는 이렇게 말하며 그들을 붙들었다. 345

　　"마치 내 집이 가난하여 옷가지가 전혀 없고,

겉옷이나 담요도 많지 않아 나와 손님들이

---

26 "라케다이몬"은 스파르테를 중심으로 한 도시국가이며, 스파르테의 별칭이기도 하다. 스
　　파르테는 펠로폰네소스반도 남동부 에우로타스강 변에 있는 도성을 가리킨다.

푹신하게 잘 수 없기라도 한 것처럼

그대들이 내 집을 떠나 빠른 배로 돌아가는 것을

제우스를 비롯한 불멸의 신들께서 막아주시길 바라네.　　　　　350

내 집에는 좋은 겉옷과 담요가 있네.

내가 살아 있고 아들들이 궁에 남아 있어

내 집에 찾아온 나그네들을 환대하는 한,

오디세우스 그 사람의 사랑하는 아들이 배 갑판 위에

눕는 일은 결단코 있어서는 안 되지."　　　　　355

　　　　　빛나는 눈의 여신 아테나가 대답했다.

"어르신, 지당한 말씀입니다. 그러니 텔레마코스는 어르신의 말씀을

따르는 게 합당합니다. 그래야 훨씬 도리에 맞으니까요.

하지만 저는 검은 배로 가 동료들을 격려하고

각자에게 할 일을 일러줘야 합니다. 그러니 이번에는　　　　　360

텔레마코스만 어르신을 따라가 궁에서 자야 할 것 같습니다.

그들 가운데서 저 혼자만 연장자인 것에 제가 자부심을

갖고 있기 때문입니다. 그들은 모두 기개 있는 텔레마코스와

나이가 같은 젊은이들로 의리로 함께한 이들입니다.

그러니 오늘은 제가 그들이 있는 곳, 속 빈 검은 배에서 눕고,　　　　　365

날이 밝자마자 기개 있는 카우코네스인[27]에게 가고자 합니다.

그들은 오래전부터 제게 갚아야 할 빚이 적지 않지요.

이왕 이 사람이 당신 집에 왔으니

가장 빠르고 힘센 말들을 제게 주어 그 말들이 끄는 마차로

저를 당신의 아들들과 함께 그들에게로 보내주십시오."　　　　　370

---

27 "카우코네스인"은 펠로폰네소스반도의 아르카디아 서쪽 해안 지대 트리필리아('세 종족
　의 땅')에 사는 종족이다. 트리필리아는 펠로폰네소스반도 북서부의 엘리스, 남서부의 메
　세네(필로스) 중간 지점으로, 기원전 8세기에는 엘리스의 지배 아래 있었다.

〈새로 변해서 네스토르와 텔레마코스를 떠나는 아테나〉
(장 자크 프랑수아 르 바르비에, 1780년경)

빛나는 눈의 아테나가 이렇게 말한 후 바다 독수리처럼

떠나가니 거기 있던 사람들이 모두 놀라움에 사로잡혔다.

방금 일어난 일을 두 눈으로 직접 본 네스토르 노인도 놀라워했다.

네스토르는 텔레마코스의 손을 잡으며 말했다.

"여보게, 신들께서 나이 어린 자네를 벌써부터 이렇게   375

동행하며 지켜주시는 걸 보니 자네는 겁 많고 나약한 자가 되지

않을 게 확실하다네. 저분은 틀림없이 올림포스에 거처를 둔

신들 중에서도 제우스의 따님 지극히 존귀한

트리토게네이아[28]이실 걸세. 저분은 아르고스인들 가운데서

자네의 훌륭한 아버지에게 명예를 내려주신 적이 있네.   380

여왕이시여, 제게도 은혜를 베풀어 저와 아들들과 존귀한 아내에게

훌륭한 명성을 주소서. 그러면 사람이 멍에를 메어 끈 적 없고

아직 길들이지 않은 이마 넓은 일 년 된 암송아지 한 마리를

제물로 삼되 그 뿔을 황금으로 감싸 바치겠나이다."

네스토르가 이렇게 기도하자 팔라스 아테나가 그 간구를 들었다.   385

전차를 타고 싸우는 게레니아의 네스토르는

아들들과 사위들을 이끌고 자신의 아름다운 궁으로 향했다.

이 군주의 명성 자자한 궁에 이르자

그들은 소파와 의자에 차례로 앉았다.

그들이 도착하자 노인이 희석용 동이에 꿀처럼 달콤한 포도주를   390

붓고 물을 섞으니, 이는 주방을 담당한 시녀가 십일 년 만에

밀봉을 푼 것이었다. 노인은 이 포도주를 희석용 동이에

붓고 물을 섞은 후, 아이기스 방패를 지닌

---

28 "트리토게네이아"는 '트리토니스에서 태어난 자'라는 뜻으로, 아테나가 리비아의 트리토
   니스 호수 인근에서 태어났다 하여 얻은 별명이다. 한편 '트리토'를 '세 번째'로 해석하여
   '제3일에 태어난 자' 혹은 아폴론과 아르테미스의 뒤를 이어 '세 번째로 태어난 아이'를 의
   미한다는 해석도 있다.

제우스의 딸 아테나에게 헌주하며 간절히 기도했다.

　　　그들은 헌주하고 나서 마음껏 마신 후 자리에 눕고자　　　395
각자의 집으로 돌아갔다. 전차를 타고 싸우는 게레니아의 네스토르는
구멍을 많이 뚫고 튼튼한 끈들을 엮어 만든 침상을 소리 크게
울리는 주랑에 갖다 놓게 하고, 그 침상에서 신 같은 오디세우스의
사랑하는 아들 텔레마코스를 재웠다. 전사들의 우두머리요
훌륭한 물푸레나무 창으로 무장한 페이시스트라토스가 옆에서 잤다.　　　400
그는 네스토르의 아들들 중 아직 유일하게 결혼하지 않아
아버지의 궁에서 살았기 때문이다. 네스토르는 지붕 높은 궁의
가장 안쪽 내실에 안주인인 아내가 마련한 잠자리에 누워 잠들었다.

　　　이른 아침에 태어난, 장밋빛 손가락을 지닌 새벽의 여신 에오스가
모습을 드러내자, 전차를 타고 싸우는 게레니아의 네스토르는　　　405
침상에서 일어나 밖으로 나가더니 높은 대문 앞에 있는
반들반들한 돌들 위에 앉았다. 전에는 기름칠로 광낸
이 흰 돌들 위에 신들과 맞먹는 책사였던 넬레우스가 앉곤 했다.
하지만 그는 이미 죽음의 운명에 굴복해 하이데스[29]로 떠났고,
지금은 아카이오스인들의 수호자요 홀을 든　　　410

29　여기서는 호메로스가 사용한 이오니아 방언을 따라 "하이데스"로 표기했지만, 일반적으로는 아티케 방언을 따라 '하데스'라고 부른다. 하데스는 크로노스와 레아의 아들이고, 제우스와 포세이돈, 헤라의 형제다. 하데스의 어원 하이데스(Ἀΐδης) 또는 아이데스(Ἀΐδης)는 '눈에 보이지 않는 것', 즉 '땅속에 있어 눈에 보이지 않는 것'이라는 뜻이다. 올림포스 신들과 티탄 신들과의 전쟁에서 올림포스 신들이 이긴 후 하늘은 제우스, 바다는 포세이돈, 지하세계는 하데스가 각각 맡는다. 그래서 지하세계를 '하데스의 집' 또는 '하데스'라고 지칭한다. 하데스는 제우스와 대지의 여신 데메테르 사이에서 태어난 딸 페르세포네를 납치해 아내로 삼았다. 그는 지하세계의 규칙을 엄격하고 누구에게나 예외 없이 적용하는 냉정하고 강력한 지배자로 묘사되지만 악과 불의를 행하는 악마 같은 신은 아니다. 하데스가 다스리는 지하세계는 기독교에서 말하는 지옥은 아니다. 그곳에서 죽은 자들은 살아 있을 때의 모습과 비슷하지만 실체는 없는 그림자 같은 유령으로 존재한다. 지하세계의 가장 깊은 곳에는 타르타로스라는 감옥이 있고, 죄를 지은 불멸의 신들이 그곳에 갇혀 있다.

게레니아의 네스토르가 그 자리에 앉아 있었다.

그의 주위에는 각자의 집에서 온 아들들이 모두 모였다.

에케프론, 스트라티오스, 페르세우스,

아레토스, 신 같은 트라시메데스가 와 있었고,

여섯 번째로 영웅 페이시스트라토스가 왔다. 415

그들은 신 같은 텔레마코스를 데려와 옆에 앉혔다. 전차를 타고

싸우는 게레니아의 네스토르가 그들 가운데서 말하기 시작했다.

　"사랑하는 아들들아, 나는 신들 가운데 먼저 아테나의 마음을 얻고

싶구나. 아테나께서 내가 준비한 신의 풍성한 연회에 사람의 모습으로

오셨기 때문이다. 그러니 너희는 내 소원을 어서 이루어다오. 420

자, 너희 중 한 사람은 들로 가서 소치는 목자에게

암송아지 한 마리를 잽싸게 몰아오라고 해라.

또 한 사람은 기개 있는 텔레마코스의 검은 배로 가서 동료들을

두 명만 남기고 다 데려오너라. 또 한 사람은 금을 다루는 장인

라에르케스에게 가서 이곳으로 오라고 명해라. 425

암송아지 뿔을 황금으로 감싸려 한다. 너희 중 다른 사람은

모두 여기 머물러 궁 안의 하녀들에게 이 명성 자자한

궁에서 열릴 연회를 준비하라 이르고, 제단 주위에 놓을

의자와 장작들과 반짝이는 물을 가져오게 해라."

　네스토르가 이렇게 말하자 다들 바쁘게 움직였다. 430

들에서는 암송아지 한 마리가 왔고, 균형 잡힌 빠른 배에서는

영웅다운 기개를 지닌 텔레마코스의 동료들이 왔으며,

금을 다루는 장인은 기술을 발휘할 도구인

모루와 망치와 정교하게 만든 집게를 손에 들고 왔고,

아테나는 제물을 받을 목적으로 왔다. 435

전차를 타고 싸우는 네스토르 노인이 황금을 건네자, 금을 다루는

장인은 이를 능숙하고 정교하게 다듬어 암송아지의 뿔을 감쌌다.

아테나가 이 예물을 보고 기뻐하게 하기 위해서였다.
스트라티오스와 고귀한 에케프론은 뿔 난 암송아지를 끌고 왔고,
아레토스는 손 씻는 물이 담긴 꽃무늬 장식의 주전자를 방에서 가지고   440
나왔는데, 다른 손에는 보리 알곡이 담긴 대바구니가 들려 있었다.
전투에서 물러서는 일 없는 트라시메데스는 암송아지를 내리쳐
도살하려고 손에 날카로운 도끼를 들고 다가왔다. 페르세우스는 제물의
피를 받아낼 대접을 들고 있었다. 이윽고 전차를 타고 싸우는 네스토르
노인이 먼저 손을 씻고 보리를 뿌린 후, 제물의 머리에서 털을 잘라   445
불 속에 던져 넣어 제를 시작하며 아테나에게 간절히 기도했다.
        그들이 기도하고 보리를 뿌린 다음,
네스토르의 아들 기개 높은 트라시메데스가 즉시 가까이
다가와 도끼로 목 힘줄을 끊어
암송아지의 힘을 풀어버렸다.   450
그러자 네스토르의 딸들과 며느리들 그리고 클리메노스의
장녀이자 네스토르의 존귀한 아내 에우리디케가 큰 소리로
신들을 향해 부르짖으며 기도했다. 그런 후 그들은
큰 길이 나 있는 대지 위로 제물을 들어 올렸고,
전사들의 우두머리 페이시스트라토스가 제물의 멱을 땄다.   455
제물에서 검은 피가 쏟아지고 목숨이 뼈를 떠나자마자
그들은 제물을 해체하고, 즉시 넓적다리뼈를 모두 골라내
적당한 크기로 자른 후 비계를 사용하여 양쪽으로 감싼 다음,
그 뼈들 위에 생고기 조각을 얹었다. 노인은 그것을
장작불에 태워 올리며 그 위에 화염 같은 포도주를 부었다.   460
노인 곁에는 젊은이들이 다섯 갈래 창을 손에 들고 서 있었다.
넓적다리뼈가 다 타자 그들은 내장을 맛보고, 나머지 고기도
알맞게 썰어 꼬챙이에 꿴 후 날카로운 꼬챙이를 손에 쥐고 구웠다.
        그러는 동안 넬레우스의 아들 네스토르의 막내딸인

아름다운 폴리카스테가 텔레마코스를 목욕시켰다.   465

그녀는 그를 씻기고 나서 올리브기름을 듬뿍 발라주고,

아름다운 웃옷과 겉옷을 입혔다. 그런 후 그가 욕조에서 나오니

그 모습이 흡사 불멸의 신 같았다.

텔레마코스는 백성의 목자 네스토르 옆으로 다가와 앉았다.

　　　그들은 고기가 다 구워지자 꼬챙이에서 빼내고   470

자리에 앉아 연회를 벌였다. 일 잘하는 하인들이 오가며

황금 술잔에 포도주를 따랐다.

이윽고 먹고 마시는 욕구에서 벗어나자 전차를 타고 싸우는

게레니아의 네스토르가 그들 가운데서 말하기 시작했다.

　　　"내 아들들아, 텔레마코스가 길을 떠날 수 있게   475

그를 위해 갈기 고운 말들을 끌고 와 마차에 묶어라."

　　　네스토르가 이렇게 말하자 그들은 아버지의 말에 순종해

얼른 빠른 말을 끌고 와 마차에 묶었고,

주방을 담당한 시녀는 빵과 포도주, 그리고 제우스가 기른

왕들이 먹을 법한 요리들을 마차에 실었다.   480

이렇게 해서 텔레마코스는 지극히 아름다운 마차에 올랐고,

그 옆에는 네스토르의 아들이자 전사들의 우두머리인

페이시스트라토스가 앉아 고삐를 손에 쥐었다.

그가 채찍질하며 말을 몰자 말들은 순순히 들판을 향해

날아가듯 달려서 높고 가파른 도시 필로스를 떠났다.   485

말들은 목에 멘 멍에를 온종일 앞뒤로 흔들었다.

　　　이제 해가 지고 모든 길에 어둠이 내렸을 때,

그들은 알페이오스[30]가 낳은 오르실로코스의 아들

---

30 "알페이오스"는 대양의 신 오케아노스와 물의 여신 테티스가 결혼해 낳은 수많은 바다와
　강의 신들 중 한 명이다. 메세네 지방에 페라이 도시를 건설한 파리스(헤르메스의 아들)

〈네스토르를 떠나는 텔레마코스〉(헨리 하워드, 19세기)

디오클레스의 궁이 있는 페라이[31]에 도착했다.

그들은 디오클레스의 환대를 받아 그날 밤 그곳에서 잤다.　　　　　490

　　　이른 아침에 태어난, 장밋빛 손가락을 지닌 새벽 여신 에오스가

모습을 드러내자, 그들은 말들에 멍에를 얹고 정교하고 화려하게 만든

마차에 올라탄 후, 말을 몰아 소리 크게 울리는 주랑과 출입문을 빠져

　나왔다.

그렇게 채찍질하며 몰자 말들은 거부하지 않고 날아가듯 달렸다.

그들은 밀을 내는 들판으로 나왔고, 거기서부터 목적지까지 쉬지 않고

　마차를 몰았다.　　　　　495

빠른 말들이 그만큼 신속하게 그들을 실어 날랐다.

이제 해가 지고 모든 길에 어둠이 내렸다.

의 딸 텔레고네와 결혼해 "오르실로코스" 등을 낳았다. 알페이오스강은 펠로폰네소스반도에서 가장 길며, 아르카디아 중부의 다비아에서 발원해 이오니아해로 흘러든다. 헤라클레스는 다섯 번째 과업으로, 3천 마리의 소를 기르면서도 30년 동안 한 번도 치운 적 없는 엘리스 왕 아우게이아스의 마구간을 청소할 때 알페이오스 강물을 엘리스로 끌어들여 하루 만에 끝낸다.

31 "디오클레스"의 두 아들 크레톤과 오르실로코스(조부와 동명이인)는 트로이아 전쟁에서 트로이아군의 용장 아이네이아스에게 죽임을 당했다. 『일리아스』에서 아가멤논은 아킬레우스에게 화해를 청하며 '신성한 페라이'를 포함해 일곱 성읍을 자기 딸의 지참금으로 주겠다고 약속한다. 따라서 "페라이"는 아가멤논의 영토였던 것으로 보인다. 페라이는 메세네만 북동쪽 네돈강 왼편에 자리 잡은 메세네 평원의 주요 도시였다.

제4권 라케다이몬의 메넬라오스

협곡 많은 라케다이몬 분지에 도착하자
그들은 명성 높은 메넬라오스의 궁으로 말을 몰았다.
가서 보니 메넬라오스는 많은 친지를 불러 자기 집에서
흠잡을 데 없이 훌륭한 아들과 딸의 결혼을 축하하는
연회를 벌이고 있었다. 메넬라오스는 적의 대열을 돌파하는 자   5
아킬레우스의 아들에게 딸을 보내기로 했기 때문이다.
트로이아에서 그가 먼저 딸을 주기로 약속하고 고개를 끄덕여
확인까지 했고, 이제 신들이 둘의 결혼을 성사시켰다.
그래서 이제 그는 말과 마차들을 딸려, 미르미도네스인을 다스리는
왕이 있는 명성 자자한 도성으로 딸을 보내야 했다.   10
한편, 아들을 위해서는 스파르테 출신인 알렉토르의 딸을 데려왔다.
메넬라오스의 용맹한 아들 메가펜테스는 하녀에게서 태어났다.
헬레네가 황금의 아프로디테[1] 같은 미모를 지닌 사랑스러운 맏딸

---

1 "아프로디테"는 미와 사랑의 여신이며 올림포스 열두 신 중 하나다. 여성의 성적 아름다움
  과 성애를 관장한다. 제우스와 티탄 신족 디오네의 딸이라고도 하고(호메로스), 우라노스
  의 잘린 성기에서 나온 거품에서 태어났다고도 한다(헤시오도스). 대장장이 신 헤파이스
  토스와 결혼했지만 자식은 없었다. 대신 연인 아레스와의 사이에서 에로스, 하르모니아,
  포보스 등을 낳았고, 다르다니아의 왕 안키세스와의 사이에서는 트로이아의 영웅이자 후

헤르미오네를 낳은 후로는 신들이 그녀에게 더 이상 자식을 낳지 못하
　게 했기 때문이다.

　　이렇게 해서 명성 높은 메넬라오스의 이웃과 친지들은　　　　　　15
지붕 높은 큰 집에서 연회를 벌이며 즐거워했다.
그들 가운데서 신 같은 음유시인이 포르밍크스[2]를 연주하며
축하 노래를 불렀고, 노래에 맞춰 두 명의 묘기꾼이
그들 한복판에서 공중제비를 돌았다.

　　영웅 텔레마코스와 네스토르의 눈부신 아들은 마차를 탄 채　　　20
메넬라오스의 집 대문 앞에 서 있었다.
명성 높은 메넬라오스의 민첩한 시종
강력한 에테오네우스가 집에서 나오다가 그들을 보고는,
백성의 목자 메넬라오스에게 알리러 대청을 가로질러
그에게 다가가 날개 달린 말로 전했다.　　　　　　　　　　　　　25

　　"제우스께서 기르신 메넬라오스여,
위대한 제우스의 자손 같은 손님 두 분이 와 계십니다.
그들의 빠른 말들이 멘 멍에를 풀까요, 아니면 그들을 환대해줄
다른 사람을 찾아가라고 보낼까요? 말씀해주십시오."

　　금발의 메넬라오스는 그에게 화를 버럭 내며 말했다.　　　　　30
"보에토오스의 아들 에테오네우스여, 전에는 어리석지 않던 자네가
지금은 어린아이처럼 어리석은 말을 하는군. 우리 두 사람도
제우스께서 장차 우리를 비참한 처지에서 벗어나게 해주시길 바라며
이곳으로 돌아올 때, 다른 사람이 베풀어준 환대를 수없이
받지 않았는가. 그러니 손님들이 타고 온 말들을 마차에서 풀고,　　35
이쪽으로 모셔와 연회를 즐기도록 해드리게."

　일 로마의 시조가 되는 아이네이아스를 낳았다.
2　"포르밍크스"는 제1권 각주 28을 보라.

메넬라오스가 이렇게 말하자, 에테오네우스는 쏜살같이
대청을 지나 다른 민첩한 시종을 불러 자기를 따라오게 했다.
시종들은 땀 흘리는 말들을 멍에에서 풀어 마구간에 묶은 후
구유에 밀을 붓고 흰 보리를 섞어주었으며,   40
마차는 밝게 빛나는 현관 벽에 기대어 놓았다.
그런 다음 손님들을 으리으리한 궁 안으로 안내했다.
텔레마코스와 페이시스트라토스는 제우스가 기른 왕의 궁 안을
보고 감탄했다. 명성 높은 메넬라오스의 지붕 높은 집이
햇빛이나 달빛 같은 광채로 가득했기 때문이다.   45
두 사람은 집 안을 둘러보며 두 눈을 즐겁게 한 후
반들반들 윤이 나는 욕조에서 몸을 씻었다.
하녀들이 두 사람을 목욕시킨 후 올리브기름을 발라주고
웃옷과 양모로 짠 두터운 겉옷을 입히자 그들은
아트레우스의 아들 메넬라오스 옆에 있는 의자에 앉았다.   50
시녀가 손 씻을 물이 담긴 아름다운 황금 주전자를 가져와
은대야 위에서 물을 부어 손을 씻게 한 후
두 사람 앞에 반들반들하게 광낸 식탁을 펼쳐놓았다.
주방을 담당한 기품 있는 시녀가 빵을 가져와
두 사람 앞에 놓았고, 준비된 많은 음식도   55
아낌없이 내왔다. 고기를 썰어 나누어 주는 일을
담당한 시종이 온갖 고기가 담긴 접시들을 가져왔고,
그들 앞에 황금 술잔을 놓았다.
이윽고 금발의 메넬라오스가 두 사람을 환영하며 말했다.

　　　"즐겁게 식사하시오. 식사가 끝나면   60
우리는 그대들이 누구인지 물어보려 하오.
천한 자들은 그대들과 같은 자손을 얻지 못하나니
부모의 혈통이 그대들에게서 없어지지 않았으니

〈메넬라오스 궁전의 텔레마코스〉(바우터 종만, 18세기)

그대들은 제우스께서 기르신, 홀을 지닌 왕가의 혈통 아니겠소."

    메넬라오스는 이렇게 말한 후, 사람들이 그에게 특별히   65

바친 두툼한 소 등심구이를 손으로 집어 두 사람 앞에 놓았다.

두 사람은 앞에 차려진 음식에 손을 내밀었다.

이윽고 먹고 마시는 욕구에서 벗어나자

텔레마코스는 다른 사람이 듣지 못하도록

네스토르의 아들에게 머리를 가까이 대고 말했다.   70

    "내 마음에 기쁨을 주는 분 네스토르의 아들이여, 소리가 크게

울리는 대청 가득 빛나는 저 청동과 황금과 호박[3]과 은과 상아를

보시오. 올림포스에 사시는 제우스의 궁 대청도 이러하겠지요.

그 정도로 이곳에는 보화가 수없이 많군요.

보고 있자니 놀랍고 경이로울 뿐입니다."   75

    텔레마코스가 하는 말을 들은 금발의 메넬라오스는

날개 달린 말로 두 사람에게 일렀다.

    "이보게 젊은이들, 필멸의 인간 중에서 제우스와 겨룰 수 있는

자는 아무도 없네. 제우스의 궁과 재물 역시 불멸이니까.

하지만 인간들 중에는 재물로 나와 겨룰 수 있는 자가 있는가 하면,   80

겨룰 수 없는 자도 있을 걸세. 나는 많은 일을 겪으며 떠돌다가

여덟째 되는 해에 많은 것을 함선들에 싣고 돌아왔지.

키프로스인, 포이닉스인, 아이깁토스인 사이를 떠돌아다녔고,

아이티옵스인, 시돈인, 에렘보이인에게도 갔다네.[4]

---

3   "호박"(ἤλεκτρον, '엘렉트론')은 나무의 진이 오랜 기간 땅속에 묻혀 화석화된 보석의 일
     종이다.

4   "키프로스인"은 아나톨리아 서쪽, 동부 지중해에 있는 큰 섬의 사람들을 말한다. "포이닉
     스인"은 일반적으로 페니키아인이라 불리는 종족을 가리킨다. 근거지인 페니키아는 지
     중해 동쪽 해안에 위치하고 시돈, 티레, 비블로스 같은 주요 항구도시들이 있다. 기원전
     6000년부터 지중해 무역을 활발하게 했으며 기원전 1200년경에 전성기를 누린다. "아이
     깁토스인"은 아이깁토스가 시조인 이집트인을 말한다. "아이티옵스"(Αἰθίων)는 '탄 얼굴'

양들이 뿔을 달고 태어나는 리비에[5]에도 갔었지.

그곳의 양들은 일 년에 세 번 새끼를 낳는다네.

거기서는 왕이든 목자든 치즈와 고기와 맛있는 우유가

부족한 사람이 아무도 없으니 젖 짤 양들이 늘 차고 넘치기 때문이네.

내가 이런 나라들을 떠돌아다니며 재산을 모으는 동안,

내 형님은 저 망할 아내의 간악한 흉계로 다른 사람의 손에 살해되고
    말았다네. 전혀 예기치 못한 일이었지.

그래서 나는 이 재물의 주인이지만 하나도 기쁘지 않아.

그대들의 아버지가 누구시든 그대들은 아버지에게서

그 일에 대해 들었을 걸세. 나는 너무나 많은 일을 겪었고,

풍요롭고 살기 좋기 그지없던 궁마저 잃어버렸다네.

내가 지금 그 재산의 삼분의 일만 가지고 이 궁에서 살아가고,

말들이 풀 뜯는 아르고스를 멀리 떠나 드넓은 트로이아에서

죽어간 사람들이 여전히 무사하다면 얼마나 좋겠는가.

나는 지금도 궁에 앉아 그들 모두를 생각하며

자주 눈시울을 적시고 비탄에 젖는다네. 하지만 눈물 흘리는 것으로

마음을 위로하다가도 매번 그만두곤 해.

얼음같이 차가운 눈물은 금방 질리기 때문이지.

하지만 어느 한 사람을 생각하면 모든 이들을 합한 것보다

더욱 눈물이 나고 비탄에 젖는다네.

그 사람을 생각하면 잠도 자기 싫고

음식 먹을 생각도 없어지지.

아카이오스인 중 오디세우스만큼 고초를 겪고,

이라는 뜻의 합성어로, 에티오피아인을 가리킨다. "에렘보이인"은 어느 종족을 가리키는
지 확실치 않다.

5 "리비에"는 아이깁토스(이집트) 옆에 있는 리비아를 가리킨다. 더 자세한 내용은 제3권 각
주 24를 보라.

그 많은 고초를 견뎌낸 사람은 없다네.

고초를 겪는 것이야 그의 몫이겠지만, 그가 너무나 오랫동안

우리 곁을 떠나 있고 죽었는지 살았는지 아무도 모르니

그를 언제까지나 잊지 못하고 괴로워하는 건 내 몫이라네.   110

라에르테스 노인과 사려 깊은 페넬로페이아, 그가 떠나올 때 집에서

갓 태어난 텔레마코스도 지금 그를 생각하며 눈물을 흘리지 않겠는가.”

　　　　메넬라오스는 이렇게 말하여 텔레마코스의 마음에

아버지를 그리워하며 울고 싶은 심정을 불러일으켰다.

아버지의 이름을 듣자 텔레마코스의 눈꺼풀에서   115

눈물이 바닥으로 떨어졌다. 그는 두 손으로

자주색 겉옷을 들어 올려 두 눈을 가렸다.

이를 알아차린 메넬라오스는 그가 스스로 아버지에 대해 말하도록

내버려둘지, 아니면 직접 캐물을지 마음속으로 생각했다.

메넬라오스가 이런 고민을 하고 있을 때,   120

헬레네가 황금 화살의 아르테미스[6] 같은 모습으로

지붕 높은 방에서 나왔다. 그러자 함께 나온 아드레스테가

튼튼하게 만든 의자를 가져다 놓았고,

알킴페는 양모로 된 푹신한 깔개를 가져왔다.

필로도 은바구니를 가져왔는데, 이 바구니는 집집마다   125

엄청난 재물이 쌓여 있다는 아이깁토스의 테베[7]에 사는

6　“아르테미스”는 제우스와 레토 사이에서 태어난 올림포스 열두 신 중 하나이며 사냥, 숲,
　　달, 처녀성의 여신이다. 레토는 질투심에 불탄 헤라의 눈을 피해, 포세이돈이 바닷속에 가
　　라앉아 있던 것을 솟아오르게 한 델로스섬에서 쌍둥이 남매 아폴론과 아르테미스를 낳았
　　다. 아르테미스는 결혼하지 않고 영원히 남자를 멀리하며 은활과 “황금 화살”을 들고 요정
　　들과 깊은 숲에서 사냥을 하며 지낸다.
7　“테베”(테바이)는 일반적으로 그리스 본토 중부 보이오티아의 중심 도시를 가리킨다. 여
　　기서 “아이깁토스의 테베”는 이집트의 테베를 가리킨다. 이 도시는 고대 이집트 신왕국 시
　　대(기원전 16-11세기)의 수도였다.

폴리보스[8]의 아내 알칸드레에게 선물로 받은 것이었다.
폴리보스는 메넬라오스에게 은욕조 두 개, 세발솥 두 개,
황금 열 탈란톤[9]을 주었다. 폴리보스의 아내도 헬레네에게
지극히 아름다운 선물들, 곧 황금 물렛가락 한 개,   130
은바구니 한 개를 주었다. 은바구니에는 바퀴가 달렸고
테두리는 황금으로 마감되어 있었다. 시녀 필로는
솜씨 좋게 뽑아낸 털실이 가득 든 이 은바구니를 가져와
헬레네 옆에 놓았다. 은바구니 위에는 짙은
자주색 털실이 감겨 있는 물렛가락이 놓여 있었다.   135
헬레네는 소파에 앉았고, 아래쪽에는 발을 올려놓을 수 있는
발판이 있었다. 그녀는 앉자마자 남편에게 캐물었다.

　　"제우스께서 기르신 메넬라오스여, 우리 집에 온 이들이
어떤 사람들인지 우리는 이미 알고 있지 않나요? 모른 척하고
있을까요, 아니면 사실을 말할까요? 내 마음이 진실을   140
고하라 재촉하네요. 나는 남자든 여자든 이 정도로 닮은 사람을
본 적이 없어요. 보고 있자니 놀라울 뿐이에요.
이 사람은 영웅다운 기개를 지닌 오디세우스의 아들일 거예요.
몰염치한 나 때문에 아카이오스인이 대담한 전쟁을 벌이고자
트로이아 아래쪽으로 왔을 때, 오디세우스가 집을 떠나며   145
남겨둔 아들, 당시 갓난아기였던 텔레마코스가 틀림없어요."

　　금발의 메넬라오스가 그녀에게 대답했다.

8　"폴리보스"는 아이깁토스의 테베를 다스리던 왕이다. 귀향길에 이집트 해안으로 표류한
　메넬라오스와 헬레네는 그의 궁에서 한동안 머물렀다.

9　"탈란톤"은 고대 여러 지역에서 사용된 화폐와 무게의 단위였다. 고대 그리스에서는 양
　쪽에 손잡이가 달리고 배가 불룩한 형태의 항아리인 암포라에 물, 기름, 술을 가득 채웠
　을 때의 양을 기준으로 삼았다. 이집트에서는 1탈란톤이 약 27킬로그램, 아테네에서는 약
　26킬로그램에 해당했다.

〈텔레마코스가 오디세우스의 아들인 것을 알아본 헬레네〉(장 자크 라그레네, 1795년)

"부인, 나 역시 당신과 같은 생각이오.

그의 발도 이러했고, 그의 손도 이러했으며, 눈빛도, 머리도,

머리 위에서 길게 흘러내리는 머리채도 이러했소.   150

그래서 방금 내가 나를 위해 많이 애쓰고 고생했던

오디세우스가 생각나 그에 대해 말했더니

이 사람이 눈썹 아래로 눈물을 뚝뚝 흘리며

자주색 겉옷을 들어 올려 두 눈을 가리더이다."

　　　　네스토르의 아들 페이시스트라토스가 메넬라오스에게 말했다.   155

"아트레우스의 아들이며 백성의 목자, 제우스께서 기르신

메넬라오스여, 당신의 말씀대로 이 사람은 그분의 아들입니다.

그런데도 분별력 있고 신중한 그는 초면에 신 같은

음성으로 우리를 환대해주시는 당신 앞에서 이런저런 말을

함부로 하지 않고 삼갔습니다. 전차를 타고 싸우는 게레니아의   160

네스토르께서 길잡이로 저를 함께 보내셨지요.

아버지에 대해 어떤 얘기나 소식을 들을 수 있을지

모른다고 생각했던 그가 당신을 만나고 싶어 했기 때문입니다.

아버지가 집을 떠나 돌아오지 않고 도와줄 사람도 없다면,

집에 남은 아들은 고통을 겪을 수밖에 없지요. 아버지가 떠나   165

있고 그를 해코지하려는 자들을 막아줄 사람이 그 나라에

아무도 없는 텔레마코스가 지금 그런 처지에 놓여 있습니다."

　　　　금발의 메넬라오스가 대답했다.

"아, 이런, 나를 위해 수없이 고초를 겪고 고생한

내 소중한 전우의 아들이 정말 내 집에 온 것이로군.   170

멀리 보시는 올림포스의 제우스께서 우리 두 사람이

빠른 함선을 타고 바다를 건너 귀향하게 해주신다면,

나는 귀향한 그를 다른 아르고스인보다 훨씬 아끼고 소중히

여기겠다고 종종 말했다네. 그가 귀향했더라면, 아르고스의 도시에

집을 마련해 거기서 그를 살게 하고, 내가 다스리는 도시   175
하나를 비운 후 그의 재물과 아들과 온 백성을 이타케에서
데려와 나와 가까운 곳에 살게 했을 걸세.
그랬더라면 죽음의 검은 구름이 우리 두 사람을 덮을 때까지
우리는 여기서 자주 교류하며 우정과 기쁨을 나누었겠지.
그 무엇도 우리를 갈라놓지 못했을 걸세.   180
그러니 어느 신께서 화들짝 놀라 그런 일이 생기지 않도록
오직 불운한 그 사람만 귀향하지 못하도록 하신 게 분명해."

　　　메넬라오스는 이렇게 말해서 그 자리의 모두에게 울고 싶은 마음을
불러일으켰다. 제우스에게서 태어난 아르고스의 헬레네[10]도 울었고,
텔레마코스도 울었으며, 아트레우스의 아들 메넬라오스도 울었다.   185
네스토르 아들의 두 눈에도 눈물이 흘렀으니
찬란한 새벽의 여신 에오스의 훌륭한 아들의 손에 죽은,
흠잡을 데 없이 훌륭한 안틸로코스가 마음속에 떠올랐기 때문이다.[11]
페이시스트라토스는 안틸로코스를 생각하며 날개 달린 말로 물었다.

　　　"아트레우스의 아들이여, 네스토르 노인께서는   190
궁에서 당신에 대해 회상하거나 우리가 여쭤볼 때마다
당신은 필멸의 인간 중 현명한 분이라고 말씀하셨습니다.
하지만 지금은 가능하다면 제 말대로 해주십시오.

---

10 "헬레네"는 스파르테 왕 틴다레오스의 아내 레다가 백조로 변신한 제우스와 관계를 맺어
　　낳은 알에서 태어났다.
11 "안틸로코스"는 헬레네의 구혼자 중 한 명이었고, 동생 트라시메데스와 함께 아버지 네스
　　토르를 따라 트로이아 전쟁에서 필로스군을 지휘하며 공을 세웠다. 아킬레우스와 우의가
　　두터웠고, 파트로클로스를 추모하는 장례 경기에서 교묘한 수법으로 메넬라오스를 따돌
　　리고 2등을 차지했지만, 잘못을 인정하고 사과하여 메넬라오스의 호감을 샀다. 트로이아
　　군의 총사령관 헥토르가 전사한 후 원군으로 참전한 에티오피아 왕 멤논이 네스토르를 공
　　격하자 그와 맞서 싸우다 창에 맞아 죽는다. 멤논은 새벽의 여신 에오스와 트로이아 왕자
　　티토노스 사이에서 태어났다.

저는 저녁 식사 중에 우는 것을 좋아하지 않는 데다
이른 아침에 태어난 새벽의 여신 에오스께서 머지않아
모습을 드러내실 테니까요. 죽음의 운명에 굴복한 필멸의
인간을 생각하며 우는 것을 못마땅해하는 건 아닙니다.
머리카락을 잘라 던지고 눈물 흘리는 것은 가련한 필멸의 인간들에게
해줄 수 있는 마지막 예우니까요. 아르고스인 중에서 결코
비천한 자도 겁쟁이도 아닌 제 형님 역시 목숨을 잃으셨습니다.
당신도 아실 테지요. 저는 안틸로코스 형님을 만난 적도 본 적도 없지만,
형님이 빨리 달리기와 전투에서 다른 사람을 능가했다고 들었습니다."

   금발의 메넬라오스가 그에게 대답했다.
"여보게, 자네가 한 말은 모두 현인이나
어느 정도 연륜이 있는 사람이 할 만한 수준이라네.
자네가 그처럼 현명하게 말할 수 있는 건 바로 그런 아버지에게서
태어난 덕분이 아니겠는가. 크로노스의 아드님 제우스께서
지금 네스토르에게 그가 사는 모든 날 동안 내내 궁에서
나이 들어가게 하시고, 그의 아들들은 현명하고 창술에 뛰어난 자들이
되게 해주셨으니, 결혼하고 자녀 낳는 일에서 제우스의
축복을 받은 사람의 자손은 쉽게 알아볼 수 있는 법일세.
이제 좀 전에 시작된 울음을 그치고,
손에 물을 붓게 한 후 저녁 식사를 재개하세.
이야기는 텔레마코스와 내가 내일 아침 일찍부터
서로 충분히 나눌 수 있을 걸세."

   메넬라오스가 이렇게 말하자 명성 높은 메넬라오스의
민첩한 시종 아스팔리온이 그들의 손에 물을 부어주었다.
그러자 그들은 앞에 차려진 음식에 손을 내밀었다.
   그때 제우스에게서 태어난 헬레네는 문득 한 생각이 떠올라
즉시 그들이 마시는 포도주에 약을 탔다.

고통과 슬픔과 분노를 없애고 모든 불행을
잊게 해주는 약이었다. 그 약을 탄 희석용 동이에 든
포도주를 마신 사람은 부모가 죽거나 형제 혹은
사랑하는 아들이 청동으로 죽임 당하는 것을
두 눈으로 똑똑히 본다 해도   225
그날만큼은 두 뺨에 눈물이 흐르지 않는다.
제우스의 딸 헬레네는 이런 쓸모 있는 영약들을 갖고 있었는데,
이는 아이깁토스 여자이자 톤의 아내인 폴리담나가
그녀에게 준 것이다. 그곳 곡물을 내는 들판에는
약초들이 지천으로 널렸고, 몸에 이로운 약초와 해로운 독초가   230
무수히 뒤섞여 있었다. 또한 그곳 사람들은 모두 세상에서
가장 뛰어난 의사였으니 파이안[12]의 자손이었다.
헬레네는 희석용 동이에 약을 타고 잔에 술을 따르도록
지시한 후, 다시 메넬라오스에게 말했다.

　　　"아트레우스의 아들이며 제우스께서 기르신 메넬라오스와   235
훌륭한 분들의 아들들이여, 제우스는 전능한 분이시라
시시때때로 각기 다른 사람에게 행복과 불행을 주시지요.
그러니 지금은 대청에 앉아 음식을 먹으며 즐겁게
얘기를 나누세요. 나도 이 자리에 어울리는 얘기를 할 테니까요.
강인한 오디세우스가 겪은 모든 일을   240
얘기하거나 열거하려는 건 아니에요.
아카이오스인이 재앙을 겪은 트로스인의 땅에서
그분이 행하고 겪은 일 한 가지를 얘기하려고 합니다.
그분은 자기 자신을 아주 심하게 채찍질한 후

---

12 "파이안"은 올림포스에 사는 치료의 신이다. 헤라클레스의 활에 부상당한 지하세계의 신
　　하이데스, 트로이아 전쟁에서 부상당한 전쟁의 신 아레스를 치료해주었다.

집에서 부리는 노예마냥 두 어깨에 누더기를 걸쳤지요.   245

아카이오스인의 함선들 옆에는 거지가 없었지만

그분은 거지꼴을 하고 다른 사람으로 위장해

대로가 뻗어 있는 적군의 도시로 들어왔어요.

그런 모습으로 트로스인의 도시로 들어왔으니

아무도 그분을 알아보지 못했답니다.   250

오직 나만 그분이 누구인지 분명히 알았어요.

그래서 계속 캐물었는데, 그분은 교묘히 피해 가더군요.

하지만 내가 그분을 목욕시키고 올리브기름을 발라주고 옷을 입히며,

그분이 빠른 함선들과 막사가 있는 곳에 도착할 때까지

트로스인에게 그분이 오디세우스임을 폭로하지 않겠다고   255

굳게 맹세하자, 그제야 그분은 아카이오스인의 계획을 내게

자세히 말해주었어요. 그분은 날이 긴 청동으로 트로스인을

여럿 죽인 후, 그동안 알아낸 많은 정보를 가지고 아르고스인에게

돌아갔지요. 당시에 다른 트로이아 여자들은 통곡했지만

내 마음은 기뻤어요. 아프로디테가 씌운 미망에   260

빠진 나머지 여신의 손에 이끌려 내 딸과 신방,

지혜와 용모에서 부족함 없는 남편을 등지고,

사랑하는 조상들의 땅을 떠나 그곳 트로이아로 간 걸 후회하고,

다시 귀향하기로 이미 마음이 돌아서 있었기 때문이지요."[13]

　　　금발의 메넬라오스가 그녀에게 말했다.   265

"부인, 당신이 한 말은 모두 이치에 맞소.

나는 많은 나라를 다니며

13　트로이아 전쟁은 겉보기에는 트로이아의 왕자 파리스가 스파르타 왕 메넬라오스의 아내 헬레네를 유혹해 트로이아로 데려간 사건이 발단이 되었다. 하지만 그 이면에는 '파리스의 심판'이라 불리는 세 여신들 사이의 경쟁과 질투가 자리잡고 있었다. 더 상세한 내용은 해설 "II. 트로이아 전쟁과 트로이아 서사시권"을 참고하라.

수많은 영웅이 어떤 계획을

세우고 무슨 생각을 하는지 알게 되었지만,

강인한 오디세우스의 속에 있는 것과 똑같은   270

심장을 지닌 사람은 이 두 눈으로 본 적이 없소.

아르고스인의 모든 장수가 트로스인에게 죽음과 죽음의 운명을

안겨주고자 깎아 만든 목마 속에 들어앉아 있는 동안

그 강력한 전사가 얼마나 많은 일을 행하고 겪어냈는지 모르오!

그때 당신이 거기로 왔소. 트로스인에게 영광을 주려 한   275

어느 신께서 당신에게 거기로 가라고 시킨 것 같았소.

신 같은 데이포보스[14]도 당신을 따라왔소.

당신은 아르고스인의 모든 장수들이 매복해 있던

속 빈 목마를 만지며 세 번이나 돌면서, 모든 아르고스인 아내들의

목소리를 흉내 내며 다나오스인 장수들의 이름을 불렀소.   280

그때 나와 티데우스의 아들 디오메데스 그리고 고귀한 오디세우스는

한가운데 앉아 있다가 큰 소리로 부르는 당신의 음성을 들었다오.

나와 디오메데스는 즉시 일어나 밖으로 나가거나

안에서 대답하고 싶은 마음이 간절했소. 하지만 오디세우스는 우리를

막아서고는 나가거나 대답하지 못하게 했소. 이때 아카이오스인의   285

아들들은 모두 조용히 있었지만, 안티클로스만은 대답하려 했소.

그러자 오디세우스가 다부진 두 손으로 그의 입을 틀어막았고,

팔라스 아테나가 당신을 멀리 데려가실 때까지

---

14 "데이포보스"는 트로이아 왕 프리아모스의 아들이며, 파리스가 죽자 헬레네를 차지한다.
트로이아 서사시권 중 하나인 『작은 일리아스』를 보면, 헬레네를 놓고 트로이아 왕자들인
헬레노스와 데이포보스가 경합을 벌인다. 여기서 진 헬레노스는 트로이아를 떠나 이데산
에 머물다가 그리스군 오디세우스에게 붙잡힌다. 예언자이기도 한 그는 그리스군이 트로
이아를 함락시킬 수 있는 세 가지 조건을 알려준다. 이에 그리스군은 아테나 여신의 조언
으로 목마를 만들고, 그 안에 최정예 전사들을 매복시킨 후 철군을 위장한다. 마침내 트로
이아군은 목마를 성안으로 들여오고 자신들의 승리를 자축한다.

계속 그렇게 해서 모든 아카이오스인을 구했다오."

290

현명한 텔레마코스가 메넬라오스에게 말했다.

"아트레우스의 아들이며 백성의 목자, 제우스께서 기르신
메넬라오스여, 그런 말씀을 들으니 더 괴롭습니다. 그분의 몸속
심장이 무쇠로 되어 있다고 한들 그분의 비참한 파멸을
막아주지는 못했으니까요. 그러니 자, 달콤한 잠으로 기운을

295

차릴 수 있게 우리를 침상으로 데려가주십시오."

텔레마코스가 이렇게 말하자 아르고스의 헬레네는
하녀들에게 주랑에 침상을 갖다 놓고, 아름다운
자주색 담요를 깐 다음 그 위에 이불을 펴놓고
양모로 된 두터운 겉옷을 올려놓으라고 지시했다.

300

하녀들이 대청에서 나가 횃불을 손에 들고 침상을
마련하자 전령이 손님들을 안내했다. 영웅 텔레마코스와
네스토르의 눈부신 아들은 그 집 바깥채에서 잤고,
아트레우스의 아들은 지붕 높은 집 안채에서 잤으며, 그의 옆에는
여자들 중 고귀한 자, 길게 늘어뜨린 옷을 입은 헬레네가 누웠다.

305

이른 아침에 태어난, 장밋빛 손가락의
새벽의 여신 에오스가 모습을 드러내자,
함성 소리 우렁찬 메넬라오스는 침상에서 일어나 옷을 입고,
날카로운 칼을 어깨에 메고, 윤기 나는 발아래로는
아름다운 신발을 묶은 후 신 같은 모습으로 방에서 나왔다.

310

그는 텔레마코스 옆에 앉더니 이렇게 말했다.

"영웅 텔레마코스여, 자네는 무슨 볼일이 있어
바다의 넓은 등을 타고 여기 고귀한 라케다이몬에 왔는가?
공적인 일인가, 아니면 사적인 일인가?
용무를 있는 그대로 말해주게."

현명한 텔레마코스가 대답했다.

315

"아트레우스의 아들이며 백성의 목자, 제우스께서 기르신
메넬라오스여, 저는 아버지 소식을 뭐라도 들을까 해서
이곳에 왔습니다. 제 가산은 거덜났고, 비옥한 경작지도
이미 황폐해졌으며, 집은 양 떼와 염소 떼, 느릿느릿 걷는
뿔 굽은 소들을 도살해 먹어치우는 악의에 찬 적들,   320
어머니께 구혼하는 오만방자하고 안하무인인 자들로 가득합니다.
그런 이유로 지금 제가 여기 와서 당신의 무릎을 붙잡고 간청하니
그분의 비참한 죽음을 목격했거나, 그분이 떠돌아다닌다는
얘기를 누군가에게 들었다면 허심탄회하게 말씀해주십시오.
어느 쪽이든 그분의 어머니께서 그분을   325
가엾고 불쌍한 운명으로 낳아주신 것이겠지요.
그러니 저를 배려하거나 동정하여 좋게
꾸미지 말고 보고 겪은 대로 자세히 말씀해주십시오.
전에 아카이오스인이 재앙을 겪은 트로스인의 땅에서 제 아버지
훌륭한 오디세우스께서 당신에게 약속한 말이나 일을 다 지키셨다면,   330
지금 그것을 기억하여 있는 그대로 말씀해주십시오."
          이에 격분한 금발의 메넬라오스가 말했다.
"아, 그런 비겁한 자들이 감히 대담무쌍한 이의 잠자리에
눕기를 바라다니 정말 어이없구나.
암사슴이 태어난 지 얼마 되지 않은 젖먹이 새끼들을   335
힘 센 사자가 사는 수풀 속에 뉘어 재우고
풀 무성한 산기슭과 골짜기로 먹이를 찾으러 나가면,
제 잠자리로 돌아온 사자는 암사슴과 새끼들 모두에게
치욕적인 운명을 안겨주지. 바로 그렇게 오디세우스도 장차
그자들에게 치욕적인 운명을 안겨줄 걸세.   340
아버지 제우스와 아테나와 아폴론이시여,
전에 오디세우스가 잘 지은 레스보스에서 일어나

필로멜레이데스[15]와 레슬링 시합을 벌여 그를 힘차게 내던져

모든 아카이오스인이 환호했을 때처럼

이번에도 구혼자들과 맞붙어 그들 모두가   345

구혼의 쓴맛을 보고 요절하게 하소서.

그러면 자네가 묻고 간청한 일에 대해

나는 곁길로 빠져 엉뚱한 말을 하거나 속이지 않고,

진실만을 말하는 바다 노인[16]이 내게 말해준 것을

한 마디도 숨기거나 감추지 않겠네.   350

    나는 귀항을 간절히 바랐지만 신들께서는 나를 계속해서

그곳 아이깁토스에 붙잡아두셨네. 내가 성대한 제를 흠 없이

완전하게 올리지 않았기 때문이지.[17] 신들께서는 자신의 명령을

인간들이 언제나 명심하고 그대로 행하기를 바라시는데 말이야.

아이깁토스 앞 파도 심한 바다에는 파로스라 불리는 섬이 있네.   355

그 섬은 뒤에서 순풍이 쌩쌩 불어준다면 속 빈 배를 타고

한나절만 가면 도착할 수 있지.

그 섬에는 배들을 안전하게 정박시킬 수 있는 항구가 있어,

---

15 "필로멜레이데스"는 레스보스섬의 통치자로, 섬에 발을 들인 모든 이방인에게 목숨을 건
   레슬링 시합을 강요했다. 트로이아로 향하던 오디세우스는 그리스 연합군과 함께 레스보
   스섬에 들렀다가 그와 레슬링 시합을 벌여 승리를 거두었다.

16 여기서 "바다 노인"은 프로테우스를 가리킨다. 호메로스는 프로테우스를 "포세이돈의 종"
   으로 표현한다(제4권 386행). 그는 포세이돈의 바다짐승들을 돌보는 일을 하는데, 예언과
   변신 능력이 있다. 그러나 예언하기를 싫어해 예언을 들으러 누군가 찾아오면 변신하여
   도망친다. 주된 거처는 나일강 유역의 파로스섬이지만, 여기저기 옮겨 다니며 산다. "진실
   만을 말하는"이라는 수식어는 그의 예언 능력을 가리킨다.

17 트로이아 전쟁을 끝내고 귀항에 앞서 아가멤논은 신들에게 성대한 제를 올리지만, 메넬
   라오스는 형 아가멤논과 다툰 후 그 제에 참석하지 않고 먼저 함대를 이끌고 출발한다. 이
   때문에 50척 중 5척을 제외한 모든 함선을 잃고, 아이깁토스(이집트)로 표류해 간다. 그곳
   에서 5년간 머물며 재물을 모은 뒤 다시 귀향길에 올랐으나, 알렉산드리아 근처의 파로스
   섬에서 발이 묶이고 만다.

사람들은 그 섬에서 검은 물[18]을 길어 실은 후 균형 잡힌 배들을
바다로 끌어 내린다네. 신들께서는 그 섬에 나를 스무 날 동안   360
붙잡아두셨지. 그동안 배들을 바다의 넓은 등으로 데려다줄
바다 쪽으로 부는 순풍은 모습을 드러내지 않았네. 그대로라면
양식도 다 떨어지고, 군사들의 기력도 소진되고 말았을 걸세.
그런데 때마침 한 여신, 그러니까 강력한 바다 노인 프로테우스의 따님
에이도테에께서 나를 불쌍히 여겨 우리를 구해주셨네.   365
내가 여신의 마음을 심하게 흔들어놓은 모양일세.
나는 전우들과 떨어져 혼자 거닐다가 여신과 마주쳤네.
전우들은 섬 주변을 계속 돌아다니며 굽은 낚싯바늘로
물고기를 잡고 있었네. 뱃가죽이 들러붙을 정도로 굶주렸으니까.
여신은 내게 다가와 이렇게 말했네.   370
'나그네여, 오랫동안 섬에 붙들려 있어 전우들의 목숨이
위태로운데도 뾰족한 해결책을 찾아내지 못하니
그대는 어린아이같이 어리석어 그리 생각이 없는 건가,
아니면 스스로 원하여 포기하고 고통을 즐기고 있는 건가?'
여신이 이렇게 말하자 나는 대답했네.   375
'당신이 어느 여신이시든 진실을 말씀드리겠나이다.
저는 스스로 원하여 이곳에 남아 있는 게 아닙니다.
아마 제가 드넓은 하늘에 계시는 불멸의 신들께 죄를 지은 모양입니다.
신들께서는 모든 것을 아시니 불멸의 신들 중 누가 제게 족쇄를 채워
여행을 묶어놓고 계신지, 물고기 많은 바다를 건너   380
귀향하려면 어떻게 해야 하는지 말씀해주십시오.'
그러자 여신들 중 고귀한 에이도테에께서 즉시 대답해주셨네.
'나그네여, 그대에게 있는 그대로 말해주겠다.

---

18 "검은 물"은 색이 검다는 뜻이 아니라 깊은 우물에서 길은 물을 말한다.

오직 진실만을 말하는 불멸의 바다 노인
아이깁토스의 프로테우스께서는 이곳에 자주 나타나신다.   385
그분은 포세이돈의 종으로 깊은 바다를 다 알고 계시는데,
사람들은 그분이 나를 낳아주신 아버지라고 말하지.
그대가 매복해 있다가 어떻게든 그분을 붙잡을 수 있다면,
그분이 그대에게 물고기 많은 바다를 건너 귀향할 수 있는
길과 방법을 말씀해주실 것이다. 또한 제우스께서   390
기르신 자여, 그대가 원한다면 그분은 그대가 집을 떠나
오랜 세월 고통스러운 여행을 하는 동안 그대의 궁에서 일어난
온갖 나쁜 일과 좋은 일에 대해서도 말씀해주실 것이다.'
여신께서 이렇게 말하자 나는 여신에게 대답했네.
'필멸의 인간이 신을 제압하기는 어렵습니다. 그러니 신이신   395
바다 노인을 붙잡으려면 어디에 매복해야 하는지 제게 알려주어,
그분이 먼저 저를 보거나 미리 알고 피하지 못하게 해주십시오.'
그러자 여신들 중 고귀한 에이도테에께서 즉시 대답하셨네.
'나그네여, 그대에게 있는 그대로 말해주겠다.
태양신 헬리오스께서 하늘의 정중앙에 이르면   400
오직 진실만을 말하는 바다 노인은 서풍의 숨 아래
검은 잔물결에 모습을 감추고 바다에서 나와
속 빈 동굴에서 주무시고, 그 주위에서는
바다에서 태어난 자 아름다운 분[19]의 자식인 물개들이
잿빛 바다에서 나와 아주 깊은 바다 냄새를   405

---

19 "바다에서 태어난 자 아름다운 분"은 포세이돈의 아내 암피트리테를 가리킨다. 암피트리
   테는 바다의 노인 네레우스와 대양의 신 오케아노스의 딸 도리스 사이에서 태어난 50명
   의 자손 중 하나다. '바다의 여왕'으로도 불리고, 바다와 바다 괴물들의 지배자다. 돌고래
   를 타고 다니는 모습으로 묘사된다. "바다에서 태어난 자"(Ἁλοσύδνη, '알로시드네')는 암
   피트리테의 별칭이다.

짙게 내뿜으며 무리 지어 잠을 잔다. 날이 밝는 대로
내가 그대를 그곳으로 안내할 테니, 그대는 먼저
훌륭한 노가 장착된 배로 돌아가 가장 훌륭한 전우 세 명을
잘 선발하고 그들과 함께 그곳에 차례차례 매복해라.
그 노인이 쓰는 음흉한 수법도 모두 그대에게 말해주겠다.   410
그분은 먼저 물개들 사이를 다니며 수를 세어본다.
물개를 보면서 일일이 센 다음에는
마치 양 떼의 목자처럼 물개 무리 한가운데 누우실 것이다.
일단 그분이 잠든 걸 확인했다면 가서 그분을 붙잡되
아주 사납게 발버둥치며 어떻게든 도망치려고 애써도   415
온 힘을 다해 그분을 그곳에 붙잡아두어야 한다.
그분은 대지 위를 다니는 온갖 짐승으로 변신할 뿐 아니라
물이나 무섭게 타오르는 불길로도 변신하려 들 것이다.
그렇더라도 그분을 더 세게 붙잡고 옴짝달싹하지 못하게
해야 한다. 이윽고 그분이 자려고 누웠을 때 그대들이   420
처음 본 것 같은 모습으로 돌아와 그대에게 물으시거든
영웅이여, 그때는 힘을 풀고 노인을 놓아드린 후
신들 중 누가 그대를 압박하는지, 물고기 많은 바다를 건너
귀향하려면 어떻게 해야 하는지 물어보아라.'
여신은 이렇게 말한 후 파도 일렁이는 바다 아래로   425
들어가셨네. 나는 바닷가 모래 위에 세워둔 함선들 쪽으로
갔는데, 거기로 가는 내내 심장이 몹시 쿵쾅거렸네.
이윽고 나는 함선이 있는 바닷가에 도착했네.
우리는 저녁 식사를 준비했고, 신성한 밤이 찾아와
파도 부서지는 바닷가에 누워 잠을 잤네.   430
이른 아침에 태어난, 장밋빛 손가락을 지닌 새벽의 여신
에오스가 모습을 드러내자 나는 길 넓은 바닷가를

거닐며 신들께 간절히 기도한 후, 내가 지금까지 모든 일에서
함께하며 가장 신임해온 전우 셋을 데리고 갔네.
　　　　그동안 여신은 바다의 드넓은 품속으로 뛰어들어　　　　435
바다에서 물개 가죽 네 장을 가져왔네. 모두 갓 벗긴
그 가죽들은 여신이 아버지를 속이기 위해 생각해낸 함정이었네.
여신은 바닷가 모래사장에 우리가 매복할 곳을 파놓고
앉아 우리를 기다렸네. 우리가 옆으로 다가가자
여신은 우리를 그곳에 차례차례 눕히고　　　　440
물개 가죽을 한 장씩 던져주었네. 그곳에서 매복하기란
끔찍한 고역이었네. 바다에서 자란 물개들이 내뿜는
고약한 악취로 질식할 것 같았지.
하지만 여신이 도울 방법을 생각해내어 우리를 구해주셨네.
아주 기분 좋은 향을 풍기는 신들의 음식을 가져와　　　　445
각자의 코 아래 두어 바다짐승의 악취를 없앤 것이지.
이렇게 해서 우리는 날이 밝을 때까지 내내 참고 기다렸네.
이윽고 물개들이 바다에서 무리를 지어 나와
파도 부서지는 바닷가에 차례로 눕더군.
정오가 되자 그 노인이 바다에서 나와　　　　450
통통하게 살진 물개들을 발견하고는 돌아다니며 일일이
그 수를 세었네. 노인은 바다짐승 중에서
먼저 우리부터 세더군. 그러고 나서 마음속으로
함정이라고는 생각지 못하고 그 자신도 드러누웠네.
이때 우리는 함성을 지르며 덮쳐 손으로 그분을 붙잡았네.　　　　455
그러자 노인은 음흉한 수법을 잊지 않고 처음에는
갈기 훌륭한 사자로 변신하더니 다음에는 큰 뱀, 표범, 큰 멧돼지로
변신했고, 이어서 흐르는 물, 잎이 무성한 큰 나무가 되었네.
하지만 우리는 온 힘을 다해 붙잡아

〈프로테우스와 힘겨룸하는 메넬라오스〉(줄리오 보나소네, 1574년)

그분을 옴짝달싹하지 못하게 만들었지.   460

음흉한 수법에 능통한 그 노인은 결국 괴로운 표정으로 내게 물었네.

'아트레우스의 아들이여, 신들 중 누가 그대에게 매복해 있다가

나를 강제로 붙잡으라고 조언해주던가? 용건이 무엇인가?'

노인이 이렇게 말하자 나는 대답했네.

'어르신, 다 아시면서 왜 그렇게 반문하고 회피하려 드십니까?   465

저는 오랫동안 이 섬에 억류되어 수명이 점점 줄어들고

있는데도 해결책을 전혀 찾지 못하고 있습니다.

신들께서는 모든 것을 아시니 불멸의 신들 중 누가 제게 족쇄를 채워

이곳에 묶어두고 여행하지 못하게 하시는지 그리고 물고기 많은

바다를 건너 귀향하려면 어떻게 해야 하는지 말씀해주십시오.'   470

내가 이렇게 말하자 노인은 즉시 대답해주었네.

'그대가 하루빨리 포도주빛 바다를 항해하여

조상들의 땅으로 가려면, 당연히 제우스를 비롯한

신들께 훌륭한 제물을 바쳐야 하네.

그대가 신에게서 태어난 강 아이깁토스[20]의 물로   475

다시 한번 가서 드넓은 하늘에 계시는 불멸의 신들께

신성한 제를 성대하게 올리기 전에는

사랑하는 가족을 본다든지, 잘 지은 집과 조상들의 땅으로

간다든지 하는 건 그대의 몫이 아니라네. 하지만 제를 올리면

신들께서 그대가 간절히 원하는 길을 열어주실 걸세.'   480

노인이 이렇게 말하자 내 마음은 무너져 내렸네.

바다 노인은 내게 또다시 어슴푸레한 바다를 건너

아이깁토스강으로 가는 길고 힘든 여정을 명령하신 게 아닌가.

하지만 나는 노인에게 이렇게 대답했지.

---

20 "아이깁토스강"은 네일로스강(나일강)을 가리킨다.

'어르신, 명령하신 대로 다 행하겠습니다.   485

그러니 자, 네스토르와 제가 트로이아를 떠나면서 남겨두고 온

아카이오스인은 모두 함선을 타고 무사히 돌아갔는지,

아니면 전쟁을 다 치르고 나서 함선에서든 가족의

품안에서든 불의의 죽음을 당한 사람도 있는지

있는 그대로 자세히 말씀해주십시오.'   490

그러자 노인은 즉시 이렇게 대답했네.

'아트레우스의 아들이여, 그대는 왜 그런 것을 캐묻는가?

모든 일을 제대로 알고 나면 그대는 분명 오래도록

슬픔에 잠길 터이니 그런 일을 알아 좋을 게 없고,

내게서 그런 일을 알아내려 할 필요도 없네.   495

죽은 사람도 많고, 살아남은 사람도 많기 때문이네.

전투하다가 죽은 장수들이야 그대도 그곳에 있었으니 잘 알 테고,

청동 갑옷 입은 아카이오스인 장수 중 귀향하다가 죽은 사람은

두 명이네. 한 사람은 살아 있기는 하지만

드넓은 바다 어딘가에 억류되어 있지.[21]   500

그중 작은 아이아스[22]는 긴 노들이 장착된 자신의 함선들과 함께

죽었네. 포세이돈은 처음에 기라이 암초[23]가 있는 곳으로

---

21 "두 명"은 작은 아이아스와 아가멤논이고, 억류되어 있는 "한 사람"은 요정 칼립소에 의해
   오기기에섬에 억류되어 있는 오디세우스를 말한다.
22 "작은 아이아스"는 그리스 중부에 있는 로크리스 왕 오일레우스의 아들로, 그리스군에서
   아킬레우스 다음으로 발이 빠르고 창술이 뛰어나 트로이아 전쟁에서 용맹을 떨쳤다. 큰
   아이아스와는 달리 체구가 작고, 오만불손하고 호전적인 성격이다. 트로이아를 함락시킨
   후 아테나 여신의 신전으로 피신해 있던 프리아모스왕의 딸 카산드라를 욕보여 자기 자신
   과 그리스군 전체에 재앙을 불러온다. 이 일로 그는 귀향 중에 죽지만, 아테나 여신은 그
   의 고국 로크리스에도 매년 전염병과 흉년이 반복되게 한다.
23 "기라이 암초"는 에우보이아섬 남동단 카페레우스곶 근처에 있다. 이 곳은 에게해에서 항
   해하기 가장 위험한 지역 중 하나다. 에우보이아 왕 나우플리오스의 아들 팔라메데스는
   오디세우스가 전쟁에 나가지 않으려고 미친 척하며 당나귀와 황소를 한데 묶어 쟁기질을

〈난파를 당한 뒤 바위에 매달려 신을 저주하는 아이아스〉(프란체스코 하예즈, 1882년)

그를 몰아가기는 했지만 바다 가운데서 목숨을 살려주었네.

그러니 그가 비록 아테나의 미움을 받고 있기는 했어도

큰 미망에 사로잡혀 오만방자한 말을 내뱉지만 않았더라면   505

죽음의 운명은 피했을 텐데. 하지만 그는 신들이 죽이려 했는데도

자기는 망망대해 깊은 바다에서 살아남았다고 떠들어댔지.

그의 말을 들은 포세이돈은 즉시 다부진 두 손에

삼지창을 들고 가서 기라이 암초를 둘로 쪼개버렸다네.

그러자 한 쪽은 그 자리에 남아 있었지만,   510

작은 아이아스가 큰 미망에 사로잡혀 앉아 있던

다른 한 쪽은 가라앉으면서 파도가 출렁이는

끝없는 바닷속으로 그를 끌고 가버렸지

작은 아이아스는 바닷물을 들이마시고 그곳에서 죽었어.

한편 그대의 형은 속 빈 함선들에서는 죽음의 운명을 피했다네.   515

존귀한 헤라[24]께서 구해주신 덕분이었지.

하고 밭에 씨앗 대신 소금을 뿌리고 있을 때, 쟁기 앞에 어린 아들 텔레마코스를 놓아 그의 광기가 거짓임을 밝힌다. 어쩔 수 없이 참전하게 된 오디세우스는 팔라메데스에게 앙심을 품고, 전쟁이 시작되자 거짓 편지로 그가 적과 내통한다고 모함해 그리스 군사들의 돌에 맞아 죽게 한다. 아들을 잃은 나우플리오스는 여생을 복수에 바쳐, 트로이아 전쟁에 나간 영웅들의 아내를 차례로 꾀어 부정을 저지르게 만든다. 아가멤논의 아내 클리타임네스트라, 이도메네우스의 아내 메다, 디오메데스의 아내 아이기알레이아가 모두 그의 술책에 넘어간다. 오디세우스의 아내 페넬로페이아도 유혹했지만 그녀는 넘어가지 않았다. 또 나우플리오스는 그리스 함대가 귀향할 때 에우보이아 남쪽 카페레우스곶 부근의 기라이 암초에 큰 불을 피워 등대처럼 보이게 한다. 함선들은 안심하고 불빛 쪽으로 배를 돌렸다가 암초에 부딪혀 모두 침몰하고 만다. 작은 아이아스도 이때 죽는다.

24 "헤라"는 크로노스와 레아 사이에서 태어난 딸로, 제우스의 세 번째 아내가 되어 전쟁의 신 아레스, 청춘의 여신 헤베, 출산의 여신 에일레이티아, 대장장이 신 헤파이스토스를 낳는다. 그리스 신화에서 헤라는 가정생활의 수호신이지만 질투의 화신으로 등장한다. 『일리아스』에서 헤라는 사사건건 제우스에게 반기를 든다. 제우스는 자기를 구해준 적이 있는 여신 테티스가 와서 아들 아킬레우스가 명예를 회복할 수 있게 그리스군을 파멸 직전까지 몰아가게 해달라고 부탁하자, 이를 위해 계획을 세우고 이루어간다. 하지만 그런 제우스를 못마땅하게 여긴 헤라는 계략을 꾸며 그리스군을 돕는다. 올림포스의 신들은 두

그런데 말레이아곶의 높고 가파른 산에 도착하기 직전,

폭풍이 그를 낚아채 격렬하게 울부짖는 물고기 많은 바다 너머,

전에는 티에스테스가 살았고, 그때는 티에스테스의 아들

아이기스토스가 살던 땅으로 데려갔네.[25]　　　　　　　　　520

하지만 신들이 다시 순풍으로 바꾸어 그가 그곳을 무사히

빠져나와 귀향하게 해주어 그들은 집으로 돌아왔네.

그는 조상들의 땅에 도착해 엎드려 입 맞추고,

그 땅을 다시 보게 된 것이 너무도 기쁘고 반가워

뜨거운 눈물을 많이 흘렸네. 이때 교활한 아이기스토스가　　　　　525

황금 두 탈란톤을 보수로 주기로 약속하고 세워놓은 파수꾼이

망루에서 그를 발견했네. 그자는 그대의 형이 복수심을 품고

몰래 돌아오지 못하도록 한 해 동안 지켜보고 있었지.

그자는 백성의 목자 아이기스토스의 집으로 가서 이 소식을 전했고,

아이기스토스는 즉시 흉계를 생각해냈네. 나라 전체에서 가장 용맹한　　　530

장정 스무 명을 선발해 매복해놓고, 다른 한편으로는 연회를

편으로 갈려서, 제우스의 명령을 따라 트로이아군을 돕는 아폴론, 아레스, 아프로디테 등과 헤라의 주도 아래 그리스군을 돕는 아테나, 포세이돈, 헤파이스토스 등이 서로 반목한다.

25 "티에스테스"는 탄탈로스의 아들인 펠롭스와 히포다메이아 사이에서 태어난 아들로, 아가멤논과 메넬라오스의 아버지인 아트레우스의 동생이다. 미케네의 왕권을 두고 동생과 다투어 이긴 아트레우스는 왕비 아에로페와 티에스테스의 불륜 사실을 알고, 그의 세 아들을 죽여 음식으로 만든 후 그를 궁으로 초대해 먹게 한다. 이 사실을 알게 된 티에스테스는 복수를 결심하고, 친딸 펠로페이아와 동침하여 낳은 아들이 원수를 갚아줄 것이라는 신탁을 따라 "아이기스토스"를 낳는다. 아이기스토스를 임신한 채 우연히 아트레우스와 만나 결혼하게 된 펠로페이아에게서 모든 사실을 들은 아이기스토스는 양부 아트레우스를 죽이고, 미케네의 왕위는 친부인 티에스테스에게 돌아간다. 얼마 후 스파르테 왕 틴다레오스의 도움을 받은, 아트레우스의 아들 아가멤논에게 미케네의 왕위를 빼앗긴 티에스테스와 아이기스토스는 키테아섬으로 도망친다. 티에스테스는 그 섬에서 죽고, 아이기스토스는 아가멤논이 트로이아 원정을 간 사이에 그의 아내 클리타임네스트라의 정부가 되어 귀향한 아가멤논을 살해한다. 여기서 티에스테스가 살았던 "땅"은 펠로폰네소스반도 남동단 맞은편의 키테아섬을 말한다.

준비하라고 지시했네. 자신은 흉계를 품은 채 말들이 모는 전차를 끌고
백성의 목자 아가멤논을 부르러 갔지. 이렇게 해서 그자는
자기가 죽게 될 것을 전혀 알지 못했던 아가멤논을 자기 집으로 데려와
연회를 베푼 후, 외양간에서 황소를 죽이듯 그를 살해해버렸네.   535
아트레우스의 아들을 수행한 전우들과 아이기스토스가 매복시켜놓은
장정들은 한 명도 살아남지 못하고 그 집에서 모두 목숨을 잃었네.'
노인이 이렇게 말하자 내 마음은 무너져 내렸지.
나는 바닷가 모래 위에 앉아 엉엉 울었고, 더 이상
살고 싶은 마음도 햇빛을 보고 싶은 마음도 없었네.   540
그런데 모래 위를 뒹굴며 실컷 울고 나자
오직 진실만을 말하는 바다 노인이 내게 말했어.
'아트레우스의 아들이여, 이제 와서 그렇게 기진맥진하도록
울어봐야 아무 소용없으니 더는 울지 말고,
조상들의 땅에 하루라도 빨리 돌아가길 서두르게.   545
거기서 그대는 살아 있는 그자를 만나거나
이미 오레스테스에게 살해된 그자의 장례식을 마주할 것이네.'
노인이 이렇게 말하자 슬픔 속에서도 내 가슴속 마음은
뜨거워지고 당당한 기개도 되살아났네.
그래서 나는 바다 노인에게 날개 달린 말로 청했네.   550
'그들에 대해서는 분명히 알았으니, 이제는 드넓은 바다에서
산 채로 억류되어 있거나 죽은 세 번째 사람이
누구인지 말씀해주십시오. 괴롭고 슬프더라도 듣고 싶습니다.'
그러자 노인은 즉시 대답해주었네.
'그 사람은 이타케에 집이 있는 라에르테스의 아들이네.   555
나는 그가 어느 섬에 있는 요정 칼립소의 궁에서
굵은 눈물을 흘리는 모습을 보았네. 칼립소가 그를 강제로
붙잡아두는 바람에 그에게는 노가 달린 배도 없고,

그를 바다의 드넓은 등을 타고 건너게 해줄 전우들도 없어

조상들의 땅에 돌아갈 수 없었기 때문이네.   560

하지만 제우스께서 기르신 메넬라오스여,

신들은 그대가 말들이 풀 뜯는 아르고스에서 살다가 죽을 운명으로

정해놓지 않으셨네. 불멸의 신들은 그대를 대지 끝에 있는

엘리시온 들판[26]으로 데려다주실 걸세. 금발의 라다만티스가

있는 그곳은 인간들에게 가장 살기 좋은 곳이네.   565

눈이 오지 않고, 심한 추위나 거센 폭풍우도 없으며,

오케아노스[27]가 항상 청명한 서풍의 숨을 보내

사람들을 시원하게 해주지. 신들에게는

헬레네를 아내로 둔 그대가 제우스의 사위이기 때문이네.'

바다 노인은 이렇게 말한 후 파도 출렁이는   570

바다 아래로 들어갔네. 나는 신 같은 전우들과 함께 함선들이

있는 곳으로 갔는데, 가는 내내 심장이 몹시 쿵쾅거렸네.

바닷가 함선이 있는 곳으로 돌아온 후

우리는 저녁 식사를 준비했고, 신성한 밤이 찾아와

파도 부서지는 바닷가에서 잠을 잤네.   575

---

26 "엘리시온 들판"은 신들의 총애를 받는 영웅이 불멸의 존재가 되어 들어가거나 이 땅의 삶
　　을 마친 후에 들어가는 축복의 땅이다. 대지를 감싸고 흐르는 오케아노스 대양의 서쪽 끝
　　에 있다. 엘리시온 들판의 통치자는 "라다만티스"다. 페니키아 왕 아게노르의 딸인 에우로
　　페는 황소로 변한 제우스의 등을 타고 크레테로 건너가 라다만티스, 미노스, 사르페돈을
　　낳는다. 나중에 에우로페는 크레테의 왕 아스테리오스와 결혼했고, 왕위를 물려받은 라다
　　만티스는 크레테를 정의롭게 다스리며 훌륭한 법전도 만들어 이 땅에서는 현명하고 정의
　　로운 통치자의 대명사가 되었고, 죽어서는 엘리시온으로 가서 그곳의 통치자가 되었다.
27 "오케아노스"는 대지의 여신 가이아와 하늘의 신 우라노스 사이에서 태어난 티탄 신족으
　　로, 대지 전체를 둘러싸고 흐르는 거대한 대양강의 신이다. 누이인 바다의 여신 테티스와
　　의 사이에서 3천 명의 강의 신과 3천 명의 요정을 낳았다. 대지와 바다(지중해)를 둘러싸
　　고 흐르는 오케아노스 대양은 엘리시온 들판 주위를 흐르며 지하세계와 경계를 이룬다.
　　오케아노스 강물은 대지를 감싸고 돈 다음 자신 속으로 흘러들기 때문에 서쪽에서 발원해
　　세상의 가장자리를 영원히 빙글빙글 돈다.

〈엘리시온 들판〉(아서 보웬 데이비스, 연대 미상)

〈칼립소가 사는 섬의 오디세우스〉(디틀레브 블렁크, 1830년)

이른 아침에 태어난, 장밋빛 손가락을 지닌 새벽의 여신 에오스가
모습을 드러내자, 우리는 가장 먼저 함선들을 신성한 바닷물 위로
끌어 내린 후 균형 잡힌 함선들 안에 돛대와 돛을 갖다 놓았네.
전우들도 함선에 올라와 노 젓는 곳에 앉았지.
그들은 줄지어 앉아 힘찬 노질로 잿빛 파도를 헤치며 나아갔네.   580
나는 하늘에서 태어난 강인 아이깁토스의 물로 가서 그곳에
함선을 세우고 신들에게 흠 없고 완전한 제를 성대하게 올렸네.
이렇게 영원토록 계시는 신들의 진노를 그치게 한 후,
아가멤논의 명성이 사라지지 않도록
그를 위해 봉분을 쌓았네. 나는 이런 일을 끝낸 다음   585
귀향길에 올랐고, 신들께서는 순풍을 보내어 나를
조상들의 땅으로 신속하게 호송해주셨네. 그러니 자,
자네는 열하루 또는 열이틀 되는 날까지 내 궁에 머무르게.
그때가 되면 자네에게 아주 훌륭한 선물들, 곧 말 세 필과
광을 내 번쩍이는 마차 한 대를 주고 예를 갖추어 자네를   590
보내주겠네. 또한 불멸의 신들께 헌주할 때마다 모든 날 동안
나를 기억하도록 아름다운 술잔도 하나 주겠네.”
　　현명한 텔레마코스가 그에게 대답했다.
“아트레우스의 아들이여, 저를 여기에 오래 붙들어두려
하지 마십시오. 일 년 내내 당신 옆에 앉아 있더라도   595
저는 집과 부모님이 전혀 그리울 것 같지 않습니다.
당신이 해주시는 이야기와 말씀을 듣는 게 즐거우니까요.
하지만 지극히 신성한 필로스에 있는 동료들은
벌써 제 걱정을 많이 하고 있을 겁니다.
그러니 더는 저를 붙들지 말아주십시오.   600
선물은 어떤 것을 주셔도 제게는 보물이 될 테지만,
말들은 이타케로 데려가지 않고 이곳에 남겨두어 당신의 기쁨이

되게 하겠습니다. 당신은 드넓은 들판의 주인이고,

들판에는 토끼풀, 방동사니,[28] 밀, 호밀, 이삭 넓은 흰 보리가

많으니까요. 반면에 이타케에는 말이 달릴 넓은 주로가 없고   605

목초지도 없습니다. 이타케는 말보다는 염소가

풀 뜯기에 훨씬 어울리는 곳입니다. 바다에 기대어 있는 섬들 중에

말을 몰 만한 곳이 없는데, 이타케가 특히 그렇습니다.”

　　　텔레마코스가 이렇게 말하자, 함성 소리 우렁찬 메넬라오스는

미소를 짓고 한 손으로 그를 토닥이며 말했다.   610

　　　“이보게 젊은이, 그렇게 말하는 것을 보니

자네는 훌륭한 혈통임이 분명하네. 그러면 나는 괜찮으니

다른 것을 자네에게 선물하지. 내 집에 있는 보물 중

가장 아름답고 값비싼 것을 자네에게 주겠네.

내가 주려 하는 건 훌륭하게 만든 희석용 동이라네.   615

전체가 은으로 되어 있고 테두리가 금으로 마감된

이 동이는 헤파이스토스[29]께서 만드신 것으로, 귀향길에 나를

궁으로 데려가 환대해준 시돈인의 왕 영웅 파이디모스가

28　“방동사니”는 들이나 밭에서 흔히 자라는 1년생 잡초다.

29　“헤파이스토스”는 제우스와 헤라 사이에서 태어난 아들이며 올림포스 열두 신 중 하나다.
대장장이와 불의 신으로 절름발이에 망치와 집게를 손에 든 모습으로 그려진다. 헤라는
아들 헤파이스토스를 낳고 나서 작고 못생긴 데다 시끄럽게 운다는 이유로 올림포스 꼭대
기에서 아래로 던져버렸고, 아기는 하루 종일 추락하여 바다에 떨어졌다. 어린 헤파이스
토스는 바다 요정이자 아킬레우스의 어머니 테티스에게 구조되어 바다 밑 동굴에서 9년
동안 보살핌을 받으며 자란다. 한번은 헤라클레스를 박해하는 헤라와 제우스 사이에 말다
툼이 벌어졌을 때, 헤파이스토스가 어머니 편을 들자 제우스가 화가 나 그를 하늘에서 던
져버렸다. 헤파이스토스는 이번에도 하루 종일 추락하여 에게해 동쪽 아나톨리아 쪽의 렘
노스섬에 떨어졌고, 그 섬의 신티에스인(렘노스로 이주해온 트라케인)에게 구조되지만
절름발이가 되고 만다. 올림포스 신들의 호화로운 궁전, 장신구, 무구, 제우스의 번개, 포
세이돈의 삼지창, 아테나의 아이기스 방패, 아폴론과 아르테미스의 활과 화살 등이 그의
작품이다. 헤파이스토스와 올림포스에 있는 그의 궁과 작업실에 관한 묘사가 『일리아스』
에 자세히 나온다.

내게 준 것일세. 그 희석용 동이를 자네에게 주겠네."

　　　　　그들이 이런 대화를 하고 있는 동안,　　　　　　　　　　620

연회에 초대받은 손님들이 신 같은 왕의 집으로 왔다.

그들은 양들을 몰고 왔고, 사람을 기분 좋게 하는 포도주도

가져왔으며, 아름다운 머리띠를 한 그들의 아내들은 빵을 보내왔다.

이렇게 메넬라오스의 궁에서는 연회 준비가 한창이었다.

　　　　　한편 오디세우스의 궁 앞, 잘 만든 안마당에서는　　　　625

여전히 구혼자들이 오만방자한 태도로

원반던지기와 창던지기 놀이를 즐겼고,

용맹하기로는 으뜸이라 구혼자들의 우두머리 노릇을 하던

안티노오스와 신 같은 에우리마코스는 자리에 앉아 있었다.

프로니오스의 아들 노에몬이 그들에게　　　　　　　　　　　　630

다가가 안티노오스에게 물었다.

　　　　　"안티노오스여, 텔레마코스가 모래 많은 필로스에서

언제 돌아오는지 아는가, 모르는가?

그가 내 배를 끌고 떠났네.[30] 내가 드넓은 엘리스[31]로

건너가려면 배가 필요한데 말이야. 거기에는 내가 기르는　　　635

암말 열두 필과 힘든 일도 끈기 있게 해내는 아직 길들이지 않은

노새들이 있는데, 그중 몇 마리를 데려와 멍에를 메워야 하네."

　　　　　노에몬이 이렇게 말하자 그들은 마음속으로 화들짝 놀랐다.

30　텔레마코스로 변신한 아테나 여신이 "프로니오스의 아들 노에몬"에게 배를 빌리는 장면이
　　제2권 386-391행에 나온다.

31　"엘리스"는 펠로폰네소스반도 북서쪽에 있던 도시국가다. 아래로는 피사가 중심 도시인
　　피사티스 지방이 있고, 그 아래로는 세 종족의 땅을 뜻하는 트리필리아가 있다. 이 두 지
　　방은 훗날 엘리스에 병합된다. 서쪽으로는 이오니아해, 남동쪽 펠로폰네소스 중심부에는
　　아르카디아, 남쪽으로는 필로스를 중심으로 한 메세네가 있다. 이오니아해에 있는 이타케
　　는 엘리스와 가까웠기 때문에 엘리스에도 이타케 사람들의 근거지가 있었다. 그래서 '본
　　토'라고 하면 엘리스를 가리킨다.

텔레마코스가 들판 어딘가에서 양 떼나 돼지 떼 옆에 있을 줄 알았지,
넬레우스의 필로스에 간 사실은 전혀 몰랐기 때문이었다.   640
    에우페이테스의 아들 안티노오스가 노에몬에게 물었다.
"있는 그대로 말해주게. 그는 언제 떠났고, 어떤 장정이
그와 함께 갔는가? 그 장정들은 이타케에서 선발한 자들인가,
아니면 하인과 노예들인가? 그에게는 그렇게 할 수 있는
힘이 있지. 이 점에 대해서도 내가 제대로 알 수 있도록   645
사실대로 말하게. 그는 자네의 검은 배를 강제로 빼앗아 갔는가,
아니면 그의 부탁을 받고 자네가 자발적으로 내어주었는가?"
    프로니오스의 아들 노에몬이 대답했다.
"내가 자발적으로 내어주었네. 마음에 근심이 가득한 사람이
부탁하는데 달리 행할 수 있겠는가?   650
그런 경우 누구라도 배를 내어주기를 거절하기 어려웠을 걸세.
그와 함께 간 장정들은 이 나라에서 우리 다음으로 가장 용맹한
자들이었네. 그들의 우두머리가 배에 타는 것도 보았는데,
그는 멘토르이거나 모든 점에서 그를 닮은 신이었네.
그런데 고귀한 멘토르가 그때 분명히 배를 탔는데,   655
이상하게도 어제 새벽에 내가 이곳에서 그를 보았지 뭔가."
    노에몬이 이렇게 말하고 자기 아버지 집으로 간 후,
오만한 안티노오스와 에우리마코스의 마음은 분노했다.
두 사람은 시합을 중단시키고 구혼자들을 한자리에 앉혔다.
에우페이테스의 아들 안티노오스가 화 난 모습으로   660
그들 가운데서 말했다. 그의 심장은 분노로 검게 물들었고,
두 눈은 활활 타오르는 화염 같았다.
    "아, 이런, 텔레마코스가 큰일을 해냈네.
이번 여행 말일세. 그가 이런 일을 해낼 줄은 생각도 못 했지.
그 애송이가 배를 바다에 끌어 내리고   665

이 나라에서 가장 용맹한 자들을 선발해 이렇게 많은

우리의 뜻을 저버리고 떠나다니. 그가 우리의 재앙이

되기 시작했으니 성인이 되기 전에 제우스께서 그의 힘을

없애버리시길! 그러니 자, 자네들은 내게 빠른 배와

전우 스무 명을 내어주게. 내가 이타케와 험한[32] 사모스 사이   670

해협에 매복해 있다가 그가 돌아오면 아버지를 찾아 나선

항해를 비통한 최후로 마감하게 해주겠네."

　　　안티노오스가 이렇게 말하자 구혼자들은 모두 그 말에 찬성하면

　　　　　　서 그렇게 하라고 독려했다.

그런 후 그들은 즉시 일어나 오디세우스의 궁 안으로 들어갔다.

　　　페넬로페이아도 구혼자들이 마음 깊은 곳에서   675

꾸민 흉계를 진즉부터 알고 있었다.

그들이 안마당에서 흉계를 꾸밀 때, 전령 메돈이 밖에서

계획을 듣고 페넬로페이아에게 전해준 것이다.

메돈이 페넬로페이아에게 이 일을 전하려고 대청을 가로질러

문턱을 넘어서자, 페넬로페이아가 그에게 말했다.   680

　　　"전령이여, 훌륭한 구혼자들이 무슨 일로 그대를 보냈는가?

그대는 신 같은 오디세우스의 하녀들에게 각자의 일을 멈추고,

그들을 위해 연회를 준비하라고 말하러 왔는가?

그들이 구혼하지도, 다른 곳에 모여 있지도 말고,

지금 이곳에서 마지막으로 식사하고 끝냈으면 좋겠구나.   685

그들은 허구한 날 모여 많은 살림을 축내고 있는데,

이게 다 현명한 텔레마코스의 재산이다.

그대들은 어릴 적 오디세우스께서 그대 부모 사이에서

---

32 "험한"(παιπαλόεις, '파이팔로에이스')은 산과 산길, 바위로 이루어진 섬들을 가리키는
　　수식어다.

어떤 분이었는지 듣지 않았는가? 신 같은 왕들은
불법적인 말이나 행동을 예사로 하지만 690
그분은 이 나라에서 누구에게도 그렇게 말하거나 행동한
적이 없으셨다. 왕이라면 어떤 사람은 미워하고 어떤 사람은
총애하기 마련이지만, 그분은 누구도 경홀하게 대하지 않으셨다.
그런데도 그분이 선을 베푼 것에 감사하기는커녕
그대들은 탐욕을 드러내며 부끄러운 짓을 일삼는구나." 695
　　　현명한 메돈이 그녀에게 말했다.
"왕비님, 구혼자들이 지금 하는 짓이 가장 큰 재앙이면 좋겠지만,
그들은 훨씬 더 크고 고통스러운 다른 일을 꾸미고 있습니다.
크로노스의 아드님께서 그 일이 이루어지지 않게 해주시길!
그들은 텔레마코스께서 집으로 돌아오면 날카로운 청동으로 700
죽이려고 벼르고 있습니다. 그분은 아버지의 소식을 알아보려고
신성한 필로스와 신성한 라케다이몬으로 가셨습니다."
　　　메돈이 이렇게 말하자 페넬로페이아는 무릎과 심장이 풀려
한동안 말이 나오지 않았다. 두 눈에는 눈물이 차올랐고,
생기 있던 목소리도 막혀버렸다. 705
한참이 지나서야 그녀는 그에게 물었다.
　　　"전령이여, 내 아들이 무엇 때문에 떠났는가?
내 아들은 바다에서 남자들의 말이 되어 드넓고 축축한 바다를
건너는 빨리 달리는 배에 오를 이유가 전혀 없단 말이다.
내 아들의 이름이 인간들 가운데 남아 있지 않게 되면 어찌할까." 710
　　　현명한 메돈이 대답했다.
"텔레마코스께서 아버지의 귀향이나 그분이 맞으신 운명을 알아보려고
필로스로 가신 건 분명합니다. 하지만 어느 신께서 부추기셨는지,
아니면 그분의 마음이 스스로를 부추겼는지는 모릅니다."
　　　메돈이 이렇게 말하고 오디세우스의 궁을 떠난 후, 715

숨막히는 고통이 페넬로페이아의 가슴을 짓눌렀다.

집에 의자가 많건만 그녀는 도무지 의자에 앉을 수 없었고,

공들여 지은 자기 방문턱에 앉아 비탄에 젖어 울었다.

집에 있던 하녀들도 젊으나 늙으나

모두 그녀 주위에서 훌쩍거렸다.   720

페넬로페이아는 그들 가운데서 큰 소리로 울며 말했다.

　　"벗들이여, 들어보게. 올림포스의 주인께서는 나와 함께 자란

모든 여자 중에서 오직 내게만 이런 고통을 주시는구나.

나는 이미 사자의 기개를 지닌 훌륭한 남편을 잃었다.

모든 미덕에서 다나오스인 중 가장 뛰어나고,   725

헬라스와 아르고스 한복판에서 명성을 떨치던 훌륭한 분이었지.

그런데 이제 또다시 아들이 떠난다는 말을 내가 듣지도 못했는데,

폭풍이 아무 말 없이 내 사랑하는 아들을 궁에서 낚아채 가버렸구나.

이 몹쓸 사람들이여, 그 아이가 속 빈 검은 배에 올랐을 때,

그대들은 그 사실을 알고 있었으면서도, 아무도   730

나를 깨워 침상에서 일어나게 할 생각을 하지 않았다니.

아들이 이번 여행을 계획한 걸 내가 알았더라면

그 아이는 아무리 여행을 하고 싶어도 이곳에 남거나

나를 죽여 궁에 남겨두어야 했을 것이다.

누가 어서 돌리오스 노인[33]을 불러다오.   735

전에 내가 이곳으로 올 때 아버지께서 내게 주신 하인 말이다.

지금은 나무 많은 내 과수원을 돌보고 있다.

노인에게 어서 빨리 라에르테스를 찾아가 그분 옆에 앉아

---

33 "돌리오스 노인"은 페넬로페이아가 오디세우스에게 시집올 때, 그녀의 아버지 이카리오스
　　(스파르테 왕 틴다레오스의 동생)가 함께 보낸 늙은 정원사로 충성스러운 하인이다. 오디
　　세우스가 트로이아 전쟁에 나간 뒤, 라에르테스를 따라 시골로 내려가 농장을 돌본다.

이 모든 일을 자세히 알리라고 해라. 그러면 그분이 마음속에서
어떤 계책을 생각해내, 그분과 신 같은 오디세우스의 자손을   740
없애려 하는 자들을 찾아가 읍소하실지도 모르니까.”

　　　사랑하는 유모 에우리클레이아가 그녀에게 말했다.
“마님, 저를 무자비한 청동으로 죽이시든 궁에 있게 해주시든
숨김없이 말씀드리지요. 저는 이 모든 일을 이미 알고 있었고,
양식과 맛있는 포도주를 비롯해 도련님이 지시하신 모든 걸   745
내어드렸답니다. 도련님은 어머니께서 이 일로 눈물을 흘려
고운 피부를 상하게 하시면 안 된다며 열이틀 날이 되기 전까지는,
혹은 사랑하는 어머니께서 자기를 보고 싶어 하거나 자기가 떠났다는
소문을 들으시기 전까지는, 이 일을 말씀드리지 않겠다고
엄숙히 맹세하도록 시키셨답니다. 그러니 마님은 목욕하고   750
깨끗한 옷을 입은 후 시녀들을 데리고 이층 방으로 올라가
아이기스 방패를 지닌 제우스의 따님 아테나께 기도하세요.
그러면 여신께서 도련님을 죽음에서 구해주실 거예요.
그렇지 않아도 괴로운 라에르테스 어르신을 더 괴롭히지 마시고요.
제 생각에 아르키시오스 아드님의 자손들은 축복받은 신들께   755
전적으로 미움을 받는 건 아니니, 지붕 높은 이 집과 멀리 있는
비옥한 경작지를 소유할 분은 아직 어딘가에 살아 계실 거예요.”

　　　유모는 이렇게 말하여 페넬로페이아의 울음을 잠재우고
두 눈에서 눈물을 그치게 했다. 페넬로페이아는 목욕하고 나서
깨끗한 옷을 입은 후, 보리를 대바구니에 담아   760
시녀들을 데리고 이층 방으로 올라가 아테나께 기도했다.

　　　“아이기스 방패를 지닌 제우스의 따님, 지치지 않는 분[34]이시여,

---

34 “지치지 않는 분”(Ἀτρυτώνη, ‘아트뤼토네’)은 아테나 여신의 별칭이다. 전쟁의 여신답게
　　전쟁에서 지치지 않고 싸우는 모습을 나타낸다.

기도를 들어주소서. 계책 많은 오디세우스가 전에 궁에서
소나 양의 살진 넓적다리뼈를 태워 올려드렸다면,
지금 그 일을 떠올리사 제 사랑하는 아들을 구해주시고,   765
사악하고 오만방자한 구혼자들에게서 지켜주소서.”

　　페넬로페이아가 기도하며 통곡하자 여신이 그 기도를 들었다.
한편 구혼자들이 앞다퉈 발언하느라 어두운 대청은 시끌시끌했다.
오만방자한 젊은이들 중 어떤 자는 이렇게 말했다.

　　“자기 아들에게 죽음의 운명이 이미 준비된 것도 모른 채,   770
구혼자가 많은 왕비님은 우리를 위해 결혼식을 준비하시나 보오.”

　　누군가는 이렇게 말했지만, 그들은 신이 이 일을 어떻게
준비하는지 알지 못했다. 안티노오스가 그들 가운데서 말했다.

　　“훌륭한 동료들이여, 누군가를 통해 이 일이 외부로
새나가면 안 되니 너나없이 입단속하게.   775
그러면 자, 우리 모두의 마음을 모았으니
조용히 일어나 계획을 실행하세.”

　　안티노오스는 이렇게 말한 후 가장 용감한 스무 명을 선발하고,
그들을 이끌어 빠른 배가 있는 바닷가로 갔다.
그들은 가장 먼저 배를 깊은 바다 위로 내린 후   780
돛대와 돛을 검은 배 안에 싣고
노들을 모두 가죽끈으로 잘 묶어 고정시킨 다음
흰 돛을 올려 펼쳤다.
기개 넘치는 시종들이 그들을 위해 무구를 가져왔다.
배가 바다 위에 뜨자 그들은 닻을 내린 후 배에서 내렸다.   785
거기서 그들은 식사를 하고 저녁이 되기를 기다렸다.

　　한편 사려 깊은 페넬로페이아는 이층 방에서
식음을 전폐한 채 몸져누워 흠잡을 데 없이
훌륭한 아들이 죽음을 피하게 될지, 아니면

오만방자한 구혼자들에게 죽게 될지 몰라 전전긍긍했다.　　　790

마치 사람들이 무리 지어 사자를 에워싸고 음흉한 원을 그릴 때,

그 무리 속에서 사자가 두려움에 떨며 떠올릴 만한 모든 것을

생각하며 번민하던 페넬로페이아에게 달콤한 잠이 찾아왔다.

그녀는 쓰러져 잠들었고 모든 관절이 풀렸다.

　　　　이때 빛나는 눈의 여신 아테나가 또 다른 일을 계획하여　　　795

페라이에 사는 에우멜로스와 결혼한,

영웅다운 기개를 지닌 이카리오스의 딸 이프티메[35]를

닮은 여자 유령 하나를 만들어냈다.

여신은 이 유령을 신 같은 오디세우스의 집으로 보내

비탄에 젖어 하염없이 눈물 흘리는　　　800

페넬로페이아의 비탄과 눈물을 그치게 했다.

유령은 가죽끈으로 묶여 있는 빗장을 통과해 방으로 들어가

그녀의 머리맡에 서서 이렇게 말했다.

　　"페넬로페이아 언니, 주무시나요? 마음이 슬프세요?

편안하게 살아가는 신들께서 언니가 울며　　　805

괴로워하게 내버려두실 리 없어요. 언니의 아들은

신들께 죄를 지은 게 아니니 살아 돌아올 거예요."

　　　사려 깊은 페넬로페이아가 꿈의 문 앞에서 비몽사몽간에

기분 좋은 상태로 대답했다.

　　"동생아, 사는 집이 너무 멀리 떨어져 있어　　　810

전에는 오지 않던 네가 이곳에 오다니 어찌 된 일이냐?

---

35 "이카리오스의 딸 이프티메"는 페넬로페이아의 자매다. "페라이"는 테살리아의 도시국가
　　로, 이올코스의 왕자 페레스가 세웠다. 페레스는 크레테우스 왕과 티로 공주 사이에서 태
　　어났으나, 티로와 포세이돈 사이의 아들인 이복형 펠리아스에게 왕위를 빼앗긴 후 테살리
　　아의 페라이를 세워 그곳의 왕이 되었다. 그의 뒤를 이은 아들 아드메토스는 펠리아스의
　　딸 알케스티스와 결혼하여 "에우멜로스"를 낳았다.

내 마음과 영혼을 괴롭히는 극심한 비탄과 고통을 그치라고
내게 말하러 왔느냐? 앞서 나는 사자의 기개를 지닌
훌륭한 남편을 잃었다. 그는 온갖 미덕에서
다나오스인 중 가장 뛰어난 분으로   815
헬라스와 아르고스 한복판에서 명성을 떨치던 분이었지.
그런데 이번에는 일이 서툴고 말도 잘 못하는 내 사랑하는
어린 아들이 속 빈 배를 타고 떠나버렸단다.
나는 남편보다 그 아이 때문에 무척 애통하구나.
그 아이가 찾아간 나라에서 또는 바다 위에서   820
무슨 변을 당하지는 않을지 두렵고 떨린단다.
그 아이가 조상들의 땅으로 돌아오는 길에 그를 죽이려고
많은 적이 흉계를 꾸몄다지 뭐냐."
          어슴푸레한 유령이 그녀에게 대답했다.
"용기를 내세요. 마음속으로 너무 두려워하지 마시고요.   825
모든 남자가 자기 옆에서 호송해주기를 바라며 기도하는 분이
그와 동행하고 계시니까요. 팔라스 아테나께서는 그렇게 하실 수
있답니다. 언니가 비탄에 잠겨 있는 걸 보고는
불쌍히 여겨 이 말을 해주라고 나를 보내셨어요."
          사려 깊은 페넬로페이아가 대답했다.   830
"당신이 신이거나 신의 음성을 들으셨다면,
불쌍한 그분에 대해서도 내게 자세히 말씀해주세요.
그분은 아직 어딘가에 살아 있어 햇빛을 보고 계시나요,
아니면 이미 죽어 하이데스의 집에 가셨나요?"
          어슴푸레한 유령이 대답했다.   835
"바람 같은 말을 하는 건 나쁜 일이니 그분이 살았는지
죽었는지는 내가 분명하게 말하지 않겠어요."
          유령은 이렇게 말한 후 방문 빗장을 통과해

바람의 숨 속으로 사라졌다. 이카리오스의 딸 페넬로페이아는
잠에서 깨어 벌떡 일어났는데 마음이 따스했다.　　　　　　　840
밤에 자기를 찾아온 꿈이 생생했기 때문이다.
　　　　한편 구혼자들은 배에 올라 축축한 길을 항해하며
텔레마코스에게 벼랑 끝의 죽음을 안겨줄 궁리를 했다.
이타케와 험한 사모스 사이, 바다 한복판에
아스테리스[36]라는 크지 않은 바위섬이 있고,　　　　　　　845
그 섬 양쪽으로 배를 안전하게 정박시킬 수 있는 포구가 있었다.
아카이오스인들은 그곳에서 매복하며 텔레마코스를 기다렸다.

---

36 "아스테리스"(Ἀστερίς)는 '별의 섬'이라는 뜻이다.

제5권 칼립소, 난파당한 오디세우스

새벽의 여신 에오스가 불멸의 신들과 인간들에게 빛을

가져다주려고 고귀한 티토노스[1] 옆 침상에서 일어나자,

신들은 회의장으로 가 자리를 잡았고, 높은 곳에서 천둥 치는

가장 강력한 제우스도 그들 사이에 있었다. 아테나는 그들 가운데서

오디세우스와 그가 겪은 수많은 시련을 떠올리며 입을 열었다.   5

오디세우스가 요정[2]의 집에 있는 것이 걱정되었기 때문이다.

　"아버지 제우스와 영원히 계시는 축복받은 신들이시여,

앞으로 홀을 가진 왕은 누구라도 온화하고 인자하고자 하는

마음도 올바른 마음도 갖지 않게 하시고, 도리어 언제나

대하기 어렵고 악행을 일삼는 자가 되라고 하세요.   10

신 같은 오디세우스는 자기가 통치한 백성에게

인자한 아버지 같은 사람이었지만 그들 중에 그를

1　"티토노스"는 트로이아 왕 라오메돈과 요정 스트리모 사이에서 태어난 아들이며, 트로이아 전쟁 당시 트로이아 왕이던 프리아모스와 형제지간이다. 새벽의 여신 에오스는 미남 왕자 티토노스에게 반해 그를 동쪽 끝 에티오피아의 오케아노스강 변에 있는 자신의 궁으로 데려가 남편으로 삼았다.

2　여기서 요정은 오기기에섬의 칼립소를 말한다. 칼립소는 티탄 신족 아틀라스의 딸이며 바다의 요정이다.

〈오디세우스와 칼립소〉(모리스 드니, 1905년)

기억하는 자는 아무도 없으니까요. 그는 어느 섬에서

극심한 고통을 겪으며 요정 칼립소의 집에 억류되어

조상들의 땅으로 돌아가지 못하고 있어요.   15

그에게는 노가 장착된 배도 없고, 바다의 드넓은 등 위로

그를 데려다줄 전우도 없기 때문이에요.

그의 사랑하는 아들이 아버지를 수소문하려고 신성한 필로스와

고귀한 라케다이몬으로 갔는데, 이번에는 그들이 집으로

돌아오는 그 아들을 죽이겠노라 벼르고 있어요."   20

　　　구름을 모으는 자 제우스가 그녀에게 대답했다.

"내 딸아, 너는 어째서 그런 말이 그대의 입술을 벗어난 것이냐?

오디세우스가 귀향하여 구혼자들에게 복수하는

계획을 생각해낸 건 바로 네가 아니냐?

텔레마코스는 네가 안전하게 잘 호송할 수 있으니   25

그렇게 해라. 그러면 그가 무사히 조상들의 땅에 도착할

것이고, 구혼자들은 뒤따라 배를 타고 돌아올 테니."

　　　이렇게 말한 후 제우스는 사랑하는 아들 헤르메스를 향해 말했다.

"헤르메스야, 너는 다른 일에서도 사자이니

오디세우스를 귀향시키기로 한 우리의 결정을   30

머릿결 고운 요정에게 전해라. 오디세우스는 귀향하겠지만

신들이나 필멸의 인간의 호송은 받지 않을 것이다.

도리어 그는 많은 나무를 단단히 묶어 만든 뗏목을 타고

수많은 고생 끝에 스무째 날 신들과 가까운 족속인

파이악스인[3]이 사는 비옥한 스케리아에 도착할 것이다.   35

3　"파이악스인"은 시조 파이악스의 후손들이다. 파이악스는 포세이돈과 강의 신 아소포스의
　　딸이자 요정인 코르키라 사이에서 태어났다. 코르키라에게 반한 포세이돈이 그녀를 무인
　　도로 납치해 동침하여 파이악스를 낳았고, 그 섬을 코르키라라고 불렀다.

그러면 그들은 그를 신처럼 떠받들고,

그에게 청동과 황금과 옷을 잔뜩 준 다음 배에 태워

조상들의 땅으로 보내줄 텐데, 오디세우스가 트로이아에서

얻은 전리품 중 자기 몫을 가지고 무사히 돌아왔어도

그 정도로 많이 가져오지는 못했을 분량이다.   40

이런 식으로 가족들을 만나고, 지붕 높은 자기 집과

조상들의 땅에 도착하는 것이 그에게 정해진 운명이다."

    제우스가 이렇게 말하자 제우스의 사자이며 아르고스를

죽인 자 헤르메스는 거역하지 않았다. 그는 즉시 바람의 숨을

타고 축축한 바다와 무한한 대지 위를 날게 하는   45

불멸의 아름다운 황금 신발을 발아래 묶고,

자신이 원하는 대로 사람들의 눈을 감겨 잠들게 할 수 있고

잠자는 자들을 깨울 수도 있는 지팡이를 집어 들었다.

아르고스를 죽인 자 강력한 헤르메스는 지팡이를 손에 들고 날아갔다.

그는 피에리아[4]를 지나자 하늘의 신묘한 대기[5]를 벗어나   50

바다로 내려온 후, 불모의 바다 무시무시한 만을 따라

깃털 많은 날개를 바닷물에 적시며 물고기를 잡는 새

가마우지처럼 파도 위를 쏜살같이 달렸다.

바로 그렇게 헤르메스는 넘실대는 수많은 파도를 타고 달렸다.

이윽고 멀리 있는 그 섬에 도착하자   55

---

4 "피에리아"는 그리스 마케도니아 지방 중부와 서부가 만나는 지점의 산악 지대다. 그리스에서 가장 높고 신들이 사는 올림포스산은 테살리아와 마케도니아의 접경, 라리사와 피에리아 사이에 있다. 헤르메스는 올림포스산을 출발해 서쪽으로 방향을 잡아 피에리아 산악 지대를 거쳐 오기기에섬이 있는 이오니아해로 갔다.

5 "하늘의 신묘한 대기"로 번역한 아이테르(αἰθήρ)는 밝은 빛과 신묘한 공기로 이루어진 공간으로, 신들이 머무는 하늘의 상층부를 가리킨다. 이곳은 땅과 가까운 하늘의 빛보다 훨씬 밝고, 인간이 숨 쉬는 탁한 공기와 달리 신들이 숨 쉬는 맑고 순수한 공기로 차 있다. '아이테르'는 동사 '빛나다'를 뜻하는 아이토(αἴθω)에서 나왔다.

헤르메스는 자줏빛 바다를 벗어나 육지를 걸어

머릿결 고운 요정이 사는 큰 동굴에 도착했고,

동굴 안에서 요정을 발견했다.

화로에는 불이 활활 타올랐고, 삼나무와 향나무

장작 타는 냄새가 섬 전체에 널리 퍼져 있었다.　　60

요정은 동굴 안에서 아름다운 목소리로 노래하며

베틀 앞에서 황금 북[6]으로 베를 짜고 있었다.

동굴 사방으로는 오리나무, 흑양나무, 향기로운 삼나무 같은

나무들이 울창한 숲을 이루고 있었고,

부엉이, 매, 꽥꽥거리는 바다오리같이　　65

바다에서 나는 것들로 먹고사는

날개 긴 새들이 숲속에 둥지를 틀고 있었다.

속 빈 동굴 주변에는 무성한 포도나무 덩굴이 뻗어 있고,

포도송이가 주렁주렁 달려 있었다.

또한 네 개의 맑은 샘물이 가까이서　　70

서로 다른 방향으로 가지런히 흐르고,

그 주위의 부드러운 풀밭에는 제비꽃과 셀러리가

만발하여 불멸의 신조차 이곳에 와 보면

경이로움에 넋을 잃고 기쁨에 취할 것이 분명했다.

제우스의 사자이며 아르고스를 죽인 자 헤르메스도　　75

그곳에 서서 놀라워했다. 그는 이 모든 것에 마음속으로

감탄한 후 곧장 넓은 동굴 안으로 들어갔다.

여신들 중 고귀한 칼립소는 그를 쳐다보자마자 금세 알아보았다.

불멸의 신들은 서로 멀리 떨어져 살아가더라도

서로를 알아보지 못하는 일이 없다.　　80

6　"북"은 베틀에서 날실 틈으로 왔다 갔다 하며 씨실을 푸는 기구다.

하지만 영웅다운 기개를 지닌 오디세우스는 거기에 없었다.
늘 그랬듯이 그는 바닷가 절벽 위에서 흐느끼며
눈물을 흘리거나 한숨을 내쉬고 탄식하며 고통으로 자기 마음을
찢곤 했는데, 이때도 바다를 응시하며 하염없이 눈물을 쏟고 있었다.
여신들 중 고귀한 칼립소는 반들반들하게 광을 낸 의자에   85
헤르메스를 앉게 한 후 이렇게 물었다.

　　　"황금 지팡이의 헤르메스, 존경하고 사랑하는 이여,
전에는 찾아주지 않더니 무슨 일로 이렇게 오셨나요?
내가 할 수 있는 일이라면 마음이 시키는 대로 모두
이루어드리리니, 생각하는 바가 있으면 무엇이든 말씀하세요.   90
당신에게 음식을 대접하고 싶으니 이쪽으로 오시지요."

　　　여신은 이렇게 말하고 그의 옆에 식탁을 편 후
신들이 먹는 음식을 가득 내오고 붉은 넥타르[7]를 섞었다.
제우스의 사자이며 아르고스를 죽인 자 헤르메스는 먹고 마셨다.
그는 음식으로 욕구를 채운 후   95
여신에게 이렇게 말했다.

　　　"여신인 그대가 남신인 내게 무슨 일로 왔냐고 물으며
말하라고 하시니 있는 그대로 말씀드리지요.
내가 이곳에 온 것은 스스로 원해서가 아니라 제우스께서
내게 명령하셨기 때문입니다. 이 근방에는 신들께 훌륭한 제물로   100
성대하게 제를 올릴 인간들의 도시가 하나도 없는데,
누가 스스로 원하여 말할 수 없이 광활하고 짠 바다 위를
가로질러 이곳에 오려 하겠습니까? 하지만 아이기스 방패를 지닌
제우스의 계획을 다른 신이 어깃장을 놓거나 좌절시키는 건
있을 수 없는 일이지요. 제우스께서는 남자들 중 가장   105

---

7 "넥타르"(νέκταρ)는 신들이 마시는 음료다. 신의 음식은 암브로시아(ἀμβροσία)다.

〈고향을 그리워하는 오디세우스〉(알렉산더 로타우그, 1924년 이전)

〈오디세우스를 풀어주라고 명령하는 헤르메스〉(제라드 드 래레스, 1680년경)

불쌍한 자가 당신 곁에 있다고 말씀하셨습니다.

그는 프리아모스의 성채를 포위하고 아홉 해를 싸우다 십 년째에

그 도시를 함락시키고 집으로 돌아가던 자라고 합니다.

그들이 아테나에게 죄를 지었기 때문에 여신께서 그들의

귀향길에 거센 돌풍과 거대한 파도를 일으키셨지요.

그래서 다른 훌륭한 전우는 모두 죽었고, 바람과 파도가

그를 이리로 데려온 겁니다. 이제 제우스께서는 어서 빨리

그를 보내라고 명령하십니다. 그에게 정해진 운명은 가족과 멀리

떨어진 여기서 죽는 게 아니라, 가족을 만나고 지붕 높은 자기 집과

조상들의 땅으로 돌아가는 것이니까요."

    헤르메스가 이렇게 말하자 여신들 중 고귀한 칼립소가

부들부들 떨며 날개 달린 말로 응답했다.

    "신들이여, 당신들은 여신이 인간을 사랑하는 남편으로

들여 공공연히 동침이라도 하면 이리도

심하게 질투하니 정말 잔인한 분들이로군요.

장밋빛 손가락을 지닌 새벽의 여신 에오스가 오리온[8]을 택했을 때에도,

편안하게 살아가는 신들은 그녀를 질투하며 못마땅해했지요.

결국 황금 옥좌의 순결한 처녀 아르테미스가 오르티기아에서

오리온에게 다가가 부드러운 화살로 그를 죽였고요.

또한 머릿결 고운 데메테르가 이아시온[9]이 마음에 들어

---

8 "오리온"은 에우리알레와 포세이돈 혹은 히리에우스 사이에 태어난 아들이며 거인 사냥꾼
이었다. 키가 커서 바다에 들어가도 머리와 어깨가 수면 위로 나왔다. 준수한 용모와 괴력
을 지녀 아내가 많았고 여신들에게도 사랑과 질투의 대상이 되었다. 오리온은 크레테섬에
서 아르테미스 여신과 사냥을 하다가 새벽의 여신 에오스에게 납치되어 델로스섬으로 갔
지만, 인간을 연인으로 삼은 것에 분노하고 질투한 아르테미스가 그를 활로 쏘아 죽인다.
'메추리의 섬'이라는 뜻의 "오르티기아"는 델로스의 옛 명칭이다.

9 "이아시온"은 제우스가 아틀라스의 딸이자 요정인 엘렉트라에게서 낳은 아들이며, 아나톨
리아에 도시국가 다르다니아를 건설한 다르다노스의 형제다. 이아시온은 아프로디테와

세 번 쟁기질한 묵은 밭에서 그와 몸을 섞어 사랑을 나누었을 때에도,

제우스께서는 이내 알고는 번쩍이는 벼락을 던져 그를 죽이셨지요.

신들이여, 이번에는 또 필멸의 한 인간이

내 옆에 있는 걸 질투하고 못마땅해하시는군요.

배 용골에 혼자 올라타고 있던 그 사람을 내가 구해주었답니다.　　　　130

제우스께서 포도주빛 바다 한복판에서

번쩍이는 벼락으로 그의 빠른 배를 내리쳐 박살내셨잖아요.

그때 다른 용감한 전우들은 몰살당하고,

오직 그 사람만 바람과 파도에 떠밀려 이곳으로 온 거예요.

나는 그를 사랑하여 돌봐주었고,　　　　135

평생 죽지 않고 늙지도 않게 해주겠다고 약속했지요.

하지만 아이기스 방패를 지닌 제우스의 계획을 감히

다른 신이 어깃장을 놓거나 좌절시키는 건 있을 수 없는 일이니,

제우스께서 그를 불모의 바다로 돌려보내라고

명령하고 재촉하신다면 그렇게 하세요.　　　　140

하지만 내가 그를 다른 곳으로 호송해줄 수는 없어요.

내게는 노를 갖춘 배도, 바다의 드넓은 등으로 그를 보내줄

전우들도 없으니까요. 하지만 그가 정말 무사히 조상들의 땅에

도착할 수 있도록 나는 기꺼이 모든 것을 말해줄 거예요.”

　　제우스의 사자이며 아르고스를 죽인 자 헤르메스가 칼립소에게

　　　　말했다.　　　　145

“제우스의 진노를 생각해 지금 그렇게 그를 보내시지요.

제우스께서 나중에 진노해 그대를 혹독하게 대하시는 일이 일어나지

　　않도록 말입니다.”

———————————

아르고스를 죽인 자 강력한 헤르메스는 이렇게 말하고 떠났다.
헤르메스에게서 제우스의 명령을 전해들은 존귀한 요정은
영웅다운 기개를 지닌 오디세우스에게로 갔다.   150
그는 바닷가 높은 절벽 위에 앉아 있었다. 두 눈에는 눈물이
마르지 않았고, 귀향을 애타게 바라며 탄식하고 우는 가운데
달콤한 인생은 그에게서 썰물처럼 빠져나갔으니,
요정은 그에게 더 이상 기쁨이 되지 못했다.
그러나 그는 원치 않으면서도 밤에는 속 빈 동굴에서   155
자기를 원하는 요정 곁에 마지못해 잠자리를 들어야 했다.
하지만 낮이 되면 바닷가 바위에 앉아 눈물과 한숨과
괴로움으로 마음을 찢고, 젖은 눈으로 불모의 바다를 바라보았다.
여신들 중 고귀한 칼립소가 그에게 다가와 말했다.

    "불운한 이여, 더 이상 이곳에서 비탄에 젖어   160
울며 인생을 허비하지 마세요.
이제 당신을 기꺼이 보내드릴게요.
그러니 자, 청동으로 큰 나무들을 베고 한데 엮어
넓은 뗏목을 만들고, 그 위에 갑판을 높이 세우세요.
그 뗏목이 당신을 어슴푸레한 바다 위로 실어다줄 거예요.   165
당신이 굶주리지 않도록 뗏목에 빵과 물과 붉은 포도주를
충분히 넣어줄게요. 또한 당신에게 옷도 입혀주고,
뒤에서 순풍을 보내줄게요. 계획에서나 실행에서나
나보다 더 나은, 드넓은 하늘에 사는 신들의 뜻이라면
당신은 무사히 조상들의 땅에 도착하겠지요."   170

    칼립소가 이렇게 말하자 강인하고 고귀한 오디세우스가
몸서리치며 그녀에게 날개 달린 말로 대답했다.

    "여신이여, 내게 뗏목으로 무시무시하고 힘겨운 저 거대한 심해를
헤쳐 나가라고 하니, 당신은 나를 집으로 보내려는 게 아니라

뭔가 다른 일을 꾸미고 있는 게 분명합니다. 깊은 바다는   175
제우스께서 보내주시는 순풍을 타고 빨리 달리는 균형 잡힌 배로도
헤쳐 나갈 수 없는 곳이잖습니까. 그러니 여신이여, 당신이 내게
다른 사악한 재앙을 꾸미지 않겠다고 엄숙히 맹세하지 않는다면,
나는 당신의 뜻대로 뗏목을 만들어 타지 않을 겁니다."

　　오디세우스가 이렇게 말하자, 여신들 중 고귀한 칼립소는   180
미소를 지은 채 한 손으로 그를 토닥이며 말했다.

　　"그런 말을 생각해내고 하는 것을 보니
당신이야말로 악당이로군요. 게다가 멍청하지도 않고요.
그렇다면 대지와 위에 있는 드넓은 하늘, 그리고 신들이
맹세할 때 가장 강력하고 두려운 증인인, 잔잔히 흐르는   185
스틱스 강물[10]을 나 또한 증인으로 세우고 맹세하지요.
나는 당신을 두고 또다시 사악한 재앙을 꾸미지 않겠어요.
도리어 내가 당신 같은 처지에 놓였다면 나 자신을 위해
어떻게 하면 좋을지 당신에게 말해줄게요.
나도 올바른 생각을 가지고 있고, 내 가슴속 마음은   190
무쇠가 아니라 연민을 지니고 있으니까요."

　　여신들 중 고귀한 칼립소가 이렇게 말하고 재빨리 앞장서자
오디세우스는 여신의 발자국을 따라갔다.

---

10 "스틱스"는 지하세계(저승)를 둘러싸고 흐르는 강으로, 오케아노스 대양에서 갈라져 나와
그리스 본토 중부 아르카디아 지방의 케르모스산 협곡을 지나 저승으로 흘러든다. 증오의
강 스틱스는 저승에서 슬픔의 강 아케론, 탄식의 강 코키투스, 불의 강 피리플레게톤, 망
각의 강 레테의 지류로 나뉘어 저승을 아홉 물굽이로 감싸고 흐른다. 망자가 저승으로 가
려면 이 다섯 개의 강을 차례로 건너야 한다. 스틱스 여신은 제우스가 티탄 신족과 전쟁을
벌일 때 제일 먼저 달려와 그의 승리를 도왔다. 제우스는 그 공을 높이 사 신들에게 중요
한 맹세를 할 때 스틱스의 이름을 걸고 맹세하도록 명령했다. 신이 맹세할 경우, 제우스는
전령의 여신 이리스를 저승으로 보내 강물을 병에 담아오게 하여 이 물을 술잔에 따라놓
고 맹세하게 했다. 스틱스 강물에 대고 한 맹세는 제우스 자신도 어겨서는 안 되었다.

여신과 남자는 속 빈 동굴에 도착했고,
남자는 헤르메스가 앉았다 일어선 의자에 앉았다.   195
요정은 필멸의 인간이 먹는 온갖 음식을
남자 앞에 차려놓은 후 신 같은 오디세우스를
마주 보고 앉았다. 그러자 하녀들이 요정 앞에
암브로시아와 넥타르를 차려놓았다.
둘은 앞에 차려진 음식에 손을 내밀었다.   200
이들이 먹고 마시기를 충분히 즐기고 나자
여신들 중 고귀한 칼립소가 먼저 말했다.
　　"제우스의 자손 라에르테스의 아들, 계책 많은 오디세우스여,
당신은 지금 즉시 사랑하는 조상들의 땅으로 돌아가기를
바라나요? 그렇다면 어쨌든 안녕히 가세요.   205
하지만 조상들의 땅에 도착하기 전에 가득 채워야
할 수많은 고난을 마음속에서 안다면,
아내가 그립고 보고 싶어도 이곳에 나와 함께
머물며 이 집을 지키고 모든 날 동안 언제나
불멸의 존재가 되어 살아가기를 바라게 될 거예요.   210
필멸의 여자들이 몸매와 용모를 놓고 불멸의 여신과
다툰다는 건 말도 안 되는 일이지요. 나 또한
몸매로 보나 키로 보나 그녀에게 뒤지지 않는다고 자부해요."
　　계책 많은 오디세우스가 칼립소에게 대답했다.
"존귀한 여신이여, 그 점에서는 내게 화내지 마세요.   215
사려 깊은 페넬로페이아와 당신을 나란히 세워놓으면,
용모와 키에서 그녀가 당신보다 못하다는 건 내가 잘 압니다.
그녀는 필멸의 존재인 반면 당신은 죽지도 늙지도 않으니까요.
하지만 나는 집으로 돌아가 귀향의 날을 보게 되길
날이면 날마다 바라고 있습니다. 혹시 신들 중 누가   220

포도주빛 바다에서 또 다시 나를 난파시키더라도, 내 가슴속에는
큰 고통을 참아낼 만한 기개가 있으니 잘 견뎌낼 겁니다.
나는 이미 파도 속에서, 전쟁 속에서 수많은 일과 갖은 고초를
겪었어요. 이번에 고초 하나를 더할 뿐입니다."

오디세우스는 이렇게 말했다. 225

이윽고 해가 지고 어둠이 찾아왔다. 둘은 속 빈 동굴의
가장 안쪽으로 들어가 나란히 누워 사랑을 즐겼다.

이른 아침에 태어난, 장밋빛 손가락을 지닌 새벽의 여신 에오스가
모습을 드러내자 오디세우스는 즉시 웃옷과 겉옷을 입었고,
요정은 은빛으로 빛나는 섬세하고 우아한 큰 겉옷을 230
입은 후, 허리에는 아름다운 황금 허리띠를 두르고,
머리에는 면사포를 썼다. 요정은 영웅다운 기개를 지닌
오디세우스를 보내주기로 작정하고, 그의 손바닥에 잘 맞는
청동으로 된 큰 양날 도끼를 주었다. 그 도끼에는 올리브나무로
만든 무척 아름다운 자루가 단단히 박혀 있었다. 235
그런 후 요정은 잘 다듬어 광낸 자귀[11]를 그에게 주고,
앞장서서 섬 끄트머리로 길을 잡으니
그곳은 오리나무, 흑양나무, 하늘로 높게 뻗어 있는
전나무 같은 큰 나무가 자라는 곳이었다.
그 나무들은 이미 오래전에 바싹 말라 있어 바닷물에 쉽게 240
뜰 수 있었다. 여신들 중 고귀한 칼립소는 다 자란
큰 나무들이 있는 곳을 알려주고 집으로 돌아갔다.
오디세우스는 나무들을 벴고 작업은 빠르게 이루어졌다.

---

11 앞에서 언급된 도끼(πέλεκυς, '펠레퀴스')는 나무를 찍는 데 사용하는 반면, "자귀"(σκέ
παρνον, '스케파르논')는 목재를 다듬고 가공할 때 사용한다. 도끼는 날이 자루와 평행하
지만, 자귀의 날은 자루와 직각 방향으로 박혀 있다.

〈오디세우스와 칼립소가 있는 환상적인 동굴〉(얀 브뤼헐, 1616년경)

그는 스무 그루의 나무를 모조리 베어 넘어뜨린 후

청동으로 가지들을 쳐내고 능숙하게 다듬어   245

나무들 위에 먹줄을 그었다. 그 사이에 여신들 중 고귀한

칼립소는 목공용 송곳을 보내왔고, 그는 모든 나무에 구멍을

뚫은 후 서로 짜맞춘 다음 나무못과 쐐기를 박았다.

이렇게 해서 오디세우스는 뗏목을 만들었는데,

숙련된 목수가 화물선의 바닥을 설계할 때만큼이나   250

넓게 짜여진 것이었다.

이어서 그는 뗏목 양쪽에 늑재[12]를 촘촘히 이어 붙여

갑판을 만들어 세웠고, 긴 널빤지를 가로질러 양쪽 늑재들을

연결해 마감했다. 그런 후 돛대를 만들고, 그에 맞는 활대도 만들고,

뗏목이 똑바로 가게 해줄 키도 만들었다. 파도를 막기 위해   255

버들가지를 엮어 울타리를 만들어 사방을 견고하게 둘러쳤고,

바닥에는 잔가지와 덤불을 잔뜩 쏟아부었다. 그사이 여신들 중

고귀한 칼립소가 큰 천을 보내주어 돛도 능숙하게 만들어냈다.

그는 돛을 앞뒤로 움직이는 줄, 돛을 올리고 내리는 줄,

돛 아래쪽에 묶는 줄을 활대에 묶어 뗏목에 달고 나서   260

지렛대로 뗏목을 신성한 바다 위로 내렸다.

　　　나흘째 되는 날, 그는 모든 일을 마쳤다.

닷새째 되는 날 칼립소는 오디세우스를 목욕시키고

향기로운 옷을 입힌 후 섬에서 보내주었다.

여신은 검은 포도주가 든 가죽 부대와 물이 든   265

큰 가죽 부대, 양식이 든 가죽 자루를 뗏목에 넣어주었고,

식량도 충분히 챙겨주었다.

---

12 "늑재"는 배의 용골에서 시작해 갈비뼈처럼 양쪽으로 세우는 목재를 말한다. 실제로 원문
  에 쓰인 스타미네스(σταμίνες)도 '갈비뼈들'이라는 뜻이다.

여신이 해롭지 않은 따뜻한 순풍을 보내주자

고귀한 오디세우스는 기쁜 마음으로 순풍에 돛을 펼치고

자리에 앉아 능숙하게 키를 조종하여 방향을 잡았다.   270

그의 눈꺼풀에는 잠이 내려앉지 않았다.

그는 플레이아데스,[13] 늦게 지는 목동자리,[14]

짐마차라는 별명으로 불리는 큰곰자리[15]를 내내 쳐다보았다.

오직 큰곰자리만 오케아노스에서 목욕하는 데[16] 참여하지 않고

제자리에서 맴돌며 오리온자리[17]를 주시한다.   275

---

13 "플레이아데스"는 원래 사냥의 여신이자 처녀신인 아르테미스의 시중을 드는 요정들이었
   으나, 구애하며 쫓아오는 오리온을 피해 7년이나 도망 다니다가 제우스에 의해 하늘의 별
   들이 되었다. 이 이름은 그리스어 '출항하다'에서 유래한다. 고대 그리스인들이 항해에 나
   선 시기에만 플레이아데스 성단의 일곱 별을 볼 수 있기 때문이다. 플레이아데스 성단이
   하늘에 나타나면 고대인들은 수확을 위해 낫을 갈고 바다에 배를 띄웠다.

14 "목동자리"는 봄부터 초여름 사이에 동쪽 하늘에서 볼 수 있는 매우 큰 별자리다. 목동자
   리의 1등성 아르크투르스는 '곰을 지키는 사람'이라는 뜻으로, 늘 북두칠성의 큰 곰 뒤를
   따라다니는 것처럼 보여 붙은 이름이다. 북두칠성의 국자 손잡이 쪽으로 곡선을 연장해
   남쪽으로 이으면 봄철 밤하늘에서 가장 밝은 별인 아르크투르스를 볼 수 있다.

15 "큰곰자리"는 북두칠성이 포함된 북쪽 하늘의 별자리로, 헤라의 질투 때문에 곰으로 변한
   칼리스토의 별자리다. 북극성이 있는 작은곰자리는 소가 끄는 쟁기를 발명한 아르카스의
   별자리로 알려져 있다. 제우스와 숲의 요정 칼리스토 사이에서 태어난 아르카스는 훗날
   아르카디아의 왕이 되었고 사냥에도 뛰어났다. 어머니인 칼리스토는 헤라의 미움을 받아
   곰으로 변했고, 장성한 아르카스가 곰으로 변한 어머니를 몰라보고 활을 겨냥하자 이를
   본 제우스는 이들 둘을 하늘로 올려 각각 큰곰자리와 작은곰자리로 만든다. 큰곰자리에
   속한 북두칠성은 형태가 마차나 수레와 비슷하고 북극성 주위를 빙빙 돌고 있어 고대로부
   터 '짐마차'로 불렸다.

16 오케아노스는 대지의 가장자리를 둘러싸고 흐르는 강이므로 고대 그리스인들은 해와 별
   들이 동쪽 끝 오케아노스에서 떠서 서쪽 끝 오케아노스로 진다고 여겼고, 이를 가리켜 '목
   욕한다'는 표현을 사용했다. 한편, 북반부에서 북두칠성이 포함된 큰곰자리는 일 년 내내
   지지 않고 하늘에 떠 있다.

17 "오리온자리"는 사냥꾼 오리온을 기리는 별자리다. 달과 사냥의 여신 아르테미스는 오리
   온과 사랑에 빠졌으나, 그녀의 쌍둥이 오빠 아폴론이 이를 못마땅히 여겼다. 어느 날 아폴
   론은 멀리 바다에서 사냥하는 오리온을 발견하고 동생과 과녁 내기를 제안했다. 아르테미
   스는 그가 오리온인 줄 모른 채 활을 쏘아 그의 머리를 명중시켰다. 진실을 알게 된 아르
   테미스의 슬픔을 달래기 위해 제우스는 오리온을 겨울 밤하늘에서 가장 눈부신 별자리로
   만들었다. 오리온과 아르테미스에 관한 다른 이야기는 제5권 각주 8을 보라.

오디세우스가 내내 이 별자리들을 쳐다본 것은 여신들 중 고귀한
칼립소가 항해할 때 큰곰자리를 왼편에 두라고 조언했기 때문이다.
이렇게 오디세우스는 열이레 동안 바다 위를 항해했고,
열여드레 되는 날에는 그에게 가장 가까이 있던
파이악스인의 땅, 울창한 숲으로 덮인 산들이 모습을 드러냈는데   280
그 모습이 어슴푸레한 바다 위에 떠 있는 소가죽 방패 같았다.

　　　이때 대지를 뒤흔드는 자 군주 포세이돈이 아이티옵스인에게서
돌아오다가 저 멀리 솔리모스인[18]의 산들에서 오디세우스가
항해하는 모습을 보았다. 포세이돈은 진심으로 분노하여
머리를 저으며 자신의 마음을 향해 말했다.   285

　　　"아, 이런, 오디세우스가 파이악스인들의 땅에 도착하면
그에게 닥친 큰 재앙의 올가미에서 벗어날 운명인데, 지금 그 땅 가까
　　이에 있는 걸 보니
내가 아이티옵스인에게 가 있는 동안 신들이 오디세우스에 대한
생각을 바꾼 게 틀림없구나. 하지만 장담컨대 내가
그를 지긋지긋하도록 극심한 재앙으로 몰아가리라."   290

　　　포세이돈은 이렇게 말한 후 손에 삼지창을 들고서
구름을 모으고 바다를 휘저었다.
온갖 바람이 휘몰아치고 육지와 바다가 동시에 구름으로 뒤덮였다.
하늘로부터는 밤의 어둠이 몰려왔다.
동풍과 남풍, 폭풍을 몰고 오는 서풍과 하늘의 신묘한   295
대기에서 태어난 북풍이 함께 휘몰아치며 거대한 파도를 굴렸다.
오디세우스는 무릎과 심장이 풀렸고, 영웅다운 기개를 지닌

18　"솔리모스인"은 아나톨리아의 리키아 북쪽 밀리아스 산악지대에 살았던 부족이다. 그 이
　　름은 근처에 있는 솔리모스산에서 유래한 듯하다.

〈포세이돈과 오디세우스〉(펠레그리노 티발디, 1550~1551년)

자신의 마음을 향해 비통한 심정으로 말했다.

　　"아, 내 신세가 참으로 가련하구나. 마침내 내게 무슨 일이
일어나는 건가? 여신이 말한 게 모두 사실일까 두렵다.　　　　　　　　300
조상들의 땅에 도착하기 전에 바다에서 고초를 겪어야 한다는
여신의 말이 이제 모두 이루어지려나 보다.
제우스께서 드넓은 하늘을 구름으로 휘감고
바다를 휘저으며 온갖 바람이 미친 듯이 날뛰게 하시니
이제 나는 피할 수 없는 죽음의 나락으로 떨어질 게 분명하다.　　　305
전에 아트레우스의 아들들을 기쁘게 해주려고 드넓은
트로이아에서 죽은 다나오스인이 나보다 세 배, 아니
네 배는 더 행복한 사람들이다. 펠레우스의 죽은 아들[19] 주위에서
가장 많은 트로스인이 내게 청동 날이 박힌 창을 던지던 그날,
나는 죽음의 운명을 맞이해야 했다. 그랬다면 아카이오스인이　　　310
나를 성대하게 장례 치러주고 지금까지도 칭송했을 텐데.
하지만 이제 나는 여기서 비참한 죽음을 맞이할 운명이로구나."
오디세우스가 이렇게 말하는 순간, 산만큼 거대하고 무시무시한
파도가 몰려왔고, 뗏목은 파도 주위를 빙글빙글 돌았다.
그는 잡고 있던 키를 놓치고 뗏목 밖으로 떨어졌다.　　　　　　　315
온갖 바람이 뒤섞여 무시무시하게 휘몰아치는 가운데
돛대 한가운데가 부러져 돛대와 활대가
멀리 바다 위로 나가떨어졌다.
오디세우스는 한참 동안 바닷물 아래 붙들려 있었다.
고귀한 칼립소가 준 옷 때문에 몸이 무거워　　　　　　　　　　　320
몰려오는 큰 파도 아래에서 얼른 수면 위로
올라올 수 없었기 때문이다. 한참 후 그는 수면 위로

---

19 "펠레우스의 죽은 아들"은 그리스군의 최고 영웅 아킬레우스를 가리킨다.

올라와 쓴 바닷물을 토해냈다. 쓴 바닷물은
머리에서도 줄줄 흘러내렸다. 그는 몹시 지쳤지만
뗏목을 잊지 않고 파도를 헤치며 돌진해 붙잡았고,   325
그 한가운데 앉아 죽음의 종말을 피했다.
큰 파도가 바다 물결을 따라 그를 이리저리 몰아갔다.
늦여름에 북풍이 촘촘히 붙어 있는 엉겅퀴 솜털들을
들판 위로 몰아가듯, 그렇게 바람이 뗏목을
바다 위 여기저기로 몰아갔다.   330
남풍이 북풍에게 넘겨주어 몰아가게 하는가 하면,
동풍이 서풍에게 양보해서 몰아가게 하기도 했다.
　　　그때 카드모스의 딸 복사뼈 예쁜 하얀 여신 이노[20]가
오디세우스를 보았다. 그녀는 한때 필멸하는 인간의 목소리로
말하는 존재였지만, 지금은 바다 여신으로 숭배받고 있었다.   335
이노 여신은 바다 위를 떠돌아다니며 고통당하는
오디세우스를 불쌍히 여기고 갈매기처럼 수면 위로 날아올라
많은 나무를 엮어 만든 뗏목 위에 앉더니 이렇게 말했다.
　　　"불운한 이여, 대지를 뒤흔드는 자 포세이돈께서 무슨 일로
이렇게 그대에게 격분하여 많은 재앙을 안겨주신단 말인가?   340
하지만 그분이 아무리 간절히 원해도 그대를 죽일 수는 없을 터.

---

20 "이노"는 테베의 건설자 카드모스왕이 아프로디테와 아레스의 딸 하르모니아에게서 낳은
　　딸로, 디오니소스를 낳은 세멜레의 자매다. 제우스는 질투와 복수심에 불타는 헤라의 눈
　　을 피해 어린 디오니소스를 여자아이로 꾸민 뒤, 세멜레의 자매인 이노와 그녀의 남편 오
　　르코메노스의 왕 아타마스에게 맡겨 기르게 한다. 그러나 헤라는 이노와 아타마스를 미치
　　광이로 만들었다. 이노는 막내아들을 가마솥에 넣어 튀기다가 정신이 들자 그 시신을 끌
　　어안고 바다에 몸을 던진다. 신들은 이노를 바다의 여신으로 만들었고, 사람들은 그녀를
　　"하얀 여신"이란 뜻의 레우코테아(Λευκοθέα)라 부르며 숭배했다. 그녀의 막내아들 멜리
　　케르테스는 돌고개를 타고 다니는 어린 바다의 신 팔라이몬이 되었다. 이들 모자는 폭풍
　　속을 항해하는 선원의 수호신이다.

〈오디세우스 앞에 나타난 이노〉(프리드리히 프렐러, 1864년)

그대는 어리석어 보이지 않으니 이렇게 하거라.

그 옷들을 벗고 뗏목은 바람에 떠밀려 가도록 내버려둔 후,

손으로 헤엄쳐 파이악스인의 땅에 닿도록 애써보아라.

그대는 거기서 구출될 운명이니.   345

이 불멸의 머릿수건을 가슴에 감아라.

고통과 죽음에 대한 두려움이 사라질 것이다.

하지만 두 손이 육지에 닿거든 머릿수건을 다시 풀어

육지에서 먼 포도주빛 바닷속으로 던지고

그대는 멀찌감치 돌아서야 한다."   350

　　　여신은 이렇게 말하고 그에게 머릿수건을 주고 나서

갈매기처럼 파도치는 물속으로 다시 뛰어드니

검은 파도가 여신을 삼켰다. 강인하고 고귀한

오디세우스는 깊이 고민하다가 침통한 심정으로

자신의 용맹한 마음을 향해 말했다.   355

　　　"아, 어쩌면 좋은가. 여신은 내게 뗏목을 버리라고 조언했지만,

나를 구해줄 곳이라고 말한 그 땅은 내가 보기에는 멀리 있으니

이 조언은 불멸의 신들 중 누군가가 꾸며낸 흉계일지도 모른다.

나는 이 조언을 도저히 믿을 수 없으니

아무래도 이렇게 하는 게 최선인 듯하다.   360

뗏목의 목재들이 서로 잘 묶여 있는 동안에는

뗏목에 머무르며 고통스럽더라도 참아내자.

하지만 파도 때문에 뗏목의 목재들이 흩어지면

그때는 더 나은 방법을 생각할 수 없으니 헤엄쳐 가자."

　　　오디세우스가 마음속에서 이런 생각을 하며   365

고민하고 있을 때, 대지를 뒤흔드는 자 포세이돈이

크고 무시무시하고 고통스러운 파도를 일으키니

파도가 쇄도하여 마치 지붕처럼 위에서부터 그를 덮쳤다.

돌풍이 수북이 쌓인 마른 겨들을 흔들어 사방으로 흩어버리듯

그렇게 파도는 뗏목의 긴 목재들을 흩어버렸다.   370

그러자 오디세우스는 경주마에 올라타듯

흩어져버린 뗏목의 목재 중 하나에 올라

고귀한 칼립소가 준 옷을 벗고, 즉시 머릿수건을

가슴에 두른 후 바닷속으로 거꾸로 뛰어들어

헤엄치고자 두 손을 뻗었다. 대지를 뒤흔드는 군주 포세이돈이   375

이를 보고 머리를 저으며 자신의 마음을 향해 말했다.

　　　"이제 너는 많은 재앙을 이미 겪었으니 그렇게 바다 위를

떠돌다가 제우스께서 기르신 인간들 속에 섞여라. 그 정도면

네가 겪은 재앙이 별것 아니었다고 비웃지는 못하겠지."

　　　대지를 뒤흔드는 군주 포세이돈은 이렇게 말한 후 갈기 고운   380

말들을 채찍질하여 그의 멋진 궁이 있는 아이가이[21]에 이르렀다.

　　　한편 제우스의 딸 아테나는 또 다른 일을 계획했으니

제우스의 자손 오디세우스가 노를 잘 젓는

파이악스인 가운데 섞여 죽음의 운명을

피하게 하려고, 다른 바람의 길을 막고   385

그 모든 바람에게 그만 불고 자라고 명령한 후,

거센 북풍을 일으켜 오디세우스 앞에서 파도를 부숴버렸다.

　　　그리하여 오디세우스는 이틀 밤과 이틀 낮을

거센 파도가 몰아치는 바다에서 떠돌았고, 그의 마음은 수없이 죽음을

　　예감했다.

하지만 머릿결 고운 새벽의 여신 에오스가 사흘째 되는   390

날을 열자 바람이 그쳤고, 바다는 바람 한 점 없이 잔잔해졌다.

---

21 "아이가이"는 그리스 에우보이아섬 서쪽 해안의 도시로 칼키스 북쪽에 위치했다. 가까운
　언덕에 포세이돈의 성소가 있었다.

오디세우스가 큰 파도에 몸이 들린 채 유심히 앞을 보니
가까운 곳에 육지가 보였다. 아버지가 신의 미움을 산 나머지
심한 병에 걸려 오랫동안 앓아 누웠는데, 다행히 신이 아버지를
재앙에서 풀어주어 아버지가 다시 살아난 것이   395
자녀들에게 반가운 일이듯, 육지와 숲이 보이는 것은
오디세우스에게 그만큼 반가운 일이었다.
그는 두 발로 육지를 밟고자 열망하며 헤엄쳤다.
그러나 육지와 거리가 사람이 고함치면 들릴 만큼
가까워졌을 때, 그는 파도가 바닷가 암벽에 부딪혀   400
부서지는 굉음을 들었다. 큰 파도가 마른 육지를 향해
무시무시한 소리를 지르며 내달리다가 부서지자 사방이
거품으로 뒤덮였다. 거기에는 배들의 피난처가 되어줄
포구나 배를 정박시킬 곳이 없었고, 바다로 뻗어 나온 곳과
파도가 부딪히는 암벽과 바위만 있었기 때문이다.   405
무릎과 심장이 풀린 오디세우스는 침통한 심정으로
영웅다운 기개를 지닌 자신의 마음을 향해 말했다.

　　"아, 낭패로다. 제우스께서 희망 없던 내게 육지를
보여주셨지만, 내가 깊은 바다를 헤치고 막상 도착해보니
잿빛 바다에서 빠져나갈 길이 전혀 보이지 않는구나.   410
바다 바깥쪽으로는 날카로운 바위가 있고,
주변으로는 파도가 울부짖으며 내달리다가 부서지는 데다
미끄러운 바위가 가파르게 솟아 있고, 그 옆의 바다는 깊어
두 발로 설 수 없으니, 어느 쪽으로든 도저히 재앙을 벗어날
길이 없구나. 바다에서 나가려다 큰 파도에 휩쓸려 바위에   415
내던져지면, 육지에 닿으려던 필사적인 노력도 아무 소용없겠지.
그렇다고 파도가 비스듬히 밀려드는 해변이나 포구를 찾으러
해안을 따라 계속 헤엄치자니, 지쳐 신음하는 나를

폭풍이 또 다시 낚아채 물고기 많은 바다로 실어가거나
어느 신께서 보낸 바다 괴물이 나를 공격하지는 않을지   420
두렵구나. 저 유명한 암피트리테께서 그런 괴물들을
많이 기르신다고 하던데. 게다가 대지를 뒤흔드는
저 유명한 포세이돈께서 나를 미워하시는 걸 잘 알지 않는가.”
          오디세우스가 마음속에서 이렇게 고민하는 동안
큰 파도가 바위 많은 곳으로 그를 실어 날랐다.   425
그리하여 그의 피부는 찢어지고 뼈들은 박살 났겠지만,
그때 빛나는 눈의 여신 아테나가 그에게 한 가지 생각을 불어넣었다.
그는 재빨리 앞으로 움직여 두 손으로 바위를 붙든 후
큰 파도가 지나갈 때까지 안간힘을 쓰며 버텼다.
덕분에 파도에서 벗어나는 듯했지만,   430
물러난 파도는 또다시 돌진해 와 무섭게 그를 때려
바다 멀리 던져버렸다. 문어가 숨어 있던 구멍에서
끌려 나올 때 빨판에 작은 돌들이 촘촘히 붙어 있듯,
그의 두 손도 바위에 긁혀
피부가 찢겨 나갔고, 큰 파도가 그를 삼켰다.   435
거기서 불운한 오디세우스는 정해진 운명에서 벗어나
죽었겠지만, 빛나는 눈의 아테나가 그에게 지혜를 주었다.
그는 육지를 향해 돌진하는 파도 위로 떠올라
파도를 따라 헤엄치면서 파도가 부서지는 해변이나
포구를 찾으려고 육지 쪽을 계속 주시했다.   440
마침내 그는 아름답게 흐르는 강어귀에 이르렀다.
그곳은 바위가 평평하고 바람을 피할 곳도 있어 그에게
최적의 장소로 보였다. 그는 강물이 자기 앞으로 흘러가는
걸 알아차리고 마음속으로 강의 신에게 기도했다.
          “군주시여, 포세이돈의 질책을 피해 바다에서 벗어나고자   445

이곳까지 이르러 간절히 기도하오니, 당신이 누구시든 기도를
들어주소서. 지금 수많은 고생 끝에 당신의 강물과 무릎에 온 저처럼
이리저리 헤매다 당신께 온 사람이라면 누구든지 불멸의 신들께도
존중받을 만한 자일 테지요. 그러니 군주시여, 저를 불쌍히 여겨주소서.
저는 당신의 탄원자임을 분명히 밝힙니다.”   450

오디세우스가 이렇게 말하자 강의 신은 즉시 흐름을 멈추고
물결을 억제하여 오디세우스 앞의 바다를 잔잔하게 한 후,
그를 구해 강어귀로 이끌었다. 바다와 맞서 싸우느라
기진맥진한 두 무릎과 다부진 두 손은 축 처졌고,
피부는 부어올랐으며, 입과 코에서는   455
바닷물이 쏟아져 나왔다. 극심한 피로가 엄습한
그는 녹초가 되어 숨도 못 쉬고 말도 못한 채 누워 있었다.
이윽고 다시 숨을 쉴 수 있고 가슴에 혼이 모이자
그는 여신이 준 머릿수건을 몸에서 풀어 바다로 흘러가는
강물에 던졌다. 그러자 큰 물결이 강물을 따라 머릿수건을   460
실어갔고, 하얀 여신 이노는 재빨리 손으로 그 수건을 집었다.
오디세우스는 강물 밖으로 나와 갈대밭에 엎드려 곡물을 내는
대지에 입을 맞추었다. 그런 후 영웅다운 기개를 지닌
자신의 마음을 향해 침통한 심정으로 말했다.

“아, 내 신세가 처량하구나. 나는 도대체 어떻게 되는 건가?   465
결국 내게 무슨 일이 벌어지려나? 강 옆에서 이런 형편없는 꼴로
밤을 지새운다면, 새벽에 부는 강바람은 차가우니
사악한 서리와 새벽이슬이 힘을 합해 기진하여
가쁘게 숨을 몰아쉬는 내 혼백을 앗아가겠지.
그렇다고 산등성이를 올라 무성한 숲으로 들어가   470
빽빽한 덤불 속에서 잠든다면, 서리와 피로에서 놓여
달콤한 잠을 잘 수 있겠지만 야수들의 먹이와

전리품이 되지는 않을지 걱정이다.”

　　　심사숙고 끝에 그는 숲속으로 들어가는 편이 낫다고 보았다.

강물에서 가깝고 전망도 탁 트인 곳에　　　　　　　　　　　475

숲이 있어 그는 한 줄기에서 자라난 듯한 두 개의 덤불

아래로 기어 들어갔다. 하나는 야생 올리브나무요,

다른 하나는 올리브나무였다.

세차고 힘 있게 부는 습한 바람도, 빛나는 태양빛도,

폭풍우도 이 덤불을 뚫지 못했다.　　　　　　　　　　　　480

덤불이 서로 뒤엉켜 촘촘히 자라났기 때문이다.

오디세우스는 덤불 아래로 기어들어

두 손으로 낙엽을 긁어모아 널찍한 잠자리를 마련했다.

거기에는 폭풍우가 몰아치는 혹독한 겨울철에도

두세 사람이 잘 수 있을 정도로 긁어모을 낙엽이　　　　　485

아주 많았다. 강인하고 고귀한 오디세우스는

기뻐하며 그 한가운데 누워 낙엽을 몸 위에 덮었다.

주위에 이웃 하나 없는 깊은 산골의 사람이

먼 길 나가 불을 구하지 않으려

검은 재 밑에 붉은 숯불 감추어 생명의 불씨 지키듯,　　　490

그렇게 오디세우스는 마른 낙엽 속에 자신의 몸을 감추었다.

아테나는 그의 두 눈에 잠을 쏟아부었다. 잠이 눈꺼풀을 감싸

고단함과 피곤함에서 어서 빨리 벗어나게 해주기 위해서였다.

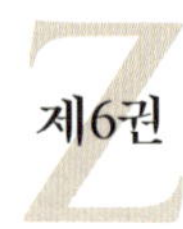

제6권 나우시카아 공주와 오디세우스

그곳에서 강인하고 고귀한 오디세우스가 피로에 지쳐

깊은 잠에 빠져 있을 때, 아테나는 파이악스인의 땅과 도시로 갔다.

이전에 그들은 거만한 키클롭스들의 거처와 가까운

광활한 히페레이아에 살았지만, 힘이 더 센 키클롭스들에게

약탈과 괴롭힘을 당하자 신 같은 나우시토오스가   5

그들을 이곳으로 이주시켰다.[1] 그는 그들을 이끌고 와

하루 일해 하루 먹으며 힘겹게 살아가는 인간 세상에서

멀리 떨어진 스케리아에 정착시킨 후,

도시를 성벽으로 두르고, 집을 짓고, 신전들을 만들고,

경작지를 나누어 주었다. 하지만 나우시토오스는   10

이미 죽음의 운명에 굴복해 하이데스의 집으로 갔고,

이제는 신들에게 현명함을 배워 아는 알키노오스가 다스리고 있었다.

빛나는 눈의 여신 아테나는 용맹한 오디세우스의

귀향을 숙고하며 알키노오스의 궁으로 갔다.

---

1 "히페레이아"는 시켈리아에서 가까운 곳으로 추정된다. 오디세우스 당시에 파이악스인은
   아티케에서 북서쪽으로 110킬로 정도 떨어져 있는 "스케리아" 섬에 살았다. "나우시토오
   스"는 포세이돈과 거인족 기간테스의 왕 에우리메돈의 딸 페리보이아에게서 태어났고, 아
   들 "알키노오스"에게 왕위를 물려주었다.

여신은 아주 공들여 만든 방으로 걸어갔는데,　　　　　　　　　15

그 방에는 키와 용모가 신들처럼 빼어난 소녀,

용맹한 알키노오스의 딸 나우시카아가 자고 있었다.

그 방의 좌우 문설주 옆에서는 카리스 여신들[2]에게 미모를 받은

시녀들이 각각 한 명씩 자고 있었고, 번쩍이는 문짝들은 닫혀 있었다.

여신은 나우시카아가 좋아하는 동갑내기 친구,　　　　　　　　　20

배로 유명한 티마스의 딸로 변신해

바람의 숨처럼 소녀의 침상으로 가서는

머리맡에 서서 그녀를 향해 입을 열었다.

빛나는 눈의 아테나는 그런 모습으로 이렇게 말했다.

　　"나우시카아, 네 결혼식 날이 멀지 않았고, 그날에는　　　　　25

네가 아름다운 옷을 입어야 하지만 너를 호송해줄 사람들의

옷도 마련해야 하는데, 반짝이는 옷들이 아무렇게나 놓여 있다니.

네 어머니께서 어쩌면 이렇게 무심한 딸을 두셨을까?

이런 일을 잘해야 사람들 사이에서 평판이 올라가고,

네 아버지와 존귀한 어머니께서도 기뻐하시지 않겠니?　　　　　30

자, 날이 밝으면 빨래하러 가는 게 좋겠어.

얼른 일을 마칠 수 있게 나도 따라가서 도울게.

네 혈족인 파이악스인 백성 중에

가장 훌륭한 남자들이 이미 네게 구혼하고 있으니

네가 처녀로 살아갈 날도 얼마 남지 않았어.　　　　　　　　　35

그러니까 자, 날이 밝으면 허리띠와 겉옷과 담요를

2　"카리스 여신들"은 제우스와 대양의 신 오케아노스의 딸 에우리노메 사이에서 태어난 딸
들이자 우미(優美)의 여신들로, 에우프로시네(명랑, 유쾌), 아글라이아(빛나는 아름다움),
탈리아(기쁨)를 말한다. 『일리아스』에서는 "파시테아"가 카리스 여신들 중 하나로 나온다.
헤라는 그리스군을 돕기 위해 잠의 신 힙노스를 시켜 제우스를 잠들게 하는 대가로 그에
게 그녀를 신부로 준다.

실어 나를 짐수레와 노새를 준비해달라고

저명한 네 아버지께 말씀드리렴.

빨래터는 도시에서 멀리 떨어져 있으니

그러는 편이 걸어서 가는 것보다 훨씬 나을 거야."　　　　　　40

　　　빛나는 눈의 아테나는 이렇게 말한 후, 영원토록 무너지지 않을

신들의 거처가 있는 올림포스를 향해 발걸음을 옮겼다.

그곳은 바람에 흔들리지 않고, 폭풍우가 없으며,

눈도 내리지 않고, 구름 한 점 없는 청명한 하늘이 사방으로

펼쳐져 있어 희고 찬란한 광채가 가득한 곳이다.　　　　　　45

축복받은 신들은 그곳에서 영원토록 즐겁게 살아간다.

빛나는 눈의 여신은 소녀에게 확실히 말한 후 그곳으로 떠나갔다.

　　　얼마 뒤 아름다운 옥좌에 앉은 새벽의 여신 에오스가

와서 곱게 단장한 나우시카아를 깨웠다.

나우시카아는 아주 신기한 꿈이라고 생각하며 부모님,　　　　　　50

곧 사랑하는 아버지와 어머니에게 부탁하기 위해 방들을 가로질러

걸어가다가 두 분이 있는 것을 발견했다. 어머니는 시중드는

여자들과 함께 화롯가에 앉아 끊임없이 물레를 돌려 자주색

실을 뽑고 있었고, 아버지는 파이악스인의 부름을 받고

유명한 왕들과 회의를 하러 나가려다가 그녀와 마주쳤다.　　　　　　55

그녀는 사랑하는 아버지에게 바짝 다가가 말했다.

　　　"사랑하는 아빠, 더러운 채 널려 있는 아름다운 옷을

강으로 가져가 빨아야겠어요. 저를 위해 튼튼한 바퀴가 달린

높은 짐수레를 준비해주시면 안 될까요?

아버지도 회의에서 귀한 분들과 함께하실 때　　　　　　60

말끔한 옷을 입으셔야 하지 않겠어요?

궁에는 아버지의 사랑하는 아들이 다섯이나 있는데,

그중 둘은 결혼했지만, 셋은 한창때의 총각들이어서

〈나우시카아〉(뤼시앵 시몽, 1915년)

언제나 새로 빤 옷을 입고 무도장에 가고 싶어 하지요.
그동안 이런 일을 모두 제가 신경 써서 해왔답니다."   65
　　　나우시카아는 사랑하는 아버지 앞에서 꽃다운 나이의 결혼을
입에 올리기 부끄러워 이렇게 말했지만, 아버지는 모든 것을 알아차리
　고 이렇게 대답했다.
　　　"딸아, 너를 위해서라면 노새든 뭐든 다 내어줄 테니 다녀오렴.
하인들이 너를 위해 튼튼한 바퀴가 달리고 몸체도 바퀴에
단단히 붙어 있는 높은 짐수레를 준비해줄 거야."   70
　　　그가 이렇게 말하고 하인들에게 지시하자
모두 그의 말을 따랐다. 그들은 노새가 끄는
튼튼한 바퀴가 달린 짐수레를 밖에 준비하고 나서
노새에게 짐수레의 멍에를 메웠다.
소녀는 방에서 빛나는 옷들을 꺼내   75
윤이 나는 짐수레 위에 정성껏 실었다.
어머니는 온갖 음식을 바구니에 넉넉히 넣었고, 요리도 챙겼으며,
염소 가죽 부대에 포도주를 부었다. 소녀는 짐수레에 올랐다.
어머니는 소녀와 그녀를 시중드는 여자들이 함께 목욕하고 나서
몸에 바를 올리브기름도 황금 병에 넣어 소녀에게 주었다.   80
소녀가 채찍과 번쩍이는 고삐를 쥐고 채찍질하여
짐수레를 몰자 노새에게서 철썩철썩하는 소리가 났다.
노새들은 끊임없이 앞으로 내달려 옷과 소녀를 실어 날랐다.
소녀는 혼자가 아니었고 다른 시녀들이 그녀와 함께 갔다.
　　　그들은 더없이 아름다운 강물에 도착했다.   85
그곳에는 물이 풍성한 빨래터가 있었고,
맑은 물이 아래로부터 많이 솟아나 더러운 빨랫감도
얼마든지 깨끗이 빨 수 있었다. 거기서 그들은 노새를
짐수레 아래에서 풀어 소용돌이치는 강가로 몰고 가

달콤한 개보리를 뜯어 먹게 했다.   90

그런 후 짐수레에서 손으로 옷들을 집어

검은 물로 가져가 수조에 넣고

서로 경쟁하듯이 재빠르게 밟았다.

그들은 더러운 옷을 모두 깨끗이 빤 후

해변에 가지런히 널어놓았다. 바닷물이 육지와 부딪치며   95

조약돌을 깨끗이 씻어내는 해변이었다.

그들은 목욕한 뒤 올리브기름을 풍성히 바르고

강둑에서 식사하며 옷이 햇볕에 마르는 것을 기다렸다.

시녀들과 소녀는 충분히 먹은 후

머릿수건을 벗고 공놀이를 했다.   100

그들 사이에서 흰 팔의 나우시카아가 노래를 선창했다.

활을 쏘는 자 아르테미스가 타이게토스나

에리만토스같이 높디높은 산을 다니며[3]

멧돼지와 민첩한 사슴을 사냥하고, 아이기스 방패를 지닌

제우스의 딸들, 즉 들에 출몰하는 요정들과 함께 놀 때,   105

요정들도 모두 아름답기는 하지만 여신이

그들 모두보다 머리와 이마만큼 더 커서

쉽게 알아볼 수 있기에 레토는 마음속으로 기뻐했다.

바로 그렇게 이 미혼의 처녀는 시녀들 사이에서 돋보였다.

　　　　빛나는 눈의 여신 아테나는 또 다른 일을 계획했다.   110

---

3 "타이게토스"는 펠로폰네소스반도 중앙에 있는 아르카디아에서 시작해 라케다이몬과 메
　 세네의 경계를 이루며 남쪽으로 100킬로미터 정도 뻗어 있는 산맥을 말한다. "에리만토
　 스"는 펠로폰네소스반도 북쪽에 있는 험준한 산이며 아르카디아, 엘리스, 아카이아의 경
　 계를 이룬다. 이 산은 사냥의 여신이자 동물의 수호자 아르테미스 여신에게 바쳐진 신성
　 한 곳이었고, 이 산에 사나운 괴물 멧돼지가 살았는데, 헤라클레스는 자기가 수행해야 했
　 던 12과업 중 하나로 이 멧돼지를 퇴치했다.

여신이 세운 계획은 이러하니, 곧 소녀가 시녀들로 아름다운 옷을 개고
노새에 멍에를 얹어 집으로 다시 돌아가려 할 때,
잠자던 오디세우스가 깨어 일어나 아름다운 소녀를 보고,
소녀가 그를 파이악스인의 도시로 데려가게 하는 것이었다.
그래서 여신은 공주가 한 시녀에게 던진 공이   115
빗나가 깊은 소용돌이로 빠져버리게 했다.
이를 본 무리는 한층 더 크게 소리를 질렀고, 고귀한 오디세우스는
잠에서 깨어나 앉아 마음속으로 이런저런 생각을 하며 고민했다.
　　　　“아, 내 신세가 처량하구나. 나는 또 어떤 사람들의 땅에 온 것인가?
그들은 오만하고 야만적이며 정의롭지 못한 자일까, 아니면   120
나그네에게 호의적이고 신을 두려워하는 마음을 지닌 자일까?
젊은 처자들의 떠들썩한 소리가 주위에서 들렸는데,
높은 산봉우리와 강의 원천과 풀 많은 초지에서
살아가는 요정들이 낸 소리일까? 아니면 인간의
목소리로 말하는 자들이 가까이에 있는 건가?   125
자, 직접 가서 알아봐야겠다.”
　　　　고귀한 오디세우스는 이렇게 말한 후 덤불 밖으로 나와
무성한 숲에서 잎이 달린 어린 가지를 꺾었으니,
몸에 둘러 남자의 성기를 가리기 위해서였다.
그는 산에서 자란 사자처럼 위풍당당하게 걸었다.   130
사자는 비 오고 바람 부는 날에도 자기 힘을 믿고 두 눈에
불을 켠 채 소 떼나 양 떼나 들의 사슴 떼를 추격하고,
때로는 주린 배의 명령을 받아 견고하게 지은 우리로 가서
양들을 공격하기도 한다. 바로 그렇게 오디세우스는 벌거벗었음에도
머릿결 고운 처자들과 접촉하려 했으니, 그만큼 절실했기 때문이다.   135
하지만 짠 바닷물에 엉망이 된 모습은 무시무시했다.
겁에 질린 처자들은 모두 바닷가의 바위 뒤로

허둥지둥 흩어져 달아났다. 오직 알키노오스의 딸만 그 자리에

머물러 있었으니 아테나가 그녀의 마음속에 용기를 불어넣고,

손과 발에서는 두려움을 앗아갔기 때문이다.   140

그녀는 오디세우스 앞에 버티고 서 있었다.

오디세우스는 도시가 어디 있는지 묻고 옷을 달라고 해야 하는데,

아름다운 그녀의 무릎을 붙잡고 간청할지,

아니면 멀찍이 떨어져 점잖게 간청할지 고민했다.

고심 끝에 무릎을 붙잡고 간청했다가는   145

소녀가 화를 낼 것 같아 그런 일이 벌어지지 않도록

멀찍이 떨어져 점잖게 간청하는 편이 더 나아 보였다.

오디세우스는 영리하게 즉시 애원하는 투로 말했다.

    "여왕이시여, 당신께 무릎 꿇고 간청합니다.

당신은 신인가요, 인간인가요?   150

드넓은 하늘에 계시는 신이라면 용모와 체격과 키로 보건대

위대한 제우스의 따님 아르테미스를 닮으셨군요.

당신이 대지 위에서 살아가는 인간 중 한 분이라면

당신의 아버지와 존귀한 어머니는 세 배나 축복받았고,

오빠들도 세 배나 축복받은 분들입니다.   155

당신 같은 자손이 무도장으로 들어가는 것을 볼 때마다

당신으로 인해 마음이 몹시 기쁘고 흐뭇할 테니까요.

또한 구혼 선물을 많이 주고 당신을 자기 집으로 데려가는

남자는 누구보다 마음이 가장 행복할 겁니다.

남자든 여자든 당신 같은 사람을 이 두 눈으로 본 적   160

없기 때문입니다. 당신을 보고 있으니 제 안에 경외심만 생기는군요.

이전에 델로스[4]에 있는 저 아폴론의 제단 옆에서

---

4 "델로스"는 레토 여신이 쌍둥이 남매 아폴론과 아르테미스를 낳은 섬이다. 레토는 헤라의

〈오디세우스와 나우시카아의 만남〉(야코프 요르단스, 1630~1640년)

대추야자나무의 어린 가지가 돋아난 걸 본 적이 있습니다.

그곳에 가보았으니까요. 그 여행길에서 나중에 갖은

고초를 겪기는 했지만 많은 백성이 저를 따랐지요.

그곳의 대지에서는 그런 나무가 올라온 적이 없기에

저는 한동안 마음속으로 놀랐습니다. 여주인이시여, 당신을 보니

바로 그때처럼 놀랍고 경이롭습니다. 그래서 당신의 무릎을

붙잡기가 무척 두렵답니다. 저금 지금 몹시 어려운 처지에 놓였습니다.

스무 날이 되는 어제서야 포도주빛 바다에서 벗어났기 때문이지요.

몰아치는 파도와 폭풍에 떠밀려 오기기에섬에서 여기까지 왔습니다.

신께서는 여기서 제게 재앙을 더하려고 저를

이곳에 내던지셨나 봅니다. 재앙은 그칠 것 같지 않고,

도리어 신들께서 제게 더 많은 재앙을 겪게 하실 것만 같습니다.

그러니 여왕이시여, 저를 불쌍히 여겨주십시오. 수많은 고초를

겪다가 처음으로 마주친 이가 당신이고, 이 도시와 이 땅에서

살아가는 사람들 중 제가 아는 이는 아무도 없기 때문입니다.

이 도시가 어떤 곳인지 알려주시고, 여기로 올 때 보자기 같은 걸

가져오셨다면 몸에 두를 수 있게 아무 천 조각이든 하나만 주십시오.

마음속으로 열망하는 모든 것을 신들께서 당신에게 주시길!

남편과 가정을 주시고, 부부가 한마음이 되어 살아가는 행운도 주시길!

남편과 아내가 한마음 한뜻으로 가정을 꾸려가는 것보다 더 강력하고

좋은 일은 없으니까요. 그런 가정은 그 부부를 미워하는 자에게는

큰 고통이요, 그 부부가 잘되기를 바라는 자에게는 기쁨이지만,

그런 행복을 가장 잘 아는 자는 그들 자신이지요."

눈을 피해 제우스의 아이를 출산하기 위해 바다의 신 포세이돈에게 도움을 요청한다. 포세이돈은 바닷속에 가라앉아 있던 섬을 떠오르게 한다. 나중에 델로스섬으로 불린 이곳은 원래 물속에 있었기 때문에 이 세상에 해가 비치는 곳에서는 절대 아이를 낳을 수 없다고 한 헤라의 저주를 피할 수 있었다.

흰 팔의 나우시카아가 그에게 대답했다.

"나그네여, 당신은 나쁜 사람도 몰지각한 사람도 아닌 듯하군요.

올림포스의 제우스께서는 좋은 사람이든 나쁜 사람이든 각자에게

그분의 뜻하신 바대로 행복을 나누어 주시니, 당신이 겪은 재앙들도

제우스께서 주신 게 틀림없어요. 그러니 어떻게든 견디셔야 합니다.　　190

우리 도시와 땅에 오셨으니 옷은 물론이고

많은 고초를 겪고 도움을 구하러 온 사람이

정당하게 누려야 할 다른 모든 것도 얻게 되실 거예요.

이제 이 도시가 어떤 곳인지, 이곳에서 살아가는 백성의 이름은 무엇인

　　지 알려드리지요.

이 도시와 땅에는 파이악스인이 살아가고 있습니다.　　195

저는 파이악스인에게서 나오는 모든 세력과 힘을 쥐고

영웅다운 기개를 지닌 알키노오스의 딸이에요."

　　　나우시카아는 이렇게 말한 후 머릿결 고운 시녀들에게 지시했다.

"얘들아, 어서 나와라. 남자를 보고 어디로 도망친 것이냐?

이분을 설마 적으로 생각한 것은 아니겠지?　　200

파이악스인은 불멸의 신들에게 사랑을 듬뿍 받는 사람들이다.

따라서 산 자 중에서 파이악스인의 땅으로 싸우러 오는 사람은

아무도 없을뿐더러 앞으로 태어나지도 않을 거야.

우리는 세상 끝, 인간에게서 동떨어지고 파도 심한 바다 한가운데서

다른 누구와도 교류하지 않고 살아가기 때문이지.　　205

하지만 이 불운한 사람은 표류하다가 이곳에 왔으니 이제

우리가 이분을 보살펴드려야 해. 나그네와 거지는 모두 제우스께서

보내신 자들이고, 작은 도움도 그들에게는 소중하니까.

그러니 얘들아, 나그네에게 먹을 것과 마실 것을 내주고,

바람을 피할 수 있는 곳에서 강물에 목욕을 시켜드려라."　　210

　　　나우시카아가 이렇게 말하자 서 있던 시녀들은 서로를 독려했다.

그들은 영웅다운 기개를 지닌 알키노오스의 딸 나우시카아가
지시한 대로, 바람을 피할 수 있는 곳에 오디세우스를 앉힌 후
옆에는 겉옷과 웃옷 같은 옷을 갖다 놓고,
황금 병에 담긴 올리브기름을 주고 나서   215
강물에 목욕하라고 그에게 일렀다.
이때 고귀한 오디세우스가 시녀들에게 말했다.

　　“시녀들이여, 내가 직접 두 어깨에서 바닷물을 씻어내고
올리브기름을 바를 테니 저만치 멀리 떨어져 있으시오.
몸에 올리브기름을 발라본 지도 아주 오래되었소.   220
머릿결 고운 젊은 처자들 가운데서 벌거벗는 게 부끄러우니
그대들 앞에서는 목욕하지 않겠소.”

　　그가 이렇게 말하자 시녀들은 그곳을 떠났고,
소녀에게 가서 이 모든 일을 일렀다.
고귀한 오디세우스는 강물로 등과 넓은   225
두 어깨를 덮고 있던 소금 때를 몸에서 씻어내고,
머리에서는 불모의 바다에서 생겨난 찌꺼기를 떼어냈다.
그가 몸 전체를 깨끗이 씻고 올리브기름을
듬뿍 바른 후 미혼의 처녀가 준 옷을 입자
제우스에게서 태어난 아테나는 그를 크고 건장하게   230
보이도록 했으며, 곱슬머리가 히아신스꽃처럼 흘러내리게 했다.
헤파이스토스와 팔라스 아테나에게서[5] 온갖 기술을 배워
아름답고 우아한 물건을 만들어내는 장인이
은에 금박을 입히듯, 바로 그렇게 여신은

5　“헤파이스토스”는 야금술, 금속공예, 수공업, 조각 등을 관장하는 대장장이 신으로, 아테나
　　여신과 함께 기술과 장인의 수호신으로 숭배된다. “팔라스 아테나”는 지혜, 전쟁, 기술, 직
　　물, 요리, 도기 등을 관장한다. ‘팔라스’라는 별칭에 관한 내용은 제1권 각주 26을 보라.

그의 머리와 어깨에 우아함을 쏟아부었다.   235
바닷가에 저만치 떨어져 앉아 있는 오디세우스가
아름다움과 우아함으로 반짝이는 것을 본 소녀는
머릿결 고운 시녀들 사이에서 말했다.

　　　"흰 팔의 시녀들아, 할 말이 있으니 내 말을 들어봐.
조금 전에는 흉하고 초라하게 보이던 사람이   240
지금은 마치 드넓은 하늘에 계시는 신 같은 모습이니
저 남자는 올림포스에 계시는 신들의 뜻을 거슬러
신 같은 파이아스인의 땅에 와 섞이게 된 게 아니야.
저런 분이 내 남편이라 불리며 이곳에서 살아가고
이곳에 머물겠다고 하면 얼마나 좋을까!   245
얘들아, 나그네에게 먹을 것과 마실 것을 주려무나."

　　　나우시카아가 이렇게 말하자, 시녀들은 귀 기울이고 있다가
순종하여 먹을 것과 마실 것을 오디세우스 옆에 갖다 놓았다.
강인하고 고귀한 오디세우스는 음식을 허겁지겁 먹었다.
오랫동안 굶주렸기 때문이다.   250

　　　흰 팔의 나우시카아는 다른 일을 계획했다.
그녀는 옷을 개어 아름다운 짐수레에 싣고,
굽 튼튼한 노새들에게 멍에를 얹더니 짐수레에 올라타
이렇게 말하며 오디세우스를 재촉했다.

　　　"이제 일어나세요, 나그네여. 당신을 현명한   255
내 아버지의 궁으로 데려다줄 테니 도시로 가요.
그곳에서 당신은 모든 파이아스인 중 가장 훌륭한 사람들을
보게 될 거예요. 내가 보기에 당신은 몰지각하지 않으니
이렇게 해야 합니다. 즉, 사람들이 일하는 경작지를
지나는 동안에는 내가 앞장서며 길을 안내할 테니,   260
당신은 시녀들과 함께 노새와 짐수레 뒤를 재빨리 따라오세요.

그러다보면 도시로 들어설 텐데 도시는 높은 성벽으로 둘러싸였고,
양쪽으로는 아름다운 항구가 하나씩 있으며,
도시로 들어가는 길은 좁아요. 길 양옆으로는 양쪽에서 노 젓는
배들이 길 쪽으로 끌어 올려져 있는데, 사람들이 저마다 그곳에
자기 배를 세워두기 때문이지요. 그곳에는 아름다운
포세이돈 신전이 있고, 그 신전 주위로 땅속에 있던 돌을
캐내어 지은 회의장이 있어요. 거기서 사람들은 밧줄과 돛 같은
검은 배들의 장비를 손질하고, 노를 손질하여 날카롭게 만들지요.
파이악스인은 활과 화살통에는 관심이 없고,
배의 돛대와 노, 잿빛 바다를 자랑스럽게 건너게 해주는
균형 잡힌 배에 관심이 있기 때문이에요.
하지만 나는 사람들이 뒤에서 나를 헐뜯으며 안 좋게 말하는 걸
피하고 싶어요. 이 나라 백성 중에는 오만방자한 자들이 많아
우리와 마주치면 나쁜 사람들은 이렇게 말할 거예요.
'나우시카아와 함께 있는 저 잘생기고 키 큰 이방인은 누구지?
그를 어디에서 발견했지? 이제 저자가 그녀의 남편이 되겠군.
근방에는 아무도 살지 않으니 그는 먼 나라 사람들이
탄 배가 표류해 이곳까지 오자 그녀가 그 배에서 데려온
사람이거나, 그녀가 간절하게 기도하자 어느 신께서
하늘에서 내려와 그녀를 영원토록 아내로 삼은 걸 거야.
이 나라 전체에서 훌륭한 자들이 무수히 구혼해도
그녀는 파이악스인은 거들떠보지도 않으니 직접
돌아다니며 다른 곳에서 남편을 찾는 편이 더 나았을 테니까.'
사람들은 이렇게 말할 테고, 이 일은 나를 비난할
구실이 될 거예요. 어떤 다른 여자가 그런 일을 행하여 공식적으로
결혼식을 올리기 전에 아직 살아 계시는 부모님의 뜻을 거슬러
남자들과 어울린다면, 나도 분개할 테니까요.

265

270

275

280

285

그러니 나그네여, 내가 하는 말을 잘 듣고 얼른 그대로 하세요.
그렇게 해야 내 아버지께서 당신을 하루라도 빨리 고향으로   290
보내주실 거예요. 우리는 길옆에 흑양나무들이 늘어선
아테나 여신의 훌륭한 숲을 지나가게 될 텐데,
그곳에는 샘이 흐르고, 전체가 초지로 둘러싸여 있어요.
아버지의 영지와 과실수가 많이 자라는 과수원이 있는
그곳은 사람이 큰 소리로 말하면 들을 수 있는 거리만큼   295
도시에서 떨어져 있지요. 당신은 우리가 도시로 들어가 아버지의 궁에
도착할 때까지 그곳에 앉아서 기다리다가 우리가 아버지의 궁에
도착했을 때, 파이악스인의 도시로 들어와 내 아버지이며
영웅다운 기개를 지닌 알키노오스의 궁을 찾으세요.
궁은 찾기 쉬워서 꼬마 아이라도 길을 안내해줄 거예요.   300
파이악스인들의 땅에 영웅 알키노오스의 궁과 비슷하게 지은
집은 한 채도 없으니까요. 궁과 안마당으로 들어온 후에는
재빨리 대청을 가로질러 내 어머니께로 가세요.
어머니께서는 화롯가에서 벽에 기대어 놓은 의자에 앉아
불빛 가운데서 끊임없이 물레를 돌리며   305
감탄이 절로 나오는 진한 자주색 실을 뽑고 계실 거예요.
뒤에는 하녀들이 앉아 있을 거고요.
내 아버지의 옥좌도 그 기둥에 기대어 있는데,
아버지께서는 거기에 앉아 불멸의 신처럼 포도주를 마시고
계실 거예요. 당신이 아무리 먼 곳에서 왔다 해도   310
하루빨리 기쁜 귀향의 날을 보려면, 아버지를 지나쳐
내 어머니의 무릎을 두 손으로 붙잡으세요.
어머니께서 당신에게 호의를 갖게 되면,
당신에게 가족을 만나고 잘 지은 집과 조상들의 땅에
갈 수 있는 희망이 생길 거예요."   315

〈오디세우스와 나우시카아가 함께 있는 그리스 풍경〉
(하인리히 프리드리히 요한 가트너, 1869년)

　　나우시카아가 이렇게 말한 후 번쩍이는 채찍으로 노새를 치자,
노새들은 흐르는 강물을 신속히 뒤로하고 발을 재빨리
움직여 내달렸다. 하지만 그녀는 걸어오는 시녀들과
오디세우스가 따라올 수 있도록 지혜롭게 채찍질해서
아주 능숙한 마부처럼 노새를 몰았다.　　　　　　　　　　　　　320
해 질 무렵, 그들은 아테나 여신의 성소인 유명한 숲에 도착했다.
고귀한 오디세우스는 그곳에 앉자마자 즉시
위대한 제우스의 딸 아테나에게 기도했다.
　　"아이기스 방패를 지닌 제우스의 지치지 않는 따님이시여,
기도를 들어주소서. 전에 대지를 뒤흔드는 유명한 신께서 제 배를　　325
박살 내셨을 때는 기도를 들어주지 않으셨지만, 이번에는 들어주시사
제가 파이악스인에게 갔을 때 그들의 사랑과 불쌍히 여김을 받는 자가
　　되게 해주십시오."
　　　　오디세우스가 이렇게 기도하자 팔라스 아테나가 그의 기도를 들
　　　　　었다.
하지만 오디세우스 앞에 모습을 드러내지는 않았다.
숙부인 포세이돈[6]이 두려웠기 때문이다. 포세이돈은　　　　　　330
신과 같은 오디세우스가 고국에 닿기 전까지 끝없이 분노를 퍼부을 작
　　정이었다.

6　"포세이돈"과 제우스와 하이데스(하데스)는 크로노스와 레아 사이에서 태어난 자식들이
　　다. 아테나는 제우스와 그의 첫 번째 아내 메티스 사이에서 태어난 딸이므로 포세이돈은
　　그녀에게 "숙부"가 된다.

제7권   파이악스인들의 나라

그곳에서 강인하고 고귀한 오디세우스가 이렇게 기도하는 동안,

두 마리의 튼튼한 노새는 소녀를 태우고 도시를 향해 갔다.

아버지의 명망 높은 궁에 다다르자

그녀는 현관 앞에 짐수레를 멈추었다.

불멸의 신들 같은 오빠들이 그녀의 주위에 둘러서서   5

노새의 멍에를 풀고 옷을 안으로 날랐다.

그녀는 자기 방으로 갔고, 침실 시중을 드는 나이 지긋한 하녀

아페이레[1]에서 온 에우리메두사가 불을 피웠다.

예전에 양쪽에서 노 젓는 배가 그녀를 태워서 데려왔을 때

사람들은 그녀를 알키노오스에게 진상했다.   10

알키노오스가 파이악스인 모두를 다스렸고, 백성은 그의 말을 신의

말처럼 들었기 때문이다. 그리하여 그녀는 궁에서 흰 팔의 나우시카아를

양육하고 불을 피우며 방에서 식사 준비를 해왔다.

　　　이때 오디세우스가 도시로 가려고 일어섰다.

그러자 오디세우스에게 호의를 지닌 아테나가   15

1　"아페이레"는 '경계가 없는 곳'이라는 뜻이다. 구체적으로 어느 지역인지는 알려져 있지
　않다.

기개 있는 파이악스인 중 아무도 그와 마주쳐

그를 조롱하거나, 그가 누구인지 캐묻지 못하게 하려고

주위에 짙은 안개를 쏟아부었다.

오디세우스가 아름다운 도시에 발을 들이려 할 때,

빛나는 눈의 여신 아테나는 물동이를 든 소녀로 변신해   20

그 앞을 가로막았다. 여신이 앞에 서자 고귀한 오디세우스가 물었다.

　　　"얘야, 여기 사람을 다스리는 알키노오스라는 분의

궁으로 나를 안내해주겠니? 나는 아주 먼 나라에서

온갖 고생을 하며 이곳에 온 나그네여서

도시 사람이든 시골 사람이든 이곳에는   25

내가 아는 이가 아무도 없기 때문이란다."

　　　그러자 빛나는 눈의 여신 아테나가 말했다.

"그렇다면 나그네 아저씨, 말씀하신 궁을 제가 알려드릴게요.

흠잡을 데 없이 훌륭한 제 아버지께서 가까운 곳에 사시니까요.

제가 길을 안내할 테니 아무 말 없이 걸어오셔야 해요.   30

아무도 쳐다보지 말고 묻지도 마세요.

이곳 사람들은 낯선 이를 반기지 않고,

외지인을 대하는 태도도 차갑습니다.

그저 빠르고 민첩한 배만 믿고 크고 깊은 바다를 건넌답니다.

대지를 뒤흔드는 신께서 그렇게 할 수 있는 능력을 주셨대요.   35

그래서 그들의 배는 깃털처럼 또는 사람의 생각처럼 빨라요."

　　　팔라스 아테나가 이렇게 말하고 재빨리 앞장서 가자

오디세우스는 여신의 발자국을 따라갔다.

배를 잘 타기로 유명한 파이악스인은 오디세우스가

그들 사이를 지나가도 알아채지 못했다.   40

머릿결 고운 무시무시한 여신 아테나가 마음속으로 오디세우스에게

호의를 지니고 있어, 그를 위해 믿기 어려울 정도로 짙은 안개를

쏟아부어 그들이 알아차릴 수 없게 했기 때문이다.

항구와 균형 잡힌 배들과 이곳 영웅들의 회의장과 뾰족한 말뚝이

박혀 있는 길고 높은 성벽을 보며 오디세우스는 감탄했다.   45

그야말로 감탄을 자아낼 만한 것이었다. 이윽고 명성 자자한

왕궁에 도착하자 빛나는 눈의 여신 아테나가 먼저 말했다.

　　　"나그네 아저씨, 여기가 바로 알려달라고 말씀하신 궁이에요.

들어가면 제우스께서 기르신 왕들의 연회를 보게 될 거예요.

마음속 두려움을 떨쳐내고 안으로 들어가세요.   50

비록 외지에서 오기는 했어도

사람은 대범해야 모든 게 잘 이루어지는 법이니까요.

먼저 대청에서 안주인과 마주칠 거예요.

이름은 아레테인데, 그녀도 알키노오스왕을

낳으신 분들에게서 태어났어요.   55

처음에 대지를 뒤흔드는 자 포세이돈과 여자들 중 가장 아름다운

용모를 지닌 페리보이아가 나우시토오스를 낳았지요.

페리보이아는 영웅다운 기개를 지닌 에우리메돈의 막내딸인데,

에우리메돈은 전에 오만방자한 기가스인을 다스렸지만

분별 없는 백성을 파멸시키고 자신도 파멸하고 말았어요.[2]   60

포세이돈이 페리보이아와 몸을 섞어 낳은 아이가

파이악스인을 다스린 기개 있는 나우시토오스지요.

나우시토오스는 렉세노르와 알키노오스를 낳았지만,

2　"에우리메돈"은 기간테스('기가스'의 복수형)의 왕으로, 올림포스 신들을 상대로 전쟁
　을 벌였다. 기간테스는 대지의 여신 가이아와 제1대 최고신 우라노스 사이에서 태어난
　100명의 거인족이다. 올림포스 신들과의 전쟁에서 패한 자기 자식인 티탄 신들이 모두 지
　하감옥에 갇히자 분노한 가이아는 기간테스를 부추겨 제우스에게 대항하게 한다. 제우스
　를 중심으로 올림포스 신들은 신탁에 따라 필멸의 인간 영웅 헤라클레스를 동맹자로 얻어
　기간테스와 결전을 치르고, 기간테스는 헤라클레스의 화살을 맞고 차례차례 죽는다.

은빛 활의 아폴론이 결혼한 지 얼마 안 된 렉세노르를 활로 쏘아

죽였기 때문에 렉세노르에게는 아들이 없고, 그의 집에는   65

아레테라는 딸 하나만 남았어요. 나중에 알키노오스는 그녀를

아내로 삼고 존중했어요. 그녀는 지금 이 세상에서 가정을 이룬

여자들 중 남편에게 가장 존중받는 아내일 거예요.

그 정도로 아레테는 사랑하는 자녀들과 알키노오스왕과

백성에게 진심으로 존경받았고 지금도 그런 대접을 받고 있답니다.   70

그녀가 거리로 나오면 백성들은 여신처럼 받들며

머리를 숙이고 경의를 표합니다.

그녀는 지혜도 있어 호의를 가진 사람이라면 누구나,

심지어 남자들 가운데서 벌어진 다툼일지라도 곧잘 해결해준답니다.

그러니 그녀에게 호의를 사기만 한다면   75

당신에게는 가족을 만나고 당신의 지붕 높은 집과

조상들의 땅에 갈 희망이 생길 거예요.”

　　빛나는 눈의 아테나는 이렇게 말한 후,

사랑스러운 스케리아를 떠나 불모의 바다를 지나고

마라톤과 대로가 뻗어 있는 아테나이로 가서   80

튼튼하게 잘 지은 에레크테우스 신전으로 들어갔다.[3]

한편 오디세우스는 알키노오스의 유명한 궁 쪽으로 가서

3　“마라톤”은 그리스 본토 남부 아티케 지방에 있는 도시로, 아테나이에서 40킬로미터 정도
떨어져 있다. “아테나이”(아테네)는 그리스 본토 남부 아티케 지방 중앙에 위치한 도시다.
아테나이라는 명칭이 아직 생기기 전 이 도시(당시 이름은 ‘아크테’였다)의 수호신 자리를
놓고 아테나가 포세이돈과 서로 겨룬다. 시민들은 누가 도시에 더 이로운 선물을 주는지
보고 수호신을 결정하기로 했고, 심판은 아크테의 왕 케크롭스가 맡았다. 포세이돈은 삼
지창으로 땅을 찔러 아크로폴리스 언덕에서 바닷물이 솟아나게 했고, 아테나는 올리브나
무가 자라게 했다. 케크롭스는 올리브 열매가 소금물 샘보다 더 유용하다고 판단해 아테
나를 수호신으로 결정했다. “에레크테우스”는 아테나이의 왕이었고, 아테나이의 아크로폴
리스에는 아테나 여신과 에레크테우스를 모신 신전이 있다.

청동 현관으로 들어가기 전에 잠시 멈춰 서자

마음속에서 만감이 교차했다. 영웅다운 기개를 지닌

알키노오스의 지붕 높은 궁이 햇빛이나 달빛 같은   85

광채로 가득했기 때문이다. 현관에서부터 가장 안쪽까지

곳곳에 청동 담장이 뻗어 있고, 담장에는 검푸른 법랑으로 된

돌림띠가 둘러져 있었다. 튼튼하게 잘 지은 이 궁에는

안에서 잠그게 되어 있는 황금 대문이 있었다.

청동 현관 위에는 은으로 만든 문설주가 세워져 있고,   90

상인방[4]도 은이었으며, 문고리는 황금이었다.

현관 양쪽으로는 황금으로 만든 개들과 은으로 만든 개들이 서 있었다.

헤파이스토스가 영웅다운 기개를 지닌 알키노오스의 궁을 지키라고

기막힌 솜씨로 만든 이 개들은 모든 날 동안 죽지도 늙지도 않는다.

궁 안에는 현관에서부터 가장 안쪽까지 곳곳에   95

벽에 기대어 놓은 의자들이 쭉 늘어서 있었고,

의자 위에는 여자들이 손으로 곱게 짠 얇은 천이 덮여 있었다.

가진 것이 많아 풍족한 파이악스인의 수령들은

자주 그 의자에 앉아 먹고 마셨다.

튼튼하게 만든 받침대 위에는 황금으로 만든 장정들이   100

활활 타는 횃불을 손에 들고 서서 궁에서 연회를 벌이는

사람들을 위해 밤을 환히 비추었다.

알키노오스 궁에는 쉰 명의 하녀들이 있었는데,

노랗게 익은 알곡을 맷돌에 넣어 갈기도 하고,

베틀 앞에 앉아 옷감을 짜기도 하고, 물렛가락을 끊임없이   105

돌리기도 하는 모습이 큰 흑양나무 잎사귀 같았다.

---

4 "상인방"은 상부의 하중을 지지하기 위해 창이나 문 위쪽으로 기둥과 기둥 사이를 가로지르는 나무를 말한다.

잘 짠 아마포에서는 올리브기름이 방울방울 떨어졌다.

파이악스인 남자들이 바다에서 빠른 배를 모는 데

누구보다 뛰어났듯이 파이악스 여자들은 베틀 앞에서

옷감을 짜는 데 뛰어났으니, 아테나가 무척 아름답고 훌륭하게   110

수공예를 할 줄 아는 지식을 이들에게 전해주었기 때문이다.

안마당 밖 대문 가까이에는 사람이 쟁기로 나흘 동안 갈아야 할 만큼

넓은 과수원이 있었고, 그 주위에는 양쪽으로 울타리가 쳐져 있었다.

과수원에는 배나무, 뽕나무, 탐스러운 열매를 맺은 사과나무,

달콤한 무화과나무, 그리고 울창한 올리브나무들이   115

가득 자라 있었다. 이 나무들의 열매는 겨울철이든

여름철이든 일 년 내내 맺히거나 달리지 않은 때가 없었으니,

항상 서풍이 불어와 어떤 나무들은 자라게 하고,

어떤 나무들의 열매는 익어가게 해준 덕분이었다.

배는 배 위에서, 사과는 사과 위에서, 포도송이는   120

포도송이 위에서, 무화과는 무화과 위에서 익어갔다.

그곳에는 열매가 주렁주렁 달린 포도원도 있었는데,

수확한 포도송이 일부는 햇볕이 잘 드는 평평한 곳에서

말렸고, 일부는 보관했으며, 일부는 포도주 틀로 가져가 밟았다.

포도원 앞쪽에서는 덜 익은 포도송이들이 꽃을   125

피우고 있었고, 일부는 점차 검게 물들어가고 있었다.

포도원의 가장 바깥쪽을 따라 가지런히 자리한 채소밭에서는

온갖 채소가 일 년 내내 싱싱하게 자랐다.

과수원에는 두 개의 샘이 있어 하나는 과수원 전체로 퍼져 나가

물을 대주었고, 다른 하나는 높이 솟은 궁을 향해 흐르다가   130

안마당의 현관 아래쪽에서 샘솟아 시민들은 거기서 물을 길었다.

알키노오스 궁의 이 모든 것이 신들이 주신 훌륭한 선물이었다.

      강인하고 고귀한 오디세우스는 현관 앞에 서서 이렇게

알키노오스의 궁을 응시했다. 그는 이 모든 것을 보고 마음속으로
감탄하며 얼른 현관을 지나 집 안으로 들어갔다.   135
들어가 보니 파이악스인의 수령과 수호자들이 예리하게 보는 자이며
아르고스를 죽인 자 헤르메스에게 헌주하고 있었다.
헤르메스에게 헌주하는 것은 그들이 잠자리에 들기 전
가장 마지막으로 하는 일이었다.
강인하고 고귀한 오디세우스는 아테나가 주위에 쏟아놓은 많은 안개에
둘러싸인 채 대청을 지나 아레테와 알키노오스왕에게로 갔다.
오디세우스가 두 손으로 아레테의 무릎을 잡자   140
신이 쏟아놓은 안개가 그에게서 도로 걷혔다.
궁 안에 있는 사람들이 그를 보고는 조용해졌다.
그러자 오디세우스가 이렇게 간청했다.   145
    "신 같은 렉세노르의 따님 아레테여,
나는 많은 고생을 한 후에야 당신과 당신의 남편과 당신의 무릎과
여기 연회에 참석한 분들에게 올 수 있었습니다.
신들께서 여기 계신 분들의 삶을 축복하사 각자의 가산과 백성이
바친 진상품을 자식들에게 물려줄 수 있도록 해주시길 기원합니다.   150
나는 오랜 세월 가족과 떨어져 많은 고난을 겪었습니다.
부디 하루라도 빨리 저를 조상들의 땅으로 보내주십시오."
    오디세우스는 이렇게 말한 후 화롯가 재 가운데 앉았다.
하지만 그들은 아무 말도 하지 않고 묵묵히 있었다.
한참이 지난 후 노영웅 에케네오스가 그들 가운데서 말했다.   155
그는 파이악스인 중 가장 연장자로 말솜씨가
아주 뛰어나고 지난 일도 많이 알고 있었다.
에케네오스는 그들 가운데서 좋은 의도로 말문을 열었다.
    "알키노오스여, 나그네가 바닥에, 그것도 화롯가 재 가운데
앉아 있는 것은 적절하지 않습니다.   160

여기 있는 사람들은 말을 아끼며 당신의 말씀을 기다리고 있습니다.

그러니 자, 나그네를 일으켜 세워 은징이 박혀 있는 의자에 앉게 하고,

존중받아 마땅한 탄원자와 함께하시고 천둥을 좋아하시는 제우스께

헌주할 수 있도록 포도주를 희석시키라고 전령들에게 명하십시오.

식사를 담당한 시녀에게는 안에 준비되어 있는 것들로 165

나그네를 위한 저녁 식사를 내오게 하십시오."

　　　이 말을 들은 신성하고 강력한 알키노오스가

가장 사랑하고 아껴서 늘 자기 옆에 앉히는

늠름한 아들 라오다마스를 의자에서 일어서게 한 후,

계책 많고 현명한 오디세우스의 손을 잡고 170

화롯가에서 일으켜 세워 그 번쩍이는 의자에 앉게 했다.

시녀가 아름다운 황금 물주전자를 가져와 은대야에

물을 부어 오디세우스가 손을 씻게 해주었고,

그의 옆에 반들반들하게 광낸 식탁을 펼쳐놓았다.

그러자 주방을 담당한 기품 있는 시녀가 빵을 가져와 그의 옆에 놓고,

준비된 많은 음식을 아낌없이 내와 식탁 위에 차렸다.

강인한 오디세우스가 먹고 마시기 시작하자 175

강력한 알키노오스가 전령에게 말했다.

　　　"폰토노오스, 존중받아 마땅한 탄원자와 함께하시고

천둥을 좋아하시는 제우스께 헌주해야 하니 희석용 동이에 180

포도주를 붓고 희석시켜 대청에 있는 모든 분께 나누어 드려라."

　　　알키노오스가 이렇게 말하자 폰토노오스가 꿀처럼 달콤한

포도주를 물로 희석시켜 그들 각자의 술잔에 부어 헌주하게 했다.

다들 헌주하고 나서 마음껏 마신 후

그들 가운데서 알키노오스가 이렇게 말했다. 185

　　　"파이악스인의 수령과 수호자들이여,

내 가슴속 마음이 명령하는 바를 말하려 하니 내 말을 들으시오.

이제 연회가 끝났으니 집으로 가서 누우시오.

날이 밝으면 우리는 더 많은 원로를 불러 모아

대청에서 나그네를 대접하고 신들께 훌륭한 제물을   190

바친 후, 그의 호송에 대해 숙의해볼 것이오.

이 나그네가 조상들의 땅에 당도한 후에는

그의 어머니가 그를 낳았을 때 엄중한 운명의 여신들[5]이

실로 자아놓으신 모든 운명을 그곳에서 겪게 되겠지만,

우리로서는 그가 아주 먼 곳에 산다 해도 그를   195

호송해주어야 합니다. 고생이나 괴로움 없이 기쁘고

신속하게 조상들의 땅에 당도하도록, 조상들의 땅을 밟기 전에는

좋지 않은 일이나 재앙을 당하지 않도록 말이오.

만약 그가 하늘에서 온 불멸의 신들 중 한 분이라면

신들께서 어떤 다른 일을 꾸미고 계신 게 분명합니다.   200

우리가 명성 자자하고 성대한 제를 지낼 때마다

신들께서는 언제나 사람의 모습으로 나타나

우리 옆에 앉아 우리와 함께 연회를 즐기곤 하셨다오.

행인이 혼자 길을 가다 신들을 마주쳐도,

야만 종족인 키클롭스들이나 기가스들과 마찬가지로   205

우리도 신들과 가까워 신들께서 자신을 전혀 숨기지 않으시지요."

　　　계책 많은 오디세우스가 그에게 대답했다.

"알키노오스여, 그런 걱정은 전혀 하실 필요 없습니다.

5　"운명의 여신들"로 번역한 클로테스(Κλῶθες)는 '실을 잣는 여자들'이라는 뜻으로, 운명
　의 여신 모이라 자매들('모이라이')을 가리킨다. 이들은 인간이 태어난 순간부터 운명의
　실타래를 통해 수명을 재단하고 삶을 지배, 감시한다. 세 자매 중 클로토는 운명의 실을
　뽑아내고, 라케시스는 운명의 실을 감거나 짜서 배당하며, 아트로포스는 운명의 실을 가
　위로 잘라 삶을 거두는 역할을 한다. 그리스 신화에서 운명의 영역은 제우스를 비롯한 신
　들조차 함부로 침범하지 못한다.

나는 체격이나 키로나 드넓은 하늘에 계시는
불멸의 신들이 아니라 필멸의 인간을 닮았으니까요.   210
여러분이 인간 중 가장 큰 재앙을 당한 자를 알고 계신다면,
그들이 겪은 고통이 곧 내가 겪은 고통과 같을 겁니다.
신들의 뜻에 따라 내가 겪은 일을 한꺼번에 전부 털어놓는다면,
그들이 겪은 것보다 훨씬 더 많은 재앙을 말할 수 있지요.
하지만 내가 비록 괴롭고 힘든 처지에 있다 할지라도   215
지금은 저녁 식사를 하게 해주십시오. 가증스러운 배보다 더 개처럼
몰염치한 게 없어 지금 제 마음이 괴롭고 슬픈 것처럼
사람들이 기진맥진하고 마음이 괴롭고 힘들 때에도,
배는 자기만 생각하라 명령하고 강요하지요.
그동안 겪은 일을 모조리 잊은 채 먹고 마시라 명령하면서   220
자기를 가득 채워달라고 재촉한답니다.
이미 많은 고초를 겪기는 했지만, 불운한 내가 지금이라도
조상들의 땅을 밟을 수 있도록 날이 밝는 대로
여러분이 힘써주십시오. 내 재산과 하인과
지붕 높은 큰 궁을 볼 수만 있다면 죽어도 여한이 없습니다.”   225
          오디세우스가 이렇게 말하자, 그의 말이 이치에 맞기에
그들은 모두 동의하면서 나그네를 호송해주라고 권고했다.
그들은 헌주하고 나서 마음이 원하는 만큼 포도주를
마신 후 각자 자리에 누우러 집으로 갔다.
고귀한 오디세우스는 대청에 남았고,   230
옆에는 아레테와 신 같은 알키노오스가 앉아 있었다.
시녀들이 연회에 사용했던 기구와 그릇들을 치우자
그들 중에서 흰 팔의 아레테가 말하기 시작했다.
아레테는 오디세우스가 입고 있던 겉옷과 웃옷을 알아보았다.
그 아름다운 옷들은 그녀가 시중드는 여자들과 함께 직접 짠 것이었다.

〈알키노오스왕 앞의 오디세우스〉(아우구스트 말름스트룀, 1853년)

그녀는 날개 달린 말로 그에게 물었다.

　　　"나그네여, 먼저 그대에게 직접 묻고 싶은 것이 있어요.　　　　235

당신은 어디에서 온 누구이고, 이 옷들은 누가 주었나요?

당신은 바다 위를 떠돌다가 이곳으로 왔다고 하지 않았나요?"

　　　계책 많은 오디세우스가 대답했다.　　　　340

"왕비님, 하늘에 계시는 신들께서 내게 주신 고난이 너무 많아

그 모든 고초를 처음부터 끝까지 말하기는 어렵습니다.

하지만 당신이 구체적으로 물으신 것에는 대답하겠습니다.

멀리 있는 바다 한가운데 오기기에라는 섬이 있고,

거기에는 아틀라스의 따님인 머릿결 곱고　　　　245

교활한 칼립소가 살지요. 이 여신은 무시무시해서

신들이든 필멸의 인간이든 아무도 그녀와 어울리려 하지 않습니다.

하지만 어느 신께서 불운한 저를 홀로 그녀의 집으로 인도했습니다.

제우스께서 포도주빛 바다 한가운데서 번쩍이는 벼락을

내리쳐 내가 탄 빠른 배를 쪼개셨기 때문입니다.　　　　250

바다 한가운데서 내 훌륭한 전우들은 모두 죽고,

나만 양쪽에서 노 젓는 함선의 용골을 팔로 붙든 채

아흐레 동안 바다 위를 떠다녔지요. 열흘째 되는 날 검은 밤에

신들께서는 무시무시한 여신인 머릿결 고운 칼립소가 사는

오기기에섬 가까이로 나를 데려다주셨습니다.　　　　255

칼립소는 나를 받아들여 사랑으로 정성껏 보살펴주었을 뿐 아니라

영원토록 죽지도 늙지도 않게 해주겠다고 내게 약속까지 했지요.

하지만 여신은 내 가슴속 마음을 설득하지 못했습니다.

그곳에 머무르는 일곱 해 내내 저는 칼립소가 내게 준

불멸의 옷들을 눈물로 적셨습니다.　　　　260

하지만 여덟째 해가 되자 제우스의 전언 때문인지

아니면 생각이 바뀌어서인지는 모르지만,

〈오디세우스를 돌려보내는 칼립소〉(프리드리히 프렐러, 1864년)

여신은 내게 귀향하라고 명령하고 재촉하더군요.
여신은 빵과 꿀처럼 달콤한 포도주 등 많은 것을 주고
불멸의 옷도 입혀주며, 많은 통나무를 단단히 묶어 만든 뗏목에   265
나를 태워 보냈고, 안전하고 따뜻한 순풍도 안겨주었습니다.
이렇게 해서 나는 열이레 동안 바다를 항해했고,
열아흐레 되는 날에는 당신들 나라의 그늘진 산이 나타나
마음이 기뻤습니다. 하지만 나는 운이 나쁜 자입니다.
대지를 뒤흔드는 포세이돈께서 불러일으키신   270
많은 고난이 내게 아직 남아 있었기 때문입니다.
포세이돈께서는 바람을 일으켜 내 길을 묶어버리신 후
말로 다 표현할 수 없을 정도로 바다를 휘저어놓아,
아무리 안간힘을 써도 나는 거센 파도 때문에 뗏목 위에서
버틸 수 없었고, 결국 폭풍에 뗏목이 박살 났습니다.   275
나는 저 깊은 바다를 가르며 헤엄쳤고, 물과 바람이
나를 당신들의 나라 가까운 곳까지 데려다주었습니다.
그곳에서 파도가 육지로 나오려는 나를
큰 바위들이 있는 위험한 곳으로 던져버렸지만,
나는 다시 뒤쪽으로 물러나 헤엄을 쳐서   280
이윽고 강에 당도했습니다. 그곳은 바위들도 평평한 데다
바람을 피할 곳도 있어 최적의 장소로 보였지요.
나는 바다에서 나와 쓰러졌고, 다시 정신을 차렸을 때는
신성한 밤이 이미 찾아와 있었습니다. 그래서 하늘이 기른
강에서 멀리 떨어진 곳으로 가서 나뭇잎을 긁어모아   285
덤불 속에서 잤고, 신께서는 내게 무한정 잠을 쏟아부으셨습니다.
그곳에서 나는 나뭇잎을 덮고 비통한 심정으로 밤새도록
그리고 날이 밝아 정오가 될 때까지 잠을 잤지요.
해가 서쪽으로 기울어 오후로 갈 즈음에야 달콤한 잠이 나를

놓아주더군요. 그때 바닷가에서 따님이 시녀들과   290
놀고 있었고, 그들 사이에 있는 따님은 여신 같았습니다.
나는 따님에게 탄원자로 나아가 간청했습니다.
젊은이들은 사려 깊지 못한 법인데, 따님은 젊은 사람에게는
기대할 수 없을 만큼 사려 깊게 처신했습니다.
따님은 내게 빵과 화염 같은 포도주를 넉넉히 주었고,   295
강에서 목욕하게 해주었으며, 이 옷들도 내주었습니다.
내가 지금까지 말한 일은 비참하고 가슴 아프지만 모두 사실입니다.”
　　알키노오스가 말했다.
“나그네여, 그대가 먼저 내 아이에게 탄원자로 나아가 간청했는데도
아이가 시중드는 여자들과 함께 당신을 우리 집으로   300
안내하지 않은 것은 사려 깊었다고 할 수 없소.”
　　계책 많은 오디세우스가 그에게 대답했다.
“영웅이여, 그 일 때문이라면 흠잡을 데 없이 훌륭한 따님을
질책하지 마십시오. 따님은 내게 시녀들과 함께 뒤따라오라고 했지만,
당신이 그 모습을 보면 화내지는 않을까   305
두렵기도 하고 염치없기도 해서 내가 원치 않았습니다.
대지 위에서 살아가는 인간 종족은 시기심이 대단하니까요.”
　　알키노오스가 말했다.
“나그네여, 내 가슴속 마음은 그런 일로 쓸데없이 화내지 않소.
매사에 신들께서 정해주신 운명을 따르는 것이   310
더 낫기 때문이오. 아버지 제우스와 아테나와 아폴론이시여,
그대처럼 나와 마음이 맞는 사람이 내 딸을 아내로 삼아
내 사위로 이곳에 머무른다면 얼마나 좋겠소!
그대가 이곳에 머무르기를 원한다면 그대에게 집과 재산을 주겠소.
하지만 파이악스인은 아무도 강제로 그대를 붙잡아두지는 않소.   315
그렇게 하는 건 아버지 제우스께서 좋아하시는 일이 아니기 때문이오.

그대를 호송할 날을 정했으니 분명히 알려주리다.

내일이 바로 그날이오. 내일 그대는 잠에 굴복해 드러누울 것이고,

사람들은 잔잔한 바다 위를 항해할 것이오.

그대가 가고자 하는 곳이 에우보이아섬보다 훨씬 멀다 해도,　　　　　320

결국 그대는 조상들의 땅이자 그대의 집으로 가게 될 것이오.

가이아의 아들 티티오스[6]를 만나러 가는 금발의 라다만티스[7]를

배에 실어 에우보이아섬에 데려다주면서 그 섬을 본

몇몇 우리 백성은 그 섬이 이곳에서 가장 멀리 있다고 말했소.

하지만 그들은 그 섬으로 갔다가 지치지 않고　　　　　325

바로 그날 모든 여정을 마치고 집으로 돌아갔소.

이제 그대도 내 배들이 가장 뛰어나고, 내 장정들이 노의 날로

바닷물을 쳐올리는 데 최고라는 사실을 알게 될 것이오.”

　　　알키노오스가 이렇게 말하자, 강인하고 고귀한 오디세우스는

기뻐서 신의 이름을 부르며 이렇게 기도했다.　　　　　330

　　　“아버지 제우스시여, 알키노오스의 말이 다 이루어지게 하소서.

곡식을 내는 대지 위에서 그의 명성이 소멸되지 않게 하시고,

저는 조상들의 땅에 당도하게 하소서.”

　　　두 사람이 이렇게 대화를 나누는 동안,

6　“티티오스”는 원래 제우스와 오르코메노스의 딸 엘라라 사이에서 잉태되었다. 그러나 헤
　라의 질투를 피해 임신한 엘라라가 땅속 깊은 곳에 숨어 있다가 태아가 너무 크게 자라는
　바람에 자궁이 터져 죽고, 아기는 대지의 여신 가이아의 품속에서 열 달을 채우고 태어난
　다. 그래서 거인 티티오스는 가이아의 아들로 불리게 된다. 성인이 된 티티오스는 에우보
　이아섬에서 살았는데, 헤라의 속임수에 넘어가 델포이로 가는 레토를 겁탈하려 했다. 제
　우스의 사랑을 받아 아폴론과 아르테미스 남매를 낳은 레토가 헤라의 미움을 샀기 때문이
　다. 그러나 티티오스는 어머니 레토의 위험을 알아차린 아폴론과 아르테미스가 쏜 화살에
　맞아 죽는다. 지하세계로 간 티티오스는 지하감옥에서 드넓은 땅 위에 누워 두 마리의 독
　수리에게 간을 쪼아 먹히는 형벌을 받는다.
7　“라다만티스”는 제4권 각주 26을 보라. 라다만티스가 티티오스를 만나러 간 이유는 알려
　져 있지 않다.

흰 팔의 아레테는 시녀들에게 주랑에 침상을   335
놓은 다음 아름다운 자주색 담요들을 깔고
이불을 펴고 나서, 입고 잘 수 있게 양털로 된
두꺼운 외투를 그 위에 두라고 지시했다.
그러자 시녀들이 횃불을 손에 들고 대청에서 나갔다.
시녀들은 부지런히 튼튼한 침상을 갖다 놓고 잠자리를 준비한 후   340
오디세우스 옆으로 다가와 재촉하며 말했다.
"나그네여, 그대를 위해 잠자리를 준비했으니 일어나 주무시러 가세요."
시녀들은 이렇게 말했고, 이는 그에게도 반가운 소식이었다.
그리하여 강인하고 고귀한 오디세우스는 소리 잘 울리는 주랑의
구멍을 많이 뚫어 끈으로 단단히 묶은 침상에 누워 잠을 잤다.   345
알키노오스도 높은 궁 가장 안쪽에 있는 내실로 가서 누웠고,
그의 옆에는 안주인인 아내도 자신을 위해 준비된 침상에 누웠다.

제8권 오디세우스의 송별 경기와 연회

이른 아침에 태어난, 장밋빛 손가락의 새벽 여신 에오스가
그 모습을 드러내자 위엄 있고 강인한 알키노오스 왕은
침상에서 몸을 일으켰고, 제우스의 자손이자 도시를 함락시키는 자
오디세우스도 일어났다. 위엄 있고 강력한 알키노오스는
배들이 정박한 곳 옆에 있는 파이악스인의 회의장으로   5
오디세우스를 안내했다. 그곳에 도착한 두 사람은
반들반들하게 광낸 돌들 위에 나란히 앉았다.
한편 팔라스 아테나는 현명한 알키노오스의 전령으로 변신하여
도시 곳곳을 누비며 모든 남자에게 다가가 이렇게 말함으로써
용맹한 기개를 지닌 오디세우스의 귀향을 도울 계획을 세웠다.   10

　　"파이악스인의 수령과 수호자들이여,
어서 회의장으로 오시오. 그러면 바다 위를 떠돌아다니다가
이제 막 현명한 알키노오스왕의 궁에 당도한
불멸의 신 같이 생긴 나그네에 관해 알게 될 겁니다."

　　아테나 여신은 이런 말로 모든 남자의 용기를 북돋고 마음을   15
독려했다. 회의장의 자리는 모여든 사람으로 꽉 찼고,
라에르테스의 현명한 아들 오디세우스를 본 많은 사람이
놀랐으니, 아테나 여신이 그의 머리와 두 어깨에

신성한 우아함을 쏟아부어 그를 더 크고 더 건장하게
보이도록 했기 때문이다. 그가 모든 파이악스인에게   20
호감을 얻고 위엄 있게 보이며 존경받을 뿐 아니라,
그들이 오디세우스를 시험하려고 마련한 시험을
잘 통과하게 하기 위해서였다.
모여야 할 사람이 모두 모이자
알키노오스가 그들 가운데서 이렇게 말했다.   25

　　　"파이악스인의 수령과 수호자들이여, 내 가슴속 마음이 명령하는
바를 말하려 하니 경청해주시오. 나는 이 나그네가 누구인지 모르고,
동쪽 사람에게서 왔는지, 서쪽 사람에게서 왔는지도 모르오.
하지만 그는 바다를 떠돌아다니다 내 궁으로 와
자기를 호송해주길 재촉하며, 그 일을 확실히 해달라고   30
간청하고 있소. 그러니 우리가 전부터 늘 그래 왔듯이
그를 서둘러 데려다줍시다. 내 집에 온 사람들 중에
호송 문제로 이곳에 오랫동안 머물며 슬피 우는 사람은
아무도 없었으니 말이오. 그러니 자, 항해할 검은 배를
신성한 바다로 내리고, 온 나라에서 이전에 이미   35
가장 뛰어난 자로 검증된 장정 쉰두 명을 선발합시다.
선발된 장정들은 모두 노 젓는 자리에 노를 단단히 묶은 후
배에서 내려 속히 우리 집으로 와 연회에 참석하시오.
내가 여러분 모두를 위해 상을 잘 차려놓겠소.
이것이 내가 장정들에게 지시하는 일이오.   40
홀을 지닌 다른 왕들은 내 궁으로 오시오.
대청에서 이 나그네를 정중히 맞이해야 하오. 아무도 사양하지 마시오.
그리고 신 같은 음유시인 데모도코스를 부르시오.
신께서는 무엇보다 그에게 마음만 먹으면 노래로 사람들을
기쁘게 하는 재능을 주셨지 않소."   45

알키노오스가 이렇게 말한 후 앞장서 가자

홀을 가진 자들이 뒤따랐고, 전령은 신 같은 음유시인을

부르러 갔다. 선발된 쉰두 명의 장정은

알키노오스의 지시대로 불모의 바다로 간 다음

배가 있는 해변으로 내려가   50

검은 배를 깊은 바다로 내린 후

돛대와 돛을 검은 배 안에 싣고

가죽끈을 사용해 노를 모두 잘 고정시키고 나서

흰 돛을 달아 올려 넓게 펼쳤다.

배가 바다 위에 뜨자 그들은 닻을 내리고   55

배를 정박시킨 후 현명한 알키노오스의 큰 궁으로 향했다.

젊은 사람이든 나이 든 사람이든 많은 이들이 모여들어

주랑과 마당과 방마다 가득 들어찼다.

그들 가운데서 알키노오스는 양 열두 마리, 엄니가 번쩍이는

돼지 여덟 마리, 느릿느릿 걷는 황소 두 마리로 제를 올렸다.   60

그들은 짐승의 가죽을 벗기고 손질해 멋진 연회를 준비했다.

전령은 훌륭한 음유시인을 데려왔다.

무사 여신은 이 음유시인을 무척 아끼고 사랑해 좋은 것과 나쁜 것을

주셨으니, 그에게서 시력을 빼앗고는 달콤한 노래를 주신 것이다.

전령 폰토노오스는 은징이 박혀 있는 의자를   65

연회장 한가운데 있는 높은 기둥에 기대어 놓은 다음

음유시인을 앉히고, 머리 위쪽의 못에 깨끗하고 맑은 소리를 내는

포르밍크스를 걸어놓고 나서 손으로 잡고 내리는 방법을 알려주었다.

그런 후 전령은 음유시인 옆에 아름다운 식탁과 빵 바구니를

갖다 놓았고, 마음이 시킬 때 마시라고 포도주 잔도 두었다.   70

그들은 앞에 차려진 음식에 손을 내밀었다.

이윽고 먹고 마시는 욕구에서 벗어났을 때,

무사 여신은 음유시인의 영감을 북돋워 하늘까지 알려진

전사들의 위업을 담은 노래 중 하나를 부르도록 했다.

오디세우스와 펠레우스의 아들 아킬레우스의 언쟁에 관한 노래였다.　　　75

이들은 전에 신들의 풍성한 연회에서 심하게 말다툼을 한 적이 있었다.

아카이오스인 중 최고의 전사인 두 사람이 언쟁을 벌이자

인간들의 군주 아가멤논은 마음속으로 기뻐했다.

아가멤논이 신성한 피토에서 돌 문턱을 넘었을 때, 포이보스 아폴론이

이들 사이에 언쟁이 있어야 한다고 말해준 까닭이었다.[1]　　　80

이때 이미 위대한 제우스의 계획대로

트로스인과 다나오스인에게 재앙이 굴러오기 시작했다.

　　　명성 자자한 음유시인이 그 일을 노래하자

오디세우스는 다부진 두 손으로 자주색의 큰 겉옷을 잡고

머리 위로 끌어 올려 준수한 얼굴을 가렸다.　　　85

파이악스인 앞에서 눈물 흘리는 모습을 보이기 부끄러웠기 때문이다.

그러다가 신 같은 음유시인이 노래를 그쳤을 때

눈물을 훔친 후 겉옷을 잡아 머리에서 걷어내고,

손잡이 둘 달린 잔을 들어 신들께 헌주했다.

하지만 음유시인이 다시 노래를 시작하고, 파이악스인들 중　　　90

가장 높은 자들이 이야기를 즐거워하여 음유시인에게 노래를 재촉하면,

오디세우스는 다시 겉옷으로 머리를 뒤집어쓴 채 흐느꼈다.

다른 사람은 오디세우스가 눈물 흘리는 걸

몰랐지만, 가까이 앉아 있던 알키노오스만은

그가 깊이 신음하며 흐느끼는 소리를 듣고 알아차렸다.　　　95

알키노오스는 즉시 노를 좋아하는 파이악스인 가운데서 말했다.

1　"피토"는 델포이의 옛 이름이다. 델포이의 아폴론 신전은 신탁으로 유명했다. "포이보스
　아폴론"은 제3권 각주 20을 보라.

　　"파이악스인의 수령들과 수호자들이여, 들으시오.
이쯤 하면 우리 모두가 공평하게 참여하는 연회와
풍성한 연회에 수반되는 포르밍크스를 충분히 즐겼소.
그러니 이제 밖으로 나가 온갖 시합을 해봅시다.　　　　　　　　100
그러면 이 나그네가 집으로 돌아가 우리가 권투와 레슬링과
멀리뛰기와 달리기에서 다른 사람보다 얼마나 우월한지
친구들에게 말해줄 것이오."
　　　알키노오스가 이렇게 말하고 앞장서자 모두가 동시에
그의 뒤를 따랐다. 전령은 깨끗하고 맑은 소리를 내는　　　　　105
포르밍크스를 못에 다시 걸어놓고, 데모도코스의 손을 잡고
대청 밖으로 데리고 나가 파이악스인 중 가장 높은 자들이
시합을 보기 위해 간 길로 그를 인도했다.
그들은 회의장으로 갔고, 셀 수 없이 많은 군중이 뒤따랐다.
그러자 훌륭한 젊은이들이 시합에 참가하려고 무수히 일어섰다.　110
아크로네오스, 오키알로스, 엘라트레우스,
나우테우스, 프리네우스, 안키알로스, 에레트메우스 ,
폰테우스, 프로레우스, 토온, 아나베시네오스,
테크톤이 낳은 폴리네오스의 아들 암피알로스가 일어섰다.
나우볼로스의 아들이자 전사들을 죽이는 아레스와　　　　　　115
맞먹는 자로 파이악스인 중 흠잡을 데 없이 훌륭한
라오다마스 다음으로 훌륭한 용모와 체격을 지닌 에우리알로스,
흠잡을 데 없이 훌륭한 알키노오스의 세 아들
라오다마스, 할리오스, 신 같은 클리토네오스도 일어섰다.
먼저 그들은 달리기 시합을 했다. 주로는 그들이 선　　　　　　120
출발선에서부터 뻗어 있었고, 그들은 모두 동시에
들판을 따라 먼지를 일으키며 빠르게 내달렸다.
달리기에서는 흠잡을 데 없이 훌륭한 클리토네오스가 월등해,

묵힌 밭에서 한 쌍의 노새가 쟁기로 갈 수 있는 거리만큼
다른 참가자를 따돌리고 사람들이 있는 곳에 도착했다.　　　125
그런 후 고통스럽고 힘든 레슬링 시합을 했다.
이번에는 에우리알로스가 가장 훌륭한 자들을 모두 물리쳤다.
멀리뛰기에서는 암피알로스가 모든 자 중에서 으뜸이었고,
원반던지기에서는 엘라트레우스가, 권투에서는 알키노오스의
훌륭한 아들 라오다마스가 월등히 뛰어났다.　　　130
모두가 시합으로 마음이 즐거워지자 알키노오스의 아들
라오다마스가 그들 가운데서 말했다.

　　　"자, 친구들이여, 이 나그네에게 어떤 경기를
배워 알고 있는지 물어봅시다.
그는 넓적다리며 장딴지며 상체의 두 손이며　　　135
다부진 목이며, 체격이 나쁘지 않고 힘도 셀 것 같소.
숱한 고난과 싸워서 그렇지 그에게는 아직 젊음이 남아 있소.
아무리 강한 사람이라도 그 무엇보다 바다와 싸우면
기세가 꺾인다고 하지 않소."

　　　그러자 에우리알로스가 화답했다.　　　140
"라오다마스여, 지금 그대가 한 말은 이치에 잘 들어맞는군.
그러니 이제 그대가 직접 가서 말을 전하고 도전해보게."

　　　이 말을 들은 알키노오스의 훌륭한 아들은 한가운데로
나와 서서 오디세우스에게 말했다.
　　　"자, 나그네 양반, 당신도 경기들을 아는 듯하니　　　145
배워서 알고 있는 경기가 있다면,
여기로 나와 시합을 해보시지요. 남자가 살아 있는 동안
자신의 손과 발로 이룬 것보다 더 큰 영광은 없는 법이니까요.
배는 이미 내려져 있고 선원들도 채비를 갖추고 있어
그대의 여행길은 이제 머지않았습니다.　　　150

그러니 자, 근심일랑 마음에서 훌훌 털어버리고 시합에 임하시지요.”

계책 많은 오디세우스가 그에게 대답했다.

“라오다마스여, 어째서 그대는 내게 그런 요구를 하며

나를 조롱하시오? 나는 지금까지 많은 일을 겪고 숱한 고생을

했기 때문에 마음속에는 근심이 가득하여 경기할 여유가 전혀   155

없소. 그래서 지금 내가 여러분이 모인 자리에 앉아 귀향을 염원하며

왕과 모든 백성에게 호송을 간청하는 게 아니겠소.”

이번에는 에우리알로스가 면전에서 시비조로 말했다.

“나그네여, 보아하니 인간의 수많은 경기 중에

당신이 잘하는 건 하나도 없는 것 같소.   160

도리어 당신은 노 젓는 자리를 많이 갖춘 배를 타고 오가며

무역을 하고 화물을 지키는 데만 신경 쓰면서 탐욕스럽게 이득을

추구하는 선원들의 우두머리 같을 뿐, 경기하는 사람 같지는 않소.”

계책 많은 오디세우스가 그를 노려보며 말했다.

“친구여, 그대가 하는 말이 아름답지 않은 걸 보니   165

그대는 오만불손한 사람 같소. 하긴 신들께서 키나 지혜나

말솜씨같이 좋은 것을 한 사람에게 모두 주시지는 않으니까요.

용모에서는 누구보다도 형편없지만,

신께서 그의 말을 우아한 품격으로 둘러주어

주위를 모두 즐겁게 해주는 사람이 있소.   170

그런 사람은 말실수하지 않으며 우아하고 품격 있게 말하니

회의장에 모인 이들 중에서 단연 돋보이고,

그가 시내를 걸어가면 다들 그를 신처럼 우러러본다오.

그런가 하면 어떤 사람은 용모는 불멸의 신들처럼 생겼어도

그가 하는 말에는 우아한 품격이 전혀 둘러져 있지 않소.   175

그대는 신께서 흠잡을 데 없이 준수한 용모를 주셨지만,

생각은 깊지 않구려.

그대는 이치에 맞지 않는 말로 내 가슴속 마음을 휘저어놓았소.

그대의 말과 달리 나는 경기를 모르는 자가 아니오.

오히려 내 젊음과 이 두 손을 믿을 수 있었던 시절에는   180

일인자 중 하나였다오. 하지만 지금 나는 고통 속에 있고

상태도 좋지 않소. 인간들의 전쟁과 힘겨운 파도를 헤쳐 나오느라

많은 고초를 겪었기 때문이오. 그러나 그대의 말이

내 기개를 물어뜯고 마음을 분발하게 했으니

내 비록 험한 꼴을 많이 겪었으나 시합을 한번 해보겠소."   185

　　오디세우스는 이렇게 말한 후 겉옷을 입은 채 벌떡 일어나

크고 육중한 원반을 집어 들었다. 이 원반은 파이악스인끼리

시합할 때 사용하는 것보다 훨씬 더 무거웠다.

오디세우스가 다부진 손으로 원반을 잡고 빙빙 돌리다가 던지자

돌이 윙윙 하는 소리를 내며 날아갔다. 그러자 긴 노를   190

사용하고 선원으로 유명한 파이악스인이

날아가는 돌의 기세에 놀라 땅에 엎드렸다.

돌은 그의 손을 떠나 다른 모든 사람의 표시 너머로 날아갔고,

남자 모습을 한 아테나가 이를 표시한 후 오디세우스에게 말했다.

　　"나그네여, 당신의 표시는 다른 것과 비교할 수 없이   195

멀리 있으니, 눈먼 자도 손으로 만져 그 차이를 알겠소.

이 시합에 대해서는 안심하시오. 파이악스인 중에

이 표시에 도달하거나 넘어서는 사람은 아무도 없을 테니."

　　여신이 이렇게 말하자 강인하고 고귀한 오디세우스가 기뻐하고

즐거워하니 경기장에서 자신에게 호의적인 사람을 만났기 때문이다.   200

오디세우스는 가벼운 마음으로 파이악스인 가운데서 말했다.

　　"젊은이들이여, 저 원반의 표시를 넘겨보시오.

곧 내가 다시 던질 텐데, 내 생각에는 그 원반도

저 정도 아니면 한층 멀리 날아갈 것이오. 여러분이 나를

〈원반을 던지는 오디세우스〉(조반니 바티스타 카스텔로, 1560년경)

몹시 자극했으니 다른 사람도 가슴속 마음이 명령하는 자라면   205

누구든 나와서 도전하시오. 권투든 레슬링이든 달리기든 다 좋소.

모든 파이악스인 중에 라오다마스만 제외하고 나오시오.

그는 나그네인 나를 대접해준 주인이기 때문이오.

누가 환대를 베푼 사람과 싸울 수 있겠소?

낯선 나라에서 자기를 환대해준 주인에게 시합하자고   210

도전장을 내밀고 싸우려 하는 사람은 지각없고 쓸모없는 자일 거요.

그런 자는 모든 걸 잃고 말 테니까. 하지만 다른 사람이라면

누구든 거절하거나 무시하지 않고 맞대결해 실력을 알고 싶소.

나는 남자들의 모든 경기에서 뒤지는 자가 아니라오.

나는 활을 다루는 솜씨도 뛰어나오.   215

수많은 전우들이 내 곁에 나란히 서서

적들을 향해 활시위를 당겼지만, 적의 무리 속에서

내가 겨냥한 자가 가장 먼저 화살에 쓰러졌소.

트로스인의 나라에서 아카이오스인이 활을 쏠 때,

오직 필록테테스만이 활에서 나를 능가했다오.   220

하지만 지금 대지 위에서 빵을 먹고 살아가는

다른 모든 사람 중에서는 내가 훨씬 뛰어날 것이오.

헤라클레스[2]든 오이칼리아의 에우리토스[3]든

2　"헤라클레스"는 그리스 신화의 최고 영웅으로, 제우스가 페르세우스의 자손인 알크메네에
　　게서 얻은 아들이다. 그는 궁술에 뛰어난 오이칼리아의 왕 에우리토스에게 배워 활쏘기에
　　도 탁월했다. 질투에 사로잡힌 헤라 여신에게 집요히 박해받은 그는 광기에 사로잡혀 처
　　자식을 죽인 죄를 씻기 위해, 미케네의 왕 에우리스테우스가 지시한 12과업을 수행하며
　　용맹과 지혜를 겸비한 위대한 영웅으로 성장한다. 죽은 후에는 신의 반열에 들어 올림포
　　스로 승천하고, 제우스와 헤라의 딸인 청춘의 여신 헤베와 결혼한다.
3　"오이칼리아"는 그리스 본토 북부 테살리아 지방 페네이오스강 변에 있던 도시국가다. "에
　　우리토스"는 아폴론의 아들이자 그리스 중부 원주민 드리옵스인들의 왕이었던 멜라네우
　　스의 아들로, 아버지와 마찬가지로 신궁이었고 헤라클레스의 궁술 스승이었다. 궁술 시합
　　을 열어 승리자에게 아름다운 딸 이올레를 주겠다고 했지만, 승리한 헤라클레스에게 약

옛적 사람들과는 경쟁하고 싶지 않구려.

그들은 활에 관한 한 불멸의 신들과 경쟁했던 분들이니.　　225

그 때문에 위대한 에우리토스는 그의 궁에서 노년에 이르지 못하고

갑자기 죽었으니, 그가 아폴론에게 활쏘기로 도전하자

진노한 아폴론께서 그를 죽이신 것이오. 또한 나는 다른 사람이

화살을 쏘아도 도달할 수 없는 곳까지 창을 던질 수 있소.

달리기만큼은 파이악스인 중에 나를 앞지를 자가　　230

있을 것 같기도 하오. 배에 식량이 충분치 않다 보니

끝없는 파도 속에서 부끄러울 정도로 지독하게 굶주렸고,

그래서 무릎이 풀려버렸기 때문이오."

　　오디세우스가 이렇게 말하자 그들은 모두 말없이 있었다.

알키노오스만 그에게 이렇게 대답했다.　　235

　　"나그네여, 당신이 우리 가운데서 한 말은 무례하지 않소.

또한 당신이 자신의 탁월한 능력을

보여주고자 하는 것은 경기장에 있는 저 사람이

당신 앞에 서서 시비를 거니 화가 나,

올바른 생각을 가지고 바른 말을 할 줄 아는 사람이라면　　240

아무도 당신의 탁월함에 시비를 걸 수 없도록 하려는 게 아니겠소.

그러니 자, 제우스께서 조상 대대로 주시어

이어온 우리의 탁월함을 기억해두었다가

당신의 궁에서 처자식과 식사할 때 다른 영웅에게

말해주고 싶다면, 이제 내 말을 들어주시오.　　245

우리는 흠잡을 데 없이 훌륭한 권투 선수나 레슬링 선수는 아니오.

속을 어기고 딸을 내주지 않았다가 나중에 아들들과 함께 죽임을 당한다. 호메로스는 그
가 아폴론에게 궁술 시합을 하자고 도전했다가 분노한 아폴론의 화살에 맞아 죽었다고 말
한다.

그보다는 두 발로 빠르게 달리는 자들이고 최고의 선원들이라오.

우리는 항상 연회와 키타리스와 갈아입을 옷과

따뜻한 목욕과 잠자리를 소중히 여기고 아낀다오.

그러니 자, 파이악스인 중 최고의 무용수들이여,   250

이 나그네가 고향으로 돌아가 친구들에게

우리가 얼마나 항해와 달리기와 춤과 노래에서

다른 사람보다 뛰어난지 말할 수 있게 연희를 시작해라.

그리고 누가 얼른 달려가 우리 궁 어딘가에 놓여 있을 깨끗하고

맑은 소리를 내는 포르밍크스를 가져와 데모도코스에게 주어라.”   255

         신 같은 알키노오스가 이렇게 말하자

전령이 왕의 궁에서 속 빈 포르밍크스를 가져오기 위해 일어섰다.

백성 가운데 선발된 아홉 명의 심판도 모두 일어섰다.

경기장이 잘 운영되도록 살피는 자인 그들은

무도장을 평평하게 한 후, 춤 경연을 위해 넓고   260

아름다운 원을 그렸다. 전령이 깨끗하고 맑은 소리를 내는

포르밍크스를 가지고 데모도코스에게 다가가자

데모도코스는 경연장 중앙으로 나갔다. 그러자 춤 잘 추는

한창때의 젊은이들이 그를 둘러싸고 서서 신성한 무도장을 발로 굴렀다.

오디세우스는 현란한 발놀림을 보고 마음속으로 감탄했다.   265

         음유시인은 포르밍크스를 연주하며 아레스와 고운 화관을 쓴

아프로디테의 사랑[4]에 대해, 이들이 어떻게 헤파이스토스의 집에서

---

4 “아레스”는 제우스와 헤라 사이에게 태어난 전쟁의 신으로, 올림포스 열두 신 중 하나다.
   전쟁과 파괴를 관장하며 피와 살상을 즐기고 잔인하며 야만적이다. 제우스는 아들 헤파이
   스토스를 하늘에서 떨어뜨려 절름발이로 만든 것에 대한 보상으로 아름다운 “아프로디테”
   를 그에게 아내로 주었지만, 미와 성애의 여신 아프로디테는 못생긴 헤파이스토스에게 만
   족하지 못해 끊임없이 바람을 피웠고, 유독 아레스와 각별한 관계였다. 아프로디테와 아
   레스는 서로에 대한 애욕 못지않게 질투심도 강했다. 아레스는 아프로디테가 미소년 아도
   니스와 사랑에 빠지자 질투심에 불타 멧돼지로 변신해 숲으로 사냥하러 나온 아도니스를

처음으로 몰래 몸을 섞게 되었는지 아름답게 노래하기 시작했다.

아레스는 아프로디테에게 많은 선물을 주면서 집주인 헤파이스토스의

침상과 잠자리를 욕되게 했다. 하지만 이들의 사랑의 동침을 본   270

헬리오스가 즉시 헤파이스토스에게 가서 이 사실을 전했다.

가슴을 후벼 파는 말을 들은 헤파이스토스는 원수 갚을 길을

마음속으로 골몰한 끝에 자신의 대장간으로 갔다.

그는 모루대 위에 큰 모루를 올려놓고, 부수지도 풀지도 못할,

그 자리에서 절대 벗어날 수 없는 사슬을 만들었다.   275

아레스에게 화가 나 덫을 준비한 헤파이스토스는

자신의 침상이 놓인 방으로 가서

침대 기둥 주위에 사방으로 사슬을 치고,

천장에도 아래쪽으로 많은 사슬을 늘어뜨려 놓았다.

이 사슬들은 거미줄처럼 가늘어 아무도 볼 수 없었고,   280

축복받은 신들도 마찬가지였다. 그만큼 교묘하게 만들었다.

헤파이스토스는 침상 주위에 사방으로 덫을 친 후

그가 보기에 모든 땅 중에서 가장 사랑스러운 땅,

튼튼하게 지은 도시 렘노스⁵로 가는 척했다.

황금 고삐의 아레스는 둔한 파수꾼이 아니었기에,   285

유명한 기술자 헤파이스토스가 먼 길을 떠나는 것을 보고는,

고운 화관을 쓴 키테레이아⁶와의 사랑을 열망하며

들이받아 죽인다. 한편, 아프로디테는 새벽의 여신 에오스가 아레스를 유혹해 그의 사랑
을 받게 되자 분을 참지 못하고 에오스에게 끊임없이 사랑을 갈구하는 저주를 내린다.

5 "렘노스"는 헬레스폰토스 해협과 트로아스 앞 해상에 있는 섬이다. 하늘에서 추락한 헤파
   이스토스는 렘노스섬의 신티에스인들에게 구조된 후, 그들에게 금속 세공술을 가르쳐주
   고 그 섬의 수호신이 된다. 오늘날에도 렘노스섬은 금속 세공술로 유명하다. 보다 자세한
   내용은 제4권 각주 29를 보라.

6 "키테레이아"는 '키테라의 여자'라는 뜻으로 아프로디테의 별칭이다. 아프로디테는 '거품
   에서 나온 여자'라는 뜻으로, 크로노스의 낫에 잘린 우라노스의 성기가 바다에 떨어져 정

명성 자자한 헤파이스토스의 집으로 갔다.

그녀는 크로노스의 아들이자 자신의 막강한 아버지 제우스의

옆을 떠나 방금 집에 돌아와 앉아 있었다.　　　　　　　　　　290

아레스가 집으로 들어와 그녀의 손을 잡으며 말했다.

　　"사랑하는 자여, 자, 침상으로 가 동침하며 즐깁시다.

헤파이스토스는 이곳에 있지 않고, 이미 거친 목소리의

신티에스인들[7]을 만나러 렘노스로 떠났소."

　　아레스가 이렇게 말하자 그와 동침하는 건 그녀에게도　　295

반가운 일이었기에 둘은 침상으로 가서 누웠다.

하지만 아주 영리한 헤파이스토스가 교묘하게 만든 사슬들을

사방으로 늘어뜨린 탓에 그들은 팔다리를 움직이거나 들 수 없었다.

그제야 그들은 벗어날 수 없음을 알아차렸다.

명성 자자한 절름발이 신은 렘노스 땅에　　　　　　　　　300

가다 말고 다시 돌아와 그들에게 다가갔다.

헬리오스가 망을 보고 있다가 그에게 이 사실을 알린 것이다.

헤파이스토스는 비통한 심정으로 집으로 돌아와

맹렬한 분노에 사로잡힌 채 현관에 서서

무시무시하게 큰 소리로 모든 신들에게 소리쳤다.　　　　305

　　"아버지 제우스와 영원토록 계시는 축복받은 신들이시여,

여기로 와서 이 가소롭고 용납할 수 없는 짓을 보시오.

제우스의 따님 아프로디테는 나를 절름발이라고

액과 바닷물이 섞이며 생겨난 거품에서 나왔다고 해서 유래한 이름이다. 이 거품은 펠로
폰네소스반도 남쪽 키테라섬에 닿았다가 다시 키프로스섬으로 떠내려갔고, 아프로디테는
그곳에서 태어났다. 그래서 키프리스('키프로스의 여자')라고도 불린다.

7　"신티에스인들"은 고대 그리스인들에게 해적으로 알려졌다. 그들은 원래 고대 그리스 북
방의 트라케 지방에 살던 트라케인들로, 훗날 마케도니아 왕국의 영토가 된 신티케가 본
거지였으나 그들 중 일부가 렘노스섬으로 이주했다.

늘 무시하더니 이제 파괴자 아레스를 사랑하고 있네요.

그는 준수하고 다리도 미끈하게 뻗어 있지만,　　　　310

나는 절름발이 신세라오. 하지만 그 책임은 내가 아니라 다른 이,

그러니까 나를 낳으신 두 부모님께 있소. 두 분은 나를 낳지

말아야 하셨소. 내게는 비통하기 짝이 없는 일이지만,

이제 여러분은 그들이 내 침상에서 동침하며 사랑을 나누는 모습을

보게 될 것이오. 그들은 아무리 사랑을 나누고 싶더라도　　　　315

이 침상 위에서는 오래 머물지 못할 것이오.

동침하고 싶은 마음도 금세 없어지겠지만, 이 파렴치한 여자,

아름답기는 하지만 욕정을 참지 못하는 이 딸을 위해

내가 그녀의 아버지에게 준 구혼 선물들을 다 돌려받기 전까지

사슬의 덫이 그들을 붙들어두고 있을 것이오.”　　　　320

　　　헤파이스토스가 이렇게 말하자 신들은 문턱이 청동으로 되어 있는

그의 집으로 모여들었다. 대지를 떠받치는 포세이돈도 왔고, 행운을

가져다주는 자 헤르메스도 왔으며, 멀리 쏘는 군주 아폴론도 왔다.

하지만 여신들은 창피해서 각자 집에 머물러 있었다.

이렇게 해서 복을 가져다주는 신들이 현관에 서서　　　　325

아주 영리한 헤파이스토스의 솜씨를 보았을 때,

축복받은 신들 가운데서 그칠 수 없는 웃음이 일었다.

어느 신은 가까이 가서 보고 이렇게 말하기도 했다.

　　　“나쁜 짓은 결코 잘될 수 없고 느린 자도 빠른 자를 따라잡는다더니,

보시오, 절름발이 헤파이스토스가 올림포스 신들 중　　　　350

가장 빠른 아레스를 붙잡았구려. 그는 발이 불편해도 재주로 잡았으니

이제 아레스는 틀림없이 간통죄의 벌금을 치를 수밖에 없겠소.”

　　　신들은 서로 이런 대화를 주고받았다.

제우스의 아들 군주 아폴론이 헤르메스에게 말했다.

　　　“제우스의 아들이자 사자이며 복을 가져다주는　　　　355

〈헤파이스토스 때문에 깜짝 놀란 아레스와 아프로디테〉(요아킴 브테바엘, 1604~1608년)

헤르메스여, 그대라면 강력한 사슬에 묶인다 해도
침상 위에서 황금의 아프로디테 옆에 눕고 싶소?”
      제우스의 사자이며 아르고스를 죽인 자 헤르메스가 대답했다.
“멀리 쏘는 군주 아폴론이여, 그렇게만 된다면 얼마나 좋겠소.
세 배나 많은 사슬, 아니 무수히 많은 사슬이 나를 사방으로 묶고,   340
모든 신과 여신이 우리를 들여다본다 해도
나는 황금의 아프로디테 옆에 눕고 싶소.”
      헤르메스가 이렇게 말하자 불멸의 신들 가운데서 웃음이 일었다.
하지만 포세이돈에게는 웃음기가 없었고, 그는 유명한 기술자
헤파이스토스에게 아레스를 풀어주면 안 되겠느냐고 통사정했다.   345
포세이돈은 날개 달린 말로 그에게 청했다.
      “내가 그에게 불멸의 신들 앞에서 자네가 말한 합당한
속전을 내라고 하겠네. 이제 그만 그를 풀어주게. 내가 보증하지.”
      명성 자자한 절름발이 신이 그에게 대답했다.
“대지를 떠받치는 포세이돈이시여, 그렇게 말씀하지 마세요.   350
내가 어찌할 수 없는 이의 보증은 아무짝에도 쓸모없으니까요.
아레스가 채무와 사슬에서 벗어나 떠나고 나면, 어떻게 내가
불멸의 신들 앞에서 당신을 묶어둘 수 있겠습니까?”
      대지를 뒤흔드는 포세이돈이 대답했다.
“헤파이스토스, 만일 아레스가 채무를 피해   355
도망쳐버린다면 내가 바로 그 속전을 내겠네.”
      명성 자자한 절름발이 신이 대답했다.
“당신의 부탁은 거절할 수 없고, 거절한다면 도리도 아니겠지요.”
      헤파이스토스는 이렇게 말하고 직접 사슬을 풀어주었다.
꽁꽁 묶고 있던 강력한 사슬에서 풀려나자   360

즉시 그들은 쏜살같이 내달아 아레스는 트라케[8]로 갔고,

웃음을 좋아하는 아프로디테는 키프로스의 파포스[9]로 갔다.

그곳에는 그녀를 위한 성역과 향기로운 제단이 있었다.

거기서 카리스 여신들은 그녀를 목욕시킨 후,

영원토록 사는 신들의 피부를 덮고 있는 것과 동일한 불멸의   365

신유를 발라주고, 보면 감탄이 저절로 나오는 멋진 옷을 입혀주었다.

　　　명성 자자한 음유시인은 이런 내용의 노래를 불렀고,

노래를 들은 오디세우스와 긴 노를 사용하는, 선원으로

유명한 파이악스인들은 마음이 즐거워졌다.

　　　그런 후 알키노오스는 할리오스와 라오다마스에게   370

둘이서만 춤을 추라고 명령했다. 이 두 사람과 경쟁할 만한 이가

아무도 없었기 때문이다. 두 사람은 현명한 폴리보스가

그들을 위해 만들어준 아름다운 자주색 공을 손에 쥐고

한 사람이 몸을 뒤로 젖혔다가 그늘진 구름을 향해

공을 던지면, 다른 사람은 대지에서 높이 뛰어올라   375

지표면에 발이 닿기 전에 공을 가볍게 받아냈다.

8　“트라케”(트라키아)는 그리스 북동부 지방의 옛 명칭이다. 아래로는 에게해, 위로는 불가리아, 동쪽으로는 튀르키예와 접해 있다. 헬레스폰토스 해협을 경계로 아래쪽은 아나톨리아의 트로아스 지방이고, 위로는 트라케 지방이다. 아레스는 ‘트락스’라는 별칭에서 보듯이 호전적이고 야만적인 트라케인의 수호신으로 여겨졌다. 아레스의 황금 방패가 트라케 지방 비스토니아에 있는 그의 신전에 보관되어 있었다.

9　“파포스”는 아프로디테가 태어난 키프로스섬에 있는 도시다. 키프로스섬의 여인들은 나그네를 박대한 죄로 아프로디테 여신의 저주를 받아 나그네에게 몸을 파는 문란한 생활을 하게 되었다. 키프로스의 왕 피그말리온은 이를 혐오해 독신으로 살면서 상아로 아프로디테를 본뜬 조각상을 만들었다. 그는 조각상을 갈라테이아라 부르고 예쁜 옷도 입히고 입맞춤도 하며 아끼다가 정말로 사랑하게 된다. 피그말리온은 아프로디테 축제 때 여신에게 제물을 바치며 조각상을 진짜 여자로 바꿔달라고 기도했고, 아프로디테는 그 기도를 들어주었다. 피그말리온과 갈라테이아는 여신의 축복을 받으며 결혼했고, 두 사람 사이에 아름다운 딸 파포스가 태어난다. 훗날 파포스의 아들 키니라스가 키프로스 서쪽 해안에 파포스라는 도시를 건설하고 신전을 지어 아프로디테 여신 숭배를 전파했다.

이렇게 공을 높이 던져 받는 동작을 마친 두 사람은,

넓고 풍요로운 대지 위에서

공을 주고받으며 춤을 추었다. 경기장에 서 있던

젊은이들이 박수를 치며 박자를 맞추자 큰 소리가 났다.   380

이때 고귀한 오디세우스가 알키노오스에게 말했다.

　"모든 백성 가운데 가장 영광스러운 알키노오스 전하,

당신의 무용수들이 최고라고 공언하시더니 과연 그러합니다.

보고 있자니 놀랍고 경이롭습니다."

　오디세우스가 이렇게 말하자, 신성하고 강력한 알키노오스는   385

기뻐하며 즉시 노를 좋아하는 파이악스인 가운데서 이렇게 말했다.

　"파이악스인의 수령과 수호자들이여, 내 말을 들으시오.

이 나그네는 대단히 현명하고 지혜로운 듯하오.

그러니 자, 그에게 도리에 맞는 작별 선물을 줍시다.

이 나라는 아주 탁월한 지도자들인 열두 명의   390

왕이 다스리고, 나는 열세 번째 왕이잖소.

왕들께서는 각자 깨끗이 세탁한 겉옷 한 벌과

웃옷 한 벌, 귀중한 황금 한 탈란톤을 가져오시오.

이 모든 것을 어서 한데 모아 나그네의 손에 쥐어 줍시다.

그러면 그가 기쁜 마음으로 저녁 식사를 하러   395

가지 않겠소. 그리고 에우리알로스는 도리에 맞지 않는

말을 했으니 말과 선물을 주며 그와 화해하게나."

　알키노오스가 이렇게 말하자, 그들은 모두 찬성하고

각자의 전령에게 선물을 가져오도록 명하며 그들을 보냈다.

에우리알로스는 알키노오스에게 대답했다.   400

　"모든 백성 가운데 가장 영광스러운 알키노오스 전하,

당신이 명령하신 대로 나그네와 화해하겠습니다.

온통 청동으로 되어 있고 은손잡이가 달린 칼과

이 칼을 품고 있는, 막 베어낸 상아로 만든 칼집을 그에게 주겠습니다.
그에게 아주 귀한 선물이 될 겁니다."   405
　　에우리알로스는 이렇게 말한 후 은징이 박혀 있는
칼을 오디세우스에게 건네며 날개 달린 말을 건넸다.
　　"나그네 양반, 안녕히 가시오. 내가 한 말이 언짢았다면
폭풍이 즉시 그 말을 낚아채 가버렸으면 좋겠소.
너무 오랫동안 가족과 떨어져 고초를 겪었으니, 이제는   410
아내를 만나고 조상들의 땅에 당도하게 되기를 신들께 빕니다."
　　계책 많은 오디세우스가 그에게 대답했다.
"친구여, 그대도 잘 있으시오. 신들께서 그대에게
복을 내려주시길 바라오. 그리고 그대가 말로 화해를 청하며
내게 준 이 칼을 나중에 아쉬워하지 않기를 바라오."   415
　　오디세우스는 이렇게 말한 후, 은징이 박혀 있는
그 칼을 어깨에 멨다. 해가 저물고, 오디세우스를 위해
이름난 선물들이 준비되었다. 훌륭한 전령들이 그 선물을
알키노오스의 궁으로 가져오자 흠잡을 데 없는
알키노오스의 아들들이 더없이 아름다운 선물을 받아   420
존귀한 어머니 옆에 갖다 놓았다. 그들 가운데서 신성하고 강력한
알키노오스가 앞장서자 그들도 가서 높은 의자에 앉았다.
　　그때 강력한 알키노오스가 아레테에게 말했다.
　　"부인, 가장 좋고 멋진 궤짝 하나를 가져와 깨끗이 세탁한
겉옷 한 벌과 웃옷 한 벌을 당신이 직접 넣구려.   425
그리고 불 위에 솥을 걸고 물을 데우시오.
나그네가 목욕하고 나서 흠잡을 데 없이 훌륭한 파이악스인이
여기로 보내온 모든 선물이 가지런히 놓인 것을 보고
기쁜 마음으로 연회에 참석하여 신들을 찬미하는 노래를
들을 수 있게 말이오. 나도 지극히 아름다운 이 황금 술잔을   430

그에게 주어 그가 자신의 궁에서 제우스를 비롯한 신들께
헌주할 때마다 늘 나를 기억하도록 만들고 싶소.”

　　　알키노오스가 이렇게 말하자 아레테는 하녀들에게
어서 빨리 큰 세발솥을 불 위에 걸라고 지시했다.
그러자 하녀들은 타오르는 불 위에 세발솥을 건 후　　　　　　　　435
그 안에 물을 붓고 장작을 솥 아래로 집어넣었다.
불길이 세발솥의 배를 둘러싸면서 물이 데워졌다.
그사이 아레테는 나그네를 위해 더없이 아름다운 궤짝 하나를
방에서 들고 나와 파이악스인이 나그네에게 준
훌륭한 선물인 옷과 황금을 그 안에 넣었다.　　　　　　　　　　440
그녀는 직접 겉옷 한 벌과 아름다운 웃옷 한 벌을
궤짝 안에 넣고 나서 오디세우스에게 날개 달린 말로 당부했다.

　　　“이제 그대가 직접 뚜껑을 살펴보고 어서 끈으로 묶으세요.
그대가 검은 배를 타고 가다 도중에 또
달콤한 잠에 빠지더라도 아무도 훔쳐가지 못하게요.”　　　　　　445

　　　강인하고 고귀한 오디세우스는 즉시 뚜껑을 닫고
전에 존귀한 키르케[10]가 가르쳐준 대로
재빨리 정교하게 끈으로 묶었다. 그 일을 마치자마자
하녀가 그에게 욕조에 들어가 목욕하라고 말했다.
오디세우스는 더운 물이 담긴 욕조를 보자　　　　　　　　　　450
마음속으로 반가웠다. 머릿결 고운 칼립소의 집에 머무는
동안에는 지속적으로 신처럼 보살핌을 받았지만,
그 집을 떠난 후로는 보살핌을 별로 받지 못했기 때문이다.
하녀들이 목욕시키고 나서 올리브기름을 발라준 후

---

10 “키르케”는 태양신 헬리오스의 딸로, 온갖 마법과 독초를 쓰는 데 능하다. 오디세우스가
　　귀향길에 표류하다가 아이아이에섬에서 만난 그녀의 이야기가 제10권에 나온다.

아름다운 겉옷과 웃옷을 입혀주자   455
그는 욕조에서 나와 포도주를 마시는 남자들 사이로 갔다.
이때 신들에게 받은 아름다움을 지닌 나우시카아가
지붕을 튼튼하게 떠받치고 있는 기둥 옆에 서 있다가
두 눈으로 오디세우스를 보고 감탄하며
날개 달린 말을 건넸다.   460
　　　"나그네여, 안녕히 가세요. 조상들의 땅에 가더라도
다른 누구보다 생명의 은인인 저를 기억해주세요."
　　　계책 많은 오디세우스가 그녀에게 대답했다.
"영웅다운 기개를 지닌 알키노오스의 따님 나우시카아여,
큰 소리로 천둥을 울리시는 헤라의 남편 제우스께서   465
이제 제가 집으로 돌아가 귀향의 날을 보게 해주시면 좋겠습니다.
그렇게 된다면 그곳에서 나는 모든 날 동안 늘 신께 기도하듯
그대를 기억하겠습니다. 그대는 내 생명을 구해주셨으니까요, 아가씨."
　　　오디세우스는 이렇게 말한 후 알키노오스왕 옆 의자에 앉았다.
그들은 포도주를 희석시켜 모든 사람에게   470
이미 술을 한 순배 돌리고 있었다. 그때 전령이 백성에게
존경받는 훌륭한 음유시인 데모도코스를 데려와
연회장 한가운데 높은 기둥에 기대어 놓은 의자에 앉혔다.
이때 계책 많은 오디세우스는 흰 엄니의 돼지 등심 중
일부를 베어내 전령에게 주며 말했다. 그래도 양쪽으로   475
기름이 많은 그 등심은 여전히 더 큰 부분이 남아 있었다.
　　　"전령이여, 이 고기를 가져가 데모도코스에게 들게 하시오.
비록 내 마음이 괴롭고 힘들어도 그에게는 인사를 하고 싶소.
음유시인들은 대지 위에서 살아가는 모든 사람에게
명예와 존경을 받을 만하니, 무사 여신이 음유시인들에게   480
노래를 가르쳐주고 그들 종족을 사랑하기 때문 아니겠소."

오디세우스가 이렇게 말하자 전령은 고기를 가져다
영웅 데모도코스의 손에 두었고, 음유시인은 고기를 받고 기뻐했다.
사람들은 앞에 차려진 음식에 손을 내밀었다.
그들이 먹고 마시는 욕구에서 벗어났을 때,   485
계책 많은 오디세우스가 데모도코스에게 말했다.

　"데모도코스여, 그대를 가르친 이가 무사 여신이든
제우스의 따님이든 아폴론이든, 나는 모든 사람 중에서 그대가
가장 찬사받아 마땅하다고 여기오. 그대는 아카이오스인의 운명을,
그들이 행하고 겪은 모든 일을, 그들이 겪은 모든 고초를   490
마치 직접 그곳에 있었거나 그곳에 있었던 사람에게 들은 것처럼
생생하게 노래하니 말이오. 그러니 자, 이번에는 다른 이야기로 넘어가
목마의 생김새를 노래해주시오. 에페이오스[11]가 아테나의 도움을
받아 목마를 만들었고, 고귀한 오디세우스는 일리오스를 함락시킬
전사들을 목마 안에 가득 채우고 그 덫을 성으로 끌고 갔소.   495
그대가 내게 이 이야기를 제대로 자세히 노래해준다면,
당장 나는 그대가 신께서 기꺼이 그대에게 들려주시는 대로
노래하고 있다고 모든 사람 앞에서 말하리다."

　오디세우스가 이렇게 말하자 음유시인은 신의 영감을 받아,
아르고스인 중 일부는 막사에 불을 던진 후 훌륭한 노를   500
갖춘 함선을 타고 출항하고, 일부는 목마 안에 숨어
트로스인의 회의장으로 들어가 아직 목마 안에서 명성 자자한
오디세우스 주위에 앉아 있는 장면에서부터 노래를 시작했다.
목마를 성안으로 끌고 들어간 이는 바로 트로스인 자신이었다.

---

11 "에페이오스"는 꿈에서 아테나 여신의 계시를 받고, 이데산에서 나무를 베어다 사흘 만에
　　속이 빈 거대한 목마를 완성한다. 『일리아스』를 보면, 권투에도 뛰어나 파트로클로스 추모
　　경기에서 우승을 한다.

트로스인은 목마를 성안으로 들여놓고,   505

그 주위를 둘러앉아 여러 방안을 두고 논쟁을 벌였다.

속 빈 목조물을 무자비한 청동으로 박살 내거나,

가장 높은 곳으로 끌고 가 바위에 던져버리거나, 이 큰 목조물을

그대로 둔 채 신들께 바쳐 신들을 기쁘게 하는 것이었다.

결국 마지막 방안을 채택하도록 계획되어 있었으니   510

트로스인에게 죽음과 죽음의 운명을 안겨줄 아르고스인의

모든 장수가 그 안에 들어앉아 있는 거대한 목마를

성안으로 받아들였을 때, 도시는 멸망할 운명이었다.

또한 음유시인은 아카이오스인의 아들들이 속 빈 매복처를 버리고

목마에서 쏟아져 나와 어떻게 도시를 멸망시켰는지,   515

각자 다른 곳에서 높고 가파른 도시를 파괴하고 약탈한

일을 노래했다. 또한 오디세우스가 마치 아레스처럼

기개 있는 메넬라오스와 함께 데이포보스[12]의 집으로 간 일도 노래했다.

거기서 오디세우스는 가장 무시무시한 전투를 치렀지만,

기개 있는 아테나의 도움으로 승리했다고 음유시인은 노래했다.   520

      명성 자자한 음유시인이 노래한 일은 바로 그러했다.

오디세우스가 눈물을 흘리니 눈물이 눈꺼풀 아래의 두 뺨을 적셨다.

사랑하는 남편이 도시와 자식들을 무자비한 날에서 지켜내려다

도시와 백성 앞에서 쓰러져 죽으면,

부인은 남편 위에 쓰러져 그를 끌어안고 통곡한다.   525

---

12 "데이포보스"는 트로이아 왕 프리아모스의 아들이다. 파리스가 필록테테스의 화살에 맞아
죽자 프리아모스의 또 다른 아들 헬레노스와 겨루어 헬레네를 아내로 맞는다. 하지만 트
로이아가 함락되자 헬레네는 전남편인 "메넬라오스"에게 잘 보이려고 데이포보스 집안의
무기들을 모두 치우고 그의 머리맡에 있던 큰 칼도 치워버린다. 그리고 메넬라오스와 오
디세우스에게 문을 열어준다. 신방에서 곯아 떨어져 있던 데이포보스는 무방비 상태에서
메넬라오스에게 죽임을 당한다.

〈불타는 트로이아〉(프란시스코 콜란테스, 17세기)

가쁜 숨을 몰아쉬며 죽어가는 남편을 부둥켜안고

애끊는 비명을 내지르며 통곡하지만,

적들은 뒤에서 그녀의 등과 어깨를 창으로 치고

노예로 끌고 가며 고생과 고초를 안겨주니

헤아릴 수 없는 슬픔에 그녀의 두 뺨은 메마르고 시들어간다.　　530

바로 그렇게 애통한 심정이 된 오디세우스의 눈썹 아래로

눈물이 뚝뚝 떨어졌다. 이때 그가 눈물을 쏟아도

알아차린 사람이 아무도 없었지만, 가까이 앉아 있던

알키노오스만은 무겁게 흐느끼는 그 소리를 듣고 알아차렸다.

알키노오스는 즉시 노를 좋아하는 파이악스인 가운데서 말했다.　　535

　　"파이악스인의 수령과 수호자들이여, 내 말을 들으시오.

데모도코스여, 이제 맑고 청아한 포르밍크스 연주를 멈추시오.

우리가 저녁 식사를 시작하고 신 같은 음유시인이 노래를 시작한 후로

나그네가 비통한 울음을 그치지 않으니, 음유시인의 노래가

모든 사람을 즐겁게 해주는 건 아닌가 보오.　　540

큰 고통이 그의 마음을 에워싼 것 같소.

그러니 자, 주인과 객이 모두 똑같이 즐거워야

훨씬 공평할 테니 음유시인은 노래를 멈추시오.

호송도, 우리가 그를 아끼고 좋아해서 준 우정의 선물도,

모두 다 존귀한 나그네를 위해 준비된 것이니 말이오.　　545

지각이 별로 없는 사람에게도 나그네와 탄원자는 형제나 다름없소.

그러니 이제 그대는 자신에게 유리할 것이라고

생각해 감추지 말고 내가 묻는 말에 대답해주시오.

그대가 밝히는 편이 더 당당하기 때문이오.

저쪽에서 그대의 어머니와 아버지, 그리고 그 도시에 사는　　550

다른 이웃들이 그대를 부르는 이름을 말해주시오.

천한 자든 귀한 자든 일단 태어난 후에는

이름 없는 사람이 아무도 없고, 부모가 자식을 낳으면
모두에게 이름을 붙여주지 않소이까.
또한 우리 배가 그대를 어디로 호송할지 준비할 수 있도록   555
그대의 나라, 곧 그대의 백성과 도시를 내게 말해주시오.
파이악스인에게는 키잡이가 없고, 다른 배에 있는 키도 없소.
우리 배들은 사람들의 생각과 마음을 스스로 알고 있고,
모든 인간의 도시와 비옥한 경작지도 스스로
알고 있을 뿐 아니라 안개와 구름에 쌓인   560
깊은 바다를 아주 신속하게 건너면서
훼손이나 난파를 걱정한 적도 없다오.
우리가 누구든 막론하고 아무 탈 없이 호송해주어
포세이돈께서 우리에게 화가 나 계신다고 전에
내 아버지 나우시토오스께서 말씀하시는 것을 들은 적이 있소.   565
또 언젠가는 훌륭하게 만든 파이악스인의 배가
호송에서 돌아올 때, 포세이돈께서 안개 낀
어슴푸레한 바다에서 배를 박살 내버리고, 산같이 큰 파도로
우리 도시 전체를 덮어버리실 것이라고도 하셨소.
그리고 노인께서는 그런 일이 일어나든 일어나지 않든   570
신의 뜻이 이루어지기를 바란다는 말씀도 하셨다오.
그러니 자, 그대는 어느 곳을 떠돌아다녔고,
어떤 나라와 인간들에게 갔으며,
살기 좋은 도시는 어디였는지 정확히 말해주시오.
그리고 어떤 사람이 잔인하고 야만적이며 정의롭지 못했고,   575
어떤 사람이 나그네에게 친절하고 신을 두려워하는 마음을
지녔는지도 말해주시오. 아르고스의 다나오스인과
일리오스의 운명을 듣고 마음속으로 슬퍼하며 눈물을 흘린
까닭도 말해주시오. 그들의 운명을 준비한 이는 신들이시오.

〈알키노오스 궁전의 오디세우스〉(프란체스코 하예즈, 1814~1815년)

후세 사람들에게 노래 거리를 남겨주기 위해   580
인간들에게 비극의 실을 엮어내는 것이오.
혹시 그대의 친족이 일리오스 성벽 앞에서 목숨을 잃었소?
사위였든 장인이었든, 틀림없이 고결한 사람이었을 게요.
혈육 다음으로 소중한 인연이 바로 사위와 장인 아니겠소?
아니면 그대가 마음으로 아끼던 전우를 잃었소?   585
지혜롭고 의리 있는 전우는 친형제보다 결코 못하지 않으니까요."

제9권   외눈박이 거인 키클롭스들

계책 많은 오디세우스가 그에게 대답했다.

　"모든 백성 중 가장 탁월한 알키노오스 전하,

데모도코스처럼 신의 목소리를 지닌 음유시인의

노래를 듣는 것은 참으로 즐거운 일입니다.

온 백성이 즐거워하는 것보다 더 아름다운 일도 없지요.　　　　　5

연회를 열어 사람들이 집 안에 줄지어 앉아 음유시인의 노래를 듣고,

그들 옆의 식탁에는 빵과 고기가 가득하며,

술잔을 담당한 이는 희석용 동이에서 끊임없이 포도주를 퍼와

사람들의 술잔에 따라주고 있습니다.

내 생각에는 이보다 더 아름다운 일은 없을 것 같습니다.　　　　　10

그런데도 당신의 마음은 내가 겪은 비참한 일에 더 관심을 두고,

내가 더욱 가슴 아파하고 눈물을 흘릴

이야기들을 묻고 계시는군요. 그렇다면 무엇을 먼저 말하고

무엇을 나중에 말할까요? 하늘에 계시는 신들께서 내게 주신 고난이

너무나 많으니 말입니다. 그러면 먼저 이름을 말하여　　　　　15

여러분이 내 이름을 알고, 내가 무자비한 날에서 벗어나 여기서

멀리 떨어진 내 집에서 살아가더라도 여러분이 찾아왔을 때

여러분을 귀한 손님으로 대접할 수 있도록 하겠습니다.

저는 라에르테스의 아들 오디세우스입니다. 온갖 지략으로

사람들에게 알려졌고, 그 명성은 이미 하늘에 가 닿았지요.　　　　　　　20

나는 멀리서도 선명히 보이는 이타케에서 살고 있습니다.

그곳에는 나뭇잎이 바람에 흔들리는 네리톤이라는

아주 큰 산이 있지요. 주변에는 둘리키온, 사메, 울창한 숲의

자민토스 같은 많은 섬이 아주 가까이 붙어 있습니다.

이타케는 모든 섬 중에서 서쪽 맨 위에 나지막이 위치하고,　　　　　　　25

다른 섬들은 새벽과 태양을 향해 떨어져 있습니다.[1]

이타케는 바위가 많은 섬이지만

젊은이를 잘 길러내는 훌륭한 유모와 같습니다.

내가 알기로 자기 나라보다 더 달콤하고 즐거운 곳은 없지요.

사실 여신들 중 고귀한 칼립소가　　　　　　　30

나를 남편으로 삼기 위해 속 빈 동굴에 붙잡아두었고,

아이아이에섬의 교활한 키르케도 나를 남편으로 삼으려고

궁에 억류했지만, 아무도 내 가슴속 마음을 설득할 수 없었습니다.

이렇듯 부모님과 멀리 떨어져 낯선 땅 부유한 집에서

살아간다 해도, 부모님을 모시고 조상들의 땅에서　　　　　　　35

살아가는 것보다 더 달콤하고 즐겁지는 않을 겁니다.

그러면 자, 내가 트로이아를 떠난 후 제우스께서 내게 보내주신,

고난 가득한 귀향길에 대해서도 말씀드리지요.

　　　바람은 나를 일리오스에서 키코네스인의 땅 이스마로스[2]로

1　"새벽과 태양을 향해 떨어져" 있다는 것은 다른 섬들이 이타케에서 동쪽으로 어느 정도 거리를 두고 떨어져 있다는 뜻이다.

2　"키코네스인"은 고대 그리스 북부 트라케 지방 키코니아에 살던 사람들로, 아폴론이 강의 신 헤브로스의 딸 로도페에게서 낳은 아들 키콘이 이 부족의 시조다. 『일리아스』에서 멘테스가 이끄는 키코네스인이 트로이아 연합군으로 참전했다. "이스마로스"는 이스마라산 근처에 있는 도시다. 따라서 오디세우스는 에게해 북쪽 트라케 연안을 거쳐 귀향하려 했음을 알 수 있다.

데려다주었고, 그곳에서 나는 도시를 약탈했고 사람들을

죽였습니다. 우리는 도시에서 부녀자들과 많은 재물을 가져와

나누어 가졌습니다. 우리 가운데 누구도 아무런 소득 없이 귀향하지

않도록 하기 위해서였습니다. 그런 후 나는 그곳에서 신속하게

도망쳐 벗어나야 한다고 명령했지만, 어리석은

전우들은 내 말을 듣지 않았습니다. 그들은

양이며 염소며 느릿느릿 걷는 뿔 굽은 소를 많이 잡고

술을 잔뜩 퍼마셨습니다. 그러는 사이에 키코네스인은

이웃에 사는 다른 키코네스인에게 이 일을 알렸지요.

본토에 사는 그들은 수도 더 많고 더 용맹한 데다 전차를 타고

싸우는 법을 알았고, 필요한 경우 보병으로 싸울 줄도 알았습니다.

이른 아침이 되자 마침내 그들은 제철 만난 나뭇잎과 꽃들처럼

잔뜩 몰려와 우리를 공격했습니다. 이때 제우스께서 정해놓으신

서글픈 결말로 끝날 사악한 운명이 다가왔고, 우리는 많은

고통을 당했습니다. 그들과 우리는 빠른 함선 옆에 서서

청동 날이 박힌 창을 서로에게 던지며 싸움을 벌였지요.

날이 밝고 신성한 낮이 점점 커져가는 동안에는

그들의 수가 우리보다 훨씬 더 많았어도 그럭저럭 버티며

그들을 막아냈습니다. 하지만 해가 서쪽으로 달리기 시작해

황소의 멍에를 푸는 때를 향해 가면서 전세는 키코네스인에게로

기울었고, 아카이오스인이 밀리며 함선마다 훌륭한

정강이 보호대를 한 전우들이 여럿 죽어나갔습니다.

그래도 나머지 전우는 죽음과 운명에서 벗어났습니다.

　　사랑하는 전우들의 죽음으로 우리는 가슴이 찢어지는 듯했지만,

양쪽에 노가 달린 배 위에 서서, 키코네스인들의 손에 전장에서

목숨을 잃은 불쌍한 전우들의 이름을 하나하나 세 번씩 크게 불러

예를 표한 뒤에야 살아남은 기쁨을 안고 항해를 이어갔습니다.

〈오디세우스와 키코네스인들의 전투〉(프리드리히 프렐러, 1864년)

구름을 모으는 자 제우스께서는 우리 함선을 향해

북풍과 함께 사나운 폭풍을 일으켜 대지와 바다를 동시에

구름으로 뒤덮으셨고, 하늘에서는 밤이 몰려왔습니다.

그러자 함선들은 똑바로 나가지 못하고 이리저리 떠밀려 다녔고,　　70

돛은 강한 바람에 세 번 네 번 찢겨나갔습니다.

우리는 난파당해 죽을까 봐 두려워 돛을 함선 안으로 내리고

육지를 향해 열심히 노를 저었지요.

육지에 닿은 후에는 피로와 슬픔에 마음이 갉아 먹히면서

이틀 밤과 이틀 낮을 내내 누워 있었습니다.　　75

하지만 머릿결 고운 새벽의 여신 에오스가 모습을 드러내고 셋째 날이

시작되면서 우리는 돛대를 세우고 흰 돛을 올린 후 바로 앉았습니다.

바람과 키잡이들이 함선을 똑바로 몰았기 때문이지요.

그대로 그렇게 갔다면 우리는 조상들의 땅에 무사히 도착했을 겁니다.

그러나 우리 함선은 말레이아곶을 돌던 중　　80

거센 파도와 조류, 그리고 북풍에 밀려 키테라[3]에서 표류하고 말았습니다.

그곳에서 우리는 거센 바람에 밀려 아흐레 동안

물고기 가득한 바다를 떠돌았고,

열흘째 되는 날 마침내 채식하는 로토파고스인[4]의 땅에 도착했습니다.

그곳에서 우리는 육지로 들어가 물을 길어왔고,　　85

전우들은 즉시 빠른 함선들 옆에서 식사를 했습니다.

먹고 마시는 것이 끝나자 나는 여기 대지 위에서 빵을 먹고

3　"키테라"는 펠로폰네소스반도 남쪽 라코니코스만 어귀의 섬으로, 에게해와 이오니아해가
　　갈라지는 해역에 있다. 관련된 내용은 제8권 각주 6을 보라.

4　"로토파고스인"(Λωτοφάγοι, '로토파고이')은 '로토스를 먹는 자들'이라는 뜻을 지닌 부족
　　이다. 역사가 헤로도토스에 의하면, 이들은 북아프리카 리비아 해안에 있는 긴다네스 왕
　　국에서 바다 쪽으로 길게 뻗은 곳에 모여 사는 부족으로 로토스만 먹고 산다. 로토스 열매
　　는 유향나무 열매만 한 크기에 대추야자만큼 달다고 한다.

〈로토파고스인들의 땅〉(로버트 셸던 던컨슨, 1861년)

살아가는 사람들이 어떤 자들인지 알아보기 위해

두 명의 전우를 선발해 보냈고,

세 번째 전우는 전령으로 따라가게 했습니다.   90

그들은 즉시 가서 로토파고스인과 어울렸지요.

로토파고스인은 우리 전우들을 해치려 하지 않았고,

도리어 로토스를 주며 먹어보라고 권했습니다.

우리 전우들 중에 달콤한 로토스 열매를 먹은 자는

상황을 보고하거나 집으로 돌아갈 생각은 하지 않고,   95

귀향을 까맣게 잊어버린 채 로토스를 먹으며

로토파고스인 가운데 머물고 싶어 했습니다.

나는 울며 소리치는 그들을 억지로 끌고 와

속 빈 함선 안 노 젓는 자리 아래 묶어둔 다음,

로토스를 먹고 귀향을 까맣게 잊어버리는 일이   100

일어나지 않도록 믿음직한 다른 전우들에게

서둘러 빠른 함선들에 오르라고 명령했습니다.

그들은 즉시 함선에 올라 노 젓는 자리에

질서정연하게 앉아 노로 잿빛 바다를 쳤지요.

　　우리는 비통한 심정으로 그곳을 떠나 항해를 계속한 끝에,   105

오만하고 무자비한 키클롭스들의 땅에 도착했습니다.

그들은 불멸의 신들에게 의지하며 스스로 작물을 심거나

밭을 가는 일조차 하지 않았습니다. 그들은 씨를 뿌리지 않고

경작하지도 않지만, 제우스께서 보내주시는 풍부한 비 덕분에

밀이나 보리, 질 좋은 포도로 만드는 포도주를   110

가져다주는 포도나무 등과 같은 모든 작물이

그들을 위해 자라납니다. 그들은 일을 논의하는

회의장이나 법을 갖지 않았고, 높은 산봉우리의

속 빈 동굴에 살면서 각자가 자기 처자식에게나

〈로토파고스인들의 땅에서 오디세우스〉(테오도르 반 튈덴, 1632~1633년)

규칙을 세울 뿐 서로 간섭하지 않습니다.

     포구 앞, 키클롭스들의 땅에서 가깝지도 멀지도 않은 곳에

숲이 울창하고 비옥한 섬이 있는데,

거기에는 야생 염소가 무수히 많습니다.

사람들이 다니지 않아 방해를 받지 않고,

산봉우리를 쏘다니며 숲에서 고생하는 사냥꾼들도   120

그 섬에는 들어가지 않기 때문입니다.

목초지나 경작지도 없고, 모든 날 동안 사람도 없어

씨를 뿌리거나 밭을 간 적도 없는 그 섬은 매애 하고

우는 염소들만 길러내고 있답니다.

키클롭스들에게는 뺨에 붉은 칠을 한 배도 없고,   125

훌륭한 노 젓는 자리를 갖춘 배를 만들어줄 목수도 없지요.

그들에게 배가 있었더라면 남자들이 흔히 배를 타고

바다를 건너 서로에게 원하는 것을 얻듯이,

그들도 인간들의 도시로 가서 저마다 원하는 것을 얻고

그 섬도 잘 일구어 훌륭한 경작지로 만들어놓았을 겁니다.   130

그 섬은 척박하지 않고, 도리어 사시사철 작물이 잘 자라는

곳이니 말입니다. 그곳에는 잿빛 바다 기슭 옆에 촉촉하고

부드러운 초지가 있고, 포도나무도 결코 시들지 않으며,

경작지는 부드럽습니다. 그러니 그 땅은 정말 비옥해

철마다 아주 많은 곡식을 거두어들일 수 있을 겁니다.   135

또한 그 섬에는 배를 정박시킬 훌륭한 포구가 있습니다.

배를 묶어두지 않아도 되니 닻으로 사용하는 큰 돌이나

배꼬리를 육지에 맬 밧줄이 필요 없지요. 해변에 배를 대놓고 있다가

선원들이 출항하고자 하면 순풍이 불 때를 기다리기만 하면 됩니다.

포구의 머리 쪽 동굴에 있는 샘에서는 반짝이는 물이 흘러나오고,   140

그 주위에는 흑양나무가 자라고 있었습니다.

우리는 어두운 밤에 함선들을 타고 항해하다 그 섬으로 가게 되었는데

아무것도 볼 수 없어 무언가를 계획할 처지가 아니었으니,

어느 신께서 우리를 인도하신 게 틀림없습니다.

짙은 안개가 함선을 둘러싸고, 달이 구름 속에							145

붙잡혀 있어 하늘로부터 오는 빛도 없었습니다.

그래서 훌륭한 노 젓는 자리를 갖춘 우리 함선이 해변에 닿기 전까지는,

우리 중 그 누구도 그 섬을 직접 눈으로 보지 못했고, 거친 파도가 해안으로

밀려오는 모습조차 볼 수 없었습니다. 함선들이 해변에 닿자

우리는 돛을 모두 내린 후 함선들에서 내려 바닷가로 가,							150

그곳에서 잠을 자며 고귀한 새벽의 여신 에오스를 기다렸습니다.

　　　이른 아침에 태어난, 장밋빛 손가락을 지닌 새벽의 여신 에오스가

모습을 드러내자, 우리는 그 섬에 감탄하며 섬 전체를 돌아다녔습니다.

전우들의 허기를 달래도록 아이기스 방패를 든 제우스의 따님인

요정들이 산을 누비는 염소들을 우리가 있는 곳으로 몰아주었습니다.							155

우리가 즉시 배에서 굽은 활과 긴 창을 들고 나와

세 조로 나뉘어 화살을 쏘고 창을 던졌더니

신께서 충분히 많은 염소들을 잡을 수 있게 해주셨지요.

나를 따라온 함선은 열두 척이었는데, 함선마다 염소가 여덟 마리씩

돌아가고, 그들은 혼자인 내게 염소 열 마리를 골라 주었습니다.							160

그날 우리는 그곳에 앉아 해 질 때까지 온종일 양을 잴 수 없이

많은 고기와 꿀처럼 달콤한 포도주로 연회를 벌였습니다.

키코네스인들의 신성한 도시를 함락시켰을 때,

저마다 손잡이 둘 달린 항아리에 포도주를 많이 퍼 가지고 와,

함선들에 붉은 포도주가 떨어지지 않고 남아 있었지요.							165

그 섬에서 가까이 있는 키클롭스들의 땅을 바라보니

연기 나는 것이 보였고, 그들의 양 떼와 염소 떼가 우는

소리가 들렸습니다. 해가 지고 어둠이 내리자,

우리는 바닷가에서 깊은 잠에 들었습니다.

이른 아침에 태어난, 장밋빛 손가락을 지닌 새벽의 여신 에오스가   170

모습을 드러내자, 나는 회의를 열어 모두에게 이렇게 말했습니다.

　　　'믿음직스러운 전우들이여, 다른 사람은 여기에 머무르시오.

나는 내 함선에 탄 전우들과 함께 배를 타고 가,

저 사람들이 오만하고 야만적이며 정의롭지 못한 자들인지,

아니면 나그네를 잘 대접하고 신들을 두려워하는   175

마음을 가진 자들인지 알아보겠소.'

　　　나는 이렇게 말한 후 함선에 올랐고, 함선에 함께 탔던

전우들에게도 배에 올라 배꼬리에 묶어둔 밧줄을 풀라고 지시했습니다.

그들은 즉시 배에 올라 노 젓는 자리에 앉았지요.

다들 질서정연하게 앉아 노를 저어 잿빛 바다를 쳤습니다.   180

가까이 있는 그 땅에 도착하자 육지의 맨 끝자락 바닷가 가까이에

월계수로 뒤덮인 높은 동굴이 보였습니다. 그 동굴은 양과 염소 같은

작은 가축들이 자주 잠을 자는 곳이었습니다.

동굴 주위로는 땅속 깊이 박힌 돌들, 큰 소나무들, 높은 곳에

잎사귀들이 달려 있는 우뚝 선 참나무들로 울타리가 쳐 있었습니다.   185

그 안에는 거인 남자 하나가 다른 사람과 멀리 떨어져

혼자 지내며 작은 가축들을 돌보고 있더군요.

이 거인은 다른 사람과 왕래하지 않고 멀리 떨어져

살면서 무법하고 불경한 짓을 저질러 온 자였습니다.

그는 엄청난 거인이어서 빵을 먹고 살아가는   190

인간이라기보다 높은 산들 가운데 우뚝 솟아 있는

숲 울창한 산봉우리 같았습니다.

　　　나는 믿음직스러운 전우들에게 함선 옆에 머물며

함선을 지키라고 지시한 다음, 가장 용감한 전우

열두 명을 선발하여 함께 그 동굴로 갔습니다.   195

이때 나는 검은 꿀처럼 달콤한 포도주가 들어 있는 염소 가죽

부대를 가지고 갔습니다. 그 포도주는 이스마로스의 수호신

아폴론의 제관인 에우안테스의 아들 마론과 그의 처자식을

우리가 신을 공경하는 마음으로 보호해주었다고 해서

마론이 내게 준 것이었습니다. 그는 나무가 울창하게 자라는   200

포이보스 아폴론의 숲에서 살기에 내게 훌륭한 선물을 줄 수 있었지요.

훌륭하게 정제한 황금 일곱 탈란톤도 주었고,

전체를 은으로 만든 희석용 동이도 주더니 손잡이 둘 달린

항아리 열두 개에 희석시키지 않은 꿀처럼 달콤한 포도주를

담아주었는데, 마치 신들이 마시는 음료 같았지요.   205

이 포도주에 대해 아는 사람은 하녀나 시녀들 중 아무도 없었고,

오직 그와 그가 사랑하는 아내와 주방을 담당한 시녀 한 명만 알고 있

　　었습니다.

이 달콤한 붉은 포도주를 마실 때, 술잔에 포도주를 가득 채워

희석용 동이에 부은 후 거기에 물을 스무 잔 부어 섞으면,

희석용 동이에서 신묘하고 달콤한 향기가 났습니다.   210

그런 포도주를 마시지 못한다는 건 정말 안타까운 일입니다.

나는 이 포도주를 큰 가죽 부대에 가득 담았고,

양식도 가죽 자루에 넉넉히 챙겼습니다.

정의도 법도 모르는 야만적인 자가 엄청난 힘으로 무장하고

공격해올 것을 직감했기 때문입니다.   215

　　　　우리는 얼른 동굴에 도착했지만, 동굴 안에서 그 거인을 찾아볼

수 없었습니다. 그는 살진 작은 가축들을 먹이고 있었기 때문입니다.

우리는 동굴로 들어가 내부를 샅샅이 살펴보았습니다.

바구니에는 치즈가 가득 담겨 있었고, 우리에는 새끼 양과

새끼 염소가 가득했습니다. 새끼들은 태어난 시기에 따라   220

분리되어 처음에 태어난 것 따로, 그다음에 태어난 것 따로,

갓 태어난 것 따로 각각 다른 우리 안에 있었습니다.

젖을 짜기 위한 들통이든 대접이든 직접 만든 모든 그릇에는

그가 짠 젖에서 나온 유장[5]이 가득했습니다.

전우들은 내게 먼저 치즈를 가지고 돌아갔다가 우리에 있는

새끼 염소와 새끼 양들을 빠른 함선으로 몰고 가 얼른 짠물 위를

항해하자고 간청했습니다. 그때 그들의 간청에 귀 기울였더라면

훨씬 다행이었을 텐데요. 하지만 거인의 존재가 우리 전우들에게 이로울지

알 수 없어 나는 그를 직접 만나보고 싶었습니다. 그가 나를

손님으로 대접해줄지도 알고 싶어 간청을 받아들이지 않았지요.

　　　　우리는 불을 피워 제를 올리고 치즈를 가져다 먹은 후

동굴 안에 앉아, 가축을 먹이러 간 그를 기다렸습니다.

그가 저녁 식사를 준비하는 데 사용하기 위해

엄청나게 무거운 마른 장작더미를 날라 와

동굴 안쪽으로 던지자 큰 소리가 났습니다.

우리는 두려워 동굴의 가장 안쪽으로 들어갔습니다.

그는 젖을 짜는 암컷 가축들은

모두 넓은 동굴 안으로 몰아넣고,

수컷 양과 염소들은 바깥 마당에 내버려 두었습니다.

그런 후 스물두 대의 바퀴 넷 달린 짐수레로도

옮길 수 없을 정도로 아주 크고 무거운 돌덩이를 들어

문 앞에 두더군요. 그토록 엄청나게 크고 높은 바위를

문 앞에 둔 후, 그는 자리에 앉아 암양과 매애 하고 우는

암염소의 젖을 아주 질서정연하게 짰습니다.

그런 다음 각각의 암양과 암염소 아래에 새끼를 두고는

즉시 흰 젖의 절반을 응고시키고 뭉쳐서

------

5 "유장"은 치즈를 만들 때 엉겨 붙은 젖을 거르고 남은 액체를 가리킨다.

덩어리로 만든 후 바구니에 담았으며,

나머지 절반은 저녁 식사용으로

그릇에 그대로 남겨두었습니다.

그는 분주하게 이런저런 일을 한 후   250

불을 피우다가 우리를 발견하고 물었습니다.

　　'나그네들아, 너희는 누구냐? 어디로부터 축축한 바닷길을

항해해왔느냐? 너희는 장사하러 다니는 것이냐, 아니면

목숨을 걸고 정처 없이 다니면서 다른 사람에게 재앙을 안기는

해적처럼 쓸데없이 떠돌아다니는 것이냐?'   255

그가 이렇게 말하자 우리는 그의 위압적인 목소리와

거대한 몸집에 겁을 먹고 얼어붙었습니다.

하지만 나는 그에게 이렇게 대답했습니다.

　　'우리는 아카이오스인이오. 트로이아를 떠나 집으로

돌아가던 중 온갖 바람에 쓸려 길을 잃고   260

크고 깊은 바다 위에서 다른 길로 표류하다가

제우스께서 계획하고 원하신 일이었는지 이곳으로 오게 되었소.

우리는 아트레우스의 아들 아가멤논의 백성이라는 것에

자부심을 갖고 있소. 아주 큰 도시를 멸망시키고

수많은 백성을 죽인 그는 지금 하늘 아래 가장 큰 명성을   265

얻고 있기 때문이오. 우리는 그대가 나그네를 대접하는 관습에 따라

우리를 환대하거나, 아니면 다른 어떤 선물을 주리라 기대하고

여기로 와서 당신의 무릎을 붙잡고 있는 것이오.

그러니 신들을 두려워하시오. 우리는 당신에게 탄원자들이라오.

제우스는 탄원자와 나그네의 원수를 갚아주시는 분이며,   270

존중받아 마땅한 나그네와 항상 함께하시는 신이잖소.'

　　내가 이렇게 말하자 그는 즉시 비정하게 대답했습니다.

'어이, 나그네, 내게 신들을 두려워하라거나 신들에게서 도망치라고

충고하는 걸 보니 네놈은 바보이거나 멀리서 온 게 틀림없구나.
키클롭스들은 아이기스 방패를 지닌 제우스나 축복받은   275
신들을 신경 쓰지 않는다. 우리가 더 강하기 때문이다.
내 마음이 명령하지 않는 한 내가 제우스의 미움을 피하려고
너와 네 전우들을 살려두는 일은 없을 것이다.
그러니 이곳으로 타고 온 튼튼하게 지은 배를 어디에 두었는지
말해라. 여기서 아주 먼 곳이냐, 아니면 가까운 곳이냐?'   280
　　그는 나를 속이려 했지만, 나는 그의 계략을 간파하고
이렇게 거짓말을 했습니다.
　　'대지를 뒤흔드는 자 포세이돈께서 내 배를 곶으로 몰아가시고,
바다에서 부는 바람도 우리를 곶으로 보내어
그대들의 땅 경계에 있는 바위에 내던져 박살 내셨소.   285
하지만 나는 여기 이 사람들과 함께 벼랑 끝의 죽음에서 벗어났다오.'
　　내가 이렇게 말하자, 그 비정한 자는 아무 대답 없이
벌떡 일어나 두 팔을 뻗어 내 전우 둘을
마치 강아지처럼 움켜잡더니 바닥에 세차게 내리쳤습니다.
그러자 두개골 안에 있던 것이 바닥에 흘러내려   290
대지를 적셨지요. 그런 후 그는 그 두 사람을 토막 내
저녁 식사를 준비했고, 산에서 자라난 사자처럼 내장과 살과
골수 가득한 뼈를 남김없이 먹어치웠답니다.
이 끔찍한 일을 본 우리는 어떻게 해야 할지 몰라
제우스께 두 손을 들고 울며 기도했습니다.   295
키클롭스는 인육을 먹은 후 희석시키지 않은 젖을
마셔 거대한 배를 가득 채우더니
동굴 안 작은 가축들 사이에 사지를 쭉 뻗고 누웠습니다.
나는 영웅다운 기개를 지닌 내 마음속으로 생각해보았습니다.
넓적다리에서 예리한 칼을 빼들고 그에게 가까이 다가가   300

횡격막에 둘러싸인 가슴을, 그중에서도 간 부위를 손으로
가늠해 찌르면 어떨까 하고요. 하지만 다른 생각이
나를 가로막았습니다. 그렇게 했다가는 결국 우리도 이곳에서
벼랑 끝의 죽음을 맞게 될 것 같았지요. 그가 높은 동굴 문 앞에
갖다 놓은 무거운 돌을 우리 손으로 옮길 수는 없었을 테니까요.   305
그래서 우리는 신음하며 고귀한 새벽의 여신 에오스를 기다렸습니다.
　　　　이른 아침에 태어난, 장밋빛 손가락을 지닌 새벽의 여신 에오스가
모습을 드러내자, 그는 불을 피우고 아주 질서정연하게 훌륭한
가축들의 젖을 짰습니다. 그런 다음 각각의 암양과 암염소 아래에
새끼를 두고는 분주하게 이런저런 일을 한 후, 이번에도   310
두 명의 전우를 움켜쥐고 내동댕이쳐 식사를 준비했습니다.
식사를 마친 그는 동굴 문 앞에 있던 거대한 돌을 쉽게 치우고
살진 작은 가축들을 동굴 밖으로 내몬 후, 화살통 뚜껑을 닫듯
그 거대한 돌로 다시 동굴 문 앞을 막았습니다.
키클롭스는 휘파람을 크게 불며 살진 작은 가축들을 산으로 몰아갔고,   315
동굴에 남은 나는 어떻게 하면 복수하여 아테나께서 내게 명성을
안겨주시게 할까 생각하며 그에게 재앙을 안겨줄 궁리를 했습니다.
내 마음속에서는 이렇게 하는 게 가장 훌륭한 계책인 듯했습니다.
키클롭스의 우리 옆에는 거대한 몽둥이가 놓여 있었지요.
여전히 연푸른 그 올리브나무 몽둥이는   320
마르면 들고 다니려고 그가 베어놓은 것이었습니다.
눈대중으로 보건대 크고 깊은 바다를 건너는 노 스무 개가
달린 넓고 검은 화물선의 돛대 정도 되는 크기였습니다.
그만큼 길고 두꺼웠답니다.
나는 몽둥이 옆으로 다가가 두 팔을 벌린   325
길이만큼 잘라 전우들 옆에 갖다 놓으며
뾰족하게 깎으라고 지시했습니다. 그들은 반듯하게 다듬었고,

나는 옆에 서서 끝을 뾰족하게 한 다음 즉시 가져가

활활 타는 불에 달구어 단단하게 만들었습니다.

그리고 동굴 여기저기 많이 쌓여 있는 똥 더미 속에 묻어   330

잘 숨겨두었지요. 그런 후 나는 그에게 달콤한 잠이 찾아왔을 때

누가 나와 함께 그 말뚝을 들어 올려 그의 눈에 넣고 돌릴지

제비를 뽑아 정하라고 전우들에게 명령했습니다.

마침 내가 직접 뽑고 싶던 네 명의 전우가 제비뽑기로 정해졌고,

나는 그들과 함께하는 다섯 번째 사람이 되었습니다.   335

키클롭스는 고운 털을 지닌 작은 가축들을 먹이다가 저녁 무렵이 되자

돌아왔습니다. 그는 예감 때문이었는지, 아니면 신께서 그렇게 하라고

시켰는지 몰라도, 즉시 살진 작은 가축들을 모두 넓은 동굴 속으로

몰아넣더군요. 밖에 있는 넓은 마당에는 한 마리도 남겨두지 않았습니다.

그런 후 그는 거대한 돌을 높이 들어 동굴 문 앞에 두고, 자리에 앉아   340

암양들과 매애 하고 우는 암염소들의 젖을 아주 질서정연하게 짰습니다.

그런 다음 각각의 암양과 암염소 아래에 새끼를 두고는

분주하게 이런저런 일을 한 후, 이번에도 두 명의 전우를

움켜쥐고 내동댕이쳐 저녁 식사를 준비했습니다.

그때 나는 검은 포도주가 든 통나무 잔을 손에 들고   345

키클롭스 옆으로 다가가 이렇게 말했습니다.

　　'키클롭스여, 인육을 먹었으니 이 포도주를 마셔보시오.

그러면 우리 배에 어떤 음료가 감추어져 있는지 알게 될 것이오.

당신이 나를 불쌍히 여겨 집으로 보내주면 선물하려고 가져온

포도주라오. 그런데 당신은 더는 두고 볼 수 없을 만큼   350

미쳐 날뛰고 있소. 무자비한 자여, 도리에 맞게 행하지 않으니

수많은 인간들 중 도대체 누가 당신을 찾아올 수 있겠소?'

　　내가 이렇게 말하자 그는 포도주를 받아 마셨습니다.

달콤한 음료를 마신 그는 몹시 기뻐하며 더 달라고 했습니다.

'너는 자진해서 내게 한 잔을 더 주고, 지금 즉시 네 이름을 말해라.   355
그러면 네가 기뻐할 만한 선물을 주겠다. 양식을 내는 대지가
키클롭스들에게도 제우스의 많은 비를 맞으며 자라는
질 좋은 포도로 만든 포도주를 가져다주지만,
이것이야말로 한 줄기의 암브로시아와 넥타르로구나.'

    그가 이렇게 말하자 나는 화염 같은 포도주를 그에게 다시   360
주었습니다. 나는 세 번이나 포도주를 가져와 그에게 주었고,
그는 어리석게도 세 번이나 마셨지요. 이윽고 키클롭스의 분별력이
포도주에 감싸였을 때, 나는 나긋한 목소리로 그에게 말했습니다.

    '키클롭스여, 내 유명한 이름을 물으니
그대에게 말해주리다. 그러니 약속한 대로   365
내게 선물을 주시오. 내 이름은 우티스[6]요.
어머니와 아버지와 내 모든 전우가 나를 우티스라 부르오.'

    내가 이렇게 말하자 그는 즉시 비정하게 대답했습니다.
'여기 있는 사람 중에서 다른 자들을 먼저 먹고 우티스를
가장 나중에 먹겠다. 이것이 내가 네게 주는 선물이다.'   370

    그는 이렇게 말한 후 뒤로 나가떨어지더니 두터운 목을
옆으로 돌리고 눕자 모든 것을 압도하는 잠이 그를 덮치더군요.
그의 목구멍에서 포도주와 인육 조각이 쏟아져 나왔는데
술에 잔뜩 취해 토해낸 것이었습니다.
이때 나는 말뚝을 화롯불 잿더미 속에 깊이 넣어 달구며   375
아무도 겁먹고 물러나지 못하게
모든 전우를 말로 격려했습니다.
올리브나무 말뚝은 푸른빛을 띠고 있었는데도

---

6   "우티스"(Οὖτις)는 '아무도 아니다'라는 뜻이다. 폴리페모스를 속이기 위해 지어낸 이 이
    름은 오디세우스가 동굴에서 탈출하는 데 큰 역할을 한다.

금세 불이 붙어 무섭게 달아올랐습니다.

나는 가까이 다가가 말뚝을 불에서 꺼냈고, 전우들은 내 주위에   380

둘러섰습니다. 어떤 신께서 우리에게 큰 용기를 불어넣으셨지요.

전우들은 끝이 뾰족한 올리브나무 말뚝을 부여잡고

그의 눈에 밀어 넣었고, 나는 그 위에 매달려 말뚝을 돌렸습니다.

배를 만드는 나무에 도래송곳[7]으로 구멍을 뚫을 때,

사람들이 아래에서 가죽끈을 양손으로 감아 돌리면   385

송곳이 끝없이 회전하듯이, 우리가 벌겋게 달궈진 말뚝을

단단히 부여잡고 그의 눈 속에서 힘껏 돌렸습니다.

그러자 뜨거운 쇳물이 흐르듯 말뚝 주위로 선혈이 솟구쳤습니다.

눈 주위의 눈꺼풀과 눈썹이 모두 타버리고,

안구도 탔으며, 눈의 뿌리도 빠지직거리며 불탔습니다.   390

대장장이가 쇠를 단단하게 만들기 위해 벌목용

도끼나 목공용 큰 자귀를 찬물에 넣어 담금질하면

요란한 소리가 나는데, 바로 그렇게 그의 눈은

올리브나무 말뚝 주위로 치익치익 소리를 냈습니다.

그는 무시무시하게 큰 소리로 비명을 질렀고,   395

주위의 바위가 울렸지요. 우리는 겁을 먹고 도망쳤습니다.

그는 피투성이가 된 말뚝을 눈에서 뽑아내

멀리 내던지고 두 손을 휘저으며 어쩔 줄 몰라 하더니

그의 주위에 있는, 바람 부는 산봉우리를 따라

동굴에서 살아가는 키클롭스들을 큰 소리로 불렀습니다.   400

큰 소리를 듣고 여기저기에서 모여든 키클롭스들은

동굴 주변에 둘러서서 무슨 일이 일어난 것이냐고 물었습니다.

'폴리페모스, 도대체 무엇이 그대를 괴롭히기에 이 신성한

---

7 "도래송곳"은 손잡이가 길고 끝부분이 나선형으로 된 큰 송곳을 말한다.

〈눈이 먼 폴리페모스〉(펠레그리노 티발디, 1550~1551년)

밤에 고함을 질러 우리를 잠들지 못하게 하는가?

어떤 인간이 그대의 작은 가축들을 몰고 가버렸는가?　　　　　405

아니면 누가 속임수를 쓰거나 힘으로 그대를 죽이려 했는가?'

　　　강력한 폴리페모스가 동굴 안에서 그들에게 말했습니다.

'친구들이여, 우티스가 힘이 아니라 속임수로 나를 죽이려 했네.'[8]

　　　그들은 날개 달린 말로 이렇게 대답했습니다.

'아무도 그대를 해치려 한 게 아니고 그대가 혼자서 그렇게　　　410

되었다면, 위대한 제우스에게서 온 그 질병에서 벗어날 길이 전혀 없네.

그러니 그대의 아버지 군주 포세이돈께 기도하게나.'

　　　키클롭스들이 이렇게 말하고 떠나가자 내 마음은 환호했습니다.

내가 지어낸 이름과 흠잡을 데 없는 계책에

그가 속아 넘어갔으니까요.　　　415

키클롭스는 몹시 고통스러운지 신음하며 두 손으로 더듬어

동굴 문에서 돌을 치우더니, 우리가 양들과 함께 문 쪽으로 나오면

붙잡으려고 문 앞에서 두 팔을 벌린 채로 앉았습니다.

그는 내가 그처럼 어리석기를 바랐겠지만,

나는 전우들과 내가 죽음에서 벗어날 수 있는　　　420

최선의 방법이 무엇일지 생각했습니다.

큰 재앙이 눈앞에 닥쳐 목숨이 위태로웠기에

온갖 속임수와 계책을 생각해보았고, 내 마음에는

다음과 같이 하는 게 상책인 듯했습니다.

동굴 안에는 살이 통통하게 오르고 자주색 털이 많이 나 있는　　　425

크고 아름다운 숫양들이 있었지요. 무법하고 불경한 짓이나 하는

8　그리스 원어로 보면, 폴리페모스는 "우티스 메 크테이네이 돌로 우데 비에핀"(Οὖτίς με κ
　τείνει δόλῳ οὐδὲ βίηφιν)이라고 말한다. 그의 친구들에게 이 말은 "우 티스 메 크테이
　네이 돌로 우데 비에핀", 즉 '아무도(우티스) 나를 속임수로도 힘으로도 해치지 않았네'로
　들렸을 것이다.

괴물 키클롭스는 튼튼하게 엮은 버들가지 위에서 잤는데,

나는 살금살금 다가가 버들가지로 숫양을 세 마리씩 묶어

가운데 있는 숫양이 사람을 나르고, 나머지 두 마리는

양쪽에서 걸어가게 해 전우들의 목숨을 구할 계획이었습니다.　　　　430

이렇게 세 마리의 숫양이 한 사람을 날랐지요. 하지만 나는

그곳에 있는 모든 작은 가축 중에서 가장 크고 튼튼한 숫양의 등을

잡고 털이 많이 나 있는 배 쪽에 매달렸습니다.

나는 그 숫양의 풍성한 양털을 두 손으로 움켜쥐고

얼굴을 위로 한 채 끈덕지게 매달렸지요.　　　　435

그때 우리는 필사적으로 버티며 새벽의 여신이 찾아오기를 기다렸습니다.

　　　이른 아침에 태어난, 장밋빛 손가락을 지닌 새벽의 여신 에오스가

모습을 드러내자 작은 가축 중 수컷들은 초지로 내달렸지만,

암컷들은 젖을 짜지 않아 젖통이 터질 듯 불어

우리 안에서 매애 하고 울었지요. 동굴 주인은 극심한 고통에　　　　440

짓눌린 채 똑바로 서 있는 모든 양의 등을 더듬었습니다.

어리석게도 전우들이 털 많은 양들의 가슴 아래

묶여 있다는 것을 눈치채지 못했습니다. 작은 가축들 중에서

가장 마지막으로 내가 매달려 있는 숫양이 자기 털과

치밀한 계책을 세운 내 무게에 짓눌린 채 문 쪽으로 걸어갔습니다.　　　　445

그러자 강력한 폴리페모스가 그 숫양을 더듬으며 이렇게 말했습니다.

　　　'사랑하는 숫양아, 어쩐 일로 네가 이렇게 작은 가축 중에서

가장 마지막으로 나오는 것이냐? 전에는 숫양 사이에서

한 번도 뒤처진 적이 없고, 가장 먼저 성큼성큼 걸어 나와

초지의 부드러운 풀을 뜯고 강물에도 가장 먼저 도착하지 않았느냐.　　　　450

저녁 무렵이면 가장 먼저 우리로 돌아가고 싶어 했지.

그런데 지금은 맨 꼴찌인 걸 보니 네 주인의 눈이 걱정되는가 보구나.

우티스라는 악당이 포도주로 나를 정신 못 차리게 하더니

〈폴리페모스의 동굴에서 도망치는 오디세우스〉
(크리스토페르 빌헬름 에케르스베르크, 1812년)

사악한 동료들과 함께 내 눈을 완전히 멀게 했단다.

그자는 아직 파멸에서 벗어나지 못했을 것이다.   455

네가 나처럼 생각하고 말할 수 있어 그자가 어디에

숨어 내 분노를 피하고 있는지 말해줄 수 있다면,

내 그자를 땅바닥에 내리쳐 두개골 안에 있는 것이

동굴 사방으로 흩어지게 할 것이다. 그러면 내 마음도

하찮은 우티스가 안겨준 이 불행에서 벗어나 편안해질 텐데.'   460

　　　키클롭스는 이렇게 말한 후 그 숫양을 문밖으로 내보냈지요.

이렇게 해서 우리가 동굴과 마당에서 조금 벗어났을 때,

내가 먼저 숫양 아래에서 움켜쥐고 있던 손을 풀고, 다른 숫양

아래에 있던 전우들도 풀어주었습니다. 우리는 연신 주위를 살피며

살이 통통하게 오르고 성큼성큼 걷는 작은 가축들을 몰고   465

함선에 도착했습니다. 함선에 남아 있던 전우들은

죽음을 피한 우리를 보고 반가워했지만, 죽음을 피하지 못한 전우들을

두고는 슬퍼하며 눈물을 흘렸습니다. 나는 각각의 전우에게

울지 말라고 눈짓한 후, 고운 털을 지닌 많은 작은 가축들을

빠른 함선에 싣고 짠물 위로 항해하라고 지시했습니다.   470

그들은 즉시 함선에 올라 노 젓는 자리에 앉았고,

질서정연하게 앉아 노를 저어 잿빛 바닷물을 쳤습니다.

고함을 치면 들릴 거리만큼 함선이 육지에서 멀어졌을 때,

나는 가슴을 헤집어놓는 말로 키클롭스를 조롱했습니다.

　　　'키클롭스여, 너는 속 빈 동굴에서 강력한 힘을 앞세워   475

내 전우들을 잡아먹으려 했지만, 나는 그렇게 나약한 자가 아니다.

이 무자비한 놈아, 너는 네 집에서 서슴지 않고 나그네를

잡아먹었으니 제우스를 비롯한 신들께서 너를 응징해

네가 저지른 악행이 고스란히 네게 되돌아오게 하신 것이다.'

　　　내가 이렇게 말하자 그는 온 마음으로 더욱 분노하며   480

큰 산의 봉우리를[9] 뜯어내 던졌습니다.

하지만 그것은 키의 맨 위를 살짝 빗나가

뱃머리 검은 우리 함선의 조금 앞에 떨어졌습니다.

바위가 떨어지며 거센 물보라가 일었고,

그로 인해 즉시 육지로 역류하는 파도에 휩싸여				485

함선이 다시 뭍으로 밀려갔습니다.

나는 두 손으로 아주 긴 삿대를 잡고 함선을 뭍으로부터

밀어냈고, 재앙을 피하려면 열심히 노를 저으라고

지시하고 머리를 끄덕이며 전우들을 독려했습니다.

그러자 전우들은 몸을 힘껏 앞으로 구푸리며 노를 저었습니다.			490

우리가 짠물 위를 지나 이전의 두 배 되는 거리만큼

육지에서 멀어졌을 때, 내가 키클롭스에게 소리치려 하자

전우들이 사방에서 점잖은 말로 나를 제지했습니다.

　'못 말릴 분이여, 어쩌려고 저 야만인의 화를 돋우려

하십니까? 저자는 방금 큰 바위[10]를 바다로 던져 우리 함선을			495

다시 육지로 끌어당겼고, 하마터면 거기서 죽는 줄 알았습니다.

우리 중 누군가가 고함치거나 말하는 것을 듣는다면,

그는 아주 멀리 던질 수 있는 자이니 이번에도 뾰족한 큰 바위를 던져

우리의 머리와 배의 골조를 박살 내고 말 겁니다.'

　그들은 그렇게 말했지만 영웅다운 기개를 지닌 내 마음을 돌이키지		500

못했습니다. 나는 마음속에 화가 치밀어 다시 그에게 소리쳤습니다.

　'키클롭스여, 필멸의 인간들 중 누군가가

9　"봉우리"로 번역한 코뤼펜(κορυφὴν)은 '머리, 꼭대기, 가장 높은 곳'을 의미한다. 그러나
　　나중에 폴리페모스가 "이전보다 훨씬 더 큰 바위"를 던졌다고 말하는 것으로 보아, 그가
　　여기서 던진 것은 "큰 산의 봉우리"에 있던 바위를 가리키는 듯하다.

10　원문에 쓰인 벨로스(βέλος)는 화살이나 돌, 창 같이 던지는 물체를 가리킨다. 여기서는
　　"큰 바위"로 의역했다.

네 눈이 왜 흉측하게 멀었는지 묻거든,

네 눈을 완전히 멀게 한 이는 이타케에 집이 있는 라에르테스의 아들,

도시를 함락시키는 자 오디세우스라고 말해라.' 505

　　　　내가 이렇게 말하자 그는 통곡하며 말했습니다.

'아, 내 신세여. 전에 내게 내린 바로 그 신탁이 지금 이루어졌구나.

이곳에 에우리모스의 아들 텔레모스[11]라는 잘생기고

키 큰 예언자가 있었다. 누구보다 뛰어난 예언자였던

그는 나이 들어서도 키클롭스들에게 예언해주었다. 510

그가 내게 훗날 지금 내가 겪은 이 모든 일이 일어나

오디세우스의 손에 시력을 잃게 될 것이라고 말했다.

그래서 나는 키 크고 잘생긴, 큰 용기를 갖춘 사내가 이곳으로 올 줄

알았다. 그런데 지금 키도 작고 하찮게 생긴 데다 나약한 자가

포도주로 내 정신을 잃게 한 후 눈까지 멀게 하다니. 515

그러니 자, 오디세우스여, 네게 선물도 주고,

대지를 뒤흔드는 유명한 신 포세이돈께 부탁하여 너를

호송시켜줄 테니 이리로 오너라. 나는 그분의 아들이고,

그분도 내 아버지라는 걸 자랑스러워하신다. 축복받은 신들이나

필멸의 인간 중에는 나를 치료해줄 이가 없지만, 520

내 아버지 포세이돈께서는 원하면 얼마든지 나를 치료해주실 것이다.'

　　　　그가 이렇게 말하자 나는 그에게 대답했습니다.

'대지를 뒤흔드는 신께서도 네 눈을 치료해주지 못하게

내가 네놈의 생명과 목숨을 빼앗아 하이데스의 집으로

11　오비디우스의 『변신 이야기』를 보면, "텔레모스"의 예언은 틀린 적이 없었다고 한다. 텔레
　모스는 여행을 하다가 외눈박이 거인족 키클롭스의 땅으로 와 그들 가운데 살았고, 폴리
　페모스에게 훗날 오디세우스가 그의 눈을 멀게 만들 것이라고 예언했다. 그러나 당시 바
　다 요정 갈라테이아를 짝사랑하던 폴리페모스는 자기는 이미 한 여자의 아름다움에 눈이
　멀었다고 말하며 그의 예언을 무시했다.

보낼 수 있었다면 오죽 좋았을까.'   525

　　　내가 이렇게 말하자 그는 별 총총한 하늘을 향해

두 손을 들고 군주 포세이돈께 이렇게 기도하더군요.

　　　'대지를 떠받치는 검푸른 머리의 포세이돈이시여,

기도를 들어주소서. 내가 정말 당신의 아들이고

당신이 내 아버지임을 자랑스러워하신다면,   530

이타케에 집이 있는 라에르테스의 아들, 도시를 함락시키는 자

오디세우스가 집으로 돌아가지 못하게 하소서. 하지만 그가 가족을

만나고 튼튼하게 지은 집과 조상들의 땅으로 돌아갈 운명이라면,

전우들을 다 잃고 다른 사람의 배를 타고 오랜 후에야

비참한 모습으로 돌아가고, 그의 집도 재앙을 당하게 하소서.'   535

　　　그가 이렇게 기도하자 검푸른 머리의 신께서 들으셨지요.

그는 다시 한번 이전보다 훨씬 더 큰 바위를 집어 들어

빙빙 돌리다가 헤아릴 수 없이 엄청난 힘을 실어 던졌습니다.

하지만 그 바위는 뱃머리 검은 우리 함선의 약간 뒤에 떨어졌고,

키의 맨 윗부분을 맞히지는 못했습니다.

바위가 떨어지며 거대한 물결이 일어, 우리 함선을   540

섬 해변 쪽으로 휩쓸었습니다.

우리가 섬에 도착했을 때, 거기에는 훌륭한 노 젓는 자리를 갖춘

우리의 다른 함선이 무리 지어 기다리고 있었지요.

전우들은 둘러앉아 울며 우리를 기다리고 있었습니다.   545

섬에 도착한 후 우리는 함선을 모래 위로 올리고,

해변에 내렸습니다. 그런 후 키클롭스의 작은 가축들을

속 빈 함선에서 내리고 나누어 가지되

누구나 똑같이 자기 몫을 가져가게 했습니다.

훌륭한 정강이 보호대를 한 전우들은 작은 가축들을 나누면서   550

숫양을 특별히 내게 주더군요. 나는 해변 모래사장에서

〈오디세우스와 폴리페모스〉(아르놀트 뵈클린, 1896년)

만물을 다스리는 크로노스의 아드님, 검은 구름을 몰고 다니는

제우스께 그 숫양을 제물로 바치고 넓적다리뼈를 태워 올렸습니다.

하지만 제우스께서는 내 제물을 거들떠보지도 않고,

훌륭한 노 젓는 자리를 갖춘 내 모든 함선과   555

사랑하는 전우들을 죽일 궁리만 하셨습니다.

그때 우리는 해 질 때까지 온종일 그곳에 앉아

말할 수 없이 풍성한 고기와 꿀처럼 달콤한 포도주로 연회를 벌였고,

해가 지고 어둠이 찾아오자 바닷가에서 잠을 잤습니다.

이른 아침에 태어난, 장밋빛 손가락을 지닌 새벽의 여신   560

에오스가 모습을 드러내자 나는 전우들에게 배에 올라

배꼬리의 밧줄을 풀도록 지시하고 재촉했습니다.

그들은 즉시 배에 올라 노 젓는 자리에 앉았고,

질서정연하게 자리를 잡더니 노를 저어 잿빛 바다를 쳤습니다.

　　　우리는 사랑하는 전우들을 잃고 비통한 심정이었지만,   565

죽음에서 벗어난 것을 기뻐하며 그곳을 출발해 항해를 계속했습니다.

K

제10권 아이올로스, 안티파테스, 키르케

그 후 우리는 아이올리에섬에 도착했습니다. 그곳에는

불멸의 신들이 아끼는 히포테스의 아들 아이올로스[1]가 물위에 떠 있는

섬에 살고 있었지요. 섬 전체는 깨뜨릴 수 없는 청동 성벽으로

감싸여 있었고, 가파른 암벽이 우뚝 솟아 있었습니다.

아이올로스의 궁에는 열두 자녀가 있었는데, 5

여섯은 딸이고, 여섯은 다 큰 아들이었습니다.

아이올로스는 딸들을 아들들에게 주어 아내로 삼게 했답니다.

그들은 사랑하는 아버지와 사려 깊은 어머니를 모시고

늘 연회를 열었는데, 그들 앞에는 음식이 잔뜩 차려졌습니다.

낮에는 연회를 위한 음식 냄새가 집에 가득했고, 안마당은 떠들썩한 10

소리로 꽉 찼습니다. 밤에는 구멍을 많이 뚫어 끈으로 엮은

침상 위에 요를 깔고 저마다 존귀한 아내 옆에서 잠을 잤지요.

---

1 "아이올로스"는 인간으로 태어났지만 제우스의 총애를 받아 바람을 지배하는 신의 반열에
   올랐다. 그의 족보는 그리스인의 시조 헬렌의 아들 아이올로스에서 시작해 미마스-히포
   테스-아이올로스로 이어진다. 그는 물위에 떠 있는 섬 "아이올리에"(아이올리아)에 살면
   서 바람을 마음대로 섬 안 동굴에 가두거나 풀 수 있었다. 헤라 여신은 트로이아 멸망 후
   아이네이아스와 트로이아 유민들이 이탈리아로 순조롭게 항해하는 것을 훼방하기 위해
   그에게 사나운 바람을 부탁한다. 시켈리아 해안을 따라 항해하던 아이네이아스 일행은 아
   이올로스가 일으킨 사나운 북풍 때문에 진로를 벗어나 아프리카 해안까지 밀려간다.

우리가 도착한 곳은 바로 그런 성과 훌륭한 궁이었습니다.

아이올로스는 한 달 내내 나를 환대하며 일리오스와

아르고스인의 함선과 아카이오스인의 귀향에 대해

일일이 묻더군요. 나는 모든 것을 차근차근 자세히 설명해주었습니다.

내 쪽에서는 길을 묻고 호송해주기를 부탁했는데,

그는 거절하지 않고 호송 준비를 해주었습니다.

그는 아홉 해 된 황소의 가죽을 벗겨 만든 자루 안에 모든 방향으로

거세게 부는 바람들을 가둔 후 묶어 내게 주었습니다.

크로노스의 아드님께서 그를 바람지기로 삼아 어떤 방향의

바람이든 그가 원하는 대로 그치게 하거나 일으킬 수 있게

하신 것이지요. 그는 바람이 조금도 새나가지 않도록

번쩍이는 은노끈으로 그 자루를 속 빈 함선에 묶은 후,

나를 위해 서풍의 숨을 불게 하여 함선들과 우리를

실어 나르게 했습니다. 하지만 우리를 위한 그의 뜻은 이루어지지

못했습니다. 우리가 어리석어 파멸을 자초한 탓이었지요.

　　아흐레 동안 우리는 밤낮으로 항해했고,

열흘째 되는 날 조상들의 땅이 눈앞에 아른거리고, 불빛이

희미하게 보일 만큼 가까워졌지요. 그때 지친 내게 갑자기

달콤한 잠이 찾아왔습니다. 조상들의 땅에 더 빨리 도착하려고

함선의 돛 아래쪽을 묶은 밧줄을 다른 전우에게

맡기지 않고 내가 직접 다루었기 때문입니다.

내가 자는 동안 전우들은 서로 대화를 나누었습니다.

그들은 내가 히포테스의 아들 영웅다운 기개를 지닌

아이올로스에게 선물 받은 황금과 은을 집으로 가져가고 있다고

생각했던 모양입니다. 누군가가 옆 사람에게 이렇게 말하기도 했지요.

　　'저 사람은 어느 도시, 어느 땅에 가든 모든 사람에게

사랑과 존경을 받는데 우리 신세는 처량하네그려.

〈오디세우스에게 바람을 건네는 아이올로스〉

그는 트로이아의 전리품 중에서도 훌륭한 보물을 많이 가져가지만,   40

동일한 여정을 마치고도 우리는 빈손으로 귀향하고 있소.

이번에는 아이올로스가 우정의 표시로

그에게 이것을 주어 호의를 보였다지.

그러니 자, 이것이 과연 무엇이고, 이 가죽 자루 안에

황금과 은이 얼마나 들어 있는지 한번 봅시다.'   45

　　　전우 몇 명이 그렇게 말했고, 그들의 사악한 제안이 이겼습니다.

전우들은 가죽 자루를 풀었고, 모든 방향의 바람이 쏟아져 나왔지요.

그들은 기겁하며 울었고, 폭풍은 우는 그들을 즉시 낚아채

조상들의 땅에서 멀리 떨어진 바다로 실어가고 말았습니다.

잠에서 깬 나는 번뇌하는 마음으로 깊이 고민했습니다.   50

배 밖의 바다로 뛰어들어 죽어버릴 것인가, 아니면

묵묵히 참고 아직 살아 있는 자들 가운데 머물 것인가.

참고 머물기로 마음먹은 나는 머리를 감싸 쥐고

배 안에 힘없이 쓰러졌습니다. 함선들은 사악한 폭풍에 휘말려

다시 아이올리에섬으로 떠밀려 갔고 전우들은 신음했지요.   55

　　　그곳에서 우리는 육지로 올라가 물을 길었고,

전우들은 빠른 함선 옆에서 서둘러 식사를 했습니다.

먹고 마시기를 마친 다음

나는 전령 한 명과 전우 한 명을 데리고

아이올로스의 유명한 궁으로 갔습니다.   60

가보니 그는 처자식과 함께 연회를 벌이고 있었습니다.

우리는 궁 안으로 들어가 현관 문설주 옆에 앉았습니다.

그러자 그들은 깜짝 놀라 물었습니다.

　　　'오디세우스여, 어떻게 이곳에 오셨소? 우리는 그대 조상들의

땅과 집, 그대가 원하는 곳에 도착할 수 있게 정성 들여   65

보내주었는데, 어느 나쁜 신이 무슨 짓이라도 한 것이오?'

그들이 이렇게 말하자 나는 비통한 심정으로 말했습니다.

'나를 망친 것은 사악한 전우들과 잔인한 잠입니다. 친구들이여,

당신들에게는 힘이 있으니 부디 이 일을 바로잡아주십시오.'

내가 이렇게 점잖게 부탁했지만 그들은 잠자코 있더군요.   70

이윽고 그들의 아버지 아이올로스가 대답했습니다.

'이 섬에서 당장 물러가시오. 산 자들 중 가장 책망받을 자여.

내게는 축복받은 신들에게 미움받는 사람을 돌봐주거나 호송해줄

의무가 없소. 어서 가시오. 그대가 이곳으로 오게 된 것은

신들에게 미움을 받고 있기 때문이오.'   75

그는 이렇게 말한 후 무겁게 탄식하는 나를 집에서 내보냈습니다.

우리는 그곳을 떠나 비통한 심정으로 다시 항해를 계속했습니다.

전우들은 우리가 어리석은 짓을 저지른 결과로 힘들게 노를 젓느라

몹시 지쳐 있었습니다. 순풍이 더는 우리를 데려다주지 않았으니까요.

우리는 엿새 동안 밤낮으로 똑같이 항해하여   80

이레째 되는 날 라모스왕의 높고 가파른 성,

라이스트리곤인의 텔레필로스[2]에 도착했습니다.

그곳에서는 목자가 가축 떼를 몰고 소리치며 성으로 들어가면

다른 목자가 그 소리에 화답하여 가축 떼를 몰고 성 밖으로 나옵니다.

잠 없는 사람이라면 하루에 한 번은 소 떼를 치고   85

또 한 번은 흰 양 떼를 쳐서 품삯을 두 배로 벌 수 있을 것입니다.

밤과 낮이 맞닿아 있어, 하루 종일 일할 수 있었지요.

그곳에서 우리는 유명한 포구로 들어갔는데,

---

2 "라이스트리곤인"은 포세이돈의 아들 라이스트리곤이 시조인 식인 거인족이다. 라이스트
리곤은 앞에 나온 바람의 지배자이자 바람지기인 아이올로스의 아내 텔레포라(텔레파트
라)의 아버지다. 그리스 역사가 투키디데스와 폴리비우스에 따르면, 이 부족은 시켈리아
섬의 남동부에 살았다. "텔레필로스"는 라이스트리곤의 딸 텔레포라의 이름을 따른 도시
로 보인다.

포구 양쪽으로는 높고 가파른 암벽이 쭉 이어졌고,

포구 입구에는 두 개의 곶이 서로 마주보며 90

뻗어 있어 입구가 좁았습니다. 전우들은 모두 양쪽에서

노 젓는 함선들을 그 안으로 몰고 들어가 속 빈 포구 안에

나란히 묶어두었습니다. 포구 안에서는 큰 파도든 작은 파도든

치지 않고, 주변 바다도 잔잔했기 때문입니다.

하지만 나만 포구 밖, 즉 포구의 가장 끄트머리에 95

검은 함선을 정박시키고 바위에 밧줄을 묶었습니다.

그런 후 거친 바윗길을 따라 높은 곳으로 올라가 섰습니다.

그곳에서는 소나 사람이 일하는 것은 보이지 않고,

대지에서 모락모락 피어오르는 연기만 보였습니다.

그때 나는 전우들을 보내 그곳 대지 위에서 빵을 먹고 100

살아가는 사람이 어떤 자들인지 알아오게 했습니다.

두 명의 전우를 선발했고, 세 번째 전우를 전령으로 함께 보냈지요.

그들은 배에서 내려 평탄한 길로 갔습니다. 높은 산에서

도시로 나무를 실어 나르는 짐수레가 다니는 길이었습니다.

그들은 도시 앞에서 물을 긷고 있던 한 소녀와 마주쳤습니다. 105

라이스트리곤인 안티파테스의 아름다운 딸인 소녀는

아름답게 흐르는 아르타키에샘으로 내려갔습니다.

그곳은 도시 사람들이 물을 긷는 곳이었습니다.

그들은 소녀 옆으로 다가가 말을 걸고는 이곳 사람의 왕은

누구이고, 그가 다스리는 사람은 어떤 자들인지 물었습니다. 110

소녀는 즉시 지붕 높은 자기 아버지의 집을 가리켰습니다.

그들은 그 웅장한 집으로 들어갔고 안주인과 마주쳤는데,

그녀는 몸집이 산봉우리만큼 거대해 보는 이들을 오싹하게 했습니다.

그녀는 곧바로 남편인 유명한 안티파테스를 회의장에서 불러왔고,

그는 그들에게 끔찍한 파멸을 계획했습니다. 115

그는 다짜고짜 전우들 중 한 명을 손으로 움켜쥐더니 식사 준비를

시작했고, 다른 전우들은 쏜살같이 도망쳐 함선들로 돌아왔습니다.

안티파테스가 도시 전체에 고함을 지르자 그 소리를 들은

강력한 라이스트리곤인들이 사방에서 무수히 몰려들었는데,

그들은 인간이 아니라 거인족 같았습니다.　　　　　　　　　　120

그들은 암벽 위에서 사람이 간신히 들어 올릴 만한

큰 돌들을 던졌습니다. 함선들 위에서 무시무시한 굉음이 일었고,

전우들은 죽어나가고 함선들은 박살 났습니다. 곧이어 그들은 끔찍한

연회를 벌이려고, 죽은 전우들을 물고기처럼 꿰어 가져갔습니다.

그들이 포구 안 깊숙한 곳에서 전우들을 도륙하는 동안,　　　　125

나는 넓적다리에서 날카로운 칼을 빼들고

배꼬리에 묶여 있던 밧줄을 끊은 후,

즉시 재앙에서 벗어나도록

열심히 노를 저으라고 전우들에게 지시하고 독려했습니다.

그들은 모두 파멸이 두려워 노를 저어 바닷물을 쳐올렸습니다.　　130

다행히 내가 탄 함선은 돌출된 암벽 사이를 빠져 바다로 도망쳤지만,

다른 함선들은 그곳에서 죄다 부서지고 말았습니다.

　　　우리는 사랑하는 전우들을 잃은 비통한 심정과

죽음에서 벗어난 기쁜 마음을 동시에 안고 항해를 계속하다가

아이아이에섬에 도착했습니다. 그곳에는 인간의 목소리로　　　135

말하는 무시무시한 여신, 머릿결 고운 키르케가 살고 있었습니다.

그녀는 음험한 아이에테스[3]의 누이였지요.

3　"아이에테스"는 아버지 헬리오스에게 에피라(코린토스)를 받아 통치하다가 흑해 연안으
로 가서 콜키스 왕국을 건설하고 왕이 된다. 아이에테스가 콜키스를 다스리고 있을 때, 보
이오티아 왕 아타무스의 아들 프릭소스가 계모의 박해를 피해 황금빛 털을 지닌 숫양을
타고 그의 나라로 왔다. 아이에테스는 그를 환대하고 자기 딸 칼키오페와 결혼시킨다. 프
릭소스는 타고 온 숫양을 제우스에게 제물로 바친 뒤 그 가죽을 아이에테스에게 선물했

〈라이스트리곤인들의 땅에서 오디세우스〉(로마 벽화, 연대 미상)

이들은 둘 다 인간에게 빛을 가져다주는 헬리오스에게서 태어났고,

이들의 어머니는 오케아노스의 딸 페르세입니다.

어느 신께서 인도해주신 덕분에 우리는 그 섬의 곶 안쪽,   140

배를 안전하게 정박시킬 수 있는 포구로 조용히

배를 몰고 들어갔습니다. 그런 후 배에서 내려

피로와 고통에 마음이 갉아 먹히면서

이틀 낮 이틀 밤을 그곳에 누워 있었지요.

머릿결 고운 새벽의 여신 에오스가 셋째 날을 가져다주었을 때,   145

나는 사람들의 흔적을 보거나 소리를 듣게 되길 기대하며

창과 날카로운 칼을 집어 들고 재빨리 배를 떠나

사방을 둘러볼 수 있는 곳으로 올라갔습니다.

험한 길을 올라 두루 살필 수 있는 높은 곳에 서자

우거진 숲 사이로 큰길이 나 있는 대지 위에 키르케의   150

궁과 거기서 피어오르는 연기가 보였습니다.

나는 불꽃이 섞인 연기를 보며 직접 가서 알아보는 게 좋을지

마음속으로 고민하다가, 결국 먼저 바닷가의 빠른 함선으로

돌아가 전우들에게 식사를 하게 한 후 그들을 보내서

알아보게 하는 편이 낫겠다고 생각했습니다.   155

양쪽에서 노 젓는 함선 근처에 이르렀을 때,

어느 신께서 혼자 있는 나를 가엾게 여기셨는지

내가 가는 길 위에 뿔이 높게 솟은

다. 아이에테스는 이 황금 양털을 성역인 아레스 숲의 떡갈나무에 걸어놓고 잠들지 않는
용이 지키게 했다. 한편, 이올코스의 왕 펠리아스가 이아손에게 왕위를 넘겨주는 조건으
로 콜키스의 황금 양털을 가져오라고 요구하자 이아손은 아르고호 원정대를 조직해 콜키
스로 왔고, 아이에테스의 딸 메데이아의 도움으로 목적을 이룬다. "음험한"으로 번역한 올
로오프론(ὀλοόφρων)은 그리스인이 아닌 야만인에게 사용하는 수식어로, 교활하고 음흉
하다는 의미다.

큰 사슴을 보내주셨습니다.

그 사슴은 숲속 수풀에 있다가   160

강렬한 태양에 짓눌린 나머지

물을 마시기 위해 강가로 내려온 것이었습니다.

나는 창을 던져 강에서 나오는 사슴의 등 한복판

척추를 맞혔습니다. 청동 창에 몸뚱이가 꿰뚫린 사슴은

비명을 지르며 먼지 속에 쓰러졌고 목숨이 떠났습니다.   165

나는 사슴 위에 발을 올려놓고 상처에서 청동 창을 뽑아

그곳 대지 위에 뉘어놓았지요. 그런 다음 어린 가지들을 꺾어

양쪽으로 잘 꼬아 두 팔 벌린 길이만큼 노끈을 만들어

무겁고 큰 사슴의 발을 묶은 후, 목덜미에 메고 창을 짚으며

검은 함선으로 갔습니다. 짐승이 너무 커서   170

한 손으로는 도저히 어깨에 짊어질 수 없었습니다.

나는 사슴을 함선 앞에 던져놓고, 전우들 한 명 한 명에게

다가가 점잖게 말하며 그들을 깨웠습니다.

　'친구들이여, 아무리 괴롭고 슬프더라도 운명이 정한 날이

오기 전까지는 하이데스의 집으로 내려가지 않을 참이네.   175

그러니 자, 빠른 함선 안에 먹을 것과 마실 것이 있는 동안에는

허기져 쓰러지지 않도록 잘 챙겨 먹게나.'

　내가 이렇게 말하자 불모의 바다 모래사장에서 겉옷을

덮고 자고 있던 그들은 얼른 겉옷을 벗어 던지더니

사슴을 보고 깜짝 놀랐습니다. 아주 큰 짐승이었으니까요.   180

그들은 사슴을 보며 두 눈을 즐겁게 한 후

손을 씻고 성대한 연회를 준비했습니다.

이때 우리는 해 질 때까지 온종일 그곳에 앉아 말할 수 없이

풍성한 고기와 꿀처럼 달콤한 포도주로 연회를 벌였습니다.

해가 기울어 어둠이 찾아오자 우리는 잠을 자려고   185

바닷가에 누웠습니다. 이른 아침에 태어난, 장밋빛 손가락을 지닌

새벽의 여신 에오스가 모습을 드러내자

나는 회의를 열고 모든 전우 가운데서 이렇게 말했습니다.

　　　'고생하는 전우들이여, 내 말을 경청해주게.

친구들이여, 우리는 어디가 어둠이 있는 곳이고, 어디가　　　190

해 뜨는 곳인지, 인간에게 빛을 가져다주는 태양신 헬리오스가

어디서 대지 아래로 들어가고 어디서 떠오르는지 알지 못하네.

그러니 내 생각에는 별 도리가 없어 보이지만 그래도

무슨 수가 있는지 어서 생각해보세. 내가 험한 길을 올라

높은 곳에서 내려다보니 보니 이곳은 끝없는 바다로 둘러싸인 섬이네.　　195

섬은 낮게 깔려 있고, 섬 한가운데 우거진 숲 사이로

피어오르는 연기를 내 두 눈으로 보았네.'

　　　내가 이렇게 말하자 그들의 마음은 철렁 내려앉았습니다.

사람을 잡아먹는 라이스트리곤인 안티파테스와 무지막지한

키클롭스에게 당한 험한 일이 생각났기 때문입니다.　　　200

그들은 눈물을 뚝뚝 흘리며 큰 소리로 통곡했습니다.

하지만 울어봤자 아무 소용없는 일이었지요.

　　　나는 훌륭한 정강이 보호대를 한 전우가 모두 몇 명인지

세어본 후 두 조로 나누고, 각 조를 이끌 조장을 정했습니다.

한 조는 내가, 다른 한 조는 신 같은 에우릴로코스[4]가 이끌었습니다.　　205

청동 투구 안에 제비들을 넣어 빠르게 흔드니

영웅다운 기개를 지닌 에우릴로코스의 제비가 튀어나오더군요.

에우릴로코스가 출발하자 스물두 명의 전우가 울면서 따라갔고,

우리는 뒤에 남아 눈물을 흘렸습니다.

그들은 계곡이 있고 사방이 탁 트인 곳에서　　　210

---

4 "에우릴로코스"는 오디세우스의 누이 크티메네와 결혼했으므로 오디세우스의 매부다.

다듬은 돌들로 지은 키르케의 궁을 발견했습니다.

궁 주위에는 산에 사는 늑대와 사자들이 있었는데,

키르케가 사악한 약을 먹이고 주문을 걸어

길들인 야수들이었습니다. 야수들은 전우를 공격하지 않고

일어나 긴 꼬리를 흔들며 아양을 떨었습니다.　　　　　　　　　　　215

개들은 주인이 연회에서 돌아오면 언제나 허기를

달래줄 음식을 가져온다는 걸 알기 때문에

주위를 맴돌며 꼬리를 흔들고 아양을 떨지요.

바로 그렇게 단단한 발톱을 지닌 늑대와 사자들이 그들 주위에서

꼬리를 흔들며 아양을 떨었습니다. 정작 전우들은 무시무시한　　　220

녀석들을 보고 두려워했지만요. 이윽고 머리를 곱게 땋은 여신의 궁

대문 앞에 서자 안에서 키르케의 아름다운 노랫소리가 들렸습니다.

그녀는 천상의 거대한 베틀 앞을 오가며 여신들의 수공예품이 다

그러하듯 곱고 우아하며 빛나는 천을 짜고 있었습니다.

전우들 가운데 우두머리이자 제가 가장 아끼고 신뢰하는 폴리테스가

　먼저 말했습니다.　　　　　　　　　　　　　　　　　　　225

　　'친구들이여, 안에서 여신인지 여인인지는 모르겠으나 누군가가

거대한 베틀 앞을 오가며 마루 전체가 울리도록

아름다운 노래를 부르고 있으니 어서 큰 소리로 불러봅시다.'

　　폴리테스가 이렇게 말하자 전우들은 큰 소리로 불렀습니다.

그녀는 즉시 밖으로 나와 빛나는 문을 열고 들어오라 했고,　　　230

그들은 영문도 모르는 채 그녀를 따라 들어갔습니다.

하지만 에우릴로코스는 미심쩍어 그 자리에 남았습니다.

그녀는 그들을 안으로 데리고 들어가 소파와 의자에 앉힌 다음,

그들에게 주려고 치즈와 보릿가루와 노란 꿀과

프람네[5]에서 생산한 포도주를 함께 섞어 음료를 만들었습니다.   235

그 음료에 조상들의 땅을 완전히 잊게 만들 해로운 약도 탔지요.

그들은 그녀가 건넨 음료를 남김없이 마셨습니다.

그러자 그녀는 즉시 지팡이로 그들을 쳐서

돼지우리에 가두었습니다. 그들은 돼지의 머리와 목소리를 지니고,

털과 체형으로 변했지만 정신은 예전 그대로였습니다.   240

이렇게 그들은 돼지우리에 울면서 갇혔고,

키르케는 그들에게 땅바닥에서 자는 돼지가 먹는 상수리와

도토리와 층층나무 열매를 먹이로 던져주었습니다.

　　　에우릴로코스는 전우들의 소식과 그들에게

일어난 좋지 않은 일을 알리기 위해   245

즉시 빠른 검은 함선으로 돌아왔지만,

마음의 고통이 너무 커서 아무 말도 하지 못했습니다.

두 눈에 눈물만 가득 머금은 채 금세 울음을 터뜨릴 것만 같았지요.

우리 모두가 놀라며 무슨 일이냐고 묻자

그는 다른 전우들의 파멸에 관해 자세히 얘기했습니다.   250

　　　'영광스러운 오디세우스여, 우리는 당신이 지시한 대로

숲을 따라가다 계곡이 있고 사방이 탁 트인 곳에

다듬은 돌들로 지은 아름다운 궁을 발견했습니다.

그곳에 여신인지 여인인지는 모르겠으나 누군가가 거대한

베틀 앞을 오가며 큰 소리로 노래를 부르고 있더군요.   255

그래서 우리는 큰 소리로 그녀를 불렀습니다.

그녀는 즉시 밖으로 나와 빛나는 문을 열고 들어오라 했고,

전우들은 영문도 모르는 채 그녀를 따라 들어갔지요.

5　"프람네"는 아나톨리아반도 연안의 에게해에 있는 그리스 영토 이카리아섬의 산이다. 이
　곳에서 생산된 포도주는 인근의 레스보스섬 및 키오스섬의 포도주와 더불어 유명했다.

〈오디세우스의 부하들을 돼지로 만든 키르케〉(얀 텡나겔, 1612년)

그러나 나는 속임수가 있을까 두려워 그 자리에 머물렀습니다.
그들은 한꺼번에 사라져버렸고, 제가 오랫동안 앉아   260
망을 보았지만 그들 중 아무도 나타나지 않았습니다.'
그의 말을 듣고 나는 은징이 박힌 큰 청동 칼과 활을
어깨에 메고는 그 길로 나를 다시 안내하라고 명령했습니다.
그러자 그는 두 손으로 내 무릎을 잡고
울며 날개 달린 말로 이렇게 간청했습니다.   265
    '제우스께서 돌보시는 이여, 저를 강제로 그곳으로 데려가지 말고
이곳에 남게 해주십시오. 당신도 돌아오지 못하고
다른 전우들도 데려오지 못하리라는 걸 제가 아니까요. 아직 사악한
날을 피할 수 있을 때 이들과 함께 서둘러 도망쳐야 합니다.'
    그의 말을 듣고 나는 이렇게 대답했습니다.   270
'에우릴로코스여, 그대는 여기 이곳에 남아
속 빈 검은 함선 옆에서 먹고 마시게.
하지만 나는 반드시 가야 하니 혼자서라도 가겠네.'
    나는 이렇게 말한 후 함선과 바다 옆을 떠나 길을 나섰습니다.
그런데 신성한 계곡을 따라   275
마법을 잘 아는 키르케의 큰 궁에 도착할 즈음
황금 지팡이를 든 헤르메스가 청춘의 절정을 맞이한,
이제 갓 수염이 나기 시작한 청년의 모습을 하고서
궁으로 가던 나와 마주쳤습니다.
헤르메스는 내 손을 잡고 말했습니다.   280
    '불운한 자여, 그대는 이곳에 대해 알지도 못하면서
산봉우리를 지나 혼자 어디로 가느냐? 그대의 전우들은
돼지가 되어 저기 키르케 궁의 튼튼한 우리에 갇혀 있다.
그들을 풀어주기 위해 거기로 가는 것이냐?
단언하건대 그대는 돌아가지 못하고, 그대 또한 다른 전우들과   285

〈헤르메스에게 몰리를 받은 오디세우스〉(프리드리히 프렐러, 1864년)

같은 곳에 갇힐 것이다. 하지만 자, 내가 그대를 재앙에서

구해주마. 이 영약을 가지고 키르케의 궁으로 가라.

재앙의 날이 그대에게 닥치는 것을 막아줄 영약이다.

그대에게 키르케의 치명적인 술수를 말해주겠다.

그녀는 여러 재료를 섞어 음료를 만들고   290

거기에 약을 탈 테지만, 그대에게 마법을 걸지 못할 것이다.

내가 주는 이 영약이 마법에 걸리는 걸 막아줄 테니까.

좀 더 자세하게 말해주마.

키르케가 아주 긴 지팡이로 그대를 치려 할 때, 넓적다리에서

날카로운 칼을 빼들어 반드시 죽이겠다는 각오로 그녀를 공격해라.   295

그러면 그녀는 겁을 집어먹고 그대에게 동침하자고 요구할 것이다.

그 요구를 거절해서는 안 된다.

그래야 전우들이 풀려나고, 그대도 안전하게 돌아갈 수 있다.

하지만 그대에게 달리 사악한 재앙을 계획하지 않고,

벌거벗은 그대를 비겁하고 나약한 자로 만들지 않을 것을   300

축복받은 신들의 이름으로 엄숙히 맹세하라고 그녀에게 요구해라.'

　　　아르고스를 죽인 자 헤르메스는 이렇게 말한 후,

대지에서 약초를 뽑아 어떻게 생겼는지 보여주더군요.

뿌리는 검었고, 꽃은 우유 같았습니다.

신들은 그 약초를 '몰리'라고 부른다지요.   305

그 약초를 캐는 건 필멸의 인간에게는

어려운 일이지만 신들에게는 얼마든지 가능합니다.

　　　그런 후 헤르메스는 숲이 우거진 섬을 떠나 높은 올림포스로 갔고

나는 키르케의 궁으로 갔는데, 가는 내내 심장이 몹시 쿵쾅거렸습니다.

이윽고 나는 머리 곱게 땋은 여신의 궁 대문 앞에 섰습니다.   310

내가 그곳에 서서 큰 소리로 부르자, 여신이 내 목소리를 듣고

즉시 밖으로 나와 빛나는 문을 열어주며 안으로 들어오라고 했습니다.

〈키르케의 궁전으로 간 오디세우스〉(빌헬름 슈베르트 반 에렌베르크, 1667년)

〈오디세우스에게 잔을 건네는 키르케〉(존 윌리엄 워터하우스, 1891년)

〈키르케를 위협하는 오디세우스〉(야코프 요르단스, 1630~1635년)

나는 비장한 마음으로 그녀를 따라 들어갔습니다. 그녀는 나를 안으로

데리고 들어가 의자에 앉혔는데, 은징이 박혀 있고 정교하게

만든 그 아름다운 의자에는 발을 얹는 발판이 달려 있었습니다.   315

그녀는 황금 잔에 여러 재료를 넣고 저어

음료를 만든 후 나를 해칠 요량으로 거기에 약을 탔습니다.

그녀가 음료를 내게 건넸고, 나는 그것을 마셨지만 마법에

걸리지 않았습니다. 그러자 그녀는 지팡이로 나를 치며 말했습니다.

　　　'이제 돼지우리로 가서 다른 전우들 가운데 누워 있어라.'   320

키르케가 이렇게 말하자, 나는 넓적다리에서 날카로운 칼을 빼들어

기필코 죽이겠다는 각오로 그녀를 공격했습니다.

그러자 그녀는 비명을 지르며 내 무릎을 부여잡고

울먹이면서 날개 달린 말로 이렇게 물었습니다.

　　　'당신은 인간들 중 누구이고 어디에서 오셨나요?   325

당신의 부모님이 계시는 도시는 어디인가요?

이 약을 마시고도 마법에 걸리지 않다니 놀라운 일이에요.

일단 이 약을 마시고 목구멍으로 넘기고도 견뎌낸 남자는

당신 말고는 아무도 없었어요. 당신의 가슴속에는 마법이

통하지 않는 마음이 있나 봅니다. 당신은 임기응변에 능한   330

오디세우스로군요. 아르고스를 죽인 자 황금 지팡이를 지닌 헤르메스가

늘 내게 말해주었지요. 오디세우스가 검고 빠른 함선을 타고

트로이아를 떠나 항해할 때 이곳으로 오게 될 것이라고요.

그러니 자, 칼을 칼집에 넣으세요. 그리고 우리가 서로 믿을 수 있게

침상에 올라 몸을 섞으며 사랑을 나누어요.'   335

　　　키르케의 말을 듣고 나는 이렇게 대답했습니다.

'키르케여, 이 대청에서 내 전우들을 돼지로 만들어놓고

어떻게 내게 당신을 상냥하게 대하라고 요구할 수 있소?

지금 나를 이곳에 붙잡아두고 당신의 침실로 가서

침상에 오르자는 것도 벌거벗은 나를   340
비겁하고 나약한 자로 만들려는 흉계가 아니오?
여신이여, 당신이 내게 달리 사악한 재앙을
계획하지 않겠다고 엄숙히 맹세하지 않는다면
나는 당신의 침상에 오르고 싶지 않소.'
        내가 이렇게 말하자 그녀는 즉시 내가 시킨 대로   345
맹세했습니다. 그녀가 맹세하기를 마치자
나는 키르케의 더없이 아름다운 침상에 올라갔습니다.
        그사이 대청에서는 네 명의 시녀들이 열심히 일했습니다.
그녀를 위해 집안일을 담당한 이들은 샘이나 숲이나
바다로 흘러드는 신성한 강에서 태어난 자들입니다.   350
한 시녀는 의자들 위에 아름다운 자주색 방석을 놓고
의자들 아래에는 아마포 천을 깔았습니다.
다른 한 시녀는 각각의 의자 앞에 은으로 만든 식탁을 펴고,
식탁 위에 빵을 담는 황금 바구니를 놓아두었습니다.
세 번째 시녀는 은으로 만든 희석용 동이에   355
꿀처럼 달콤한 포도주를 부어 희석시킨 후
황금 술잔에 따라 식탁 위에 두었습니다.
네 번째 시녀는 물을 길어 와 큰 세발솥에 붓고
솥 아래에 센 불을 지펴 물을 데우기 시작했습니다.
번쩍거리는 청동 솥에서 물이 끓자 그 시녀는 나를   360
욕조에 앉히고, 큰 세발솥에서 퍼낸 물을 찬물과 섞어서 기분 좋은
온도로 만든 뒤 내 머리와 두 어깨에 부으며 목욕을 시켜주었지요.
사지에서 생명을 앗아가는 피로가 떠나더이다.
그 시녀는 나를 목욕시키고 나서 올리브기름을 발라주고
훌륭한 웃옷과 겉옷을 입힌 후, 안으로 데리고 들어가   365
의자에 앉혔습니다. 은징이 박혀 있고 정교하게 만든

〈오디세우스와 키르케〉(바르톨로메우스 슈프랑거, 1586~1587년)

아름다운 의자에는 발을 얹는 발판이 달려 있었습니다.
이번에는 다른 시녀가 아름다운 황금 주전자를 가져와
은대야 위에서 내 손에 물을 부어 손을 씻게 하고 나서,
내 앞에 반들반들하게 광낸 식탁을 펼쳐놓았습니다.   370
이어서 주방을 담당한 기품 있는 시녀가 빵을 가져와 내 앞에 두고,
준비된 많은 음식들을 아낌없이 내와 차려놓았습니다.
시녀는 내게 음식을 권했지만 내키지 않더군요.
나는 불길한 예감이 들어 다른 생각을 하며 앉아 있기만 했습니다.
        내가 음식에 손도 대지 않고,   375
수심에 가득 차 앉아 있기만 하는 것을 본 키르케는
가까이 다가와 날개 달린 말로 물었습니다.
        '오디세우스여, 도대체 왜 음식에는 손도 대지 않고,
그렇게 마음을 갉아먹으며 말없이 앉아 있는 건가요?
달리 어떤 흉계가 있다고 생각하시나요?   380
나는 이미 엄숙한 맹세를 했으니 걱정할 필요 없어요.'
        그녀의 말을 듣고 나는 이렇게 대답했습니다.
'키르케여, 제대로 된 남자라면 전우들이 풀려난 걸
직접 두 눈으로 보기 전에 어떻게 음식을
먹고 마실 수 있겠소? 내게 먹고 마시라는   385
당신의 말이 진심이라면, 사랑하는 전우들을 풀어주어
이 두 눈으로 볼 수 있게 해주시오.'
        내가 이렇게 말하자, 키르케는 손에 지팡이를 들고
대청 밖으로 나가더니 돼지우리의 문을 열고
아홉 해 된 돼지 모습을 한 전우들을 밖으로   390
몰아냈습니다. 그렇게 돼지 모습을 한 전우들이 앞에 서자
그녀는 그들 사이를 지나며 각자에게 다른 약을 발라주었습니다.
잠시 뒤 존귀한 키르케가 준 음료에 들어 있던 독약 때문에

그들의 몸에서 자라났던 돼지털이 떨어져 나갔습니다.

그들은 다시 남자가 되었을 뿐 아니라 전보다   395

더 젊어졌고 훨씬 아름다워졌으며 키도 더 커 보였습니다.

그들은 나를 알아보고 앞다퉈 내게 손을 내밀었습니다.

그들이 모두 격정에 사로잡혀 엉엉 울자 집 전체가 쩌렁쩌렁

울렸습니다. 그러자 여신도 그들을 측은해했습니다.

여신들 중 고귀한 그녀가 내게 다가와 이렇게 말했습니다.   400

　　'제우스의 자손 라에르테스의 아들, 계책 많은 오디세우스여,

지금 바닷가에 있는 빠른 함선으로 가서

가장 먼저 함선을 뭍으로 올리고

재물과 도구들을 모두 동굴 안에 갖다 놓으세요.

그런 후 사랑하는 전우들을 데리고 다시 돌아오세요.'   405

　　키르케가 이렇게 말하자 영웅다운 내 마음은 그 말에 동의했습니다.

그래서 나는 바닷가에 있는 빠른 함선으로 갔습니다.

가서 보니 사랑하는 전우들이 빠른 함선 위에서

눈물을 펑펑 쏟으며 애처롭게 울고 있었습니다.

암소 떼가 초지에서 배부르게 풀을 뜯어 먹고   410

축사로 돌아오면, 농장에 남아 있던 송아지들이 모두

한꺼번에 몰려와 그 앞에서 펄쩍펄쩍 뛰어오르고,

낮은 소리로 울며 어미들 주위를 떼 지어 내닫지요.

축사도 더 이상 송아지들을 제지할 수 없을 정도로요.

바로 그렇게 전우들은 두 눈으로 나를 보자 눈물을   415

쏟았습니다. 마치 그들이 태어나 자란 조상들의 도시 거친

이타케에 도착한 것 같은 생각이 들었나 봅니다.

그들은 울며 날개 달린 말로 내게 이렇게 청했습니다.

　　'제우스께서 기르시는 분이여, 당신이 돌아오니 우리는

마치 조상들의 땅 이타케에 도착한 것처럼 기쁩니다.   420

그러니 자, 다른 전우들의 죽음에 대해 자세히 말씀해주십시오.'

그들이 이렇게 말하자 나는 점잖게 대답했습니다.

'무엇보다 먼저 배를 뭍으로 올리고

재물과 모든 도구를 동굴 안에 가져다두세.

그런 후 자네들은 모두 나를 따라오게. 그러면 425

다른 전우들이 키르케의 신성한 궁에서 먹고 마시는 모습을

보게 될 걸세. 거기에는 음식과 음료가 차고 넘친다네.'

내가 이렇게 말하자 그들은 곧바로 내 말을 따랐습니다.

그런데 오직 에우릴로코스만 모든 전우를 가로막으며

날개 달린 말로 그들에게 물었습니다. 430

'불쌍한 자들이여, 도대체 어디로 가려 하는가?

키르케의 궁으로 가려고 하다니

왜 그토록 재앙을 당하지 못해 안달인가?

키클롭스가 동굴 안으로 들어간 우리 전우들을 가두었듯이

키르케는 우리 모두를 돼지나 늑대나 사자로 만들어 강제로 435

자신의 큰 궁을 지키게 할 걸세. 그때도 그들은 저 무모한

오디세우스를 따라갔다가 그의 무모함 때문에 죽지 않았는가.'

에우릴로코스가 이렇게 말하자

그는 나와 아주 가까운 친척이었지만,

나는 두꺼운 넓적다리에서 날이 긴 칼을 빼들어 440

그의 머리를 쳐서 땅에 떨어뜨릴까 마음속으로 고민했습니다.

하지만 전우들이 사방에서 점잖은 말로 나를 말렸습니다.

'제우스의 자손이여, 당신이 명령하신다면

이 사람은 여기 함선 옆에 남아 함선을 지킬 겁니다.

대신 우리를 키르케의 신성한 궁으로 데려가주십시오.' 445

그들은 이렇게 말한 후 함선과 바다 옆을 떠나 올라갔고,

에우릴로코스도 속 빈 함선 옆에 남아 있지 않고 따라왔습니다.

내가 호되게 질책할까 봐 두려웠을 테지요.

　　　우리가 그러고 있는 사이에 키르케는 궁에서

나머지 전우들을 정성 들여 목욕시킨 후　　　　　　　　　　　　450

올리브기름을 발라주고 웃옷과 양모로 된 겉옷을 입혀주었습니다.

가서 보니 다들 대청에서 성대한 연회를 벌이고 있었습니다.

얼굴을 마주보고 서로를 알아본 전우들은 궁 전체가 울리도록

큰 소리로 엉엉 울었습니다. 그러자 여신들 중 고귀한 키르케가

전우들에게 다가서더니 이렇게 말했습니다.　　　　　　　　　　455

　　　'이제 더는 큰 소리로 울지 마세요.

여러분이 물고기 많은 바다에서 고생한 것과

육지에서 적들에게 해를 입은 걸 나도 잘 알고 있어요.

그러니 자, 여러분이 처음에 조상들의 땅

거친 이타케를 떠나올 때 품었던 기개를　　　　　　　　　　　460

가슴속에서 되찾게 될 때까지

음식을 먹고 포도주를 마시세요.

지금 여러분은 몸도 마음도 지칠 대로 지쳐 있어요.

정말 많은 일을 겪으며 늘 힘겹게 떠돌아다니느라

한 번도 마음이 유쾌한 적 없었으니까요.'　　　　　　　　　　465

　　　키르케가 이렇게 말하자 우리의 대장부다운 기개도

그 말에 동의했습니다. 이렇게 해서 우리는 꼬박 일 년 동안

그곳에 앉아 말할 수 없이 풍성한 고기와 포도주로

연회를 벌였습니다. 하지만 계절이 바뀌고 달들이 지나고

많은 날이 흘러 일 년이 되자　　　　　　　　　　　　　　　470

사랑하는 전우들이 나를 불러내어 이렇게 말했습니다.

　　　'당신이 목숨을 부지하여 당신의 지붕 높은 집과

조상들의 땅에 도착할 운명이라면,

제발 이제는 조상들의 땅을 생각해주십시오.'

그들이 이렇게 말하자 나 역시 대장부다운 기개로   475
그 말에 동의했습니다. 그때 우리는 해 질 때까지 온종일
대청에 앉아 이루 말할 수 없이 풍성한 고기와 꿀처럼
달콤한 포도주로 연회를 벌였습니다.
해가 지고 어둠이 찾아오자 전우들은 그늘진 대청에서 잤습니다.
　　하지만 나는 키르케의 더없이 아름다운 침상에 올라   480
그녀의 무릎을 붙잡고 간청했으며, 여신은 내 말에 귀 기울였습니다.
　　나는 그녀에게 날개 달린 말로 청했습니다.
'키르케여, 약속대로 이제 나를 집으로 보내주시오.
내 마음은 오래전부터 집을 향해 있었고,
전우들 또한 같은 마음이오. 당신이 자리를 뜨면   485
그들이 나를 붙잡고 울어 내 마음은 녹초가 되었소.'
　　내가 이렇게 말하자 여신들 중 고귀한 키르케가 즉시 대답했습니다.
'제우스의 자손 라에르테스의 아들, 계책 많은 오디세우스여,
이제 내 집에 억지로 머물러 있지 않아도 돼요.
하지만 여러분은 또 다른 여정을 먼저 마쳐야 합니다.   490
그 여정은 하이데스와 무시무시한 페르세포네[6]의 집을 찾아가
죽어서도 정신이 온전한 맹인 예언자 테베의 테이레시아스[7] 혼백에게

6　"하이데스"(하데스)는 지하세계를 다스리는 통치자이고, "페르세포네"는 그의 아내다. 페
르세포네는 제우스와 대지의 여신 데메테르의 딸이지만 제우스의 도움을 받은 하이데스
에게 납치되어 지하세계로 끌려갔다. 아무리 애써도 딸을 찾지 못해 분노한 데메테르는
대지에 극심한 가뭄을 일으켜 굶어죽는 사람들이 속출했다. 그러자 제우스는 하이데스에
게 페르세포네를 돌려보내라고 명했지만, 그녀는 이미 지하세계에서 석류를 한 알 먹어
그곳의 법에 따라 떠날 수 없었다. 그래서 절충안으로 그녀는 일 년 중 3분의 2는 지상에
머물고, 나머지 3분의 1은 지하세계에서 하이데스의 아내로 지내게 된다.

7　"테이레시아스"는 테베의 건설자 카드모스가 용의 이빨을 뿌려 태어난 스파르토이 중 하
나인 우다이오스의 자손이다. 7대에 걸쳐 장수하며 신탁을 전하고 테베 왕들에게 예언했
다. 원래 제우스의 신관이었으나 젊은 시절 키타이론산에서 뱀 두 마리가 교미하는 광경
을 보고 지팡이로 암컷을 때려죽인 후 여자로 변한다. 여자가 된 테이레시아스는 헤라의

신탁을 받아오는 거예요. 거기서 다른 혼백은 그림자처럼

휙휙 지나다니지만, 오직 그자만은 죽은 후에도 페르세포네가

지혜롭게 생각할 수 있는 능력을 주었지요.'   495

　　키르케가 이렇게 말하자 내 마음은 철렁 내려앉았습니다.

나는 침상에 앉아 울었고,

더는 이 세상의 햇빛을 보고 싶지 않았습니다.

나는 실컷 울며 뒹굴고 나서야

그녀에게 이렇게 대답했습니다.   500

　　'키르케여, 누가 이 여정의 길잡이를 해준단 말이오?

지금까지 검은 배를 타고 하이데스의 집으로 간 사람은 아무도 없잖소.'

　　내가 이렇게 말하자 여신들 중 고귀한 키르케는 즉시 대답했습니다.

'제우스의 자손 라에르테스의 아들, 계책 많은 오디세우스여,

당신의 배를 인도해줄 자가 없더라도 염려하지 마세요.   505

당신은 돛대를 세워 흰 돛을 올려놓고 앉아 있기만 하세요.

그러면 북풍의 숨이 당신의 배를 밀어줄 거예요.

하지만 배를 타고 오케아노스를 건너 큰 흑양나무들과

익기 전에 열매가 떨어지는 버드나무들이 있는

얕은 해안과 페르세포네의 숲에 이르면, 그러니까 심하게   510

소용돌이치는 오케아노스의 끝에 도착하면, 배를 해변으로 몰아

육지에 댄 후 습기 많고 곰팡이 핀 하이데스의 집으로 가세요.

사제가 되었고 결혼하여 자식도 낳는다. 이때 낳은 자식 중 한 명이 델포이의 신녀 만토
다. 트로이아 전쟁의 유명한 예언자 칼카스와 예언 대결을 해 이긴 몹소스는 만토의 아들
이다. 7년 뒤 테이레시아스는 다시 뱀 두 마리가 교미하는 광경을 보고 이번에는 수컷을
때려죽인 후 다시 남자의 몸이 된다. 얼마 후 제우스와 헤라는 남녀가 사랑을 나눌 때 어
느 쪽이 더 큰 쾌락을 얻는지 언쟁을 벌이다 남녀의 몸을 다 가져본 그에게 물어본다. 테
이레시아스는 자신의 경험상 여자의 쾌락이 남자보다 아홉 배나 더 강하더라며 제우스의
손을 들어주었다. 그러자 화가 난 헤라가 그의 눈을 멀게 한다. 제우스는 테이레시아스를
불쌍하게 여겨 그에게 새들의 말을 알아듣고 누구보다 신통하게 예언하는 능력을 준다.

그곳에는 아케론강으로 흘러드는 피리플레게톤강과

스틱스강의 지류인 코키토스강[8]이 있어요. 바위 있는 곳에서

두 강이 합류하며 요란한 소리를 내는 합수머리지요.   515

영웅이여, 당신은 그곳으로 가까이 다가가 내가 시키는 대로 하세요.

사방으로 한 완척[9] 깊이의 구덩이를 파고, 그 주위에다

모든 혼백을 위해 처음에는 우유에 꿀을 탄 음료를 붓고,

다음으로는 꿀처럼 달콤한 포도주를 부으며,

세 번째로는 물을 붓고, 그 위에 흰 보릿가루를 뿌리세요.   520

그런 후 떠돌아다니는 죽은 자들에게 이렇게 간절히 탄원하세요.

당신이 이타케로 돌아가면, 당신이 소유한 새끼 낳은 적 없는

암소들 중 가장 좋은 것 한 마리를 제물로 바치고, 훌륭한 예물로

제단을 가득 채우겠다고요. 테이레시아스에게는 당신이 소유한

작은 가축들 중 가장 좋고 온통 검은 숫양 한 마리를   525

따로 바치겠다고 서약하며 탄원하세요.

당신은 고귀한 죽은 자들에게 기도하고,

숫양과 암양 한 마리씩을 제물로 바치세요.

이때 제물의 머리는 에레보스[10]를 향하게 하고,

당신은 돌아서서 강을 마주보세요.   530

그러면 이미 죽은 자들의 수많은 혼백이 당신에게로 올 거예요.

8　이 강들은 지하세계(저승)를 감싸고 흐르며, 죽은 자가 저승으로 가려면 반드시 건너야
　　하는 강들 중 하나다. 죽은 자의 혼백은 슬픔과 탄식에 젖어 아케론과 코키토스를 건넌
　　뒤, 피리플레게톤의 불길 속에서 영혼을 정화하고 망각의 강 레테의 강물을 마셔 이승의
　　일을 모두 뒤로한 채 증오의 강 스틱스를 건너 영원히 하이데스의 나라로 들어간다.

9　"완척"은 고대의 길이 단위다. 손가락 끝에서 팔꿈치까지의 길이로, 1완척은 약 45센티미
　　터에 이른다.

10　"에레보스"는 원래 지하세계의 암흑 신이지만, 나중에는 지하세계의 어두운 곳, 즉 죽은
　　자들이 머무는 곳을 가리키는 이름이 되었다. 지하세계의 감옥이라 불리고 티탄 신족이
　　갇혀 있는 더 깊은 곳은 타르타로스라고 부른다.

이때 당신은 날 선 청동칼로 작은 가축들의

껍질을 벗겨 불 속에 던지고, 전우들에게

강력한 하이데스와 엄숙한 페르세포네께

기도를 올리라 독려하세요. 그리고 넓적다리에서 날카로운   535

칼을 빼어 들고 그곳에 앉아, 테이레시아스의 신탁을

들을 때까지 떠돌아다니는 죽은 자들이 제물의 피에

가까이 오지 못하게 하세요. 백성의 수령이여,

그렇게 하고 있으면 예언자가 즉시 다가와 어떤 길과 경로를 통해

물고기 많은 바다를 건너 귀향하게 될지 당신에게 말해줄 거예요.'   540

　　　키르케는 이렇게 말했고, 잠시 후

황금 옥좌의 새벽의 여신 에오스가 왔습니다.

요정 키르케는 내게 겉옷과 웃옷 등 옷을 입혀주었고,

그녀 자신은 은빛 찬란한, 얇고 크고 우아한 겉옷을 입고,

허리에는 아름다운 금띠를 둘렀으며,   545

머리에는 면사포를 썼습니다. 나는 궁을 돌아다니며

전우들에게 다가가 일일이 점잖게 독려했습니다.

　　　'달콤한 잠은 이제 그만 자고 일어나 가세.

존귀한 키르케가 내게 가라고 했네.'

　　　내가 이렇게 말하자 그들의 대장부다운 기개는 내 말을 따랐습니다.   550

하지만 그곳에서도 나는 전우들을

아무 탈 없이 이끌지 못했습니다.

우리 중에 가장 젊은 엘페노르라는 자가 있었는데,

전쟁에서 그다지 용감하지 못했고 생각하는 바도 신통치 않았지요.

그는 술에 취해 시원한 곳에 있고 싶었는지 전우들에게서 떨어져   555

키르케의 신성한 궁 지붕 위에서 누워 자다가

전우들이 떠들썩하며 떠날 준비를 하는 기척을 듣고는

벌떡 일어났는데, 다시 긴 사다리를 타고 내려와야 한다는 걸

까맣게 잊어버렸지요. 그는 지붕에서 곧장 떨어졌고 척추에서
목이 부러져 혼백은 하이데스의 집으로 내려가고 말았습니다.   560
나는 전우들과 출발한 후 그들 가운데서 이렇게 말했습니다.

　　'지금 자네들은 각자의 집과 사랑하는 조상들의 땅으로 간다고
생각하겠지만, 키르케는 우리에게 다른 여정을 정해놓았네.
그래서 우리는 하이데스와 무시무시한 페르세포네의 집을 찾아가
테베의 테이레시아스 혼백에게 신탁을 받아와야 하네.'   565
　　내 말이 끝나자, 그들은 충격에 사로잡혀
그 자리에 주저앉아 머리를 감싸 쥐고 오열했습니다.
하지만 울어봤자 아무 소용없었지요.

　　우리가 비통한 심정으로 눈물을 펑펑 쏟으며
바닷가의 빠른 함선으로 가는 동안,   570
키르케는 우리를 쉽사리 앞질러 가서 검은 함선 옆에
숫양 한 마리와 검은 암양 한 마리를 묶어두었습니다.
신께서 이리로 가든 저리로 가든 원치 않는다면,
누가 신을 두 눈으로 볼 수 있겠습니까?

제11권 죽은 자들의 나라 하이데스

우리는 함선이 있는 바닷가로 내려가

가장 먼저 함선을 신성한 바다로 내린 후

돛대와 돛을 검은 함선에 갖다 놓았습니다.

키르케가 묶어놓은 숫양과 암양도 실은 후,

우리 또한 비통한 심정으로 눈물을 쏟으며 함선에 올랐지요.   5

그러자 인간의 목소리로 말하는 무시무시한 여신, 머릿결 고운 키르케가

뱃머리 검은 함선 뒤편에서 우리를 위해 훌륭한 전우가 되어줄

순풍을 보내어 돛을 팽팽하게 부풀려주었습니다.

우리는 함선 안에서 각자 도구들을 손질하며 앉아 있었습니다.

바람과 키잡이가 함선을 똑바로 몰고 있었기 때문입니다.   10

함선이 항해하는 내내 돛은 온종일 펼쳐져 있었습니다.

이윽고 해가 지고 모든 길이 어두워졌습니다.

    이때 함선이 깊이 흐르는 오케아노스의 끝에 도착했습니다.

그곳에는 어둠과 구름에 뒤덮인 킴메르인[1]의

---

1 "킴메르인"은 그리스 신화에 등장하는 고대 부족으로 영원한 어둠에 둘러싸인 저승의 입
   구에 살고 있었다고 전해진다. 오비디우스의 『변신 이야기』에서도 이 땅은 태양이 비치지
   않는 곳으로 묘사된다.

〈키르케〉(프레더릭 스타우트 처치, 1910년)

땅과 도시가 있습니다. 이 가련한 인간들 위에는   15
치명적인 밤이 펼쳐져 있어
빛나는 헬리오스도 별이 총총한 하늘로 오를 때나,
다시 대지로 내려올 때조차
그들에게 빛을 비추지 못하지요.
우리는 그곳으로 간 다음 함선을 해변으로 올려   20
숫양과 암양을 내리고, 오케아노스의 흐름을 따라 걸어
키르케가 알려준 곳에 도착했습니다.
      그곳에서 페리메데스와 에우릴로코스가 제물들을 붙잡고
있는 동안 저는 넓적다리에서 날카로운 칼을 빼들고
사방으로 한 완척 깊이의 구덩이를 팠습니다.   25
모든 죽은 자를 위해서 그 주위에다 처음에는 우유에 꿀을 탄
음료를 부었고, 다음으로 꿀처럼 달콤한 포도주를 부었으며,
세 번째로는 물을 붓고 그 위에 흰 보릿가루를 뿌렸습니다.
이어서 떠돌아다니는 죽은 자들에게 간절히 탄원했습니다
내가 이타케로 돌아가면 내 궁에서 새끼 낳은 적 없는 암소들 중   30
가장 좋은 것 한 마리를 제물로 바치고, 훌륭한 예물들로
제단을 가득 채우며, 테이레시아스에게는 내가 소유한
작은 가축들 중 가장 좋고 온통 검은 숫양 한 마리를
따로 바치겠다고 서약하며 탄원했지요.
나는 죽은 자의 종족들에게 탄원하며 기도한 후   35
숫양과 암양을 손으로 잡고 구덩이 위에서 목을 베었습니다.
검은 피가 흘러내리자 이미 죽은 자들의 혼백이 에레보스로부터
모여들었습니다. 신부, 총각, 힘든 일을 많이 겪은 노인,
아직 진정한 슬픔을 알지 못해 순진한 처녀,
청동 날이 박힌 창에 맞아 숨을 거둔 수많은 전사,   40
전투에서 죽어 피투성이가 된 무구를 입고 있는 남자들이

모여들었지요. 이렇게 수많은 혼백이 무시무시하게
고함을 지르며 사방에서 구덩이 주위로 모여들자
나는 겁을 먹고 파랗게 질렸습니다.
그래서 전우들에게 무자비한 청동에 죽어 누워 있는							45
작은 가축들의 껍질을 벗겨 통째로 태워 올리면서
신들, 곧 강력한 하이데스와 무시무시한 페르세포네께 기도하라고
명령하고 독려했습니다. 그리고 넓적다리에서 날카로운 칼을
빼든 채 그곳에 앉아, 테이레시아스의 신탁을 들을 때까지는
떠돌아다니는 죽은 자들이 제물의 피에 다가오는 걸 막았습니다.					50
	가장 먼저 다가온 이는 전우 엘페노르의 혼백이었습니다.
우리가 급한 일이 있어 애곡하지도 묻어주지도 못한 채
그의 시신을 키르케의 궁에 남겨두고 떠나와
그가 아직도 대로가 나 있는 대지 아래 묻히지 못했기 때문이었지요.
나는 그를 보자 눈물이 나고 불쌍한 생각이 들어						55
그에게 날개 달린 말로 물었습니다.
	'엘페노르여, 걸어서 온 자네가 검은 함선을 타고 온 우리보다
먼저 오다니, 어쩌다 자네는 어두운 지하세계에 오게 되었는가?'
	내가 이렇게 말하자 그는 통곡하며 이렇게 대답했습니다.
'제우스의 자손 라에르테스의 아들, 계책 많은 오디세우스여,					60
신께서 정한 사악한 운명과 엄청나게 많은 양의 포도주가
저를 망쳤습니다. 저는 키르케의 궁 지붕 위에서 누워 자다가
긴 사다리를 타고 내려와야 한다는 걸 완전히 잊어버려
지붕에서 곧바로 떨어지고 말았지요. 그래서 척추에서 목이
부러지면서 혼백이 하이데스의 집으로 내려왔습니다.						65
이제 저는 이곳에 있지 않고 조상들의 땅에 남아 있는 사람들,
즉 당신의 아내와 어린 당신을 길러주신 당신의 아버지와
당신이 궁에 남겨두고 온 외아들 텔레마코스의 이름으로 탄원합니다.

〈하이데스의 입구에서 오디세우스〉(요하네스 스트라다누스, 1600~1605년)

당신이 이곳 하이데스의 집을 떠난 후에는
튼튼하게 만든 함선을 몰고 다시 아이아이에섬으로   70
간다는 걸 알기 때문입니다. 주군이여, 그곳에 도착하거든
제발 부탁이니 저를 기억하여 애곡하지도 묻어주지도 않은 채
남겨두고 떠나는 일이 없게 해주십시오. 그랬다가는
신들의 진노를 살 테니까요. 그러니 저를 제 모든 무구들과 함께
화장한 후, 불운한 전사인 저를 위한 무덤을   75
그곳 잿빛 바닷가 기슭에 쌓아 후세 사람이 저에 관한
이야기도 알게 해주십시오. 한 가지 더, 제가 생전에
전우들과 함께했을 때 사용한 노도 제 무덤에 꽂아주십시오.'
    그의 말을 듣고 나는 이렇게 대답했습니다.
'불운한 자여, 자네를 위해 그 일들을 이루고 행하겠네.'   80
    이렇게 우리 두 사람이 앉아 애달픈 대화를 나누고 있을 때,
나는 칼을 빼들고 제물의 피를 지키며 얘기했고,
전우인 유령은 내게 많은 것을 들려주었습니다.
    이때 영웅다운 기개를 지닌 아우톨리코스[2]의 따님이자
돌아가신 내 어머니 안티클레이아의 혼백이 왔습니다.   85
내가 일리오스로 향할 때는 어머니가 아직 살아 계셔 그분을
뒤에 남겨두고 떠나왔습니다. 어머니를 보자 눈물이 났고 불쌍한
마음이 들었습니다. 나는 몹시 괴로웠지만, 테이레시아스의 신탁을
들을 때까지는 어머니의 혼백일지라도 피에 접근하지 못하게 했습니다.
    마침내 테베의 테이레시아스 혼백이 황금 홀을 들고 오더니   90
나를 알아보고 말했습니다.

---

2 "아우톨리코스"는 헤르메스와 키오네의 아들이며 고대 그리스 최고의 도둑이다. 전령의
   신이자 도둑의 수호신인 아버지 헤르메스에게서 절대 들키지 않고 훔치는 기술을 전수받
   았다. 그의 딸 "안티클레이아"는 이타케의 왕 라에르테스와 결혼해 영웅 오디세우스를 낳
   는다. 오디세우스는 외가의 피를 이어받아 최고의 지략가가 되었다고 할 수 있다.

'제우스의 자손 라에르테스의 아들, 계책 많은 오디세우스여!
그대는 어찌 밝은 세상을 뒤로하고 죽은 자들이 사는 음울한 곳에
온 것이오? 가련한 이여.
내가 피를 마시고 사실만 말할 수 있도록   95
그대는 구덩이에서 물러나고 날카로운 칼도 치우시오.'
    그가 이렇게 말하자 나는 물러나며 은징이 박혀 있는 칼을
칼집에 넣었습니다. 그러자 흠잡을 데 없이 훌륭한 예언자는
검은 피를 마신 후 내게 말했습니다.
    '영광스러운 오디세우스여, 그대는 달콤한 귀향을 바라지만,   100
신께서는 그대의 귀향을 고통스럽고 괴롭게 만들 것이오.
대지를 뒤흔드는 자 포세이돈께서는 그대가 자기 아들을
눈 멀게 한 것에 분노해 마음속에 앙심을 품고 있으니,
그대는 포세이돈의 눈을 피할 수 없소.
하지만 그대 자신과 전우들의 마음을 자제하기만 한다면   105
고생할지언정 귀향하게 될 것이오. 튼튼하게 만든 그대의 함선을
타고 자줏빛 바다를 벗어나 트리나키에섬[3]으로 다가갔을 때,
그대들은 모든 것을 보고 모든 것을 듣는 태양신 헬리오스가 소유한
소 떼와 살진 작은 가축 떼를 발견할 것이오.
귀향을 생각해 그 짐승들을 해치지 않는다면   110
그대들은 고생은 하더라도 이타케에 도착할 수 있소.
하지만 그 짐승들을 해친다면, 내가 예언하건대 그대의 함선과
전우들은 파멸을 맞이할 것이오. 설령 그대가 파멸을 피한다 해도
전우들이 모두 죽고 나서 오랜 후에야 다른 사람의 배를 타고

---

3 "트리나키에"는 '세 개의 곶'이라는 뜻으로 시켈리아(시칠리아) 섬의 옛 이름이다. 시켈리
  아는 이탈리아반도 서남단에 있는 지중해 최대의 섬으로, 이오니아해를 사이에 두고 펠로
  폰네소스반도와 마주보고 있다.

〈오디세우스의 미래를 예언하는 테이레시아스〉(헨리 푸젤리, 1780~1785년)

비참하게 귀향하고, 그대의 집도 재앙을 당할 것이오.　　　　　115

오만불손한 자들이 그대의 신 같은 아내에게 구혼하고

구혼 선물을 주며 그대의 재산을 탐욕스럽게 갉아먹을 것이오.

하지만 그대는 귀향하여 그들의 행패를 응징할 것이오.

그대는 계략을 꾸미든, 날 선 청동칼을 휘두르든,

궁에서 그 무례한 자들을 처단하고 나면,　　　　　120

손에 잘 맞는 노를 챙겨서

바다에 대해 전혀 알지 못하고

바다의 소금기가 섞인 음식을 먹지 않는

사람들을 만날 때까지 길을 가시오.

그 사람들은 뺨이 붉은 배를 알지 못하고,　　　　　125

배에 날개가 되어주는, 손에 잘 맞는 노도 알지 못하는 자들이오.

그대가 절대 놓치지 않을 명백한 징표를 알려주리다.

그대는 길을 가다가 그대에게 윤기 흐르는 어깨 위에

웬 곡식 까부르는 키를 메고 있냐고 말하는 여행자를 만날 것이오.

그러면 즉시 그대는 손에 잘 맞는 노를 그곳 땅에 박고,　　　　　130

군주 포세이돈께 훌륭한 제물들, 즉 숫양 한 마리, 황소 한 마리,

암퇘지에 올라타는 수퇘지 한 마리를 바치시오. 그런 후

집으로 돌아가 드넓은 하늘에 계시는 불멸의 모든 신들께 차례로

성대한 제를 올리시오. 바다에서 불어오는 조용한 죽음이

평온한 노년을 맞이한 그대를 찾아올 것이며,[4]　　　　　135

그대의 백성들은 축복받은 삶을 누릴 것이오.

4　트로이아 서사시권의 결말 부분에 속하는 『텔레고네이아』(텔레고노스 이야기)에 의하면,
오디세우스는 아이아이에섬에 1년 머무는 동안 키르케와의 사이에서 텔레고노스라는 아
들을 낳는다. 훗날 아들은 아버지를 찾아 배를 타고 가다가 폭풍을 만나 우연히 이타케에
도착한다. 텔레고노스는 그 섬이 이타케인 줄 모르고 약탈하다가 아버지 오디세우스와 싸
우게 되고, 어머니가 준 가오리 독가시가 박힌 창으로 오디세우스를 찔러 죽이고 만다.

지금까지 내가 한 말은 틀림없는 사실이오.'

그의 말을 듣고 나는 이렇게 대답했습니다.

'테이레시아스여, 그 일은 신들께서 친히 정하신 운명입니다.

그러니 자, 이것도 내게 있는 그대로 말씀해주십시오.　　140

저기에 돌아가신 내 어머니의 혼백이 보입니다. 하지만 어머니께서는

제물의 피 가까이에 말없이 앉아 계실 뿐, 아들인 나를

쳐다보지도 말을 걸지도 않으십니다. 존귀한 자여, 어떻게 해야

내가 여기 있다는 걸 어머니께서 알 수 있는지 말씀해주십시오.'

내가 이렇게 말하자, 그는 즉시 대답했습니다.　　145

'내가 그대에게 해줄 말은 간단하오. 그대가 죽은 자들 중

누구에게든 제물의 피에 다가올 수 있게 해주면,

그는 그대에게 틀림없는 사실만 말할 것이오.

하지만 그대가 그의 접근을 못마땅해한다면 그는 다시 물러날 것이오.'

존귀한 테이레시아스의 혼백은 이렇게 신탁을　　150

다 전한 후 하이데스의 집으로 돌아갔습니다.

내가 그곳에서 꼼짝하지 않고 그대로 있자

마침내 어머니께서 다가와 검은 피를 마시더니

즉시 나를 알아보고는 울며 날개 달린 말로 말씀하셨습니다.

'내 아들아, 살아 있는 네가 어떻게 어둡고 암울한　　155

지하세계에 와 있느냐? 산 자들은 이런 것을 보기 어렵단다.

그 사이에는 큰 강들과 무시무시한 흐름이 있기 때문이지.

무엇보다 튼튼하게 지은 배 없이 걸어서

오케아노스를 건너기란 불가능하단다.

너는 트로이아를 출발해 배를 타고 전우들과 함께　　160

오랜 세월을 떠돌아다니다가 지금 이곳에 오게 되었느냐?

이타케에 가지 못하고 궁에 있는 네 아내도 만나지 못한 것이냐?'

어머니께서 말씀하시자 나는 이렇게 대답했습니다.

'어머니, 테베의 테이레시아스 혼백에게 신탁을 들으려면
하이데스의 집으로 내려올 수밖에 없었어요.
처음에 트로스인과 싸우기 위해 말을 많이 기르는
일리오스로 고귀한 아가멤논을 따라간 때로부터
지금까지 고초를 겪으며 떠돌아다니느라 아직 아카이오스인들의 땅에
가까이 가지 못했고 고국 땅도 밟지 못했습니다.
그러니 자, 있는 그대로 낱낱이 말씀해주세요.
어머니께서는 어찌하여 긴 잠에 들게 하는 죽음을
맞으셨나요? 오랫동안 병을 앓으셨나요, 아니면 화살을 쏘는 자
아르테미스가 다가와 부드러운 화살로 어머니를 살해한 건가요?
아버지와 집에 두고 온 제 아들에 대해서도 말씀해주세요.
제 명예로운 지위는 여전히 집에 남아 있나요, 아니면 이미 다른 사람이
차지했고 사람들은 제가 돌아오지 못할 것이라고 말하나요?
저와 결혼한 아내의 의지와 생각에 대해서도 말씀해주세요.
그녀는 아들 옆에 머물며 모든 것을 굳건히 지키고 있나요,
아니면 어느 높은 자와 이미 결혼했나요?'
　　　내가 이렇게 말하자 존귀한 어머니께서는 즉시 대답해주셨습니다.
'네 아내는 조금도 변치 않는 마음을 간직한 채로 네 궁에
머무르고 있단다. 하지만 밤낮으로 눈물을 쏟고
늘 시름에 젖어 괴롭게 지내고 있지. 아름답고 명예로운
네 지위는 아직 다른 사람이 차지하지 않았기에
텔레마코스는 잘 지내며 네 영지를 돌보고 있단다.
그 아이는 법관의 직분을 맡아 연회에 참석하고 제 몫을 다하고 있지.
연회가 있을 때마다 모두가 그를 부르기 때문이지.
네 아버지는 그곳 시골에 머물며 도시에는 내려가지 않으신다.
그분은 침상과 겉옷과 빛나는 담요도 없이
겨울에는 집 안에서 하인들이 자는 불 옆 먼지 속에서

주무시고, 몸에는 허름한 옷만 걸치신단다.
여름이 오고 풍성한 수확기가 되어
포도원 언덕 곳곳에 낙엽이 떨어져 쌓이면
그곳이 곧 그분의 대지 위 침상이 되지.
그분은 괴로워하며 그곳에 누워 너의 귀향을 열망하고,   195
힘겨운 노년을 보내면서 마음에 큰 슬픔을 키우고 계신다.
나도 그렇게 노년을 보내다가 내게 정해진 운명을 따라 죽었단다.
화살을 쏘는 눈썰미 좋은 여신께서 궁으로 찾아와
부드러운 화살로 나를 죽이신 것도 아니고,
사람을 몹시 비참할 정도로 쇠약하게 만들어   200
사지에서 목숨을 앗아가는 병에 걸려 죽은 것도 아니지.
영광스러운 오디세우스야, 너와 네 계획과 다정함을
그리워하는 마음이 내게서 목숨을 앗아간 것이란다.'
　　어머니께서 이렇게 말씀하시자 나는 돌아가신 그분의 혼백을
붙잡아두고 싶어 마음속으로 고민했습니다. 그래서 마음이   205
시키는 대로 세 번이나 달려가 어머니의 혼백을 붙잡으려 했지요.
하지만 어머니의 혼백은 세 번 다 그림자인 듯, 꿈인 듯
내 두 손을 빠져나가 날아갔습니다. 날카롭게 찔린 듯 마음이
괴롭고 고통스러워 나는 어머니에게 날개 달린 말로 물었습니다.
　　'어머니, 비록 온기가 없어도 하이데스의   210
집에서나마 어머니를 부둥켜안고 울고 싶은데,
왜 저를 기다려주지 않으세요?
혹시 저더러 더욱 비통해하고 신음하라고
고귀한 페르세포네께서 제게 유령을 보내주신 건가요?'
　　내가 이렇게 말하자 존귀한 어머니께서 즉시 대답하셨습니다.   215
'내 아들아, 모든 인간 중 가장 불운한 자야,
제우스의 따님 페르세포네께서 너를 속이시는 게 아니다.

이것은 어느 인간이든 죽으면 겪게 되는 운명이란다.

목숨이 일단 흰 뼈를 떠나면 근육은 더 이상

살과 뼈가 붙어 있게 하지 못하고   220

활활 타는 불의 강력한 힘에 의해 파괴되지만,

혼백은 꿈처럼 멀리 날아가 이리저리 날아다니게 된단다.

그러니 너는 빛을 향해 최대한 서둘러 가라.

그리고 이 모든 것을 알아두었다가 나중에 네 아내에게 말해주렴.'

   어머니와 내가 이런 대화를 나누고 있을 때,   225

고귀한 페르세포네께서 보내신 여자들이 왔는데,

이들은 모두 지위 높은 자들의 아내나 딸들이었습니다.

그들은 검은 피 주위에 모여들었고, 어떻게 하면 그들 각각에게

궁금한 걸 물어볼 수 있을지 나는 곰곰이 생각했습니다.

내 마음속에 가장 좋을 것 같은 계책이 떠올랐지요.   230

그래서 나는 넓적다리에서 날이 긴 칼을 빼들고

그들이 한꺼번에 검은 피를 마시지 못하게 했습니다.

그러자 여자들이 차례로 한 명씩 다가와

자기 가문에 대해 말했고, 나는 각각에게 물었습니다.

   이때 나는 가장 먼저 고귀한 가문의 딸인   235

티로를 보았습니다. 그녀는 흠잡을 데 없이 훌륭한

살모네우스의 딸이자 아이올로스의 아들 크레테우스의 아내라고

자신을 밝혔습니다. 그녀는 대지 위를 흐르는 강들 중

단연 아름다운 강인 신 같은 에니페우스[5]에게 반해,

그의 아름다운 물결을 자주 보러 갔다고 하더군요.   240

그런데 대지를 떠받치고 뒤흔드는 자 포세이돈께서

에니페우스의 모습을 하고, 소용돌이치는 강어귀에서

---

5 "에니페우스"는 테살리아 지방에 있는 강 또는 그 강의 신이다.

그녀 옆에 누웠지요. 그러자 자줏빛 파도가 산처럼

높이 솟아올라 휘어진 채 포세이돈 신과 필멸의 여자를

둘러싸 가려주었습니다. 신께서는 이 처자의 허리띠를 풀고,   245

그녀에게 잠을 쏟아부었습니다. 신께서는 사랑의 일을 마친 후

그녀의 손을 잡고 이렇게 말했습니다.

　　'여자여, 우리가 나눈 사랑을 기뻐해라. 불멸의 신과 동침한 일은

헛되지 않으니 한 해가 지나 너는 아주 훌륭한 아들들을

낳게 될 것이다. 그 아이들을 정성껏 잘 길러라.   250

하지만 지금은 집에 돌아가거든 이 일을 함구하고 입 밖에 내면 안 된다.

나는 대지를 뒤흔드는 자 포세이돈이다.'

　　신께서는 이렇게 말한 후 파도치는 바다 아래로 들어갔습니다.

이렇게 해서 티로는 펠리아스와 넬레우스를 임신하고 낳았는데,

그들은 둘 다 위대한 제우스의 강력한 시종이 되었지요.   255

펠리아스는 광활한 이올코스에서 살며 수많은 양 떼를 거느렸고,

넬레우스는 모래가 많은 필로스에 자리를 잡았습니다.

여자들 중 여왕인 티로는 크레테우스와의 사이에서도 아이손과

페레스와 전차를 타고 싸우는 아미타온이라는 아들들을 낳았습니다.

　　다음으로 나는 아소포스의 딸 안티오페[6]를 보았습니다.   260

그녀는 자기가 제우스의 품에서 자고 난 후, 암피온과 제토스라는

두 아들을 낳은 일을 자랑스럽게 생각했습니다.

이 두 사람은 일곱 성문의 테베에 처음으로 정착지를 건설하고

6　"안티오페"는 테베 왕 라브다코스의 조부이자 섭정이었던 니크테우스의 딸이다. 니크테
　우스는 카드모스를 도와 테베를 건설한 스파르토이(용의 이빨을 뿌려 나온 자들) 중 하나
　인 크노니오스의 아들이다. 제우스가 안티오페에게서 낳은 쌍둥이 형제 암피온과 제토스
　는 테베의 왕이 되어 함께 통치하며 일곱 개의 성문을 지닌 테베성을 건설한다. 일곱 개의
　성문은 암피온이 연주한 리라의 7현을 본떠 만들었다고 한다. 훗날 아르고스의 테베 공략
　7장군이 쳐들어와 성문을 하나씩 맡아 공격했지만, 그중 하나도 파괴되지 않았다.

성벽을 둘렀지요. 그들이 아무리 강력해도 드넓은 테베에

성벽을 두르지 않고 살아가기란 불가능했으니까요.   265

　　　그다음 내 앞에 선 여자는 암피트리온의 아내 알크메네였습니다.

그녀는 위대한 제우스의 품에서 몸을 섞어

사자의 심장을 지닌 용감무쌍한 헤라클레스를 낳았습니다.

나는 암피트리온의 강력하고 지칠 줄 모르는 강인한 아들이

아내로 삼은, 기개 넘치는 크레온의 딸 메가라[7]도 보았습니다.   270

　　　오이디푸스의 어머니 아름다운 에피카스테[8]도 보았지요.

그녀는 아무것도 모른 채 자기 아들과 결혼하는 엄청난 일을 저질렀고,

오이디푸스는 자기 아버지를 죽이고 어머니와 결혼했는데,

신들께서는 즉시 이 일이 사람들에게 알려지게 하셨습니다.

이렇게 카드모스의 자손들[9]을 다스린 오이디푸스는   275

7　"메가라"는 테베 왕 크레온의 딸이자 영웅 헤라클레스의 첫 번째 아내다. 헤라클레스에게
　서 세 아들을 낳았지만, 헤라 여신의 저주로 광기에 사로잡힌 헤라클레스에 의해 자식들
　과 함께 죽임을 당한다. 테베에는 메가라의 세 아들을 위한 무덤이 있어 해마다 제사를 지
　냈다고 한다. "크레온"은 테베의 건설자 카드모스의 4대손이다.

8　"에피카스테"(이오카스테)는 테베 왕 크레온의 여동생이다. 그녀는 암피온과 제토스가 죽
　은 후 테베의 왕이 된 라이오스(카드모스의 2대손인 라브다코스의 아들)와 결혼해 "오이
　디푸스"를 낳지만, 그 아이가 아버지를 죽일 것이라는 신탁을 받고는 그를 내다 버린다.
　오이디푸스는 코린토스의 왕 폴리보스에게 발견되어 왕비 페리보이아의 양육을 받는다.
　성인이 된 오이디푸스는 길을 가다가 우연히 친아버지 라이오스가 타고 있는 마차와 마주
　치고, 시비가 붙은 끝에 일행을 죽이고 테베로 향한다. 라이오스왕이 죽은 후 왕비 에피카
　스테의 오빠 크레온이 왕권을 잡자 테베에 큰 재앙이 닥친다. 헤라가 보낸 스핑크스 때문
　이었다. 오이디푸스는 스핑크스가 낸 수수께끼를 풀고 테베의 왕이 되고, 라이오스의 아
　내이자 자신의 생모인 에피카스테와 결혼해 두 아들 폴리네이케스, 에테오클레스와 두 딸
　이스메네와 안티고네를 낳는다. 하지만 예언자 테이레시아스를 통해 오이디푸스가 라이
　오스의 살해범으로 밝혀지자 에피카스테는 목을 매 자살하고, 오이디푸스는 그녀의 황금
　브로치로 스스로 두 눈을 찔러 맹인이 된다. 이후에 오이디푸스의 두 아들 사이에 벌어지
　는 왕위 다툼을 둘러싸고 테베 공략 7장군의 서사가 전개되고, 이 모든 일은 고대 그리스
　에서 트로이아 서사시권과 맞먹는 테베 서사시권을 탄생시킨다.

9　"카드모스의 자손들"은 테베인을 가리킨다. 그리스 본토 중부에 있는 보이오티아 지방 테
　베의 건설자 카드모스는 강의 신 이나코스의 딸 이오가 제우스에게서 낳은 에파포스의 자

신들의 잔인한 계획 때문에 지극히 사랑스러운 테베에서
고통을 겪었고, 에피카스테는 지하세계의 강력한 문지기인
하이데스의 집으로 갔습니다. 고통에 짓눌린 그녀는 높은
대들보에 올가미를 묶었고, 남겨진 아들은 복수의 여신들이
어머니의 복수를 위해 준비한 온갖 고통을 다 겪어야 했습니다.　　　　280

그리고 매우 아름다운 클로리스[10]도 보았습니다. 그녀는 너무나
아름다워 넬레우스가 막대한 구혼 선물을 주고 그녀와 결혼했지요.
그녀는 이아소스의 아들 암피온의 막내딸인데, 암피온은 당시에
미니아스인[11]의 도시 오르코메노스를 다스리는 강력한 통치자였습니다.
그녀는 필로스에서 왕비가 되어 넬레우스에게 네스토르, 크로미오스,　　　285
당당한 페리클리메노스라는 아주 훌륭한 아들들을 낳아주었습니다.

손이자 페니키아 왕 아게노르의 아들이다. 아나톨리아 킬리키아의 건설자 킬릭스, 페니키아의 건설자 포이닉스의 형제이며, 라다만티스, 미노스, 사르페돈을 낳은 에우로페의 오빠이기도 하다. 에우로페가 제우스에게 납치되어 행방불명되자 아버지 아게노르왕은 카드모스를 비롯한 아들들에게 누이동생을 찾기 전까지 돌아오지 말라는 엄명을 내린다. 고향에 돌아가지 못하게 된 카드모스는 델포이의 아폴론 신전을 찾아가 신탁을 구한다. 이에 아폴론은 암소 한 마리를 만나면 그 뒤를 따라가 암소가 머무는 곳에 도시를 세우고, 그곳의 이름을 테베로 지으라는 신탁을 내린다. 암소가 머문 곳에서 카드모스는 암소를 제물로 바치기 위해 부하들에게 아레스의 샘에서 신성한 물을 길러오라고 명하지만, 부하들이 모두 샘을 지키고 있는 용에게 죽임을 당한다. 카드모스가 화가 나 그 용을 죽이자 아테나 여신이 나타나 용의 이빨을 땅에 뿌리라고 명령한다. 명령대로 하자 '씨 뿌려 나온 자들'이라는 뜻의 무장한 군사 '스파르토이'가 나타나 서로 싸우다 다섯 명만 남게 된다. 그들이 도시 성채의 건설을 돕는데, 성채는 카드모스의 이름을 따라 카드메이아로 명명된다. 이 도시는 나중에 테베가 되고, 카드모스는 테베의 왕이 된다.

10 "클로리스"는 필로스의 왕 넬레우스의 왕비다. 여기서 호메로스는 클로리스가 보이오티아 지방에 있던 오르코메노스의 왕 "암피온"의 딸이라고 말하지만, 일반적으로는 테베의 왕 암피온과 니오베의 딸로 알려져 있다. 니오베는 일곱 명의 아들과 일곱 명의 딸을 낳았는데, 당시 테베에서 숭배한 레토 여신에게는 아폴론과 아르테미스 남매만 있으니 자기가 레토 여신보다 더 훌륭하다고 자랑한다. 이 말에 분개한 아폴론과 아르테미스는 니오베의 자식들을 화살을 쏘아 죽이는데, 이때 막내딸인 클로리스만 살아남는다.

11 "미니아스인"은 그리스 본토 중부에 있는 보이오티아 지방 오르코메노스 왕국의 건설자 미니아스가 시조인 종족이다.

클로리스는 아들들 말고도 강력한 딸 페로를 낳았는데,

페로는 사람들에게 경이로운 존재여서 인근의 모든 사람이 그녀에게

　구혼했습니다.

하지만 넬레우스는 이피클레스가 소유한, 굽은 뿔과 넓은 이마를

지녔으며 몰기 어려운 힘센 소 떼를 필라케에서 몰고 오는 자에게만　　290

딸을 주겠다고 했지요. 그러자 흠잡을 데 없이 훌륭한 예언자[12]가

그 소 떼를 몰고 오겠다고 약속했습니다.

그러나 신이 정한 가혹한 운명에 따라 들에서 소 떼를

기르는 목자들이 고통스러운 사슬로 그를 묶어버렸습니다.

하지만 달이 가고 날이 흐르고 한 해가 지나 때가 되고,　　295

그가 모든 신탁을 말해주자 강력한 이피클레스는 그를 풀어주었습니다.

이렇게 해서 제우스의 뜻이 이루어졌습니다.

　　나는 틴다레오스의 아내 레다[13]도 보았습니다.

12　여기서 "예언자"는 아미타온과 이도메네의 아들 멜람푸스를 가리킨다. 아미타온은 이올코
　　스의 건설자이인 크레테우스의 아들이지만, 어머니 티로가 포세이돈에게서 낳은 펠리아
　　스에게 추방되자 넬레우스왕이 다스리는 메세네의 필로스로 건너와 아르고스 왕 아바스
　　의 딸 이도메네와 결혼해 비아스와 멜람푸스를 낳았다. 어릴 적 멜람푸스는 어미 잃은 새
　　끼 뱀 두 마리를 길렀는데, 그가 자는 동안 새끼 뱀이 귓구멍을 핥아 동물의 말을 알아들
　　을 수 있는 능력이 생긴 데다 알페이오스강에서 아폴론을 만난 후 최고의 예언자가 된다.
　　그는 넬레우스왕의 딸 페로에게 구혼한 형 비아스를 돕기 위해 필라케(필라카이) 왕 필라
　　코스의 소를 훔치다 들켜 감옥에 갇힌다. 어느 날 그는 감옥 지붕 위에서 벌레들이 들보를
　　갉아먹자고 얘기하는 소리를 엿듣고 간수들을 설득해 다른 곳으로 옮겼고, 그날 밤 그의
　　말대로 감옥 지붕이 무너져내린다. 멜람푸스의 능력을 들은 필라코스왕은 아들 이피클레
　　스의 불임 문제를 해결해달라고 부탁한다. 멜람푸스는 왕의 소를 받는 조건으로 이 문제
　　를 맡았고, 그 원인이 이피클레스가 어릴 적에 숫양을 거세하는 광경을 목격했기 때문이
　　라는 것을 늙은 독수리에게 듣고 그의 병을 고쳐준다. 필라코스는 약속대로 멜람푸스에게
　　소 떼를 내주었고, 그의 형 비아스는 페로와 결혼한다. 나중에 멜람푸스와 비아스는 각각
　　티린스 왕 프로이토스의 영토를 3분의 1씩 받아 아르고스를 다스리는 왕이 된다.
13　스파르테의 왕 "틴다레오스"는 코린토스만 북쪽의 산악 지방 아이톨리아 왕 테스티오스의
　　딸 "레다"와 결혼해 쌍둥이 형제 카스토르와 폴리데우케스, 두 딸 헬레네와 클리타임네스
　　트라를 낳는다. 한편, 이들은 모두 또는 클리타임네스트라를 제외하고 백조로 변신한 제
　　우스와 레다 사이에서 태어났다고도 전해진다.

그녀는 틴다레오스에게 강한 심장을 지닌 두 아들, 말 길들이는 자

카스토르와 주먹 싸움에 능한 폴리데우케스[14]를 낳았습니다.　　　　　300

이 두 형제는 생명을 낳는 대지에 묻혔으나

여전히 생명의 기운을 지니고 있습니다. 그들은 대지 아래서도

제우스의 은총을 받아 하루는 생을 누리고,

하루는 죽음에 잠기며 신과 같은 영예를 얻었습니다.

　　　다음으로는 알로에우스의 아내 이피메데이아[15]를 보았습니다.　　　305

그녀는 자기가 포세이돈과 몸을 섞어

신 같은 오토스와 명성 자자한 에피알테스[16]라는 두 아들을 낳았지만,

둘 다 단명했다고 분명하게 말했습니다.

이 두 사람은 양식을 주는 대지가 기른 모든 인간 중에서

가장 키가 크고 오리온 다음으로　　　　　310

14　"카스토르"와 "폴리데우케스"는 '디오스쿠로이'(제우스의 아들들)로 불린 쌍둥이 형제다. 모험을 즐기는 건장하고 용감한 이들은 늘 함께 다니며 신화 속의 각종 사건에 이름을 올린다. 이들은 이아손이 이끄는 아르고호 원정대 일원으로 황금 양털을 찾으러 콜키스에 다녀왔고, 칼리돈의 멧돼지 사냥에 참가했으며, 테세우스가 누이 헬레네를 납치하자 아테나이를 공격해 되찾아오기도 했다. 이들은 각각 숙부 레우키포스의 딸들인 포이베와 힐라에이라를 아내로 맞고 싶어 했지만, 두 처녀는 또 다른 숙부이자 메세네 왕 아파레우스의 쌍둥이 아들인 이다스, 린케우스와 약혼한 사이로, 이미 메세네에서 살고 있었다. 카스토르와 폴리데우케스 형제는 이 사촌누이들을 납치해 결혼한다. 그러나 카스토르는 천하장사 이다스에게 죽고, 폴레데우케스도 죽임을 당하려는 순간 제우스가 천상으로 데려가 불사신으로 만들려 한다. 폴리데우케스는 카스토르가 지하세계에 있는데 자기만 불멸의 삶을 누릴 수 없다며 제우스에게 둘이 함께 있도록 해달라고 간청한다. 결국 형제는 둘이 함께 일 년의 절반은 지하세계에서, 나머지 절반은 올림포스에서 지내게 된다.

15　"이피메데이아"는 포세이돈의 아들인 트리오파스의 딸이며, 숙부인 "알로에우스"와 결혼했지만 포세이돈을 사랑해 오토스와 에피알테스 형제를 낳았다. 알로에우스는 코린토스만 북쪽 산악 지대의 아이톨리아 지방에 알로스라는 도시국가를 건설해 왕이 된 인물이다.

16　"오토스"와 "에피알테스"는 '알로아다이'(알로에우스의 자식들)로 불린 거인 형제다. 성격이 사납고 힘센 두 형제는 올림포스의 여신들, 즉 오토스는 아르테미스를, 에피알테스는 헤라를 차지하기 위해 올림포스산 위에 오사산과 펠리온산을 쌓아 하늘로 올라가는 길을 내려 했다. 전쟁의 신 아레스가 그들을 제지하려다 잡혀 청동 항아리 속에 13개월이나 갇혀 있다가 헤르메스의 도움으로 간신히 빠져나온다.

월등하게 잘생겼습니다. 아홉 살 때 이미 몸 둘레가

아홉 완척이었고, 키도 아홉 길[17]이나 되었다지요.

그들은 감히 올림포스의 불멸의 신들에게

도전장을 던지며, 전쟁의 함성을 드높이려 했습니다.

하늘에 오를 생각으로 올림포스산 위에 오사산을 올려놓고   315

오사산 위에 또 잎사귀가 바람에 흔들리는 펠리온산을 올려놓길

열망했습니다.[18] 성인이 될 때까지 살았더라면 그 일을 이루었을 테지요.

하지만 그들의 관자놀이 아래에 솜털 같은 수염이 자라나

턱을 빽빽이 덮기 전에, 이 두 사람은 머릿결 고운 레토가

제우스에게 낳아준 아들 아폴론에게 죽임을 당했습니다.   320

　　파이드라, 프로크리스,[19] 아름다운 아리아드네도 보았습니다.[20]

---

17 "길"로 번역한 오르귀이아(ὄργυια)는 양팔을 뻗었을 때의 길이를 가리키고, 1길은 약 1.8미터에 해당한다.

18 "올림포스산"은 그리스 북부 테살리아 지방에 위치하며 그리스에서 가장 높은 산이다. 최고봉은 해발 2,919미터인 미티카스봉이고, 2천 미터 이상인 봉우리 11개가 약 20킬로미터에 걸쳐 뻗어 있다. "오사산"은 펠리온산과 올림포스산 사이에 있는 1,978미터 높이의 산이다. "펠리온산"은 테살리아 지방 남동부에 위치하며 최고봉은 1,624미터에 이른다.

19 "프로크리스"는 아테나이 왕 에레크테우스의 딸이자 케팔로스의 아내다. 새벽의 여신 에오스가 케팔로스를 사랑한 나머지 그를 납치해 8년을 함께 지내며 아들 파에톤도 낳지만, 아내를 잊지 못한 케팔로스는 아테나이의 집으로 돌아간다. 그는 낯선 사람으로 변장해 아내의 정절을 시험하고, 이 사실을 알고 분노한 프로크리스는 크레테섬으로 간다. 한편 크레테 왕 미노스는 동침한 여인을 죽게 만드는 병에 걸렸는데, 그의 숱한 애정 행각에 분노한 파시파에 왕비가 마법을 걸었기 때문이다. 프로크리스는 마녀 키르케에게 받은 마법의 풀뿌리로 왕의 병을 고쳐주고 답례로 마법의 창과 사냥개를 선물받는다. 그녀는 다시 남편에게로 돌아가지만 사냥하던 남편이 던진 마법의 창에 맞아 죽고 만다. 아내를 살해한 죄로 아테나이에서 추방된 케팔로스는 암피트리온과 함께 타포스 원정에 참여해 승리를 거둔 뒤 케팔로니아섬을 차지하고 왕이 된다.

20 "파이드라"와 "아리아드네"는 크레테 왕 미노스의 딸들이다. 아리아드네는 크레테에 온 아테나이 왕자 테세우스가 황소괴물 미노타우로스를 죽이고 미궁을 빠져나올 수 있도록 돕는다. 그 후 테세우스와 함께 아테나이로 가던 중, 낙소스섬(호메로스는 "디에섬"이라고 말한다)에 있는 아르테미스의 신성한 숲에서 사랑을 나누어 여신의 숲을 더럽힌 죄로 여신에게 죽임을 당한다. 테세우스는 아마존인의 히폴리테 여왕과의 사이에서 히폴리토스를 낳고, 그를 자신에게 왕위 계승권이 있는 트로이젠으로 보낸다. 테세우스가 아테나이

음험한 미노스의 딸인 아리아드네는 전에 테세우스가 크레테에서

신성한 아테나이의 언덕으로 데려가고 싶어 했지만 그럴 수 없었습니다.

그 전에 아르테미스가 디오니소스[21]의 증언을 듣고

바다로 둘러싸인 디에섬에서 그녀를 죽였기 때문입니다.   325

　　나는 또한 마이라,[22] 클리메네,[23] 사랑하는 남편을

값나가는 황금과 맞바꾼 가증스러운 에리필레[24]도 보았습니다.

하지만 거기서 본 모든 영웅의 아내와 딸을

얘기할 수 없고, 그들의 이름을 다 말할 수도 없습니다.

아마 신성한 밤을 다 지새워도 그럴 수는 없을 겁니다.   330

의 왕이 된 후, 크레테의 왕이 된 미노스의 아들 데우칼리온은 아테나이와 동맹을 맺고, 아리아드네의 자매 파이드라를 테세우스와 결혼시킨다. 숙부 팔라스가 50명의 아들들과 함께 테세우스를 몰아내려고 공격하자 테세우스는 그들을 모두 죽였지만, 친족을 살해한 죄로 1년 동안 아테나이를 떠나 있어야 했기 때문에 파이드라와 함께 트로이젠으로 간다. 그곳에서 파이드라는 테세우스의 아들 히폴리토스를 보고 사랑에 빠지지만 뜻대로 되지 않자 자결한다.

21 "디오니소스"는 테베의 건설자 카드모스와 하르모니아 여신의 딸 세멜레가 제우스에게서 낳은 아들로서 포도나무와 포도주의 신, 풍요와 황홀경의 신이다.

22 "마이라"는 에피라(코린토스의 옛 이름)의 건설자이자 왕이었던 시시포스의 손자이자 테르산드로스의 아들인 프로이토스의 딸이다. 처녀신 아르테미스에게 순결을 맹세했지만, 제우스에게서 로크로스를 낳았다는 이유로 아르테미스의 화살에 맞아 죽는다. 로크로스는 제토스와 암피온을 도와 테베를 건설한다.

23 "클리메네"는 그리스 중부 보이오티아 지방 오르코메노스 왕국의 건설자 미니아스 왕의 딸이며, 테살리아의 필라케 왕국의 건설자 필라코스와 결혼해 이피클로스와 알키메데를 낳았다. 알키메데는 그리스 북부 테살리아 지방 이올코스의 건설자인 크레테우스와 티로의 아들 아이손과 결혼했다. 아이손은 이올코스의 왕위 계승권자였으나 배다른 형인 펠리아스에게 왕위를 빼앗겼다. 아이손과 알키메데는 펠리아스에게 독살되지만, 이들의 아들 이아손이 아르고호 원정대를 결성하고 콜키스의 황금 양털을 가져와 펠리아스를 죽인다.

24 "에리필레"는 아르고스의 왕 탈라오스와 예언자 멜람푸스의 손녀 리시마케 사이에서 태어난 딸로, 아르고스 왕 암피아라오스와 결혼한다. 에리필레와 암피아라오스는 아르고스를 공동 통치하는 세 가문 중 멜람푸스 가문과 비아스 가문의 후손이었다. 예언자였던 암피아라오스는 테베 공략이 실패해 아르고스의 왕 아드라스토스를 제외한 모든 장수가 죽을 것을 알았기에 참전을 거부했다. 그러나 테베의 왕위를 되찾고자 한 오이디푸스의 아들 폴리네이케스가 '하르모니아의 목걸이'를 에리필레에게 선물하며 회유하자 그녀는 남편이 죽을 것을 알면서도 그를 테베 공략에 내보낸다.

호송 문제는 신들과 여러분의 소관이고, 이제 나는 빠른 함선에 있는
전우들에게 돌아가서든, 아니면 이곳에서든 자야 할 시간입니다."

오디세우스가 이렇게 말했을 때, 그들은 모두 그늘진 대청에서
그의 이야기에 매료된 채 말없이 묵묵히 있었다.

흰 팔의 아레테가 그들 가운데서 먼저 말했다.   335

"파이악스인이여, 여러분은 이분의 용모와 체격과 내면의
지혜를 어떻게 생각하시나요? 이분은 내 손님이기는 하지만
이분을 대접할 영예는 여러분 각자의 몫이기도 합니다.
그러니 이분을 서둘러 보내지 말고 가진 것 없는 이분에게
선물을 아낌없이 주세요. 여러분은 신들의 뜻에 따라   340
집에 많은 재물을 쌓아두고 계시잖아요."

파이악스인 중 가장 연장자인 노영웅 에케네오스가
그들 가운데서 이렇게 말했다.

"친구들이여, 대단히 사려 깊은 왕비께서 말씀하신 바는
과녁에서 벗어나지 않고, 우리의 생각과 다르지도 않으니 따라야 합니다.   345
이제 뒤따를 행동과 말은 여기 계신 알키노오스께 달려 있습니다."

그러자 알키노오스가 그에게 이렇게 대답했다.

"내가 살아 있어 노를 좋아하는 파이악스인을
다스리는 한 나의 이 말은 반드시 이루어질 것이오.
손님이 귀향을 아무리 열망한다 해도 내일까지는 머물러야 하오.   350
내일까지는 손님에게 줄 선물을 다 마련할 테니.
호송은 모든 남자의 소관이고, 그중에서도 특히
내 소관이오. 이 나라의 통치권은 내게 있으니 말이오."

계책 많은 오디세우스가 그에게 대답했다.

"모든 백성 중 가장 영광스러운 알키노오스 전하,   355
여러분이 내게 훌륭한 선물을 주어 호송할 것이니
일 년 동안 이곳에 머무르라고 명령한다 해도

나는 기꺼이 그렇게 할 것입니다. 두 손에 선물을 가득 들고
사랑하는 조상들의 땅에 돌아가는 것이 훨씬 더 이득이고,
내가 이타케로 귀향하는 것을 보는 모든 사람에게   360
나는 더 존경스럽고 사랑받는 존재가 될 테니 말입니다."
        알키노오스가 그에게 대답했다.
"오디세우스여, 우리 생각에 그대는 사기꾼이나
도적 같지 않소. 이 넓은 땅 위에는 진실을 알 수 없는
거짓말을 퍼뜨리며 살아가는   365
자들이 많지만, 당신의 말에는
진실뿐 아니라 뛰어난 지혜도 담겨 있소이다.
그대는 모든 아르고스인과 그대가 직접 겪은
참혹한 고난을 마치 음유시인처럼 생생하게 이야기했소.
그러니 자, 이 점에 대해서도 내게 있는 그대로 말해주시오.   370
그대를 따라 일리오스로 갔다가 그곳에서 운명을 맞은
신 같은 전우들 중 몇몇도 만나보았소?
이 밤은 말할 수 없이 길고, 이 궁에서는 아직 잠들 시간이
아니니 그 경이로운 일을 계속해서 말해주시오.
당신이 이 궁에서 지나온 고난에 대해 얘기하는 동안은   375
나도 기꺼이 찬란한 새벽까지 함께하겠소."
        계책 많은 오디세우스가 그에게 대답했다.
"모든 백성 중 가장 영광스러운 알키노오스 전하,
많은 얘기를 해야 할 때가 있는가 하면 잠을 자야 할 때가 있지요.
하지만 더 듣기를 열망하신다면   380
트로이아에서 죽은 전우들의 얘기보다는 그들보다 나중에
죽은 내 전우들이 겪은 더 슬프고 가련한 고난 얘기를
이어서 들려드리지요. 슬픔으로 가득 찬 트로스인의 함성은
멀리 벗어났지만, 그 후 귀향하다가 한 사악한 여자의

음모에 걸려들어 죽임을 당한 전우들의 이야기 말입니다.　　　　　385

　　　고결한 페르세포네가 여자들의 혼백을 사방으로 흩어버리자

아트레우스의 아들 아가멤논의 혼백이 비통해하며 다가왔고,

그의 주위에는 아이기스토스의 집에서 그와 함께 죽어

운명을 맞은 다른 사람의 혼백들도 모여 있었습니다.

아가멤논은 검은 피를 마시더니 즉시 나를 알아보았습니다.　　　　　390

그는 소리 내어 울었고 눈물을 뚝뚝 흘리면서

두 손을 뻗어 나를 간절히 붙잡으려 했습니다.

하지만 유연한 사지에 펄펄 넘치던

강력했던 힘과 생기는 이제 찾아볼 수 없더군요.

그를 보자 눈물이 났고 불쌍한 생각이 들어　　　　　395

그에게 날개 달린 말로 물었습니다.

　　　'인간들의 군주 지극히 영광스러운 아트레우스의 아들이여,

어쩌다가 사람을 길게 누이는 죽음의 운명에 제압당했소?

포세이돈께서 사나운 폭풍의 무시무시한 숨결을 일으켜

함선을 타고 가는 당신을 제압이라도 했소?　　　　　400

아니면 소 떼와 아름다운 양 떼를 가로채거나

도시와 여자들을 얻으려고 싸우다가

육지에서 적들에게 해를 당한 것이오?'

　　　내가 이렇게 말하자 그는 즉시 대답했습니다.

'제우스의 자손인 라에르테스의 아들, 계책 많은 오디세우스여,　　　　　405

포세이돈께서 일으키신 고통스러운 바람의 무시무시한 숨이

함선을 타고 가는 나를 제압한 것도 아니고,

육지에서 적들에게 해를 당한 것도 아니라오.

아이기스토스가 사악한 내 아내와 짜고 내게 죽음과 운명을

안겨주었소. 그자는 나를 자기 집으로 초대하여　　　　　410

연회를 베풀고는 나를 죽였소. 마치 여물통에서 소를 잡듯

그렇게 나는 비참하기 짝이 없게 죽었고, 주변의 다른 전우들도

차례차례 죽어나갔소. 그들은 부유한 세도가에서

결혼 피로연이나, 여러 사람 또는 한 사람이 비용을 부담하는

연회를 벌일 때 도살되는 흰 엄니의 돼지들처럼 죽어나갔소.   415

일대일 결투나 치열한 전투에서 많은 사람이

죽어나가는 것이야 그대도 다 겪은 일이겠지만,

대청에서 희석용 동이들과 음식이 가득 차려진 식탁 주위에

우리가 쓰러져 있고, 바닥에는 온통 피가 흘러넘치는 광경을 그대가

보았다면 이루 말할 수 없이 비통했을 것이오.   420

내 옆에서 프리아모스의 딸 카산드라[25]가 교활한 클리타임네스트라의

손에 죽임을 당하면서 낸 목소리가 내게는 가장 애처롭게 들렸소.

그때 나는 칼에 찔려 죽어가면서도 두 손을 들어 말리려 했지만

결국 손을 떨구고 말았소. 하지만 파렴치한[26] 그 여자는

내게 등을 돌렸고, 내가 하이데스의 집으로 가는데도   425

자기 손으로 내 눈을 감겨주지 않았고,

내 입을 다물게 해주려 하지도 않았소.

결혼한 남편에게 죽음을 안기는 수치스러운 짓을 작정하고

---

25 "카산드라"는 트로이아 왕 프리아모스의 딸이다. 트로이아의 장로 안테노르의 아들이자
  포세이돈의 제관인 라오코온, 프리아모스의 아들 헬레노스와 함께 트로이아의 3대 예언
  자였다. 예언의 신 아폴론은 카산드라가 자기의 사랑을 받아주지 않자 그녀에게 저주를
  내린다. 예언 능력은 유지되지만 사람들이 그녀의 예언을 받아들이지 않게 한 것이다. 그
  녀는 트로이아 목마를 성안으로 들여서는 안 된다고 경고했지만, 사람들은 그녀의 말을
  듣지 않는다. 트로이아가 함락되었을 때 카산드라는 아테나 신전에서 그리스군의 맹장 작
  은 아이아스에게 겁탈당한다. 이 일로 그리스군의 함선들은 귀향 중 폭풍을 만나 난파당
  한다. 카산드라는 오디세우스가 10년 동안 귀향하지 못할 것이라는 예언도 했다. 트로이
  아가 멸망한 후 그녀는 아가멤논의 전리품이 되지만, 아가멤논왕이 자신과의 결혼으로 헬
  레네와 파리스의 결혼보다 더 큰 재앙을 맞게 될 것이라고 소리쳐 예언한다.
26 "파렴치한"으로 번역한 퀴노페스(κυνῶπης)는 직역하면 '개의 눈을 지닌'이라는 뜻이다.
  고대 그리스에서는 개를 파렴치한 짐승으로 여겼다.

그런 일을 마음속에서 생각해내는 여자보다

더 끔찍하고 파렴치한 인간은 없을 것이오.　　　　　430

나는 집으로 돌아가면 자식과 하인들이 반갑게 맞아줄

것이라고 생각했소. 그런데 사악한 짓에 수완이 탁월한 그녀는

자신은 물론이고 후세에 태어날 모든 여자, 심지어

행실 바른 여자들에게까지 치욕을 쏟아부은 셈이오.'

　　　이렇게 말하는 아가멤논에게 나는 대답했습니다.　　　435

'멀리 보시는 제우스께서는 처음부터 아트레우스 가문을 너무하다

싶을 정도로 미워해 여자들의 간계를 통해 참 많이도 괴롭히셨소.

헬레네 때문에 우리가 많이 죽었는데, 이번에는 클리타임네스트라가

멀리 떠나 있는 당신에게 덫을 놓다니.'

　　　내가 이렇게 말하자 아가멤논은 즉시 대답했습니다.　　　440

'그러니 당신도 아내에게 지나치게 마음을 주지 마시오.

당신이 잘 알고 있는 걸 아내에게 다 말하지 말고,

어떤 것은 말하고 어떤 것은 숨기시오.

하지만 오디세우스여, 당신은 아내 손에 죽지 않을 것이오.

이카리오스의 딸 사려 깊은 페넬로페이아는　　　　　445

대단히 현명하고 마음속에 좋은 생각을 가지고 있으니.

우리는 아직 새색시였던 그녀를 남겨두고 출전했고,

그녀의 품에는 말도 할 줄 모르는 갓난아기가 있었는데,

그 아이가 지금은 남자들 사이에 앉아 있겠구려.

그는 행복한 아이로소이다. 사랑하는 아버지가 돌아와　　　　　450

당연히 그도 아버지를 반갑게 포옹할 테니.

하지만 내 아내는 내가 두 눈으로 아들을 충분히 보는 것조차

허용하지 않았소. 그러기도 전에 그녀는 나를 죽였소.

당신에게 또 한 가지를 말해줄 테니 명심하시오.

당신이 사랑하는 조상들의 땅에 배를 댈 때,　　　　　455

누구나 볼 수 있게 하지 말고 아무도 모르게 하시오.

여자들은 더 이상 믿을 수 없기 때문이오.

그러니 자, 이 점에 대해 내게 있는 그대로 말해주시오.

오르코메노스[27]든, 모래 많은 필로스든, 메넬라오스의 드넓은

스파르테든 내 아들이 어딘가에 아직 살아 있다는 말을 혹시 들었소?   460

고귀한 오레스테스가 대지 위에서 아직은 죽지 않은 게 분명하오.'

　　　아가멤논이 이렇게 말하자 나는 그에게 대답했습니다.

'아트레우스의 아들이여, 왜 그런 것까지 내게 물으시오? 나는 그가

살았는지 죽었는지 전혀 모르오. 바람 같은 말을 하는 건 나쁜 짓이니.'

　　　이렇게 우리가 서서 눈물을 뚝뚝 흘리며   465

비통한 심정으로 참담한 대화를 나누고 있을 때,

펠레우스의 아들 아킬레우스, 파트로클로스,

흠잡을 데 없이 훌륭한 안틸로코스, 아이아스의 혼백이 왔습니다.

아이아스는 다나오스인 백성 중에서 흠잡을 데 없는

펠레우스의 아들 다음으로 용모와 풍채가 빼어났지요.[28]   470

아이아코스의 손자인 빠른 발의 아킬레우스 혼백이

나를 알아보고는 애통해하며 날개 달린 말로 묻더군요.

---

27 "오르코메노스"는 그리스 본토 중부 보이오티아 지방 코파이스 호수 북서안에 있는 도시
　　국가다. 시조인 미니아스가 기원전 14-13세기에 미니아스인들을 이끌고 건설했다.

28 강의 신 아소포스의 딸 아이기나는 결혼 전에 제우스와 관계해 아이기나섬의 전설적인 왕
　　아이아코스를 낳고, 아이아코스는 메가라 근처에서 활동한 악당 스키론의 딸 엔데이스와
　　결혼해 텔라몬과 펠레우스를 낳는다. 테살리아 지방 프티아의 왕 펠레우스는 바다의 여신
　　테티스와 결혼해 트로이아 전쟁 영웅 "아킬레우스"를 낳는다. 텔라몬은 트로이아 전쟁의
　　맹장인 큰 아이아스의 아버지다. 한편 아이기나는 포키스의 왕 악토르와 결혼해 파트로클
　　로스의 아버지 메노이티오스를 낳는다. 파트로클로스는 어린 시절에 실수로 친구를 죽이
　　고, 친척인 펠레우스왕에게로 피신해 아킬레우스와 함께 절친으로 성장한 후 트로이아 전
　　쟁에 그의 시종으로 참전한다. 아가멤논과의 불화로 참전을 거부해온 아킬레우스는 파트
　　로클로스의 죽음을 계기로 다시 전쟁에 뛰어들어 트로이아군 총사령관 헥토르를 죽이고
　　그리스군이 승리할 수 있는 토대를 마련한다. "안틸로코스"는 제4권 각주 11을 보라.

  '제우스의 자손인 라에르테스의 아들, 계책 많은 오디세우스여!

못 말릴 사람이여, 지상에서 이미 할 일을 다한 인간들이 죽어

아무 의식도 없이 그림자처럼 떠도는 이 하이데스의 집까지 내려오다니,   475

도대체 마음속으로 또 무슨 큰일을 꾸미는 것이오?'

  아킬레우스가 이렇게 말하자 나는 그에게 대답했습니다.

'펠레우스의 아들, 아카이오스인들 중 가장 강력하고 위대한 자 아킬레
  우스여,

내가 어떻게 해야 험한 이타케에 도착할 수 있을지

조언을 들을 수 있을까 해서 테이레시아스를 찾아왔소.   480

나는 아직도 아카이오스인의 땅에 가까이 가지 못하고,

내 땅을 밟아보지도 못한 채 끊임없이 재앙만 겪고 있다오.

하지만 아킬레우스여, 전에도 그대만큼 행복한 사람이 없었고,

앞으로도 그럴 것이오. 그대가 살아 있을 때는 우리 아르고스인이

그대를 신처럼 추앙했고, 지금 그대는 이곳 죽은 자들을 다스리는   485

위대한 자니 말이오. 그러니 아킬레우스여, 죽었다고 슬퍼하지 마시오.'

  내가 이렇게 말하자 아킬레우스는 즉시 이렇게 대답했습니다.

'영광스러운 오디세우스여, 죽음에 대해 그렇게 말하며

나를 위로하려 들지 마시오. 나는 모든 힘을 잃고 죽은 자들을

다스리느니 차라리 경작지도 없고 재산도 많지 않아   490

다른 사람의 땅을 부쳐 먹을지언정 살아 있고 싶소.

그러니 자, 훌륭한 내 아들에 대해 얘기해주시오. 그는 전쟁터에 나가

선봉에 서서 싸웠소, 아니면 그렇게 하지 않았소? 흠잡을 데 없이

훌륭한 펠레우스에 대해서도 들은 게 있으면 말해주시오.

그분은 수많은 미르미도네스인²⁹ 사이에서   495

---

29 "미르미도네스인"은 아이기나섬의 전설적인 왕이자 아킬레우스의 조부인 아이아코스의
  백성을 가리킨다. 아이아코스는 독수리로 변신한 제우스가 강의 신 아소포스의 딸 아이기

여전히 명예를 누리고 계시오, 아니면 노년에 손과 발이 묶였다는

이유로 헬라스와 프티아에서 사람들이 그분을 무시하오?

나는 전에 트로이아에서 가장 용맹한 적들을 죽이고,

아르고스인 백성을 지켜주던 때와는 달리 지금은 햇빛 아래에서

그분을 도울 수 있는 처지가 아니라오.   500

잠시라도 그 시절의 내가 되어 아버지의 집에 갈 수만 있다면,

아버지께 모욕을 주고 명예를 빼앗는 자들에게

내 힘과 무적의 손으로 두려움을 안겨줄 수 있을 텐데.'

       아킬레우스가 이렇게 말하자 나는 이런 말로 대답했습니다.

'흠잡을 데 없이 훌륭한 펠레우스에 대해서는 내가 들은   505

바가 전혀 없소. 하지만 그대의 사랑하는 아들

네오프톨레모스에 대해서는 전부 숨김없이 말하리다.

스키로스[30]에서 그를 균형 잡힌 속 빈 함선에 태워 훌륭한 정강이

보호대를 한 아카이오스인에게 데려간 이가 바로 나였기 때문이오.

우리가 트로이아성 주위에서 작전 회의를 할 때면,   510

그가 늘 가장 먼저 발언했으며, 그의 말은 바르고 잘못된 게 전혀 없었소.

그보다 나은 말을 한 사람은 오직 신 같은 네스토르와 나뿐이었소.

그리고 우리가 트로스 들판에서 청동을 가지고 싸울 때,

그는 사람이 많이 몰려 있는 곳이나 뒤로 처진 곳에

남아 있지 않고, 다른 사람보다 훨씬 앞으로 달려나갔소.   515

용맹함에서 누구에게도 뒤지지 않았고, 치열한 전투에서

나를 오이노네섬으로 납치, 동침하여 태어났다. 그가 그 섬을 어머니의 이름으로 개명하
자 헤라 여신은 분노하며 용을 보내 그곳의 거의 모든 백성을 죽인다. 아이아코스가 아버
지 제우스에게 자기 백성을 돌려달라고 간청하자 제우스는 땅에 기어 다니는 개미들을 사
람이 되게 하여 그에게 백성으로 주었다. 그 섬의 백성들은 미르미도네스인, 즉 개미족으
로 불렸다.

30 "스키로스"는 그리스 중부 에우보이아섬 동쪽에 있는 섬이다.

많은 전사를 죽였다오. 그가 아르고스 백성을 지키기 위해

죽인 적들을 죄다 얘기할 수 없고, 그들의 이름을 일일이

열거할 수도 없지만, 예를 들자면 그는 텔레포스[31]의 아들

영웅 에우리필로스[32]를 청동으로 죽였소. 한 여자가 받은 뇌물로 인해   520

그자 주위에서 전우였던 많은 케토스인이 죽었다오.

또한 그는 내가 본 남자들 중에서 고귀한 멤논[33] 다음으로

잘생긴 남자였소. 그리고 아르고스인 장수들이 에페이오스가 만든

목마 속으로 들어갈 때 튼튼하게 만든 그 매복처를

열고 닫는 모든 권한을 내가 맡았는데,   525

다나오스인의 다른 지휘관과 수호자들은 눈물을 훔치고

---

31 "텔레포스"는 헤라클레스가 펠로폰네소스반도 중앙, 아르카디아 지방 테게아 왕 알레오스
의 딸 아우게에게서 낳은 아들이다. 알레오스는 딸이 낳은 손자가 자기 아들을 죽일 것이
라는 신탁을 듣고는, 아우게를 아테나 신전의 무녀로 삼았지만 결국 그녀는 포세이돈과
관계해 텔레포스를 낳는다. 이 사실을 알게 된 알레오스는 아우게를 노예상인 나우플리오
스에게 넘겼고, 아우게는 아나톨리아 트로이아 동쪽의 미시아 왕 테우트라스에게 팔려가
그의 아내가 된다. 산속에 버려진 텔레포스는 양치기 손에서 자랐고, 알레오스 궁전에 갔
다가 자기를 비천한 신분이라고 비웃는 사람을 죽였는데, 그가 바로 알레오스의 아들이었
다. 텔레포스는 신탁에 따라 미시아로 갔고, 때마침 그곳의 테우트라니아를 침공한 이다
스를 물리치고 테우트라스왕의 후계자가 된다. 그후 텔레포스는 트로이아 왕이었던 라오
메돈의 딸 아스티오케와 결혼해 아들 에우리필로스를 낳는다.
32 "에우리필로스"는 텔레포스의 뒤를 이어 미시아 지방 테우트라니아의 왕이 되었고, 트로
이아 전쟁이 10년째 되던 해에 트로이아 동맹군으로 참전한다. 이때 에우리필로스는 참
전하지 않으려 했지만, 어머니 아스티오케가 자신과 남매지간인 트로이아 왕 프리아모스
에게 황금으로 만든 포도나무를 뇌물로 받고 아들을 전쟁터에 내보내 죽게 한다. "케토스
인"은 에우리필로스가 이끈 종족을 말한다.
33 "멤논"은 새벽의 여신 에오스와 트로이아 왕 라오메돈의 아들 티토노스 사이에서 태어난
아들로, 절세의 미남이었다. 티토노스는 트로이아 전쟁 당시 트로이아의 왕이었던 프리아
모스의 형제다. 에티오피아의 왕이 된 멤논은 트로이아 전쟁이 10년째 되던 해에 참전하
여, 필로스 왕 네스토르의 아들 안틸로코스를 죽인 후 아킬레우스와 대결하다가 죽는다.
멤논과 아킬레우스는 둘 다 대장장이 신 헤파이스토스가 만들어준 갑옷으로 무장했고, 여
신의 아들들이었다. 두 여신은 각자 제우스에게 날아가 아들의 목숨을 빌었고, 제우스는
운명의 저울을 꺼내 둘의 싸움이 어떻게 끝날지 알아본다. 운명의 저울은 곧 한쪽으로 기
울어 아킬레우스의 칼이 멤논의 가슴을 꿰뚫었다.

다들 사지를 떨었소. 하지만 그때 그대의 아들은

고운 얼굴빛이 창백해지거나 뺨에 흐르는 눈물을

훔치는 모습을 내 눈으로 본 적이 전혀 없소.

오히려 그는 날카로운 청동으로 된 무거운 창과 칼자루를 쥔 채   530

트로스인에게 재앙을 안겨주고자 열망하며

목마 밖으로 내보내달라고 고집스레 청했소. 마침내 우리는

프리아모스의 높고 가파른 성을 함락시켰고, 그는 전공을 세워 얻은

훌륭한 전리품을 가지고 아무 탈 없이 함선에 올랐소.

전쟁의 신 아레스가 전사들과 어우러져 미쳐 날뛰는 전쟁터에서는   535

청동에 맞거나 부상을 입는 일이 흔한데도, 그대의 아들은

날카로운 청동에 맞지 않았고 백병전에서도 부상을 입지 않았소.'

　　내가 이렇게 말했더니 아이아코스의 손자 빠른 발의 아킬레우스

혼백은 아들이 이름을 떨쳤다는 말을 듣고 흐뭇해하며

수선화가 피어 있는 풀밭을 따라 성큼성큼 걸어갔습니다.   540

　　세상을 떠난 다른 죽은 자들의 혼백도 비통한 심정으로

서서 각자의 관심사를 물었습니다. 오직 텔라몬의 아들

아이아스의 혼백만 내게서 멀찌감치 떨어져 있었지요.

전에 함선 옆에서 아킬레우스의 무구를 놓고 재판이 벌어졌을 때

내게 진 것에 여전히 분이 풀리지 않았던 모양입니다.[34]   545

그때 그 무구들은 아킬레우스의 존귀한 어머니께서

상으로 내놓은 것이었고, 판결은 트로스인의 아들들과 여신 팔라스 아

---

34 아킬레우스의 장례식 때, 시신을 지켜낸 공로가 가장 큰 사람에게 죽은 자의 유물을 요구
　　할 권리를 주는 관례에 따라 그의 무구를 놓고 큰 아이아스와 오디세우스 간에 말다툼이
　　벌어진다. 결국 재판까지 열리지만 아킬레우스의 무구는 언변과 지략에 능한 오디세우스
　　에게 돌아간다. 아이아스는 분을 삭이지 못해 한밤중에 그리스군 장수들을 모두 죽이려
　　한다. 하지만 이를 눈치 챈 아테네 여신이 광기를 불어넣어 아이아스는 양 떼를 오디세우
　　스나 아가멤논 등으로 착각해 도륙한다. 아침에 깨어나 제정신이 든 아이아스는 자신의
　　행동을 부끄럽게 여겨 이전에 헥토르에게 받은 칼로 자결한다.

테나가 내렸습니다.

그 무구 때문에 아이아스 같은 영웅이 대지에 붙들려 있다니

그런 상을 내건 경합에서 내가 이기지 말았어야 했습니다.

아이아스는 용모와 전투에서 펠레우스의 아들, 흠잡을 데 없이   550

훌륭한 아킬레우스 다음으로 모든 다나오스인을 능가했지요.

나는 아이아스에게 점잖게 말했습니다.

　　'텔라몬의 흠잡을 데 없이 훌륭한 아들 아이아스여,

그대는 그 저주받은 무구 때문에 나에 대한 원한을

죽어서도 잊지 않으려 하오? 신들께서는 그 무구가   555

아르고스인에게 재앙이 되게 하셨소. 그대의 죽음은

아르고스인들에게는 성벽을 잃은 것과 같기 때문이오. 그래서 그대가

죽었을 때 우리는 펠레우스의 아들 아킬레우스가 죽었을 때처럼

끊임없이 비통해했소. 그 일은 다른 누구의 잘못이 아니라

전사들인 다나오스인 군대를 지독하게 미워해 그대에게   560

그런 운명을 두신 제우스의 잘못이오. 그러니 자, 군주시여,

이리로 와서 내 말과 얘기를 듣고 그대의 분노와 앙심을 풀어주시오.'

　　내가 이렇게 말했지만, 그는 아무 대답도 하지 않은 채 세상을

떠난 다른 죽은 자들의 혼백과 함께 에레보스로 가버렸습니다.

그가 비록 전에 분노했을지라도 그곳에서 내게 말을 건넸다면,   565

나는 그와 대화를 나누었을 것입니다. 결국 그렇게 되지 않았지만

내 가슴속 마음은 세상을 떠난 다른 죽은 자들의 혼백도 더 만나보고

　　싶었습니다.

그곳에서 나는 제우스의 훌륭한 아들 미노스가

황금 홀을 가지고 앉아 죽은 자들에게 판결을 선고하고,

죽은 자들은 문 넓은 하이데스의 집에서 왕인 그를 둘러싸고   570

앉거나 서서 판결을 묻고 있는 것을 보았습니다.

　　다음으로는 거인 오리온을 보았습니다.

온통 청동으로 만들어 영원히 부러지지 않는 몽둥이를 손에 들고,

일찍이 깊은 산속에서 자신이 쓰러뜨린 야수들을

수선화가 핀 풀밭 한곳으로 몰아가더군요.   575

　　명성 자자한 가이아의 아들 티티오스[35]가 땅바닥에 누워 있는 것도

보았습니다. 그는 아홉 플레트론[36]이나 되는 땅 위에 누워 있었는데,

양옆에 독수리가 한 마리씩 앉아 그의 간을 쪼아 먹고 있었습니다.

독수리들이 내장까지 파먹는데도 그는 두 손으로 막지 못했습니다.

제우스의 영광스러운 아내 레토가 아름다운 곳이 있는 파노페우스[37]를   580

지나 피토로 갈 때, 그녀를 겁탈하려 한 대가로 벌을 받게 된 것이지요.

　　탄탈로스[38]가 연못 안에 서서 극심한 고통을 당하는 것도

보았습니다. 물은 그의 턱 바로 아래까지 차올랐지만

몹시 목이 말라도 물을 마실 수 없었습니다.

노인이 물을 마시려고 열망하며 허리를 굽힐 때마다   585

물은 마치 누군가 한 입에 꿀꺽 삼켜버린 듯 온데간데없이

사라지고, 그의 두 발 주위에는 메마른 검은 땅만 드러났습니다.

신께서 물을 말려버리신 겁니다. 또한 머리 위에는 배와

석류, 붉게 물든 사과, 달콤한 무화과, 탐스러운 올리브 같은

열매가 큰 나무들에 주렁주렁 달려 있었지요.   590

하지만 노인이 열매를 따려고 손을 뻗을 때마다

35　"티티오스"는 제7권 각주 6을 보라.

36　"플레트론"(πλέθρον)은 면적 단위로, 1플레트론은 약 930제곱미터(약 280평)다.

37　"파노페우스"는 코린토스만 북쪽, 그리스 중부 포키스 지방에 있는 도시다. 이 도시의 시
　　조는 트로이아 목마를 만든 에페이오스의 아버지 파노페우스다.

38　아트레우스 가문의 시조 "탄탈로스"는 제우스와 요정 플루토의 아들이며, 리디아(또는 프
　　리기아) 시필로스산 근방의 드넓은 영지를 다스리는 부유한 왕이었다. 신들의 총애를 받
　　아 신들의 식탁에 자주 초대되었지만 음식을 훔쳐내고 대화를 누설하며 자기 아들로 음식
　　을 만들어 신들을 시험하는 등 악행을 저지르다가 타르타로스로 추방되어 영원히 고통스
　　러운 형벌을 받는다. 또한 아트레우스, 아가멤논으로 이어진 탄탈로스 가문은 신들의 저
　　주를 받아 비극이 끊이지 않는다.

바람이 그늘을 드리우는 구름 위로 그 열매를 던져버렸습니다.

　　　시시포스[39]가 두 손으로 거대한 돌을 굴리느라 극심한

고통을 당하는 것도 보았습니다. 그는 두 손과 두 발로

지탱하며 돌을 산등성이 쪽으로 밀어 올렸습니다.　　　　　595

하지만 돌을 산꼭대기 너머로 굴려버리려 하는 순간,

돌의 무게 때문에 그는 뒤로 밀리고,

매정한 돌덩이는 다시금 들판 아래로 굴러 내려갔지요.

그래서 온 힘을 다해 다시 돌을 밀어 올리려 애쓰면

그의 사지에서 땀이 흘러내렸고, 머리에서는 먼지가 일었습니다.　600

　　　다음으로는 힘센 헤라클레스를 보았습니다. 하지만 그는 위대한

제우스와 황금 신발의 헤라 사이에서 태어난 딸이자 복사뼈 예쁜

헤베를 아내로 맞아 불멸의 신들과 함께 연회를 즐기고 있으니,

그것은 그의 유령일 테지요. 그의 주위에서는 죽은 자들이

깜짝 놀라 겁먹고 사방으로 날아가는 새들처럼　　　　　　605

비명을 질러댔고, 활을 꺼내 들어 화살을 시위에 얹고서

언제든지 쏠 것처럼 무서운 눈초리로 사방을 노려보는

그의 모습은 마치 캄캄한 밤처럼 섬뜩했습니다.

그는 가슴에 무시무시한 어깨띠를 두르고 있었습니다.

폭이 넓은 그 황금 띠에는 곰, 멧돼지,　　　　　　　　610

눈이 번쩍이는 사자, 대회전, 전투, 살육, 전사들의 도륙 같은

경이로운 장면이 그려져 있었지요. 폭이 넓은 이 어깨띠에

자신의 재능을 쏟아부은 사람은 그 같은 작품을 다시는

만들지도, 만들 수도 없었을 겁니다.

헤라클레스[40]는 두 눈으로 나를 보자 즉시 알아보고는　　　615

---

39 "시시포스"는 제1권 각주 34를 보라.

40 "헤라클레스"는 제8권 각주 2를 보라. 여기서 그가 말한 과업은 에우리스테우스가 시킨

〈시시포스〉(티치아노 베첼리오, 1548~1549년)

안타까워하며 날개 달린 말로 내게 이렇게 인사했습니다.

　'제우스의 자손인 라에르테스의 아들, 계책 많은 오디세우스여!

내가 햇빛 아래에서 겪었던 것처럼 혹독한 운명의 삶을

그대도 영위하고 있으니 그대는 참으로 불운한 사람이오.

나는 크로노스의 아드님이신 제우스의 아들인데도　　　　　　　620

나보다 훨씬 못한 자에게 예속되어 끝없이 고통당했소.

그자는 내게 힘든 고역을 시켰는데, 한번은 하이데스를 지키는

개를 끌고 오라고 이곳으로 보내기도 했소.

아마도 그 일이 내게 가장 힘들 것이라고 생각했기 때문이겠지.

하지만 나는 헤르메스와 빛나는 눈의 아테나가 곁에서 이끌어준 덕에　　625

그 개를 하이데스의 집 밖으로 끌고 나왔소.'

　헤라클레스는 이렇게 말한 후 다시 하이데스의 집 안으로

들어갔습니다. 하지만 나는 이전에 죽은 영웅들 중 다른 누군가가

또 오지 않을까 싶어 그곳에 계속 머물러 있었습니다.

더 머물렀다면 만나보고 싶었던 테세우스[41]나 페이리토오스[42]같이　　630

　12과업 중 마지막 일로, 하이데스의 문을 지키는 머리 셋 달린 괴물 개 케르베로스를 잡아
오는 것이었다.

41　헤라클레스가 펠로폰네소스 지역이 기반인 도리스인들의 영웅이라면, 테세우스는 아테나
이가 중심인 아티케 지역의 최고 영웅이다. 아테나이 왕 아이게우스와 트로이젠 왕 피테
우스의 딸 아이트라 사이에서 태어났다. 아버지를 찾아 아테나이로 가는 여행길에서 페리
페테스, 시니스 스키론, 프로쿠르스테스 등 온갖 악당과 괴물을 물리친다. 인신 공물로 끌
려간 아테나이의 젊은이들을 구하기 위해 크레테섬으로 건너가 황소머리 괴물 미노타우
로스를 죽이기도 했다.

42　"페이리토오스"는 그리스 북부 테살리아 지방 라피테스인의 왕으로 영웅 테세우스의 절친
한 친구다. 두 영웅은 칼리돈의 멧돼지 사냥, 아르고호 원정, 아마존 여왕의 포획, 켄타우
로스들과의 전쟁 등 큰일을 함께 겪는다. 또한 비슷한 시기에 각자의 아내인 파이드라와
히포다메이아가 죽자 이들은 서로의 결혼을 돕기로 한다. 먼저 테세우스를 위해 스파르테
의 헬레네를 납치했고, 페이리토오스를 위해서는 하이데스의 아내 페르세포네를 데려오
기 위해 지하세계로 가지만, 둘 다 그곳에 갇힌다. 나중에 헤라클레스가 열두 번째 과업으
로 저승의 개 케르베로스를 잡으러 왔을 때 테세우스는 구출되지만, 페이리토오스는 영원
히 저승에 남는다.

〈지하세계의 오디세우스〉(테오도르 반 튈덴, 1632~1633년)

명성 자자한 신들의 자손, 옛사람들을 만나볼 수 있었겠지만,

그전에 헤아릴 수 없이 많은 죽은 자의 무리가 무시무시한

고함을 지르며 몰려들었습니다. 나는 훌륭한 페르세포네께서

무시무시한 괴물인 고르곤[43]의 머리를 하이데스의 집에서

내게 보내시는 건 아닌가 싶어 새파랗게 겁에 질렸습니다.   635

그래서 즉시 함선으로 돌아가 전우들에게 배에 오르고

배꼬리에 묶은 밧줄을 풀라고 지시했습니다.

그들은 즉시 배에 올라 노 젓는 자리에 앉았습니다.

처음엔 노를 저었고, 그다음엔 기분 좋은 순풍을 받아

넘실거리는 물결이 오케아노스강을 따라 함선을 실어 날랐습니다.   640

---

43 "고르곤"은 서쪽 오케아노스강 근처, 저승 가까이에 사는 괴물 자매들로 머리털은 살아 있
는 뱀이며 몸은 용의 비늘로 덮여 있고 황금 날개가 돋아 있다. 이들의 번뜩이는 눈과 마
주치면 누구나 돌로 굳는다. 모두 세 명으로 이름은 스테노, 에우리알레, 메두사다. 메두사
만 빼고 나머지 두 자매는 불멸의 몸을 지녔다. 영웅 페르세우스는 아테나 여신이 준 방패
를 이용해 메두사와 눈을 마주치지 않은 채 방패에 비친 모습만 보고 메두사의 목을 벤다.

세이렌 자매, 스킬라와 카리브디스, 헬리오스의 가축

제12권

함선이 오케아노스강의 흐름을 떠나

드넓은 바다 물결에 이르러 이른 아침에 태어난

새벽의 여신 에오스의 집과 무도장들이 있고

태양신 헬리오스가 일어나는 곳 아이아이에섬에 도착하자,

우리는 배를 해변 모래 위에 댄 다음,   5

배에서 내려 그곳 바닷가에서 잠을 자며

고귀한 새벽의 여신 에오스를 기다렸습니다.

　　　이른 아침에 태어난, 장밋빛 손가락을 지닌 새벽의 여신

에오스가 모습을 드러내자 나는 전우들을 키르케의 궁으로 보내

엘페노르의 시신을 나르게 했지요.   10

우리는 장작으로 쓸 나무를 베어, 바다로 뻗어 나온 곳

끄트머리에서 눈물을 뚝뚝 흘리며 비통해하는 가운데 그를

화장하고 장례를 치렀습니다. 시신과 무구가 다 탔을 때,

우리는 흙을 쏟아부어 무덤을 쌓고 그 위에 돌기둥을 끌어올린 후

무덤 맨 꼭대기에 그의 손에 잘 맞는 노를 꽂았습니다.   15

　　　이 모든 일을 마쳤을 때,

우리가 하이데스에서 돌아온 것을 알고 있던 키르케는

준비를 갖추어 서둘러 다가왔고, 그녀와 함께 온 시녀들은

〈엘페노르의 시신을 화장하는 오디세우스〉(테오도르 반 툴덴, 1633년)

빵과 많은 고기와 화염같이 붉은 포도주를 가져왔습니다.

여신들 중 고귀한 키르케가 한가운데 서서 말했습니다. 20

　　　'불운한 자들이여, 여러분은 살아서 하이데스의 집으로

내려갔다 왔으니 다른 사람은 한 번 죽는데

여러분은 두 번 죽는 셈이로군요. 그러니 자, 이곳에서

온종일 음식을 먹고 포도주를 드세요. 날이 밝으면 항해를

떠나야 하니까요. 여러분이 바다와 육지에서 고통을 25

안겨주는 계략에 빠져 재앙을 당하거나 고초를 겪지 않도록

길을 알려주고 하나하나 분명하게 가르쳐드리지요.'

　　　그녀가 이렇게 말하자 대장부다운 우리의 마음도 이에

동의했습니다. 그때 우리는 해 질 때까지 그곳에 앉아

온종일 이루 말할 수 없이 풍성한 고기와 꿀처럼 달콤한 30

포도주로 연회를 벌였습니다. 해가 지고 어둠이 찾아오자

다른 사람은 함선의 꼬리 옆에서 잠을 잤지만,

그녀는 내 손을 잡고 사랑하는 전우들에게서 멀리 떨어진 곳으로

데려가 나를 앉히더니 내 옆에 누워 일일이 캐물었습니다.

나는 모든 일을 차근차근 그녀에게 말해주었지요. 35

그러자 존귀한 키르케가 이렇게 말했습니다.

　　　'이 모든 일이 그렇게 된 것이로군요. 나중에 어느 신께서 직접

그대에게 상기시켜주겠지만, 지금부터 내가 하는 말을 잘 들으세요.

먼저 그대는 세이렌 자매[1]가 있는 곳에 이를 거예요.

1　"세이렌 자매"는 바다 한가운데 작은 섬에 살면서 아름다운 노래를 불러 뱃사람을 유혹하
　는 바다 요정들이다. 처음에는 머리만 여자 인간이며 몸통은 새의 모습과 같다고 보았지
　만, 점차 상반신은 손에 악기를 들고 있는 아름다운 여자이고, 허리 이하는 새의 형상으로
　묘사된다. 세이렌은 원래 곡물의 여신 데메테르의 딸 페르세포네의 시녀들이었는데, 페르
　세포네가 저승의 신 하이데스에게 납치되자 여신이 세이렌에게 새의 몸을 주며 딸이 끌려
　간 곳을 수색하게 했다. 하지만 세이렌은 임무를 완수하지 못한 채 전설의 섬 안테모사에
　정착했다. 이들이 노래를 부르는 이유는 페르세포네를 애도하기 위한 것이라고 한다. 안

그들은 자신들이 있는 곳으로 들어오는 모든 사람을 40

홀린답니다. 누구든지 아무것도 모른 채 다가가다가

세이렌 자매의 목소리를 들으면, 그의 아내와 어린 자녀들은

집에 돌아온 그의 옆에 서지 못하고 그의 귀향을 보지 못하게 될 거예요.

세이렌 자매는 풀밭에 앉아 감미롭고 낭랑한 목소리로 노래를 불러

사람들을 홀리지만, 그 주위에서는 많은 사람의 뼈가 무더기로 45

썩어가며, 뼈를 감싼 피부는 오그라들고 있지요.

그러니 그대는 달콤한 밀랍을 잘 반죽해 전우들의 귀에 발라준 후

그곳을 신속하게 지나가 세이렌 자매의 목소리를 듣는 사람이

아무도 없도록 해야 돼요. 그대만은 원한다면 들어도 좋아요.

하지만 빠른 함선 안에서 돛대를 꽂는 나무통 안에 똑바로 서서, 50

전우들에게 그대의 손발을 밧줄로 묶고 그 끝을 돛대에 묶게 하세요.

그래야 세이렌 자매의 목소리를 들으며 즐길 수 있을 거예요.

그대가 밧줄을 풀어달라고 전우들에게 간청하거나 명령하면

더 많은 밧줄로 그대를 묶으라고 전우들에게 일러두세요.

　　하지만 전우들이 배를 몰아 세이렌 자매에게서 벗어나면 55

두 길이 나오는데, 그중 어느 길로 가야 할지는 내가

정해주지 않겠어요. 대신 두 길 모두에 대해 말해줄 테니,

어디로 갈지는 그대가 스스로 잘 생각해보세요.

한쪽 길에는 위로 툭 튀어나온 바위들이 있고, 검푸른 눈을 지닌

암피트리테의 큰 파도가 요란한 소리를 내며 그 바위로 돌진하지요. 60

축복받은 신들은 이 바위들을 플랑크타이[2]라고 불러요.

그곳으로는 날개 달린 새들, 아니 아버지 제우스에게 암브로시아를 날

테모사는 '꽃이 흐드러지게 피었다'는 뜻이다.

2 "플랑크타이"(Πλαγκται)는 '떠다니는 [바위들]'이라는 뜻으로, 바위 사이로 파도가 거세
　게 쳐서 어떤 배도 통과할 수 없었다. 이 바위들은 이타케로 가려면 반드시 지나야 하는
　두 길 중 하나에 있었다.

라다주는 소심한 비둘기들조차
안심하고 지나가지 못하지요. 언제나 적어도 한 마리는 가파르게
솟은 바위에 부딪쳐 지나가지 못하고 떨어진답니다.
그러면 아버지 제우스께서 수를 채우려고 다른 한 마리를 보내시지요.   65
그곳을 무사히 지나간 인간의 배는 한 척도 없어요.
그곳에서는 바다 물결과 치명적인 불의 폭풍이 배의 널빤지와
남자의 시신들을 끊임없이 실어 나를 뿐이에요.
바다를 항해하는 모든 배 중 오직 모르는 사람이 없는 아르고호[3]만
아이에테스에게서 돌아오는 길에 이곳을 무사히 지나갔어요.   70
그 배도 그 길로 접어든 순간 큰 바위와 부딪쳤겠지만,
이아손을 아낀 헤라의 도움으로 그곳을 무사히 지나갈 수 있었지요.
        다른 쪽 길에는 가파르게 솟은 암벽이 두 개가 있어요.
그중 하나는 뾰족한 꼭대기가 드넓은 하늘에 닿아 있고
검은 구름에 둘러싸여 있는데, 꼭대기에 늘 구름이 있어   75
여름이든 겨울이든 하늘이 맑았던 적은 없답니다.
필멸의 인간은 스무 개의 손과 발이 있다 할지라도
그 암벽에 오르기는커녕 발도 들여놓을 수 없어요.

---

3   "아르고호" 원정대는 테살리아 지방 이올코스의 왕 펠리아스가 왕위를 돌려달라는 아이손
    의 아들 이아손에게 아나톨리아의 콜키스로 가서 황금 양털을 가져오면 왕위를 넘겨주겠
    다고 약속하면서 시작되었다. 이아손은 아테나 여신의 도움으로 전례 없이 50개의 노가
    달린 거대한 목선 아르고호를 만들고, 헤라 여신의 도움으로 헤라클레스, 오르페우스, 테
    세우스, 카스토르, 폴리데우케스 등 50명의 영웅을 모았다. 콜키스는 흑해의 동쪽 해안에
    있었기 때문에, 아르고호는 에게해를 지나 헬레스폰토스에서 흑해로 들어가기 위해 보스
    포루스 해협을 지나야 했다. 그곳에는 두 개의 거대한 바위가 충돌했다가 떨어지기를 반
    복하는 심플레가데스(Συμπληγάδες, '서로 충돌하는 바위들')가 있었지만, 헤라 여신의
    도움으로 무사히 통과하여 콜키스에 도착한다. 그곳에서 이아손은 그에게 반한 공주 메데
    이아의 도움으로 콜키스의 왕 "아이에테스"에게서 황금 양털을 손에 넣었다. 그러나 도망
    치는 과정에서 추격을 늦추기 위해 메데이아가 남동생을 죽여 사지를 바다에 던지는 바람
    에 이아손은 그녀의 고모인 마녀 키르케를 찾아가 죄를 씻은 후 이올코스로 귀향한다.

반들반들하게 광을 낸 것처럼 온통 미끄럽기 때문이에요.

그 암벽 중간에 서쪽으로 에레보스를 향해   80

어두침침한 동굴이 있어요. 영광스러운 오디세우스여,

그대들은 그 동굴 옆으로 속 빈 함선을 몰고

지나가게 될 텐데, 속 빈 함선에서 건장한 장정이

화살을 쏘아도 속 빈 동굴에 가 닿지 못할 거예요.

그 동굴 안에는 무시무시한 괴성을 지르는 스킬라[4]가 살고 있어요. 그   85
    녀는 갓 태어난 강아지 소리밖에 낼 줄

모르지만, 사악한 괴물인 그녀를 보고 좋아할 사람은

아무도 없어요. 신도 그녀를 만나는 게 탐탁지 않을 거예요.

그녀에게는 흉측한 발이 모두 열두 개가 있고,

아주 긴 목이 여섯 개가 있는데, 각각의 목에는   90

무시무시한 머리가 하나씩 달려 있고,

검은 죽음으로 가득한 이빨들이 세 줄로 촘촘히

두텁게 나 있지요. 그녀는 하반신을 속 빈 동굴

안에 둔 채 머리들을 그 무서운 동굴 밖으로

내밀고서는 암벽 주위를 샅샅이 살피며   95

돌고래나 물개를 잡아먹어요. 큰 소리로 우는 암피트리테가

기르는 헤아릴 수 없이 많은 더 큰 바다짐승도 잡아먹지요.

선원들 중에 배를 타고 그곳을 아무 탈 없이 지나갔다고

자랑할 수 있는 사람은 지금까지 없었어요. 그녀에게 달린

---

4 "스킬라"는 원래 아름다운 요정이었으나 상체는 여자이고 하체는 여섯 마리의 무시무시한
   개 모습을 한 괴물이 되었다. 바다의 신 글라우코스가 그녀를 사랑하게 된 것이 발단이었
   다. 글라우코스는 원래 보이오티아 지방의 어부였는데, 외딴 섬에서 자라는 신비한 풀을
   뜯어 먹은 후 물고기의 하체를 지닌 불멸의 몸이 되었다. 글라우코스가 스킬라를 사랑하
   는 것을 질투한 마녀 키르케는 스킬라가 물놀이를 즐기는 곳에 독을 풀고 주문을 외운다.
   스킬라는 괴물로 변했고, 그 후로 시켈리아섬 북동쪽에 있는 메시나 해협의 바위 동굴에
   살면서 지나가는 뱃사람들을 잡아먹었다.

〈스킬라와 카리브디스〉(아리 에르네스트 르낭, 1894년)

각각의 머리가 뱃머리 검은 배에서 한 사람씩 낚아채니까요.   100

    오디세우스여, 그대도 보겠지만 두 암벽 중 다른 하나는

물 위로 조금만 솟아 있어, 활시위를 당기면 닿을 만큼 가깝답니다.

거기에는 잎이 무성한 큰 무화과나무가 있고,

그 아래에서 고귀한 카리브디스[5]가 검은 물을 들이마신답니다.

그녀는 하루에 세 번 엄청난 양의 물을 빨아들였다가   105

다시 내뿜는데, 그녀가 물을 빨아들일 때는 결코 그곳에 있어선 안 돼요.

대지를 뒤흔드는 포세이돈이라 해도 그대를 재앙에서 구해주지 못해요.

그러니 차라리 스킬라의 동굴 쪽으로 다가가 신속하게 배를 몰고

지나가세요. 모든 전우를 한꺼번에 잃고 나서 후회하는 것보다

여섯 명의 전우만을 희생하는 편이 훨씬 나을 테니까요.'   110

    키르케가 이렇게 말하자 나는 그녀에게 대답했습니다.

'여신이여, 이 점에 대해서도 있는 그대로 말해주시오.

치명적인 카리브디스를 피해 도망치면서도 스킬라가

전우들을 해치는 것을 막을 방법은 없소?'

    내가 이렇게 묻자 여신들 중 고귀한 키르케가 즉시 대답했습니다.   115

'불운한 자여, 그대는 또다시 어떻게든 싸워 이길 생각을 하고 있군요.

불멸의 신들 앞에서도 물러서지 않을 참이에요?

스킬라는 죽지 않는 존재인 데다 무시무시하고 사나워서

상대하기 어렵고 맞붙어 싸울 수 없는 흉측한 괴물이에요.

막을 길이 전혀 없어요. 도망치는 게 최선이에요.   120

그대가 무장한 채 바위 옆에서 지체하다가 그녀가 많은 머리로

---

5 "카리브디스"는 원래 대지의 여신 가이아와 바다의 신 포세이돈 사이에서 태어난 여신이
   었다. 그러나 식욕이 너무 강해 신들의 음식을 함부로 먹어치우자 이에 분노한 제우스가
   벼락을 내리쳐 그녀를 바다로 던졌다. 그녀는 영원히 채울 수 없는 허기를 달래기 위해 하
   루에 세 번 엄청난 양의 바닷물을 들이마셨다 내뱉는다. 언제나 바다 밑에 있어 생김새를
   아는 사람이 없다고 한다.

또다시 덮쳐 남아 있던 전우들마저 잃을까 걱정이네요.

그러니 그대는 인간들에게 재앙이 되라고 스킬라를 낳은 그녀의 어머니

크라타이이스[6]를 불러 도움을 요청하고 온 힘을 다해 배를 모세요.

그러면 스킬라가 다시 덤벼드는 걸 그녀가 막아줄 거예요.　　　　　125

그런 후 그대는 트리나키에섬에 도착할 거예요.

　　　그곳에서는 헬리오스의 소유인 많은 암소와 살진 작은 가축들이

풀을 뜯고 있어요. 소 떼가 일곱 무리요, 아름다운 양 떼도

일곱 무리인데, 쉰 마리씩 한 무리를 이루고 있지요.

이 소와 양들은 새끼를 낳지 않고 죽지도 않아요.　　　　　130

이 가축들을 치고 있는 목자들은 여신이에요.

헬리오스 히페리온[7]이 고귀한 네아이라[8]에게서 낳은, 머리 곱게 땋은

요정들 파에투사와 람페티에지요. 존귀한 어머니가 그녀들을

낳아 기른 후, 머나먼 트리나키에섬으로 보내 그곳에서 살며

아버지의 작은 가축들과 뿔 굽은 소를 지키게 한 거예요.　　　　　135

그대가 귀향을 생각해 그 가축을 해치지 않는다면

고생은 할지언정 이타케에 도착할 수 있을 거예요.

반면에 그 가축을 해친다면 그대의 배와 전우들이

파멸을 맞게 될 것이라고 분명히 말해두지요.

그대는 파멸에서 벗어난다 해도 전우들을 모두 잃고　　　　　140

6　"크라타이이스"를 마법과 주술의 여신 헤카테와 동일시하는 견해가 있지만 확실치 않다. 헤카테는 곡물의 여신 데메테르가 딸 페르세포네를 찾도록 도와주고, 나중에는 페르세포네의 동반자가 된다. 올림포스 신들과 기간테스 사이에 전쟁이 벌어졌을 때 올림포스 신들의 편에 서서 싸웠고, 헤라클레스가 기간테스 클리티오스를 죽일 때 그를 돕는다. 인간에게 이익을 가져다주고 관대한 것으로 알려졌다.

7　"헬리오스"는 태양의 신 히페리온과 빛의 여신 테이아의 아들이지만, 여기서 히페리온과 헬리오스는 동격으로 사용되고 있다. "히페리온"은 '위로 걷는 자'라는 뜻이며, 헬리오스의 별칭이기도 하다.

8　"네아이라"에 대해서는 남편과 두 딸 외에 알려진 이야기가 없다. "파에투사"는 '광채', "람페티에"는 '빛남'이라는 뜻이다.

오랜 시간이 지난 후에야 비참한 몰골로 귀향하게 될 거예요.'

　키르케는 이렇게 말했고, 얼마쯤 시간이 흐른 뒤에 황금 옥좌의
　새벽의 여신이 찾아왔습니다.

여신들 중 고귀한 키르케는 섬에 있는 자신의 궁으로 갔고,

나는 함선이 있는 곳으로 가서 전우들에게 배에 올라

배꼬리에 묶어 놓은 밧줄을 풀라고 독려했습니다.　　　　　　　145

그들은 즉시 배에 올라 노 젓는 자리에 앉았고,

질서 있게 앉아 노를 저으며 잿빛 바다를 가로질렀습니다.

인간의 목소리를 지녔고 머리를 곱게 땋은 무시무시한

여신 키르케는 우리를 위해 훌륭한 전우를 보내주었습니다.

뱃머리 검은 함선의 뒤쪽에서 불어와 돛을 팽팽하게 해주는　　　150

순풍 말입니다. 덕분에 우리는 각자 배 안에 앉아 도구를

부지런히 손질했습니다. 바람과 키잡이가 배를 똑바로

몰아주었으니까요. 이때 나는 비통한 심정으로 전우들에게 말했습니다.

　'친구들이여, 여신들 중 고귀한 키르케가 내게 말해준 신탁은

한두 사람만 알아서 될 일이 아니니 그 내용을 자네들　　　　　155

모두에게 말하겠네. 그래야 우리가 죽더라도 알고 죽든지,

죽음과 운명을 피해 살아남을 수 있든지 할 테니.

먼저 그녀는 세이렌 자매가 내는 천상의 지극히 감미로운 목소리와

그들이 앉아 있는 꽃이 만발한 풀밭을 반드시 피하라고 일러주었네.

그리고 세이렌의 목소리는 오직 나만 들으라고 했네.　　　　　160

그러니 내가 돛대를 꽂는 나무통에 똑바로 서서 꼼짝하지

못하게 자네들은 나를 고통스러운 밧줄로 묶은 후

밧줄의 끝을 돛대에 묶게. 그리고 내가 밧줄을 풀어달라고

간청하거나 명령하는 경우, 오히려 나를 더 많은 밧줄로 묶어야 하네.'

　나는 이렇게 말하고 나서 전우들에게 모든 일을 낱낱이　　　165

설명해주었습니다. 그러는 사이에 튼튼하게 만든 함선은 신속하게

세이렌 자매가 사는 섬에 도착했습니다. 배가 순풍을 타고 빠르게

항해했기 때문입니다. 그 섬에 도착하자 즉시 바람이 그치고,

바다는 바람 한 점 없이 잔잔해졌습니다. 신께서 파도를

잠재운 것이지요. 전우들은 일어나 배의 돛을 내리고   170

속 빈 함선 안에 단단히 넣어둔 뒤, 노 옆에 앉아 반들반들 광낸

전나무로 만든 노로 물을 쳐서 흰 물거품을 만들었습니다.

나는 날카로운 청동으로 크고 둥근 밀랍 덩어리를

작게 잘라 다부진 손으로 짓이겼지요.

그러자 내 손의 큰 힘과 군주 헬리오스 히페리온의   175

햇볕으로 밀랍이 녹아 부드러워졌습니다.

나는 모든 전우의 귀에 차례로 밀랍을 발라주었습니다.

그런 다음 돛대를 꽂는 나무통 안에 섰고,

전우들은 내 손과 발을 묶고 밧줄 끝을 돛대에 묶은 후

노 젓는 자리에 앉아 노로 잿빛 바다를 쳤습니다.   180

우리는 빠르게 배를 몰았지만, 사람이 고함을 치면 들릴

거리만큼 되었을 때, 배가 빠르게 다가오는 것을 모를 리 없는

세이렌 자매가 낭랑한 목소리로 노래하기 시작했습니다.

　　'자, 여기로 오세요, 아카이오스인의 위대한 영광이며 칭송

자자한 오디세우스여, 배를 세우고 우리 둘의 노래를 들어보세요.   185

우리의 감미로운 목소리를 듣지 않은 채 검은 배를 타고

이곳을 지나간 사람은 아무도 없답니다.

누구나 우리의 목소리를 즐기고 더 많은 걸 알게 된 후 지나갔지요.

우리는 드넓은 트로이아에서 아르고스인과 트로스인이

신들의 뜻에 따라 겪은 고초를 다 알고, 만물에 자양분을   190

주는 대지 위에서 일어난 일을 모두 알고 있답니다.'

　　세이렌 자매가 아름다운 목소리로 이렇게 말하자

내 마음은 그들의 노래가 듣고 싶어졌습니다.

〈오디세우스와 세이렌〉(존 윌리엄 워터하우스, 1891년)

전우들에게 눈짓으로 신호를 보내며 밧줄을 풀라고 재촉했지만,

그들은 몸을 앞으로 구푸리며 더욱 힘껏 노를 저었습니다.

그리고 즉시 페리메데스와 에우릴로코스가 일어나

나를 더 많은 밧줄로 단단히 묶었습니다.

우리가 세이렌 자매 옆을 지나

그들의 목소리와 노래가 더 이상 들리지 않게 되자

즉시 사랑하는 전우들은 내가 그들의 귀에 발라준

밀랍을 떼어내고 나를 밧줄에서 풀어주었습니다.

　　하지만 세이렌 자매의 섬을 벗어나자마자

나는 물보라와 큰 파도를 보았고,

바다가 성내며 지르는 큰 소리를 들었습니다.

전우들이 겁에 질려 노를 놓아버리자, 거친 파도가 모든 노를

세차게 때려, 배는 그 자리에 꼼짝없이 멈추었습니다. 그들이 앞쪽을

뾰족하게 깎은 노를 손으로 젓지 않았기 때문이었습니다.

　　나는 배 안을 다니며 전우들을 독려했고,

그들에게 일일이 다가가 점잖게 말했습니다.

'친구들이여, 우리는 지금까지 재앙을 많이 겪어왔네.

이 일은 키클롭스가 무지막지한 힘으로 우리를 속 빈 동굴 안에

가둔 것에 비하면 더 큰 재앙도 아니야. 그때도 내 용기와 계책과

기지로 빠져나왔으니 이번 일도 추억거리가 될 걸세.

자, 이제 모두 내 말을 따르게. 자네들은 노 젓는 자리에 앉아

육중하게 밀려오는 파도를 노로 치게. 그러면 제우스께서

우리가 이 파멸을 피해 무사히 벗어나게 해주실 걸세.

키잡이여, 자네는 속 빈 함선의 키를 다루는 사람이니

내가 명령하는 바를 명심해두게.

자네는 저 물보라와 파도 바깥쪽으로 암벽을 끼고 배를 몰게.

내 명령을 잊어버린 채 파도치는 쪽으로 배를 몰아

195

200

205

210

215

220

우리를 재앙 속으로 내던지지 말게나.'

　　　내가 이렇게 말하자 그들은 신속하게 내 말을 따랐습니다.
하지만 전우들이 겁먹고 노 젓는 일을 내팽개치고
배 안에 꽁꽁 숨는 일이 벌어지지 않도록
스킬라에 대해서는 아무 말도 하지 않았습니다.　　　　　　　　　　225
그런데 이때 나는 키르케가 내게 결코 무장해서는
안 된다고 신신당부한 일을 잊고,
유명한 무구를 갖춘 채 두 자루의 긴 창을 손에 든 채
뱃머리 쪽 갑판으로 나아갔지요. 그곳에 서 있으면
전우들에게 재앙을 안겨줄, 암벽 속에 있는 스킬라를　　　　　　230
가장 먼저 볼 수 있을 것이라고 생각했기 때문입니다.
하지만 그녀는 어디서도 보이지 않았고, 어두침침한 암벽 전체를
샅샅이 살펴보느라 내 눈만 피곤해졌습니다.

　　　우리는 울상이 되어 두 암벽 사이의 좁은 해로를 계속해서
항해했습니다. 한쪽에는 스킬라가 도사리고 있었고, 다른 쪽에서는　　235
무시무시한 카리브디스가 짠 바닷물을 무섭게 빨아들이고 있었지요.
카리브디스가 물을 토해낼 때는 마치 센 불 위에 놓은 가마솥처럼
근처의 바닷물 전체가 요동치며 들끓어 올랐고,
물보라는 높이 날아올라 두 암벽 꼭대기 위로 떨어졌습니다.
반면 짠 바닷물을 들이마실 때는　　　　　　　　　　　　　　240
바다가 요동치며 속을 다 드러내 보였기에 주위에서는
암벽이 무시무시하게 울부짖고, 밑에서는 검은 모래땅이
드러났습니다. 창백한 공포가 전우들을 사로잡았지요.
우리가 죽음의 공포를 느끼며 카리브디스가 있는 암벽 쪽을
바라보고 있을 때, 스킬라가 속 빈 함선에서　　　　　　　　245
손과 힘이 가장 탁월한 전우 여섯 명을 낚아챘습니다.
나는 빠른 함선과 전우들을 보고 있다가

이미 그들의 손과 발이 위로 높이 들린

것을 보았습니다. 그들은 몹시 괴로워하며

내 이름을 크게 불렀지만, 그것이 마지막이었습니다.   250

낚시꾼이 바다 쪽으로 돌출된 바위 위에서

작은 물고기들의 먹이를 미끼로 달아 아주 긴 낚싯대로

들에 사는 소의 뿔을 바다 속으로 던져 넣었다가

버둥거리는 물고기를 물 밖으로 끌어올려 뭍으로 내던지듯,

그렇게 그들은 버둥거리며 암벽 위로 끌려 올라갔습니다.   255

그곳 동굴 입구에서 스킬라는 비명을 지르는 전우들을 먹어치우기

시작했고, 그들은 사투를 벌이며 내게 손을 내밀었습니다.

나는 바다에서 길을 찾느라 고초를 겪으며 두 눈으로 온갖 것을

다 보았지만, 그 광경은 정말이지 가장 끔찍하고 처참했습니다.

　　　암벽과 무시무시한 카리브디스와 스킬라를 벗어나자마자   260

우리는 신이 소유한, 흠잡을 데 없이 훌륭한 섬에 도착했습니다.

그곳에는 헬리오스 히페리온이 소유한

이마 넓은 훌륭한 소들이 있었고, 힘센 작은 가축도 많았습니다.

내가 아직 검은 배를 타고 바다 위에 있는데도 목장에 있는

소 떼의 음매 소리와 양 떼의 매애 소리가 들렸습니다.   265

그리고 눈먼 예언자 테베의 테이레시아스와

아이아이에섬의 키르케가 해준 말이 마음에 떠올랐습니다.

그녀는 사람들의 마음을 기쁘게 해주는

헬리오스의 섬을 피하라고 내게 신신당부했지요.

나는 비통한 심정으로 전우들 가운데서 말했습니다.   270

　　　'전우들이여, 테이레시아스와 아이아이에섬의 키르케가 해준

예언을 자네들에게 말해줄 테니 비록 자네들이 고생을

많이 했지만 내 말을 따라주게. 그녀는 사람들의 마음을

기쁘게 해주는 헬리오스의 섬을 피하라고 내게 신신당부했네.

〈오디세우스를 공격하는 스킬라〉(헨리 저스티스 포드, 1910년)

그곳에서 가장 무시무시한 재앙이 우리를 덮칠 것이라고   275
그녀가 말했으니 검은 배를 옆으로 몰아 저 섬을 지나가세.'

     내가 이렇게 말하자 그들은 심장이 덜컥 내려앉았습니다.
즉시 에우릴로코스가 마음에 적의를 품고 이렇게 말했습니다.

     '잔인하군요, 오디세우스여. 당신의 몸은 온통 무쇠로
되어 있어 언제나 힘이 넘치고 사지는 지치는 법이 없지요.   280
그래서 피로에 지치고 잠이 부족한 전우들이
뭍으로 올라가 바다로 둘러싸인 섬에서
맛있는 저녁 식사를 준비하는 것도 허락하지 않고,
섬을 그냥 지나쳐 빠른 밤 내내 어슴푸레한 바다 위를
떠돌아다니라고 명령하는 게 아닙니까.   285
배에 재앙을 안겨주는 역풍은 밤에 생기는 법입니다.
남풍이든 세차게 불어오는 서풍이든 폭풍이
갑자기 찾아오면 우리가 무슨 수로 벼랑 끝의 파멸을
피할 수 있겠습니까? 남풍과 서풍은 다른 무엇보다
통치자인 신들의 뜻을 거슬러 배를 박살 내니 말입니다.   290
그러니 지금은 어두운 밤에 복종하여
빠른 배 옆에 머물며 저녁 식사를 준비하고, 날이 밝으면
배에 올라 드넓은 바다로 나가는 것이 마땅합니다.'

     에우릴로코스가 이렇게 말하자 다른 전우들도
그 말에 찬성했습니다. 그러자 나는 어느 신께서 재앙을   295
계획하고 있음을 알아차리고, 그에게 날개 달린 말로 일렀습니다.

     '에우릴로코스여, 그대들이 나 한 사람을 힘으로
압박하는 것인가? 그렇다면 자, 그대들은 모두
설령 소 떼나 큰 양 떼를 발견하더라도
아무도 소나 작은 가축을 죽이는 주제넘고 사악한 짓을   300
저지르지 않고, 불멸의 키르케가 준 음식을 먹는 것으로

만족하겠다고 내게 엄숙히 맹세하게.'

　　　내가 이렇게 말하자 즉시 그들은 내 지시를 따라
그런 짓을 저지르지 않겠다고 맹세했습니다.
그들이 맹세하기를 마치자 우리는 튼튼하게 만든　　　　　305
함선을 속 빈 포구 안쪽 달콤한 물 가까이에 세웠고,
전우들은 배에서 내려 능숙하게 저녁 식사를 준비했습니다.
먹고 마시는 욕구에서 벗어나자
그들은 스킬라가 속 빈 함선에서 낚아채 먹어치운
사랑하는 전우들을 생각하며 울었고,　　　　　310
울고 있는 그들에게 달콤한 잠이 찾아왔습니다.
밤의 삼분의 이가 지나고 별들이 기울기 시작했을 때,
구름을 모으는 자 제우스께서 무시무시한 폭풍과
거센 바람을 일으켜 대지와 바다를 동시에 구름으로
덮으셨고, 하늘에서 캄캄한 어둠이 쏟아졌습니다.　　　　　315
이른 아침에 태어난, 장밋빛 손가락을 지닌 새벽의 여신 에오스가
모습을 드러내자, 우리는 배를 속 빈 동굴 속으로 끌어다 넣어
안전하게 정박해두었습니다. 그곳에는 요정들의 아름다운 무도장과
의자들이 있더군요. 나는 회의를 소집해 그들 가운데서 말했습니다.

　　　'친구들이여, 빠른 함선 안에는 양식과 음료가 있으니　　　　　320
우리가 변을 당하지 않으려면 부디 저 소들에게 다가가지 말게.
이 소들과 살진 작은 가축들은 모든 것을 보시고
모든 것을 들으시는 무서운 헬리오스의 소유이기 때문이라네.'

　　　내가 이렇게 말하자 그들의 대장부다운 마음은 내 말을 따랐습니다.
그런데 한 달 내내 남풍이 쉬지 않고 불었고,　　　　　325
동풍과 남풍 외에 다른 바람은 아예 생기지 않았습니다.[9]

9　시켈리아섬에서 동쪽에 있는 이타케로 가려면 서풍이 불어야 했다.

전우들은 살고 싶었기에 양식과 붉은 포도주가 있는

동안에는 소들 가까이에 가지 않았습니다.

하지만 배 안의 양식이 다 떨어지자

사냥감을 찾아 돌아다닐 수밖에 없었고,   330

굽은 낚싯바늘로 물고기든 새든 손에 걸리는 것은 무엇이든

잡았습니다. 굶주림으로 배를 곯고 있었기 때문입니다.

나는 어느 신께서 내게 갈 길을 알려주시기를 바라면서

기도하기 위해 섬 안쪽으로 들어갔습니다.

나는 섬 안쪽으로 가다가 전우들에게서 벗어나게 되자   335

바람을 피할 수 있는 곳에서 손을 씻고,

올림포스에 계시는 모든 신들께 기도했습니다.

그런데 신들께서는 내 눈꺼풀 위에 달콤한 잠을 쏟아부으셨지요.

그사이에 에우릴로코스는 전우들에게 사악한 조언을 시작했습니다.

　　　'고생 많은 전우들이여, 내 말을 들으시오.   340

가련한 인간에게는 가증스럽지 않은 죽음이 없지만,

그중에서 굶어 죽어 운명을 맞는 것이 가장 비참하지 않겠소.

그러니 자, 헬리오스의 소들 중 가장 좋은 것을 몰고 와

드넓은 하늘에 계시는 불멸의 신들께 제물로 바칩시다.

그렇게 해서 우리가 조상들의 땅 이타케에 도착하면,   345

즉시 헬리오스 히페리온을 위해 부유한 신전을 짓고,

그 안에 훌륭한 예물들을 줄줄이 가져다 놓으면 되지 않겠소?

설령 신께서 뿔 굽은 소들 때문에 진노해

우리 배를 가라앉히려 하고 다른 신들도 그 뜻을 따른다 해도,

나는 외딴 섬에서 오랫동안 서서히 기진하여 죽어가느니   350

파도를 향해 크게 한 번 숨을 쉰 후 죽고 싶소.'

　　　그가 이렇게 말하자 다른 전우들도 그 말에 찬성했습니다.

즉시 그들은 가까이 있던 헬리오스의 소들 중 가장 좋은 것을

몰고 왔으니, 그 뿔 굽고 이마 넓은 아름다운 소들이

뱃머리 검은 함선으로부터 멀지 않은 곳에서   355

풀을 뜯고 있었던 까닭입니다. 그들은 소들 주위에 둘러서서

높은 곳에 잎사귀가 달린 큰 참나무의 연한 잎사귀를

뜯으며 신들께 기도했습니다. 훌륭한 노를 갖춘

함선 안에는 흰 보리가 없었기 때문입니다.

그들은 기도하고 나서 소들을 잡아   360

가죽을 벗긴 후 넓적다리뼈를 잘라내 앞과 뒤를

비계 조각으로 덮고, 다시 그 위에 날고기를 얹었습니다.

활활 타는 제물 위에 붓는 술이 없었으므로 물을 부어 올렸고,

그런 후 모든 내장을 구웠습니다.

넓적다리뼈가 다 타고 내장을 먹은 후에는   365

나머지 고기를 작게 잘라 꼬챙이에 꿰었습니다.

　　　이때 달콤한 잠이 내 눈꺼풀을 떠났고, 나는 바닷가의 빠른

함선으로 향했습니다. 양쪽으로 노 젓는 흰 함선에 다가가자

고기 굽는 향긋한 냄새가 나를 에워싸더군요.

나는 불멸의 신들을 향해 울부짖으며 외쳤습니다.   370

　　　'아버지 제우스와 영원히 계신 축복받은 다른 신들이시여,

남아 있던 전우들이 엄청난 일을 저질렀으니 신들께서는

나를 파멸시키려고 내게 무자비한 잠을 보내신 게 분명합니다.'

　　　한편 길게 늘어뜨린 페플로스[10]를 입은 람페티에는 우리가 소들을

도살했음을 알리려고 급히 헬리오스 히페리온에게 갔습니다.   375

헬리오스는 즉시 마음속에서 분노하며 불멸의 신들에게 말했습니다.

　　　'아버지 제우스와 영원히 계시는 축복받은 다른 신들이시여,

라에르테스의 아들 오디세우스의 전우들을 응징해야 합니다.

---

10 "페플로스"는 고대 그리스 여자들이 어깨에 걸쳐 길게 늘어뜨려 입은 주름 잡힌 웃옷이다.

〈헬리오스의 소를 잡는 오디세우스의 부하들〉(펠레그리니 티발디, 1554~1556년)

그들은 오만방자하게도 내 소들을 죽였소. 그 소들은 내가
별 총총한 하늘로 올라갈 때든, 하늘에서 다시 대지를 향해   380
내려갈 때든 내게 기쁨을 주었소. 그들이 저 소들에 대한
보상을 내게 해주지 않는다면, 나는 하이데스의 집으로 내려가
죽은 자들 가운데 빛을 비추겠소.'

　　　그러자 구름을 모으는 자 제우스께서 그에게 대답했습니다.
'헬리오스여, 내가 당장 포도주빛 바다 한가운데서   385
번쩍이는 벼락으로 그들의 빠른 배를 산산조각 낼 테니
그대는 불멸의 신들 가운데 빛을 비추고,
필멸의 인간들 가운데서 양식을 내는 경작지 위에 빛을 비추시오.'

　　　이 말은 내가 머릿결 고운 칼립소에게 들었는데, 그녀는
제우스의 사자인 헤르메스에게서 직접 이 말을 들었다고 했습니다.   390

　　　나는 바닷가의 함선으로 내려가 전우들 한 사람 한 사람을
붙들고 꾸짖었지만, 소들이 이미 죽었기에
아무런 해결책도 찾을 수 없었습니다.
신들께서는 즉시 그들에게 전조를 보여주셨습니다.
소에서 벗겨낸 가죽들이 기어다니고, 꼬챙이에 뀁 고기 조각들이   395
구운 것이든 날 것이든 음매 하고 울음소리를 냈습니다.

　　　나의 믿음직스러운 전우들은 자신이 몰고 온 헬리오스의
소들 중에서 가장 좋은 것들로 엿새 동안 연회를 벌였습니다.
크로노스의 아드님께서 거기에 일곱째 날을 더하시자
바람이 광풍이 되어 미쳐 날뛰기를 그쳤기 때문에   400
우리는 즉시 배에 올라 드넓은 바다로 나갔고,
돛대를 세우고 흰 돛을 달아 올렸습니다.

　　　하지만 그 섬을 떠나 또 다른 육지는 나타나지 않고
하늘과 바다만 보였을 때, 크로노스의 아드님께서
속 빈 함선 위에 검은 구름을 머물게 하셨고,   405

〈오디세우스의 난파선〉(펠레그리니 티발디, 1550~1551년)

함선 아래 바다도 검어지기 시작했습니다.

이내 서풍이 귀를 찢을 듯이 날카로운 소리를 내며

미친 듯이 불어닥치자 돛대와 배의 앞부분을 연결한

두 개의 밧줄이 모두 광풍으로 끊어져버려

우리 함선은 더 이상 달릴 수 없었습니다.   410

돛대는 뒤로 쓰러졌고, 도구는 죄다 바닥에 쏟아졌습니다.

배꼬리에 있던 키잡이는 돛대에 머리를 맞아

두개골이 한꺼번에 박살난 채 마치 잠수부처럼

갑판에서 떨어져 대장부다운 기개가 그의 뼈를 떠났습니다.

아울러 제우스께서는 천둥을 치며 함선에 벼락을 던지셨고,   415

제우스의 벼락을 맞은 함선 전체가 심하게 흔들렸습니다.

함선 안은 유황 냄새로 가득했고, 전우들은 함선에서 떨어졌습니다.

그들은 가마우지처럼 검은 함선 주위의 파도 위를 떠다녔고,

신께서는 그들에게서 귀향을 앗아가셨습니다.

　　　나는 함선 안을 앞뒤로 왔다 갔다 했지만, 결국 파도에   420

용골이 함선의 양쪽 벽에서 분리되어 파도 위를 떠다녔습니다.

이때 파도가 함선의 돛을 용골 쪽으로 내던졌는데,

돛대에는 돛을 배꼬리에 팽팽하게 묶는 데 사용되는 소가죽 밧줄이

그대로 묶여 있었습니다. 나는 그 밧줄로 용골과 돛대를 한데 묶은 후

그 위에 앉아 파멸을 안겨주는 바람에 실려 떠다녔습니다.   425

　　　서풍이 광풍이 되어 미쳐 날뛰기를 그치자

이번에는 재빨리 남풍이 찾아와 파멸을 안겨주는 카리브디스로 나를

다시 몰아가려 해 내 마음에 고통을 안겨주었습니다.

나는 밤새도록 떠밀려 표류하다가 날이 밝자,

스킬라의 동굴과 무시무시한 카리브디스가 있는 곳에 이르렀습니다.   430

카리브디스가 바다의 짠물을 들이마시고 있더군요. 나는 그 바위에

있는 키 큰 무화과나무를 향해 높이 뛰어올라 박쥐처럼 매달렸지만,

〈스킬라와 카리브디스 앞에 선 오디세우스〉(헨리 푸젤리, 1794~1796년)

두 발을 단단히 고정시킬 수도, 위로 올라갈 수도 없었습니다.
뿌리는 저 멀리 아래쪽에 있고, 크고 긴 가지는 공중에 높이 있어
카리브디스를 위해 그늘을 만들어주고 있었기 때문입니다.   435
그녀가 나중에 돛대와 용골을 다시 토해낼 때까지
나는 계속해서 기다렸습니다. 내가 간절히 되찾고자 했던 그것들은
한참 뒤에야 떠올랐습니다. 어떤 사람이 판결을 구하는 많은 청년에게
판결을 내리고 나서 저녁을 먹기 위해 재판정에서 일어설 때까지
걸리는 정도의 시간이 지난 후에야, 돛대와 용골은 카리브디스 밖으로   440
모습을 드러냈습니다. 나는 나무를 붙잡고 있던 손과 발을 풀고,
높은 곳에서 바닷물 한가운데로 힘차게 뛰어내렸습니다.
큰 돛대와 용골이 있는 곳 옆으로 말이지요. 그런 다음 그 위에 앉아
두 손으로 노를 저었습니다. 하지만 인간과 신들의 아버지
제우스께서는 스킬라가 나를 보는 것을 더 이상 허용치 않으셨습니다.   445
만약 그랬더라면 나는 벼랑 끝의 파멸을 피할 수 없었을 테지요.

　　　그곳에서 나는 아흐레 동안 떠내려갔고, 열흘째 되는 날 밤에
신들께서 나를 오기기에섬 가까이에 가게 해주셨습니다.
그 섬에는 인간의 목소리를 지녔고. 무시무시한 여신이며, 머릿결 고운
칼립소가 살고 있었지요. 그녀는 나를 반갑게 맞이해 보살펴주었습니다.   450
이 일에 대해서는 더 이상 얘기할 필요가 없겠군요.
어제 궁에서 당신과 당신의 멋진 아내에게 이미 얘기했고,
한번 분명하게 한 얘기를 반복하는 건 내가 싫어하는 일이니까요."

〈오디세우스를 구하는 칼립소〉(코르넬리스 반 푸렌뷔르흐, 1630년)

제13권   이타케로 돌아온 오디세우스

오디세우스가 이렇게 말하자, 그들은 그늘진 대청에서

그의 얘기에 푹 빠져 모두 아무 말도 하지 않고

묵묵히 있었다. 그러자 알키노오스가 그에게 이렇게 말했다.

"오디세우스여, 그대는 지금까지 고생이 아주 많았지만,

청동 문턱이 있고 지붕 높은 내 궁에 왔으니   5

다시는 표류하지 않고 집으로 돌아가게 될 것이오.

그리고 언제나 내 궁에서 원로들께 드리는 화염 같은 포도주를

마시며 음유시인의 노래를 듣는 여러분 각자에게 부탁할 것이 있소.

반들반들하게 깎아 만든 궤짝에는

나그네를 위한 옷들과 정교하게 제련한 황금과   10

파이악스인의 조언자들이 여기로 보내주신

그 밖의 온갖 선물이 들어 있소.

그러니 자, 우리도 각자 큰 세발솥과 가마솥을 하나씩 그에게 줍시다.

한 사람이 그런 선물을 하기는 어렵지만

우리는 백성에게서 다시 거두어 보충하면 되니 말이오."   15

　　　알키노오스가 이렇게 말하자 다들 마음으로 기뻐했다.

그들은 자리에 눕기 위해 각자 자기 집으로 갔다가

이른 아침에 태어난, 장밋빛 손가락을 지닌 새벽의 여신 에오스가
모습을 드러내자 사람을 영광스럽게 해주는 청동을 들고 배로 향했다.
신성하고 강력한 알키노오스는 직접 배 안을 다니며   20
선원들이 빠르게 노를 저을 때 방해되지 않도록
노 젓는 의자들 아래에 선물들을 잘 놓아두었다.
그런 후 그들은 알키노오스의 궁으로 가서 연회를 준비했다.
　　　　신성하고 강력한 알키노오스가 검은 구름을 몰고 다니는 자
만물을 다스리는 크로노스의 아들 제우스에게   25
그들을 대표해 황소 한 마리를 제물로 바쳤다. 넓적다리뼈가 다 타자
그들은 성대한 연회를 즐겼고, 백성에게서 존경받는 신 같은
음유시인 데모도코스가 그들 가운데서 악기를 연주하며 노래했다.
하지만 오디세우스는 해가 지기를 고대하며 밝게 빛나는 해를 향해
자주 고개를 돌렸다. 그만큼 귀향을 열망했다.   30
사람이 포도주빛 황소 두 마리가 끄는 쟁기로 묵은 밭을 갈다가
걸을 때 무릎이 말을 듣지 않을 때쯤 되어서는
저녁 식사 하러 가길 열망하는데, 해가 저무는 것을
보면 저녁때가 가까운 것을 알고 반가워한다.
바로 그렇게 오디세우스는 해가 지는 것이 반가웠다.   35
해가 지자마자 오디세우스는 노를 좋아하는 파이악스인 가운데서
이렇게 말했다. 이는 다른 누구보다 알키노오스에게 한 말이었다.
"모든 백성 중 가장 영광스러운 알키노오스 전하, 이제 헌주한 후
나를 아무 탈 없이 호송해주십시오. 또한 여러분도 안녕히 계십시오.
내 마음이 바라던 대로 소중한 선물과 호송 준비가 다 끝났으니 드리는
　　말씀입니다.   40
하늘에 계시는 신들께서 이 호송을 축복해주시사 내가 귀향하여
집에서 흠잡을 데 없이 훌륭한 아내와 아무 일 없이 건강한
가족을 볼 수 있게 해주시길 빕니다. 이곳에 계시는 여러분은

아내와 자녀들을 기쁘게 해주는 분이 되길 바라고,
신들께서 여러분에게 온갖 좋은 것만 베풀어 이 나라와 　　　　45
백성 가운데 나쁜 일은 하나도 일어나지 않게 해주시길 빕니다.”
　　　오디세우스가 이렇게 말하자, 그들은 모두 그의 말에 동의하고
나그네를 호송해줄 것을 요구했다. 그가 이치에 맞는 말을 했기 때문이다.
그러자 강력한 알키노오스가 전령에게 말했다.
“폰토노오스, 아버지 제우스께 기도한 후 나그네를 　　　　50
조상들의 땅으로 호송할 것이다. 그러니 희석용 동이에 포도주를 붓고
물을 섞어 대청에 계신 모든 분께 드려라.
　　　알키노오스가 이렇게 말하자, 폰토노오스가 꿀처럼 달콤한
포도주를 희석시켜 모든 사람 앞에 차례로 다가가 나누어 주었다.
그들은 각자의 자리에 앉은 채 드넓은 하늘에 계시는 　　　　55
축복받은 신들께 헌주했다. 고귀한 오디세우스가 일어서서
손잡이 둘 달린 잔을 아레테의 손에 두며
그녀에게 날개 달린 말로 이렇게 인사했다.
“왕비님, 모든 인간에게 정해져 있는 노년과 죽음이
찾아올 때까지 내내 안녕히 계십시오. 　　　　60
나는 돌아가지만 당신은 이 궁에서 자녀와
백성, 알키노오스왕과 더불어 즐겁게 사십시오.”
　　　고귀한 오디세우스가 이렇게 말하고 문턱을 넘자
강력한 알키노오스는 전령을 함께 보내
빠른 배가 있는 바닷가로 그를 안내하게 했다. 　　　　65
아레테도 하녀들을 함께 보내며, 그중 한 명에게는
깨끗하게 세탁한 겉옷과 웃옷을 들게 했고,
다른 한 명에게는 튼튼한 궤짝을 맡아 따라가게 했으며,
또 다른 한 명에게는 빵과 붉은 포도주를 가지고 가게 했다.
　　　그들이 배가 있는 바닷가로 내려가자 　　　　70

〈파이악스인들과 작별하는 오디세우스〉(작가 미상, 17세기 초)

호송을 담당한 훌륭한 선원들이 얼른 마실 것과 먹을 것을
받아 모두 속 빈 배 안에 실었다. 그리고 오디세우스가
깨지 않고 잘 수 있도록 속 빈 배의 꼬리 부분에 있는
갑판 위에 아마포로 만든 담요를 깔았다.
이렇게 해서 오디세우스가 배에 올라 아무 말 하지 않고 눕자   75
그들은 각자 질서정연하게 노 젓는 자리에 앉았고,
구멍이 뚫려 있는 돌에서 밧줄을 풀었다.
그들이 뒤로 몸을 젖히며 노로 바닷물을 쳐올리자
그 즉시 달콤한 잠, 영원히 깰 것 같지 않은 지극히
달콤하고 죽음에 가장 가까운 잠이   80
오디세우스의 눈꺼풀 위에 내렸다.
들판에서 마부가 채찍을 휘두르면 네 필의 숫말이
한꺼번에 높이 뛰어올라 주로를 빠르게 질주하듯이
바로 그렇게 뱃머리가 들렸고, 뒤쪽에서는
울부짖는 바다의 크고 검은 파도가 끓어올랐다.   85
새들 중에서 가장 민첩한 바퀴 매[1]조차 따라잡을 수
없을 정도로 배는 아주 안전하게 쉬지 않고 질주했다.
배는 바다의 물결을 가르며 거침없이 질주했고,
지략이 신과 같은 남자를 태우고 있었다.
전에는 인간의 전쟁과 힘겨운 파도를 헤쳐 나가기 위해   90
마음속에서 말할 수 없이 많은 고통을 겪은 그였지만,
이때는 그동안 겪은 일을 모두 잊고 꼼짝하지 않은 채 잠들었다.
　　　이른 아침에 태어난 새벽의 여신 에오스의 빛을 알리기 위해

1　"바퀴 매"(ἱέραξ κίρκος, '히에락스 키르코스')는 매의 일종으로, 바퀴가 굴러가듯 빠르게
　　날아간다고 해서 붙은 이름이다.

맨 먼저 찾아오는 가장 밝은 별[2]이 떠올랐을 때,
오디세우스를 태우고 바다를 항해하는 배는 섬에 다가가고 있었다.   95
　　　이타케 땅에는 바다 노인 포르키스의 항구가 하나 있었다.
이 항구는 깎아지른 듯한 곶이 양쪽으로 뻗어 있고,
항구 쪽으로 오르막 경사면을 이루고 있어
항구 밖에서 거센 바람이 일으키는 큰 파도를 막아주었다.
덕분에 훌륭한 노 젓는 자리를 갖춘 배들이 항구 안으로   100
들어오기만 하면 밧줄을 묶지 않아도 안전하게 정박할 수 있었다.
항구의 가장 안쪽에는 뾰족하고 긴 잎사귀들이 달린
올리브나무 한 그루가 있고, 그 나무 가까이에는 나이아데스[3]라
불리는 요정들이 사는 어두컴컴하고 아름다운 신성한 동굴이 있다.
동굴 안에는 돌로 만든 희석용 동이들과 손잡이 둘 달린   105
큰 항아리들이 있고, 벌들은 이곳에서 꿀을 모은다.
또한 동굴 안에는 돌로 만든 거대한 베틀들이 있어
요정들이 바닷빛 자주색 천을 짜는데, 그 모습이 보기에 경이롭다.
또한 동굴에는 늘 흐르는 맑은 물이 있다. 출입문은 두 개이며
북쪽을 향한 문으로는 사람이 내려갈 수 있지만,   110
남쪽을 향한 문은 신성해 거기로는 들어갈 수 없고
오직 불멸의 신들만 다닐 수 있다.
　　　그들은 그 사실을 이미 알고서 동굴 안으로 배를 몰았다.
배를 빠르게 몰아 선체의 절반이 뭍으로 올라갔다.
선원들은 그 정도로 힘차게 배를 몰았다.   115

2　새벽 동쪽 하늘에서 볼 수 있는 샛별(금성)을 말한다.
3　"나이아데스"는 '오케아니데스'(오케아노스의 자식들)가 낳은 딸들로, 연못, 호수, 샘, 우
　물, 하천 등 전원의 담수에 깃든 물의 요정들이다. 오케아니데스는 대양의 신 오케아노스
　와 바다의 여신 테티스 사이에서 태어난 3천 명의 딸들로, 호수와 샘, 개울을 관장하는 여
　신이나 요정을 가리킨다.

그들은 훌륭한 노 젓는 자리를 갖춘 배에서 뭍으로 내리더니
먼저 잠에 곯아 떨어져 있는 오디세우스를
아마포로 만든 반짝이는 담요와 함께
속 빈 배에서 들어 올려 모래사장 위에 내려놓았다.
그런 다음 훌륭한 파이악스인이 집으로 돌아가는 오디세우스에게   120
기개 있는 아테나의 뜻에 따라 선물로 준 재물을 내렸다.
오디세우스가 깨기 전에 지나가는 행인들 중 누군가가
그 재물을 가져가지 못하도록 그들은 길을 벗어나 조금
떨어져 있는 무화과나무 그루터기 옆에 그것을 쌓아두었다.
그런 후 그들은 집으로 돌아갔다. 하지만 처음에   125
오디세우스를 위협하며 호언장담했던 말을 잊지 않고 있던
대지를 뒤흔드는 자 포세이돈이 제우스에게 계획을 물었다.
"아버지 제우스여, 필멸의 인간들, 그것도 내 혈통인
파이악스인조차 나를 조금도 존중하지 않으니
이제 나는 더 이상 불멸의 신들 가운데서 존중받지 못할 것이오.   130
나는 오디세우스에게서 귀향을 아예 박탈할 생각은 없었소.
단지 수많은 고초를 겪은 후에야 집으로 돌아가게 될 것이라 말했고,
그대는 그렇게 하겠다고 약속하고 머리를 끄덕여 동의했소.
그런데 파이악스인이 잠든 그를 빠른 배에 태워 바다 위로 데려가
이타케에 내려놓았지요. 청동과 황금, 그리고 손으로 정교하게 짠 옷까지   135
헤아릴 수 없을 만큼 많은 선물을 주었소. 만일 오디세우스가 자기 몫의
전리품을 챙겨 트로이아에서 아무 탈 없이 돌아왔다 해도
그만큼의 재물을 가져오지는 못했을 것이오."
　　　구름을 모으는 자 제우스가 그에게 대답했다.
"대지를 뒤흔들며 그 힘이 지극히 넓은 곳에 미치는 자여,   140
어찌 그리 말하시오? 신들은 절대 그대를 무시할 수 없소.
우리 중 가장 연장자이고 가장 훌륭한 그대를 어떻게

무시할 수 있단 말이오. 인간들 중에 자기 힘과 용맹함을 믿고
그대를 존중하지 않는 자가 있는 경우, 그대는 언제나 나중에라도
응징해왔잖소. 그러니 그대가 원하는 대로 마음껏 하시오."   145
    대지를 뒤흔드는 자 포세이돈이 대답했다.
"검은 구름을 몰고 다니는 신이시여, 즉시 그대가 말한 대로 하리다.
나는 언제나 그대의 심기를 극도로 존중하고 그대가 불편해할
일은 피해 왔소. 하지만 이번에는 호송을 마치고 돌아가는
파이악스인의 더없이 아름다운 배를 어슴푸레한 바다에서   150
박살 내고, 높은 산 같은 파도로 그들의 도시를 에워쌀 작정이오.
그래야 그들이 스스로 경계해 사람을 호송하는 일을 그만둘 테니."
    구름을 모으는 자 제우스가 그에게 대답했다.
"이보시오, 내 생각에는 이렇게 하는 것이 상책인 듯하오.
그들이 몰고 오는 배를 백성 모두가 도시에서 바라보고 있을 때,   155
육지 가까이에서 빠른 배 모양의 돌로 변하게 하여
모두를 놀래키면 어떻겠소? 그러면 큰 산 같은 파도가
도시를 에워싼 듯한 효과를 거둘 수 있을 것이오."
    대지를 뒤흔드는 자 포세이돈은 그 말을 듣고 나서
파이악스인이 사는 스케리아로 갔다.   160
포세이돈이 그곳에 있을 때, 오디세우스를 바다 위로
실어다주었던 배가 빠르게 달려 아주 가까이 왔다.
이때 대지를 뒤흔드는 자 포세이돈이 다가가
그 배를 돌로 변하게 하고 손바닥으로 내리쳐
바다 밑바닥에 깊이 박아버리고는 자리를 떠났다.   165
    그러자 이름난 선원들이며 긴 노를 사용하는 파이악스인은 서로
날개 달린 말을 주고받았다. 어떤 사람은 옆의 동료에게 말했다.
"이런, 집으로 돌아오던 빠른 배가 분명 완전히 모습을 드러냈는데,
도대체 누가 그 배를 바다에 묶어버린 건가?"

그것은 어찌 된 영문인지 몰라서 하는 말이었다.   170

그들 가운데서 알키노오스가 말했다.

"내 아버지께서 오래전에 내게 말씀하신 신탁이 마침내 이루어지다니

참담하기 짝이 없구나. 그분은 우리가 누구든 아무 탈 없이 호송해주는

일로 포세이돈께서 우리를 못마땅해 한다고 말씀하시곤 했소.

그리하여 포세이돈께서는 말씀하시길, 파이악스인의   175

더없이 아름다운 배가 호송을 마치고 돌아올 때

어스름이 내린 바다 위에서 그 배를 부수시고,

우리의 도시를 거대한 산과 같은 파도로 에워싸리라 하셨소.

그런데 노인의 말씀이 지금 모두 이루어졌소.

그러니 자, 모두 내 말을 따라주시오. 누가 우리 도시에   180

오더라도 사람들을 호송하는 일을 그만둡시다.

그리고 포세이돈께서 우리를 불쌍히 여겨 큰 산 같은 파도로

도시를 에워싸지 않도록 황소 열두 마리를 골라 제물로 바칩시다."

    알키노오스가 이렇게 말하자 그들은 두려워하며 황소들을 준비했다.

파이악스인의 땅을 다스리는 지도자와 수호자들이   185

제단 주위에 둘러서서 포세이돈 군주에게 기도하고 있을 때,

조상들의 땅에 도착해 자고 있던 고귀한 오디세우스는

깨어나기는 했지만 그곳을 알아보지 못했다. 오랜 세월 떠나

있었기 때문이기도 하지만, 제우스의 딸 팔라스 아테나 여신이

아무도 그를 알아보지 못하게 하려고 주위에 안개를   190

쏟아부은 까닭이었다. 여신은 구혼자들이 그동안 저지른 불법의

대가를 다 치르기 전까지 오디세우스의 아내든 시민이든

친구들이든 그를 알아보지 못하게 하려고, 또한 그가 알아야 할

일을 그에게 직접 말해주려고 그렇게 했다.

그래서 곧게 뻗은 길, 언제든지 배를 정박시키기에   195

적합한 항구, 높고 가파른 암벽, 이파리 무성한 나무 같은

모든 것이 그 땅의 주인에게 낯설어 보였다.

오디세우스는 벌떡 일어나 조상들의 땅을 바라보다가 두 손바닥으로

넓적다리를 치며 큰 소리로 울고 나서 탄식했다.

"내 신세가 처량하구나. 이번에는 도대체 어떤 사람의 땅에   200

온 것인가? 그들은 오만하고 야만적이며 불의한 자일까, 아니면

나그네를 잘 대접하고 신들을 두려워하는 마음을 지닌 자일까?

이 많은 재물을 어디로 가져가고, 나는 또 어디에서 헤매게 될까?

이 재물들을 그곳 파이악스인의 땅에 두고 왔어야 했다.

그랬더라면 나를 환대해주고 내 귀향길을 호송해줄   205

다른 막강한 왕에게 갈 수 있을 텐데.

이제 이 재물을 어디로 가져갈지 모르겠고,

다른 사람이 약탈해갈지도 모르니 이곳에 남겨둘 수도 없구나.

아, 가련한 내 처지여, 멀리서도 분명하게 보이는 이타케로

데려다주겠다고 약속해놓고는 지키지 않고   210

나를 낯선 땅에 내버리고 가다니 파이악스인의 수령과

수호자들이 매사에 현명하고 의로운 건 아니로군.

사람들을 지켜보다가 잘못한 자를 벌하시는

탄원자의 신, 제우스께서 그들을 응징해주시길!

그러니 자, 그들이 나를 두고 떠나면서 속 빈 배에 싣고   215

가버린 재물들이 무엇인지 내가 세어보아야겠다."

　　오디세우스가 이렇게 말한 후 더없이 아름다운

세발솥과 가마솥과 황금과 손으로 짠 아름다운 옷들을

세기 시작했지만 없어진 것은 하나도 없었다.

하지만 그는 울부짖는 바닷가 기슭을 기어올라가   220

조상들의 땅을 생각하며 눈물을 펑펑 쏟았다.

이때 아테나가 양 치는 목동의 모습, 하지만 통치자의 아들같이

아주 우아한 귀공자의 모습으로 다가왔다.

여신은 어깨에 두 겹으로 훌륭하게 만든 외투를 걸쳤고,
윤기 나는 발아래에는 신발을 묶었으며,   225
손에는 투창을 들고 있었다. 목동을 본 오디세우스는 기뻐하며
마주 다가가 날개 달린 말로 그에게 청했다.
"친구여, 그대는 내가 이곳에서 처음으로 만난 사람이오,
평안하기를 빕니다. 부디 나를 악의로 대하지 말고,
이 재물들도 구해주고 나도 구해주기를 간곡히 부탁하오.   230
나는 그대의 무릎을 붙잡고 신께 기도하듯 애원하니,
내 질문에 사실대로 답해주시오.
이곳은 어떤 땅이오? 어떤 나라이며 어떤 사람이 살아가고 있소?
또한 이곳은 멀리서도 분명하게 보이는 섬이오, 아니면 비옥한
육지에서 뻗어 나온 곳이 바다에 기대어 누워 있는 곳이오?"   235
           목동의 모습을 한 빛나는 눈의 여신 아테나가 그에게 대답했다.
"나그네여, 이 땅에 대해 묻는 것을 보니 당신은 아직 말 못하는
어린아이거나 아주 멀리서 오신 분이겠군요. 이곳은 그 정도로
이름 없는 곳이 아니라 아주 많은 사람이 아는 곳입니다.
동 트는 곳과 해 떠오르는 곳에서 사는 사람뿐 아니라   240
해 지는 어두운 곳에서 사는 사람도 모두 이곳을 안답니다.
이곳은 바위와 돌이 많은 거친 땅이고, 말을 몰기에 좋지 않고
넓지도 않지만, 그렇다고 아주 가난한 곳은 아닙니다.
이곳에서 말할 수 없이 많은 곡식이 자라고 포도주도 납니다.
언제나 비도 잘 내리고 이슬도 항상 풍부하지요.   245
이곳은 염소를 비롯한 가축이 풀을 뜯기에 좋고,
온갖 나무가 자라고, 물도 풍부해 마르는 법이 없습니다.
나그네여, 이타케라는 이름은 아카이오스인의 땅은 물론,
머나먼 트로이아에까지 널리 알려져 있답니다."
           목동이 이렇게 말하자 강인하고 고귀한 오디세우스는 기뻤다.   250

실은 아이기스 방패를 지닌 제우스의 딸 팔라스 아테나였지만,

일개 목동이 그의 조상들의 땅을 그렇게 말해주니 반가웠다.

그래서 그는 진심이 담긴 말을 거침없이 하려다가

다시 거두어들이고 이렇게 말했으니 그의 가슴속에서는

언제나 아주 영리한 생각들이 맴돌기 때문이었다.　　　　255

"이타케에 대해서는 나도 저 바다 멀리 드넓은 크레테에서 들어

알고 있다가 이번에 이 재물들을 가지고 직접 왔소.

자식들에게는 지금 가져온 것만큼의 재물을 남기고 도망쳐 왔다오.

내가 이도메네우스의 사랑하는 아들 오르실로코스를 죽였기 때문이오.

그는 드넓은 크레테에서 힘겹게 일하며 살아가는 사람들을　　　260

달리기에서 늘 이길 만큼 걸음이 빠른 자였소.

나는 트로스에서 가져온 전리품을 지키려고

인간들의 전쟁과 힘겨운 파도도 헤치며 많은

고초를 겪었는데, 그는 내가 트로스 땅에서 기꺼이

그의 아버지에게 시종 노릇을 하지 않고　　　　265

따로 군대를 지휘했다는 이유로 내 전리품을 뺏으려 했소.

그래서 나는 한 전우와 함께 길옆에 매복해 있다가

들판에서 돌아오는 그에게 청동 날이 박힌 창을 던져 보내버렸다오.

새까만 밤이 하늘을 덮고 있어 우리를 본 사람이

아무도 없기에 그의 목숨을 몰래 빼앗을 수 있었소.　　　270

날카로운 청동으로 그를 죽인 후 즉시 나는

배 있는 곳으로 가서 훌륭한 포이닉스인에게

만족할 만한 전리품을 건네며,

나를 배에 태워 필로스나 에페이오스인[4]이 다스리는

4　"필로스"는 펠로폰네소스반도의 남서부, "엘리스"는 북서부에 있으며, "이타케"는 엘리스
　　맞은편에 있는 섬으로 모두 이오니아해를 접하고 있다. 아나톨리아에서 이주해온 카우코

신성한 엘리스로 데려가 내려달라고 간청했소.   275

하지만 그들이 나를 속이려 한 것은 아니지만

거센 바람 때문에 배는 그들의 의도와는 딴판으로 목적지에서

아주 멀리 밀려나 표류하다가 밤에 이곳으로 오게 되었소.

우리는 서둘러 노를 저어 항구로 들어왔고,

무언가를 먹어야 할 필요성이 절실했지만   280

우리 중에 식사할 생각을 하는 사람은 아무도 없었기에

모두 배에서 내리자마자 그대로 드러누웠소.

그러자 기진맥진한 나는 달콤한 잠에 빠져들었소.

그들은 내 재물들을 속 빈 배에서 내려 가져다 놓고,

나를 바닷가 모래사장 위에 눕혀 놓은 후 배에 올라 살기 좋은   285

시돈[5]을 향해 떠났고, 나는 비통한 마음으로 남게 되었지 뭐요.”

　　　오디세우스가 이렇게 말하자, 빛나는 눈의 여신 아테나가

미소 지으며 한 손으로 그를 쓰다듬더니

눈 깜짝할 사이에 수공예를 잘하는 아름답고 키 큰 여자로

변신해 그에게 날개 달린 말로 이렇게 대답했다.   290

“신이라 해도 영리하고 교활하지 않다면

너와 술수 대결에서 이길 도리가 없을 거다.

네스인과 파로레아타인은 엘리스의 원주민으로, 엘리스 왕 에페이오스의 이름을 따라 “에페이오스인”으로 불렸다. 엘리스의 왕 엔디미온은 세 아들 파이온, 에페이오스, 아이톨로스와 딸 에우리키데를 두었는데, 올림피아 도시에서 달리기 경주를 벌여 승리한 사람을 후계자로 삼기로 했다. 그 결과 에페이오스가 우승해 왕위를 이었고, 파이온은 엘리스 맞은편 북쪽의 악시오스강 너머로 건너가 파이오니아를 건설한다. 아이톨로스는 에페이오스의 뒤를 이어 엘리스의 왕이 되었지만 살인을 저지르고 추방된다. 그러자 에우리키데가 포세이돈에게서 낳은 아들 엘레이오스가 왕이 되어 이전까지 에페이오스인으로 불린 백성의 이름을 ‘엘리스인’으로 바꾸고, 그 땅도 ‘엘리스’로 개명한다.

5 “시돈”(‘어장’이라는 뜻)은 지중해 동쪽 해안에 위치한, 포이닉스인의 주요 항구도시다. 고대에 페니키아 문화의 중심지였던 ‘티레’(‘바위’라는 뜻) 섬과 더불어 지중해 무역에서 주요 거점지였다.

〈오디세우스에게 나타나 이타케에 도착했음을 알려주는 아테나〉(주세페 보타니, 18세기)

계책 많고 계략을 쓰는 데 지치지 않는 못 말릴 자여,

너는 고향에 돌아와서도 여전히

기만술과 속임수를 즐기며 멈출 생각이 없구나.   295

그러니 자, 계략과 술수로 말하자면 우리 둘 다 잘 알아서

너는 계책과 말솜씨에서 모든 인간 중에 월등히 뛰어나고,

나는 모든 신들 가운데서 책략과 술수로 유명하니,

그런 얘기는 이제 그만하자.

네가 온갖 어려운 일을 겪을 때마다   300

나 제우스의 딸 팔라스 아테나가 언제나

네 옆에 서서 지켜주었고, 모든 파이악스인의 사랑을

받게 해주었는데도, 너는 나를 알아보지 못했다.

내가 지금 또다시 이곳에 온 것은 네가 집으로 돌아올 때

훌륭한 파이악스인이 내 계획과 의도에 따라   305

네게 건넨 재물들을 감출 계책을 너와 함께 짜고,

네가 훌륭하게 지은 네 궁에 왔어도 온갖 고난을 견뎌야 할

운명임을 말해주기 위해서다. 너는 남자든 여자든

누구에게도 네가 떠돌아다니다 왔다는 말을 하지 말고,

남자들의 행패를 감수하며 많은 고통을 말없이 견뎌내야 한다.”   310

          계책 많은 오디세우스가 그녀에게 대답했다.

“여신이시여, 인간이 아무리 많은 것을 안다 해도 온갖 모습으로

나타나시는 당신을 알아보기는 어렵습니다.

물론 전에 아카이오스인의 아들들이 트로이아에서 전쟁을 벌일 때,

당신이 제게 잘해주셨다는 것을 잘 알고 있습니다.   315

하지만 우리가 프리아모스의 높고 가파른 도시를 함락시키고 나서

배에 오르고, 어느 신께서 아카이오스인을 박살 내 흩어버리신

후로는, 제우스의 따님이시여, 저는 당신을 보지 못했고, 당신이

고통을 막아주러 제 배에 오르신 것도 보지 못했습니다.

도리어 신들께서 저를 재앙에서 풀어주실 때까지   320
내내 찢어지는 심정으로 배를 몰며 떠돌아다녀야 했습니다.
당신은 전에 파이악스인의 풍요로운 나라에서
따뜻한 말로 내게 용기를 주고, 직접 도시로 안내해주셨지요.
그러니 지금 당신 아버지의 이름으로 간청 드리니 정말
제가 사랑하는 조상들의 땅에 온 것이 맞는지 말씀해주십시오.   325
저는 멀리서도 분명하게 보이는 이타케에 온 게 아니라
어느 낯선 땅에 있는 것 같고, 방금 하신 말씀마저도 나를 놀리고
속이려는 것처럼 느껴집니다.”

　　　　　빛나는 눈의 여신 아테나가 그에게 대답했다.
“네 가슴속에는 언제나 그런 생각이 있지.   330
그렇게 신중하고 기지가 많으며 지혜로우니
내가 너를 불운 속에 내버려둘 수 없구나.
다른 사람이 떠돌아다니다 고향에 돌아왔다면 몹시 반가워하며
당장 집에 있는 자식들과 아내부터 찾아갔을 것이다.
하지만 네 가련한 아내는 궁에서 밤낮으로   335
눈물을 쏟으며 시름에 젖어 지내고 있는데도,
너는 아내를 직접 시험해보기 전에는 누군가에게
듣거나 물어서 사정을 알아보려 하지 않는구나.
네가 전우를 모두 잃기는 해도 결국 귀향하게
될 것을 나는 마음속으로 알고 있었고,   340
한 번도 의심해본 적이 없다. 하지만 나는 아버지의
형제인 포세이돈과 싸우고 싶지 않았다.
사랑하는 아들의 눈을 멀게 한 일에
분노한 그는 네게 앙심을 품으셨지.
그러니 자, 이곳이 이타케임을 보여주어 네가   345
믿을 수 있게 해주마. 이곳은 바다 노인 포르키스의 항구다.

저기 항구 가장 안쪽에 뾰족하고 긴 잎들을 지닌
올리브나무가 있다. 나무 옆에는 나이아데스라 불리는
요정들이 사는, 어두컴컴하고 쾌적한 신성한 동굴이 있지.
그곳이 네가 요정들에게 온전한 제물을 성대하게 바치곤 했던   350
아치 모양의 동굴이다. 또 저 산은 숲으로 뒤덮인 네리톤이다.”
　　　여신이 이렇게 말한 후 안개를 흩으니 땅이 드러났다.
강인하고 고귀한 오디세우스는 고향을 보자
기쁨에 넘쳐 곡식을 길러내는 대지에 입을 맞추었다.
그런 후 그는 즉시 두 손을 들고 요정들에게 기도했다.   355
“제우스의 따님 나이아데스 요정들이시여, 다시는 당신들을
보지 못하는 줄 알았습니다. 지금은 고마운 마음을 담아
기도로 인사드리지만, 제우스의 따님이요 전리품을 가져다주시는
아테나께서 기꺼이 저를 살려주시고 제 아들이 잘되게 해주신다면,
나중에는 이전처럼 예물을 바치겠습니다.”   360
　　　빛나는 눈의 여신 아테나가 그에게 말했다.
“그 일에 대해서는 걱정하지 말고 안심해도 된다.
그러니 네 재물들을 일단 신성한 동굴 가장 안쪽에
가져다 놓아 안전하게 보관한 다음,
앞으로 어떻게 해야 좋을지 궁리해보자.”   365
　　　여신은 이렇게 말한 후 어두컴컴한 동굴로 들어가
곳곳을 다니며 재물들을 숨겨놓을 만한 곳을 찾았고,
오디세우스는 파이악스인이 그에게 준 황금과 닳지 않는
청동과 훌륭하게 만든 옷들을 모두 좀 더 가까이 가져왔다.
그가 그것들을 조심스럽게 내려놓자, 아이기스 방패를 지닌   370
제우스의 딸 팔라스 아테나는 동굴 입구를 큰 돌로 막아두었다.
　　　그런 후 이들은 신성한 올리브나무 그루터기 옆에 앉아
오만방자한 구혼자들에게 어떻게 파멸을 안겨줄지 궁리했다.

빛나는 눈의 여신 아테나가 먼저 말했다.

"제우스의 자손 라에르테스의 아들, 계책 많은 오디세우스여,   375

파렴치한 구혼자들을 어떻게 손볼지 궁리해보아라.

그들은 신 같은 네 아내에게 구혼 선물을 주고,

삼 년 동안이나 네 궁에서 주인 노릇을 하고 있다.

네 아내는 모든 구혼자에게 희망을 주고 말을 전하며

그들 각자를 달래고 있지만, 마음이 열망하는 바는 다른 데 있다.   380

항상 네가 돌아오기를 온 마음으로 기다리며 눈물을 흘리지."

계책 많은 오디세우스가 그녀에게 대답했다.

"여신이시여, 당신이 하나하나 일목요연하게 말씀해주지

않으셨다면, 틀림없이 저는 아트레우스의 아들 아가멤논처럼

제 궁에서 비참하게 죽었을 겁니다. 그러니 자,   385

어떻게 해야 그들을 응징할 수 있는지 계책을 짜주십시오.

우리가 트로이아를 두르고 있던 빛나는 면류관을 풀어버렸을 때처럼,

제 옆에 서서 용기를 불어넣어 저를 무척 대담하게 해주십시오.

빛나는 눈의 여신이시여, 저를 돕겠다고 미리 말씀해주시고

실제로 열과 성을 다해 제 옆에 있어 주신다면, 저는 존귀한   390

여신인 당신과 함께 삼백 명의 남자와도 싸울 수 있습니다."

빛나는 눈의 여신 아테나가 그에게 대답했다.

"우리가 이 힘든 일을 할 때 나는 두말할 필요 없이

네 옆에 있을 것이니, 너는 나를 내내 볼 것이다.

네 살림을 먹어치우는 구혼자들 중 상당수는   395

자신의 피와 두개골에 담긴 것을 광활한 대지에

뿌리게 될 것이다. 그러니 자, 나는 누구도 너를

알아보지 못하게 만들겠다. 네 유연한 사지를 덮고 있는

고운 피부를 시들게 하고, 금발머리를 없애며,

사람들이 보면 혐오감을 느낄 누더기로 너를 두르고,   400

더없이 아름다운 네 두 눈도 어두침침하게 만들겠다.

그리하여 모든 구혼자와 네 아내와 궁에 남겨둔 아들의 눈에

네 모습이 추하고 흉해 보이도록 하겠다.

너는 가장 먼저 네 돼지들을 돌보고 있는

돼지치기에게 가라. 그는 네게 잘할뿐더러   405

네 아들과 현명한 페넬로페이아에게도 호의적이다.

가서 보면 그는 돼지들 옆에 앉아 있을 것이다.

돼지들은 코락스 바위 옆 아레투사샘[6] 근처에 흩어져

도토리를 마음껏 먹고 검은 물을 마신다.

그런 것이 돼지를 윤기 나고 살찌게 하니까.   410

그러니 그곳에서 그의 옆에 머물면서 그에게 모든 것을

물어보아라. 그동안 나는 미녀들이 많은 스파르테로 가서

오디세우스 네가 사랑하는 아들 텔레마코스를 불러오겠다.

네 아들이 네가 어딘가에 살아 있는지 소식을 들으러

드넓은 라케다이몬의 메넬라오스를 찾아갔기 때문이다."   415

    계책 많은 오디세우스는 여신에게 대답했다.

"속으로 모든 것을 알고 계시면서 왜 제 아들에게는 말씀하지

않으셨나요? 제 아들도 불모의 바다 위를 떠돌아다니며 고생하고,

다른 사람이 그의 살림을 먹어치우게 하려고 그러셨나요?"

---

6   "코락스"(κόραξ)는 '까마귀'라는 뜻이다. "아레투사"는 물의 요정들인 나이아데스 중 하나다. 강의 신 알페이오스는 아레투사에게 구애하지만, 처녀신 아르테미스의 시녀인 그녀는 처녀로 남기 원해 그의 구애를 거절한다. 어느 더운 여름날 아레투사는 사냥을 하다가 더위를 식히려 물로 뛰어들었는데, 강의 신 알페이오스가 범하려 하자 물 밖으로 나와 엘리스까지 도망친다. 그곳에서 아르테미스 여신은 아레투사를 샘물로 변신시키지만, 알페이오스는 강물로 변해 그 샘으로 들어가려 한다. 그러자 여신은 땅을 갈라 그 틈으로 아레투사를 스며들게 했고, 지하수가 된 아레투사는 시라쿠사까지 흘러가 샘으로 솟아올랐다. 그래서 엘리스의 알페이오스 강물에 술잔을 던지면 시라쿠사의 샘에서 다시 떠오른다는 말이 있다.

빛나는 눈의 여신 아테나가 그에게 대답했다.   420
"네 아들에 대해서는 너무 염려하지 마라. 그가 거기로 가서
훌륭한 명성을 얻을 수 있도록 내가 직접 그를 호송해주었다.
그는 힘든 일을 전혀 겪지 않았고, 지금도 아트레우스의 아들
메넬라오스의 궁에 앉아 안락하게 머물고 있다.
그가 조상들의 땅에 도착하기 전에 그를 죽이려고   425
젊은 구혼자들이 검은 배를 타고 가서 매복하고 있지만,
네 살림을 먹어치우는 그들이 그렇게 하기 전에 그중
여럿이 땅에 묻히게 될 테니 그들의 뜻대로 되지는 않을 것이다."
      아테나는 이렇게 말한 후 지팡이로 그를 건드려
유연한 사지를 덮고 있는 고운 피부를 시들게 하고,   430
머리에서는 금발을 없앴으며, 사지를 온통 노인의
늙고 쭈글쭈글한 피부로 둘렀다.
더없이 아름다운 두 눈마저 어두침침하게 만들고 나서는
군데군데 찢어지고 때 묻어
검은 연기에 그을린 누더기 웃옷을 걸쳐주었다.   435
그런 다음 털이 다 빠진 날랜 큰 사슴의 가죽을 그에게 두르고,
지팡이와 여기저기 찢어져 보기 흉한 행랑도 주었다.
행랑은 끈으로 어깨에 맬 수 있었다.
      둘은 이렇게 의논한 후 헤어졌다. 그런 후 여신은
오디세우스의 아들을 불러오기 위해 신성한 라케다이몬으로 갔다.   440

제14권 돼지치기를 만난 오디세우스

오디세우스는 포구를 떠나 산등성이 우거진 숲 사이
울퉁불퉁한 길을 따라, 고귀한 오디세우스의 하인들 중
그의 살림을 가장 잘 돌보는 고귀한 돼지치기가 있다고
아테나가 알려준 곳으로 올라갔다.

가 보니 돼지치기는 문간에 앉아 있었고,   5
사방이 탁 트인 높은 지대에 크고 아름다운 마당이
넓게 펼쳐져 있었다. 이 마당은 멀리 떠나고 없는
주인의 돼지 떼를 돌보기 위해 돼지치기가
안주인과 라에르테스 노인도 알지 못하게 만들어놓은 곳이었다.
큰 돌들을 끌고 와 마당을 만든 후 가시가 나 있는   10
관목으로 마당을 둘렀고, 바깥쪽에는 검은 참나무를 쪼개 만든
말뚝을 빈틈없이 빙 둘러 촘촘하고 두텁게 박았으며,
마당 안쪽에는 연달아 붙어 있는 돼지우리 열두 칸을 지어
돼지들의 잠자리를 만들었다. 각각의 우리에는 쉰 마리의 돼지가
있어 바닥에 누워 잠을 잤는데, 그것은 새끼를   15
낳는 암퇘지였고, 수퇘지들은 우리 밖에서 잠을 잤다.
돼지치기가 포동포동하게 살진 수퇘지 중 가장 좋은 것을
시내로 보내는 족족 신 같은 구혼자들이

먹어치웠기 때문에 수퇘지 수는 훨씬 적었다.

그런데도 수퇘지가 삼백예순 마리나 남아 있었다.

돼지 옆에는 야수 같은 네 마리의 개가 항상 자고 있었다.

일꾼의 우두머리인 돼지치기가 기르는 녀석들이었다.

돼지치기는 빛깔 좋은 소가죽을 잘라 자기 발에 맞는 신발을

만드는 중이고, 다른 일꾼 중 세 명은 각각 한 무리씩

돼지 떼를 몰아 이리저리 가고 있었다. 돼지치기는 오만방자한

구혼자들의 강요로 어쩔 수 없이 네 번째 일꾼을 시내로 보내

돼지를 몰고 가게 했다. 구혼자들은 그 돼지를 잡아

제를 올리고 고기로 배를 가득 채울 참이었다.

　　사납게 짖어대는 개들이 오디세우스를 보고

갑자기 날카롭게 달려들자, 그는 놀라 주저앉으며

손에서 지팡이를 떨어뜨렸다. 그 바람에 그는

그곳 돼지우리 옆에서 꼴사납게 낭패를 당할 뻔했지만,

돼지치기가 손에서 가죽을 놓고 문간에서 일어나

얼른 빠른 걸음으로 개들을 뒤쫓아 와

큰 소리로 꾸짖고 돌들을 많이 던져 녀석들을

이리저리 쫓고 나서는 주인에게 이렇게 말했다.

"노인장, 하마터면 개들에게 찢기는 큰 화를 당할 뻔했소.

그랬더라면 그대는 내게 수치를 퍼붓는 꼴이 되었을 거요.

그렇지 않아도 지금까지 신들께서 내게 고통과 비탄을

안겨주셨는데 말이오. 만일 신 같은 주인께서

아직 살아 햇빛을 보고 계신다면 먹을 것을 찾아

낯선 말을 하는 사람들의 나라와 도시를 떠돌아다니실 텐데,

나는 이곳에 앉아 그분을 생각하며 슬퍼하고 울면서

다른 사람이나 먹이려고 살진 돼지들을 치는 신세라니.

노인장, 나를 따라 막사로 갑시다.

〈돼지치기 에우마이오스〉(뉴웰 컨버스 와이어스, 1929년)

그곳에서 빵과 포도주를 배불리 먹은 후 그대가
어디에서 왔고, 얼마나 많은 고난을 견뎠는지 말해주시오."
　　　고귀한 돼지치기는 이렇게 말하고 오디세우스를 데리고
막사로 들어갔다. 그는 바닥에 잎이 많이 달린 가지들을
쏟아붓고, 그 위에는 침구로 사용하는 털이 수북한 크고　　　　　　　　50
두터운 야생 염소 가죽을 깐 다음 거기에 오디세우스를 앉혔다.
오디세우스는 돼지치기가 환대해주는 것이 기뻐 이렇게 말했다.
"주인장, 나를 이렇게 맞아주시니 제우스를 비롯한 불멸의
신들께서 그대의 염원을 이루어주시길 바라오."
　　　그러자 돼지치기 에우마이오스여, 그대는 이렇게 대답했다.　　　　55
"나그네여, 나그네와 거지는 모두 제우스께서 보내신 사람들이니
설령 그대보다 못한 자가 왔다 해도 나그네를 홀대하는
건 도리가 아니오. 사실 우리 같은 사람들이 대접하는 건
인정이 담겨 있기는 해도 보잘것없긴 하지요.
젊은 주인을 모시는 하인들은 늘 조심스러울 수밖에 없다오.　　　　60
신들께서는 이전 주인의 귀향을 묶어버리신 게 분명하오.
그분은 나를 사랑으로 보살펴주셨을 뿐 아니라
집과 땅 같은 재물을 주시고, 구혼자가 줄을 선 여자도
내게 아내로 주셨소. 그런 건 마음씨 좋은 주인이
자기를 위해 여러모로 수고하고, 지금 나처럼 신의　　　　　　　　65
도우심으로 하는 일이 번창하는 하인에게 주는 것이라오.
이전 주인이 이곳에서 늙어가셨다면 내게 많은 상을 주셨을 텐데.
하지만 그분은 돌아가셨소. 많은 남자의 무릎을 풀어버린
헬레네 가문이 무릎을 꿇고 완전히 멸문을 당했으면 좋겠구려.
그분도 아가멤논의 명예 때문에 트로스인과 싸우러　　　　　　　70
말이 많은 일리오스로 가셨으니 하는 말이오."
　　　돼지치기는 이렇게 말하고 재빨리 허리띠로 웃옷을

조인 다음 새끼 돼지 떼를 가두어둔 우리로 갔다.

그는 그곳에서 두 마리를 붙잡아 가지고 와

제물로 바친 후 불에 그슬려 고기를 손질하고 꼬챙이에 꿰었다.	75

고기가 다 구워지자 그는 꼬챙이에 꿴 뜨거운 고기들을 모두

오디세우스 앞에 갖다 놓고, 그 위에 흰 보릿가루를 뿌렸다.

그런 후 투박한 통나무 잔에 꿀처럼 달콤한 포도주를

희석시키고, 오디세우스와 마주앉아 이런 말로 권했다.

"나그네여, 이것은 하인들이 대접하는 음식인	80

새끼 돼지요. 자, 들어보시오. 살진 돼지들은 신들의 보복을

아랑곳하지 않는 무자비한 구혼자들이 먹어치운다오.

축복받은 신들께서는 무자비한 일을 좋아하지 않고,

정의와 인간의 도리에 맞는 일을 귀하게 여기시지요.

그래서 사이가 좋지 않은 적국 사람이라 할지라도	85

남의 땅에 와서 제우스께서 그들에게 주신 전리품을 배에 가득 싣고

집으로 돌아갈 때면, 신들이 보복할지 모른다는 두려움이

그들의 마음에 강력히 들게 마련이오.

그런데 이자들은 어느 신의 음성을 듣고 그분의

비참한 죽음을 알게 되었는지, 정당하게 구혼하거나	90

자기 집으로 돌아갈 생각은 하지 않고 오만방자하게도

주인의 재물을 마음 놓고 탕진한다오.

이자들은 제우스로부터 오는 모든 밤과 낮에 제물을

바치는데, 그때마다 한두 마리를 바치는 게 아니오.

포도주는 또 얼마나 퍼마셔대는지, 원.	95

주인의 살림이 이루 말할 수 없이 많기 때문이라오.

검은 본토[1]나 이곳 이타케에서 그분만큼 많은 재물을

---

1 "본토"(ἤπειρος, '에페이로스')는 바다와 반대되는 말로 육지를 가리킨다. 때로 섬을 가리

가진 영웅은 아무도 없으니까. 스무 명의 영웅이 가진 재물을
다 합쳐도 그만큼 많지는 않을 거요. 한번 열거해보리다.
본토에는 소 떼가 스물이 있고, 양 떼와 돼지 떼,   100
넓게 흩어져 풀 뜯는 염소 떼가 스물이 있는데,
그분의 목자들과 남의 목자들이 그 가축들을 치고 있소.
이곳 섬의 끄트머리에도 흩어져 풀 뜯는 염소 떼가 모두
열하나 있고, 훌륭한 목자들이 그것을 지키고 있다오.
하지만 목자들 중 한 명이 날마다 작은 가축 중 한 마리,   105
그러니까 살진 염소들 중 가장 좋게 보이는 것 한 마리를
그들에게 가져다주고, 나 또한 돼지들을 지키면서
가장 좋은 수퇘지를 골라 보내고 있소.”
    돼지치기가 이렇게 말했지만, 오디세우스는 구혼자들에게
재앙을 가할 궁리를 하며 말없이 게걸스럽게   110
고기를 먹고 포도주를 마셨다. 오디세우스가 식사를 하고 나서
마음이 흡족해지자 돼지치기는 평소 사용하는 잔에 포도주를
가득 채워 그에게 건넸다. 오디세우스는 흐뭇한 마음으로
그 잔을 받아 들고 날개 달린 말로 물었다.
“이보시오, 그대가 말한 대로 그토록 부유하고 힘이 있어   115
재물로 그대를 사신 분은 도대체 누구요?
아가멤논의 명예 때문에 돌아가셨다고 했는데,
그런 분이라면 내가 알지도 모르니 한번 말해보시오.
나는 많은 곳을 떠돌아다녔으니 그분을 보았다는 소식을
과연 그대에게 전해줄지는 제우스를 비롯한 신들께서 아시겠지요.”   120
    일꾼들의 우두머리인 돼지치기가 대답했다.

키기도 하지만, 여기서는 섬과 대비되는 대륙, 이타케섬 맞은편에 있는 펠로폰네소스반도
의 엘리스 지방을 가리킨다. “검은”은 육지를 이루는 땅의 색을 강조한 수식어다.

"노인장, 떠돌아다니는 누군가가 이곳에 와서 그분의 소식을

전해준다 해도 그분의 아내와 사랑하는 아들을 설득할 수는 없을 거요.

떠돌이들은 환대를 받기 위해 진실보다는

꾸며낸 말을 늘어놓기 때문이오.   125

여기저기 떠돌아다니다 이타케 땅에 온 사람은 내 안주인에게

가서 간사한 말을 늘어놓는다오. 그러면 안주인께서는

그를 반갑게 맞이해 하나하나 물어보고는

눈꺼풀에서 눈물을 뚝뚝 흘리며 우시지요.

남편을 타지에서 잃은 여인에게 당연한 일이 아니겠소.   130

노인장, 누가 그대에게 겉옷이나 웃옷 같은 옷을 주겠다고 하면

그대도 이야기를 지어내서라도 말하고 싶어질 거요.

하지만 개들과 날쌘 새들이 이미 그분의 살을 뼈에서

발라내고, 혼백은 그분을 떠난 게 틀림없소.

아니면 바닷물고기들이 그분을 뜯어 먹어   135

뼈만 바닷가 많은 모래에 덮여 있든가.

그분은 거기서 그렇게 돌아가셨고, 그분을 아는 모든 사람,

특히 내게는 고통만 남았소. 어디를 간들, 심지어 내가

태어나고 부모님이 나를 친히 길러주신 집으로 다시 간들

내게 그렇게 잘해주는 주인은 두 번 다시 못 만나겠지요.   140

조상들의 땅으로 가서 두 눈으로 부모님을 뵙고자 하는 마음이

간절하지만, 부모님이 돌아가셨더라도 이만큼 애통하지는 않을 거요.

나는 떠나간 오디세우스에 대한 그리움에 사로잡혀 있다오.

나그네여, 그분은 이곳에 계시지 않지만 감히

그분의 이름을 입에 올리는 것조차 송구하구려.   145

그만큼 그분은 나를 아끼고 마음으로 염려해주셨소.

그래서 멀리 떨어져 계셔도 나는 그분을 '나리'[2]라고 부른다오."

　　　　강인하고 고귀한 오디세우스는 그에게 말했다.

"이보시오, 그대가 극구 부인하며 그분이 이제는 돌아오지

못할 것이라 말하고, 그대의 마음도 여전히 불신뿐이니　　　　　150

내가 그냥 말하지 않고 맹세로 말하리다. 오디세우스는

꼭 돌아올 거요. 이 좋은 소식을 전한 대가는

그가 집으로 돌아온 직후에 내게 주시오.

내게 겉옷과 웃옷 같은 좋은 옷을 입혀주면 되오.

내가 몹시 궁핍하기는 하지만 그전에는 아무것도 받지　　　　155

않으리다. 궁핍에 굴복해 간사한 말을 늘어놓는 걸

하이데스의 문만큼이나 미워하기 때문이오.

가장 먼저는 신들 중에 제우스, 다음으로는 손님을 접대하는 식탁,

내가 찾아온 흠잡을 데 없이 훌륭한 오디세우스 집의 화로가

내 증인이 되어줄 것이오.　　　　160

지금부터 내가 하는 말은 그대로 이루어지리니

올해는 오디세우스가 이곳에 돌아올 것이오. 달이 기울다가

다시 차기 시작하면, 그가 집으로 돌아와 이곳에서 그의 아내와

영광스러운 아들을 무시한 자들을 모두 응징할 것이오."

　　　　돼지치기 에우마이오스여, 그대는 이렇게 대답했다.　　　　165

"노인장, 오디세우스께서는 이제 집으로 돌아오지 못하실 테니

좋은 소식에 대한 대가 같은 건 줄 수 없겠구려.

포도주나 드시오. 다른 일을 생각하자고요.

그런 일들은 내게 상기시키지 마시오. 자상한 주인 나리를

떠오르게 하는 말을 들을 때마다 내 가슴속 마음만 비통하니까.　　　　170

그러니 그대의 맹세는 없던 일로 합시다. 하지만 나와

2　"나리"로 번역한 에테이오스(ἠθεῖος)는 '존경하는 주인님'이라는 의미다.

페넬로페이아와 라에르테스 노인과 신 같은 텔레마코스의
소원처럼 오디세우스께서 돌아오시면 좋겠소.
지금 나는 오디세우스의 아드님 텔레마코스만 생각하면
비통한 마음뿐이오. 신들께서 그분을 어린 가지처럼
길러주시어 체격과 용모에서 월등히 뛰어나니 나는
그분이 남자들 사이에서 사랑하는 아버지 못지않을 것이라고
생각했소. 그런데 어느 불멸의 신 또는 사람이 가슴속의
평정심을 망가뜨렸는지 그분은 아버지의 소식을 들으러
지극히 신성한 필로스로 떠나셨다오. 신 같은 아르키시오스
가문을 이타케에서 이름도 없이 없애버리려고 지체 높은 구혼자들이
매복하며 그분이 집으로 돌아오기만을 기다리는 줄도 모르고.
하지만 그분 얘기는 그만합시다. 그들의 손에 붙잡히거나
크로노스의 아드님께서 손을 뻗어 피하게 해주시겠지요.
그러니 노인장, 그대가 겪은 고난이나 말해보시오.
내가 묻는 말에도 숨김없이 대답하여 나로 잘 알게 해주고.
그대는 인간들 중 누구이고 어디에서 왔소? 그대가 속한
도시는 어디이고, 부모님은 어디에 계시오? 무슨 배를 타고 왔고,
선원들이 어떻게 그대를 이타케로 데려다주었소? 선원들이 자신을
누구라고 하며 자랑합디까? 걸어서 이곳에 오지는 않았을 테니까."
　　　계책 많은 오디세우스는 그에게 이렇게 대답했다.
"그렇다면 묻는 말에 아주 솔직하게 답하리다.
다른 사람은 일하러 가고 먹을 것과 꿀처럼 달콤한 포도주가
한동안 있어 우리 두 사람만 이 막사에서 조용히 연회를
벌일 수 있다면, 나로서는 일 년 내내 얘기하기란
어렵지 않소. 그러나 그리 한다 해도, 내 마음속
괴로움과 신들이 나에게 내린 온갖 고난을
다 이야기하기란 불가능할 것이오. 나는 드넓은 크레테 출신임을

자랑스레 여기고, 부유한 사람의 아들로 자랐다오.
그분의 집에는 다른 여러 아들들도 있어 함께   200
자라났는데, 그들은 정실부인에게 태어난 적자이고,
나를 낳아주신 어머니는 돈 주고 사온 첩이었소.
하지만 힐라코스의 아들 카스토르께서는 내가 그분의 혈통임을
자랑스럽게 생각하고 나를 적자들과 똑같이 소중하게 여겨주셨소.
당시 그분은 크레테인의 땅에서 행복과 부와   205
명성 높은 아들들 덕분에 신처럼 존경받았지만,
죽음의 여신들이 그분을 하이데스의 집으로 데려가자
그분의 기개 넘치는 아들들은 제비를 던져 유산을 나누어 가지고,
내게는 아주 약간의 재산과 집을 나누어 주더이다.
하지만 능력이 출중한 나는 재산이 많은 가문의 딸을   210
아내로 데려왔다오. 나는 쓸모없는 사람이 아니고
전쟁을 피하는 겁쟁이도 아니었기 때문이오.
지금은 다 지난 일이지만, 그대는 남은 그루터기만 보고도
내가 어떤 사람이었는지 짐작할 수 있을 것이오.
이루 말할 수 없는 고생을 하다 보니 내가 이렇게 되었소.   215
하지만 내가 가장 훌륭한 전사들을 선발하여
매복해 있다가 적들에게 재앙을 안겨줄 때마다, 아레스와
아테나는 내게 대담한 용기와 적의 대열을 돌파할 힘을 주셨소.
나는 영웅다운 기개로 죽음을 아랑곳하지 않았고,
누구보다 훨씬 앞으로 돌진해   220
나보다 걸음이 느린 자들을 창으로 죽이곤 했소.
전쟁터에서 나는 그런 사람이었소. 들일이나
훌륭한 자식을 기르는 것 같은 집안일은 좋아하지 않고,
언제나 노가 있는 배와 전쟁과 광낸 창과 화살을 좋아했소.
다른 사람에게는 사악하고 끔찍한 것이겠지만   225

신들께서는 내 가슴속에 그런 것을 사랑하는 마음을 두셨소.
사람들이 좋아하는 일은 각자 다르잖소.
아카이오스인의 아들들이 트로이아에 발을 들여놓기 전에
나는 전사들과 빨리 달리는 함선을 이끌고 아홉 번이나
다른 나라 사람을 공격해 아주 많은 전리품을 얻었다오.   230
그중에서 내 마음에 드는 것을 직접 골라 가지기도 했지만,
많은 것은 나중에 제비를 뽑아 내 몫이 되었소.
이렇게 해서 재산이 빠르게 늘었고,
나는 크레테인이 존경하고 두려워하는 사람이 되었소.
하지만 멀리 보는 제우스께서 많은 전사의 무릎을   235
풀어버린 저 가증스러운 원정을 계획하시자
크레테인은 나와 명성 자자한 이도메네우스에게 함선을
이끌고 일리오스로 가라고 요구했소. 백성의 목소리가
거세어 내게는 그 요구를 거부할 길이 없었소.
우리 아카이오스인의 아들들은 그곳에서 아홉 해 동안   240
전쟁한 끝에 십 년째 되는 해에 프리아모스의 도시를 함락시켰소.
그러자 신께서 아카이오스인을 흩어지게 하셨고,
우리는 함선들을 이끌고 집으로 향했소. 하지만 가련한 내게
책략가인 제우스께서 재앙을 계획하셨지 뭐요. 그리하여 나는
한 달 남짓 집에 머물며 내 아내와 자식들,   245
재산을 돌보는 기쁨을 누렸을 뿐이오. 그러나 내 마음은
함선들을 정비하여 신과 같은 전우들과 함께
아이깁토스로 항해하라 명하였소. 나는 함선 아홉 척을
준비시켰고, 함께 갈 사람들도 신속하게 모았소.
그런 후 믿음직스러운 전우들에게 많은 가축을   250
주어 신들에게 제물로 바친 후 그들을 위한 연회를
준비하게 했고, 그들은 엿새 동안 연회를 벌였소.

이레째 되는 날 우리는 배에 올랐고, 드넓은 크레테를 떠나

거센 북풍이라는 순풍을 만나 강물을 따라 내려가듯

순조롭게 항해했소. 배들은 단 한 척도 망가지지 않았고,   255

바람과 키잡이들이 배를 똑바로 몰아준 덕분에

아무 걱정 없이 안전하게 앉아 있었다오.

닷새째 되는 날 우리는 아름답게 흐르는 아이깁토스에 도착했고,

양쪽으로 노 젓는 배들을 아이깁토스강에 세웠소.

그곳에서 나는 믿음직스러운 전우들에게   260

각자의 함선 옆에 머물며 배들을 지키라고 지시했고,

초병을 망보기 좋은 곳들로 보냈소.

그러나 전우들이 오만방자하게 행동하며

아이깁토스인의 아름다운 경작지를 약탈하고,

남자들을 죽이며 여자와 아이들을 포로로 삼았소.   265

그러자 사람들의 비명이 금세 도시에 닿았고, 비명을 들은

도시 사람들이 날이 밝자 쏟아져 나와 들판 전체가 보병과

말들과 번쩍이는 청동으로 가득했소. 천둥을 좋아하는 제우스께서

내 전우들에게 비겁한 패주를 던지시자 적과 맞서 버티려

하는 자가 아무도 없었소. 재앙이 사방에 널렸기 때문이오.   270

그때 아이깁토스인은 우리 중 다수를 날카로운 청동으로 죽였고,

자신을 위해 강제 노역을 시키려고 산 채로 끌고 갔소.

이후로 나를 맞아준 것은 재앙뿐이었으니

나는 그곳에서 정해진 운명을 맞아 죽었어야 했소.

하지만 제우스께서 내 마음속에 이런 생각이 나게 하셨소.   275

나는 즉시 머리에서 투구를 벗고

어깨에 멘 방패를 내려놓은 뒤 손에 든 창마저 내던졌소.

그런 후 왕이 탄 전차를 끄는 말들 앞으로 나아가 왕의 무릎을

잡고 입을 맞추었소. 그러자 왕은 나를 불쌍히 여겨 살려주고

자기 전차에 앉혀 눈물을 쏟는 나를 궁으로 데려갔소.   280

수많은 사람이 물푸레나무 창으로 나를 죽이려고 달려들었소.

분노가 극에 달했으니까. 하지만 왕은 그들을 저지했소.

나그네에게 나쁜 짓 하는 걸 가장 못 참는 제우스께서

진노하실 것을 두려워했기 때문이오.

바로 그곳에서 나는 일곱 해를 머물며 아이깁토스인   285

가운데서 많은 재물을 모았다오. 그들 모두가 내게 선물을

준 덕분이었소. 그런데 여덟째 해가 돌아왔을 때,

간계를 잘 쓰는 한 포이닉스인이 그곳에 왔다오.

그자는 이미 사람들에게 많은 재앙을 안겨준 사기꾼이었소.

그는 감언이설로 나를 꾀어   290

자기 집과 재산이 있는 포이닉스로 데려갔소.

그곳에서 나는 꼬박 일 년을 그자 옆에 머물렀다오.

날과 달이 지나 해가 바뀌고 때가 되자

그는 내게 자기와 함께 화물을 싣고 가는 것이라고

거짓으로 둘러대고는 나를 리비에로 가는 배에 태웠소.   295

사실은 그곳에서 거금을 받고 나를 팔아넘기려는 속셈이었소.

예감이 좋지 않았지만 나는 어쩔 수 없이

그와 함께 배에 올랐소. 거센 북풍을 만나 순풍을 타고

배가 바다 한가운데를 달려 크레테 위쪽을 지날 때,

제우스께서는 그들의 파멸을 계획하셨소.   300

우리가 크레테에서 멀어져

사방이 온통 바다와 하늘뿐일 때,

크로노스의 아드님께서 우리 배 위에 검은 구름을

드리우셨고, 바닷물은 점점 검게 변하기 시작했소.

제우스께서 천둥을 치는 동시에 배에 벼락을 던지시자   305

벼락에 맞은 배는 회오리처럼 빙글빙글 돌았고, 배 안은

유황 냄새로 가득했으며, 모든 사람이 배에서 떨어졌다오.

사람들은 가마우지처럼 파도에 실려 검은 배 주위를 떠다녔고,

신께서는 그들에게서 귀향을 빼앗아버렸소.

내 마음이 극심한 고통에 사로잡혀 있을 때,   310

제우스께서는 내가 그 재앙에서 벗어날 수 있도록

머리 검은 배의 튼튼한 돛대를 친히 내 손에 쥐여 주셨소.

그렇게 나는 돛대를 끌어안고 아흐레 동안 치명적인

바람에 떠밀려 다녔는데, 열흘째 되는 날 검은 밤에

큰 파도가 나를 테스프로티아인[3]의 땅 가까이에 굴려주었소.   315

그곳에서 테스프로티아인들의 왕인 영웅 페이돈이 몸값을 받고

나를 팔아버리지 않고 대가 없이 보살펴주었소. 그의 사랑하는 아들이

찬바람 속에서 기진맥진해 쓰러져 있는 나를 보고,

내 손을 잡고 일으켜 세운 후 자기 아버지의 궁으로 데려가

겉옷과 웃옷 같은 옷을 입혀준 덕분이었소.   320

그곳에서 나는 오디세우스의 소식을 들어 알게 되었소.

왕은 조상들의 땅으로 돌아가는 그를 자신이 극진히

환대했다고 말하며, 청동과 황금과 많은 노고를

쏟아부어 만든 무쇠를 비롯해 오디세우스가 모은

모든 재물을 내게 보여주었는데,   325

열 세대의 자손들까지도 넉넉히 먹여 살릴 수 있는 재물이었소.

그 정도로 많은 재물이 왕궁에 보관되어 있었소.

왕은 오디세우스가 오랜 세월 떠나 있던 이타케에

공개적으로 돌아갈지, 아니면 은밀하게

---

3 "테스프로티아인"이 사는 테스프로티아는 이타케섬 맞은편의 그리스 본토 북서부 에피로
  스에 속한 지역이다. 동쪽으로 마케도니아와 테살리아가 있고, 남쪽으로 아카르나니아가
  있으며, 북쪽으로는 일리리아가 있다. 이들은 몰로소스인, 카오네스인과 더불어 에피로스
  지방의 3대 주요 종족 중 하나다.

돌아갈지, 높이 솟은 참나무를 통해   330

제우스의 조언을 들으려고 도도네[4]로 갔다고 말했소.

왕은 자기 집에서 신들께 헌주하고 내 앞에서 맹세한 후,

오디세우스가 타고 갈 배는 바다로 내려져 있고,

사랑하는 조상들의 땅으로 그를 호송할 선원들도

대기하고 있다고 말했소. 그런데 마침 곡물이   335

많이 나는 둘리키온으로 출발하는 테스프로티아인의

배가 있어 왕이 나를 먼저 호송해주었다오.

왕은 나를 그곳의 아카스토스왕에게 신경 써서

데려다주라고 그들에게 명령했소. 하지만 그들은

나를 극심한 고통으로 몰아넣으려고 마음속에   340

사악한 계획을 품고 있었소.

배가 육지를 멀리 떠나자마자,

그들은 나를 노예로 팔아넘길 속셈을 드러냈소.

내 입고 있던 겉옷과 웃옷을 벗기고,

그대도 보고 있듯이 여기저기 찢어지고   345

남루한 이 옷을 내던져 주었소.

저녁이 되자 우리는 멀리서도 잘 보이는 이타케의 시골에 도착했소.

그곳에서 그들은 훌륭한 노를 갖춘 배에 나를 묶어두고

배에서 내려 바닷가에서 서둘러 저녁을 해 먹었소.

그러나 신들께서는 나를 버려두지 않으셨소. 밧줄이 기적처럼 풀렸고,   350

나는 누더기 옷으로 머리를 감싼 채 짐 싣는 데 쓰이는

널빤지를 타고 조용히 바닷속으로 몸을 던졌소.

---

4 "참나무"는 제우스의 신목이다. 그리스 본토 북서부 에피로스 지방의 도도네(도도나)에
  있는 제우스 신탁소 경내 중앙에는 참나무가 있었다. 제관들은 참나무의 잎이 바스락거리
  는 소리를 해석해서 제우스의 신탁을 전했다.

그런 후 두 손으로 노를 젓듯 헤엄쳐 재빨리 바다에서 나와

그자들에게서 빠져나온 후, 우거진 숲 덤불로 올라가

꼼짝하지 않고 누워 있었다오. 그들은 아무런 소득이 없다고 여기고   355

속 빈 배를 타고 돌아갔소.

그렇게 신들께서는 나를 가볍게 숨겨주시고,

지혜로운 분의 농장으로 이끌어주셨소.

나는 아직은 살아 있을 운명인가 봅니다."

　　돼지치기 에우마이오스여, 그대는 이렇게 대답했다.   360

"불쌍한 나그네여, 온갖 곳을 떠돌아다니며 수없이 고생한

이야기를 자세히 해주니 내 마음에 큰 감동이 오는구려.

하지만 오디세우스에 관한 말은 이치에 맞지 않아 믿을 수 없소.

그대는 이런 처지에 있으면서 왜 쓸데없이 거짓말을 하시오?

주인 나리의 귀향에 대해서라면 나도 잘 알고 있소.   365

모든 신들께서 그분께 지독히 노하셨다지요.

그래서 그분이 트로스인의 손에도, 전쟁 후 가족들의 손에도

죽지 않게 하셨지요. 만약 신들께서 그렇게 하셨더라면,

아카이오스인은 그분을 위해 봉분을 지었을 것이고,

그분은 아들에게 큰 명성을 얻게 해주셨을 테니까.   370

하지만 지금은 허망하게도 폭풍의 신들이 그분을 낚아채 간 모양이오.

나는 사람들과 떨어져 돼지들 옆에 살고 있다 보니 사려 깊은

페넬로페이아께서 어디선가 주인 나리의 소식을 가져온 사람이

찾아와 나를 오라고 부르실 때만 시내로 간다오.

그런 경우 사람들은 그 사람 주위에 모여들어 일일이 캐묻는데,   375

그 자리에는 오랜 세월 떠나 계신 주인 나리를 걱정하고 슬퍼하는

사람들이 있는가 하면, 아무런 보상 없이 나리의 살림을 먹어치우며

즐거워하는 자들도 있다오. 하지만 한 아이톨로스인[5]의 말에 철저하게
속은 후로 나는 그렇게 캐묻고 질문하는 걸 좋아하지 않게 되었소.
그는 사람을 죽이고 많은 곳을 떠돌아다니다 내 집에 왔고,   380
나는 그를 극진히 환대했다오. 그는 주인 나리께서 크레테인의 땅
이도메네우스의 궁에서 폭풍에 부서진 배들을 수리하고 계시는 것을
보았다고 했소. 여름이나 초가을쯤에는 그분이 많은 재물을
가지고 신 같은 전우들과 함께 돌아오실 것이라고도 했소.   385
그러니 고생을 많이 한 노인장, 그대는 어느 신께서 내게 인도하신
사람이니 더는 거짓말로 환심을 사거나 나를 홀리려 들지 마시오.
내가 그대를 존중하고 호의로 대하는 건 그 때문이 아니라
나그네를 보호하시는 제우스를 두려워하고 그대를 불쌍히 여겨서니까.”
　　　계책 많은 오디세우스는 그에게 이렇게 대답했디.   390
“내가 맹세하며 말해도 그대는 도무지 믿지 않으니
그대의 가슴속 마음은 정말 불신으로 가득한 것 같소.
그러니 자, 나중을 위해 우리 두 사람이 올림포스에
계시는 신들을 증인으로 세워 계약을 맺읍시다.
그대의 주인이 이 집으로 돌아온다면   395
그대는 내게 겉옷과 웃옷 같은 옷들을 입혀주고
나를 호송하여 내 마음이 그리워하는 둘리키온으로
가게 해주시오. 반대로 그대의 주인이 내가 말한 것과
달리 오지 않는다면, 다른 거지가 다시는 속이는 일이
없도록 일꾼들을 시켜 나를 큰 바위에서 던지시오.”   400

5　“아이톨로스인”은 아이톨리아에 사는 백성을 가리킨다. 엘리스 왕 엔디미온의 아들 아이
　톨로스는 형 에페이오스에 이어 엘리스의 왕위에 올랐지만 실수로 살인을 저지르고 추방
　되어, 코린토스만 북쪽으로 건너가 쿠레테스인의 왕 라오도코스를 죽이고 그곳을 아이톨
　리아로 개명한 후 왕이 된다. 아이톨리아 서쪽으로는 아카르나니아, 동쪽으로는 오졸로이
　로크리스, 북쪽으로는 에피로스와 테살리아가 있다.

고귀한 돼지치기가 그에게 이렇게 대답했다.

"나그네여, 내가 그대를 막사로 데려와 기껏 환대해놓고는

죽여서 귀한 목숨을 빼앗는다면, 그런 일이 과연

지금이나 후세 사람들에게 큰 영광과 덕이 되겠소?

그런 짓을 한 후에도 내가 아무 거리낌 없이   405

크로노스의 아드님이신 제우스께 기도할 수 있겠소?

지금은 저녁 식사 시간이니 막사에서 맛있는 저녁을

준비할 수 있게 일꾼들이나 어서 돌아왔으면 좋겠구려."

　　　두 사람이 이런 대화를 나누고 있을 때,

돼지 치는 일꾼들이 돼지들을 몰고 가까이 왔다.   410

그들이 돼지들을 우리로 몰아넣자 돼지들이 한꺼번에 밀려들며

말할 수 없이 큰 소음이 일었다.

그러자 고귀한 돼지치기가 일꾼들에게 큰 소리로 지시했다.

"먼 곳에서 온 나그네를 위해 수퇘지를 잡으려 하니

가장 좋은 놈으로 끌고 오게. 다른 사람은 우리가 고생하며   415

기른 돼지들을 아무 보상 없이 먹어치우는데, 오랫동안

흰 엄니의 돼지들을 키우느라 고생한 우리도 한번 즐겨보세."

　　　돼지치기는 이렇게 말한 후 무자비한 청동으로 장작을 팼고,

다른 일꾼들은 다섯 해 된 살진 수퇘지 한 마리를 몰고 왔다.

그들이 수퇘지를 화로 옆에 세워놓자   420

마음이 착해 무엇을 해야 하는지 알았던 돼지치기는

불멸의 신들을 잊지 않았다. 그는 먼저 흰 엄니의 수퇘지

머리털을 불 속에 던지며 현명한 오디세우스가

집으로 돌아오게 해달라고 모든 신들께 기도했다.

그런 후 쪼개지 않고 남겨둔 참나무 토막으로   425

내리치자 수퇘지의 목숨이 떠나갔다. 다른 일꾼들이

수퇘지의 멱을 딴 다음 불에 그슬린 후 즉시 부위별로 해체하자,

돼지치기는 수퇘지의 모든 사지에서 처음으로 발라낸 생고기들을

두툼한 비계에 싸고 그 위에 보릿가루를 뿌린 후 불 속에

던져 넣었다. 일꾼들은 나머지 고기를 작게 잘라 꼬챙이에 430

꿰어 공들여 구운 후 다시 꼬챙이에서 모두 빼내 대접에 한꺼번에

담았다. 그러자 돼지치기는 고기를 나누어 주기 위해 일어섰다.

사리를 아는 마음을 지닌 그는 고기 전체를

일곱 등분으로 나누고, 그중 하나는 기도한 후

요정들과 마이아의 아들 헤르메스의 몫으로 두고,[6] 435

나머지는 각자에게 나누어 주었다.

그런데 그는 흰 엄니의 수퇘지 중 통으로 된 등심을 예우하는

의미로 오디세우스에게 주어 주인인 그의 마음을 기쁘게 했다.

계책 많은 오디세우스가 그에게 말했다.

"에우마이오스여, 내 처지가 이런데도 나를 예우하며 좋은 440

것을 주니, 내게서 그러하듯 아버지 제우스에게도 사랑받길!"

　　돼지치기 에우마이오스여, 그대는 이렇게 대답했다.

"가련한 나그네여, 드시오. 여기 있는 고기를 즐기시오.

모든 것이 가능한 신께서는 마음이 가는 대로

주기도 하고 안 주기도 하시니 말이오." 445

　　그런 후 돼지치기는 좀 전에 따로 떼어놓았던 만물[7]을

6　"마이아"는 티탄 신족들인 아틀라스와 플레이오네 사이에서 태어난 일곱 명의 딸('플레이
　　아데스') 중 한 명이며, 제우스와의 사이에서 "헤르메스"를 낳는다. 플레이오네는 딸들인
　　플레이아데스와 함께 보이오티아 지방을 여행하던 중, 포세이돈의 아들이며 뛰어난 용모
　　를 지닌 거인 사냥꾼 "오리온"을 만나 동행한다. 오리온은 플레이오네에게 반해 그녀를 겁
　　탈하려 했고, 이후로 7년 동안이나 쫓아다닌다. 제우스는 플레이오네와 딸들인 플레이아
　　데스를 불쌍히 여겨 하늘의 별로 만들어주었는데, 이 별들이 플레이아데스 성단이다.

7　"만물"로 번역한 아르그마(ἄργμα)는 가장 먼저 수확한 곡식이나 과일, 가장 먼저 태어난
　　가축, 가장 먼저 만들어낸 물건을 가리킨다. 만물은 신들의 것이라고 믿었기에 고대 그리
　　스인들은 짐승을 잡아먹을 때나 포도주를 마실 때 언제나 신들에게 가장 먼저 바친 다음
　　에 먹었다.

영원토록 계시는 신들께 번제로 태워드리고 화염 같은 포도주로
헌주한 후, 도시를 함락시키는 자 오디세우스의 손에
술잔을 쥐어 주고 자기 몫의 고기가 놓인 곳에 앉았다.
빵은 메사울리오스가 그들에게 나누어 주었다.   450
그는 주인이 멀리 떠나 있는 동안 돼지치기가 안주인과
라에르테스 노인에게 알리지 않은 채 타포스인에게서
자기 돈을 주고 직접 사온 자였다. 그들은 자기 앞에 차려진
음식에 손을 내밀었다. 먹고 마시는 욕구에서 벗어났을 때
메사울리오스가 빵을 치웠고, 빵과 고기를   455
배불리 먹은 그들은 서둘러 잠을 자러 갔다.
　　　　달이 없어 캄캄하고 고약한 밤이 찾아왔다. 제우스는 밤새도록
비를 내렸고, 비를 몰고 오는 서풍도 거세게 불었다.
오디세우스는 돼지치기가 자기를 무척 신경 쓰며 돌봐주기 위해
겉옷을 벗어주거나, 다른 일꾼에게 그렇게 하라고   460
시키는지 시험해보려고 그들 가운데서 이렇게 말했다.
"에우마이오스와 동료들이여, 부탁할 게 있어
한마디 하려 하니 내 말을 들어주시오. 정신 나가게 하는 술이
내게 그리하라고 명령하지 뭐요. 술은 아주 신중한 사람도
부추겨 노래하게 하고, 나긋나긋하게 웃게 하며, 일어나   465
춤추게 하고, 하지 않는 편이 더 나을 말도 입 밖으로 내게 하잖소.
일단 말을 시작했으니 숨기지 않겠소.
우리가 전사들을 이끌고 트로이아의 성벽 아래 매복했을 때처럼
내가 한창때의 힘을 지니고 있다면 얼마나 좋겠소.
그때 오디세우스와 아트레우스의 아들 메넬라오스가 전사들을   470
이끌었고, 나는 그들과 더불어 세 번째 지휘관이었다오. 명령은 그들이
내렸으니까. 우리는 도시와 높고 가파른 성벽 쪽으로 가서
성 주위의 빽빽한 덤불을 따라 늪지대 갈대밭에서 무구들로

몸을 덮고 누워 있었소. 북풍이 휘몰아치고 얼어붙은 고약한
밤이 찾아왔고, 하늘에서 내린 눈이 찬 서리같이 되어   475
방패는 꽁꽁 언 얼음으로 온통 뒤덮여 있었다오.
그때 다른 사람은 모두 겉옷과 웃옷을 입고 있어
방패를 어깨까지 덮고 편히 잠을 잤소.
하지만 나는 떠나올 때 어리석게도 그 정도로
추울 것이라고는 생각지 못해 겉옷을 전우들에게 맡겨둔 채   480
방패를 들고 번쩍이는 치마만 걸치고 갔다오.
밤의 삼분의 이가 지나 삼경에 별들이 기울기 시작했을 때,
나는 옆에 있던 오디세우스를 팔꿈치로 치며 말했고,
그도 얼른 내 말에 귀를 기울였소.
'제우스의 자손 라에르테스의 아들, 계책 많은 오디세우스여,   485
나는 이제 더 이상 살아 있는 사람들과 함께하지 못할 것 같소.
어느 신께서 나를 속여 웃옷만 입게 하는 바람에
겉옷을 입지 못해 겨울 추위에 쓰러질 테니 말이오.
더 이상 죽음을 피할 길이 없구려.'
내가 이렇게 말하자, 그는 회의할 때나 전투할 때나   490
늘 계책을 생각해내는 사람답게 마음속에서 해결책을
생각해내고는 작은 소리로 내게 이렇게 말했소.
'다른 아카이오스인이 그대의 말을 들으면 안 되니 조용히 하시오.'
그는 이렇게 말한 후 팔베개를 하고 누워 이렇게 말했소.
'친구들이여, 들으시오. 자고 있는 내게 신들께서 보내신 꿈이 찾아왔소. 495
우리가 함선에서 너무 멀어졌다는 것이오. 그러니 누군가가 이 일을
아트레우스의 아들, 백성의 목자 아가멤논에게 전해
함선들에서 더 많은 전우를 보내도록 하는 게 좋겠소.'

오디세우스가 이렇게 말하자, 안드라이몬의 아들 토아스[8]가

재빨리 일어나 자주색 겉옷을 벗어놓고 함선을 향해 달려갔고,　　　500

나는 황금 옥좌의 새벽의 여신 에오스가 모습을 드러낼 때까지

그의 옷을 입고 기분 좋게 누울 수 있었소. 내가 그때처럼 왕성한

힘을 지니고 있다면 얼마나 좋겠소. 그랬다면 농장에서 돼지 치는

일꾼 중 누군가는 훌륭한 전사에 대한 애정과 존경심에서

자기 겉옷을 벗어 내게 주었을 텐데. 하지만 지금은 내가　　　505

허름한 옷을 걸치고 있으니 다들 나를 무시하는구려.”

　　돼지치기 에우마이오스여, 그대는 이렇게 대답했다.

“노인장, 그대가 들려준 이야기는 흠잡을 데 없이 훌륭하고,

사리에 맞지 않거나 무익한 말은 전혀 없소.

그러니 지금은 옷뿐 아니라, 오랜 세월 떠돌며　　　510

고생하다 우리를 찾아온 나그네에게 걸맞은 다른 것도

갖게 될 것이오. 하지만 날이 밝으면 다시 그대의 누더기 옷을

걸쳐야 하오. 이곳 사람들은 겉옷이 한 벌밖에 없기 때문이오.

갈아입을 겉옷과 웃옷이 많지 않소.

그러나 오디세우스의 사랑하는 아드님께서 돌아오면　　　515

친히 그대에게 겉옷과 속옷 같은 옷을 주시고,

그대의 마음이 가리키는 곳으로 그대를 호송해주실 거요.”

　　돼지치기는 이렇게 말한 후 벌떡 일어나 불 가까이에

오디세우스를 위한 침상을 놓고, 그 위에 양가죽과

염소 가죽을 깔았다. 거기에 오디세우스가 눕자　　　520

돼지치기는 크고 두꺼운 겉옷을 덮어주었다. 그 겉옷은

8　“안드라이몬”은 아이톨리아 지방에 있는 칼리돈 왕 오이네우스의 양자로, 오이네우스의
　　딸 고르게와 결혼해 노쇠한 장인의 뒤를 이어 칼리돈의 왕이 되었다.『일리아스』에서 그의
　　아들 “토아스”는 아이톨리아인을 이끌고 그리스 연합군으로 트로이아 전쟁에 참전했다.

겨울 혹한이 찾아왔을 때 그가 갈아입으려고 준비해둔 것이었다.

　　　이렇게 오디세우스는 그곳에서 잠을 잤고,

그의 옆에서는 젊은 사람들이 잤다.

하지만 돼지치기는 돼지들과 떨어져 그곳 침상에서　　　　　525

자려니 심기가 불편해져 채비를 하고 밖으로 나갔다.

오디세우스는 돼지치기가 멀리 떠나 있는 주인의 살림을

지극정성으로 돌보는 모습을 보고 기뻐했다.

돼지치기는 먼저 건장한 어깨에 날카로운 칼을 메고 나서

바람을 막아줄 아주 두터운 겉옷을 걸친 후 튼튼하게　　　　　530

키운 염소의 모피를 챙기고, 개들과 사람들을 지켜주는

날카로운 창을 집어 들었다. 그런 후 흰 엄니의 돼지들이

자고 있는 속 빈 바위 아래, 북풍을 막아주는 피난처로 가서 누웠다.

 제15권 집으로 향하는 텔레마코스

한편 팔라스 아테나는 기개 있는 오디세우스의
영광스러운 아들에게 귀향을 상기시키고
돌아갈 것을 재촉하려고 드넓은 라케다이몬으로 갔다.
가서 보니 텔레마코스와 네스토르의 훌륭한 아들은
명성 높은 메넬라오스의 궁 행랑채[1]에서 자고 있었다.　　　　　5
네스토르의 아들은 부드러운 잠에 빠져 있었지만,
달콤한 잠도 텔레마코스를 어쩌지 못해 그는 신성한 밤에도
마음속으로 아버지를 걱정하며 깨어 있었다.
빛나는 눈의 아테나는 그에게 다가가 이렇게 말했다.
"텔레마코스, 네 재산과 그토록 오만방자한 자들을　　　　　10
집에 내버려두고 떠나와 떠돌아다니는 것은
이제 더 이상 아름다운 일이 아니다. 그자들이 네 재산을
자기들끼리 나누어 먹어치우고, 네 여정은
아무 소득이 없을까 봐 걱정이다.
그러니 너는 집에 계시는 흠잡을 데 없이 훌륭한　　　　　15

1　"행랑채"(πρόδομος, '프로도모스')는 대문 옆 주랑에 있는 방을 말한다. 안마당에서 바로
　　들어갈 수 있고, 안채와 분리되어 있어 손님들이 기거했다.

〈아테나와 텔레마코스〉(제이콥 폴케마, 18세기)

어머니를 만나게 너를 호송해달라고 함성 소리 우렁찬
메넬라오스에게 어서 재촉해라. 에우리마코스가 구혼 선물을
대대적으로 늘려 구혼 선물에서 모든 구혼자를 압도해
네 어머니의 아버지와 오빠들이 네 어머니에게
결혼을 독촉하고 있기 때문이다. 네 어머니가 네 뜻과는   20
반대로 재물을 가지고 집에서 나가게 해서는 안 된다.
여자의 가슴속 마음이 어떤지는 너도 알 것이다.
여자는 자기와 결혼한 사람의 살림을 늘리려 하고,
이전에 결혼했던 사람이 죽으면 그와 살며 낳은
자식들은 생각하지도 안부를 묻지도 않는다.   25
그러니 너는 집으로 돌아가 신들이 네게 영광스러운 아내를
정해 보여주실 때까지, 하녀들 중 가장 훌륭해 보이는 자를
직접 골라 그녀에게 전 재산을 맡겨 돌보게 해야 한다.
또한 네게 해줄 말이 하나 더 있으니 꼭 마음에 담아두어라.
구혼자들 중 가장 용맹한 자들이 흉계를 꾸며 이타케와   30
길 험한 사모스 사이의 해협에 매복하여 너를 기다리고 있다.
네가 조상들의 땅에 도착하기 전에 너를 죽일 작정이다.
하지만 그렇게 되지는 않을 것이다. 그런 일이 벌어지기 전에
네 살림을 먹어치우는 자들 중 몇몇은 땅에 묻힐 테니까.
그러니 너는 튼튼하게 만든 배를 타고 그 섬들에서 멀리   35
떨어져 항해하고, 밤에도 똑같이 항해해라. 불멸의 신들 가운데서
너를 지키고 보호하는 어느 신이 뒤에서 순풍을 보내주실 것이다.
가장 가까운 이타케 해안에 도착하거든 배와 모든 선원을
먼저 도시로 보내고, 너만 배에서 내려 돼지치기부터 찾아가라.
네 돼지들을 지키는 그는 네게도 우호적이다.   40
그곳에서 하룻밤을 잔 후 그를 시내로 보내, 네가 무사히
필로스에서 돌아왔다고 사려 깊은 페넬로페이아에게 전해라.”

아테나는 이렇게 말하고 나서 저 먼 올림포스로 떠났고,
텔레마코스는 네스토르의 아들을 팔꿈치로 쳐
달콤한 잠에서 깨운 후 이렇게 말했다.   45
"일어나시오, 네스토르의 아들 페이시스트라토스여. 우리가 길을
떠날 수 있게 통굽 말들을 끌고 가 마차 앞에 매주시오."
    네스토르의 아들 페이시스트라토스가 그에게 대답했다.
"텔레마코스여, 아무리 급해도 캄캄한 밤에 길을 떠나는 법은 없소.
그러니 이제 곧 날이 밝아 아트레우스의 아들, 창술로   50
유명한 영웅 메넬라오스께서 선물을 가져와 마차에 싣고
자상한 말로 그대를 위로한 후 보내줄 때까지
이대로 머뭅시다. 나그네와 손님은 자기를 벗으로 여겨
환대해준 사람을 모든 날 동안 기억하는 법이니."
    페이시스트라토스가 이렇게 말하고 얼마 지나지 않아   55
황금 옥좌의 새벽의 여신 에오스가 모습을 드러냈다.
그러자 함성 소리 우렁찬 메넬라오스가 머릿결 고운
헬레네 옆 잠자리에서 일어나 그들에게 다가왔다.
오디세우스의 사랑하는 아들은 그를 알아보고, 황급히
번쩍이는 웃옷을 걸친 후, 다부진 어깨에   60
큰 겉옷을 두르고 문 쪽으로 가 메넬라오스 옆에 섰다.
신 같은 오디세우스의 사랑하는 아들 텔레마코스가
메넬라오스에게 이렇게 말했다.
"아트레우스의 아들, 백성의 우두머리요 제우스께서
기르신 메넬라오스여, 지금 즉시 저를 사랑하는 조상들의   65
땅으로 보내주십시오. 제 마음이 집으로 돌아가기를 원합니다."
    함성 소리 우렁찬 메넬라오스가 그에게 대답했다.
"텔레마코스, 그토록 간절히 귀향을 원하니 나도 자네를 이곳에
오랜 시간 붙잡아두지 않겠네. 다른 사람이 나를 손님으로

대접하면서 지나치게 사랑하거나 미워한다면 나 같아도   70
그에게 분개할 걸세. 모든 면에서 적당한 게 더 나은 법이지.
떠나고 싶지 않은 손님에게 가라고 재촉하는 것도,
서둘러 가려는 손님을 붙잡아두는 것도 둘 다 잘못된 일일세.
손님이 머무는 동안에는 환대하고, 떠나고 싶어 할 때는
보내는 것이 도리니까. 하지만 자네는 내가 훌륭한 선물들을   75
가져와 마차에 싣는 것을 두 눈으로 볼 때까지 기다리게나.
궁 안에 먹을 것이 많으니 여자들에게 식사를 준비해놓으라고
일러두겠네. 끝없는 대지 위로 먼 길을 떠나기 전에 식사를
해두는 것은 영광이자 영예인 동시에 이득이기도 하네.
자네가 헬라스와 아르고스의 중심부를 돌아보고 싶어 하고   80
내가 함께 가주기를 원한다면, 나는 자네를 위해 말에
멍에를 얹고 인간의 도시들로 자네를 안내하겠네.
그렇게 하면 누구든 우리를 빈손으로 보내지 않고,
훌륭한 청동 세발솥이든 한 쌍의 노새든 황금 술잔이든
한 가지 선물은 주어 보낼 걸세.”   85
        현명한 텔레마코스가 그에게 대답했다.
“아트레우스의 아들, 백성의 우두머리요 제우스께서
기르신 메넬라오스여, 저는 즉시 고국으로 돌아가고 싶습니다.
제가 떠나올 때 제 재산을 지켜줄 관리인을 정해 두지 않아
신 같은 아버지를 찾아다니다가 저까지 죽어 궁에 있는   90
훌륭한 재물을 다 잃게 되지는 않을지 걱정됩니다.”
        그의 말을 들은 함성 소리 우렁찬 메넬라오스는
즉시 부인과 하녀들에게 궁 안에 있는 많은 먹을거리로
식사를 준비하게 했다. 이때 보에토오스의 아들
에테오네우스가 잠자리에서 일어나 메넬라오스에게 다가왔다.   95
그는 메넬라오스의 궁에서 그리 멀지 않은 곳에서 살고 있었다.

함성 소리 우렁찬 메넬라오스가 그에게 불을 피우고
고기를 구우라고 명령하자 그는 그대로 따랐다.
메넬라오스는 직접 향기로운 냄새가 나는 창고로 내려갔다.
혼자 간 것이 아니라 헬레네와 메가펜테스가 그와 함께했다.　　　　100
값진 보물이 보관되어 있는 곳에 이르자 아트레우스의 아들은
손잡이 둘 달린 술잔을 집어든 후 아들 메가펜테스에게
은으로 된 희석용 동이를 들고 가라고 지시했다.
헬레네는 궤짝들 옆에 서 있었는데, 그 안에는 그녀가
직접 수놓아 짠 화려하고 다채로운 옷이 들어 있었다.　　　　105
여인들 중 고귀한 헬레네는 그 옷 가운데 가장 아름답게
수놓고 별처럼 반짝이는 가장 큰 옷을 들고 나갔다.
그 옷은 다른 옷들 가장 아래에 놓여 있었다. 그들은 집 안을
계속 걸어가 텔레마코스가 있는 곳에 이르렀다.
금발의 메넬라오스가 그에게 말했다.　　　　110
"텔레마코스, 천둥 울리시는 헤라의 남편 제우스께서
자네가 마음속으로 열망하는 대로 귀향을 이루어주시길
기원하네. 또한 내 집에 보관되어 있는 온갖 값진 보물 중
가장 아름답고 값진 것을 선물로 주겠네.
훌륭하게 만든 이 희석용 동이를 자네에게 주지.　　　　115
전체가 은으로 되어 있고, 테두리는 황금으로 마감된
이 동이는 헤파이스토스께서 만드신 것이네. 시돈인의 왕인
영웅 파이디모스가 내게 주었지. 귀향하다가 그곳에 들른 나를
궁으로 들여서 말일세. 그리고 이 잔도 자네에게 주고 싶군."
　　아트레우스의 아들 영웅 메넬라오스는 이렇게 말하고는　　　　120
손잡이 둘 달린 술잔을 텔레마코스의 손에 쥐여 주었고,
건장한 메가펜테스는 은으로 된 번쩍이는 희석용 동이를
텔레마코스 옆에 놓았다. 뺨이 예쁜 헬레네는 옷을

손에 들고 옆에 서서 이렇게 말했다.
"사랑하는 젊은이, 나도 이 선물을 그대에게 줄 테니   125
헬레네의 손으로 만든 이 기념품을 그대의 사랑하는 어머니
방에 보관해두었다가 고대하던 그대의 결혼식 날
신부에게 입혀주세요. 그대가 그대의 잘 지은 집과
조상들의 땅에 무사히 도착하기를 기원할게요."
　　　헬레네가 이렇게 말한 후 손에 옷을 건네주자   130
텔레마코스는 기뻐하며 받았다. 영웅 페이시스트라토스는
그 선물을 받아 마차의 짐칸에 두면서 그 모든 것을 보고
마음속으로 감탄했다. 금발의 메넬라오스는 사람들을
집 안으로 안내했고, 두 사람은 각각 소파와 의자에 앉았다.
한 시녀가 아름다운 황금 주전자를 가져와 은대야   135
위에서 손에 물을 부어 씻게 한 후, 매끈하게 다듬어
광낸 식탁을 그들 앞에 폈다. 그러자 주방을 담당한 시녀가
빵을 가져와 그들 옆에 놓았고, 준비되어 있던
온갖 음식을 아낌없이 내와 식탁 위에 올려놓았다.
보에토오스의 아들은 옆에서 고기를 구워 사람들에게   140
각자의 몫을 나누어 주었고, 명성 높은 메넬라오스의
아들은 포도주를 따라주었다. 그들은 자기 앞에 차려진
음식에 손을 내밀었다. 이윽고 먹고 마시는 욕구에서
벗어났을 때, 텔레마코스와 네스토르의 훌륭한 아들은
말들에 멍에를 얹은 후 화려하게 만든 마차에 오르고   145
대문과 소리 울리는 주랑을 지나 밖으로 말을 몰았다.
아트레우스의 아들 금발의 메넬라오스는 그들이 떠나기 전에
신들께 헌주하기 위해 꿀처럼 달콤한 포도주가 든 황금 술잔을
오른손에 들고 그들을 뒤쫓아 갔다.
그는 마차 앞에 서서 이렇게 말하며 작별 인사를 나누었다.

"두 젊은이여, 잘 가게. 백성의 목자 네스토르께도 안부 전해주게.
우리 아카이오스인 아들들이 트로이아에서 전쟁할 때,
그분은 아버지처럼 나를 자상하게 대해주셨다네."

현명한 텔레마코스가 그에게 대답했다.
"제우스께서 기르신 분이여, 저희가 도착하는 대로 155
당신이 말씀하신 모든 것을 그분께 정확히 전하겠습니다.
제가 이타케로 귀향해 집에서 오디세우스를 만나 뵙고
당신 옆에서 온갖 환대를 받은 것은 물론이요, 훌륭한 보물까지
많이 받아 돌아왔다고 말씀드릴 수 있으면 좋겠습니다."

텔레마코스가 이렇게 말하자 그의 오른쪽으로 160
새 한 마리가 날아갔다. 마당에서 기르던 아주 크고 흰 거위
한 마리를 독수리가 발톱으로 낚아채 갔고, 남자들과 여자들은
큰 소리로 고함을 지르며 뒤쫓았다. 독수리는 그들 가까이
다가오더니 말들 앞을 지나 오른쪽으로 쏜살같이 날아갔다.[2]
이 광경을 본 그들은 기뻐하며 마음속 깊이 안도했다. 165
그들 가운데서 네스토르의 아들 페이시스트라토스가 먼저 말했다.
"백성의 우두머리요 제우스께서 기르신 메넬라오스여,
신께서 이 전조를 우리 두 사람 또는 당신께 보내신 게 분명합니다."

그가 이렇게 말하자, 아레스가 아끼는 메넬라오스는
사리에 맞게 대답하려면 어떻게 말해야 할지 고민했다. 170
길게 흘러내리는 옷을 입은 헬레네가 선수를 치며 이렇게 대답했다.
"불멸의 신들께서 무엇을 이루려는 건지 내 마음에
넣어주신 대로 예언하려 하니, 내 말을 잘 들어주세요.
이 독수리가 자기 종족과 새끼들이 있는 산에서 날아와
집에서 기르는 거위를 낚아채 갔듯이, 오디세우스께서도 175

---

2 "오른쪽"은 길조를, "왼쪽"은 흉조를 나타낸다. 예컨대 새가 오른쪽으로 날아가면 길조다.

많은 곳을 떠돌아다니며 수많은 고생을 한 다음 집으로 돌아와
복수할 거예요. 아니면 이미 집으로 돌아와 모든 구혼자에게
재앙 내리는 일을 시작했을지도 모르겠군요."
　　　현명한 텔레마코스가 그녀에게 대답했다.
"천둥 울리시는 헤라의 남편 제우스께서 그렇게　　　　　　　　　180
해주시기를 빕니다. 그러면 저는 집에 가서도
제우스 신을 받들며 기도하겠습니다."
　　　텔레마코스가 이렇게 말한 후 말을 채찍질하자 말들은
도시를 날 듯이 빠져나가 들판으로 내달렸다.
　　　말들의 양옆에 멘 멍에가 온종일 앞뒤로 흔들렸다.　　　　185
해는 지고 모든 길이 어두워졌다. 그들은 페라이에 도착해
알페이오스가 낳은 오르실로코스의 아들 디오클레스의 궁으로 갔다.
디오클레스의 환대를 받아 그들은 그곳에서 하룻밤을 잤다.
　　　이른 아침에 태어난, 장밋빛 손가락을 지닌 새벽의 여신 에오스가
모습을 드러내자, 두 사람은 말에 멍에를 얹고 화려하게 만든　　　190
마차에 오른 후 대문과 소리 울리는 주랑을 지나 밖으로 말을 몰았다.
페이시스트라토스가 채찍질하며 앞으로 몰아가자 말들은 싫은 기색 없
　　이 날아가듯 내달렸다.
그들은 곧 필로스의 높고 가파른 성에 도착했다.
이때 텔레마코스가 네스토르의 아들에게 말했다.
"네스토르의 아들이여, 부탁을 들어주겠다고 약속할 수 있소?　　　195
아버지들의 우정을 통해 우리는 언제든 친구 사이임을
자랑으로 여기니 말이오. 게다가 우리는 나이가 같고,
이번 여정으로 더욱 한마음 한뜻이 될 테니.
제우스께서 기르신 자여, 그대는 나를 마차에 태우고
내 배를 지나치지 말고, 그곳에 나를 내려주시오.　　　　　　　　200
그렇지 않으면 어르신께서 나를 환대하고 싶어 궁에 붙잡아두려

하지 않지 않겠소? 하지만 나는 하루속히 집으로 돌아가야 합니다.”

텔레마코스가 이렇게 말하자, 네스토르의 아들은 어떻게 하면
순리에 맞게 그의 부탁을 들어주겠다고 약속할 수 있을지 마음속으로
곰곰이 생각해보았다. 그 결과 이렇게 하는 편이 좋을 듯했다.　　　　205
그래서 그는 빠른 배가 있는 바닷가 쪽으로 마차를 돌려
메넬라오스가 준 옷과 황금 같은 아름다운 선물을 꺼내
배꼬리에 실은 후, 날개 달린 말로 텔레마코스를 재촉했다.
“내가 집에 가서 어르신께 소식을 전하기 전에, 그대는 지금 서둘러
배에 오르고, 선원들에게도 모두 배에 오르라고 지시하시오.　　　　210
그분이 어찌 나오실지 내가 마음과 생각으로 잘 알기 때문이오.
그분은 고집이 아주 세서 그대가 가게 내버려두지 않을 것이오.
그대를 데리러 여기로 오실 뿐 아니라, 오셔서는 빈손으로 돌아가지도
　　않으실 테지요.
이대로 그대를 보내는 건 그분에게 무척 노여운 일이니까.”

네스토르의 아들은 이렇게 말한 후 갈기 고운 말들을 몰아　　　　215
필로스인의 도시로 돌아갔고 금세 궁에 도착했다.
한편 텔레마코스는 선원들에게 이렇게 지시하고 재촉했다.
“동료들이여, 우리가 길을 떠날 수 있도록 장비들을
검은 배에 가지런히 실은 후 배에 오릅시다.”

텔레마코스가 이렇게 말하자, 그들은 귀 기울여 들은 후　　　　220
그의 지시대로 즉시 배에 올라 노 젓는 자리에 앉았다.
텔레마코스는 이런 일을 서둘러 끝낸 뒤
배꼬리 옆에서 아테나에게 기도하고 제를 올렸다.
이때 저 멀리서 한 남자가 다가왔다.
그는 사람을 죽이고 아르고스에서 도망쳐 나온 예언자로　　　　225
멜람푸스 가문에서 태어난 자였다. 전에 양 떼의 어머니

필로스에서 살았던 멜람푸스[3]는 필로스인 가운데서

단연 큰 집에서 살았다. 하지만 조상들 중에서

가장 훌륭하고 강력하며 기개 있는 넬레우스를 피해

다른 나라로 갔고, 넬레우스는 그의 많은 재산을   230

꼬박 일 년이나 압류해두었다.

그동안 멜람푸스는 넬레우스의 딸 때문에 필라코스의 궁에

갔다가 고통스러운 사슬에 묶인 채, 무시무시한 에리니스 여신[4]이

마음속에 심은 미망 때문에 극심한 고통을 당했다.

하지만 멜람푸스는 죽음의 운명에서 탈출해   235

큰 소리로 우는 소 떼를 몰고 필라케에서 필로스로 돌아와,

부끄러운 요구를 한 신 같은 넬레우스에게 구혼 선물로 주고,

넬레우스의 딸을 자기 집으로 데려와 형에게 주어 아내로

삼게 했다. 그런 후 그는 다른 나라, 곧 말들이 풀을 뜯는

아르고스로 갔다. 그곳에서 수많은 아르고스인을   240

다스리며 살아가는 것이 그의 운명이었기 때문이다.

그곳에서 멜람푸스는 한 여자와 결혼해 지붕 높은 집을 짓고

살면서 힘세고 건장한 두 아들 안티파테스와 만티오스를 낳았다.[5]

안티파테스는 기개 있는 오이클레스를 낳았고,

---

3 "멜람푸스"는 제11권 각주 12를 보라.
4 "에리니스 여신"은 크로노스가 낫으로 아버지 우라노스의 성기를 자를 때 흐른 피가 대지
   에 스며들어 대지의 여신 가이아에게서 태어난 세 자매로 복수의 여신들이다. 이들은 지
   하세계에 살면서 죄지은 자들, 특히 살인자와 거짓 맹세하는 자들을 처벌한다. 그중에서
   도 부모 살해범에 대해서는 끝까지 추적해 가혹하게 복수한다.
5 아르고스 지방 티린스의 왕 프로이토스의 딸들인 이피노에, 이피아나사, 리시페는 디오니
   소스 숭배를 소홀히 한 죄로 광기에 빠져 자신을 암소라고 여기며 아르고스와 펠로폰네
   소스 전역을 휘젓고 다녔다. 멜람푸스는 프로이토스왕을 찾아가 딸들의 광기를 없애주고,
   왕국의 3분의 2를 받아 형 비아스와 함께 각각 3분의 1의 영토를 다스리게 된다. 아르고
   스의 왕이 된 멜람푸스는 이피아나사와 결혼해 세 아들 아바스, 만티오스, 안티파테스를
   낳았고, 그 뒤로 그의 집안은 그리스에서 유명한 예언자 가문이 된다.

오이클레스는 나라들을 들썩이게 한 암피아라오스[6]를 낳았다.   245

아이기스 방패를 지닌 제우스와 아폴론은 지극정성을 다해

온갖 방법으로 암피아라오스를 진심으로 아끼고 사랑했지만,

암피아라오스는 노령의 문턱에 도달하지 못하고, 여자가 받은 뇌물

때문에 테베에서 죽었다. 그에게서 알크마이온과 암필로코스 두 아들

　이 태어났다.

한편 만티오스는 폴리페이데스와 클레이토스를 낳았다.   250

클레이토스[7]는 그의 아름다움에 반한 황금 옥좌의 새벽의 여신

에오스가 낚아채 가 불멸의 신들 사이에서 살아가게 되었다.

암피아라오스가 죽자 아폴론이 인간들 중에서 단연 탁월한 예언자로

만든, 기개 넘치는 폴리페이데스는 아버지에게 화가 난 나머지

히페레시에[8]로 옮겨가 거기서 사람들에게 예언을 해주며 살았다.   255

　　이때 텔레마코스에게 다가온 사람은 폴리페이데스의

아들, 테오클리메노스였다.

6　멜람푸스의 증손자이자 아르고스의 왕인 "암피아라오스"는 칼리돈의 멧돼지 사냥에 참가
했으며 아르고호 원정대의 일원이었던 영웅이다. 또 다른 아르고스의 왕인 아드라스토스
의 아버지는 멜람푸스의 형 비아스가 페로에게서 낳은 아들 탈라오스였다. 두 사람 간에
분쟁이 일어나자 암피아라오스는 탈라오스를 죽이고 아드라스토스를 추방한다. 훗날 두
사람은 화해했지만, 아드라스토스의 마음속 앙금은 풀리지 않았다. 아드라스토스는 여동
생 에리필레를 암피아라오스와 결혼시키면서, 만일 두 사람 사이에 또다시 분쟁이 생기
면 에리필레의 결정에 따르기로 맹세하게 했다. 그 후 아드라스토스는 사위 폴리네이케스
에게 테베의 왕위를 되찾아 주기 위해 테베를 공략하기로 결심하고, 암피아라오스에게 테
베 원정에 참여할 것을 요구한다. 예언자였던 암피아라오스는 이 원정이 실패하고 자기가
죽을 것을 알고 거부한다. 그러자 폴리네이케스는 '하르모니아의 목걸이'를 에리필레에게
뇌물로 주고 암피아라오스를 참전하게 한다.
7　새벽의 여신 "에오스"는 전쟁의 신 아레스와 애정 행각을 벌이다 아레스의 연인 아프로디
테의 분노를 사서 필멸의 인간만 끊임없이 사랑하게 되는 저주를 받는다. 트로이아 왕 라
오메돈의 아들 티토노스, 오디세우스 왕가의 시조 케팔로스, 미남 거인 사냥꾼 오리온 등
이 에오스가 사랑한 남자들이다. "클레이토스"는 에오스에게 납치되어 여러 명의 자식을
낳았고, 죽은 후에는 불멸의 신들 사이에서 살게 된다.
8　"히페레시에"는 펠로폰네소스 반도 북동부에 위치한 아이게이라의 옛 이름이다.

빨리 가는 검은 배 옆에서 헌주하며 기도하고 있던 텔레마코스에게
다가온 테오클리메노스는 이렇게 날개 달린 말을 건넸다.
"이보시오, 나는 이곳에서 그대가 신들께 제물 바치는 것을   260
보았소. 그대의 제물과 그대가 섬기는 신 그리고 그대의 머리와
그대를 따르는 동료들의 이름으로 간청하니, 내가 묻는 말에
솔직히 답해주시오. 그대는 인간들 중 누구이고, 어디에서
왔소? 그대가 사는 도시는 어디이고, 부모님은 어디에 계시오?"
        현명한 텔레마코스가 그에게 대답했다.   265
"나그네여, 그렇다면 모든 것을 있는 그대로 말씀드리지요.
나는 이타케 출신이고, 내 아버지는 오디세우스입니다.
전에는 계셨지만 지금은 비참하게 돌아가시고 계시지 않습니다.
그래서 나는 오랜 세월 떠나 계셨던 아버지의 소식을 알아보려고
동료들과 함께 검은 배를 타고 이곳에 왔습니다."   270
        신 같은 테오클리메노스가 그에게 대답했다.
"나도 부족 사람을 죽이고 이렇게 조상들의 땅을 떠나왔소.
말들이 풀을 뜯는 아르고스에서는 그의 많은 형제와 친척들이
아카이오스인을 강력하게 다스리고 있기 때문이오.
나는 그들로 인한 죽음과 검은 죽음의 여신을 피해   275
도망치고 있는데, 사람들 사이를 떠도는 것이 내 운명인가 보오.
그러니 도망자로서 그대에게 탄원하니 그들이 나를 죽이지
못하게 나를 배에 태워주시오. 그들이 뒤쫓고 있을 거요."
        현명한 텔레마코스가 그에게 대답했다.
"당신이 원한다면 균형 잡힌 배에서 당신을 내치지는 않겠습니다.   280
그러니 따라오세요. 이타케에 도착하면 최고의 환대를 받게 될 겁니다."
        텔레마코스는 이렇게 말하고 테오클리메노스에게서
청동 창을 받아 양쪽에서 노를 젓는 배의 갑판 위에 뉘었다.
그런 후 그는 바다를 항해하는 배에 올라

꼬리 부분에 앉았고, 자기 옆에 테오클리메노스를 앉혔다.　285

그러자 선원들이 배꼬리에 묶어둔 밧줄을 풀었다.

텔레마코스가 선원들에게 돛대를 단단히 묶고

돛을 올리라고 독려하자 그들은 서둘러 지시를 따랐다.

그들은 전나무로 만든 돛대를 세워 횡목의 구멍에 넣고

들어 올려 세우고 돛대와 뱃머리를 연결하는 밧줄을 묶은 후,　290

튼튼하게 꼰 소가죽 끈으로 흰 돛을 끌어 올렸다.

그러자 빛나는 눈의 아테나가 대기를 뚫고 거세게

돌진해오는 순풍을 그들에게 보내 배가 짠 바닷물 위를

아주 빨리 달리게 해주었다. 이렇게 해서 그들은

크루노이와 강물이 아름답게 흐르는 칼키스 옆을 지났다.　295

　　　이윽고 해가 지고 모든 길이 어두워졌다.

배는 제우스의 순풍에 떠밀려 페아이 쪽으로 갔고,

에페이오스인이 다스리는 고귀한 엘리스 옆을 지났다.[9]

그곳에서 텔레마코스는 과연 죽음을 피할 수 있을지, 아니면

죽음에 붙잡히게 될지 생각하며 뾰족한 섬들을 향해 직진했다.　300

　　　한편 오디세우스와 고귀한 돼지치기는 막사에서 저녁을

먹었고, 다른 사람도 두 사람 앞에서 식사를 했다.

먹고 마시는 욕구에서 벗어났을 때,

오디세우스는 돼지치기가 자기에게 농장에 머물기를 권하며

계속해서 정성껏 환대할지, 아니면 시내로 가라고 할지　305

떠보려고 그들 가운데서 이렇게 말했다.

"에우마이오스와 다른 모든 동료들이여, 이제 내 말 좀 들어보시오.

9　"칼키스"는 엘리스의 남부 지역 트리필리아('세 종족의 땅')에 있는 엘리스의 도시다. 이
　도시 옆에는 '샘들'이라는 뜻의 크루노이샘이 있다. "페아이"는 엘리스의 북부 지역에 있
　는 도시다.

그대와 그대의 동료들이 나를 환대하느라 모든 것을 소진하지 않도록
날이 밝으면 나는 시내로 가서 구걸할 작정이오.
그러니 내게 좋은 조언을 해주시고, 훌륭한 길잡이도 함께 보내주시오.　　310
나를 그곳으로 데려다주기만 하면 되오. 그런 후에는 물 한 잔과
밀로 만든 빵을 얻기 위해 나 혼자 시내를 돌아다니겠소.
그리고 신 같은 오디세우스의 궁으로 들어가
사려 깊은 페넬로페이아에게 소식을 전하고,
오만방자한 구혼자들과도 어울릴까 하오. 음식을 차고　　315
넘치게 가지고 있는 그들이 내게 음식을 줄지도 모르니까.
나는 그들 가운데서 그들이 원하는 것은 무엇이든지 해줄 참이오.
솔직히 말할 테니 그대는 명심하고 들으시오.
모든 인간의 일에 품격과 영광을 더하시는
제우스의 사자 헤르메스 덕분에 장작을 쌓아 올려　　320
불을 피우거나 마른 장작을 패거나 고기를 썰어 굽거나
포도주를 따르는 등 시중 드는 일에서 다른 사람은
내 경쟁 상대가 되지 못할 것이오. 못난 사람들이 이런 일로
잘난 사람들의 시중을 드는 게 당연하지 않겠소.”

　　　돼지치기 에우마이오스는 크게 화를 내며 그에게 말했다.　　325
“나 참, 나그네여, 그대는 왜 마음속으로 그런 생각을 하시오?
구혼자들의 오만함과 행패가 무쇠로 만든 하늘[10]에 닿았는데,
그대가 그들의 무리 속으로 들어간다는 건
그곳에서 죽고 싶어 환장한 것이나 다름없소.
그자들의 시중을 드는 사람들은 그대 같은 부류가 아니오.　　330
그들은 겉옷과 웃옷을 빼입고 머리에는 기름을 바르고

---

10 고대인들은 하늘의 천장 또는 지붕이 무쇠 같은 금속으로 만들어져 있다고 생각했다. 따
　라서 '무쇠로 만든 하늘에 닿았다'는 것은 '하늘 끝까지 닿았다'는 뜻이다.

용모도 아름다운 젊은이들이라오.

그들은 매끈하게 다듬어 광낸 식탁에 빵과 고기와

포도주를 언제나 푸짐하게 차려내야 하오.

그러니 그대는 여기에 머물러 있으시오. 그대가 여기에 있는다고 335

못마땅해할 사람은 아무도 없소. 나도 그렇고, 나와 함께 있는

다른 동료도 그렇소. 오디세우스의 사랑하는 아드님이 돌아오면

그대에게 겉옷과 웃옷 같은 옷을 주실 테고,

그대의 마음이 가리키는 곳으로 그대를 호송해주실 것이오.”

　　　강인하고 고귀한 오디세우스는 그에게 대답했다. 340

“에우마이오스여, 내게서 그러하듯 아버지 제우스에게도 사랑받길!

그대는 내가 방랑과 끔찍한 재앙에서 벗어날 수 있게 해주었소.

떠돌아다니는 것보다 인간에게 더 가혹한 재앙은 없소.

떠돌아다니는 사람들은 저 저주받을 식욕 때문에

재앙과 고통 같은 사악한 괴로움을 참고 견딜 수밖에 없잖소. 345

지금 그대가 내게 이곳에 머물라고 붙들며 오디세우스의 아들이

올 때까지 기다리라고 하니, 신 같은 오디세우스의 어머니와

오디세우스가 떠날 때 노령의 문턱에 들어선 그분의 아버지에 대해

얘기해보시오. 그분들은 아직 햇빛 아래 살아 계시오,

아니면 이미 죽어 하이데스의 집으로 가셨소?” 350

　　　일꾼들의 우두머리인 돼지치기가 그에게 대답했다.

“나그네여, 그렇다면 내가 아주 솔직하게 말하리다.

라에르테스께서는 아직 살아 계시지만 사지에서 기력이 쇠하여

사라지게 해달라고 집에서 늘 제우스께 기도하신다오.

그분은 멀리 떠나 돌아오지 않는 아들 때문에 몹시 355

애통해하다가 그분과 함께한 현명한 부인마저 세상을 뜨자

상심이 더욱 커져 아직은 그럴 때가 아닌데도 폭삭 늙으셨소.

부인께서는 명성 높은 아들 때문에 괴로워하다가 비참하게

돌아가셨는데, 이곳에 살면서 나와 친하게 지내고
내게 잘해주는 사람은 아무도 그렇게 죽지 않았으면 좋겠소.   360
부인께서 온갖 슬픔과 고통을 견디며 살아 계실 때
내게 물으시거나 내가 부인께 묻는 것이 내게는 즐거움이었소.
부인께서는 여러 자식 중에서 막내인, 길게 흘러내리는 옷을 입은
아름다운 크티메네와 함께 나를 친히 길러주셨다오. 나는 그 딸과
함께 자랐는데, 그분은 딸 못지않게 나를 귀히 여겨주셨소.   365
이윽고 우리 두 사람이 고대하던 청년이 되자 그분들은
헤아릴 수 없이 많은 구혼 선물을 받고 그 딸을 사메로 보내셨소.
그리고 내게는 겉옷과 웃옷 같은 아주 좋은 옷을 입히고,
발에는 신발을 묶어주고는 나를 시골로 보내셨소.
부인께서는 나를 진심으로 사랑해주셨소.   370
지금은 내가 그런 사랑을 받고 있지는 않지만,
축복받은 신들께서는 내가 하는 일이 번창하게 해주고 계신다오.
덕분에 나는 이 일에서 얻은 것으로 먹고 마셨고,
존경하는 분들에게 드리기도 했소. 그러나 이 집의 안주인에게는
말로든 일로든 자상하고 따뜻한 얘기를 듣지 못했소.   375
이 집에 재앙이 내렸기 때문이오. 저 오만방자한 자들 말이오.
하지만 하인들은 안주인 앞에서 모든 일을 일일이 고하고 물어
알기도 하며 먹고 마시다가, 하인들의 마음을 항상 훈훈하게
해주는 것을 안주인에게 받아 시골로 내려가기를 간절히 바란다오."
　　　　계책 많은 오디세우스가 그에게 이렇게 대답했다.   380
"아, 저런, 돼지치기 에우마이오스여, 그대가 조상들의 땅과
부모님을 떠나 멀리 이곳에 왔을 때는 아마도 어린아이였을 것이오.
그러니 자, 이 일을 있는 그대로 내게 말해주시오.
그대의 아버지와 존귀한 어머니가 사시던,
넓은 대로가 뻗어 있는 인간들의 도시가 함락되고 파괴되어   385

이곳으로 잡혀온 것이오, 아니면 적대적인 사람들이

혼자 양 떼나 소 떼를 지키고 있던 당신을 붙잡아 배에 싣고

이곳으로 끌고 와 값을 받고 이분 집에 판 것이오?"

　　일꾼들의 우두머리인 돼지치기가 그에게 대답했다.

"나그네여, 내게 그런 일을 자세히 물으니　　　　　　　　　　390

이제 앉아 술을 들면서 조용히 내 말을 들으며 즐겨보시오.

요즘에는 밤이 이루 말할 수 없이 길어 잠을 잘 수도 있고,

이야기 듣기를 즐길 수도 있으니 때가 되기 전에 일찍 눕지

않아도 된다오. 잠을 많이 자는 것도 괴로운 일이오.

하지만 다른 사람은 마음과 생각이 자라고 시키면　　　　　395

자러 가도 좋소. 그러다가 날이 밝으면 아침 식사를 하고

주인 나리의 돼지 떼를 따라가시오.

우리 두 사람은 막사에서 먹고 마시며

서로의 슬픔과 괴로움을 회상하며 즐겨봅시다.

많은 곳을 떠돌아다니며 수많은 고초를 겪은 사람은　　　　400

나중에는 고통조차 즐기게 된다지요.

그러니 그대가 궁금해하고 자세히 묻는 바를 말해주겠소.

　　그대도 들어보았겠지만 시리아라는 섬이 있소.

그 섬은 해가 서쪽으로 기울기 시작하는 오르티기아[11] 위에 있소.

거주민이 아주 많지는 않지만 살기 좋은 곳이어서　　　　　405

---

11 "오르티기아"는 '메추리의 땅'이라는 뜻으로, 델로스섬의 옛 명칭이다. 그리스 본토 남쪽에
여러 섬이 원모양으로 배열된 키클라데스제도 가운데 가장 작은 섬이다. 제우스의 연인
레토 여신은 포세이돈의 도움으로 이 섬에서 아폴론과 아르테미스를 낳았다. 한편, 시켈
리아섬에도 오르티기아(시라쿠사)라는 도시가 있다. 고대 그리스인들은 세계가 지중해를
둘러싼 땅으로 이루어졌고 그 땅들을 오케아노스강이 빙 두르고 있다고 생각했기 때문에,
지중해의 정중앙을 가리킨다는 점에서 "해가 서쪽으로 기울기 시작하는" 오르티기아는 시
라쿠사를 가리키는 것일 수도 있다. 그러나 오늘날에는 『오디세이아』에 언급된 여러 지명
을 대체로 실재하지 않는 가공의 장소로 본다.

소 떼와 양 떼가 많고 포도주도 많이 나며 곡식도 풍부하다오.
그곳에서는 백성에게 기근이 찾아오지 않고,
가련한 인간에게 다른 어떤 가증스러운 질병도 찾아오지 않소.
그래서 그 도시에서는 인간 종족이 늙으면
은빛 활을 지닌 아폴론이 아르테미스와 함께   410
사람들에게 다가가 부드러운 화살로 그들을 죽인다 하오.
그곳에는 두 개의 도시가 있어 백성 전체가 둘로 나뉘어 있소.
두 도시를 모두 다스린 분은 오르메노스의 아들로
불멸의 신 같은 크테시오스였는데, 그분이 내 아버지시요.
        그런데 이름난 선원이자 남의 재물을 갉아먹는 자인   415
포이닉스인이 검은 배에 자질구레한 물건을 무수히 싣고
이곳에 왔소. 내 아버지의 궁에는 포이닉스 여자가 한 명 있었는데,
아름다웠고 키가 큰 데다 수공예 솜씨도 뛰어났다오.
교활하기 짝이 없는 포이닉스인은 그녀를 회유했소.
처음에는 그들 중 누군가가 빨래를 하고 있던 그녀를   420
유혹해 속 빈 배 옆에 누워 몸을 섞고 사랑을 나누었는데,
그런 일이 있고 나면 행실이 바른 여자의 마음도 회유되기 마련이지요.
그자는 그녀가 누구이고 어디에서 왔는지 물었고,
그녀는 순순히 자기 아버지의 지붕 높은 집을 알려주었소.
'청동 많은 시돈 출신임을 자랑으로 여기는 나는   425
재물이라면 차고 넘치는 아리바스의 딸이에요.
그런데 약탈을 일삼는 타포스인이 들판에서 집으로
돌아가던 나를 납치해 이곳으로 끌고 와 몸값을 받고
이분 집에 팔아버렸지요.'
        그러자 그자가 그녀에게 이렇게 대답했소.   430
'그대는 지금 우리를 따라 집으로 돌아가 지붕 높은 집과
부모님을 만나고 싶지 않소? 그분들은 아직 살아 계시고

여전히 부자라는 말을 듣는다오.'

	이번에는 여자가 그자에게 이렇게 대답했소.

'선원들이여, 내가 그렇게 하기를 원한다면, 당신들은	435

나를 무사히 집에 데려다주겠다고 맹세로 보증해야 해요.'

	그녀가 이렇게 말하자 그들은 모두 그녀가 시키는 대로

맹세했소. 그들이 맹세하기를 마치자

그녀는 그들에게 또 다시 이렇게 말했소.

'지금은 이 일을 입 밖에 내서는 안 되니 여러분의	440

동료들 중 누군가가 길거리나 우물가에서 나와 마주쳐도

내게 말을 붙이지 마세요. 그 모습을 누군가가 보고

어르신의 궁으로 가서 알리면 어르신께서 나를 의심해

고통스러운 사슬로 묶고, 여러분을 죽일 궁리를 할 거예요.

그러니 여러분은 내 말을 명심하고, 서둘러 교역할 물건을	445

사세요. 그런 후 여러분의 배가 물건들로 가득 차면 얼른

궁으로 와서 내게 알려주세요. 그러면 나는 손에 잡히는 대로

황금을 챙기고, 뱃삯으로 다른 것도 기꺼이 드릴게요.

나는 궁에서 주인의 사랑받는 아들을 돌보고 있었는데

아주 영리한 아이예요. 그 아이가 나를 따라	450

문밖으로 달려 나오면 그 아이도 배로 데려올게요.

그 아이를 낯선 말을 하는 사람들에게로 데려가 팔면,

그 아이는 여러분에게 큰돈을 안겨줄 거예요.'

	그녀는 이렇게 말한 후 아름다운 궁으로 떠나갔고,

그자들은 꼬박 일 년 동안 그곳에 머물며	455

가지고 온 물건을 팔고, 다시 다른 곳에서 팔 물건을

사들여 속 빈 배에 가득 채웠소. 이윽고 출항해도 될 만큼

그들의 속 빈 배가 많은 물건으로 차자 그들은

사람을 보내 그 여자에게 알렸소. 아주 영리한 남자가

내 아버지의 궁으로 왔는데, 호박이 줄줄이 박혀 있는   460
황금 목걸이를 지니고 있었소. 내 존귀한 어머니와 하녀들은
궁에서 그 목걸이를 손으로 만져보고 두 눈으로 살펴보며
값을 흥정했소. 하지만 그자는 말없이 고갯짓으로
그 여자에게 신호를 보냈고, 그런 후 속 빈 배로 돌아갔소.
그러자 그 여자는 내 손을 잡고 대문 밖으로 데리고   465
나가다가 행랑채에서 연회를 벌이고 나서 치우지 않은
술잔과 식탁들을 보았소. 내 아버지의 일을 맡아 하는 사람들을
위한 연회였는데, 그때 그들은 궁을 나와 백성이 발언하는
회의장으로 가 있었소. 그 여자는 재빨리 술잔 세 개를 품속에 숨겨
그곳을 빠져나왔고, 나는 아무것도 모른 채 그녀를 따라갔소.   470
이윽고 해가 지고 모든 길이 어두워졌소.
그 여자와 나는 서둘러 유명한 포구로 갔고,
그곳에는 포이닉스인의 빨리 달리는 배가 있었소.
그들은 우리 두 사람을 배에 태운 후 배에 올라 축축하게
젖은 길을 항해했고, 제우스께서는 순풍을 보내주셨소.   475
우리는 엿새 동안 밤에도 낮에도 똑같이 항해했다오.
그러나 크로노스의 아드님 제우스께서 일곱째 날이 오게 하셨을 때,
활 쏘는 여신 아르테미스가 그 여자를 활로 쏘아 맞히셨고,
그녀는 둔탁한 소리를 내며 제비갈매기처럼 바닥에 쓰러졌소.
그러자 그들은 그녀를 배 밖으로 던져 물개와   480
물고기 밥이 되게 했고, 나는 상심한 채 배에 남았다오.
바람과 바닷물에 실려 그들은 이타케로 왔고,
이곳에서 라에르테스께서 그분의 재물로 나를 사셨소.
이렇게 해서 나는 이 땅을 두 눈으로 보게 되었소.”

　　　제우스의 자손 오디세우스가 그에게 말했다.   485
“에우마이오스여, 그대가 마음고생한 온갖 사연을 자세히

들으니 내 마음이 크게 움직이는구려. 하지만 그대는

고생을 많이 했어도 결국 인자한 분의 집으로 오게 되었고,

그분이 그대에게 먹고 마실 것을 챙겨주는 가운데

이렇게 잘 살아가고 있으니, 제우스께서는 그대에게 490

재앙뿐 아니라 복도 주신 것이오. 하지만 나는 인간들의

많은 도시를 떠돌아다니다 이곳으로 오게 되었소."

　　　두 사람은 이런 얘기를 나누다가 잠이 들었지만,

얼마 뒤 아름다운 옥좌의 새벽의 여신 에오스가 모습을

드러냈기 때문에 눈을 붙인 시간은 길지 않았다. 495

한편 텔레마코스의 동료들은 뭍이 가까워지자 돛을 내리고

얼른 돛대를 누인 다음 노를 저어 포구 안으로 배를 몰아갔다.

그들은 닻으로 사용하는 돌을 던지고

배꼬리 밧줄을 묶은 후, 그들 자신도 바닷가에 내려

식사를 준비하고 화염 같은 포도주를 희석시켰다. 500

이윽고 먹고 마시는 욕구에서 벗어나자

현명한 텔레마코스가 그들 가운데서 먼저 말했다.

"여러분은 이제 검은 배를 몰고 도시로 가시오.

나는 시골 목자들에게 가서 내 영지를 둘러보고

저녁때쯤 도시로 돌아가겠소. 날이 밝으면 505

이번 여행에 동행한 대가를 여러분에게 지불하고,

고기와 꿀처럼 달콤한 포도주로 훌륭한 연회도 베풀 참이오."

　　　그러자 신 같은 테오클리메노스가 그에게 말했다.

"친애하는 젊은이, 나는 어디로 가야 하오? 바위투성이

이타케를 다스리는 사람 중 누군가의 집으로 가야 하오, 510

아니면 그대의 어머니와 그대의 집으로 가야 하오?"

　　　현명한 텔레마코스가 그에게 대답했다.

"다른 때 같았으면 우리 집으로 가자고 권하고, 나그네를 대접하는

데 조금도 부족함이 없었겠지요. 하지만 지금은 내가 함께할 수 없고,
내 어머니도 당신을 만나지 않으실 테니 당신이 우리 집으로   515
가는 것은 좋지 않습니다. 내 어머니께서는 집에서 구혼자들에게
자주 모습을 드러내지 않고, 그들에게서 떨어져 이층 방에서
옷감을 짜고 계시니까요. 그러니 당신이 찾아갈 다른 사람을
소개하지요. 그는 현명한 폴리보스의 눈부신 아들 에우리마코스인데,
지금 이타케인이 그를 신처럼 우러러본다오.   520
그는 월등히 뛰어난 데다 내 어머니와 결혼해 오디세우스의
명예와 지위를 차지하기를 가장 열망하는 자요.
하지만 그 결혼에 앞서 그들에게 재앙의 날이 돌아가리라는 걸
신묘한 대기 중에 사시는 올림포스의 제우스께서는 알고 계십니다.”
        텔레마코스가 이렇게 말했을 때, 그의 오른쪽으로   525
새가 날아갔다. 그 새는 아폴론의 날�쌘 사자인 매였다.
그 매는 두 발로 비둘기를 잡고 깃털을 뽑아
배와 텔레마코스 사이에 있는 대지 위에 뿌렸다.
그러자 테오클리메노스가 전우들 가운데 있던 텔레마코스를
따로 불러 그의 손을 잡으며 이렇게 말했다.   530
“텔레마코스여, 신의 뜻이 아니라면 저 새는 그대의 오른쪽으로
날아가지 않았겠지요. 나는 저 새를 보자마자 즉시 전조임을
알았소. 이타케 땅에서 그대의 가문보다 더 왕가다운 다른
가문은 없으니 그대의 가문이 영원히 다스리게 될 것이오.”
        현명한 텔레마코스가 그에게 대답했다.   535
“나그네여, 그 말이 이루어지면 좋겠군요. 그렇게만 된다면
당신은 즉시 내게서 환대와 많은 선물을 받고,
사람들이 당신을 보면서 복 받았다고 말할 겁니다.”
        텔레마코스는 이렇게 말한 후 충직한 동료인 페이라이오스에게
                소리쳤다.

"클리티오스의 아들 페이라이오스여,   540
그대는 다른 일에서도 나와 동행해 필로스로 간 동료들 중에서
내 말을 가장 잘 따라주었네. 그러니 지금 이 나그네를 모시고 가
내가 올 때까지 그대의 집에서 예를 갖추어 잘 보살펴주게."
　　　창술에 뛰어난 페이라이오스가 그에게 대답했다.
"텔레마코스여, 이 나그네가 이곳에 오랜 시간 머문다 해도   545
내가 그를 돌봐드리고 손님 대접에 부족함이 없도록 하겠네."
　　　페이라이오스는 이렇게 말한 후 배에 올라
동료들에게 배꼬리에 묶인 밧줄을 풀라고 지시했다.
그러자 그들은 재빨리 배에 올라 노 젓는 자리에 앉았다.
　　　텔레마코스는 발에 아름다운 신발을 묶고,   550
날카로운 청동 날이 박힌 튼튼한 창을 집어 들었다.
그러자 그들은 배꼬리에 묶인 밧줄을 푼 다음,
신 같은 오디세우스의 사랑하는 아들 텔레마코스가 지시한 대로
배를 바다로 내려서 도시로 항해했다.
텔레마코스는 빠른 걸음으로 걸어 농장에 도착했다.   555
그곳에는 그의 돼지들이 헤아릴 수 없이 많았고, 주인에게 우호적인
선량한 돼지치기가 돼지들 사이에서 자고 있었다.

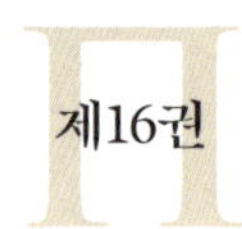# 제16권 오디세우스와 텔레마코스의 만남

한편 막사에서는 날이 밝자 오디세우스와

고귀한 돼지치기가 불을 피워 아침 식사를 준비했고,

목자들은 돼지 떼를 모아 밖으로 나갔다.

이때 텔레마코스가 다가오자 늘 짖던 개들이 짖지 않고

꼬리를 쳤다. 고귀한 오디세우스가 개들이 꼬리치는 것을   5

알았을 때, 발자국 소리가 그의 귀에 들렸다.

오디세우스는 즉시 에우마이오스에게 날개 달린 말로 알렸다.

"에우마이오스여, 개들이 짖지 않고 꼬리를 치고

발자국 소리도 들리는 것을 보니 그대의 동료나 아는 사람이

오고 있는 게 틀림없소."   10

그 말을 마치기도 전에 오디세우스의 사랑하는 아들이

문 앞에 서 있었다. 돼지치기가 깜짝 놀라 벌떡 일어서더니

화염 같은 포도주를 한창 희석시키고 있던 그릇을

손에서 떨어뜨리고는 주인에게 다가가

그의 머리와 아름다운 두 눈과 두 손에   15

입 맞추며 굵은 눈물을 뚝뚝 흘렸다.

먼 나라에 갔다가 십 년 만에 돌아온 사랑하는 아들,

아버지의 속을 많이 썩였던 소중한 외아들을 본

아버지가 반가워 어쩔 줄 몰라 하는 것처럼
바로 그렇게 고귀한 돼지치기는 신 같은 텔레마코스가   20
마치 죽음의 문턱에서 돌아온 듯 그를 얼싸안고
입 맞추며 흐느끼다가, 마침내 날개 달린 말을 건넸다.
"감미로운 빛 텔레마코스여, 돌아오셨군요. 배를 타고
필로스로 떠나시고 나서 다시는 뵙지 못할 거라고 생각했지요.
자, 안으로 들어오세요, 도련님. 타지에서 돌아온 도련님을   25
안으로 모시고 바라보며 제 마음을 기쁘게 해주고 싶습니다.
도련님은 모든 것을 파괴하는 구혼자들의 무리를 보는 게
마음에 즐거우셨는지 시골의 목자들은 자주 보러 오지 않고
사람이 많은 도시에 머무셨지요."
   현명한 텔레마코스가 그에게 대답했다.   30
"그러지요, 아저씨. 내가 여기에 온 것은 아저씨 때문이에요.
아저씨를 내 눈으로 직접 보고, 내 어머니께서 아직 궁 안에 계시는지,
아니면 어떤 다른 사람이 내 어머니와 결혼해
오디세우스의 침상이 누워 자는 이 없이
사악한 거미줄만 쳐져 있는지 얘기를 들어보려고요."   35
   일꾼의 우두머리인 돼지치기가 대답했다.
"그분은 마음으로 잘 견디는 가운데 궁에
머물러 계시기는 하지만, 밤낮으로 눈물을 쏟으며
늘 비참하게 지내십니다."
   돼지치기는 이렇게 말하며 텔레마코스에게서 청동 창을   40
받아들었고, 텔레마코스는 돌 문턱을 넘어 안으로 들어왔다.
그가 다가오자 아버지 오디세우스는 그에게 자리를 양보했다.
하지만 텔레마코스는 만류하며 오디세우스에게 말했다.
"나그네여, 앉아 계시오. 농장 다른 곳에 앉을 자리를 마련하면 되고,
자리를 마련해줄 이도 옆에 있으니까요."   45

〈에우마이오스의 집에서 오디세우스와 텔레마코스〉(프리드리히 프렐러, 1864년)

　　텔레마코스가 이렇게 말하자 오디세우스는 자리로 돌아가 앉았다.

돼지치기는 푸른 기운이 채 가시지 않은 잡목을 밑에 쏟아붓고,

그 위에 털이 달린 양모피를 깔았다. 그러자 오디세우스의

사랑하는 아들이 그곳에 앉았다. 돼지치기는 어제 먹고 남은

고기구이가 담긴 도마들을 그들 앞에 내어놓고,　　　　　　　　　50

서둘러 빵을 대바구니에 쌓은 다음, 담쟁이덩굴로 테두리를

장식한 나무 술잔에 꿀처럼 달콤한 포도주를 희석시켰다.

그런 후 돼지치기는 신 같은 오디세우스의 맞은편에 앉았다.

그들은 자기 앞에 차려진 음식에 손을 내밀었다.

이윽고 먹고 마시는 욕구에서 벗어나자　　　　　　　　　　55

텔레마코스가 고귀한 돼지치기에게 말했다.

"아저씨, 이 나그네는 어디에 있다가 이곳에 왔나요? 어떻게

선원들이 이분을 이타케로 데려다주었고, 이분은 자신이

누구라고 자랑하던가요? 걸어서 여기 온 건 아닐 테지요."

　　　돼지치기 에우마이오스여, 그대는 이렇게 대답했다.　　60

"그렇다면 도련님, 모든 것을 사실대로 말씀드리지요.

그는 자기가 크레테 출신임을 자랑스레 여기고,

인간들의 많은 도시를 떠돌아다녔다고 말했답니다. 어느 신께서

자기에게 운명의 실을 그렇게 자아주었기 때문이라네요.

그는 지금 테스프로티아인의 배에서 도망쳐　　　　　　　65

제 농장으로 왔는데, 도련님께 처분을 맡기겠으니

원하시는 대로 하세요. 그는 도련님에게 탄원하러 왔다고 합니다."

　　　현명한 텔레마코스가 돼지치기에게 대답했다.

"에우마이오스, 그런 말을 들으니 내 마음이 너무 아픕니다.

나는 어리고 아직 자기 손을 믿지 못해　　　　　　　　　70

누군가가 먼저 행패를 부려도 제지하지도 못하는데,

그런 내가 어떻게 이 나그네를 집으로 들여 환대할 수 있겠어요?

어머니께서도 남편의 침상과 백성의 평판을 존중해

궁에서 나와 함께 머물며 집을 돌봐야 하는지,

아니면 궁에 들어와 구혼하는 아카이오스인 중 누구든   75

가장 훌륭하고 구혼 선물을 가장 많이 주는 남자를 따라가야

하는지를 놓고, 마음속에서 생각이 둘로 나뉘어 고민하고 계세요.

하지만 이 나그네가 아저씨 집으로 왔으니

나는 그에게 겉옷과 웃옷 같은 좋은 옷을 입히고,

양날의 칼도 주고, 발에 신을 신발도 내주고,   80

그의 마음이 가리키는 곳으로 그를 호송도 해드릴게요.

아니면 그를 농장에 두고 보살펴주세요. 아저씨가 원하신다면요.

내가 옷과 온갖 음식을 이곳으로 보내서

아저씨와 동료 분들이 이 나그네 때문에 힘들지 않도록 하지요.

하지만 나그네가 구혼자들이 있는 곳으로 가는 건 반대합니다.   85

그들은 지독하게 사악하고 오만하여 나그네를

조롱할 것이고, 그러면 나도 무척 괴로울 테니까요.

그들은 월등히 강해서 아무리 강력한 사람이라 하더라도

그 많은 자 가운데서 잘 지내기는 어려울 겁니다.”

　　　강인하고 고귀한 오디세우스가 텔레마코스에게 말했다.   90

“이보시오, 내게도 분명 발언할 권리가 있으니 한마디 하리다.

구혼자들이 그대의 뜻을 정면으로 거역하고

그대의 궁에서 오만방자한 짓거리를 저지른다는 말을

그대에게서 들으니 내 마음이 정말 찢어지는 듯하군요.

내게 말해보시오. 그대는 자발적으로 굴복하는 것이오,   95

아니면 이 나라 백성이 어느 신의 음성에 복종해

그대를 미워하는 것이오, 아니면 큰 싸움이 일어날 때조차

믿고 의지해야 할 형제들을 그대가 못마땅해하고 비난하다가

이런 일이 벌어진 것이오? 내가 기개 있는 만큼이나 젊다면

얼마나 좋겠소. 아니면 흠잡을 데 없이 훌륭한   100
오디세우스에게서 태어난 아들이거나 오디세우스 자신이라면
얼마나 좋겠소. 그러면 나는 라에르테스의 아들 오디세우스의
궁으로 달려가 그자들 모두에게 재앙을 안겨주겠소.
그렇게 하지 못한다면 생판 모르는 사람이 내 목을 베어도
나는 할 말이 없소. 설령 다수인 그들의 손에 혈혈단신인   105
내가 죽임을 당한다 해도, 그들이 나그네를 학대하고,
아름다운 궁에서 하녀들을 볼썽사납게 질질 끌고 다니며,
포도주를 끊임없이 퍼 나르고, 유익한 일을 하는 것도 아니면서
쓸데없이 무한정으로 음식을 먹어치우는 것 같은
흉악한 짓을 계속해서 지켜보느니   110
나는 차라리 궁에서 그들에게 죽임을 당하고 싶소.”
　　　현명한 텔레마코스가 그에게 대답했다.
“그렇다면 나그네여, 내가 아주 솔직하게 말씀드리지요.
모든 백성이 나를 미워하고 분노하는 것도 아니고,
큰 싸움이 일어날 때조차 그 싸움에서 믿고 의지해야 할 형제들을   115
내가 못마땅해하고 비난해서 이런 일이 벌어진 것도 아닙니다.
크로노스의 아드님께서 우리 가문의 혈통이 오직 독자를 통해
이어지게 하셨기 때문입니다. 아르키시오스께서는 독자 라에르테스를
낳으셨고, 라에르테스께서도 독자 오디세우스를 낳으셨지요.
오디세우스께서는 궁에서 독자인 어린 나를 낳으신 후   120
재롱도 보지 못하고 떠나셨습니다. 그리고 지금 내 집에는
수없이 많은 적이 와 있지요. 둘리키온, 사메, 울창한 숲의
자킨토스 같은 섬들을 다스리는 자와 바위투성이 험한 이타케를
다스리는 자들이 내 어머니에게 구혼하며, 내 집의 가산을 탕진하고
있다는 말입니다. 그러나 어머니께서는 이 끔찍한 구혼을   125
거절하지도, 또한 받아들여 마무리 짓지도 못하고 계십니다.

그래서 그자들은 내 집 가산을 먹어치우며 탕진하고 있고,

얼마 안 있으면 나조차 갈기갈기 찢어놓겠지요.

그러나 이 일이 어떻게 되는지는 신들의 무릎 위에 놓여 있습니다.

아저씨, 어서 빨리 사려 깊은 페넬로페이아께로 가서   130

내가 필로스에서 무사히 돌아왔다고 전해주세요. 나는 이곳에

있을 테니 아저씨는 어머니께 소식을 전한 후 이곳으로 돌아오세요.

하지만 다른 아카이오스인은 아무도 알아차리지 못하게 하세요.

내게 재앙을 안겨주려고 도모하는 자가 많으니까요.”

      돼지치기 에우마이오스여, 그대는 이렇게 대답했다.   135

“무슨 말씀인지 알겠습니다. 저도 생각이라는 게 있으니까요.

하지만 이 점에 대해서도 제게 솔직히 말씀해주세요.

가는 길에 불운한 라에르테스께도 가서 소식을 전할까요?

어르신은 그동안 아드님인 오디세우스 때문에 크게

상심한 중에도 계속 일을 감독해오셨고,   140

가슴속 마음이 내킬 때는 집에서 하인들과 함께 먹고 마셨는데,

도련님이 배를 타고 필로스로 떠나신 후로는 식음을

전폐하다시피 하면서 일을 감독하는 것도 그만두셨다고 합니다.

계속해서 슬퍼하고 눈물을 흘리며 탄식하느라

쇠할 대로 쇠해져 피골이 상접하시다네요.”   145

      현명한 텔레마코스가 그에게 대답했다.

“참 괴로운 일이에요. 하지만 아무리 괴로워도 지금은

그냥 내버려둘 수밖에 없어요. 사람들이 모든 일을 자기 뜻대로

선택할 수 있다면, 우리는 가장 먼저 아버지의 귀향 날을

선택했을 테지요. 그러니 어머니께만 소식을 전하고   150

곧바로 돌아오고, 그분을 찾아 경작지를 돌아다니지는 마세요.

대신 어머니께 말씀드려 어머니의 시중을 드는 시녀를

되도록 빨리 어르신께 은밀히 보내 소식을 전하게 하세요.”

텔레마코스는 이렇게 돼지치기를 재촉했다.

그러자 돼지치기는 손으로 신발을 집어 들어   155

발아래에 묶은 후 시내로 갔다. 돼지치기 에우마이오스가

농장을 떠난 것을 보고는 아테나가 키 크고 아름다우며

수공예에 뛰어난 여자의 모습을 하고 다가왔다.

여신은 막사 입구 맞은편에 서서 오디세우스에게 자신을 드러냈다.

텔레마코스는 자기 앞에 있는 그녀를 보지 못했고   160

알아차리지도 못했다. 신들은 모든 사람이 볼 수 있게 나타나지는

않은 까닭이다. 그러나 오디세우스는 그녀를 알아보았고,

개들이 짖기는커녕 겁에 질려 끙끙거리며

농장 반대쪽으로 달아나는 것도 보았다. 그녀가 눈짓을 하자

고귀한 오디세우스는 알아차리고 막사에서 나와 안마당의   165

큰 담 쪽으로 갔다. 오디세우스가 앞에 서자 아테나는 그에게 말했다.

"제우스의 자손 라에르테스의 아들, 계책 많은 오디세우스여,

이제는 네 아들에게 숨기지 말고 말해라. 너희 두 사람은

구혼자들에게 어떻게 죽음과 죽음의 운명을 안겨줄지 함께 계획하여

명성 자자한 도시로 가라. 나 또한 싸우기를 열망하니   170

너희에게서 멀리 떨어져 있지 않겠다."

아테나는 황금 지팡이로 그를 툭 쳐서

먼저 가슴 주위에 깨끗한 겉옷과 웃옷을

입혀준 후, 체격을 더욱 건장하고

더 젊어지게 해주었다. 그의 피부는   175

다시 거무스름해졌고, 두 뺨은 팽팽해졌으며,

턱 주위에는 수염이 시커멓게 났다.

아테나 여신은 그렇게 한 후 돌아갔고, 오디세우스는 막사로 들어갔다.

그러자 그의 사랑하는 아들이 깜짝 놀라 겁을 먹고

두 눈을 다른 쪽으로 돌린 채 그에게 날개 달린 말을 건넸다.   180

"나그네여, 당신은 젊어져 조금 전과는 다른 사람처럼 보입니다.
입은 옷도 다르고 피부도 같지 않군요. 당신은 드넓은 하늘에 계시는
어느 신인 것이 분명합니다. 마음이 흡족하도록 제물을
아낌없이 바치고, 황금으로 만든 것도 예물로 드릴 테니
자비를 베풀어 우리를 살려주십시오."   185
　　　강인하고 고귀한 오디세우스가 그에게 대답했다.
"나는 신이 아니다. 왜 나를 불멸의 신이라고 생각하느냐?
너는 아버지 때문에 신음하고 울며 많은 고통을 당했고
남자들에게 행패를 겪었는데, 내가 바로 네 아버지다."
　　　오디세우스가 이렇게 말하고 아들에게 입 맞추자   190
지금까지 참아왔던 눈물이 두 뺨에서 바닥으로 떨어졌다.
하지만 텔레마코스는 그가 아버지라는 사실이
도무지 믿기지 않아 또다시 이렇게 말했다.
"당신은 내 아버지 오디세우스가 아닙니다.
내가 한층 더 비통해하고 신음하도록 나를   195
우롱하시는군요. 필멸의 인간은 마음먹는다고 해서
이런 일을 해낼 수 없지만, 신께서는 원하기만 하면 쉽게
젊은이도 되고 노인도 될 수 있지요. 당신은 조금 전만
해도 노인이었고 초라한 옷을 입고 있었는데
지금은 드넓은 하늘에 계시는 신들 같습니다."   200
　　　계책 많은 오디세우스가 그에게 대답했다.
"텔레마코스야, 사랑하는 아버지가 여기에 있는데
네가 지나치게 놀라거나 수상히 여기는 것은 옳지 않다.
수없이 떠돌아다니며 온갖 고초를 겪다가 스무 해 만에
조상들의 땅으로 돌아온 내가 바로 오디세우스고,   205
앞으로 다른 오디세우스는 이곳에 올 일이 없단다.
네가 본 것은 전리품을 가져다주는 자 아테나께서 하신 일이다.

〈오디세우스를 알아보는 텔레마코스〉(요한 아우구스트 날, 18세기)

아테나 여신은 원하는 대로 하실 수 있는

능력이 있어 사람을 어떤 때는 거지의 모습으로, 어떤 때는

아름다운 옷을 걸친 젊은이의 모습으로 만들 수 있지.   210

드넓은 하늘에 계시는 신들께서 필멸의 인간에게

영광을 안겨주시거나 재앙을 내리시기란 쉬운 일이란다."

　　오디세우스가 이렇게 말하고 자리에 앉자

텔레마코스는 훌륭한 아버지를 끌어안고 눈물을 쏟았다.

두 사람은 참아왔던 슬픔이 북받쳐 올랐다.   215

두 사람은 새들보다, 아직 날 수 없는 새끼들을

농부에게 빼앗긴 바다독수리나 굽은 발톱의 독수리보다

더 큰 소리로 통곡하며 울었다. 그렇게 서럽게 울자

눈썹 아래로 눈물이 뚝뚝 떨어졌다.

이렇게 그들은 햇빛이 가라앉을 때까지 울었겠지만,   220

텔레마코스가 갑자기 아버지에게 이렇게 말했다.

"사랑하는 아버지, 선원들이 어떤 배로 아버지를 이곳 이타케까지

데려다주었나요? 그들은 자신들이 누구라고 자랑하던가요?

걸어서 이곳에 오지는 않으셨을 테니까요."

　　강인하고 고귀한 오디세우스가 그에게 대답했다.   225

"그렇다면 아들아, 네게 사실을 말해주마.

선원으로 유명한 파이악스인이 나를 데려다주었다.

그들은 내가 아니더라도 자신을 찾아온 누구든지

호송해준단다. 그들은 잠든 나를 빠른 배에 태워

바다 위로 데려와 이타케에 내려놓았다.   230

청동과 황금, 손으로 짠 옷 같은 훌륭한 선물도 많이

주었는데, 나는 그것을 신들의 뜻에 따라 동굴 안에

놓아두었다. 나는 너와 함께 적을 도륙할 계획을

세우라는 아테나의 조언을 받고 이곳에 왔다.

그러니 자, 구혼자의 수가 얼마나 되고,   235

그들이 어떤 자들인지 자세히 말해보아라.

그러면 다른 사람 없이 우리 둘만으로 맞설 수 있을지,

아니면 다른 사람의 도움을 구해야 할지

흠잡을 데 없이 훌륭한 내 마음속으로 숙고해 결정하련다.”

　　　현명한 텔레마코스가 그에게 대답했다.   240

“아버지, 아버지가 두 손으로는 용사이고, 회의에서는

지혜로우시다는 큰 명성을 늘 들어왔어요.

하지만 지금 하시는 말씀을 들으니 너무 엄청나 어리벙벙합니다.

우리 둘이서 그 많은 강자들과 싸우는 것은 무리입니다. 솔직히

구혼자들은 열 명 스무 명이 아니라 훨씬 더 많습니다.   245

그들이 얼마나 되는지 지금 말씀드릴게요. 둘리키온에서 선발되어

온 장정들은 쉰두 명이고, 일꾼들로 따라온 자들이 여섯 명이에요.

사메에서 와 있는 남자들은 스물네 명이고, 자킨토스에서 온

아카이오스인 장정들은 스무 명이고,

여기 이타케 출신의 귀족들은 모두 열두 명인데,   250

전령 메돈과 신 같은 음유시인과 고기를 썰어 나누어 주는

일에 능숙한 시종 둘이 그들과 함께 있어요.

우리 두 사람이 궁 안에서 그들 모두와 맞서 싸운다면,

도리어 우리가 비참하고 끔찍한 폭력을 당하게 될 겁니다.

아버지는 와서 그들을 응징하려고 하셨지만요.   255

그러니 조력자를 구할 수 있을지 고민하고, 누가

우리를 기꺼이 도울 수 있을지 잘 생각해보세요.”

　　　강인하고 고귀한 오디세우스가 그에게 대답했다.

“그렇다면 내가 하는 말을 너도 집중해서 잘 들어보아라.

아테나와 아버지 제우스께서 우리와 함께하는 조력자시면   260

되겠는지, 아니면 다른 조력자를 구해야 할지 잘 생각해보란 말이다.”

현명한 텔레마코스가 대답했다.

"말씀하신 두 분은 훌륭한 조력자시지요.

그분들은 구름 위 높은 곳에 앉아 다른 인간은

말할 것도 없고 불멸의 신들조차 다스리시니까요."   265

강인하고 고귀한 오디세우스가 그에게 말했다.

"내 궁에서 구혼자들과 우리가 아레스의 힘이 어느 쪽에

있는지 놓고 겨루면, 두 분은 얼마 지나지 않아

치열한 전투의 함성에 개입하실 것이다.

그러니 너는 이제 날이 밝으면 집으로 돌아가   270

모습을 드러내고 오만방자한 구혼자들과 어울려라.

얼마 후 돼지치기가 나를 시내로 데려다줄 텐데,

나는 불쌍한 거지 노인 차림을 하고 있겠다.

궁에서 구혼자들이 나를 모욕하더라도

너는 네 가슴속 마음을 억눌러 참고 견뎌야 한다.   275

심지어 그들이 궁 안에서 내 발을 잡고 끌어다가 문밖에 내던지거나

내게 물건을 던지는 걸 보더라도 너는 꾹 참아야 한다.

대신 어리석고 분별없는 짓을 그만두라고 말해라. 단, 부드럽게

권유하듯이 말해야 한다. 물론 그들은 네 말을 듣지 않을 것이다.

신들께서 정해주신 운명의 날이 그들 옆에 서 있기 때문이다.   280

그러니 지금부터 내가 하는 말을 명심해라.

많은 계책을 지닌 아테나께서 내 마음에 알려주실 때,

나는 네게 머리를 끄덕여 신호를 보낼 것이다.

그러면 너는 그 신호를 알아차려 대청에 있는 아레스의 무구들을

모두 지붕 높은 궁의 가장 안쪽으로 옮겨놓아라.   285

구혼자들이 무구가 없어진 것을 알고 네게 묻거든

너는 부드러운 말로 이렇게 그들을 속여라.

'전에 오디세우스께서 트로이아로 가시면서 남겨둔 무구들이

그때는 멀쩡했는데, 그동안 불의 입김에 자주 닿아 완전히 망가져

연기가 닿지 않는 곳에 옮겨두었소.   290

게다가 크로노스의 아드님께서 내 마음속에 더 큰 문제도 알려주셨소.

그대들이 술에 취한 채 싸우다가 서로를 다치게 하여

연회와 구혼을 욕되게 해서는 안 된다는 것이오.

무쇠는 그 자체가 사람을 끌어당기기 때문이오.'

하지만 너는 우리 두 사람을 위해 칼 두 자루와   295

창 두 자루와 손에 쥘 수 있는 소가죽 방패 둘을 남겨두어라.

그러면 우리가 달려가 그 무구들을 집어 들 것이고,

그런 다음 팔라스 아테나와 지략가 제우스께서

그들을 속여 얼을 빼놓으실 것이다.

한 가지 더 말해둘 것이 있으니 명심해라.   300

네가 진정으로 내 아들이고 우리 핏줄이라면

오디세우스가 이곳에 와 있음을 누구도 알게 해서는 안 된다.

라에르테스도, 돼지치기도, 하인들 중 누구도,

그리고 페넬로페이아조차 알아서는 안 된다. 그러니 오직 너와 내가

여자들의 의도를 알아내야 한다. 또한 하인들 중에서   305

누가 우리를 마음으로 존중하며 두려워하고, 누가 너를 무시하고

멸시하는지도 시험해보아야 한다."

　　　　오디세우스의 영광스러운 아들이 그에게 대답했다.

"아버지, 제가 어떤 생각을 지닌 사람인지는 나중에

아시게 되겠지만, 저도 경솔하거나 분별없지는 않습니다.   310

하지만 방금 말씀하신 일은 우리에게

불리할 수도 있으니 다시 생각해보시는 것이 좋겠습니다.

경작지로 직접 찾아가 하인들을 일일이 시험해보려면

시간이 많이 걸릴 텐데, 그러는 동안 구혼자들이 궁에서

재산을 아끼지 않고 마음껏 먹어치우지 않을까요?   315

여자들에 대해서는 누가 아버지를 존중하지 않고
누가 결백한지 알아보실 것을 권합니다. 하지만 우리 둘이
농장에 있는 사람들을 시험해보는 것은 제가 원치 않습니다.
아이기스 방패를 지닌 제우스께서 주시는 전조를 안다면
그런 일은 나중에 해도 되니까요."   320
          두 사람이 서로 이런 말을 주고받는 동안
필로스에서 텔레마코스와 그의 모든 동료를 태우고 온
튼튼하게 만든 배는 이타케로 접어들고 있었다.
그들은 수심이 아주 깊은 포구 안으로 들어가
검은 배를 뭍으로 올렸다.   325
기개 넘치는 시종들은 무구를 배 밖으로 가지고 나왔고,
더없이 아름다운 선물들을 클리티오스[1]의 집으로 날랐다.
또한 그들은 오디세우스의 궁으로 전령을 보내
텔레마코스가 시골에 와 있고, 그의 지시에 따라
배는 더 항해하여 시내의 포구로 들어왔다는 소식을   330
사려 깊은 페넬로페이아에게 전했다. 마음 약한 왕비가
아들이 어떻게 되었을지 몹시 걱정하며 눈물을 펑펑 쏟지 않게
하기 위해서였다. 이렇게 해서 전령과 고귀한 돼지치기
두 사람이 왕비에게 소식을 전하러 가다가 서로 마주쳤다.
두 사람이 신 같은 왕의 궁에 도착하자   335
전령은 하녀들 한가운데서 이렇게 말했다.
"왕비님, 사랑하는 아드님께서 이미 돌아오셨습니다."
그러나 돼지치기는 페넬로페이아에게 다가가

---

1 "클리티오스"는 텔레마코스가 필로스와 스파르테로 여행할 때 함께 간 동료 페이라이오스
   의 아버지다. 텔레마코스가 필로스에서 우연히 만나 데려온 멜람푸스 가문의 예언자 테오
   클리메노스를 페이라이오스와 함께 가게 하고, 선물들을 그의 집으로 나른 것을 보면, 그
   는 텔레마코스가 신뢰한 동료였던 것으로 보인다.

사랑하는 아들이 그녀에게 말하라고 지시한 모든 것을 전했다.
돼지치기는 지시받은 모든 것을 전한 후   340
담장과 궁을 떠나 돼지들이 있는 곳으로 돌아왔다.

　　　한편 이 소식을 전해들은 구혼자들은 언짢아하고 실망한 채
대청에서 밖으로 나가 큰 담장으로 둘러싸인 안마당
대문 앞에 앉았다. 그들 가운데서 폴리보스의 아들
에우리마코스가 먼저 발언했다.   345
"친구들이여, 우리는 텔레마코스가 말할 수 없이 큰일이었던
이번 여정을 해내지 못할 줄 알았는데, 결국 해내고 말았소.
그러니 자, 가장 좋은 검은 배 한 척을
바다로 끌어 내리고, 노 젓는 선원들을 모아
그들에게 빨리 돌아오라고 어서 알립시다."   350

　　　에우리마코스의 말이 끝나기도 전에 암피노모스가 자신이 앉은
자리에서 몸을 돌려 보니, 수심이 아주 깊은 포구에 배가 들어와 있고,
사람들이 돛을 내려 정리하는 한편 손에는 노를 들고 있었다.
암피노모스는 기뻐서 큰 소리로 웃으며 동료들에게 말했다.
"그들이 이미 이곳에 와 있으니 서둘러 소식을 알리지 않아도   355
될 것 같소. 어느 신께서 그들에게 말해주었거나, 텔레마코스의 배가
지나가는 것을 보았지만 따라잡지 못했던 것 같소."

　　　암피노모스가 말하자 그들은 자리에서 일어나 바닷가로 갔다.
선원들은 신속하게 검은 배를 뭍으로 올렸고,
기개 넘치는 시종들은 무구를 밖으로 가지고 나왔다.   360
구혼자들은 무리 지어 회의장으로 갔고, 그들 외에 다른 사람은
젊은이든 노인이든 그들과 함께 앉아 있지 못하게 했다.
그들 가운데서 에우페이테스의 아들 안티노오스가 말했다.
"분하오. 신들께서 그자를 재앙에서 구해주셨소.
우리는 매복해 있다 텔레마코스를 붙잡아 죽이려고   365

낮에는 망보는 자들이 바람 많은 산 정상에
하루 종일 앉아 있었고, 쉬지 않고 교대로 망을 보았소.
그러다가 해가 지면 뭍에서 자지 않고
빠른 배를 타고 바다에서 밤을 보내며 고귀한 새벽의 여신
에오스를 기다렸소. 그런데 우리가 그렇게 하고 있는 동안   370
어느 신께서 그를 집으로 데려다주고 말았소.
그러니 우리는 이곳에서 텔레마코스가 도망치지 못하도록
막고, 그에게 철저한 파멸을 안길 방도를 마련해야 하오.
그자가 살아 있는 한 우리는 마음먹은 일을 이룰 수 없소.
텔레마코스 자신도 계책과 지혜가 뛰어난 데다   375
백성도 이제 더는 우리에게 전폭적인 지지를 보내지
않으니 말이오. 그러니 그자가 아카이오스인을
회의장으로 소집하기 전에 그를 해치워야 합니다.
격분한 그가 이 일을 그냥 넘기지 않고,
모든 아카이오스인이 모인 자리에서 일어나   380
우리가 그의 벼랑 끝 죽음을 획책했지만 목적을 이루지
못했다고 말하지 않겠소? 우리의 악행을 들은 아카이오스인은
가만있지 않고 해악을 가하며 우리를 이 땅에서 추방할 텐데,
그러면 우리는 다른 나라로 가야 합니다.
그러니 도시에서 멀리 떨어진 시골이나 길에서 그를 죽입시다.   385
가산은 우리끼리 공평하게 나누어 가지고,
집은 그자의 어머니와 그녀와 결혼하는 자에게 줍시다.
하지만 내 말이 마음에 들지 않고, 여러분이 바라는 바가
그가 살아서 자기 아버지의 재산을 모두 차지하는 것이라면,
우리는 이곳에 모여 마음을 기쁘게 해주는 그의 재산을   390
먹어치울 게 아니라 각자의 궁에서 선물을 준비해 그녀에게
구혼해야 하오. 그녀가 자기에게 구혼 선물을 가장 많이 주고

운명으로 정해진 사람에게 가도록 해야지요."

　　안티노오스가 이렇게 말하자 다들 묵묵히 있었다.
이때 아레토스의 아들인 니소스왕의 영광스러운 아들　　　　　　　　395
암피노모스가 그들 가운데서 발언했다. 그는 곡물이 많이 나고
초지가 많은 둘리키온에서 구혼자들을 이끌고 온 자였는데,
마음이 선량해 그가 하는 말은 늘 페넬로페이아를 가장 기쁘게 했다.
그가 그들 가운데서 좋은 의도로 이렇게 발언했다.
"친구들이여, 나는 텔레마코스를 죽이지 않았으면 좋겠소.　　　　　400
왕가의 혈통을 죽인다니 끔찍한 일이오.
그러니 먼저 신들의 뜻을 물어봅시다. 위대한 제우스의 신탁이
그리하라고 한다면 내가 직접 그를 죽일 것이고, 다른 모든 사람에게도
그렇게 지시하겠소. 하지만 신들께서 그리하지 말라고 하시면
나는 이 일을 중단하라고 지시하겠소."　　　　　　　　　　　405

　　암피노모스가 이렇게 말하자 다들 그의 말을 기쁘게 여겼다.
그들은 즉시 일어나 오디세우스의 궁으로 갔고,
궁에 도착하자 매끈하게 다듬어 광낸 의자에 앉았다.

　　한편 사려 깊은 페넬로페이아는 한 가지 생각이 떠올라
제멋대로 행패를 부리는 오만방자한 구혼자들 앞에 나타났다.　　　　410
전령 메돈이 그들의 계획을 알아차리고, 그들이 궁에서
아들을 죽이려 한다는 사실을 그녀에게 알려주었기 때문이다.
그녀는 시녀들과 함께 대청으로 갔다. 여자들 중 고귀한 그녀는
구혼자들에게 이르자 지붕을 튼튼하게 떠받치는
기둥 옆에 섰는데, 두 뺨에는 반짝이는 면사포를 썼다.　　　　　　415
그녀는 안티노오스를 꾸짖으며 이렇게 말했다.
"오만하고 포악한 안티노오스, 재앙을 획책하는 자여,
이타케에서 동년배 중에서도 그대의 계책과 말솜씨가
뛰어나다고들 하지만, 실상은 그렇지 않소.

미치광이여, 무슨 이유로 그대는 텔레마코스에게 죽음과 죽음의 운명을	420
획책하고, 제우스가 증인이신 탄원자들을 돌보지 않는 것이오?

서로에게 재앙을 획책하는 것은 불경한 짓이오.

그대의 아버지가 백성을 두려워해서 이곳으로 도망쳐 온 일을

그대는 알지 못하오? 그때 그대의 아버지는 해적인

타포스인을 추종해 우리 동맹인 테스프로티아인에게	425

비탄을 안겨주었고, 그 때문에 백성은 그대의 아버지에게 격분했소.

그래서 그들은 그대의 아버지를 죽여 심장을 꺼내고

그의 엄청나게 많은 재산을 먹어치우려 했다오.

하지만 오디세우스는 그런 그들을 한사코 말려 그만두게 했소.

그런데도 지금 그대는 아무런 값도 치르지 않고	430

그분의 가산을 먹어치우고, 그분의 아내에게 구혼하며,

그분의 아들을 죽이려고 하여 나를 몹시 상심하게 하는군요.

그러니 그대는 당장 그만두고, 다른 이들에게도 멈추라고 전하시오."

　　　폴리보스의 아들 에우리마코스가 그녀에게 대답했다.

"이카리오스의 따님인 사려 깊은 페넬로페이아여,	435

안심하시오. 그런 일이라면 걱정하지 마시오.

내가 살아서 대지 위에서 두 눈을 뜨고 있는 한

그대의 아들 텔레마코스에게 손대는 사람은 현재에도 있지 않고,

앞으로도 없으며 태어나지도 않을 겁니다.

지금부터 내가 하는 말은 반드시 이루어지리니	440

그런 자는 즉시 우리 창에 맞아 검은 피를 흘리게 될 것이오.

도시를 함락시키는 자 오디세우스는 자주 나를 무릎에

앉힌 채 구운 고기를 손에 쥐어주고 붉은 포도주를 내 입에

대고 먹여주신 분이오. 그러니 내게는 텔레마코스가

누구보다 가장 소중한 사람이지요. 그래서 나는 신들께서	445

안겨주시는 죽음이야 피할 수 없겠지만, 구혼자들에게 죽을까 봐

벌벌 떨지 말라고 텔레마코스에게 말해주고 싶군요."

에우리마코스는 페넬로페이아에게 안심하라고 말했지만,
정작 텔레마코스를 죽일 음모를 꾸미고 있는 이는 그자였다.
페넬로페이아는 빛나는 이층 방으로 올라가   450
사랑하는 남편 오디세우스를 생각하며 울었다.

그러자 빛나는 눈의 아테나가 그녀의 눈꺼풀 위에 달콤한 잠을
던져주었다. 저녁 무렵 고귀한 돼지치기는 오디세우스와 그의 아들에게
돌아왔다. 두 사람은 일 년 된 돼지를 잡아 제를 올린 후
저녁 식사를 준비하고 있었다. 그때 아테나가 다가가   455
라에르테스의 아들 오디세우스를 지팡이로 툭 쳐 다시 노인으로 만들고
그의 몸에 허름한 옷을 입혔다. 돼지치기가 그를 정면으로 바라보고
정체를 알아차린 후 마음에 담아두지 않고,
지혜로운 페넬로페이아에게 가서 알리는 것을 막기 위해서였다.

텔레마코스가 돼지치기에게 먼저 말했다.   460
"고귀한 에우마이오스, 왔군요. 시내에는 어떤 소문이 돌던가요?
오만한 구혼자들이 매복하던 곳에서 이미 돌아와 집에 있나요,
아니면 아직도 내가 집으로 돌아오기를 기다리며 지키고 있나요?"

돼지치기 에우마이오스여, 그대는 이렇게 대답했다.
"시내를 돌아다니며 그런 것을 묻고 알아보는 데는   465
관심이 없었습니다. 제 마음은 어서 소식을 전하고
이곳으로 돌아가라고 제게 명령했지요.
도련님과 함께 돌아온 동료들이 보낸 빠른 전령을 만났는데,
그가 먼저 도련님의 어머니께 소식을 전했습니다.
저는 다른 일도 알고 있습니다. 제 두 눈으로 보았으니까요.   470
도시 위쪽 헤르메스의 언덕이 있는 곳으로 걸어오다가
한 척의 빠른 배가 우리 포구로 들어오는 것을 보았지요.
배 안에는 많은 사람이 있었고, 방패와 양날 창이

가득 실려 있었습니다. 그들이 그 구혼자들일 것이라는

생각이 들었지만 확실하지는 않습니다.”   475

돼지치기가 이렇게 말하자 신성하고 강력한 텔레마코스는 미소를

지으며, 그가 눈치채지 못하게 두 눈으로 아버지를 슬쩍 보았다.

그들은 일을 끝내고 연회를 준비하여 즐기고,

음식을 똑같이 나누어 먹으니 마음에 부족한 것이 없었다.

이윽고 먹고 마시는 욕구에서 벗어나자   480

그들은 잠자리에 들 생각을 했고 잠의 선물을 받았다.

제17권　　구혼자들 앞에 나타난 거지 노인

이른 아침에 태어난, 장밋빛 손가락을 지닌 새벽의 여신
에오스가 모습을 드러내자 신 같은 오디세우스의
사랑하는 아들 텔레마코스는 시내로 가기 위해
발아래 아름다운 신발을 묶고, 손에 맞는 튼튼한 창을
집어 든 후 돼지치기에게 말했다.　　　　　　　　　　　　　5
"아저씨, 나는 어머니를 뵈러 시내로 갑니다.
어머니께서 나를 보기 전에는 상심하며
눈물을 그치지 않으실 것 같아서요.
그러니 아저씨는 이 불운한 나그네를 시내로 데려다주어
그곳에서 구걸할 수 있게 해주세요.　　　　　　　　　　　10
그러면 누군가는 그에게 빵 한 조각과 물 한 잔쯤은
내어줄 겁니다. 나는 마음이 너무 괴로워 모든 사람을
챙길 여력이 없어요. 나는 숨김없이 말하는 것을
좋아하니 이 일로 나그네가 내게 분노를 품는다 해도
자기 자신만 더 괴로울 뿐이에요."　　　　　　　　　　　15
　　　계책 많은 오디세우스가 이렇게 대답했다.
"이보시오, 나도 이곳에 갇혀 있고 싶진 않소.
거지에게는 시골보다 시내에서 먹을 것을 구걸하는 편이 더 낫소.

〈텔레마코스의 귀환〉(에버하르트 폰 베히터, 1804년)

내게 먹을 것을 주고자 하는 사람이 있을 거요.
나는 농장에 머물며 관리인이 시키는 대로 족족 일할   20
나이는 아니오. 어서 가시오. 나는 불로 몸을 덥히고
햇볕이 들어 따뜻해지면 그대가 지시한 이 사람이 데려다줄 테니까.
나는 이렇게 아주 허름한 옷을 입었고,
게다가 시내가 멀리 떨어져 있다고 하니
이른 새벽에 떠나다가 흰 서리를 맞고 죽을까 봐 그러오."   25
        오디세우스가 이렇게 말하자
텔레마코스는 구혼자들에게 재앙을 안겨주기 위해
빠른 걸음으로 농장을 지나 앞으로 나아갔다.
이윽고 살기 좋은 궁에 도착한 그는 높은 기둥에 창을
기대어 세워놓고, 돌 문턱을 넘어 안으로 들어갔다.   30
        텔레마코스를 가장 먼저 본 사람은 유모 에우리클레이아였다.
그녀는 정교하게 만든 의자들 위에 양모피를 놓다가
눈물을 흘리며 곧장 그에게로 왔다.
강인한 오디세우스의 다른 하녀들도 텔레마코스 주위로
모여들어 머리와 어깨에 입 맞추며 그를 반갑게 맞이했다.   35
        사려 깊은 페넬로페이아도 자기 방에서 나오니
그 자태가 아르테미스나 황금의 아프로디테 같았다.
그녀는 사랑하는 아들을 두 팔로 껴안고 눈물을 흘리며
머리와 아름다운 두 눈에 입 맞추더니
울며 날개 달린 말로 청했다.   40
"내 삶의 달콤한 빛 텔레마코스, 네가 왔구나.
네가 내 뜻을 거역하고 사랑하는 아버지 소식을 들으러
나 몰래 배를 타고 필로스로 간 뒤로는 다시는 널 못 볼 줄 알았다.
그러니 자, 네 두 눈으로 본 걸 그대로 내게 자세히 말해다오."
        현명한 텔레마코스가 그녀에게 대답했다.   45

"어머니, 벼랑 끝 죽음에서 가까스로 벗어나 돌아온 제 가슴속

마음을 뒤흔들지 마세요. 제가 감정에 북받쳐 울지 않게 해주세요.

그러니 어머니께서는 목욕을 하시고 깨끗한 옷으로

갈아입으신 후 시녀들과 함께 이층 방으로 올라가,

제가 이 일에 대해 어떻게든 복수할 수 있게 해주신다면   50

온전히 백 마리의 소를 바치는 제를 올리겠다고 제우스께 맹세하세요.

그동안 저는 회의장으로 가서 제가 필로스에서 이곳으로

돌아올 때 저를 따라온 나그네[1]를 궁으로 부를게요.

저는 신 같은 동료들을 먼저 보낼 때 그를 딸려 보내며

페이라이오스에게 그를 집으로 데려가 제가 찾아갈 때까지   55

예를 갖추어 정성껏 환대하라고 부탁해놓았거든요."

　　　페넬로페이아는 텔레마코스의 말을 흘려듣지 않았다.

그녀는 목욕을 하고 깨끗한 옷을 입은 후,

이 일에 대해 어떻게든 복수할 수 있게 해주신다면,

온전히 백 마리의 소를 바치는 제를 올리겠다고 제우스께 맹세했다.   60

　　　한편 텔레마코스는 창을 들고 대청을 지나 밖으로 나갔고,

날쌘 개 두 마리가 그 뒤를 따랐다. 아테나가 그에게

신 같은 우아함을 쏟아붓자 모든 백성이 다가오는 그를

감탄하며 바라보았다. 오만한 구혼자들은 그의 주위로

모여들어 입으로는 좋은 말을 했지만,   65

마음속 깊은 곳에서는 그에게 재앙을 안겨줄 궁리를 했다.

텔레마코스는 구혼자들의 많은 무리를 피해

옛적부터 아버지의 전우들이었던 멘토르와 안티포스와

할리테르세스가 자리한 곳으로 가서 앉았다.

1　여기서 "나그네"는 텔레마코스가 필로스에서 돌아올 때 데려온 멜람푸스 가문의 예언자
　테오클리메노스다.

그들은 텔레마코스에게 이런저런 일을 물었다.   70
이때 창술로 유명한 페이라이오스가 나그네를 데리고
시내를 거쳐 회의장으로 다가왔다. 그러자 텔레마코스는
나그네에게서 멀리 떨어져 있지 않고, 즉시 그에게 다가갔다.
페이라이오스가 텔레마코스에게 먼저 말했다.
"텔레마코스여, 메넬라오스께서 주신 선물을 그대에게   75
보낼 수 있도록 여자들을 내 집으로 어서 보내주게."
        현명한 텔레마코스가 그에게 대답했다.
"페이라이오스여, 우리는 이 일이 앞으로 어떻게 될지 알지 못하네.
만약 오만한 구혼자들이 궁에서 몰래 나를 죽이고,
내 아버지의 모든 재산을 그들끼리 나누어 가진다면,   80
나는 그들 중 한 명이 아니라 그대가 그 선물을 갖고 누리기를 원하네.
하지만 내가 그들에게 죽음과 죽음의 운명을 안겨주게 된다면,
그때 그대가 기쁘게 그 선물을 내 궁으로 실어다준다면 좋겠네."
        텔레마코스는 이렇게 말하고 나서 고생을 많이 한 나그네를
궁으로 데려갔다. 살기 좋은 궁에 도착한 두 사람은   85
겉옷을 벗어 소파와 의자 위에 두고,
각자 매끈하게 다듬어 광낸 욕조에 들어가 목욕을 했다.
하녀들이 두 사람을 목욕시키고 올리브기름을 발라주고
양모로 된 겉옷과 웃옷을 입혀주자
두 사람은 욕조에서 나와 소파에 앉았다.   90
시녀가 아름다운 황금 물주전자를 가져와 은대야 위에서
물을 부어 손을 씻긴 후, 두 사람 앞에 매끈하게 다듬어
광낸 식탁 하나를 펼쳐놓았다. 그러자 주방을 담당한 기품 있는 시녀가
빵을 가져와 두 사람 앞에 두고, 준비된 온갖 음식을
아낌없이 내와 식탁 위에 차려놓았다. 텔레마코스의 어머니   95
페넬로페이아는 두 사람 맞은편에서 대청 기둥에 기대어 놓은

의자에 앉아 끊임없이 물레를 돌려 가느다란 실을 뽑고 있었다.
두 사람은 앞에 차려진 음식에 손을 내밀었다.
이윽고 먹고 마시는 욕구에서 벗어나자
그들 가운데서 사려 깊은 페넬로페이아가 먼저 말했다.   100
"텔레마코스, 나는 이층 방으로 올라가
오디세우스께서 아트레우스의 아들들과 함께 일리오스로
가신 후로 내가 늘 슬퍼하며 눈물로 적시는 침상에 누워야겠다.
그런데 너는 오만한 구혼자들이 다시 궁으로 들이닥치기 전에
네 아버지의 귀향에 대해 들은 소식이 있으면   105
알려줄 만도 한데, 내게 분명하게 말해주지 않는구나."
        현명한 텔레마코스가 그녀에게 대답했다.
"그렇다면 어머니, 제가 숨김없이 말씀드릴게요.
우리는 백성의 목자 네스토르를 찾으러 필로스로 갔어요.
그분은 지붕 높은 집에서 저를 맞이해   110
극진히 환대해주셨어요. 마치 아버지가 여러 해 동안
타지를 떠돌다가 돌아온 아들을 맞이하듯이 그분은
명성 높은 아들들과 함께 저를 극진히 보살펴주셨지요.
하지만 강인한 오디세우스에 대해서는 대지 위에서
살아가는 자들 중 누구에게도 듣지 못해 살아 계신지   115
이미 돌아가셨는지 알지 못한다고 말씀하셨답니다.
그런 후 그분은 저를 튼튼하게 만든 마차에 태워
아트레우스의 아들, 창술로 유명한 메넬라오스께 보내주셨어요.
그곳에서 저는 많은 아르고스인과 트로스인이 신들의
뜻에 따라 고초를 겪게 만든 아르고스의 헬레네를 보았어요.   120
함성 소리 우렁찬 메넬라오스께서는 제게 무슨 일로 신성한
라케다이몬에 왔느냐고 물으셨지요. 제가 모든 것을
숨김없이 말씀드리자 그분은 이렇게 대답하셨어요.

'아, 그런 비겁한 자들이 감히 대담무쌍한 이의 잠자리에

눕기를 바라다니 정말 어이없구나.   125

암사슴이 태어난 지 얼마 되지 않은 젖먹이 새끼들을

힘 센 사자가 사는 수풀 속에 뉘어 재우고

풀 무성한 산기슭과 골짜기로 먹이를 찾으러 나가면,

제 잠자리로 돌아온 사자는 암사슴과 새끼들 모두에게

치욕적인 운명을 안겨주지. 바로 그렇게 오디세우스도   130

장차 그자들에게 치욕적인 운명을 안겨줄 걸세.

아버지 제우스와 아테나와 아폴론이시여,

전에 오디세우스가 잘 지은 레스보스에서 일어나

필로멜레이데스와 레슬링 시합을 벌여 그를 힘차게 내던져

모든 아카이오스인이 환호했을 때처럼   135

이번에도 구혼자들과 맞붙어 그들 모두가

구혼의 쓴맛을 보고 요절하게 하소서.

그러면 자네가 묻고 간청한 일에 대해

나는 곁길로 빠져 엉뚱한 말을 하거나 속이지 않고,

진실만을 말하는 바다 노인이 내게 말해준 것을   140

한 마디도 숨기거나 감추지 않겠네.

바다 노인은 오디세우스가 어느 섬에 있는 요정 칼립소의

궁에 억류되어 몹시 고통을 겪고 있는 걸

보았다고 말했네. 그에게는 노를 갖춘 배도 없고

바다의 드넓은 등 위로 호송해줄 전우들도 없어   145

그가 조상들의 땅으로 돌아가지 못하고 있다고 했네.'

아트레우스의 아들, 창술로 유명한 메넬라오스께서 그리 말씀하셨어요.

이렇게 해서 저는 할 일을 마치고 귀향했고, 불멸의 신들께서는 순풍을

보내어 사랑하는 조상들의 땅으로 신속하게 저를 호송해주셨지요.”

　　　텔레마코스는 페넬로페이아의 가슴속 마음을 흔들어놓았다.   150

그들 가운데서 신 같은 테오클리메노스가 말했다.

"라에르테스의 아들 오디세우스의 존귀한 부인이여,

메넬라오스께서는 확실히 알고 계신 것이 아닙니다.

제가 숨기지 않고 솔직하게 예언할 테니 제 말을 명심하십시오.

이제 먼저 신들 중에서는 제우스 그리고 손님을 맞는 식탁,   155

제가 찾아온 흠잡을 데 없이 훌륭한 오디세우스 궁의 이 화로가

제 증인이 되어주소서. 오디세우스께서는 이미 조상들의 땅에 들어와

구혼자들의 악행을 아시고, 어딘가에 앉아 있거나 돌아다니며

그들에게 재앙을 안겨주기 위해 일을 도모하고 계십니다.

제가 훌륭한 노를 갖춘 배 위에 앉아서 본 새의 전조는   160

그러했고, 그것을 텔레마코스에게 분명히 알려주었습니다."

　　　사려 깊은 페넬로페이아가 그에게 대답했다.

"그대의 말이 이루어진다면 얼마나 좋을까요.

그러면 그대는 즉시 내게서 환대와 많은 선물을 받고,

그대와 마주치는 사람마다 그대더러 복을 받았다고 말할 거예요."   165

　　　그들은 서로 이런 말을 나누었다.

한편 구혼자들은 오디세우스의 궁 앞,

평탄하게 고른 마당에서

여느 때처럼 오만한 마음으로

원반던지기와 창던지기를 하며 즐기고 있었다.   170

하지만 저녁 식사 때가 되어 평소처럼 목자들이 작은 가축들을 몰고

들판의 사방에서 시내로 돌아오자, 전령 중에 구혼자들의

마음에 가장 들어 늘 그들과 함께 식사해온 메돈이 그들에게 말했다.

"젊은이들이여, 다들 경기를 하며 마음이 즐거워졌으니

궁으로 들어가 저녁 식사를 준비합시다.   175

식사는 제시간에 하는 것이 좋으니까요."

　　　메돈이 이렇게 말하자 그들은 순순히 그의 말을 따라

〈어머니 앞으로 테오클리메노스를 데려간 텔레마코스〉(야코프 요르단스, 17세기)

일어서서 궁으로 갔다. 살기 좋은 궁에 도착하자

그들은 겉옷을 벗어 소파와 의자에 두고,

덩치 큰 양들과 살진 염소, 통통하게 살찐 돼지,   180

그리고 소 떼 중 암소 한 마리를 잡아 연회를 차렸다.

한편 오디세우스와 고귀한 돼지치기는 시내로

가기 위해 농장을 나왔다. 그들 가운데서 일꾼들의

우두머리인 돼지치기가 먼저 말했다.

"나그네여, 그대는 내 주인님의 말씀처럼   185

오늘 안에 시내로 몹시 가고 싶어 하는 것 같구려.

그대가 여기 농장에 남아 일하면 좋겠지만,

나는 주인님을 존중하고 나중에 나무라실까 봐 두렵기도 하오.

주인님께 질책을 받는 건 정말 괴로운 일이니까.

그러니 자, 이제 갑시다. 낮도 한참 지났고   190

저녁이 되면 금세 더 쌀쌀해질 거요."

　　계책 많은 오디세우스가 그에게 대답했다.

"나도 생각이 있으니 그대가 무슨 말을 하려는 건지 알겠소.

그러니 갑시다. 끝까지 길잡이를 제대로 해주시오.

그리고 길이 몹시 미끄럽다고 하니 짚을 수 있게   195

잘라놓은 몽둥이가 어디 있으면 내게 하나 주시오."

　　오디세우스는 이렇게 말한 후 여기저기 낡아 찢어진

허름한 가죽 행랑을 어깨에 멨다. 꼬아 만든 끈으로 어깨에 멜 수 있게

　제작한 것이었다.

에우마이오스는 손에 익숙한 몽둥이 하나를 골라 그에게 건넸다.

이렇게 두 사람은 출발했고, 개들과 목자들만 뒤에 남아   200

목장을 지켰다. 돼지치기는 자기 주인을 시내로 안내했는데,

그 주인은 지팡이를 짚고 몸에는 누더기를 걸친

불쌍한 거지 노인의 모습을 하고 있었다.

두 사람은 울퉁불퉁하고 거친 길을 따라 걸어

시내 가까이서 아름답게 흐르는 잘 만든 샘에 이르렀다. 205

시민들이 물을 길어가는 이 샘은

이타코스와 네리토스와 폴릭토르[2]가 만든 것이었다.

샘 주위로는 물 옆에서 자라는

흑양나무가 빙 둘러 숲을 이루었고,

위쪽으로 높이 솟은 바위에서는 차가운 물이 흘러내렸다. 210

샘 가장 위쪽에는 요정들을 위한 제단이 있어 길 가는 사람마다

그곳에서 제를 올렸다. 돌리오스의 아들 멜란테우스가

구혼자들의 연회를 위해 모든 염소 떼 중 가장 좋은 염소들을

몰고 오다 그곳에서 그들과 마주쳤는데, 목자 둘이 그자를

수행하고 있었다. 그자는 돼지치기와 오디세우스를 보자 215

심하고 상스러운 말로 꾸짖으며 오디세우스의 마음을 휘저어놓았다.

"신께서는 늘 유유상종하게 하신다더니 비루한 자가 비루한 자를

데리고 다니는 게 딱 그 꼴이군. 재수 없는 돼지치기여,

자네는 게걸스럽게 먹어치우는 자, 연회의 흥을 깨는

골치 아픈 거지를 데리고 어디로 가고 있는가? 220

수많은 문설주 옆에 서서 어깨를 문지르며

칼이나 가마솥이 아니라 음식 쪼가리를 구걸하는 자가 아닌가.

자네가 이자를 내게 주면 내가 이자를 농장 일꾼으로 삼고

새끼 염소들에게 어린잎을 가져다주는 일을 시키겠네.

---

2 "이타코스", "네리토스", "폴릭토르"의 조부는 펠로폰네소스반도 남부 지방 라코니아의 최
   초 왕인 렐렉스다. 라코니아는 나중에 스파르테, 라케다이몬이라 불린 지역이다. 렐렉스는
   밀레스, 폴리카온, 프테렐라오스 등을 낳았다. 밀레스의 아들 에우로타스가 낳은 딸 스파
   르테는 라케다이몬과 결혼해 스파르테의 시조가 되고, 폴리카온은 아르고스 왕 트리오파
   스의 딸 메세네와 결혼해 메세네(메세니아)를 건설한다. 프테렐라오스가 낳은 이타코스,
   네리토스, 폴릭토르는 이타케섬으로 건너가 각자의 이름을 딴 도시를 건설하고, 섬 사람
   모두가 마실 수 있는 샘을 만들었다. 이 샘에서는 늘 차갑고 깨끗한 물이 흘러나왔다.

그러면 이자는 염소 젖 찌꺼기를 마시고 넓적다리   225
근육을 키울 수 있을 걸세. 하지만 이자는 배운 것이라고는
나쁜 짓밖에 없어 일 근처에는 얼씬하지 않고,
온 나라를 굽신거리고 다니면서 구걸해 주린 배나 채우려 하겠지.
그러니 지금부터 내가 하는 말은 반드시 이루어지리니
이자가 신 같은 오디세우스의 궁에 온다면   230
나리들의 손에서 수많은 발판이 이자의 머리 주위로 날아가
이자는 갈비뼈가 남아나지 않은 채 궁에서 쫓겨날 걸세.”
        멜란테우스는 이렇게 말한 후 지나가며 어리석게도 오디세우스의
엉덩이를 발로 걷어찼지만 길 밖으로 밀치지는 못했다.
오디세우스는 꿈쩍하지 않고 서서 그자를 뒤쫓아 가   235
몽둥이로 목숨을 빼앗아버릴까, 아니면 몸통을 잡고
들어 올려 머리를 땅에 메다꽂을까 고민했다.
하지만 오디세우스는 마음을 억누르며 꾹 참았다. 돼지치기는
그자를 노려보며 꾸짖은 후 두 손을 들고 큰 소리로 기도했다.
“제우스의 따님인 샘의 요정들이시여,   240
전에 오디세우스께서 새끼 양과 새끼 염소의 넓적다리뼈를
비계 조각으로 감싼 후 불에 태워 제를 올리셨다면,
어느 신의 인도하심을 따라 그분을 돌아오게 해달라는 제 소원을
이루어주소서. 그래서 사악한 목자들이 작은 가축들을 망치고
있는데도, 늘 시내를 누비고 다니며 거드름을 피우는 저자의   245
온갖 오만방자한 짓을 그분이 흩어버리게 하소서.”
        염소지기 멜란티오스[3]가 그에게 대답했다.
“정말 어처구니없구나. 음모를 꾸미는 데 뛰어난 저 개 같은 자가
도대체 무슨 말을 하는가. 언젠가는 내가 저자를 훌륭한 노를 갖춘

____

3 “멜란티오스”는 앞에 나온 멜란테우스를 가리킨다. 호메로스는 두 이름을 혼용한다.

검은 배에 태워 이타케에서 멀리 떨어진 곳으로 데려가 팔아야겠다.
그러면 한몫 단단히 챙기겠지. 멀리 떠난 오디세우스가 귀향의 날을   250
맞지 못할 게 뻔하니, 텔레마코스가 오늘 궁에서 은빛 활의 아폴론께서
쏜 화살에 맞아 죽거나 구혼자들 손에 죽는다면 얼마나 좋을까.”

　　　멜란테우스는 이렇게 말한 후 느릿느릿 걷는 두 사람을 뒤로하고
걸음을 재촉해 그들보다 훨씬 빨리 주인의 궁에 도착했다.   255
멜란테우스는 곧장 안으로 들어가 구혼자들 사이에,
그를 가장 아끼는 에우리마코스의 맞은편에 앉았다.
시중드는 자들이 앞에 그의 몫의 고기를 갖다 놓았고,
주방을 담당한 기품 있는 시녀도 그가 먹을 빵을 가져와 앞에 놓았다.
그제야 궁에 도착한 오디세우스와 고귀한 돼지치기는   260
주위에서 들려오는 속 빈 포르밍크스 소리에 멈추어 섰다.
페미오스가 그자들을 위해 노래를 시작한 것이다.
오디세우스는 돼지치기의 손을 잡고 이렇게 말했다.
“에우마이오스여, 정녕 이곳이 오디세우스의 아름다운 궁이로군요.
많은 집 가운데서 쉽게 알아볼 수 있겠소.   265
집채들이 연이어 있고, 안마당 주위로 담장이 정교하게 둘러 있으며,
담장 위는 돌들로 마감했고, 튼튼하게 만든 두 짝 대문이
있으니 아무도 이 궁을 무시하지 못하겠소.
고기 굽는 향긋한 냄새가 풍기고, 신들께서 연회의 동반자로
삼으신 포르밍크스 연주 소리가 안에서 들리는 것을 보니   270
궁 안에서 많은 사람이 연회를 벌이고 있나 보오.”

　　　돼지치기 에우마이오스여, 그대는 이렇게 대답했다.
“그대는 다른 일에서도 전혀 멍청하지 않더니 금세 알아보는군요.
그러니 자, 우리가 어떻게 해야 할지 생각해봅시다.
그대는 먼저 살기 좋은 궁으로 들어가 구혼자들 가운데로 가고   275
나는 이곳에 남아 있든지, 아니면 그대가 남아 있고 싶다면

그렇게 하고 내가 먼저 들어가든지 합시다. 하지만 그대가 밖에 있는

것을 누군가가 알아차린다면 그대는 얻어맞고 쫓겨날 테니 오래 머물

　러 있으면 안 되오.

어느 쪽을 선택할지는 그대가 숙고해보시오.”

　　　강인하고 고귀한 오디세우스가 그에게 대답했다.　　　　　　　280

“나도 생각이 있으니 그대가 무슨 말을 하는지 알겠소.

그러니 그대가 먼저 들어가시오. 나는 이곳에 남겠소.

주먹이나 던진 물건에 맞는 일에는 익숙하니까.

나는 파도와 전쟁터에서 고생을 많이 해봐서 참을성이 많소.

이번 고생은 그저 하나가 추가되는 것일 뿐이오.　　　　　　　　285

하지만 사람들에게 많은 재앙을 안겨주는 이 빌어먹을 식욕은

한번 강력한 열망을 품으면 어떻게 해도 숨길 수가 없구려.

훌륭한 노를 갖춘 배들이 항해 준비를 갖추고 불모의 바다를 지나

적들에게 재앙을 안기러 가는 것도 이 식욕 때문이 아니겠소.”

　　　두 사람은 이런 말을 서로 주고받았다.　　　　　　　　　　290

그때 누워 있던 개 한 마리가 머리를 들고 귀를 세웠다.

강인한 오디세우스의 개 아르고스였다.

그 개는 전에 오디세우스가 길렀지만, 그가 신성한 일리오스로

가는 바람에 제대로 덕을 보지는 못했다. 전에는 젊은이들이

야생 염소와 사슴과 토끼를 몰려고 그 개를 데리고 다녔지만,　　295

주인이 멀리 떠난 후로 버림받아 대문 앞에 잔뜩

쌓인 노새와 소의 배설물 위에 누워 있었다.

오디세우스의 하인들이 드넓은 영지에 거름을 주려고

거기에 배설물을 쌓아둔 까닭이었다.

아르고스라는 개는 진드기가 잔뜩 붙은 몸으로　　　　　　　　300

그곳에 누워 있었다. 그 개는 오디세우스가 가까이 온 것을

알아차리고 꼬리를 치며 두 귀를 내렸지만,

〈오디세우스를 알아본 아르고스〉(테오도르 반 툴덴, 1633년)

힘이 없어 주인에게 더 가까이 다가가지는 못했다.

오디세우스는 에우마이오스가 알아차리지 못하게 하려고

얼른 다른 곳으로 시선을 돌려 눈물을 닦은 후 그에게 말했다.　　　　305

"에우마이오스여, 이런 잘생긴 개가 배설물 위에

누워 있다니 정말 이상한 일이오.

물론 이 개가 잘생겼을 뿐 아니라 날쌔게 잘 달리는지,

아니면 사람들이 과시하기 위해 식탁에서 기르는 개들처럼

잘생기기만 한 건지는 확실히 모르겠지만 말이오."　　　　310

　　　　돼지치기 에우마이오스여, 그대는 이렇게 대답했다.

"사실 이 개의 주인은 먼 타지에서 돌아가셨다오.

지금 이 개의 생김새와 능력이 오디세우스께서 트로이아로

가며 남겨두셨을 때와 같다면, 그대는 금세 이 개의 민첩함과

용맹함에 감탄했을 것이오. 울창한 숲 깊은 곳에서 이 개가　　　　315

한번 추격을 시작하면 거기서 벗어날 수 있는 들짐승은 없었소.

이 개는 들짐승의 흔적을 쫓는 일에도 탁월했소.

그러나 주인이 조상들의 땅이 아닌 타지에서 돌아가시고,

여자들은 돌보거나 길러주지 않으니 지금 이 개에게는 재앙이

닥친 셈이오. 주인이 더 이상 감독하지 않으면　　　　320

하인들은 제대로 일하려 들지 않지요.

사람이 노예가 되는 순간, 멀리 보는 제우스께서 그에게서

인간이 지닌 미덕 중 절반은 없애버리시기 때문이오."

　　　　돼지치기는 이렇게 말한 후 살기 좋은 궁 안으로 들어가

곧장 지체 높은 구혼자들이 있는 대청으로 갔다.　　　　325

그사이 스무 해 만에 오디세우스를 다시 보게 된

그 개에게 얼마 지나지 않아 검은 죽음의 운명이 덮쳤다.

　　　　한편 신 같은 텔레마코스는 궁 안으로 들어오는 돼지치기를

가장 먼저 보고 재빨리 머리를 끄덕여 자기에게로 불렀다.

에우마이오스는 주위를 휙 한번 둘러보더니 가까이에   330
놓여 있는 의자 하나를 집어 들었다. 궁 전체를 차지하고
연회를 벌이는 구혼자들을 위해 많은 고기를 굽고 썰어 나누어 주는
하인이 앉는 의자였다. 에우마이오스는 텔레마코스가 앉아 있는
식탁 맞은편으로 그 의자를 가지고 가서 앉았다. 그러자 전령이
고기를 그의 몫만큼 앞에 갖다 놓고, 대바구니에서 빵을 꺼내놓았다.   335
      얼마 지나지 않아 오디세우스도 뒤이어
궁 안으로 들어갔는데, 그는 지팡이를 짚고
몸에는 누더기를 걸친 불쌍한 거지 노인의 행색이었다.
그는 대문 안쪽 물푸레나무로 만든 문턱에 앉아
삼나무 기둥에 기댔다. 그 기둥은 전에 목수가   340
먹줄을 치고 곧게 다듬어 세운 것이었다.
텔레마코스는 돼지치기를 불러 더없이 아름다운 대바구니에서
빵을 통째로 꺼내고, 두 손으로 움켜쥘 수 있는 만큼
고기를 집어 든 후 이렇게 말했다.
"이것을 저 나그네에게 가져다주면서 모든   345
구혼자에게 다가가 구걸하라고 시키세요. 부끄러워하는 건
구걸하는 자에게 미덕이 아니라고 똑똑히 말하세요."
      텔레마코스가 이렇게 말하자, 그의 말을 들은 돼지치기는
오디세우스에게 다가가 날개 달린 말로 전했다.
"나그네여, 텔레마코스께서 그대에게 이것을 가져다주면서   350
모든 구혼자에게 다가가 구걸하라는 말을 전하라고 하셨소. 또한 부끄
   러워하는 건
구걸하는 자에게 미덕이 아님을 똑똑히 알려주라 하셨소."
      계책 많은 오디세우스는 그에게 대답했다.
"왕이신 제우스여, 텔레마코스께서 사람들 가운데 축복받은 자가 되게
하시고, 그가 간절히 바라는 모든 일이 이루어지게 하소서."   355

오디세우스는 두 손으로 음식을 받아
발 앞에 둔 허름한 행랑 위에 올려놓고,
대청에서 음유시인이 노래하는 동안 먹었다.
그가 식사를 마치고 신 같은 음유시인의 노래도 끝났을 때,
구혼자들이 대청에서 왁자지껄 떠들어대기 시작했다.　　360
이때 아테나가 라에르테스의 아들 오디세우스에게 다가가
구혼자들 사이를 일일이 돌아다니며 빵을 구걸하면서
누가 바른 자이고 누가 무법한 자인지 알아보라고 재촉했다.
그들 중 단 한 사람이라도 재앙에서 구해내려는
뜻으로 지시한 건 아니었다. 오디세우스는 오른쪽부터 돌아가며　　365
구혼자 한 사람 한 사람에게 구걸하기 시작했고, 오래전부터
거지였던 것처럼 사방으로 손을 내밀었다. 그들은 불쌍히 여겨 음식을
주긴 했지만, 이상하게 여기며 그가 어디서 온 누구인지 서로 물었다.
그러자 염소지기 멜란티오스가 그들 가운데서 이렇게 말했다.
"명성 자자한 왕비님의 구혼자들이시여, 이 나그네에 관해서라면　　370
제 얘기를 들어보십시오. 조금 전에도 제가 저자를 보았기 때문입니다.
저자를 이곳으로 데려온 이는 돼지치기입니다. 그가 어떤 혈통을
자랑으로 여기는지는 저도 알지 못합니다."
　　멜란티오스가 이렇게 말하자 안티노오스가 돼지치기를 꾸짖었다.
"악명 높은 돼지치기여, 도대체 왜 자네는 저자를 시내로 데려왔는가?　　375
부랑자나 성가신 거지, 연회 음식을 먹어치우는 자는
여기에 있는 자들만으로도 이미 차고 넘치지 않는가?
이 떼거리가 자네 주인의 살림을 먹어치우는 것만으로는
부족하다고 생각해 자네는 저자까지 이곳으로 불러들였는가?"
　　돼지치기 에우마이오스여, 그대는 이렇게 대답했다.　　380
"안티노오스여, 당신은 용모는 준수하지만 지금 하신
말씀은 훌륭하지 않습니다. 누가 직접 타지에 가서

낯선 사람을 손님으로 불러온다는 말씀입니까?
예언자나 병을 고치는 의사나 목재를 다루는 목수나
노래로 사람을 즐겁게 해주는 신 같은 음유시인처럼   385
많은 이들을 이롭게 하는 일을 하는 사람들이야 끝없는 대지 위
어느 곳에서든 부름을 받지만, 자기 재산을 축내려고 거지를 부르는
사람은 아무도 없습니다. 모든 구혼자 중에서 당신은 오디세우스의
하인들, 그중에서 특히 저를 언제나 가혹하게 대하시는군요.
하지만 저는 사려 깊은 페넬로페이아와 신 같은 텔레마코스께서   390
궁에 살아 계시기만 한다면, 그런 것에 개의치 않습니다."

현명한 텔레마코스가 돼지치기에게 말했다.
"아무 말도 하지 말고, 저자에게 많은 말로 대꾸하지 마세요.
안티노오스는 항상 고약한 말로 우리에게 악의적으로 싸움을 걸어오고,
다른 사람도 그렇게 하도록 부추기는 자니까요."   395

그런 다음 안티노오스에게 날개 달린 말로 응수했다.
"안티노오스여, 아버지가 아들을 걱정하듯 날 끔찍이 걱정하는군요.
나더러 저 나그네를 강압적인 말로 대청에서 쫓아내라고 하니 말이오.
하지만 신께서 그 일을 이루어주지 않으시길! 당신은 그에게 먹을 것을
집어다 주시오. 나는 그가 구걸하는 게 못마땅하지 않을뿐더러 막을 생
  각도 없소.   400
도리어 먹을 것을 주라고 권하고 싶소. 그러니 그 일이라면 내 어머니나
신 같은 오디세우스의 궁에서 일하는 하인들의 눈치를 볼 필요가 없소.
하지만 당신의 가슴속에는 그럴 생각이 없을 것이오.
남에게 주기보다 자기가 먹어치우는 것을 훨씬 좋아하잖소."

안티노오스가 그에게 이렇게 대답했다.   405
"텔레마코스, 허풍쟁이에다 분노를 다스리지 못하는 자여,
그대는 무슨 말을 그렇게 하는가? 모든 구혼자가 나만큼만 베푼다면
저자는 석 달 동안은 이 집에 얼씬거리지도 않을 걸세."

안티노오스는 이렇게 말한 후 식탁 밑의 발판을 들어 보였다.
그가 연회에서 많은 사람과 떠들썩하게 먹고 마실 때   410
윤기 나는 발을 올려놓는 발판이었다. 하지만 다른 사람은 모두
오디세우스에게 음식을 주어 그의 행랑은 빵과 고기로 가득 찼다.
오디세우스는 재빨리 문턱으로 돌아가 아카이오스인이 준 음식을
맛보려다 안티노오스 옆에 서서 그에게 말했다.
"나리, 뭐라도 좀 베푸시지요. 왕처럼 보이는 것이   415
아카이오스인 중 가장 형편없는 자가 아니라 가장 훌륭한 분 같구려.
그러니 다른 사람보다 내게 빵을 더 많이 주셔야지요.
그러면 내가 끝없는 대지를 두루 돌아다니며 당신을 칭송하겠소.
나도 전에는 사람들 사이에서 내 집을 가지고
행복하고 부유하게 살았으며, 유랑자가 오면   420
그가 누구이든 어떤 일로 왔든 후하게 베풀었다오.
또한 내게는 무수히 많은 하인이 있었고, 세간에서
부자의 기준으로 보는 다른 많은 것도 가지고 있었소.
하지만 크로노스의 아드님이신 제우스께서 다 앗아가셨소.
그것은 분명히 그분이 원하신 바였소. 그분은 내게 넓은 지역을   425
떠돌아다니는 해적들과 함께 아이깁토스로 가는 긴 여정을 지시해
나를 거기로 보내고 파멸하게 하셨으니까. 나는 아이깁토스강에
양쪽으로 노 젓는 배들을 세웠소. 그곳에서 나는 믿음직스러운
전우들에게 각자의 함선 옆에 머물며 배들을 지키라고 지시했고,
초병들을 망보기 좋은 곳들로 보냈소.   430
하지만 오만방자해진 전우들이 무력을 휘둘러 순식간에
아이깁토스인의 더없이 아름다운 경작지를 파괴하고,
남자들을 죽이고 여자들과 어린아이들을 끌고 왔지 뭐요.
그러자 사람들의 비명이 금세 도시에 닿았고, 소리를 들은
도시 사람들이 날이 밝자 쏟아져 나와 들판 전체가 보병들과   435

말들과 번쩍이는 청동으로 가득했소. 천둥을 사랑하는 제우스께서
내 전우들에게 비겁한 도망을 강요하시자, 감히 적과 맞서려는
자는 아무도 없었소. 재앙이 사방에 널렸기 때문이오.
그때 아이깁토스인은 우리 중 다수를 날카로운 청동으로 죽였고,
자신들을 위해 강제 노역을 시키려고 산 채로 끌고 갔소.   440
마침 그곳에는 아이깁토스인을 만나러 손님으로 와 있던
이아소스의 아들 드메토르가 있었는데, 그는 키프로스를 강력하게
다스리는 자였소. 아이깁토스인은 나를 그에게 넘겼고,
나는 많은 고초를 겪은 후 그곳에서 여기로 오게 되었소."
      안티노오스가 이렇게 대답했다.   445
"도대체 어느 신께서 이런 재앙거리를 데려와 연회를 망치는 건가?
네놈은 내 식탁에서 멀리 떨어져 그렇게 한가운데 서 있어라.
안 그러면 이제 곧 저 끔찍한 아이깁토스와 키프로스로 가게 될 거다.
네놈은 부끄러움을 모르는 뻔뻔한 거지로구나.
네가 여기서 모든 사람에게 차례로 다가설 때 그들이 네게   450
쓸데없이 음식을 주는 건, 애초에 남의 것이므로 망설이거나
아까워할 필요가 없기 때문이다. 어차피 자기 앞에는 음식이 많으니까."
      계책 많은 오디세우스가 뒤로 물러나며 말했다.
"아, 맙소사, 당신은 외모와 마음이 같지 않구려.
당신은 지금 남의 식탁에 앉아 있고, 앞에 많은 음식이 차려져   455
있는데도 내게 빵 하나 주지 않는 걸 보면, 당신 집에서는 구걸하러
온 자에게 소금 한 톨도 주지 않을 게 분명하오."
      오디세우스가 이렇게 말하자, 안티노오스는 마음속에서 더욱
분노해 그를 노려보며 날개 달린 말로 소리쳤다.
"네놈이 나를 비방하는 말까지 서슴지 않았으니   460
이제는 이 대청에서 곱게 나가지 못할 것이다."
      안티노오스는 이렇게 말한 후 발판을 집어 던져

오디세우스의 오른쪽 어깨,

등과 닿는 가장 아랫부분을 강타했다. 하지만 오디세우스는

그가 던진 발판에 맞고도 비틀거리지 않고   465

바위처럼 굳게 선 채 마음속 깊은 곳에서 재앙을 다짐하며

말없이 머리를 흔들었다. 오디세우스는 문턱으로 돌아가 앉았고,

음식이 가득한 가죽 행랑을 내려놓으며 구혼자들에게 말했다.

"명성 자자하신 왕비님의 구혼자들이여,

내 가슴속 마음이 명령하는 것을 말하겠으니   470

내 말을 들어보시오. 사람이 소 떼든 흰 양 떼든

자기 재산을 위해 싸우다가 얻어맞으면 고통이나 마음의 비애가

없는 법이오. 하지만 나는 사람들에게 많은 재앙을 안겨주는

이 빌어먹을 식욕 때문에 안티노오스에게 얻어맞았소.

거지들을 위한 신과 복수의 여신이 분명히 계실 테니   475

안티노오스가 결혼하기 전에 죽음의 종말에 붙잡히게 해주시길!"

　　　에우페이테스의 아들 안티노오스가 그에게 대답했다.

"나그네 놈아, 조용히 앉아서 먹거나 다른 곳으로 꺼져라.

안 그러면 네 말을 들은 젊은이들이 네놈의 발이나 손을 붙잡고

궁 전체를 질질 끌고 다니며 그 살갗을 전부 찢어놓을 줄 알아라."   480

　　　안티노오스가 이렇게 말하자 구혼자들 모두 몹시 분개했다.

오만방자한 젊은이들 중 누군가는 이렇게 말했다.

"안티노오스, 떠돌아다니며 구걸하는 불쌍한 자를 때린 건 잘못이오.

혹시라도 그가 하늘의 신이라면 그대는 끝장이오.

신들께서는 온갖 모습으로 변신해 다른 나라에서 온   485

나그네인 양 여러 도시를 찾아다니며 인간들이 오만방자하지

않은지, 법을 잘 지키는지 살펴보신다고 하지 않소."

　　　구혼자들이 이렇게 말했지만, 안티노오스는 신경도 쓰지 않았다.

텔레마코스는 오디세우스가 얻어맞자 가슴이 몹시 아팠지만,

눈꺼풀에서 바닥으로 눈물을 떨어뜨리지는 않았다.   490

그는 마음속 깊은 곳에서 재앙을 다짐하며 말없이 머리를 흔들었다.

　　　사려 깊은 페넬로페이아는 나그네가 대청에서 봉변을 당했다는

소식을 듣고 하녀들에게 말했다.

"명궁 아폴론께서 활을 쏘아 그자를 맞히신다면 얼마나 좋을까."

주방을 담당한 시녀 에우리노메가 그녀에게 말했다.   495

"우리의 기도대로, 저들이 모두 고귀한 왕좌에 오르지 못하고

새벽의 여신 에오스를 보지 못하게 된다면 얼마나 좋을까요."

　　　사려 깊은 페넬로페이아가 그녀에게 대답했다.

"아주머니, 저자들은 나쁜 일만 획책하니 모두 밉지만,

특히 안티노오스는 검은 죽음의 운명을 가장 많이 닮았어요.   500

불쌍한 나그네가 돈이 없어 어쩔 수 없이 궁 안을 돌아다니며

구걸하는 걸 보면, 이곳에 있는 다른 사람은 모두 그에게 베풀어

가죽 행랑을 가득 채워주는데, 그자는 발판을 던져

나그네의 오른쪽 어깨 가장 아래 부위를 맞히는군요."

　　　페넬로페이아가 방에 앉아 하녀들과 이런 얘기를 나누고   505

있을 때, 고귀한 오디세우스는 식사를 하고 있었다.

페넬로페이아는 고귀한 돼지치기를 불러 이렇게 말했다.

"고귀한 에우마이오스여, 나그네에게 가서 이곳으로 오라고 해주게.

내가 환영 인사라도 해야겠네. 그리고 많은 곳을 떠돌아다닌 사람

같으니 혹시 강인한 오디세우스에 관한 소식을 들어 알고 있는지,   510

두 눈으로 직접 보지는 않았는지 물어봐야겠어."

　　　돼지치기 에우마이오스여, 그대는 그녀에게 이렇게 대답했다.

"왕비님, 아카이오스인이 이제는 그만 입을 다물면 좋겠습니다.

그의 말을 들으면 왕비님의 마음은 홀리실 겁니다.

그가 배에서 도망쳐 가장 먼저 저를 찾아왔기에   515

저는 사흘 밤 사흘 낮 동안 그를 막사에 붙들어두었지요.

그런데도 그는 자기가 겪은 고난들을 다 말하지 못했답니다.
음유시인이 신들에게 들어 알고 있는 일을 노래할 때면
사람들은 거기에 푹 빠져 싫증 내지 않고
계속해서 그 노래를 듣고 싶어 하지요.   520
바로 그렇게 그는 막사에서 제 옆에 앉아 저를 홀렸답니다.
그는 아버지 때부터 오디세우스와 의형제를 맺은 사이로
미노스 가문이 있는 크레테에서 살았다고 하더군요.
그러다가 온갖 재앙을 겪으며 구르고 구른 끝에 여기로
오게 되었지요. 그리고 오디세우스께서 여기서 가까운   525
테스프로티아인의 비옥한 땅에 살아 계시는 것처럼 말하며
많은 보물을 가지고 집으로 오실 것이라고 장담했습니다.”
         사려 깊은 페넬로페이아가 그에게 대답했다.
“그가 내 앞에서 직접 말할 수 있도록 가서 그를 이곳으로
데려오게. 저자들의 마음은 어디서든 즐거울 테니   530
대문 앞에서든 이곳 궁 안에서든 앉아서 즐기라고 하게.
저자들의 재산은 빵이며 달콤한 포도주며 각자의 집에 고스란히
보관되어 있어 그들의 가솔이 그것을 먹겠지.
하지만 저자들이 날이면 날마다 우리 궁을 드나들며
소들과 양들과 살진 염소들을 잡아 제를 올린 후   535
연회를 벌이고, 화염 같은 포도주도 흥청망청 마셔대는 바람에
우리 재산은 상당히 탕진되었다네. 이 집을 파멸에서
구해줄 오디세우스 같은 남자가 없기 때문이지.
그러나 오디세우스가 조상들의 땅에 돌아오면
아들과 함께 저자들의 행패를 단숨에 응징해주실 걸세.”   540
         페넬로페이아가 이렇게 말했을 때, 텔레마코스가 크게
재채기를 하자 궁 전체가 찌렁찌렁 울렸다. 페넬로페이아는 웃으며
즉시 에우마이오스에게 날개 달린 말로 덧붙였다.

"저 나그네에게 가서 내 앞으로 오라고 하게. 내 말이 끝나자마자
아들이 재채기하는 걸 그대는 보지 못했는가?   545
그러니 모든 구혼자에게 죽음의 종말이 닥치고,
아무도 죽음과 죽음의 운명을 벗어나지 못할 걸세.
또 한 가지 말해둘 테니 명심하게.
그의 말이 모두 틀림없음을 알게 되면,
나는 그에게 겉옷과 웃옷 같은 좋은 옷을 입혀줄 생각이네."   550
      페넬로페이아가 이렇게 말하자, 그 말을 들은 돼지치기는
나그네에게 다가가 날개 달린 말로 이렇게 전했다.
"나그네 양반, 텔레마코스의 어머니, 사려 깊은 페넬로페이아께서
그대를 부르시오. 그분은 이런 일로 많은 고통을 겪으셨는데도
마음이 그분에게 남편에 대해 캐물으라고 재촉하나 보오.   555
그대의 말이 모두 틀림없음을 알게 되면, 그분은 그대에게
겉옷과 웃옷을 입혀주실 것이오. 그대에게 가장 필요한 것 말이오.
그러면 당신은 온 나라를 돌아다니며 빵을 구걸하고 배를 채울 수
있을 것이오. 누구든 원하면 그대에게 베풀 테니까."
      강인하고 고귀한 오디세우스가 그에게 말했다.   560
"에우마이오스여, 당장이라도 달려가 이카리오스의 따님인
사려 깊은 페넬로페이아께 모든 것을 숨김없이 말씀드리고 싶소.
나는 오디세우스와 함께 고초를 겪어 그분을 잘 알기 때문이오.
하지만 오만방자함과 행패가 무쇠로 만든 하늘까지 닿은
저 잔혹한 구혼자들의 무리가 두려워 엄두가 나지 않소.   565
조금 전에도 나는 궁 안을 돌아다녔을 뿐 어떤 나쁜 짓도
하지 않았는데, 저자가 발판을 던져 내 몸에 고통을 안겨주었소.
하지만 텔레마코스를 비롯한 누구도 그 일을 막아주지 않았소.
그러니 그대는 지금 페넬로페이아께 가서 마음이 조급하더라도
해 질 때까지 방에서 기다렸다가, 그때가 되면 내가 허름한   570

옷을 걸친 채 불가에 앉아 있을 터이니,

그때 남편의 귀향에 대해 내게 물어보시라고 하시오. 내가 탄원자로 가
　　장 먼저

찾아간 이가 그대이니, 그대도 내 꼴이 어떤지 잘 알지 않소."

　　　　오디세우스가 이렇게 말하자 그 말을 들은 돼지치기는 돌아갔다.

문턱을 넘은 돼지치기에게 페넬로페이아가 말했다.　　　　　　　　　575

"에우마이오스여, 그 유랑자가 도대체 무슨 생각으로 그대를

따라오지 않았는가? 누군가를 지나치게 두려워하는 건가,

아니면 이 궁에서 부끄러워하는 건가? 거지가 부끄러워하면 쓰나."

　　　　돼지치기 에우마이오스여, 그대는 그녀에게 이렇게 대답했다.

"그의 말은 이치에 맞고, 다른 사람이라도 그렇게 말했을 겁니다.　　580

오만방자한 자들이 막무가내로 휘두르는 폭력을 피하고 싶은 것이지요.

그래서 그는 해 질 때까지 기다려달라고 요청했습니다.

그리고 왕비님, 왕비님이 혼자 나그네에게 말씀하시고

그의 대답을 들으시는 편이 훨씬 좋을 것 같습니다."

　　　　사려 깊은 페넬로페이아가 그에게 대답했다.　　　　　　　　585

"이 나그네는 미련하지 않구나. 필멸의 인간들 중에서 저자들만큼

오만방자해 주제넘고 사악한 짓을 획책하는 자도 없으니

그가 걱정하는 일이 일어나지 말라는 법이 없지."

　　　　그녀는 이렇게 말했고, 고귀한 돼지치기는 모든 것을

분명히 전한 후 구혼자들의 무리가 있는 곳으로 돌아갔다.　　　　590

즉시 그는 다른 사람이 알아차리지 못하도록 텔레마코스에게

얼굴을 가까이 대고 날개 달린 말로 당부했다.

"도련님, 저는 도련님의 재산이자 제 재산인 돼지들과 그곳을 지키러

그만 가보겠습니다. 이곳의 모든 일은 도련님이 알아서 하세요.

많은 아카이오스인이 재앙을 도모하고 있으니 무엇보다 자신을　　　595

지키시고, 신중하게 행동해 변을 당하지 않게 하세요. 그들이 우리에게

재앙이 되기 전에, 제우스께서 그들을 다 죽여주셨으면 좋겠어요."

현명한 텔레마코스가 그에게 대답했다.

"그렇게 될 거예요, 아저씨. 저녁 식사를 하고 가세요.

내일 올 때는 제물로 드릴 좋은 짐승들을 끌고 오시고요.	600

이곳의 모든 일은 나와 불멸의 신들께서 알아서 할게요."

텔레마코스가 이렇게 말하자 돼지치기는 매끈하게 다듬어

광낸 의자에 다시 앉았다. 먹을 것과 마실 것으로 마음을 가득 채운

돼지치기는 담장으로 둘러싸여 있는 궁 안, 연회 손님으로 가득한

대청을 떠나 돼지들이 있는 곳으로 출발했다. 구혼자들은	605

춤과 노래를 즐기며 흥겨워했으니 어느덧 저녁이 찾아왔다.

제18권　구혼자들 속의 거지 노인

이타케 시내 전체를 돌아다니며 모든 사람에게 구걸하는
거지가 왔다. 끊임없이 탐욕스럽게 먹고 마셔대는 미친 식욕으로
사람들 사이에서 유명한 자였다. 그는 덩치는 컸으나,
정작 힘이라고는 없었다. 그의 이름은 아르나이오스였는데,
그가 태어났을 때 그의 존귀한 어머니가 지어준 이름이었다.　　5
하지만 누가 심부름을 부탁하면 시키는 대로 했기 때문에
젊은 사람들은 모두 그를 이로스[1]라고 불렀다.
그 거지는 오자마자 오디세우스를 궁에서 쫓아내려고
꾸짖으며 날개 달린 말로 이렇게 몰아붙였다.
"늙은이, 발을 붙잡혀 질질 끌려 나가지 않으려면 얼른 문간에서　　10
꺼져. 모두가 너를 끌어내라고 눈짓하며 재촉하는 게 보이지 않나?
그렇게까지 하는 건 나도 내키지 않아. 그러니 둘 사이의 다툼이
주먹다짐으로 번지기 전에 어서 꺼져버려."
　　계책 많은 오디세우스가 그를 노려보며 말했다.
"별 이상한 사람도 다 보겠군. 나는 행위로든 말로든 그대를　　15

1　"이로스"(Ἶρος)는 '심부름꾼'이라는 뜻이다. 한편, 신들의 전령이자 심부름꾼인 여신의 이
　　름 '이리스'는 '이로스'의 여성형이다.

해롭게 하지 않았고, 누가 그대에게 많이 주어도 시기하거나
못마땅해하지 않소. 이 문턱은 두 사람이 있기에 충분하고,
그대는 다른 사람이 얼마나 구걸했는지 시기하거나 못마땅해할 필요가
없소. 그대도 나처럼 떠도는 거지인 듯하고, 부자가 되고 말고는
신들의 소관이잖소. 주먹다짐 운운하며 나를 이리도   20
몰아붙여 화나게 하면, 내가 비록 늙은이기는 하지만,
그대의 가슴과 입술이 피로 물들 것이오. 그러면 그대는
라에르테스의 아들 오디세우스의 궁에 다시는 오지 못할 테니
내일은 내게 훨씬 편안한 날이 되겠구려.”
          이로스가 얼굴을 찡그리며 소리쳤다.   25
“아, 기가 막혀. 저 탐욕스러운 자가 청산유수로 떠드는 꼴이
꼭 부뚜막에 앉아 잔소리하는 노파 같군! 내가 저자의 양쪽 턱을 쳐 재앙을
안겨줘야겠어. 곡식을 망치는 멧돼지의 이빨을 모조리 땅바닥에
쏟아버리듯 말이야. 우리가 싸운다는 것을 여기 자리한
분들이 모두 아시도록 이제 허리띠를 졸라매라.   30
그런데 너는 더 젊은 사람과 어떻게 싸울 생각이냐?”
          두 사람은 높은 대문 앞 매끈하게 다듬은 문턱에서
온 힘을 다해 서로의 화를 키우고 있었다.
이때 신성하고 강력한 안티노오스가 두 사람이 주고받는 말을
듣고 기분이 좋아 큰 소리로 웃더니 구혼자들에게 말했다.   35
“친구들이여, 전에는 이 같은 일이 한 번도 벌어진 적이 없었는데,
신께서 이렇게 흔치 않은 유흥거리를 이 궁에 보내주셨소.
저 나그네와 이로스가 주먹으로 싸우자고 서로 부추기고 있소.
그러니 우리는 어서 싸움을 붙입시다.”
          안티노오스가 이렇게 말하자 그들은 모두 웃으며   40
벌떡 일어나 허름한 옷을 입은 두 거지 주위로 모여들었다.
에우페이테스의 아들 안티노오스는 그들 가운데서 이렇게 말했다.

"대장부인 구혼자들이여, 내가 할 말이 있으니
잘 들으시오. 우리가 저녁 식사 때 먹으려고
비계와 피를 가득 채운 염소 위장들이 이 불 위에 있소.   45
둘 중에 더 강해서 이기는 자를 이리로 불러
이것 중 하나를 직접 골라 먹게 합시다.
그는 언제나 우리와 함께 먹는 자가 될 것이고,
다른 거지는 누구든 이 안으로 들어와 구걸하지 못하게 하리다."
        안티노오스가 이렇게 말하자 그들은 그 말에 기뻐했다.   50
이때 계략 많은 오디세우스가 그들 가운데서 영악하게 말했다.
"친애하는 여러분, 늙고 고생을 많이 해서 힘없는 사람이
더 젊은 사람과 싸운다니 안 될 일이오. 하지만 재앙을 부르는
이 식욕이 나를 부추기니 아마 나는 얻어맞아 쓰러지고 말 테지요.
그러니 자, 이제 여러분 중 누구도 이로스 편을 드느라   55
부당하게 나서지 않겠다고 모두 엄숙히 맹세하시오. 그를 위해
힘 있고 강한 손으로 나를 쳐서 제압하지 않겠다고 말이오."
        오디세우스가 이렇게 말하자 그들은 모두 그의 말대로 맹세했다.
이렇게 해서 그들이 맹세를 마치자 이번에는
신성하고 강력한 텔레마코스가 그들 가운데서 말했다.   60
"나그네여, 그대의 마음과 대장부다운 기개가 이자를 응징하라고
독려한다면, 그대를 치는 자는 많은 사람과 싸우게 될 테니
다른 아카이오스인에 대해서는 아무도 두려워하지 마시오.
내가 그대를 손님으로 맞이했고, 현명한 왕들인 안티노오스와
두 분도 그리하겠다고 맹세하셨잖소."   65
        텔레마코스가 이렇게 말하자 그들은 모두 그 말에 동의했다.
그러자 오디세우스가 누더기 옷을 벗어 허리에 묶으니
크고 아름다운 넓적다리가 드러났고, 넓은 어깨와 가슴과
다부진 두 팔도 드러났다. 이때 아테나가 다가와 옆에 서서

백성의 목자 오디세우스의 팔과 다리를 더 힘 있게 해주었다.　　　　70

그러자 구혼자들은 모두 몹시 놀랐다. 어떤 자는 그 모습을 보고

옆 사람에게 이렇게 말했다.

"이로스는 재앙을 자초했군. 곧 '불운한 이로스'[2]가 되겠어.

누더기에 가려졌던 저 노인의 넓적다리 근육 좀 보게."

　　　　그들이 이렇게 말하자 이로스의 마음이 비참하게 요동쳤다.　　　75

하지만 일꾼들은 겁에 질린 그의 허리에 띠를 묶어 강제로

데리고 나왔고, 그는 사지의 살 전체를 부들부들 떨었다.

그러자 안티노오스가 이런 말로 그를 꾸짖었다.

"허풍쟁이여, 저자는 늙고 고생을 많이 해서 힘없는 사람인데도

그 앞에서 겁에 질려 벌벌 떤다면,　　　　80

너는 이 자리에 있지 말아야 했다. 아예 태어나지 말았어야 했어.

이제 내가 하는 말은 반드시 이루어지리니

만약 저자가 너보다 더 강해서 이긴다면,

나는 너를 검은 배에 던져 넣어 본토로 보내

모든 사람에게 해코지하는 에케토스왕[3]에게 넘기겠다.　　　　85

그러면 그는 무자비한 청동으로 네 코와 두 귀를 베고,

성기를 뽑아내 개들에게 날로 먹으라고 던져주겠지."

　　　　안티노오스가 이렇게 말하자 더욱 큰 떨림이 이로스의 사지를

사로잡았다. 하지만 일꾼들은 그를 한가운데로 데려갔고,

2　"불운한 이로스"(Ἶρος Ἄϊρος, '이로스 아이로스')는 일종의 언어유희다.

3　에피로스의 왕 "에케토스"는 잔인하고 포악하기로 악명이 높았다. 에피로스는 이타케 맞
　은편, 그리스 본토 북서부 지방에 있었다. 아래로는 아이톨리아, 동쪽으로는 테살리아가
　있고, 테스프로티아와 도도네가 속해 있는 곳이다. 그는 딸 메토페가 자기 몰래 아이크모
　디코스라는 청년과 사랑에 빠진 것을 알게 되자 청동 꼬챙이로 딸의 양쪽 눈을 찌르고 궁
　의 지하 감옥에 가둔다. 그런 후 청동 낟알들을 던져 주며 그것을 갈아 가루로 만들면 눈
　이 나을 것이라고 거짓말을 한다. 메토페는 부질없이 감옥 안에서 청동 낟알들을 갈다 쇠
　약해져 죽고, 연인이었던 아이크모디코스도 사지가 잘렸다.

두 사람은 손을 들어 올렸다. 이때 강인하고 고귀한 오디세우스는 90
그를 쳐서 단번에 죽일지, 아니면 가볍게 쳐서
땅에 쓰러뜨릴지 마음속으로 저울질했다. 곰곰이 생각해보니
아카이오스인들이 자기를 알아보지 못하게
그자를 살짝 치는 편이 더 이로울 것 같았다.
이때 두 사람은 손을 들어 올리고 있다가 95
이로스는 오디세우스의 오른쪽 어깨를 쳤고,
오디세우스는 이로스의 귀 아래 목을 쳐서 뼈를 으스러뜨렸다.
그 즉시 이로스는 입에서 붉은 피를 쏟으며 쓰러져 길게 뻗은 채
발꿈치로 대지를 찼고 이를 딱딱 맞부딪쳤다.
지체 높은 구혼자들은 손을 들어 올리며 100
숨 넘어갈 듯 웃음을 터트렸다. 오디세우스는 이로스의 발을 잡고
문간을 지나 안마당과 주랑의 문들을 거쳐 밖으로 끌고 나가
안마당 바깥쪽 담장에 기대게 앉힌 후, 그의 손에 지팡이를 쥐여 주며
그에게 날개 달린 말로 이렇게 일렀다.
"이제 너는 여기에 앉아 돼지들과 개들이나 접근하지 못하게 105
지켜라. 그리고 나그네와 거지는 불쌍한 자들이니 더 큰 화를
당하지 않으려면 앞으로는 그들에게 왕 노릇 하려 하지 마라."
　　　오디세우스는 이렇게 말한 후 끈으로 어깨에 멜 수 있는,
여기저기 찢어져 너덜너덜한 행랑을 그의 어깨에 걸쳐주었다.
오디세우스가 다시 문턱으로 돌아와 앉자 구혼자들이 110
기쁘게 웃으며 다가와 오디세우스에게 축하 인사를 건넸다.
"나그네여, 그대는 저 만족할 줄 모르고 먹어대는 자가 이 나라를
떠돌아다니지 못하게 했으니, 제우스를 비롯한 모든 불멸의 신들께서
그대가 가장 원하고 그대의 마음에 드는 것을 이루어주시길!
우리는 그자를 본토로 보내 모든 사람에게 115
해코지하는 에케토스왕에게 넘길 생각이오."

〈거지와 싸우는 오디세우스〉(로비스 코린트, 1903년)

　　그들이 이렇게 말하자 고귀한 오디세우스는 그들이 무심코 한 말에
길조가 담겨 있음을 알고 기뻐했다. 안티노오스는 비계와 피를 가득
채워 넣은 큼지막한 염소 위장 하나를 오디세우스 앞에 갖다 놓았고,
암피노모스는 대바구니에서 빵 두 개를 꺼내 오디세우스 옆에　　　　　120
놓고 나서 황금 술잔을 들어 올리며 그에게 축하 인사를 건넸다.
"나그네 양반, 평안하시오. 앞으로는 그대에게 늘 행복이 깃들길!
하지만 지금 그대는 수많은 불행에 잡혀 있구려."
　　　　계책 많은 오디세우스가 그에게 대답했다.
"암피노모스여, 당신은 아주 현명한 분 같소.　　　　　　　　　　125
당신의 아버지께서 그런 분이시기 때문이겠지요.
나는 둘리키온의 니소스께서 부유할 뿐 아니라 좋은 분이라는
평판을 들었는데, 당신이 그분에게서 태어났다고 하니 말이오.
또한 당신은 예의 바르고 점잖은 분인 듯하오.
그러니 지금부터 내가 하는 말을 잘 듣고 명심하시오.　　　　　130
대지가 기르고 대지 위를 숨 쉬며 다니는 모든 것 중에 인간보다
더 약한 존재는 없소. 신들께서 모든 일을 잘되게 해주시고
무릎을 잘 움직일 수 있게 해주시는 동안
사람들은 자기가 나중에 재앙을 겪으리라고는 전혀 생각지 않소.
하지만 축복받은 신들께서 재앙을 안겨주시면,　　　　　　　　135
자기 뜻을 거슬러 찾아온 그 재앙을 어쩔 수 없이 견뎌내야 하오.
이 땅 위에서 살아가는 인간들의 마음은, 신들과 인간의
아버지께서 그들에게 내리시는 운명에 따라 달라지는 법이오.
나도 한때는 반드시 사람들 가운데서 복을 받고 부자가 될 줄 알았소.
하지만 나는 아버지와 형제들을 믿고 내 힘과 강함에 기대어　　　140
못된 짓을 많이 했소. 사람이라면 절대로 도리에 맞지 않는 일을 하면
안 되고, 신들께서 무엇을 주시든 묵묵히 받아들여야 하오.
내가 보니 구혼자들이 도리에 맞지 않는 짓을 꾀하고 있소.

그들은 남의 재산을 탕진하면서 남의 아내를 무시하고 있지만,
그 사람은 이제 가족들과 조상들의 땅에서 그리 오래도록   145
멀리 떨어져 있지는 않을 것이오. 아니, 그는 아주 가까이에 있소.
그러니 어느 신께서 그대를 집으로 데려가주시면 좋겠구려.
그가 사랑하는 조상들의 땅으로 귀향했을 때, 그대와 마주치는
일이 없게 말이오. 그가 자기 집 지붕 아래로 들어서면,
구혼자들도 그도 피 흘리지 않고는 헤어질 수 없을 테니.”   150
        오디세우스는 이렇게 말하고 헌주한 후 꿀처럼 달콤한 포도주를
마시더니 군대를 지휘하는 자 암피노모스의 손에
술잔을 다시 쥐여 주었다. 암피노모스는 불길한 예감이 들어
머리를 저으며 근심 어린 마음으로 대청으로 돌아갔다.
하지만 그는 죽음의 운명을 피할 수 없었으니   155
아테나가 그를 꼼짝 못하게 묶어버려 텔레마코스의 손과 창에
죽을 수밖에 없었다. 그는 자신이 일어났던 의자로 돌아가 앉았다.
        이때 빛나는 눈의 여신 아테나가 이카리오스의 딸
사려 깊은 페넬로페이아의 마음에 한 가지 생각을 불어넣었다.
페넬로페이아는 구혼자들의 마음을 한껏 들뜨게 하는 한편,   160
남편과 아들에게 이전보다 더 존경받는 사람이 되고자
구혼자들 앞에 모습을 드러내기로 마음먹고
아무런 이유 없이 웃으며 주방을 담당한 시녀에게 이렇게 말했다.
“에우리노메, 전에는 한 번도 그런 적이 없었는데, 지금은 구혼자들이
밉기는 해도 내 마음이 내가 그들 앞에 모습을 드러내고,   165
아들에게도 유익한 말을 해주길 바라고 있어요.
입에 발린 소리를 하지만 뒤에서는 재앙을 도모하는
오만방자한 구혼자들과 모든 일을 함께해서는 안 된다고 말이에요.”
        주방을 담당한 시녀 에우리노메가 대답했다.
“마님, 그래요, 마님이 하신 말씀이 모두 이치에 맞아요.   170

그러니 몸을 씻고 얼굴에 화장도 한 후 가서 아드님께
숨김없이 말씀하세요. 이렇게 눈물범벅만 하지 말고
가세요. 끊임없이 눈물 흘리며 슬퍼하는 것은 더 좋지 않으니까요.
예전에 마님은 아들의 얼굴에 수염이 자란 것을 보게
해달라고 불멸의 신들께 간절히 기도하셨는데,   175
도련님은 이미 그럴 나이가 되었어요."
            사려 깊은 페넬로페이아가 그녀에게 대답했다.
"에우리노메, 몸을 씻고 화장하라는 말은
듣기 민망하니 하지 마요.
그분이 속 빈 배를 타고 떠난 후로는 올림포스에   180
계시는 신들께서 내 아름다움을 망쳐버리셨으니까.
그러니 아우토노에와 히포다메이아를 여기로
부르고 대청에서 내 옆에 서 있도록 해줘요.
부끄러우니 혼자서는 남자들 가운데로 가지 않을 거예요."
            페넬로페이아가 이렇게 말하자, 할멈은 여자들에게   185
주인의 분부를 전하고 빨리 오라고 재촉하기 위해 방을 나갔다.
            이때 빛나는 눈의 여신 아테나가 또 다른 것을 생각해내
이카리오스의 딸에게 달콤한 잠을 쏟아붓자,
그녀는 모든 관절이 풀려 의자에 기대어 앉은 채 잠들었다.
그녀가 잠에 빠져 있는 동안 고귀한 여신은   190
아카이오스인이 그녀를 보고 놀라도록
천상의 선물들을 그녀에게 주었다.
먼저 아름다운 화관을 쓴 키테레이아 여신이
카리스 여신들의 매혹적인 춤에 참여할 때 바르는
천상의 화장수로 그녀의 고운 얼굴을 닦아 아름답게 해주었다.   195
그런 후 그녀를 더 크고 풍만하게 보이도록 했으며
피부를 갓 베어낸 상아보다 더 희게 만들었다.

고귀한 여신은 그렇게 한 다음 떠났고,

흰 팔의 하녀들은 자기 방에서 나와 조잘대며 다가왔다.

페넬로페이아는 달콤한 잠에서 깨어나 두 손으로 뺨을 문지르며 말했다.　200

"부드러운 잠이 끔찍한 불행을 겪는 나를 감싸주었구나.

순결한 아르테미스께서 내게 그런 부드러운 죽음을

지금 당장 주시어 이제 더 이상 아카이오스인 중 탁월했던

사랑하는 남편의 온갖 훌륭한 것을 그리워하며 마음속으로

울다가 삶을 허비하지 않게 된다면 얼마나 좋을까."　205

　　　　페넬로페이아는 이렇게 말한 후 반짝이는 이층 방에서 내려왔다.

그녀는 혼자가 아니었고 두 명의 시녀가 그녀를 따랐다.

여자들 중 고귀한 그녀는 얼굴에 반짝이는 면사포를

드리우고 구혼자들이 있는 곳으로 가서

지붕을 튼튼하게 떠받치는 기둥 옆에 섰다.　210

양옆에는 믿음직스러운 시녀가 한 명씩 섰다.

구혼자들은 그 자리에서 온몸에 힘이 빠졌고, 그들은 모두 사랑에

취해 자신이 그녀의 침상에 함께 눕기를 간절히 기도했다.

하지만 페넬로페이아는 사랑하는 아들 텔레마코스에게 이렇게 말했다.

"텔레마코스야, 네 마음과 생각이 더는 확고하지 않구나.　215

아이 때는 훨씬 영특하고 영리하게 대처했는데,

네가 다 커서 청년이 된 지금은

타지에서 온 사람이야 키 크고 준수한 네 모습을 보고

축복받은 사람의 자식이라 생각하겠지만,

네 마음과 생각은 이제 전처럼 올바르지 않구나.　220

나그네가 이렇게 부당한 대우를 받도록 내버려두어

이 같은 일이 네 궁에서 일어나게 하다니 말이다.

나그네가 우리 궁에 앉아 있다가 이렇게 봉변을 당한다면

사람들이 너를 어떻게 생각하겠느냐? 너는 사람들 사이에서

    현명한 텔레마코스가 그녀에게 대답했다.
"어머니, 그 일에 대해서는 어머니께서 화를 내셔도
할 말이 없습니다. 제가 전에는 철없는 어린아이였지만
지금은 제게도 생각이 있어 어떤 것이 좋고
어떤 것이 나쁜지 압니다. 하지만 매번 현명하게   230
대처할 수는 없어요. 이 사람들이 여기저기에 앉아
나쁜 짓을 도모하니 제가 아무리 당혹스러워도 저를 돕는 사람이
없기 때문이지요. 그러나 나그네와 이로스의 싸움은 나그네가
힘이 더 우세해 구혼자들의 뜻대로 되지 않았습니다.
아버지 제우스와 아테나와 아폴론이시여,   235
지금 저기 이로스가 문간에 주저앉아
술 취한 사람처럼 사지에 힘이 풀려
두 발로 똑바로 서지도 못하고, 가고 싶은 곳으로
가지도 못한 채 머리만 흔들고 있군요.
이제 구혼자들도 그렇게 무력해져 더러는 안마당이나,   240
더러는 집 안에서 다리가 풀린 채
허둥댄다면 얼마나 통쾌하겠습니까?"

    페넬로페이아와 텔레마코스는 이런 말들을 주고받았다.
이때 에우리마코스가 페넬로페이아에게 이렇게 말했다.
"이카리오스의 따님인 사려 깊은 페넬로페이아여,   245
이아손의 아르고스[4]에 사는 모든 아카이오스인이

---

4 "이아손"은 그리스 북부 테살리아 지방에 있는 이올코스의 왕위 계승자였던 아이손의 아들이다. 아이손의 왕위를 찬탈한 이복형 펠리아스에게서 왕위를 되찾아오려고 아르고호 원정대를 조직해 흑해 동쪽 연안의 콜키스에 가서 황금 양털을 가져온 영웅이다. 아르고호 원정대에는 헤라클레스, 오르페우스, 테세우스, 카스토르, 폴리데우케스 등 그리스 각지에서 온 50명의 영웅들이 참여했기 때문에 "이아손의 아르고스"라고 한 것으로 보인다.

당신을 본다면, 날이 밝자마자 더 많은 구혼자가

이 궁에서 연회를 벌일 것이오. 당신은 용모와 키뿐

아니라 마음속 지혜에서도 모든 여자보다 뛰어나니까요."

　　　그러자 사려 깊은 페넬로페이아가 그에게 대답했다.　　250

"에우리마코스여, 아르고스인이 일리오스로 가는 배에 오르고

내 남편 오디세우스께서 그들과 함께 가셨을 때,

불멸의 신들께서는 내 뛰어난 용모와 몸매를 망쳐버리셨다오.

그분이 돌아와 내 삶을 보살펴주신다면

명성과 아름다움은 더 커지겠지요.　　255

하지만 지금은 괴롭기만 합니다. 어느 신께서 너무나 큰 재앙을

내게 보내셨기 때문이오. 그분은 조상들의 땅을 떠날 때

내 오른쪽 손목을 잡고 이렇게 말씀하셨소.

'부인, 나는 훌륭한 정강이 보호대를 한 아카이오스인 모두가

트로이아에서 무사히 돌아오리라고 생각지 않아요.　　260

트로스인도 전사들이고 창을 던지며 화살을 쏘는 자들이오.

누구에게나 마찬가지인 전쟁이라는 큰 싸움에서 가장 빨리 결판을

내는, 빠른 말들이 끄는 전차를 타고 싸우는 자들이라 하더이다.

그러니 신께서 나를 집에 돌아오게 해주실지,

아니면 그곳 트로이아에서 죽게 하실지는 모르는 일이오.　　265

이제 이곳의 모든 일은 당신이 맡아야 하오.

내가 멀리 떠나고 없는 동안 이 궁에서 내 아버지와 어머니를

지금처럼, 아니 지금보다 훨씬 더 신경 써주시오.

하지만 내 아들의 얼굴에 수염이 나는 것을 보거든

당신이 원하는 사람과 결혼해 이 궁을 떠나시오.'　　270

그분은 이렇게 말했고, 이제 그 모든 일이 이루어지려 하오.

제우스께서 행복을 앗아가신, 저주받은 내가

가증스러운 결혼을 하게 될 밤이 찾아오겠지요.

그러나 내 마음을 가장 괴롭히는 것이 하나 있소.
예전의 구혼자들은 이런 행태를   275
보이지 않았다는 점이오. 훌륭한 여자나 부잣집 딸에게
구혼하며 서로 경쟁하는 사람들은 자신의 소들과
살진 작은 가축들을 직접 끌고 와 신부의 친지들에게
연회를 베풀고 훌륭한 선물들을 주었지 이처럼
아무런 보상 없이 남의 살림을 먹어치우지는 않았소.”   280
　　페넬로페이아가 이렇게 말하자 계책 많은 오디세우스는 기뻤다.
그녀가 상냥한 말로 구혼자들에게서 선물을 받아내면서도
내심 다른 계획을 품고 있음을 그는 알아차렸다.
　　에우페이테스의 아들 안티노오스가 그녀에게 대답했다.
“이카리오스의 따님인 사려 깊은 페넬로페이아여,   285
아카이오스인 중 누군가가 자원해 이곳으로 선물을 가져온다면
받아두시지요. 선물을 거절하는 것은 아름답지 못한 일이니.
하지만 우리는 당신이 아카이오스인 중 가장 훌륭한 남자와 결혼하기
전까지 우리의 경작지나 다른 어디로도 돌아가지 않을 것이오.”
　　안티노오스가 이렇게 말하자 구혼자들은 기뻐했다.   290
그래서 그들은 각자 전령을 보내 선물을 가져오게 했다.
안티노오스의 전령은 여러 색깔로 수놓은, 크고 더없이 아름다운
옷을 가져왔다. 그 옷에는 모두 열두 개의 황금 브로치가
달렸는데, 아름답게 굽은 핀으로 고정되어 있었다.
에우리마코스의 전령은 호박이 해처럼 알알이   295
박혀 있는 황금 목걸이를 가져왔다.
에우리다마스의 시종들은 아주 공들여 세공한
세 개의 알이 늘어진 귀걸이 한 쌍을 가져왔다.
우아함이 한껏 풍겨나는 귀걸이였다.
폴릭토르의 아들 페이산드로스왕의 전령은   300

더없이 아름다운 보물인 목걸이를 가져왔다.

다른 아카이오스인도 저마다 아름다운 선물을 가져왔다.

그러자 여자들 중 고귀한 페넬로페이아는 이층 방으로 올라갔고,

시녀들은 더없이 아름다운 선물들을 날랐다.

구혼자들은 춤과 매력적인 노래로 관심을 돌리고 즐기며 305

저녁이 오기를 기다렸다. 그들이 즐기고 있는 동안 검은 저녁이

찾아왔다. 그들은 즉시 불을 밝히기 위해 대청에 조명용 화로

세 개를 세운 후, 오래전에 바짝 말랐지만 청동으로 쪼갠 지는

얼마 되지 않은 마른 장작을 펼쳐놓고, 사이사이에는 횃불을

놓았다. 그러자 강인한 오디세우스의 하녀들이 장작이 310

활활 타오를 수 있도록 번갈아 가며 화로들을 들쑤셨다.

제우스의 자손인 계책 많은 오디세우스가 그들 가운데서 말했다.

"오랫동안 떠나 계신 오디세우스왕의 하녀들이여,

그대들은 존귀한 왕비님의 처소로 가서 방에 앉아

그분 옆에서 물레를 돌리거나 손으로 양모를 빗으며 315

그분을 즐겁게 해드리시오. 이곳의 모든 사람을 위한

불빛은 내가 맡겠소. 나는 인내심이 대단해

그들이 아름다운 옥좌의 새벽의 여신 에오스를 기다린다 해도

나는 나가떨어지지 않을 것이오."

오디세우스가 이렇게 말하자 하녀들은 웃으며 320

서로를 쳐다보았다. 하지만 돌리오스가 낳은 뺨 예쁜 멜란토는

모욕적인 말로 오디세우스를 꾸짖었다. 페넬로페이아는 그녀를

친딸처럼 길러주고 마음에 들어 하는 장난감도 주었지만,

그녀는 페넬로페이아의 처지를 진심으로 슬퍼하지 않았고,

도리어 에우리마코스와 동침하며 사랑을 나누고 있었다. 325

그녀는 오디세우스를 이런 말로 꾸짖었다.

"빌어먹을 나그네, 대장장이 집이나 합숙소로 가서

잠잘 생각은 하지 않고 많은 남자가 모여 있는 이곳에서
마음에 한 점의 두려움도 없이 대담하게 많은 말을
지껄이는 걸 보니 정신이 나간 게 분명해.   330
쓸데없는 말만 늘어놓는 걸 보면 포도주를 마셔 정신이
나갔거나 그게 아니라면 그대의 정신이 원래 늘 그런 것이겠지.
아니면 떠도는 거지 이로스를 이기고 한껏 고무되어
정신이 나간 건가? 이로스보다 더 강한 누군가가 당장
일어나 다부진 주먹으로 그대를 흠씬 두들겨 패고   335
피범벅으로 만들어 이 궁에서 쫓아낼지도 모르니 조심해요."
        계책 많은 오디세우스가 그녀를 노려보며 말했다.
"암캐야, 내가 당장 저기로 가서 네가 한 말을 텔레마코스께 전하마.
그러면 그분이 너를 토막 내실 것이다."
        오디세우스가 이렇게 말하자 여자들은 깜짝 놀라 흩어졌다.   340
그들은 기겁한 나머지 무릎이 풀린 채 대청을 빠져나갔다.
오디세우스가 말한 대로 할 것이라고 생각했기 때문이다.
오디세우스는 주위를 밝히며 활활 타오르는
화로들 옆에 서서 거기 있는 모든 사람을 쳐다보았다.
하지만 마음속으로는 반드시 해야 할 일을 곱씹고 있었다.   345
        한편 아테나는 라에르테스의 아들 오디세우스의 고통이 마음에
한층 더 사무치게 하려고, 오만한 구혼자들이 그를 모욕하고
마음 아프게 하는 일을 완전히 자제하도록 내버려두지 않았다.
폴리보스의 아들 에우리마코스가 그들 가운데서 먼저
오디세우스를 조롱했고, 동료들은 폭소를 터뜨렸다.   350
"명성 자자한 왕비님의 구혼자들이여, 내 가슴속 마음이
명령하는 것을 말하려 하니 잘 들어보시오.
저 사람이 오디세우스의 궁에 온 것은 신의 뜻이 분명하오.
그의 머리에 머리카락 한 올 없는 것을 보니

내 눈에는 저 횃불의 빛이 저자의 머리에서 나오는 것 같소."   355

　　　그런 후 에우리마코스는 도시를 함락시키는 자 오디세우스를 향

해 말했다.

"나그네여, 내가 그대를 외딴 시골로 데려다줄 테니

충분한 보수를 받고 품꾼으로 일하며

돌담을 쌓고 큰 나무들을 심는 것이 어떻겠나?

그곳에서 내가 빵도 충분히 주고,   360

옷도 입혀주고, 발에 신을 신발도 주지.

하지만 그대는 배운 것이라고는 나쁜 짓뿐이니

일하려 들지 않고, 만족할 줄 모르는 배를 채우고자

온 나라를 돌아다니며 구걸이나 하고 싶겠지."

　　　계책 많은 오디세우스가 그에게 대답했다.   365

"에우리마코스여, 일로 말할 것 같으면

우리 두 사람이 낮이 길어지는 봄철 풀 많은 초지에서

아름답게 굽은 낫 한 자루씩 들고 심야까지 밥을 먹지 않고

일하는 시합을 해보는 것이 좋지 않겠소?

아니면 소 모는 시합을 해도 좋소.   370

우리 둘이 모는 황소는 황갈색으로 된, 최고로 훌륭하고 크며,

꼴을 배불리 먹이고, 연수와 힘이 같으며, 쉽사리 지치지 않는

녀석들이 좋겠소. 쟁기 앞에 무너지는 흙덩이로 된 경작지는

네 귀에스[5]면 충분하겠소. 그러면 당신은 내가 쟁기로 그 경작지를

쉬지 않고 다 갈 수 있는지 알게 될 것이오.   375

아니면 오늘 당장 크로노스의 아드님께서 어느 곳에서

전쟁을 일으키시어 내가 방패와 창 두 자루를 들고

관자놀이에 꼭 맞는 온통 청동으로 만든 투구를 쓰게 된다면,

5　"귀에스"(γύης)는 고대의 면적 단위로, 1귀에스는 약 2,700평방미터(800평)에 해당한다.

당신은 내가 선봉에 서서 싸우는 모습을 보게 될 것이며

이후로는 내 배를 조롱하고 모욕하는 말을 하지 못할 것이오.　　　　380

당신은 아주 오만하고 냉혹한 마음을 지닌 사람이오.

스스로를 위대하고 강한 사람이라고 생각하는 것은

소수의 용맹하지 않은 자들과 어울리기 때문이오.

오디세우스가 돌아와 조상들의 땅을 밟게 된다면,

문간을 지나 문밖으로 도망치려는 당신에게　　　　385

넓디넓은 저 문들이 어느새 좁게 느껴질 것이오.”

　　　오디세우스가 이렇게 말하자, 에우리마코스는 마음에서 격분해

그를 노려보며 날개 달린 말로 응수했다.

“이 쓸모없는 자야, 네게 곧 재앙을 안겨주마. 많은 남자가

모여 있는 이곳에서 마음에 한 점의 두려움도 없이 대담한 말을　　　　390

지껄이고 쓸데없는 소리를 멈출 줄 모르니, 포도주를 마셔

정신이 나간 게 아니라면 네놈의 정신 상태가 늘 그런 것이지.

떠돌이 거지 이로스를 이기고 한껏 들떠 정신이 나간 게 분명하다.”

　　　에우리마코스는 이렇게 소리친 후 발판을 집어 들었다.

그러자 에우리마코스가 두려웠던 오디세우스는 둘리키온 출신의　　　　395

암피노모스의 무릎 앞에 몸을 웅크렸다. 에우리마코스가

던진 발판이 술 따르는 시종의 오른손을 맞히자 주전자가

요란한 소리를 내며 땅바닥에 떨어졌고, 시종은 비명을 지르며

먼지 속으로 나동그라졌다. 그러자 구혼자들이 그늘진

대청에서 술렁였고, 누군가는 옆 사람에게 말했다.　　　　400

“저 떠돌이 나그네가 이곳에 오기 전 다른 곳에서 죽었으면

얼마나 좋았겠나. 그랬다면 여기서 이런 소동이 일어나지 않았을 텐데.

지금 우리는 거지들과 입씨름하느라 훌륭한 연회의 흥이

다 깨지고 말았네. 더 안 좋은 것이 이기는 법이지.”

　　　신성하고 강력한 텔레마코스가 그들 가운데서 말했다.　　　　405

"한심한 분들이여, 자신들이 이미 먹고 마신 일을 속으로 숨기지
못하고 광분하고 있다니. 어느 신께서 여러분을 부추기시는 게 분명하오.
이제 배도 채웠고 술도 충분히 마셨으니, 마음 가는 대로
집으로 돌아가 쉬십시오. 나는 누구도 강제로 내몰지 않겠습니다."
        텔레마코스가 이렇게 말하자, 그들은 모두 그가   410
대담하게 말하는 것을 보고 깜짝 놀라 입술을 깨물었다.
이때 그들 가운데서 아레토스의 아들인 니소스왕의
영광스러운 아들 암피노모스가 이렇게 말했다.
"친구들이여, 옳은 말을 하는 자를 적대적인 말로
공격하고 화내는 사람은 아무도 없소.   415
그러니 여러분은 저 나그네와 신 같은 오디세우스의
궁에 있는 다른 하인을 거칠게 대하지 마시오.
그러면 자, 우리가 헌주한 후 집으로 돌아가 누울 수 있도록
술 따르는 시종은 술잔에 술을 따르게.
그리고 저 나그네는 텔레마코스의 집에 찾아온 것이니   420
오디세우스의 궁에 남겨 텔레마코스가 돌보게 합시다."
        암피노모스가 이렇게 말하자 그의 말에 다들 기뻐했다.
둘리키온 출신의 전령이자 암피노모스의 시종인
전사 물리오스가 그들을 위해 희석용 동이에 포도주를 희석시켰다.
그가 그들 각자에게 다가가 술을 따르자   425
그들은 축복받은 신들께 헌주한 후 꿀처럼 달콤한 포도주를 마셨다.
헌주하고 나서 마음이 원하는 만큼 마시자
그들은 저마다 자리에 누우러 집으로 갔다.

제19권   페넬로페이아와 손님 오디세우스

대청에 혼자 남은 고귀한 오디세우스는 아테나의 도움으로

구혼자들을 처치할 방법을 궁리하다가 문득 텔레마코스에게

날개 달린 말로 이렇게 일렀다.

"텔레마코스야, 아레스의 무구들을 모두 안으로 갖다 놓아야겠다.

구혼자들이 무구가 없어진 것을 알고 네게 묻거든   5

너는 부드러운 말로 이렇게 그들을 속여라.

'전에 오디세우스께서 트로이아로 가시면서 남겨둔 무구들이

그때는 멀쩡했는데, 그동안 불의 입김에 자주 닿아 완전히 망가져

연기가 닿지 않는 곳에 옮겨두었소.

게다가 크로노스의 아드님께서 내 마음속에 더 큰 문제도 알려주셨소.   10

그대들이 술에 취한 채 싸우다가 서로를 다치게 하여

연회와 구혼을 욕되게 해서는 안 된다는 것이었소.

무쇠는 그 자체로 사람을 끌어당기기 때문이오.'"

　　　오디세우스가 이렇게 말하자, 텔레마코스는 사랑하는 아버지의

말에 순종해 유모 에우리클레이아를 불러 이렇게 말했다.   15

"유모, 내가 아버지의 아름다운 무기들을 방에 갖다 놓을 때까지

나를 위해 여자들을 각자의 방에 붙들어둬요. 아버지께서 멀리

떠나신 후로 그 무기들이 연기에 광채를 잃고 뿌옇게 변색되었어요.

나는 아직 어린아이였고 집에는 돌보는 사람이 없었기 때문이지요.
이제는 그 무기들을 불의 입김이 닿지 않는 곳에 갖다 놓으려 해요."   20
사랑하는 유모 에우리클레이아가 그에게 대답했다.
"도련님, 언젠가는 도련님이 현명하고 사려 깊어져 집안일을
돌보고 모든 재산을 지킬 줄 알았지요. 그런데 불을 밝혀야 할
하녀들을 밖으로 나오지 못하게 하면, 누가 등을 가져와
도련님을 따라다니며 길을 비춰주나요?"   25
        현명한 텔레마코스가 그녀에게 대답했다.
"이 나그네가 하면 돼요. 내 빵을 먹은 자는 아무리 먼 곳에서 왔어도
하는 일 없이 빈둥거리게 두지 않으려고요."
텔레마코스가 이렇게 말하자, 그녀는 무슨 말인지 알아듣고
살기 좋은 방들의 문을 걸어 잠갔다.   30
그러자 오디세우스와 그의 영광스러운 아들은 일어나
투구들과 중앙에 돌기가 있는 방패들과 날카로운
창들을 날랐고, 팔라스 아테나는 황금 등을 켜고
더없이 아름다운 불빛을 그들 앞에 비춰주었다.
그러자 즉시 텔레마코스가 아버지에게 이렇게 말했다.   35
"아버지, 제가 크고 놀라운 일을 이 두 눈으로 보고 있네요.
대청의 벽과 정교한 대들보, 전나무 서까래, 높이 솟은 기둥이
마치 불길 속에서 빛나는 듯합니다.
드넓은 하늘에 사는 어느 신께서
이곳에 와 계시는 것이 분명합니다."   40
        계책 많은 오디세우스가 그에게 대답했다.
"아무 말 하지 마라. 네 생각은 마음속에 담아두고
묻지 마라. 그것이 올림포스에 계시는 신들의 관례다.
그러니 너는 누워 자라. 나는 이곳에 남아
하녀들과 네 어머니를 좀 더 시험해볼 생각이다.   45

네 어머니는 울며 내게 하나하나 캐묻겠지."

오디세우스가 이렇게 말하자, 텔레마코스는 횃불이 비춰주는
대청을 지나 방으로 누우러 갔다. 그 방은 전부터
달콤한 잠이 그에게 찾아왔을 때 누워 자던 곳이었다.
이때도 텔레마코스는 그곳에 누워 고귀한 새벽의 여신   50
에오스를 기다렸다. 그러나 고귀한 오디세우스는 대청에 남아
아테나의 도움으로 구혼자들을 죽일 방법을 궁리했다.

그때 사려 깊은 페넬로페이아가 방에서 나왔는데,
그 자태가 아르테미스나 황금의 아프로디테 같았다.
하녀들은 그녀가 평소 앉는 불 옆에   55
상아와 은을 두른 의자를 갖다 놓았다. 전에 이크말리오스라는
장인이 만든 이 의자에는 발을 올려놓는 발판이
달려 있었고, 의자 위에는 큼지막한 양모피가 깔려 있었다.
사려 깊은 페넬로페이아가 그 의자에 앉자, 흰 팔의 하녀들이
방에서 나와 남은 많은 음식과 식탁과 저 오만방자한   60
남자들이 포도주를 마실 때 사용했던 잔들을 치우고,
빛을 발하며 불타고 있는 화로에서 타다 남은 장작을
바닥에 꺼낸 후 그 화로들 위에 새 장작을
많이 쌓아 빛을 더 밝히고 따뜻하게 했다.
그때 멜란토가 두 번째로 오디세우스를 꾸짖기 시작했다.   65
"나그네여, 그대는 이제 이곳에서 밤새도록 집 안을 맴돌며
우리를 귀찮게 하고 여자들을 훔쳐볼 셈이오?
빌어먹을 자 같으니, 잘 얻어먹었으면 문밖으로 꺼져요.
안 그러면 횃불로 얻어맞고 쫓겨날 줄 알아요."

계책 많은 오디세우스가 그녀를 노려보며 말했다.   70
"이상한 여자여, 그대는 왜 이토록 내게 화를 내며 못 잡아먹어
안달이오? 내 행색이 더럽고 몸에 걸친 옷이 허름하기 때문이오?

아니면 내가 궁핍해 어쩔 수 없이 이 나라를 돌아다니며
구걸하기 때문이오? 하지만 거지나 부랑자들은
원래 그런 사람이잖소. 나 또한 한때는 풍요로운 집에 살며   75
행복을 누렸고, 어떤 처지의 나그네라도
찾아오면 그들에게 아낌없이 베풀곤 하였소. 내게는 하인들이
무수히 많았고, 사람들에게 잘사는 부자라는 말을 듣게 해주는
그 밖의 것도 많았소. 하지만 크로노스의 아드님이신
제우스께서 앗아가셨소. 그것은 분명 그분의 뜻이었소.   80
그러니 여자여, 그대도 하녀들 가운데서 가장 뛰어난 미색을
언젠가 완전히 잃지 않도록 지금 조심하시오.
안주인이 그대에게 화가 나 못마땅해할지 모르고,
오디세우스께서 돌아오실 수도 있으니. 아직 한 가닥 희망이 남아 있소.
설령 그분이 죽어 돌아올 가망이 없다 해도,   85
아폴론 덕분에 그분에게는 텔레마코스 같은 아드님이 있으니
어떤 여자도 이 궁에서 남몰래 주제 넘은 짓을 할 수는 없소.
그런 것을 못 알아차릴 나이는 지났으니.”
     오디세우스가 이렇게 말하자, 그 말을 들은 사려 깊은
페넬로페이아는 이런 말로 그 하녀를 꾸짖었다.   90
“이 건방지고 뻔뻔스러운 암캐야, 네가 패악질한 것을 내가
모를 줄 아느냐? 너는 잘못을 네 머리로 씻어야 할 것이다.
너도 내게 들어 모든 것을 아주 잘 알고 있듯이,
내가 상심이 너무 커서 저 나그네를 불러 대청에서 남편에
대해 물어보려던 참인데, 네가 어찌 이러는 것이냐?”   95
     페넬로페이아는 이렇게 말한 후 시녀 에우리노메에게 말했다.
“에우리노메, 내가 나그네에게 물어볼 게 있으니
나그네가 앉아서 말하고 내 말도 들을 수 있도록
의자 하나와 그 위에 깔 양모피를 가져와요.”

　　　페넬로페이아의 말이 끝나자, 에우리노메는 반들반들 윤이 나는　　100
의자를 서둘러 가져와 그 위에 폭신한 양모피를 정성껏 깔았다.
강인하고 고귀한 오디세우스가 거기에 앉자
그들 가운데서 사려 깊은 페넬로페이아가 먼저 말했다.
"나그네여, 내가 먼저 묻겠소. 그대는 인간들 중 누구이고
어디에서 왔소? 그대의 도시는 어디이고, 부모님은 어디에 계시오?"　　105
　　　계책 많은 오디세우스는 그녀에게 이렇게 대답했다.
"부인, 끝없는 대지 위에서 살아가는 인간들 중 누구도
당신을 욕하지 않을 겁니다. 신들을 두려워하고
정의를 드높이면서 수많은 강력한 사람들을 다스리는
흠잡을 데 없이 훌륭한 왕의 명성처럼　　110
당신의 명성도 드넓은 하늘에 닿았기 때문이지요.
그런 왕에게는 그의 훌륭한 통치에 화답해 검은 대지가
밀과 보리를 내어주고, 나무들은 휘어질 정도로 많은 열매를 내며,
작은 가축들은 때마다 반드시 새끼를 낳고,
바다는 물고기들을 내어주기에 그런 왕 아래에서　　115
백성은 번영을 누린답니다. 그러니 이제 당신의 이 궁에서
다른 것들은 내게 물어도 되지만, 내 혈통과 조상들의 땅에
대해서는 묻지 마십시오. 나는 슬픈 일을 너무나 많이 당해
그 일을 다시 떠올리면 마음이 고통으로 가득 차니까요.
남의 집에 앉아 탄식하며 눈물을 짤 필요가 있을까요?　　120
계속해서 가슴 아파하고 눈물 흘리는 것도 좋은 일은 아닙니다.
또 하녀들이나 당신이 내게 술에 취해 운다고 화를 낼 겁니다."
　　　사려 깊은 페넬로페이아가 그에게 대답했다.
"나그네여, 아르고스인이 일리오스로 가는 배에 오르고,
내 남편 오디세우스께서 그들과 함께 가셨을 때,　　125
불멸의 신들께서는 내 뛰어난 용모와 몸매를 망쳐버리셨다오.

〈오디세우스와 페넬로페이아〉(요한 하인리히 빌헬름 티슈바인, 1802년)

그분이 돌아와 내 삶을 보살펴주신다면

명성과 아름다움은 더 커지겠지요. 하지만 지금은

어느 신께서 너무나 큰 재앙을 내게 보내어

나는 괴롭기만 하오. 둘리키온과 사메와 숲 무성한   130

자킨토스 같은 섬들을 다스리는 높은 분들과 멀리서도 보이는

이곳 이타케 주변의 높은 분들이 내 뜻을 거슬러

내게 구혼하며 살림을 탕진하고 있기 때문이오.

내 마음은 오디세우스에 대한 그리움으로 녹아내리고 있어

나그네와 탄원자들뿐 아니라 백성을 위해   135

일하는 전령들조차 전혀 돌보지 못하고 있소.

그런데도 구혼자들이 결혼을 독촉하기에 나는 속임수를 썼다오.

처음에는 어느 신께서 내 마음속에 큰 천을 짜라는 생각을 넣어주셨소.

그래서 나는 방에 큰 베틀을 들여놓은 후 아주 크고 고운 천을

짜기 시작하면서, 즉시 그들에게 말했소.   140

'내게 구혼하는 젊은이들이여, 이왕 고귀한 오디세우스께서 돌아가셨으니

여러분은 나와 결혼하고 싶더라도 이 수의를 다 짤 때까지

기다려주시오. 수의 짜는 일을 중도에 그만두어 헛수고하고

싶지는 않소. 나는 사람을 길게 누이는 죽음의 운명이

영웅 라에르테스께 닥칠 때를 대비해 수의를 짜두려 하오.   145

그래야 막대한 재산을 가진 분을 수의도 없이 누워 있게 한다고

내게 분개할 사람이 아카이오스인 여자들 중에 아무도 없을 테니까.'

내가 이렇게 말하자 오만한 그들의 마음이 내 말에 동의했소.

이렇게 해서 나는 낮에는 큰 베틀에서 수의를 짰고,

밤에는 횃불을 켜놓고 낮에 짠 수의를 다시 풀었다오.   150

삼 년 동안 들키지 않았고 아카이오스인을 믿게 했지요.

하지만 달이 기울고 수많은 날이 지나

계절이 바뀌고 넷째 해가 되었을 때,

〈낮에 수의를 짰다가 밤에 푸는 페넬로페이아〉(토머스 세든, 1852년)

구혼자들은 지각없고 암캐같이 뻔뻔한 하녀들의 도움으로

떼로 들이닥쳐 나를 붙잡고 다그쳤소.   155

그래서 나는 원치 않았지만 어쩔 수 없이 수의를 완성했소.

지금 나는 결혼을 피할 수 없고 다른 계책을 생각해낼 수도 없소.

부모님은 내게 결혼하라고 심하게 들볶으시고,

이 모든 사정을 아는 아들은 구혼자들이 자기 살림을

먹어치우는 데 화가 나 있소. 그 아이는 이미 제우스께서 영광을   160

주시는 성인이 되어 혼자 얼마든지 집을 돌볼 수 있으니까.

어쨌든 그대의 혈통과 태어난 곳을 내게 말해주시오.

전설 속 인물들처럼 나무나 바위에서 태어났다고 할 순 없지 않소.”

　　　계책 많은 오디세우스가 그녀에게 대답했다.

“라에르테스의 아들 오디세우스의 존귀한 부인이여,   165

아직도 내 혈통에 대해 거론하기를 그만두지 않으실 건가요?

그렇다면 말씀드리지요. 당신은 내가 지금까지 겪은 것보다

더 큰 고통을 내게 안겨주실 작정이로군요. 하지만 이런 일은

나처럼 오랜 세월 조상들의 땅을 떠나 인간들의 수많은 도시를

떠돌아다니며 고생한 사람에게는 늘 있는 일이지요.   170

어쨌든 당신이 궁금해하고 물으시니 말하겠습니다.

포도주빛 바다 위로 떠 있는 크레테라는 섬이 있소. 물결이 감싸는 그곳은

비옥하고 아름다운 땅입니다. 그 땅에는 셀 수 없이 많은 사람이

사는 아흔 개의 도시가 있고, 아카이오스인, 기개 있는 원주민

크레테인,[1] 키돈인, 세 부족으로 이루어진 도로스인,[2]   175

1　“원주민 크레테인”로 번역한 에테오크레테스(Ἐτεόκρητες)는 직역하면 ‘진짜 크레테인’
　　이다.

2　“도로스인”은 대홍수 이후 최초의 인간인 데우칼리온과 피라에게서 태어난 헬렌의 아들
　　도로스의 후손들이다. 모든 그리스인의 조상 헬렌은 아이올로스, 크수토스, 도로스를 낳았
　　고, 삼형제는 각각 그리스 세 부족의 시조가 되었다.

고귀한 펠라스고스인[3]이 그 도시들에 살면서 서로 다른

말을 사용하고 있지요. 그중에 크노소스라는 큰 도시가 있고,

이 도시는 위대한 제우스와 구 년마다 만나 대화를

나누는 미노스[4]께서 다스리셨는데, 그분의 아들이며

기개 있는 데우칼리온[5]이 내 아버지십니다.   180

데우칼리온께서는 나와 이도메네우스왕을 낳으셨지요.

그런데 이도메네우스는 새 부리처럼 휜 함선들을 타고

아트레우스의 아들들과 함께 일리오스로 가셨습니다.

내 이름은 아이톤인데, 용맹한 이도메네우스가 형이고,

나는 그의 동생입니다. 나는 크레테에서 오디세우스를 만났고,   185

우정의 징표로 소중한 선물도 건넸습니다. 그분이 트로이아로 가다가

말레이아에서 거센 바람에 밀려 항로를 벗어나 크레테에

잠시 들렀기 때문이지요. 그분은 어렵게 폭풍에서

3　"펠라스고스인"의 시조 펠라스고스는 펠로폰네소스반도 아르카디아 지역에 처음으로 정
　　착했다. 크레테 왕 아스테리오스의 아버지 테크타모스는 헬렌의 손자이자 도로스의 아들
　　로, 아이올로스의 자손인 크레테우스의 딸과 결혼한 후 아이올로스인과 펠라스고스인을
　　이끌고 크레테섬으로 건너왔다.

4　"미노스"는 제우스와 페니키아 왕 아게노르의 딸인 에우로페 사이에서 태어난 아들로, 그
　　의 형제 라다만티스, 사르페돈과 함께 크레테 왕 아스테리오스의 양아들로 자랐다. 아스
　　테리오스가 죽고 왕위 계승 다툼이 벌어지자 미노스는 신들이 자신에게 왕국을 맡겼다고
　　주장하며 그 증거로 바다의 신 포세이돈이 제물로 바칠 황소를 직접 보내줄 것이라고 말
　　한다. 그의 기도를 들은 포세이돈은 정말 흰 황소를 보내주었고, 그는 크레테의 왕이 된다.
　　그러나 미노스가 약속을 지키지 않고 다른 황소를 제물로 바치자 포세이돈은 크게 분노해
　　왕비 파시파에가 그 황소에게 미칠 듯이 반하게 만들었고, 이들 사이에서 몸은 인간이고
　　머리는 황소인 미노타우로스가 태어난다. 미노스왕은 최고의 장인 다이달로스에게 명해
　　만든 미궁 라비린토스에 이 괴물을 가둔다. 한편, 제우스는 미노스를 9년마다 이데산으로
　　불러 통치술을 가르쳤다. 덕분에 미노스는 세상에서 가장 지혜로운 군주와 입법자로 이름
　　을 떨치고, 죽어서는 하이데스가 다스리는 지하세계의 심판관이 된다.

5　"데우칼리온"은 미노스의 아들로, 트로이아 전쟁의 영웅 "이도메네우스"와 서자 몰루스를
　　낳았다. 이도메네우스의 시종 메리오네스는 몰루스의 아들이다. 이도메네우스는 크레테
　　의 왕으로 크레테군을 이끌고 참전해 용맹을 떨쳤으며, 트로이아 목마에 숨어 성안으로
　　들어간 40인의 용사 중 하나다.

벗어나 에일레이티이아의 동굴이 있는 접근하기 쉽지 않은
암니소스 항구에 배를 세웠습니다.[6] 그러고는 곧장 도시로 올라와   190
이도메네우스를 찾더군요. 자신이 사랑하고 존경하는 벗이라면서.
하지만 그때는 이도메네우스가 새 부리처럼 휜 함선들과 함께
일리오스로 가신 지 열흘 또는 열하루 되는 아침이었지요.
그래서 내가 그분을 궁으로 모셔 정성껏 대접하고 환대했습니다.
궁에는 늘 많은 것이 준비되어 있었으니까요.   195
나는 백성에게 보릿가루와 화염 같은 포도주를 거두어
그분과 그분을 따르는 다른 전우들에게 건넸고,
제물로 바칠 소들도 그들의 마음이 흡족할 만큼 주었답니다.
고귀한 아카이오스인은 크레테에서 열이틀 날을 머물렀지요.
어느 신께서 분노해 일으킨 바람이, 땅을 밟고 서 있기도   200
힘들 정도로 거센 북풍이 그들을 묶어놓았기 때문입니다.
하지만 열사흘째 되는 날 바람이 그치자 그들은 출항했지요.”
      오디세우스가 거짓말을 마치 진짜처럼 잔뜩 늘어놓자
페넬로페이아는 들으며 눈물을 흘리니 피부가 녹아내렸다.
서풍이 높은 산들에 눈을 쏟아부으면,   205
그 눈은 동풍에 녹아내리고, 눈이 녹아내리면
강물이 만수위가 되어 흐르는 것처럼
바로 그렇게 그녀의 고운 뺨은 흐르는 눈물에 녹아내렸다.
그녀는 자기 옆에 앉아 있는 남편을 생각하면서 울었다.
오디세우스는 울고 있는 아내가 마음속으로   210

---

6 “에일레이티이아”는 제우스와 헤라 사이에서 태어난 출산의 여신이다. 임신부가 안전하게
   아기를 낳을 수 있도록 돕지만, 헤라 여신의 명령으로 분만을 방해하고 지연시키기도 한
   다. 에일레이티이아는 크레테섬 암니소스의 한 동굴에서 출생했다고 전해진다. 크레테섬
   에서는 이 여신을 숭배했고, 이는 미노스 문명시대, 헬레니즘 시대를 거쳐 로마 시대까지
   이어진다. “암니소스 항구”는 수도 크노소스의 항구로 크레테섬 북쪽 해안에 있다.

불쌍했지만, 그의 두 눈은 눈꺼풀 사이에서
마치 뿔이나 무쇠인 양 아무런 움직임 없이 멈춰 서 있었다.
이렇게 그는 눈물마저 교묘하게 감추었다.
페넬로페이아는 실컷 울고 나서 다시 그에게 말했다.
"나그네여, 그대가 말한 대로 과연 그대가   215
궁에서 내 남편과 그분의 신 같은 전우들을
환대했다는 것이 사실인지 이제는 시험해볼 수 있을 듯하오.
그분이 몸에 어떤 옷을 입었고 어떤 사람이었으며,
그분을 따라간 전우들은 어떤 사람들이었는지 내게 말해보시오."
        계책 많은 오디세우스가 그녀에게 대답했다.   220
"부인, 그토록 오랜 시간이 지난 일을 말하기란
어려운 일이랍니다. 그분이 그곳을 떠나고, 나도 내 조상들의
땅을 떠나온 지 벌써 스무 해가 지났으니까요.
하지만 내 마음에 떠오르는 대로 말해보겠습니다.
고귀한 오디세우스께서는 두 겹의 양모로 만든   225
자주색 겉옷을 입고 있었는데, 두 개의 죔쇠가 있는
황금 브로치가 달려 있었지요. 앞쪽에는 개가 버둥거리는
얼룩무늬 어린 사슴을 두 발로 잡고 있는 모습이 정교하게
세공되어 있었고요. 황금으로 만든 것인데도
개가 어린 사슴의 목을 조이고, 어린 사슴은 버둥거리며   230
도망치려는 모습이 너무나 생생해 모두가 놀랐답니다.
또한 나는 그분이 껍질을 벗겨 말린 양파처럼 새하얗게
빛나는 웃옷을 입고 있는 모습을 보았습니다. 그 웃옷은
부드러웠고 태양처럼 빛났지요. 많은 여자가 그 웃옷을
보고 감탄했습니다. 한 가지 더 말씀드릴 것은   235
오디세우스께서 그런 옷을 집에서부터 입고 왔는지,
아니면 함선을 타고 가는 동안 어느 전우가 그분에게 준 것인지,

아니면 그분에게는 친구들이 많으니 그중 한 명이 그 옷을
준 것인지 한번 생각해보시라는 것이지요. 아카이오스인 중에는
그분에 필적할 만한 사람이 거의 없으니까요.   240
나도 그분에게 청동 칼, 두 겹으로 된 자주색 겉옷,
가장자리에 술 장식을 한 웃옷을 주었고,
훌륭한 노를 갖춘 배까지 예를 갖추어 배웅해드렸습니다.
그분보다 약간 나이가 많은 전령이 그분과 동행했는데,
전령의 생김새가 어떠했는지도 말씀드리지요.   245
어깨는 둥글고 피부는 검으며 곱슬머리인데
이름이 에우리바테스[7]였습니다. 오디세우스는 그와 마음이
잘 맞아 전우들 중 그를 특히 소중히 여기더군요.”

        오디세우스는 이렇게 말했고, 페넬로페이아는 그의 말에
울고 싶은 마음이 더욱 강하게 들었다. 그가 밝힌 증거들이 확실하다는
    것을 너무나 잘 아는 까닭이었다.   250
그 때문에 그녀는 눈물을 펑펑 쏟으며 울었고,
그런 후 그에게 이렇게 대답했다.
“나그네여, 나는 지금까지 그대를 가엾게만 여겼으나 이제는
내 궁에서 친구로 극진히 대접하리다. 그대가 말한 그 옷은
내가 창고에서 꺼내 잘 개켜 그분에게 드렸고,   255
그분의 영광이 되도록 반짝이는 브로치도 옷에 달아드렸다오.
하지만 나는 사랑하는 조상들의 땅 집으로 돌아오시는 그분을
다시는 반갑게 맞이하지 못하겠지요. 오디세우스께서는
속 빈 배를 타고 이름조차 입에 올리기 싫은 가증스러운

---

7 “에우리바테스”는 『일리아스』 제2권 184행에서 “이타케 출신의 전령 에우리바테스”로 한
   번 언급된다. 그리스군이 트로이아군에게 밀려 함선을 타고 도망치려 하자, 오디세우스는
   아테나 여신의 명령을 듣고 이들을 저지하러 외투를 벗어 던지면서 달려간다. 이때 그 옷
   을 챙긴 사람이 에우리바테스다.

재앙의 일리오스에 갔다가 사악한 운명을 맞이하신 게 틀림없소."   260
    계책 많은 오디세우스가 그녀에게 대답했다.
"라에르테스의 아들 오디세우스의 존귀한 부인이여,
이제 더는 남편을 생각하며 눈물 흘리다가 아름다운 피부를
상하게 하지 마시고, 마음이 녹아내려 기진하지도 마십시오.
물론 그리한다고 해서 내가 화를 낼 수는 없지만요.   265
다른 여인들도 혼인하여 사랑을 나누고 자식을 낳은 남편이 세상을 떠나면,
비록 그가 신과 같은 오디세우스만 못한 이일지라도
그를 추억하며 슬피 울 것이니까요.
하지만 내가 숨김없이 있는 그대로 말씀드릴 테니 울음을 그치고
내 말을 명심하십시오. 나는 오디세우스의 귀향과 관련해   270
이런 말을 들었습니다. 그분은 가까운 곳, 그러니까 테스프로티아인의
비옥한 땅에 계셨습니다. 그리고 그 나라에서 받은
귀한 보물을 많이 싣고 항해를 시작했는데,
믿음직스러운 전우들과 속 빈 배는 트리나키에섬을 떠나올 때
포도주빛 바다에서 잃었습니다.   275
그분의 전우들이 태양신 헬리오스의 소들을 죽이는 바람에
제우스와 헬리오스께서 진노하셨기 때문입니다.
그들은 거센 파도가 이는 바다에서 모두 죽었고,
배의 용골에 올라탄 그분은 파도에 밀리다 뭍에 내던졌는데,
그곳은 신들과 가까운 파이악스인의 땅이었지요.   280
그들은 그분을 진심으로 신처럼 존경했고 많은 선물을 주며
무사히 집으로 호송해주겠다고 했습니다.
그러나 그분은 오래전에 이미 이곳에 와 있어야 하지만,
대지 위를 다니며 많은 재물을 모으는 것이 더 이익이라고
마음속으로 생각하신 모양입니다. 이익에 관해서라면   285
오디세우스는 필멸의 인간 중에서 가장 많이 알고,

다른 어떤 사람도 그분과 경쟁해 이길 수 없다고
테스프로티아인의 왕 페이돈[8]이 내게 말했지요.
또한 왕은 자기 궁에서 헌주하고 내 앞에서 맹세한 후,
배를 바다로 내렸고, 그분을 사랑하는 조상들의 땅으로   290
호송해줄 선원도 준비되어 있다고 말했습니다.
때마침 곡물이 많이 나는 둘리키온으로 출발하는 테스프로티아인의
배가 한 척 있어, 왕은 나를 먼저 호송해주었습니다.
또한 왕은 오디세우스가 모은 재물을 모두 내게 보여주었는데,
열 대에 이르는 자손까지 대대로 먹고 살 정도로 많은   295
보물이 왕궁에 보관되어 있더군요.
왕은 그분이 오랜 세월 떠나 있던 사랑하는 조상들의 땅에
어떤 식으로 귀향할지, 다시 말해 공공연하게 돌아갈지,
아니면 몰래 돌아갈지 높은 곳에 잎사귀가 달린 참나무를 통해
제우스의 조언을 듣고자 도도네로 갔다고 말했습니다.   300
이렇게 그분은 무사하고 아주 가까이 와 있으니
머지않아 가족과 조상들의 땅으로 돌아오실 것입니다.
그러니 나는 먼저 신들 중에서는 가장 위대하고 가장 훌륭한 제우스를,
다음으로는 내가 찾아온 흠잡을 데 없이 훌륭한 오디세우스의 화로를
증인으로 삼아 당신에게 맹세하지요. 내가 지금부터 하는 말은 모두   305
반드시 이루어지리니 이 달이 기울고 새 달이 차오르기 시작할 때,
올해 안으로 오디세우스께서 이곳에 돌아오실 것입니다.”
        사려 깊은 페넬로페이아가 그에게 대답했다.
“나그네여, 그 말이 이루어진다면 얼마나 좋겠소.
그러면 그대는 즉시 내게 많은 환대와 선물을 받고,   310

---

8 “페이돈”(Φείδων)은 ‘아끼는 자, 인색한 자’라는 뜻으로, 오디세우스가 지어낸 이름으로
   보인다.

만나는 이들마다 그대를 축복받은 사람이라고 말할 것이오.
그러나 내 마음속에서는 여전히 그이가 돌아오지 못할 것 같은
불길한 예감이 떠나지 않는군요.
오디세우스께서 사람들 가운데서 전에 그러셨던 것과는 달리
지금 이 궁에는 존귀한 나그네들을 영접하고 배웅해줄   315
주인이 없기 때문에 그대도 호송을 받지 못할 것이오.
그러니 시녀들아, 이분의 발을 씻어드리고 침상과 겉옷,
빛나는 담요로 잠자리를 마련하여 따뜻하고 편안히 쉬다가
황금 왕좌의 새벽 여신 에오스를 맞이하실 수 있도록 해드려라.
날이 밝으면 이분이 궁 안 대청에 앉아 텔레마코스 옆에서   320
식사할 수 있도록 일찍 목욕을 시켜드리고 기름도 발라드려라.
구혼자들 중에서 이분을 괴롭히는 자는 앞으로 아무리 무섭게
화를 내더라도 이 궁에서 아무것도 이루지 못하리니
자기 처지만 더 어렵게 만드는 꼴이 될 것이다.
나그네여, 그대가 허름한 옷을 입고 지저분한 모습으로   325
대청에서 식사한다면, 내가 지혜와 사려 깊은 계책에서
다른 여자보다 더 낫다는 것을 그대가 어찌 알겠소?
사람의 생은 짧지요. 그러나 성정이 잔인하고
행동까지 가혹한 이는 살아서도
미움을 받고, 죽어서도 조롱당할 뿐입니다.   330
반면에 성정이 흠잡을 데 없이 훌륭하고 실제로도
흠잡을 데 없이 행동하는 사람이 있다면, 그에게 환대받은
나그네들은 그의 명성을 만인에게 널리 실어 나르고,
많은 이가 그를 훌륭한 사람이라 일컫겠지요.”
　　　계책 많은 오디세우스가 그녀에게 대답했다.   335
“라에르테스의 아들 오디세우스의 존귀한 부인이여,
나는 애초에 긴 노를 사용하는 배를 타고

크레테의 눈 덮인 산들을 등지고 떠나올 때부터
겉옷과 반짝이는 담요 같은 것은 바라지 않았습니다.
전에도 그랬듯이 이 밤도 잠들지 않고   340
그냥 누워서 지새우고 싶습니다. 많은 밤을
형편없는 잠자리에 누워 자며 훌륭한 옥좌의
고귀한 새벽의 여신 에오스를 기다렸기 때문입니다.
발을 씻는 것도 더는 내 마음에 기쁨을 주지 못합니다.
그러니 당신의 궁에서 일하는 어떤 여자도   345
내 발을 만지지 못하게 할 참입니다.
물론 나처럼 온갖 고생을 하고 이제는 나이 든 할멈이 있다면,
그녀가 내 발을 만지는 건 거절하지 않겠지만요.”
　　　사려 깊은 페넬로페이아가 그에게 대답했다.
“사랑하는 나그네여, 먼 나라에서 내 궁을   350
찾아온 나그네들 중 그대처럼 분별 있고
사랑받을 만한 사람은 아무도 없었다오.
그대가 하는 말은 하나같이 무척 훌륭하고 사려 깊군요.
내게는 마음이 지혜로운 할멈이 있다오.
그이의 어머니께서 불운한 그이를 낳으셨을 때   355
두 손으로 받아 양육하고 기른 분이지요. 비록 나이가 많아 예전만큼 힘은
없지만, 그래도 그대의 발을 씻겨드리라 명하겠습니다.
그러니 자, 사려 깊은 에우리클레이아여, 그대의 주인과
나이가 같은 이분의 발을 씻겨드리세요. 사람은 고생을 하면
금세 늙는 법이니 오디세우스의 손과 발도 아마 이럴 거예요.”   360
　　　페넬로페이아가 이렇게 말하자, 할멈은 오디세우스를 떠올리고는
두 손으로 얼굴을 감싸쥐고 뜨거운 눈물을 흘리며 비통하게 말했다.
“내 아들이여, 당신을 위해 할 수 있는 일이 아무것도 없는 내가
한심합니다. 주인님은 신들을 두려워하는 마음을 지니셨는데도

제우스께서 사람들 중 당신을 유독 미워하셨나 봅니다.   365
천둥을 좋아하시는 제우스께 주인님만큼 비계로 싼 넓적다리뼈를
태워드리고 가장 성대한 제물을 바치며, 편안한 노후를 보내고
영광스러운 아들을 키우게 해달라고 기도한 사람도 없는데 말이에요.
그런데도 제우스께서는 당신한테서만 귀향의 날을 완전히
앗아가셨어요. 이곳에서 저 개같이 뻔뻔한 여자들이 모두   370
그대를 조롱했듯이, 주인님도 먼 나라에서 온 나그네로 유명한 궁을
찾아가셨을 때 여자들에게 그런 조롱을 당하셨겠지요.
지금 그대는 이 여자들에게 또 한번 많은 수모와 창피를 당할까 봐
그대의 발을 씻기지 못하게 하는군요.
하지만 나는 이카리오스의 따님인 사려 깊은 페넬로페이아께서   375
이 일을 명하셨을 때 싫지 않았답니다. 그러니 내가 안주인과
그대를 위해 발을 씻겨드리지요.
그대의 처지를 생각하면 내 가슴속 마음이 떨려오네요.
그러니 자, 내가 하는 말을 잘 들으세요. 온갖 고생을 다하고
이곳에 온 나그네가 많지만, 그대만큼 체격과 목소리와 발이   380
오디세우스를 닮은 사람을 한 번도 본 적이 없답니다.”

　　　계책 많은 오디세우스가 그녀에게 대답했다.
“할멈, 오디세우스와 나를 둘 다 직접 두 눈으로 본 사람은
누구나 우리가 서로 많이 닮았다고 하더이다.
그대도 금세 알아차리고 그렇게 말하는구려.”   385

　　　오디세우스가 이렇게 말하자, 할멈은 전에 그의 발을
깨끗이 씻어줄 때 사용했던 대야를 가져와 거기에
찬물을 많이 부은 후 더운 물을 부었다. 오디세우스는
화로 옆에 앉자 즉시 어두운 쪽으로 얼굴을 돌렸다.
그녀가 자기 발을 씻다 흉터를 알아보게 되면,   390
모든 것이 들통 나고 말 것이란 불길한 예감이 엄습했다.

그러나 그녀는 가까이 다가와 주인을 씻어주다가
금세 흉터를 알아보았다. 그 흉터는 오디세우스가 외할아버지
아우톨리코스와 그의 아들들을 만나러 파르나소스[9]에 갔을 때
멧돼지의 흰 엄니에 받혀 생긴 것이었다. 아우톨리코스는   395
도둑질하는 기술과 맹세하는 기술이 모든 사람을 능가했는데,
그 기술은 헤르메스 신에게 받은 것이었다.
아우톨리코스가 새끼 양과 새끼 염소의 넓적다리뼈를 태워 올려
헤르메스 신을 기쁘게 해드리자 신이 기꺼이 그와 함께했다.
한번은 아우톨리코스가 이타케의 비옥한 땅으로 건너가   400
딸의 갓 태어난 아들을 보게 되었다. 저녁 식사를 마쳤을 때,
에우리클레이아가 무릎에 그 아들을 올려놓고는 이렇게 말했다.
"아우톨리코스여, 따님의 사랑하는 아드님에게 친히 이름을
지어주세요. 기도를 많이 해서 얻은 아이입니다."
         아우톨리코스가 그녀에게 대답했다.   405
"내 사위와 딸아, 내가 말하는 이름을 이 아이에게
붙여주어라. 나는 남녀를 불문하고 풍요로운 대지 위에서
살아가는 많은 사람에게 분노하며 이곳에 왔으니
이 아이에게 오디세우스[10]라는 이름을 붙여주어라.
이 아이가 장성하여 파르나소스에 있는   410
자기 어머니의 큰 집, 내 재산이 있는 곳으로 오면
내가 그에게 재산의 일부를 주어 기쁜 마음으로 돌려보내겠다."
         그래서 오디세우스는 그 훌륭한 선물을 받기 위해

---

9 "파르나소스"는 그리스 중부에 있는 크고 높은 산 중 하나로, 보이오티아, 피티오티스, 포
   키스 지방에 걸쳐 있다. 최고봉은 해발 2,457미터다. 이 산의 남쪽 비탈에 유명한 아폴론
   의 델포이 신탁소가 있다.
10 "오디세우스"(Ὀδυσσεύς, '오뒷세우스')는 '분노하는 자, 미워하는 자'라는 뜻이다. "분노
   하며"로 번역한 오뒷소마이(ὀδύσσομαι)는 '분노하다, 미워하다'를 뜻한다.

그곳으로 갔다. 아우톨리코스와 그의 아들들이
그의 손을 잡고 상냥한 말로 그를 반갑게 맞이했으며,   415
오디세우스의 외할머니 암피테아는 그를 껴안고
머리와 아름다운 두 눈에 입을 맞추었다.
아우톨리코스가 명성 높은 아들들에게
저녁 식사를 준비하라고 지시하자,
그들은 그 지시를 따라 지체 없이   420
다섯 해 된 황소를 몰고 와 껍질을 벗기고 손질한 다음,
전체를 해체하고 작게 잘라 능숙하게 꼬챙이에 꿰고
공들여 구운 후 각자에게 자기 몫을 나누어 주었다.
이렇게 그들은 해 질 때까지 하루 종일 연회를 벌여
똑같이 나누어 먹으니 마음에 부족함이 없었다.   425
이윽고 해가 지고 어둠이 찾아오자
그들은 잠의 선물을 받아 잠자리에 들었다.
        이른 아침에 태어난, 장밋빛 손가락을 지닌 새벽의 여신 에오스가
모습을 드러내자 아우톨리코스의 아들들은 개들을 데리고
사냥을 나갔고, 고귀한 오디세우스도 따라갔다.   430
그들은 숲으로 뒤덮인 파르나소스의 높고 가파른 산을
올라 어느새 바람 많은 골짜기에 도착했다.
고요하고 깊게 흐르는 오케아노스에서 태양이 떠올라
막 들판을 비추기 시작했을 때, 이들은 숲 무성한
골짜기에 도착했다. 앞쪽에서는 사냥개들이 가며   435
사냥감의 흔적을 찾고 있었고, 뒤로는 아우톨리코스의
아들들이 갔다. 고귀한 오디세우스는 그들 가운데 섞여
그림자 길게 드리우는 창을 휘두르며 사냥개들을 바싹
따라갔다. 그런데 빽빽한 덤불 속에 큰 멧돼지 한 마리가
누워 있었다. 습기를 머금고 세차게 불어대는   440

거센 바람에 뚫린 적이 없고, 햇빛도 닿은 적이 없으며,

폭풍우도 들이친 적이 없는 덤불이었다.

그 정도로 덤불은 빽빽하고, 그 안에는 낙엽이 수북이

쌓여 있었다. 그런데 사람들과 개들이 몰려가며

요란한 발자국 소리를 내자   445

멧돼지는 덤불 속에서 뛰쳐나와 목털을 곤두세우고

두 눈에는 불을 켠 채 그들 앞 가까이에 버티고 섰다.

오디세우스는 사냥감을 쓰러뜨릴 생각에 사로잡혀,

단단한 손으로 긴 창을 움켜쥐고 가장 먼저 돌진했다.

그러나 멧돼지가 먼저 옆에서 재빠르게 그에게   450

달려들어 엄니로 무릎 위 살을 길게 찢어놓았다.

상처는 깊었지만 다행히 뼈까지 미치지는 않았다.

오디세우스가 멧돼지의 오른쪽 어깨를 찌르자

번쩍이는 창끝이 몸체를 관통했고, 멧돼지는 비명을

지르며 먼지 속에 쓰러져 혼백이 날아갔다.   455

그러자 아우톨리코스의 사랑하는 아들들이 부지런히

멧돼지를 운반하기 좋게 묶었고, 흠잡을 데 없이 훌륭한 신 같은

오디세우스의 상처도 능숙하게 묶고 주문을 외워 검은 피를 멎게 했다.

그런 후 그들은 즉시 사랑하는 아버지의 집으로 돌아왔다.

아우톨리코스와 그의 아들들은 오디세우스를 잘 치료해주고 나서   460

훌륭한 선물들을 주어 그를 기쁘게 하고,

서둘러 사랑하는 조상들의 땅 이타케로 보내주었다.

오디세우스의 아버지와 존귀한 어머니는 그의 귀향을 기뻐하며

흉터가 어떻게 생긴 것인지 꼬치꼬치 캐물었다.

그래서 오디세우스는 아우톨리코스의 아들들과 함께 파르나소스로   465

사냥을 갔고, 거기서 멧돼지의 흰 엄니에 받혀 다친 일을 자세히 말씀

　　드렸다.

〈멧돼지를 사냥하는 오디세우스〉(작가 미상, 1600년경)

할멈은 두 손으로 그의 한쪽 다리를 잡았을 때 감촉으로
그 흉터를 알아보고는 발을 놓아버렸다. 그러자 다리가
대야 속으로 떨어지며 청동 그릇이 요란한 소리를 냈고,
한쪽으로 기울어지며 물이 바닥에 쏟아졌다.   470
기쁨과 고통이 함께 할멈의 가슴을 사로잡았고,
두 눈에는 눈물이 차올랐으며, 힘 있던 목소리도 나오지 않았다.
할멈은 오디세우스의 턱을 잡고 말했다.
"당신이 바로 내 사랑하는 아들, 오디세우스로군요.
흉터를 만져보기 전까지는 당신인 줄 몰랐어요."   475
할멈은 두 눈을 돌려 페넬로페이아를 바라보았다. 사랑하는 남편이
집에 와 있다는 것을 알려주고 싶었기 때문이다. 하지만 아테나가
페넬로페이아의 마음을 다른 곳으로 돌려놓아 그녀는 할멈을
쳐다볼 수 없었고, 무슨 일이 일어났는지 알아차리지 못했다.
오디세우스는 재빨리 손을 뻗어 할멈의 목을 감싸 쥐고,   480
그녀를 가까이 끌어당기며 낮은 목소리로 속삭였다.
"유모, 그대의 젖가슴으로 나를 키워놓고는 나를 망칠 작정이오?
지금 나는 수많은 고생을 하고 스무 해 만에 조상들의
땅으로 돌아왔소. 하지만 신께서 그대의 마음을
일깨워주셔서 그대가 이 일을 알게 되었으니,   485
궁 안의 다른 사람은 아무도 모르도록 잠자코 있으시오.
지금부터 내가 하는 말은 반드시 이루어지리니
그대가 잠자코 있지 않는다면, 신의 허락으로 내가 지위 높은
가문의 구혼자들을 굴복시키고, 궁에서 일하는 다른 하녀들을
죽일 때, 유모인 그대도 가만두지 않을 것이오."   490
사려 깊은 에우리클레이아가 대답했다.
"아들이여, 어찌 그런 말을 이빨 울타리 밖으로 내보낼 수 있나요?
제가 심지가 굳고 굴하지 않는다는 걸 알잖아요.

〈오디세우스를 알아본 에우리클레이아〉(귀스타브 불랑제, 1849년)

이후로 저는 단단한 돌이나 무쇠처럼 처신할 겁니다.

또 하나 말씀드릴 게 있으니 명심해두세요.   495

신의 허락으로 당신이 지체 높은 구혼자들을 굴복시킬 때,

저는 궁에서 당신을 무시하던 여자들이 누구이고

아무 죄 없는 여자들이 누구인지 자세히 말씀드리지요."

　　　계책 많은 오디세우스가 대답했다.

"유모, 왜 그대가 여자들에 관해 얘기해주려 하오?   500

그럴 필요 없어요. 지금 내가 직접 일일이 살펴보면서 알아내고

있으니, 그대는 신들께 맡기고 잠자코 있으면 됩니다."

　　　오디세우스가 이렇게 말하자 할멈은 발 씻을 물을 가져오려고

걸어서 대청을 나갔다. 앞서 가져온 물을 다 엎질렀기 때문이다.

할멈이 발을 씻기고 올리브기름을 듬뿍 발라주자   505

오디세우스는 몸을 따뜻하게 하려고 의자를 다시

불 가까이로 당기면서 누더기 옷으로 흉터를 가렸다.

사려 깊은 페넬로페이아가 그들 가운데서 먼저 말했다.

"나그네여, 사소한 것 하나만 더 묻겠소. 이제 곧 달콤한 잠을

잘 시간이니까. 물론 이 말은 마음에 근심이 있어도   510

달콤한 잠을 잘 수 있는 사람에게나 해당하고, 신께서

헤아릴 수 없이 큰 비애를 주신 내게는 해당되지 않는구려.

나는 낮 동안에는 깊은 슬픔 속에서도

시녀들과 집안일을 돌보며 작은 위안을 얻지만,

밤이 와 모두가 잠든 뒤 침상에 눕노라면   515

가슴을 에는 근심들이 마음을 에워싸고

아우성치며 비통하게 흔들어댄다오.

새봄이 찾아오면 연갈색의 나이팅게일로 변한

판다레오스의 딸[11]이 무성한 나뭇잎에 앉아 곱게 노래하지요.

그녀가 예전에 제토스왕에게 낳아주었으나 어리석게도   520

자신이 청동으로 죽인, 사랑하는 아들 이틸로스를 위해

소리의 높낮이를 자주 바꿔가며 애곡하는 것인데,

바로 그렇게 내 마음도 둘로 쪼개져

때로는 이랬다 때로는 저랬다 한다오.

내가 이곳에 머물러 아들과 함께 재산과 하인들,   525

이 높은 지붕의 큰 궁전을 지키며

남편의 침상과 백성의 명예를 지켜야 할지,

아니면 이제라도 내게 수많은 선물을 바치며 구혼하는

아카이오스의 가장 훌륭한 구혼자를 따라가야 할지를 두고

마음이 흔들리나이다. 내 아들이 아직 어리고 철이 없었을 때는   530

내가 결혼해 남편의 집을 떠나는 것을 허락하지 않았소.

하지만 다 커서 성인이 된 지금은 아카이오스인이 그의 재산을

먹어치우는 것이 못마땅해 내게 이 궁에서 나가 친정집으로

돌아갈 것을 은근히 바라고 있다오. 그러니 자, 당신에게

내 꿈 얘기를 할 테니 해몽 좀 해주시오. 내 집에 있는   535

거위 스무 마리가 물에서 나와 밀을 먹고 있었고,

나는 기쁜 마음으로 그 거위들을 바라보고 있었소.

그때 부리 굽은 큰 독수리 한 마리가 산에서 내려와

거위들의 목을 죄다 부러뜨려 죽였지 뭐요. 궁에는 거위들의 시체가

---

11 "판다레오스"는 밀레토스의 왕이며 도둑질로 유명하다. 밀레토스는 아나톨리아반도 서쪽
   해안에 있던 고대 그리스 이오니아 지역의 식민 도시다. 그는 제우스 신전을 지키는 황금
   개를 훔쳐 리디아의 왕 탄탈로스에게 맡겼다가 제우스의 진노로 목숨을 잃었다. 그의 딸
   아에돈은 테베의 왕 "제토스"와 결혼해 "아들 이틸로스"를 낳았다. 제토스는 쌍둥이 형제
   암피온과 함께 테베를 다스리며 일곱 성문의 테베성을 축조한 인물이다. 아에돈은 암피온
   의 아내 니오베가 일곱 아들과 일곱 딸을 둔 것을 시기해, 니오베의 장남 아말레우스를 잠
   든 사이에 죽이려 했지만 실수로 같은 방에서 자고 있던 자신의 외아들 이틸로스를 죽이
   고 만다. 나중에 이 사실을 알게 된 아에돈은 너무나 고통스러우니 자기 모습을 바꿔달라
   고 신에게 기도했고, 제우스는 그녀를 "나이팅게일"(밤꾀꼬리)로 변신시킨다.

무더기로 쌓였고, 독수리는 하늘의 신묘한 대기 속으로 올라가버렸소.   540

꿈속인데도 나는 소리 내어 통곡했고,

독수리가 거위들을 죽였다고 애처롭게 우는 내 주위로

머리채 고운 아카이오스인 여자들이 모여들었소.

그때 그 독수리가 다시 돌아와 지붕 위의 튀어나온 서까래에 앉더니

사람 목소리로 이렇게 말하며 내가 우는 것을 말리더이다.   545

'안심하라, 명성 자자한 이카리오스의 딸아.

이것은 꿈이 아니라 반드시 이루어질 일을 보여주는 길한 묵시다.

거위들은 구혼자들이고, 나는 조금 전에는 독수리였지만

지금은 돌아온 네 남편이다. 이제 네 남편은

모든 구혼자에게 수치스러운 운명을 안겨줄 것이다.'   550

독수리가 이렇게 말했을 때 나는 달콤한 잠에서 깨어났소.

그래서 궁을 두루 살펴보았는데, 거위들은 평소처럼

모이통 옆에서 밀을 먹고 있었소."

          계책 많은 오디세우스가 대답했다.

"부인, 그 꿈이 어떻게 이루어질지는 이미 오디세우스 자신이   555

당신에게 말해주었으니, 어찌 달리 해석할 수 있겠습니까?

그러니 모든 구혼자에게는 피할 수 없는 파멸이 닥칠 것이며,

그 누구도 죽음의 운명을 벗어날 수 없을 겁니다."

          사려 깊은 페넬로페이아가 다시 말했다.

"나그네여, 꿈은 다루기 힘들고 해석하기 어려우며   560

사람들에게 모두 이루어지는 것도 아니오.

홀연히 왔다가 사라지는 꿈의 문은 두 개인데,

그중 하나는 뿔로 되어 있고, 다른 하나는 상아로 되어 있소.

베어낸 상아로 된 문으로 나오는 꿈은

이루어지지 않을 일을 전해주어 사람들을   565

헛된 희망으로 속인다오. 반면에 다듬은 뿔로 된 문으로

나오는 꿈은 누가 꾸든 반드시 이루어진다오.
내가 꾼 무서운 꿈이 뿔로 된 문으로 나온 것이라면
나와 내 아들에게 반가운 일이겠지만,
내 생각에는 그런 것 같지 않소.   570
그리고 내가 하나 더 말할 것이 있으니 명심하시오.
나를 오디세우스의 집에서 떼어놓을 가증스러운 새벽이
이미 와 있구려. 이제 나는 시합을 위해 이 도끼들을
갖다 놓을 것이오. 그이는 이 궁에서 모두 열두 개인
이 도끼들을 마치 배 만들 때 쓰는 버팀목처럼 한 줄로   575
세워놓고 멀리 서서 화살 하나로 모두 관통시키곤 하셨소.
이제 나는 구혼자들에게 이 시합을 하게 할 작정이오.
활에 시위를 걸어 화살 하나로 열두 개의 도끼를
모두 가장 쉽게 관통시키는 사람을 따라갈 작정이오.
내가 시집온 지극히 아름답고 온갖 살림으로 가득한 이 집,   580
꿈속에서도 생각날 이 집을 떠날 것이오.”
        계책 많은 오디세우스가 대답했다.
“라에르테스의 아들 오디세우스의 존귀한 부인이여,
이 집에서 그 시합을 이제 더는 미루지 마십시오.
그자들이 광낸 활에 시위를 걸어 화살 하나로   585
무쇠들을 관통시키기 전에 계책 많은 오디세우스가
이곳으로 돌아올 테니까요.”
        사려 깊은 페넬로페이아가 다시 말했다.
“나그네여, 그대가 대청에서 내 옆에 앉아 있어준다면
좋겠소. 그러면 눈꺼풀에 잠도 쏟아지지 않을 것 같소.   590
하지만 사람이 계속 잠을 자지 않을 수는 없지요.
불멸의 신들께서는 양식을 주는 대지 위에서 살아가는
필멸의 인간들에게 모든 일에 적정한 분량을

정해놓으셨으니까. 그러니 나는 이층으로 올라가,
그 이름조차 말하기 싫은 재앙의 도시 일리오스로   595
오디세우스가 떠난 뒤, 눈물과 탄식만이
가득한 내 침상에 눕고자 하오. 나는 그곳에 누울 테니
그대는 이 대청 바닥에 무언가를 깔고 눕거나
하인들에게 잠자리를 마련해달라고 하시오.”
    페넬로페이아는 이렇게 말한 후 반짝이는 이층 방으로 올라갔다.   600
하지만 혼자 간 것이 아니라 시녀들이 따라갔다.
그녀는 시중드는 여자들과 함께 이층 방으로 올라가
사랑하는 남편 오디세우스를 생각하며 울었고, 이윽고
빛나는 눈의 아테나가 그녀의 눈꺼풀에 달콤한 잠을 보내주었다.

제20권   전조들

고귀한 오디세우스는 잠을 자려고 행랑채에 누웠다.

가장 아래쪽에는 무두질하지 않은 소가죽을 깔았고, 그 위에는

아카이오스인이 제물로 바치는 양들의 모피를 여러 장 깔았다.

거기에 누운 그에게 에우리노메가 겉옷을 덮어주었다.

오디세우스는 잠자리에 들기는 했지만 마음속으로 구혼자들에게   5

재앙을 안겨줄 궁리를 하느라 잠을 이루지 못했다.

이때 여자들이 대청에서 나오면서 무엇이 재미있는지 깔깔대며

웃었다. 전부터 구혼자들과 몸을 섞어온 여자들이었다.

오디세우스의 가슴속 마음이 요동쳤다.

그는 마음과 생각 속에서 여러 번 고민했다.   10

이 여자들을 쫓아가 그들 모두에게 죽음을 안겨줄 것인가,

아니면 이 여자들이 마지막으로 오만방자한 구혼자들과

몸을 섞게 내버려둘 것인가. 그의 마음이 안에서 짖어댔다.

알지 못하는 사람을 본 암캐가 연약한 새끼들 주위를 맴돌며

짖어대고 싸우기를 열망하듯, 그렇게 그의 마음은   15

이 여자들의 사악한 짓에 분개해 속에서 짖어댔다.

하지만 그는 가슴을 치며 자신의 마음을 나무랐다.

"마음아, 참아라. 너는 전에 더 끔찍한 일도 참았다. 제압 불능의

힘을 지닌 키클롭스가 내 강력한 전우들을 먹어치우던 그날 말이다.

그때 나는 동굴 속에서 꼼짝없이 죽는 줄 알았지만, 20

너는 계책을 써서 나를 동굴 밖으로 빠져나오게 해주었지."

그가 이렇게 말하며 가슴속 마음을 나무라자

그의 마음은 수긍하여 꾹 참으며 가만히 있었다.

하지만 오디세우스는 몸을 이리저리 뒤척였다.

어떤 사람이 비계와 피로 꽉 채운 창자를 25

활활 타는 불 위에서 재빠르게 이리저리 돌리며

어서 빨리 구워지기를 열망하듯이,

그렇게 그는 이리저리 뒤척이며

어떻게 해야 혼자서 저 많은 파렴치한 구혼자들을

타격할 수 있을지 고민했다. 그때 아테나가 30

하늘에서 내려와 여자의 모습으로 그에게 다가왔다.

여신은 머리맡에 서서 이렇게 말했다.

"모든 인간 중 가장 불행한 자여, 이곳은 네 집이고,

이 집에는 네 아내도 있으며, 모든 사람이 아들로 삼고

싶어 하는 네 아들도 있는데, 왜 또 다시 잠을 이루지 못하느냐." 35

계책 많은 오디세우스가 대답했다.

"여신이여, 그렇습니다. 지금 하신 말씀은 모두 이치에 맞습니다.

하지만 가슴속 마음은 어떻게 해야 제가 저 파렴치한

구혼자들에게 타격을 가할 수 있을지 고민하고 있습니다.

저는 혼자지만 그들은 이곳에 늘 무리 지어 있기 때문입니다. 40

또한 저는 그보다 더 큰 일도 고민하고 있습니다.

제가 제우스와 당신 덕분에 그들을 죽인다 해도 그 후에 어디로

도망칠 수 있을까요? 이에 대해서도 알려주셨으면 합니다."

빛나는 눈의 여신 아테나가 다시 말했다.

"어리석은 자여, 사람들은 자신의 전우를 믿나니, 45

그자는 필멸의 인간일뿐더러 지혜도

나만 못한데도 그러하다. 하지만 나는 신이다.

게다가 네가 고초를 당할 때면 한결같이 너를 지켜주고 있다.

내가 네게 공언하겠다. 언어를 사용하는 인간들로 이루어진

쉰 개의 부대가 우리 둘을 에워싸고 싸워서   50

죽이기를 열망한다 해도, 너는 그들의 소 떼와

작고 힘센 가축 떼를 몰고 오게 될 것이다.

밤새도록 깨어 지키는 것은 고역인 데다 이제 너는 재앙에서

빠져나올 테니, 그만 잠에 사로잡혀라.”

　　　여신은 이렇게 말한 뒤 그의 눈꺼풀에 깊은 잠을 내려주었다.   55

그런 후 여신들 중 고귀한 아테나는 올림포스로 돌아갔다.

사지를 풀어주는 잠이 그를 사로잡아 마음의 근심을 풀어주고

있을 때, 자기 본분을 아는 아내 페넬로페이아는 잠에서 깨어

부드러운 침상에 앉아 울고 있었다. 여자들 중 고귀한 그녀는

실컷 울고 나서 먼저 아르테미스에게 기도했다.   60

“존귀한 여신이며 제우스의 따님인 아르테미스시여,

지금 당장 제 가슴에 화살을 쏘아 목숨을 가져가소서.

아니면 폭풍이 저를 낚아채

어슴푸레한 길을 따라 데리고 가

제자리로 돌아오는 오케아노스[1] 어귀에 던져버리게 하소서.   65

폭풍이 판다레오스의 딸들[2]을 데려가버렸을 때처럼 말입니다.

---

1 “오케아노스”는 제4권 각주 27을 보라. “제자리로 돌아오는”으로 번역한 압소로오스(ἀψό
   ρροος)는 직역하면 ‘거꾸로 흐르는, 다시 흐르는’으로, 왔던 곳에 돌아간다는 뜻이다. 오
   케아노스강이 대지를 감싸고 돈 다음 자신 속으로 흘러드는 것을 표현한다.

2 밀레토스의 왕 판다레오스는 암피다마스의 딸 하르모토에와 결혼해 세 딸 아에돈, 클레오
   테라, 메로페를 낳는다. 그는 크레테의 제우스 신전을 지키는 황금 개를 훔쳐 시필로스산
   에 있던 리디아의 왕 탄탈로스에게 맡긴다. 그러자 제우스는 탄탈로스를 처벌하고, 판다
   레오스와 그의 아내를 죽인다. 올림포스의 여신들은 결혼한 아에돈을 제외하고 졸지에 고

신들께서 이 딸들의 부모를 죽이자 소녀들은 궁에 고아로 남겨졌지요.

그때 고귀한 아프로디테께서 치즈와 달콤한 꿀과

맛있는 포도주로 소녀들을 보살펴주셨고,

헤라께서는 소녀들에게 모든 여자를 능가하는 미모와					70

지혜를 주셨으며, 순결한 아르테미스께서는 늘씬한 키를

주셨고, 아테나는 뛰어난 수공예 솜씨를 전수해주셨지요.

하지만 고귀한 아프로디테께서 이 소녀들을 아름다운 청년들과

맺어주기 위해, 필멸의 인간에게 주어진 것과 주어지지 않은 것을

모두 잘 알며 천둥을 좋아하시는 제우스께 부탁하려고					75

높은 올림포스로 가 있는 동안, 폭풍의 신들[3]이 소녀들을

낚아채 가증스러운 복수의 여신들에게 시녀로 주어버렸지요.

바로 그렇게 올림포스에 거처를 두신 분들께서

저를 사람들이 볼 수 없게 사라지게 해주십시오. 아니면

머릿결 고운 아르테미스께서 제게 화살을 쏘아 맞히시든가요.					80

그러면 저도 지하세계에 이르러

오디세우스를 만나보게 되고,

그분보다 못한 사내의 마음을 기쁘게 해주는 일은 없겠지요.

낮에는 눈물뿐이고 마음은 비탄으로 빡빡하더라도

밤이 찾아와 잠을 잘 수 있다면, 그것은 견딜 만한 불행일 겁니다.					85

아가 된 두 소녀를 불쌍히 여겨 돌봐준다. 두 자매가 처녀로 자라나자 아프로디테는 제우스에게 이들의 남편감을 찾아달라고 부탁하기 위해 올림포스로 올라간다. 그사이에 괴조 하르피이아가 두 자매를 납치해 지하세계에 있는 복수의 여신 에리니스에게 데려가서 시녀로 삼게 한다.

3	호메로스가 말한 "폭풍의 신들"은 하르피이아 자매다. 하르피이아는 바다의 신 타우마스와 오케아노스의 딸 엘렉트라 사이에서 태어난 딸들이며 날개 달린 요정 또는 여자 얼굴을 한 새로 묘사된다. 바람처럼 빨리 날아다니며 약탈하고 어린아이나 죽은 자의 영혼을 날카로운 발톱으로 채간다. 고대 그리스인들은 물건이나 사람이 갑자기 사라지면 하르피이아의 소행이라고 생각했다.

잠이 눈꺼풀을 감싼 후에는 좋은 일이든 나쁜 일이든

모든 것을 잊을 수 있으니까요. 하지만 제게는 신께서

악몽을 보내주시군요. 어젯밤에는 군대와 함께 떠난 그분 같은

어떤 이가 제 옆에 누워 잠을 자는 것 같았답니다.

어쨌거나 제 마음은 기뻤지요. 꿈이 아니라 현실 같았으니까요."   90

　　　　　페넬로페이아가 기도를 마칠 즈음, 황금 옥좌의

새벽의 여신 에오스가 동쪽 하늘을 밝히기 시작했다. 고귀한 오디세우스는

그녀의 울음소리를 듣자 그녀가 이미 자기를 알아보고

머리맡에 서 있는 것 같아 고민에 빠졌다.

그래서 그는 겉옷과 밑에 깔아놓은 양모피를 걷어   95

대청에 있는 의자 위에 올려놓고 소가죽은 문밖에 내놓은 다음

두 손을 들고 제우스에게 기도했다.

"아버지 제우스시여, 신들께서 저를 지독하게 괴롭힌 후

마른 곳과 젖은 곳을 지나 조상들의 땅으로 인도하셨다면,

집 안에 깨어 있는 사람들 중 누군가가 제게 길조인 말을   100

하게 하시고, 밖에서도 제우스의 또 다른 전조를 보여주소서."

　　　　　오디세우스가 이렇게 기도하자, 그의 기도를 들은 책략가

제우스는 즉시 눈부신 올림포스 높은 구름 사이로

천둥을 쳤고, 이에 고귀한 오디세우스는 기뻐했다.

집 안에서는 가까이 있는 하녀에게서 길조의 말이 나왔다.   105

그 하녀는 백성의 목자 오디세우스의 맷돌이 놓인 곳에

있었다. 모두 열두 명의 여자가 맷돌로

남자의 기력을 돋우는 보릿가루와 밀가루를 빻고 있었는데,

다른 여자들은 자기 몫을 끝낸 뒤 잠들었고,

힘이 약한 하녀 한 명만 일을 미처 마치지 못하고 있었다.   110

그녀는 맷돌을 멈춰 세우고 말했는데, 그 말이 주인에게 전조가 되었다.

"신들과 인간들을 다스리는 아버지 제우스시여,

별이 총총한 하늘에서 천둥이 울렸지만, 구름 한 점 없는 걸 보니
분명 누군가에게 전조를 내리신 것이겠지요.
이제 가련한 제가 말씀드리는 것도 이루어주소서.   115
구혼자들이 오디세우스의 궁에서 진수성찬을 먹는 것도
오늘이 마지막이 되게 해주십시오. 그들이 먹을 보릿가루를 만들기 위해
일하느라 녹초가 되어 제 사지가 풀릴 지경입니다.
그러니 제발 오늘이 그들의 마지막 연회가 되게 해주십시오."
　　하녀가 이렇게 말하자, 고귀한 오디세우스는   120
전조의 말과 제우스의 천둥을 듣고 기뻐했으니
죄인들을 응징할 수 있겠다고 생각했기 때문이다.
　　이때 오디세우스의 아름다운 궁에서 일하는 다른 하녀들이
모여들더니 화로에 사그라들지 않는 불을 지폈다.
신 같은 남자 텔레마코스도 침상에서 일어나 옷을 입고,   125
어깨에는 날카로운 칼을 메고, 윤기 나는 발아래에는
아름다운 신발을 묶고, 날카로운 청동 날이 달린 튼튼한 창을
집어든 후 문턱으로 가 서서 에우리클레이아에게 말했다.
"유모, 우리 집에서 나그네를 잠자리와 음식으로 정성껏 대접해
드렸나요, 아니면 그분이 보살핌을 받지 못하고 그냥 알아서   130
누워 잤나요? 내 어머니께서는 지혜롭기는 하지만, 언어를 사용하는
인간들 중 형편없는 자를 경솔하게 후히 대접하시거나
더 훌륭한 사람을 홀대해 보내시는 일이 종종 있어 하는 말이에요."
　　사려 깊은 에우리클레이아가 대답했다.
"도련님, 이번에는 어머니께서 아무 잘못도 하지 않으셨으니   135
탓하지 마세요. 나그네는 자리에 앉아 스스로 원하는 만큼
포도주를 마셨고, 어머니께서 물어보시자 음식을 더 이상
먹고 싶지 않다고 했어요. 또한 어머니께서는 그의 잠자리와 잠을
고려해서 하녀들에게 잠자리를 돌보도록 지시하셨답니다.

하지만 나그네는 정말 불쌍하고 불운한 사람처럼   140
침상과 담요 위에서 자려 하지 않았어요. 행랑채에서
무두질하지 않은 소가죽과 양모피를 깔고 자더군요.
그래서 우리가 그에게 겉옷을 덮어주었어요."
        에우리클레이아가 이렇게 말하자 텔레마코스는 창을 든 채
궁 밖으로 나왔고, 민첩한 개 두 마리가 그를 따랐다.   145
그는 훌륭한 정강이 보호대를 한 아카이오스인을 만나러
회의장으로 갔다. 한편 페이세노르의 아들 옵스의 딸인
여자들 중 고귀한 에우리클레이아가 다시 하녀들에게 지시했다.
"자, 너희 중 몇몇은 서둘러 대청을 쓸고 물을 뿌린 후
훌륭하게 만든 의자들 위에 자주색 깔개를 놓아라.   150
다른 몇몇은 해면으로 모든 식탁을 닦고,
희석용 동이들과 손잡이 둘 달리고 훌륭하게 만든 술잔을
깨끗이 씻어놓아라. 또 다른 몇몇은 샘으로 가서 물만 길어
얼른 돌아오너라. 오늘은 모든 사람을 위한 연회가
열리는 날이어서 구혼자들이 대청을   155
오래 비워두지 않고 일찌감치 돌아올 것이다."
        에우리클레이아가 이렇게 말하자 하녀들은 귀 기울여 듣고
있다가 지시한 대로 했다. 하녀들 중 스무 명은 검은 물의
샘으로 갔고, 나머지 하녀들은 집 안에서 능숙하게 일했다.
        이때 아카이오스인 일꾼들이 들어와   160
장작을 능숙하고 솜씨 있게 팼고, 그러는 사이에 샘에 갔던
여자들도 돌아왔다. 그 여자들 뒤로 돼지치기가
돼지들 가운데 상태가 가장 좋고 토실토실한 세 마리를 몰고 왔다.
그가 아름다운 안마당에 풀어놓고 기른 돼지들이었다.
돼지치기가 오디세우스에게 다정하게 말했다.   165
"나그네여, 아카이오스인이 이제 그대를 조금은 존중해주오,

아니면 궁에서 여전히 그대를 무시하오?”

계책 많은 오디세우스가 대답했다.

“에우마이오스여, 그들은 남의 집에서 오만방자하게 악행을

일삼으면서도 부끄러움을 전혀 모르는 자들이니   170

신들께서 그들의 무례함을 응징해주셨으면 좋겠소.”

두 사람이 이런 얘기를 주고받을 때,

염소지기 멜란티오스가 그들에게 다가왔다.

그는 구혼자들의 식사를 위해 모든 염소 떼

중에서 가장 좋은 염소들을 몰고 왔는데, 목자 두 명도   175

함께 따라왔다. 멜란티오스는 소리 잘 울리는 주랑 아래

염소들을 맨 후 모욕하는 말로 오디세우스를 조롱했다.

“나그네여, 자네는 앞으로도 이 궁에서 구걸하며 사람들을

괴롭힐 텐가? 대문 밖으로 나갈 생각은 전혀 없는가?

자네가 구걸하며 전혀 도리를 지키지 않으니   180

우리 두 사람은 서로의 주먹맛을 보기 전에는 절대로 갈라서지

못할 것 같군. 아카이오스인의 연회는 다른 곳에서도 열리네만.”

멜란티오스가 이렇게 말하자, 계책 많은 오디세우스는

입을 꾹 다물고 머리를 흔들며 마음속 깊은 곳에서 재앙을 궁리했다.

그 뒤로는 네 번째로 일꾼들의 우두머리인 필로이티오스가   185

구혼자들을 위해 새끼 낳은 적 없는 암소 한 마리와 토실토실한

염소들을 몰고 왔다. 본토에서 온 그와 일행은 선원들이 거저 태워주는

배를 타고 이곳으로 왔다. 선원들은 누가 와서 부탁하든 그들을

섬으로 데려다주곤 했다. 필로이티오스는 소리 잘 울리는 주랑 아래

가축들을 잘 묶은 후, 돼지치기에게 다가가 물었다.   190

“돼지치기여, 얼마 전 우리 궁에 온 저 나그네는 누구요?

어떤 사람에게서 태어났다고 자랑하던가요?

그의 친족과 조상들의 땅은 어디라고 하던가요?

불운한 사람이지만 풍채는 왕이나 군주 같구려.

하지만 아무리 왕이라 할지라도 신들께서 불행과 고난의 실을   195

자으시면 별 수 있소? 무수히 떠돌아다니며 고초를 겪을 수밖에.”

　　　　필로이티오스는 이렇게 말한 후 오디세우스에게 다가가

오른손을 들어 환영 인사를 하고 날개 달린 말을 건넸다.

“나그네 양반, 안녕하시오? 그대에게 앞으로는 행복만 있길!

하지만 지금 그대에게는 불행만 가득해 보이는구려.   200

아버지 제우스시여, 당신은 사람을 태어나게 하는 장본인이면서도

사람을 불쌍히 여기지 않고 재앙과 비참한 고통 속으로 밀어 넣으시니

그 어떤 신이 당신보다 더 잔인할까요?

내가 그대를 보니 오디세우스가 떠올라 땀이 다 나고 눈에서는

눈물이 나오. 그분이 아직 살아 있어 햇빛을 보고 계신다면   205

이런 누더기를 걸치고 인간들 사이를 떠돌아다니지 않겠소?

하지만 이미 죽어 하이데스의 집으로 가셨다면

흠잡을 데 없이 훌륭한 그분께 참으로 애석한 일이오.

그분은 내가 아직 어릴 때 케팔레니아인의 땅에서 소 떼 지키는

일을 내게 시키셨소. 이제 그 소 떼는 셀 수 없이 많아졌는데,   210

인간들에게서는 이마 넓은 소의 종족이 이보다 더 많이 늘어날 수는

없을 것이오. 그런데 다른 사람이 그 소들을 먹겠다며

자기들에게 몰고 오라고 내게 명령하지 뭐요.

그들은 이 궁에 있는 도련님도 아랑곳하지 않고

신들의 보복도 두려워하지 않은 채, 오로지 오랫동안 떠나 계신   215

주인님의 재산을 나누어 갖는 일에만 몰두해 있소.

그래서 내 가슴속 마음은 이런저런 생각을 한다오.

도련님도 계신데 소 떼를 몰고 타지로 가서 다른 사람에게

맡기는 것은 아주 나쁜 짓이겠지만, 이곳에 남아

다른 사람의 것이 되어버린 소 떼를 지키며   220

고통당하는 게 더 끔찍한 일이라오.

상황이 더 이상 참을 수 없게 되어 이전에 나는 여기서 도망쳐

다른 아주 힘 있는 왕에게 의탁할 생각도 했다오.

하지만 불운한 그분이 어딘가에서 나타나 궁 안에 있는 구혼자들을

흩어버리지 않으실까 하는 생각을 아직 떨쳐버릴 수 없소."   225

      계책 많은 오디세우스가 그에게 대답했다.

"소 치는 이여, 그대는 나쁘거나 어리석은 사람 같지 않고

마음이 지혜롭다는 것을 나도 알겠으니,

내가 이제 먼저 신들 중에서는 제우스 그리고 내가 찾아온

흠잡을 데 없이 훌륭한 오디세우스 집의 화로와   230

손님 맞는 식탁을 증인으로 삼아 엄숙히 맹세하고

그대에게 말하겠소. 그대가 이곳에 있는 동안 오디세우스는

집으로 돌아올 것이고, 그대가 원한다면 그가 이곳에서 주인 행세하는

구혼자들을 처단하는 일도 두 눈으로 보게 될 것이오."

      소 치는 자가 그에게 말했다.   235

"나그네여, 크로노스의 아드님께서 그대의 그 말을 이루어주시길!

그러면 그대는 내 힘과 두 손이 그분을 따르는 걸 보게 될 것이오."

      에우마이오스도 계책 많은 오디세우스가 집으로

돌아오게 해달라고 모든 신들에게 기도했다.

      그들이 모여 이런 얘기를 주고받는 동안, 구혼자들은   240

텔레마코스에게 죽음의 운명을 안기려고 모의했다.

새 한 마리, 곧 높이 나는 독수리가 겁 많은 비둘기를

낚아채 그들의 왼쪽으로 날아왔다.

그러자 그들 가운데서 암피노모스가 발언했다.

"친구들이여, 텔레마코스를 죽이려는 우리의 계획은   245

순조롭지 않을 듯하니 차라리 연회를 즐기는 것이 낫겠소."

      암피노모스가 이렇게 말하자 그들은 그 말에 기뻐했다.

그들은 신 같은 오디세우스의 궁 안으로 들어가

소파와 의자들에 겉옷을 벗어놓고,

큰 양들과 토실토실하게 살진 염소들을 잡았고,   250

살진 돼지들과 무리 지어 살아가는 암소 한 마리도 잡았다.

그런 후 내장을 구워 나누어 주고, 희석용 동이들에다

포도주를 희석시켰다. 술잔은 돼지치기가 나누어 주었고,

빵은 일꾼들의 우두머리인 필로이티오스가 아름다운 광주리에

담아 나누어 주었으며, 포도주는 멜란테우스가 따랐다.   255

그러자 그들은 앞에 차려진 음식에 손을 내밀었다.

　　한편 텔레마코스는 짜둔 계책을 따라 튼튼하게 지은

대청 안 돌 문턱 옆에 오디세우스를 앉히고,

작은 식탁과 볼품없는 의자를 갖다 놓았다.

텔레마코스는 오디세우스 앞에 구운 내장 일인분을   260

갖다주고, 황금 술잔에 포도주를 따르며 말했다.

"이제 이곳에 앉아 사람들과 함께 포도주를 드시오.

이 집은 공공건물이 아니라

오디세우스께서 나를 위해 마련하신 집이니

내가 모든 구혼자의 조롱과 주먹에서 그대를 지켜드리지요.   265

그러니 구혼자 여러분, 다툼이나 싸움이 일어나지 않도록

욕설이나 주먹은 마음에 담아두시오."

　　텔레마코스가 이렇게 말하자 그의 대담한 발언에

구혼자들은 모두 깜짝 놀라 입술을 깨물었다. 그러자 그들 가운데서

에우페이테스의 아들 안티노오스가 말했다.   270

"아카이오스인들이여, 텔레마코스의 말이 심해도 우리가 받아들입시다.

그가 몹시 심한 협박을 하고 있지만, 크로노스의 아드님 제우스께서

우리의 계획을 허용치 않으시니 말이오.

그렇지 않았다면 그가 이 대청에서 아무리 큰 소리로 떠들어대도

우리는 진즉에 그를 침묵시켰을 것이오."

　　안티노오스가 이렇게 말했지만, 텔레마코스는 그의 말을 개의치
　　않았다.
한편 전령들은 신들의 신성한 제물들을 가지고 시내를 지났으며,
장발의 아카이오스인들은 멀리 쏘는 아폴론의 그늘진 숲 아래 모였다.
　　그들은 고기를 꼬챙이에 꿰어 구운 다음 빼내어 각자의 몫대로
나누어 주고 진수성찬으로 식사를 했다.
궁에서는 시중드는 자들이 오디세우스 옆에도 자신들이 받은 것과
동일한 몫의 고기를 갖다 놓았다. 신 같은 오디세우스의
사랑하는 아들 텔레마코스가 그렇게 하라고 지시했기 때문이다.
　　아테나는 오만한 구혼자들이 오디세우스를
모욕하도록 내버려두었으니,
이는 라에르테스의 아들 오디세우스의 마음에 복수심이 더욱 깊이
새겨지도록 하기 위함이었다. 구혼자들 중에는 악행을 저지르는 데
능숙한 자가 있었다. 그의 이름은 크테시포스였고,
사메에 있는 집에서 살았다. 이자는 자신의 막대한 재산을 믿고,
오랫동안 떠나 있는 오디세우스의 아내에게 구혼했다.
이때 이자가 오만방자한 구혼자들 가운데서 이렇게 말했다.
"대장부다운 구혼자들이여, 내가 할 말이 있으니 잘 들어보시오.
나그네는 아까부터 우리와 동일한 몫을 받고 있는데 당연한 일이오.
이 집에 찾아온 텔레마코스의 손님을
박대하는 것은 아름답지 않고 옳지도 않기 때문이오.
그러니 자, 나그네가 그의 목욕을 도와주는 하녀나
신 같은 오디세우스의 집에서 일하는 다른 하인에게
상을 줄 수 있도록 나도 그에게 선물을 주어야겠소."
　　크테시포스는 이렇게 말한 후 광주리 안에 담겨 있던
소 다리 하나를 다부진 손으로 집어 오디세우스에게 던졌다.

하지만 오디세우스는 머리를 살짝 돌려 피하며 마음속으로
쓸쓸한 냉소를 지었고, 소 다리는 튼튼하게 지은 벽에 맞았다.
그러자 텔레마코스가 크테시포스를 이렇게 꾸짖었다.
"크테시포스여, 나그네가 피한 덕에 그대가 그를 맞히지
못한 것을 천만다행으로 아시오. 만약 그렇지 않았더라면   305
내가 날카로운 창으로 그대의 몸 한복판을 찔렀을 것이고,
그대의 아버지는 이곳에서 결혼식 대신 장례식을 치렀을 테니.
이 집에서 나를 화나게 하는 일은 하지 마시오.
전에는 내가 어린아이였지만 이제는 옳은 것과 그른 것을
모두 분간할 줄 아니 말이오.   310
물론 우리는 그대들이 양과 염소들을 도살하고
포도주를 마시며 빵을 먹는 것을 보아도 이전과 똑같이
용납할 것이오. 한 사람이 많은 사람을 저지하기는 어렵기 때문이오.
그러니 자, 그대는 더 이상 내게 나쁜 마음을 먹고 나쁜 짓을
하지 말아주시오. 하지만 그대들이 청동으로 나를 죽이고자   315
열망한다면 그것이야말로 내가 원하는 바요. 그대들이 나그네에게
행패를 부리고, 하녀들을 이 아름다운 집에서 이리저리
끌고 다니는 흉악한 짓을 계속해서 지켜보느니
차라리 죽는 것이 내게는 훨씬 나으니까."
　　　텔레마코스가 이렇게 말하자 그들은 모두 입을 다물었다.   320
한참 지나서야 다마스토르의 아들 아겔라오스가 말했다.
"친구들이여, 옳은 말을 하는데 화내고 말로 맞받아치며
공격하는 사람은 없소. 그러니 그대들은 저 나그네를
학대하지 말고, 신 같은 오디세우스의 집에서 일하는 다른 하인에게도
그리 하지 마시오. 내가 텔레마코스와 그의 어머니에게   325
선의에서 한마디 할까 하는데, 아마도 내 말이 두 사람의 마음에
들 것이오. 계책 많은 오디세우스가 집에 돌아올 것이라는

희망을 가슴속 마음에 지닐 수 있었던 동안에는
그대들이 그를 기다리며 구혼자들을 집 안에 붙들어두어도
분개하는 사람은 아무도 없었소.   330
오디세우스가 귀향하여 집에 돌아올 수만 있다면
그것이 그대들에게 더 낫기 때문이었소.
하지만 이제 그는 귀향하지 않을 게 분명하오.
그러니 자, 그대는 어머니 옆에 앉아 구혼자들 중 가장 훌륭하고
구혼 선물을 가장 많이 주는 남자와 결혼해야 한다고 말하시오.   335
그러면 그대는 아버지의 모든 유산으로 먹고 마시며 즐겁게
살아갈 것이고, 그대의 어머니는 다른 집을 돌보게 될 것이오.”
　　현명한 텔레마코스가 그에게 대답했다.
“아겔라오스여, 제우스께 맹세컨대 그리고 이타케에서 멀리 떨어진
어딘가에서 돌아가셨거나 떠돌아다니실 아버지의 고통을 걸고 맹세컨대,   340
나는 어머니의 결혼을 미루는 게 아니오. 원하는 사람이 나타나면
결혼하시길 권하고 있으며, 헤아릴 수 없이 많은 선물도 드릴 생각이오.
하지만 어머니께서 원하지도 않는데, 강제로 이 집에서 내보내는 일은
차마 못 하겠소. 신께서 그런 일이 일어나지 않게 해주시기를 바라오.”
　　텔레마코스가 이렇게 말하자 팔라스 아테나는 구혼자들 사이에   345
계속해서 웃음이 터져 나오게 했다. 그들은 웃느라 제대로
사고할 수 없었다. 그들은 실성한 듯 다른 사람이 되어 웃어대며
핏물 어린 고기를 먹었고, 그러느라 두 눈에는 눈물이 차올랐다.
그들의 마음에는 엉엉 울고 싶은 생각마저 들었다.
그들 가운데서 신 같은 테오클리메노스가 말했다.   350
“가련한 자들이여, 왜 그대들이 이런 재앙을 겪는 것인가?
그대들의 머리와 얼굴과 무릎이 어둠에 휩싸여 있구나.
울부짖음이 불길처럼 타오르고, 뺨에서는 눈물이 흐르며,
벽과 아름다운 대들보에는 피가 뿌려져 있도다.

지하세계의 어둠 아래 에레보스를 향해 달려가는 유령들이   355
문 앞에 가득하고 안마당에도 가득하구나. 하늘의 해는
완전히 사라지고 사악한 안개가 뒤덮고 있도다.”
        테오클리메노스가 이렇게 말하자, 그들은 모두 그를 보고 재미있
            어하며 웃어댔다.
그들 가운데서 폴리보스의 아들 에우리마코스가 먼저 말했다.
“얼마 전 다른 곳에서 온 저 나그네가 실성했나 보오.   360
젊은이들이여, 저자가 말하길 이곳이 어둠에 휩싸여 있다고 하니
그대들은 그를 대문 밖으로 내보내 회의장까지 데려다주시오.”
        신 같은 테오클리메노스가 그에게 다시 말했다.
“에우리마코스, 나는 그대에게 나를 데려다줄 사람을
부탁한 적이 없소. 내게는 두 눈과 두 귀와 두 발이 있고,   365
가슴속에는 결코 부끄럽지 않은 지각이 있으니 나 스스로 그것에
의지해 문밖으로 나가리다. 내가 보기에 그대에게는
재앙이 닥쳐오고 있소. 신 같은 오디세우스의 집에서 사람들에게
행패를 부리고 오만방자하게 사악한 짓을 도모한 구혼자들은
아무도 그 재앙을 피하거나 도망치지 못할 것이오.”   370
        테오클리메노스는 말을 마친 뒤 살기 좋은 집을 나와
페이라이오스에게 갔고, 페이라이오스는 그를 반갑게 맞았다.
한편 구혼자들은 서로 쳐다보면서 텔레마코스의 화를 돋우어
자신과 싸우게 만들려고 그의 손님들을 비웃었다.
오만방자한 젊은이 중에는 이렇게 말하는 자도 있었다.   375
“텔레마코스여, 그대보다 손님 복이 없는 사람도 없소.
빵과 포도주만 밝히고 일이나 힘쓰는 데는 아무짝에도
쓸데없어 대지에 짐만 되는 저런 부랑자가 손님으로 오지를 않나,
또 다른 손님은 예언을 한답시고 일어나지를 않나.
그러니 내 말을 들으시오. 그러는 편이 그대에게   380

훨씬 이익이 될 테니. 저 나그네들을 많은 노를 갖춘

배에 태워 시켈리아인에게 보냅시다.

그러면 거기서 괜찮은 값을 받게 될 것이오."

　　　구혼자들이 이런 식으로 말했지만 텔레마코스는 그들의 말에

개의치 않은 채 묵묵히 아버지를 바라보며,　　　　　　　　　　　385

그가 파렴치한 구혼자들에게 주먹을 날릴 때만 기다렸다.

　　　이카리오스의 딸 사려 깊은 페넬로페이아는 구혼자들 맞은편에

더없이 아름다운 의자를 갖다 놓고 거기에 앉아

대청에서 남자들이 하는 말을 빠짐없이 듣고 있었다.

그들은 연신 웃으며 맛있고 푸짐한 식사를 준비했는데　　　　　390

가축들을 아주 많이 잡았기 때문이다.

그러나 이제 곧 여신과 강력한 사나이가 세상에서

가장 혹독한 식사를 차려낼 예정이었다.

그들이 먼저 부끄럽고 흉악한 짓을 도모했기 때문이다.

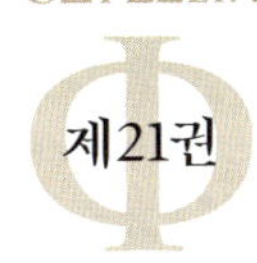

제21권 오디세우스가 활에 시위를 걸다

빛나는 눈의 여신 아테나는 현명한 이카리오스의

딸 페넬로페이아의 마음에 생각을 심어,

활과 잿빛 쇠를 오디세우스의 대청에 가져다두게 하였으니, 이는

경기와 살육의 시작을 알리기 위함이었다. 그녀는 높은 계단을 올라

자기 방으로 가서 손잡이가 상아로 되어 있고   5

보기 좋게 구부러진 아름다운 청동 열쇠를

두툼한 손에 쥐고, 시중드는 여자들과 함께

궁에서 가장 끝에 있는 방으로 갔다.

그곳에는 주인의 보물들인 청동과 황금과 공들여 만든

무쇠가 놓여 있었다. 뒤로 굽은 활과 화살을 담는   10

화살통도 놓여 있었는데, 화살통에는 신음을 내뱉게 할

화살이 많이 들어 있었다.

오디세우스가 사신으로 라케다이몬에 갔을 때,

그곳에서 만난 에우리토스의 아들 불멸의 신 같은

이피토스에게 선물로 받은 것이었다. 오디세우스는   15

메세네 백성 전체가 그에게 진 빚을 받으러 그곳에 갔다가

메세네에 있는 지혜로운 오르실로코스의 집에서 이피토스를

만났다. 메세네 남자들이 이타케로 와서 삼백 마리의 양과

목자들을 많은 노가 장착된 배들에 싣고 가버린 까닭이었다.

오디세우스는 소년이었을 때 이 일을 해결하러 사신으로   20

먼 길을 갔으니, 아버지와 원로들이 그를 그곳으로 보낸 것이었다.

이피토스도 잃어버린 암말 열두 필과 그 말들이 돌보던

강인한 노새들을 찾기 위해 메세네에 왔으나

그는 그 말들 때문에 죽음의 운명을 맞았다.

그가 제우스의 대담무쌍한 아들이자 엄청난 일들을 해낸   25

헤라클레스라는 남자를 찾아가자, 헤라클레스가 신들의 복수도,

자기가 그의 앞에 갖다 놓은 식탁도 두려워하지 않고,

자기 집에 손님으로 온 그를 무자비하게 죽였기 때문이다.[1]

헤라클레스는 그와 식사를 함께 한 후 직접 그를 죽이고 나서

그 굽 튼튼한 말들을 자기 집에 두었다.   30

이피토스는 그 말들을 찾으러 가다가 오디세우스를 만나

활을 주었는데, 그 활은 전에 위대한 에우리토스가

늘 지니고 다니다가 자신의 높다란 집에서 죽으면서

아들에게 물려준 것이었다. 그때 오디세우스는 날카로운 칼과

튼튼한 창을 이피토스에게 주고 그와 의형제를 맺었다.   35

하지만 제우스의 아들 헤라클레스가 에우리토스의 아들,

오디세우스에게 활을 준 불멸의 신 같은 이피토스를 죽이는 바람에

두 사람은 식탁에서 교제하며 서로 알아갈 기회를 갖지 못했다.

---

1 "헤라클레스"는 헤라가 보낸 광기에 사로잡혀 세 아들과 아내 메가라를 죽인다. 이때 자신
에게 궁술을 가르쳐준 오이칼리아의 왕 에우리토스가 활쏘기 시합에서 자신과 자신의 아
들들을 이기는 사람에게 딸 이올레를 신부로 줄 것이라는 소식을 듣고, 시합에 참가해 그
들을 이긴다. 그러나 에우리토스가 약속을 지키지 않자 헤라클레스는 원한을 품은 채 오
이칼리아를 떠나 아르고스 평원에 높이 솟은 바위산이 있는 마을 티린스로 간다. 때마침
에우리토스의 암말 열두 필이 사라지는 사건이 일어난다. 이것은 도둑질의 명수 아우톨리
코스의 소행이지만, 에우리토스는 헤라클레스를 의심하고 말들을 찾아오라며 아들 이피
토스를 그에게 보낸다.

고귀한 오디세우스는 이 활을 자기 땅에서는 지니고 다녔지만,
검은 함선들을 타고 전장으로 갈 때는 가져가지 않아   40
의형제에게 받은 이 기념품은 창고 방에 그대로 놓여 있었다.

　　　여자들 중 고귀한 페넬로페이아는 창고 방으로 들어가
참나무 문턱에 다가갔다. 전에 목수가 노련하게
대패로 밀고 먹줄을 쳐서 반듯하게 잘라 이 문턱을 만든 후,
그 위에 문설주를 고정시키고 번쩍이는 문짝을 달았다.   45
페넬로페이아는 재빨리 문고리에 매여 있던 가죽끈을
풀고, 조심스레 열쇠를 자물쇠에 밀어 넣어 빗장을
밀어젖혔다. 그러자 마치 초원에서 풀을 뜯던 황소가 크게
울부짖듯, 열쇠에 밀린 아름다운 문짝들이
요란한 소리를 내며 그녀 앞에서 신속히 활짝 열렸다.   50
그녀는 높은 마루 위로 올라갔고, 그곳에는 궤짝들이
놓여 있었는데, 그 안에 향기 나는 옷들이 들어 있었다.
그녀는 손을 뻗어 나무못에 걸려 있는
번쩍이는 활집과 그 안에 든 활을 잡아 내렸다.
그런 다음 그곳에 앉아 활집을   55
두 무릎에 올려놓고 소리 내어 울고 나서
활집에서 주인의 활을 꺼냈다. 그녀는 실컷 울며
많은 눈물을 흘린 후에야 뒤로 굽은 활과 신음을 만들어내는
화살이 가득 든 화살통을 손에 들고,
지체 높은 구혼자들이 있는 대청으로 갔다.   60
시녀들은 주인의 보물인 무쇠와 청동이 많이 들어 있는
궤짝 하나를 들고 따라갔다.
여자들 중 고귀한 그녀는 구혼자들이 있는 곳에 도착하자
얼굴에 반짝이는 면사포를 쓴 채
지붕을 튼튼하게 떠받치는 기둥 옆에 섰고,   65

〈오디세우스의 활을 쥐고 우는 페넬로페이아〉(장 마리 들라르트, 1779년)

그녀의 양쪽으로는 믿음직스러운 시녀가 한 명씩 섰다.

그녀는 구혼자들에게 즉시 이렇게 말했다.

"대장부다운 구혼자들이여, 내 말을 들어보시오.

여러분은 남편이 떠나 있는 오랜 세월 동안

계속해서 이 집에 눌러앉아 먹고 마셔왔소.　　　　　　　　　　70

여러분이 그렇게 할 수 있었던 것은 오직 나와

결혼해 나를 아내로 삼겠다는 명분 때문이었지요.

그러니 자, 구혼자들이여, 내가 시합을 제안하겠소.

신 같은 오디세우스의 큰 활이 여기 있으니

누구든지 손으로 가장 쉽게 활에 시위를 걸어　　　　　　　　75

화살 하나로 열두 개의 도끼를 모두 관통하는

사람이 있으면, 나는 그를 따라가겠소.

내가 시집온 지극히 아름답고 온갖 살림으로 가득한

이 집, 꿈속에서도 생각날 이 집을 떠나겠소."

　　　그녀는 이렇게 말한 후, 고귀한 돼지치기 에우마이오스에게　　80

활과 잿빛 무쇠를 구혼자들 앞에 갖다 놓으라고 지시했다.

에우마이오스는 눈물을 흘리며 분부대로 했고,

주인의 활을 본 소 치는 자도 다른 자리에서 눈물을 흘렸다.

그러자 안티노오스가 그들을 이렇게 꾸짖었다.

"어리석은 촌놈들아, 한 치 앞도 생각지 못하는　　　　　　85

불쌍한 것들아, 어찌하여 너희는 하필 지금

눈물을 보여 이미 남편을 잃어

괴로운 부인의 마음을 더욱 아프게 하느냐?

그러니 자, 구혼자들이 굉장한 시합을 벌일 수 있도록

활은 그 자리에 놓아두고, 너희는 잠자코 앉아　　　　　　90

식사를 하든지, 아니면 대문 밖에 나가서 울어라.

이 광낸 활에 시위를 걸기는 쉽지 않을 것이다.

이곳의 누구도 오디세우스와 견줄 수 없다.

나는 어릴 때 그를 직접 본 적이 있는데,

그 모습이 아직도 선명하다."

안티노오스는 이렇게 말했지만, 내심으로는 자기가 활에 시위를

걸어 화살 하나로 무쇠를 관통하기를 기대했다. 하지만 나중에

그는 흠잡을 데 없이 훌륭한 오디세우스의 손에 가장 먼저

화살 맛을 보게 될 운명이었으니, 이때 그가 대청에 앉아

오디세우스를 멸시하고 동료 모두를 부추겼기 때문이다.

그들 가운데서 신성하고 강력한 텔레마코스가 말했다.

"이렇게 한심할 데가 있나. 지극히 현명한 내 어머니께서

다른 남자를 따라가고 이 집을 떠나겠다고 말씀하시는데도

나는 웃음이 나오고 이 어리석은 마음은 기뻐하고 있으니,

크로노스의 아드님 제우스께서 나를 어리석게 만드신 게 분명하오.

그러니 자, 구혼자들이여, 이제 시합이 정해졌으니 하는 말인데,

내 어머니 같은 여자는 지금 아카이오스인의 땅 전체를 통틀어도 없소.

신성한 필로스에도 없고, 아르고스에도 없으며, 미케네에도 없소.

여기 이타케에도 없고, 검은 본토에도 없소.

이 사실은 여러분도 다 알고 있으니 내가 어머니에 대해 말할 필요가

어디 있겠소? 그러니 자, 여러분은 핑계를 대며 너무 오래

시간을 끌지 말고 어서 활을 당겨 승자가 누구인지

우리 모두 볼 수 있게 해주시오. 나도 이 활로 시도해보겠소.

내가 활을 당겨 무쇠를 관통한다면, 나는 어머니께서

떠나신 후에도 아버지의 보물인 훌륭한 무기를 들고

다닐 수 있는 자로 남을 테니 존귀한 어머니께서 다른 사람과 함께

이 집을 떠나가신다 해도 슬퍼하지 않을 것이오."

텔레마코스는 이렇게 말한 후 자리에서 벌떡 일어나 어깨에서

자주색 겉옷을 벗어놓더니 날카로운 칼도 내려놓았다.

먼저 그는 먹줄을 쳐서 하나로 연결된 긴 도랑을 판 다음,　　　　120

거기에 도끼들을 세우고 주변의 흙을 밟아 다졌다.

전에 이런 것을 본 적 없는 그가 도끼들을 가지런히

잘 세우는 것을 보고 모든 사람이 깜짝 놀랐다.

그런 후 그는 문턱으로 가 서서 활을 시험해보았다.

활에 시위를 걸어 화살 하나로 무쇠를 관통할 수 있기를　　　　125

마음속으로 바라며 세 번에 걸쳐 활을 구부려 시위를 걸고자

무진 애썼지만, 세 번 다 힘에 부쳐 실패했다. 네 번째에는

힘껏 활을 구부려 시위를 걸 수 있었으나

오디세우스가 머리를 뒤로 젖혀[2] 그렇게 하지 말라는 신호를 보냈다.

그러자 그들 가운데서 신성하고 강력한 텔레마코스가 다시 말했다.　　　　130

"아, 한심하구나. 나는 앞으로도 비겁하고 힘없는 자이거나,

아니면 아직은 어려서 내게 먼저 도발해오는 사람을

완력으로 막아낼 자신이 없을 것 같소.

그러니 자, 나보다 힘센 여러분이 이 활로 시도해보시오.

그래야 시합을 끝낼 수 있지 않겠소."　　　　135

　　　텔레마코스는 이렇게 말한 후 활을 바닥에 내려놓았다.

그는 튼튼하게 짜맞추고 광낸 문짝에 활을 비스듬히 대놓고,

굽은 활 끝에 빠른 화살을 기대놓은 다음

좀 전에 일어섰던 의자에 다시 앉았다.

그러자 그들 가운데서 에우페이테스의 아들 안티노오스가 말했다.　　　　140

"모든 동료여, 포도주를 따르는 곳에서 시작해

오른쪽 방향으로 돌아가며 차례로 일어서시오."

　　　안티노오스가 이렇게 말하자 그들은 그 말에 기뻐했다.

2　고대 그리스인들은 거절할 때 머리를 가로젓지 않고 뒤로 젖혔다.

가장 먼저 일어선 사람은 오이놉스의 아들 레이오데스[3]였다.

그들을 위한 제사를 담당하는 제관인 그는 언제나 맨 끝자리   145

희석용 동이 옆에 앉아 있었다. 오직 그만이 구혼자들의

주제넘고 오만한 악행을 미워했고 그들 모두에게 분개했다.

그는 가장 먼저 활과 빠른 화살을 집어 든 후 문으로 가서

시도해보았지만 활에 시위를 걸지 못했다.

단련되지 않은 부드러운 손은 활을 채 구부리기도 전에   150

힘이 빠졌기 때문이다. 그는 구혼자들 가운데서 말했다.

"친구들이여, 나는 이 활에 시위를 걸지 못하겠으니

다른 사람이 해보시오. 우리는 이 상을 기대하고 날마다

이곳에 모였는데, 상을 타지 못할 바에는 살아 있기보다

차라리 죽는 편이 훨씬 나을 거요.   155

이 활은 지체 높은 많은 이들의 기개와 목숨을 괴롭히고 짓누를 테니까.

지금도 오디세우스의 아내 페넬로페이아와 결혼하기를 마음속으로

희망하고 열망하는 사람이 분명 있겠지만, 그런 사람은

이 활로 시도해보고 나서 고운 옷 입은 아카이오스인 여자들 중

다른 이에게 구혼 선물을 주고 그녀를 아내로 맞이하시오.   160

그러면 페넬로페이아는 자기에게 가장 많은 구혼 선물을 주고

운명에 따라 남편이 될 남자와 결혼해 그를 따라가겠지요."

　　　레이오데스는 이렇게 말하고 활을 바닥에 내려놓았다.

그는 튼튼하게 짜맞추고 광낸 문짝에 활을 비스듬히 대놓고,

굽은 활 끝에 빠른 화살을 기대놓은 다음   165

좀 전에 일어섰던 의자로 다시 가서 앉았다.

안티노오스가 그를 꾸짖었다.

"레이오데스여, 어째서 그대는 그런 말을 이빨 울타리 밖으로 내보내시오?

3　"오이놉스"는 '포도주빛 남자'라는 뜻이고, "레이오데스"는 '부드러운 자'라는 뜻이다.

그대가 시위를 걸 수 없다고 해서 그 활이

지체 높은 이들의 기개와 목숨을 괴롭히고 짓누를 거라니.   170

그런 끔찍하고 괴로운 말을 들으니 분노가 치미는구려.

그대의 존귀한 어머니가 그대를 활에 시위를 걸어

화살을 쏠 수 있는 사람으로 낳아주지 않았을 뿐인데.

하지만 다른 대장부다운 구혼자들은 이제 곧 활에 시위를 걸 것이오.”

　　　안티노오스는 이렇게 말한 후 염소지기 멜란티오스에게 지시했다.   175

“자, 대청에 불을 피워라, 멜란티오스. 그런 후 불 옆에

큰 의자를 갖다 놓고 그 위에 양모피를 깔아라.

그리고 집 안에서 굳힌 크고 둥근 비곗덩어리를 내오너라.

그러면 젊은이들이 활에 열을 가하고 기름을 발라

부드럽게 한 후, 활시위를 당겨 시합을 끝낼 것이다.”   180

　　　안티노오스가 이렇게 말하자, 멜란티오스는 즉시 지치지 않는

불을 지피더니 의자를 가져와 불 옆에 놓은 후

그 위에 양모피를 깐 다음, 집 안에서 굳힌 크고 둥근

비곗덩어리를 내왔다. 젊은이들이 활에 열을 가해

부드럽게 한 다음 시도했지만,   185

기운이 달려 활에 시위를 걸지 못했다.

구혼자들의 우두머리인 안티노오스와 신 같은 에우리마코스는

아직 시도하진 않았지만, 용기와 힘에서 월등히 뛰어났다.

　　　한편 신 같은 오디세우스의 소 치는 자와 돼지치기

이 두 사람은 함께 행동하여 동시에 궁을 나갔고,   190

고귀한 오디세우스도 뒤따라 나갔다. 그들이 안마당과 대문을 지나

밖으로 나오자 오디세우스가 그들에게 다정하게 말했다.

“소 치는 이와 돼지치기여, 내 마음이 나더러 그대들에게 말하라고

시키는데, 그 말을 그대들에게 하리까, 아니면 속에 담아두리까?

만약 어느 신께서 오디세우스를 데려다주셔서 그가 어디선가   195

난데없이 나타난다면 그대들은 그를 어떻게 돕겠소?
구혼자들을 돕겠소, 아니면 오디세우스를 돕겠소?
그대들의 마음과 기개가 어떻게 명령하는지 말해보시오.”
　　　소 치는 자가 그에게 대답했다.
“아버지 제우스시여, 제 소원을 이루어주어 신의 인도하심으로　　　　200
그분이 돌아오게 하소서. 그러면 그대는 내 힘과 두 손이
그분을 어떤 식으로 따르는지 알게 될 거요.”
　　　바로 그렇게 에우마이오스도 계책 많은 오디세우스가
집에 돌아오게 해달라고 모든 신들께 기도했다.
그들의 마음과 생각을 확실히 알게 된　　　　205
오디세우스는 그들에게 이렇게 대답했다.
“그는 이미 집에 와 있고, 여기 있는 내가 바로 그라네.
나는 수많은 고생을 한 후 스무 해 만에 조상들의 땅에 돌아왔네.
나는 하인들 중에 오직 자네 두 사람만 내가 돌아오기를
바라고 있다는 것을 아네. 내가 집에 돌아오게 해달라고　　　　210
다른 하인이 기도하는 소리는 듣지 못했지.
앞으로 무슨 일이 벌어질지 자네들에게 사실대로 자세히 말해주겠네.
신의 허락으로 내가 지체 높은 오만한 구혼자들을
굴복시킬 수 있다면, 나는 자네 두 사람에게 아내와 재산을
주는 것은 물론이고, 내 궁 가까이에 집도 지어주겠네.　　　　215
그런 다음 자네 두 사람은 내게 텔레마코스의 전우이자 형제가 되는 것
　이지.
자, 자네 두 사람이 나를 확실하게 알아보고 마음으로 믿을 수 있도록
자네들에게 분명한 증거를 보여주겠네.
이 흉터가 바로 그 증거네. 이 흉터는 내가 전에 아우톨리코스의
아들들과 파르나소스산에 갔을 때 멧돼지의 흰 엄니에 받쳐 생겼지.”　　　220
　　　오디세우스는 이렇게 말한 후 누더기를 걷어 크게 난 흉터를 보여

주었다.
둘은 흉터를 보고 모든 것을 확실히 알게 되자
현명한 오디세우스를 두 손으로 껴안고 눈물을 흘리며
그의 머리와 어깨에 연신 애정 어린 입맞춤을 했다.
마찬가지로 오디세우스도 두 사람의 머리와 어깨에 입을 맞추었다.   225
이렇게 해서 소 치는 자와 돼지치기는 오디세우스를 껴안고 해가 지도록
울었겠지만, 오디세우스는 이렇게 말하며 그들을 제지했다.
"누가 대청에서 나오다 이 모습을 보고 안으로 들어가
말하면 안 되니 울지 말고 눈물을 그치게.
우리 모두 동시에 움직이지 말고 한 사람씩 들어가세.   230
내가 먼저 들어갈 테니, 자네들은 뒤를 따라오게.
지체 높은 구혼자들은 모두 내가 활과 화살통을
쥐는 걸 허용하지 않을 테니
신호는 이것으로 하세. 고귀한 에우마이오스여,
자네는 활을 들고 대청을 돌아다니다 내 손에 활을 쥐여 주게.   235
그런 후 여자들에게 튼튼하게 짜맞춘 방문들을 잠그고,
담장 안에서 남자들의 신음 소리나 요란한 소리가 들려도
아무도 문밖으로 나오지 말고, 방에 머물면서
묵묵히 하던 일을 하라고 일러두게. 고귀한 필로이티오스여,
내가 지시하니 자네는 안마당의 바깥 대문을 닫고   240
빗장을 건 후 얼른 밧줄로 묶어주게."
　오디세우스는 이렇게 말한 후 살기 좋은 궁 안으로 들어가
좀 전에 일어섰던 의자가 있는 곳으로 가서 앉았고,
신 같은 오디세우스의 두 하인도 집 안으로 들어갔다.
　이때 에우리마코스는 활을 두 손으로 잡고 매만지며   245
이곳저곳을 불에 데우고 있었다. 하지만 아무리 해도
활에 시위를 걸 수 없자 그의 자부심 강한 마음이

큰 한숨을 쉬었다. 그는 분통을 터뜨리며 말했다.

"분하다. 하지만 나는 결혼 문제로 비통해하는 게 아니라

나 자신과 우리 모두를 생각하니 괴로운 것이오.   250

결혼 문제는 안타깝기는 하지만 다른 아카이오스인 여자도

많으니까. 이곳 바다로 둘러싸인 이타케에도 있고,

다른 도시들에도 있소. 나는 다만 우리가 힘에서 신 같은

오디세우스보다 못해 이 활에 시위를 걸 수 없고, 이 사실이

후세 사람들도 알게 될 우리의 치욕이라는 게 비통하오."   255

        에우페이테스의 아들 안티노오스가 그에게 대답했다.

"에우리마코스여, 그대가 말한 것처럼 되지는 않을 것이오.

그대 자신도 그 사실을 알지 않소.

지금 온 백성 가운데서 신을 위한 신성한 축제가 열리고 있는데

누가 활에 시위를 걸려 하겠소?   260

그러니 활을 그대로 두고, 도끼도 모두 그대로 세워두시오.

라에르테스의 아들 오디세우스의 대청에 들어와 그것을 가져갈

사람은 아무도 없을 테니. 그러니 자, 우리가 헌주한 후

굽은 활을 치울 수 있도록 술 따르는 자는 헌주할 수 있게 잔들에

포도주를 따르도록 해라. 여러분은 염소지기 멜란티오스에게   265

내일 아침에는 그의 염소 떼 중 가장 좋은 것을

몰고 오라고 지시하시오. 그러면 우리는 명궁 아폴론에게

넓적다리뼈를 태워 올리고 그 활로 시도해 시합을 끝낼 것이오."

        안티노오스가 이렇게 말하자 그들은 그 말에 기뻐했다.

그러자 전령들은 구혼자들의 손에 물을 부어주었고,   270

하인들은 희석용 동이에 포도주를 가득 담아

모든 잔에 나누어 주어 헌주할 수 있게 해주었다.

그들이 헌주한 후 포도주를 실컷 마시자

계책 많은 오디세우스가 영악하게 이런 말을 했다.

"명성 자자한 왕비님의 구혼자들이여,   275
내 가슴속 마음이 명령하는 것을 말하려 하니
내 말을 들어주시오. 나는 특히 에우리마코스와
신 같은 안티노오스에게 부탁을 하나 하겠소.
이 두 사람이 지금은 활로 시도하는 것을 그치고 신들께
맡겨두어, 내일 아침 신께서 원하는 자에게   280
승리를 안겨주시게 하자고 이치에 맞는 말을 했기 때문이오.
그러니 자, 광낸 활을 내게 주어 전에 내 유연한 사지에 있던
힘이 아직 그대로 있는지, 아니면 방랑하며 돌보지 않아
이미 없어져버렸는지 완력을 시험해보게 해주시오."
　　오디세우스의 말이 떨어지자, 구혼자들은 그의 손이 활에   285
닿을까 두려워하며 일제히 격분했다.
그래서 안티노오스가 그를 꾸짖으며 이렇게 말했다.
"가련한 나그네여, 그대는 생각이라는 게 조금도 없구나.
다른 거지나 나그네는 우리의 대화조차 엿듣지 못하는데,
그대는 고귀한 우리와 함께 편히 앉아 아무런 방해 없이   290
잔치를 즐기며 우리의 말을 듣는 것만으로도
부족하단 말이냐? 꿀처럼 달콤한 포도주를 마시고
정신이 나간 것이냐? 술을 적당히 마시지 않고 입을 크게 벌려
벌컥벌컥 마셔대면 누구든 망가지게 마련이지.
라피테스인들을 찾아간 켄타우로스들의 명성 자자한   295
에우리티온을 기개 넘치는 페이리토오스의 궁에서
맛이 가게 한 것도 포도주였다.[4] 그는 포도주 때문에 마음이

4　"페이리토오스"는 테살리아 라피테스인들의 왕으로 영웅 테세우스의 절친이다. 그의 결혼
　식에서 벌어진 켄타우로스들과 라피테스인들의 싸움은 유명하다. 페이리토오스의 아버지
　익시온은 헤라 여신을 범하려다 제우스가 구름의 요정 네펠레에게 지시해 만든 헤라의 환
　영과 정을 통해 반인반마 종족인 "켄타우로스"를 낳았다. 페이리토오스가 익시온의 뒤를

망가지고 정신이 나가서 페이리토오스의 궁에서 미쳐 날뛰며

행패를 부렸거든. 그러자 참다못한 영웅들이 벌떡 일어나

그를 대문 밖으로 끌어낸 뒤 무자비한 청동으로 두 귀와   300

코를 베어버렸다. 이렇게 해서 그는 술에 취해 마음이 망가지고

미망에 빠져 입은 마음의 상처를 지닌 채 그곳을 떠났다.

이 일로 켄타우로스들과 인간들 사이에 반목과 싸움이 시작되었지만,

그가 먼저 술에 취해 화를 자초한 것이다. 마찬가지로 그대에게

분명히 경고해두겠는데, 그대가 활에 시위를 걸려 한다면   305

큰 화를 당할 것이다. 만약 그렇게 한다면 우리 땅에서

대접받지 못하게 되고, 우리는 즉시 너를 검은 배에 태워

모든 사람을 불구로 만들어버리는 에케토스왕에게 보내

거기서 살아 돌아오지 못하게 할 것이다.

그러니 잠자코 술이나 마시고, 젊은 사람들과 겨루려 하지 마라."   310

그러자 사려 깊은 페넬로페이아가 안티노오스에게 말했다.

"안티노오스여, 이 집에 온 텔레마코스의 손님을

박대하는 것은 아름답지 않고 옳지도 않소.

그대는 저 나그네가 완력으로 오디세우스의 큰 활에

시위를 거는 데 성공해서 나를 그의 집으로   315

데려가 아내로 삼을 수 있다고 생각하는 거요?

이어 테살리아의 왕이 되자 켄타우로스들은 자신들도 익시온의 아들이니 영토를 나누어 달라고 요구했고, 이 분쟁은 결국 그들이 펠리온산을 차지하면서 해결되었다. 이후에 페이리토오스의 결혼식에 이들이 참석한다. 술을 잘 마시지 못하는 켄타우로스들이 포도주에 취해 라피테스인 처녀들을 겁탈하려 하면서 큰 싸움이 벌어진다. 이때 켄타우로스 중 한 명인 "에우리티온"은 신부 히포다메이아를 겁탈하려다 하객으로 와 있던 테세우스에게 죽고 다른 많은 켄타우로스도 목숨을 잃는다. 그러나 여기서 호메로스는 에우리티온에 관한 또 다른 전승을 들려준다. 페이리토오스의 결혼식에 초대받은 켄타우로스는 에우리티온 한 명이고, 그가 술에 취해 난동을 부리자 라피테스인들이 그의 코과 귀를 자르고 내쫓았다는 것이다. 이에 분노한 켄타우로스들이 복수를 위해 몰려들면서 켄타우로스들과 라피테스인들 간의 전쟁이 시작된다.

나그네 자신도 가슴속에 그런 희망을 품고 있진 않을 것이오.
그러니 여러분은 이곳에서 연회를 벌이면서 이 일로 마음
쓰지 마시오. 그런 염려는 가당치도 않으니까."

　　　폴리보스의 아들 에우리마코스가 그녀에게 대답했다.　　　320
"이카리오스의 따님인 사려 깊은 페넬로페이아여,
우리도 이자가 그대를 데려갈 것이라고 생각하지 않소.
그건 가당치도 않은 일이오. 하지만 남자들과 여자들이
떠들어댈 말을 우리는 염려하오. 아카이오스인 중
형편없는 자들이 이렇게 말하지 않겠소. '훨씬 못한 자들이　　　325
흠잡을 데 없이 훌륭한 남자의 아내에게 구혼했지만
광낸 활에 시위를 걸지 못했어. 그런데 어떤 떠돌이 거지가 와서
쉽게 활에 시위를 걸더니 화살 하나로 무쇠를 관통시켰지.'
그렇게 말하면 우리에게 치욕이 될 것이오."

　　　사려 깊은 페넬로페이아가 그에게 대답했다.　　　330
"에우리마코스여, 훌륭한 남자의 집을 욕보이고 그의 살림을
먹어치우는 사람들이 백성 가운데서 무슨 명성이 있단 말이오.
그리고 저 나그네가 이 일을 해낸들 여러분이 그걸
치욕으로 여길 이유가 무엇이오? 저 나그네는 키가 아주
크고 체격도 좋으며 훌륭한 아버지의 아들로 태어났다고 하지요.　　　335
그러니 자, 그에게 광낸 활을 주고 결과를 지켜봅시다.
이제 내가 하는 말은 반드시 이루어지리니 만약 그가 활에
시위를 걸고 아폴론께서 그에게 명성을 주신다면,
나는 그에게 겉옷과 웃옷을 비롯한 좋은 옷을 입혀주고,
개들과 사람들에게서 지켜줄 날카로운 창 한 자루와 날이 양쪽으로　　　340
있는 칼 한 자루를 줄 참이오. 발아래에 묶을 신발도 주고,
그의 마음이 명령하는 곳 어디든 그를 호송해줄 것이오."

　　　현명한 텔레마코스가 그녀에게 대답했다.

"어머니, 제가 원하는 자에게 이 활을 주든 주지 않든,
이 활에 대해서는 아카이오스인들 중 저보다 더 큰 권한을   345
가진 사람은 없습니다. 바위 많은 이타케를 다스리는 통치자나,
말들이 풀을 뜯는 엘리스 맞은편 섬들을 다스리는 통치자나
마찬가지예요. 제가 이 활을 나그네에게 아예 주어
가져가게 해도, 그들은 아무도 제게 그렇게 하지 말라고
말릴 수 없습니다. 그러니 어머니께서는 이제 안으로 들어가   350
베틀과 물레를 돌보시고, 하녀들에게도
각자의 일을 맡기십시오. 활은 남자의 일이니,
특히 제 일입니다. 이 집의 주인은 바로 저니까요."
      그러자 페넬로페이아는 깜짝 놀라 안으로 돌아갔고,
아들의 현명한 말을 마음에 간직했다.   355
그녀는 시중드는 여자들과 함께 이층 방으로 올라가
사랑하는 남편 오디세우스를 생각하며 울었고,
빛나는 눈의 아테나는 그녀의 눈꺼풀에 달콤한 잠을
보내주었다. 이때 고귀한 돼지치기가 굽은 활을 들고 가자
대청 안에 있는 모든 구혼자가 소리를 질렀다.   360
오만방자한 젊은이들은 이렇게 말하기도 했다.
"이 재수 없고 정신 나간 돼지치기야. 굽은 활을 어디로
가져가느냐? 아폴론을 비롯한 신들께서 우리에게 은총을
내려주신다면, 머지않아 네가 기른 날쌘 개들이 사람들에게서
떨어져 혼자 있는 너를 돼지 떼 옆에서 잡아먹을 것이다."   365
      구혼자들이 이렇게 말하자 돼지치기는 들고 가던 활을 다시
제자리에 내려놓았다. 대청에 있던 많은 사람이 소리를 지르자 더럭 겁
      이 났기 때문이다.
그러자 텔레마코스가 다른 쪽에서 큰 소리로 이렇게 경고했다.
"아저씨, 계속 활을 들고 가세요. 내가 비록 나이

어리더라도 힘에서는 아저씨보다 나으니,   370

그러니 큰 돌을 던져 들판으로 쫓아내기 전에

쓸데없는 말을 듣고 흔들리지 마세요.

내가 이 집에 있는 모든 구혼자보다 완력과 힘이 세다면,

그들은 악한 짓을 도모하는 자들이므로 나는 즉시 가증스러운

그들을 우리 집에서 내쫓고 싶어요.”   375

　　　텔레마코스가 이렇게 말하자, 그 말을 들은 모든 구혼자가

그에게 크게 화내던 것을 그치고 즐겁게 웃었다.

그래서 돼지치기는 활을 들고 대청을 지나

현명한 오디세우스 옆으로 가서 그의 손에 쥐여 주었다.

그런 후 돼지치기는 유모 에우리클레이아를 불러내 이렇게 말했다.   380

“사려 깊은 에우리클레이아여, 텔레마코스가 그대에게

이런 지시를 내렸소. 그대는 여자들을 데리고 집 안으로 들어가

튼튼하게 짜맞춘 방문을 걸어 잠그시오. 만약 우리 궁 담장 안에서

남자들의 신음 소리나 요란한 소리가 들려도 문밖으로

나오지 말고, 방에 머물며 묵묵히 하던 일을 하시오.”   385

　　　돼지치기가 이렇게 말하자 에우리클레이아는 그 말을 마음에

새기고는 살기 좋은 집의 방문을 걸어 잠갔다.

　　　필로이티오스도 조용히 집을 빠져나와 대문 밖으로 뛰어가서

튼튼한 담장으로 둘러싸인 안마당의 바깥 대문에 빗장을 걸었다.

양쪽으로 노 젓는 배에서 사용하는 파피루스로 만든 밧줄이   390

주랑에 놓여 있었는데, 그는 그 밧줄로 문짝들을 동여매고

다시 집 안으로 들어와 좀 전에 일어섰던 자리에 앉은 후

오디세우스를 바라보았다. 오디세우스는 이미 활을 만지작거리고

이쪽저쪽으로 돌리며 주인이 떠나 있는 동안 벌레가 활을

쏠지는 않았는지 두루 살펴보고 있었다.   395

그 모습을 본 누군가가 옆 사람에게 말했다.

"저자는 활을 정말 좋아하고 활에 일가견이 있는 사람 같소.
불행에 능숙한 저 떠돌이가 활을 손으로 만지작거리며 이곳저곳을
살피는 것을 보니 저런 활을 자기 집에도 갖고 있거나,
아니면 저런 활을 하나 만들 생각인가 보오."   400
          오만방자한 젊은이들 중에서 어떤 사람은 이렇게 말했다.
"이제 활에 시위를 걸 수 있느냐 없느냐에
앞으로 저자의 운이 달려 있겠군."
          구혼자들이 이렇게 말하는 동안,
계책 많은 오디세우스는 큰 활을 들어 올려   405
두루 살펴본 후 마치 포르밍크스와 노래에
정통한 사람이 새 줄감개에 손쉽게 현을 걸고,
잘 꼰 양의 내장으로 만든 끈을 양쪽 끝에 고정시키듯이,
별로 힘들이지 않고 큰 활에 시위를 걸었다.
오디세우스가 활을 오른손으로 잡고 시위를 시험해보자   410
그 소리는 마치 제비의 울음처럼 맑고 경쾌했다.
그러자 구혼자들은 경악하여 모두 안색이 변했고,
제우스는 크게 천둥을 울려 전조를 보여주었다.
그러자 강인한 오디세우스가 기뻐했으니
크로노스의 아들 음흉한 제우스가 전조를 보여주었기   415
때문이다. 오디세우스는 자기 옆 식탁 위에 꺼내둔
빠른 화살 하나를 집어 들었다. 다른 화살들은 속 빈 화살통에
들어 있었고, 아카이오스인들은 이제 곧 이 화살 맛을 보게
될 것이었다. 그는 의자에 그대로 앉은 채 식탁 위에 있던
화살을 줌통[5] 위에 얹고 시위와 오늬를 잡아당겨 쏘았고,   420
청동이 달려 무거운 화살이 도끼자루 구멍들을

---

5 "줌통"은 활을 쏠 때 화살을 손으로 쥐는 부분이다.

〈활을 쏴서 도낏자루 구멍을 관통한 오디세우스〉(테오도르 반 툴덴, 1632~1633년)

하나도 빗맞히지 않고 모두 연속으로 관통한 후
대문 쪽으로 날아갔다. 오디세우스는 텔레마코스에게 말했다.
"텔레마코스여, 내가 표적을 빗맞히지 않았고 활에 시위를
거느라 지치지도 않았으니, 대청에 앉아 있던 그대의 손님이   425
그대에게 수치를 안겨주지는 않았구려. 구혼자들이 나를 멸시하고
업신여긴 것과 달리 내 힘은 여전히 건재하오.
밝은 대낮인 지금이 아카이오스인들을 위한 만찬을 벌일 때요.
하지만 그 후에는 춤과 포르밍크스로 다른 만찬을 즐기도록 합시다.
춤과 포르밍크스야말로 만찬의 꽃이니 말이오."   430
        오디세우스는 이렇게 말한 후 눈썹으로 신호를 보냈다.
그러자 신 같은 오디세우스의 사랑하는 아들 텔레마코스는
날카로운 칼을 메고 손에는 창을 쥐고 화염처럼 빛나는 청동으로
무장한 채 자신의 의자 가까이에 서 있었다.

X 제22권 구혼자들을 처단하다

계책 많은 오디세우스는 누더기를 벗고

활과 화살 가득한 화살통을 가지고 넓은 문간 위로

뛰어올라 발 앞에 빠른 화살들을 쏟아놓은 후

구혼자들 가운데서 이렇게 말했다.

"이 중대한 시합이 끝났으니 이제 나는 아무도 맞힌 적   5

없는 또 다른 표적을 맞히겠다. 그러면 아폴론께서

내게 명성을 안겨주실지 누가 알겠는가."

　　오디세우스는 날카로운 화살로 안티노오스를 겨누었다.

이때 안티노오스는 포도주를 마시려고 손잡이 둘 달린

아름다운 황금 술잔을 두 손으로 들어 올리던 참이었다.   10

그는 자기가 죽을 줄 꿈에도 생각하지 못했다.

단 한 사람이 아무리 강력하다 해도

연회에 참석한 수많은 사람 사이에서 그 한 사람이

그들 중 누군가에게 사악한 죽음과 검은 죽음의 운명을

안겨줄 것이라고 구혼자들 중 누가 생각했겠는가.   15

하지만 오디세우스는 안티노오스의 목을 겨누어

화살을 쏘았고, 화살 끝은 부드러운 목을 관통했다.

화살에 맞은 그는 한쪽으로 쓰러졌고,

〈구혼자들과 싸우는 오디세우스〉(로비스 코린트, 1913년)

손에서 술잔이 떨어졌다. 즉시 그의 콧구멍에서
붉은 피가 콸콸 흘러나왔다. 그가 쓰러지며   20
식탁을 발로 걷어차는 바람에 음식이 바닥으로 쏟아져
빵과 구운 고기가 피로 물들었다. 그가 쓰러지는 것을 본
구혼자들은 의자에서 벌떡 일어나 소리를 지르고
대청 안을 다니며 튼튼하게 지은 벽 쪽을 샅샅이 뒤졌지만
손에 쥘 만한 방패와 튼튼한 창은 어디에도 없었다.   25
그러자 그들은 화가 나 이렇게 오디세우스를 꾸짖었다.
"나그네여, 활로 사람을 쏘다니 이 무슨 무도한 짓인가.
이타케에서 가장 훌륭한 젊은이를 죽인 그대는
이제 벼랑 끝의 파멸을 맞고 이곳에서 독수리 밥이 되어
다시는 다른 시합에 나설 수 없게 될 것이다."   30
        구혼자들은 오디세우스가 실수로 안티노오스를
죽였다고 생각해서 저마다 이렇게 떠들었다. 어리석게도
그들은 파멸의 밧줄이 자기들 모두를 묶고 있다는 걸 몰랐다.
계책 많은 오디세우스는 그들을 노려보며 말했다.
"이 개들아, 너희는 내가 트로스인의 땅에서   35
집으로 돌아오지 못할 것이라고 생각해
내 집을 유린하고, 하녀들을 능욕하며,
내가 버젓이 살아 있는데도 내 아내에게 구혼했지.
너희는 드넓은 하늘에 계시는 신들을 두려워하지 않았고,
후세 사람들의 분노도 두려워하지 않았다.   40
이제 너희 모두는 파멸의 밧줄에 걸렸다."
        오디세우스가 이렇게 말하자, 구혼자들은 모두 두려움에 사로잡혀
새파랗게 질린 채 저마다 사방을 두리번거리며 벼랑 끝의 파멸을
피할 곳을 찾았고, 에우리마코스만 그에게 이렇게 대답했다.
"당신이 진정 다시 돌아온 이타케의 오디세우스라면,   45

아카이오스인이 더러는 이 궁에서, 더러는 시골에서 악행을

저질렀으니 그렇게 말씀하실 만도 합니다.

하지만 이 모든 일의 원흉인 안티노오스는 이미 죽어 누워 있습니다.

이 일들을 꾸민 자는 바로 그자입니다.

그는 결혼 같은 건 할 생각이 전혀 없고 다른 생각이 있었는데,   50

크로노스의 아드님께서 그 일을 이루어주지 않으셨지요.

그는 매복해 있다가 당신의 아들을 죽인 후,

튼튼하게 지은 이타케 땅에서 왕이 되고 싶어 했습니다.

이제 그가 대가를 치렀으니 당신의 백성만은 목숨을 살려주십시오.

나중에라도 우리가 백성에게 거두어 각각 황소 스무 마리 값에   55

해당하는 몫을 내놓겠습니다. 청동과 황금도 내놓아

당신의 마음이 녹을 때까지 우리가 이 궁에서

먹고 마신 것을 모두 보상하겠습니다.

그때까지는 당신이 분노해도 아무도 탓하지 못할 겁니다.”

계책 많은 오디세우스가 그를 노려보며 말했다.   60

“에우리마코스, 너희가 아버지의 유산을 모두

내게 넘기고, 너희의 모든 소유에 다른 것을

얹어 준다 해도 구혼자들인 너희가 저지른 불법을

다 갚기 전까지 나는 살육에서 손을 떼지 않을 것이다.

이제 너희가 나와 맞서 싸우든 도망치든   65

죽음과 죽음의 운명을 피하는 것은 너희에게 달렸다.

하지만 너희는 벼랑 끝의 파멸을 피할 수 없다.”

오디세우스가 이렇게 말하자 그들의 무릎과 심장이 풀렸다.

그들 가운데서 에우리마코스가 또다시 말했다.

“친구들이여, 저자는 광낸 활과 화살통을 쥐었으니   70

무적의 두 손을 멈추지 않고 잘 다듬은 문턱에서

활을 쏘아 우리 모두를 죽일 것이오.

그러니 전의를 일깨웁시다. 칼을 빼들고 식탁을 방패로 삼아
신속한 죽음을 가져다주는 화살들을 막으시오.
우리 모두 한꺼번에 무리 지어 저자를 공격합시다.   75
그러면 저자를 현관과 문에서 밀쳐내고
시내로 나가 신속하게 고함을 지를 수 있을 테고,
저자가 활을 쏘는 것도 이제 곧 마지막이 될 것이오.”
        에우리마코스는 이렇게 말한 후, 청동으로 만든
양날의 칼을 빼들고 무시무시한 고함을 지르며   80
오디세우스에게 달려들었다. 바로 그때 고귀한 오디세우스가
그를 향해 화살을 날려 보냈고, 빠른 화살은 그의 가슴 옆을 파고들며
간에 박혔다. 그러자 그는 손에 들고 있던 칼을 바닥으로 떨어뜨리며
앞으로 고꾸라져 식탁 위에 쓰러졌다.
그 바람에 음식과 손잡이 둘 달린 술잔이 바닥에 쏟아졌다.   85
그가 괴로워하며 이마로 땅바닥을 들이박고,
두 발로 의자를 걷어차자 의자가 흔들거렸다.
이윽고 그의 두 눈에 안개가 자욱이 꼈다.
        이번에는 명성 높은 오디세우스를 대문 앞에서
물러나게 하려고, 암피노모스가 날카로운 칼을   90
빼들고 쏜살같이 그에게 달려들었다.
하지만 텔레마코스가 먼저 청동 날이 박힌 창으로
그의 어깨 정중앙을 찔러 가슴을 꿰뚫자
그는 둔탁한 소리를 내며 쓰러졌고 이마 전체로 땅을 들이박았다.
텔레마코스는 암피노모스의 몸에 박힌 그림자 길게 드리운   95
창을 뽑는 사이에 아카이오스인 중 누군가가 칼을 빼들고
달려들거나 고개를 숙인 자기를 칼로 찌를 것이 염려되어,
그림자 길게 드리운 창을 그대로 두고 재빨리 물러났다.
그는 사랑하는 아버지 옆으로 달려갔고

아주 가까이 다가가 날개 달린 말을 건넸다.   100
"아버지, 무장하시는 편이 좋을 듯하니 제가 얼른 가서
가죽 방패와 창 두 자루와 관자놀이에 꼭 맞는 온통 청동으로
만든 투구를 가져오고, 저도 무장하고 오겠습니다.
돼지치기와 소 치는 자에게도 다른 무구를 주겠습니다."
         계책 많은 오디세우스가 대답했다.   105
"뛰어가서 가져오너라. 내게는 스스로를 지킬 화살들이 있으니
그들이 나를 대문 앞에서 밀쳐내지 못할 것이다."
         오디세우스가 이렇게 말하자, 텔레마코스는 사랑하는 아버지의
말에 순종해 아버지의 유명한 무구들이 보관된 창고 방으로 갔다.
그곳에서 그는 방패 네 점, 창 여덟 자루, 말총 장식이   110
수북이 달린 청동 투구 네 개를 꺼내 들고
서둘러서 사랑하는 아버지에게 왔고,
자신이 가장 먼저 청동 갑옷을 몸에 걸쳤다.
마찬가지로 두 하인도 아름다운 무구를 걸치고
계책 많은 현명한 오디세우스의 양편에 섰다.   115
         오디세우스는 자신을 지켜줄 화살들이 있는 동안에는
집 안에 있는 구혼자들을 한 사람씩
조준해 화살을 쏘았고, 그들은 쓰러져 무더기를 이루었다.
하지만 활 쏘는 주인에게 화살이 다 떨어지자
오디세우스는 튼튼하게 지은 대청 문설주,   120
밝게 빛나는 전면에 활을 기대 세워놓은 후
네 겹으로 된 방패를 어깨에 메고, 건장한 머리에는
말총 장식을 단 튼튼하게 만든 투구를 쓰니
말총 장식이 위에서 아래로 무시무시하게 흔들거렸다.
그런 후 그는 청동 날이 박힌 튼튼한 창 두 자루를 집어 들었다.   125
         그곳 잘 지은 벽에는 튼튼하게 세운 대청 문턱 윗부분과

〈페넬로페이아의 구혼자들을 응징하는 오디세우스〉
(크리스토페르 빌헬름 에케르스베르크, 1814년)

같은 높이에 대청 밖 복도로 통하는 샛문이 나 있었고,

그 문에 달려 있는 튼튼하게 짜맞춘 문짝들은 닫혀 있었다.

오디세우스는 고귀한 돼지치기에게 지시해 그 샛문을 가까이에서

잘 지키게 했다. 샛문을 공격하는 길은 오직 하나뿐이었다.   130

아겔레오스가 모든 구혼자에게 말했다.

"친구들이여, 누군가가 샛문으로 나가 신속하게

고함을 질러 이 일을 백성에게 알려야 하지 않겠소?

그러면 저자가 활 쏘는 것도 이제 곧 마지막이 될 것이오."

　　　염소지기 멜란티오스가 그에게 대답했다.   135

"제우스께서 기르신 아겔레오스여, 그렇게 하시면 안 됩니다.

안마당으로 통하는 아름다운 문에 그자가 아주 가까이 서 있고,

복도 폭은 좁아 통과하기 어려워서 용맹한 사람이라면 혼자서도

모든 사람을 막아낼 수 있기 때문입니다. 그러니 자, 여러분이 무장하실

　수 있도록 제가 창고 방으로 가서

무구들을 가져오겠습니다. 오디세우스와 그의 영광스러운 아들이   140

어디 다른 곳에 무구들을 보관해놓지는 않았을 테니까요."

　　　염소지기 멜란티오스는 이렇게 말한 후,

대청에 나 있는 좁은 통로를 따라 오디세우스의 창고 방으로

올라갔다. 그곳에서 그는 방패와 창과 말총 장식이

수북한 청동 투구를 각각 열두 개씩 꺼내 들고   145

얼른 돌아와 구혼자들에게 주었다.

그들이 무구를 걸치고, 손에 든 긴 창들이

번쩍이는 것을 보자 오디세우스는 무릎과 심장이 풀렸다.

그에게 큰일이 벌어졌기 때문이다.

그는 즉시 텔레마코스에게 날개 달린 말로 일렀다.   150

"텔레마코스야, 대청 안에 우리 두 사람을 상대로 사악한 전쟁을

부추기는 자가 있는데, 여자이거나 멜란티오스가 틀림없는 것 같구나."

현명한 텔레마코스가 대답했다.

"아버지, 제가 튼튼하게 짜맞춘 창고 방의 문을

열어둔 채 와버렸으니 다른 사람 탓이 아니라   155

제 잘못입니다. 그들의 첩자가 저보다 나았던 것이지요.

그러니 고귀한 에우마이오스여, 가서 창고 방 문을 잠그고

이 일을 벌인 자가 여자 중 한 명인지, 아니면 내 예상대로

돌리오스의 아들 멜란티오스인지도 알아봐주세요."

그들이 이런 얘기를 주고받고 있을 때,   160

염소지기 멜란티오스가 아름다운 무구들을 가지러

다시 창고 방으로 갔다. 그를 본 고귀한 돼지치기는

즉시 오디세우스에게 다가와 말했다.

"제우스의 자손 라에르테스의 아들, 계책 많은 오디세우스여,

우리가 예상한 저 죽일 놈이 다시 창고 방으로   165

가고 있습니다. 제게 확실히 말씀해주십시오.

제가 그보다 우세하다면 그를 죽일까요,

아니면 그가 이 집에서 도모한 수많은 불법을

되갚을 수 있도록 그를 이곳 당신 앞으로 끌고 올까요?"

계책 많은 오디세우스가 그에게 대답했다.   170

"지체 높은 구혼자들이 아무리 필사적으로 달려들어도

나와 텔레마코스가 그들을 이곳 대청에 묶어두겠네.

그러니 자네 두 사람은 그의 두 손과 두 발을

뒤로 묶어 창고 방 안에 그를 내던지게.

그런 다음 그의 등 뒤에 널빤지를 대고 밧줄로 묶어   175

높은 기둥을 따라 서까래 가까이로 달아 올리게.

살아 있는 동안 오래도록 극심한 고통을 겪게 말일세."

오디세우스가 이렇게 말하자, 두 사람은 잘 듣고 있다가

그가 지시한 대로 창고 방 안에 있는 자가 눈치채지 못하게

그곳으로 다가갔다. 그는 창고 방 가장 안쪽에서 무구들을   180
찾는 동안 두 사람은 문설주 양옆에 서서 기다렸다.
염소지기 멜란티오스는 한 손에는 아름다운 투구를,
다른 한 손에는 오래되어 푸석한 넓은 방패를 들었다.
영웅 라에르테스가 젊은 시절에 늘 들고 다녔던
그 방패는 가죽끈의 이음새가 풀린 채로 그곳에 놓여   185
있었던 것이다. 그가 문턱을 넘는 순간, 두 사람은 달려들어
그를 붙잡아 머리채를 움켜쥐고 안으로 끌고 가
몸부림치는 그를 바닥에 내던졌다.
두 사람은 라에르테스의 아들 강인하고 고귀한
오디세우스가 지시한 대로 마음을 괴롭게 하는 노끈을 써서   190
그의 두 손과 두 발을 등 뒤로 꽁꽁 묶은 후, 그를 밧줄에
묶어 높은 기둥을 따라 서까래 가까이로 달아 올렸다.
돼지치기 에우마이오스여,
그대는 그런 그를 이렇게 조롱했다.
"멜란티오스, 이제야말로 네게 어울리는 부드러운   195
침상에 누워 밤새도록 불침번을 서게 생겼구나.
황금 옥좌의 여신이 오케아노스의 강물에서 떠오르는 것도
놓치지 않고 볼 수 있겠구나. 구혼자들이 대청에서 연회를
벌이도록 네가 염소들을 몰고 오던 바로 그 이른 아침에 말이다."
    이렇게 멜란티오스는 죽음의 사슬에 꽁꽁 묶인 채   200
그곳에 남겨졌고, 두 사람은 무구를 걸치고 번쩍이는 문을
잠근 후 계책 많은 현명한 오디세우스에게 돌아왔다.
이들 네 사람은 분노의 숨을 몰아쉬며 현관 위에 버티고 섰는데,
대청 안에는 아직도 많은 장정이 있었다.
이때 제우스의 딸 아테나가 그들에게 다가왔다.   205
아테나의 모습과 목소리는 마치 멘토르 같았다.

아테나를 본 오디세우스가 기뻐하며 이렇게 말했다.

"멘토르, 나는 동갑인 그대를 호의적으로 대해주었지.

그러니 친구여, 나를 잊지 말고 우리를 파멸에서 구해주게."

　　　　오디세우스는 이렇게 말했지만, 나라들을 선동하는　　　　210

아테나가 멘토르의 모습을 하고 나타난 것이라고 생각했다.

구혼자들은 대청의 다른 쪽에서 일제히 소리를 질렀는데,

가장 먼저 다마스토르의 아들 아겔라오스가 아테나를 꾸짖었다.

"멘토르, 너는 오디세우스의 말에 속아 그를 돕거나

구혼자들과 싸우려 하지 마라. 결국 우리가 마음먹은 대로　　　　215

일이 이루어질 테니. 만약 네가 대청에서 저들을 돕는

행동을 한다면 우리가 저 부자를 죽였을 때, 그런 행동 때문에

너도 이곳에서 죽어 머리로 대가를 치를 줄 알아라.

우리가 청동으로 너희의 힘을 제거한 후에는

집 안에 있는 것이든 집 밖에 있는 것이든 네 전 재산을　　　　220

오디세우스의 재산과 섞을 것이다. 네 아들들이 네 집에서

사는 것을 허용치 않고, 네 딸들과 소중한 아내가

이타케 시내를 돌아다니는 꼴도 보지 않을 것이다."

　　　　아겔라오스가 이렇게 말하자, 마음속에서 더욱 분노한 아테나는

노기 어린 말로 오디세우스를 이렇게 꾸짖었다.　　　　225

"오디세우스여, 그대는 이제 이전의 굳건한 힘과 용맹함이

다 사라지고 없나 보오. 이전에 그대는 고귀한 아버지에게서

태어난 흰 팔의 헬레네를 위해 아홉 해 동안이나 쉬지 않고

트로스인과 싸워 무시무시한 전투에서 수많은 적군을 죽였고,

대로가 뻗어 있는 프리아모스의 도시도 그대의 계책으로　　　　230

함락시켰잖소. 그런데 왜 그대의 집과 재산이 있는 이곳에

돌아온 지금은 구혼자들에게 용감히 맞서야 할 판에

한탄만 하고 있소. 그러니 자, 사랑하는 친구여,

여기 내 옆에 서서 내가 어떻게 하는지 잘 보시오.
알키모스의 아들 멘토르가 자기를 잘 대해준 이에게   235
보답하기 위해서 적군들을 어떻게 하는지 보게 될 것이오.”
       아테나는 이렇게 말했지만 그에게 결정적인 승리를 안겨주지는
않고, 오디세우스와 그의 영광스러운 아들이 지닌 힘과 용맹함을
더 시험해보고자 했다. 그래서 아테나는 제비로 변신해
연기에 그을린 대청 천장으로 쏜살같이 날아올라 대들보에 앉았다.   240
       한편 다마스토르의 아들 아겔라오스, 에우리노모스,
암피메돈, 데모프톨레모스, 폴릭토르의 아들
페이산드로스, 현명한 폴리보스가 구혼자들을 선동했다.
이들은 살아남아 마지막까지 싸우는 자들 중에서도
가장 용맹한 자들이었고, 나머지 용감한 자들은   245
빗발치는 화살에 쓰러져 이미 목숨을 잃었다.
그들 가운데서 아겔레오스가 남아 있는 구혼자들에게 말했다.
“친구들이여, 무적인 저자의 두 손은 이미 묶여 있소.
멘토르는 공허한 허풍만 늘어놓다 갔고,
저자들만 문 앞에 남아 있소.   250
그러니 자, 이제 모두가 긴 창을 동시에 던질 게 아니라
여섯 명만 먼저 창을 던지시오. 제우스께서 오디세우스를
맞히게 해주어 명성을 드높여주실지도 모르니.
저자만 쓰러지면 다른 자들은 걱정할 것 없소.”
       아겔레오스가 이렇게 말하자, 그들은 모두 그의 지시대로   255
오디세우스를 맞히길 열망하며 창을 던졌다. 하지만 아테나는
그 창들이 다 빗나가게 했다. 그들 중 어떤 자는 튼튼하게
지은 대청의 문설주를 맞혔고, 어떤 자는 튼튼하게 짜맞춘 문을
맞혔으며, 어떤 자가 던진 청동 날이 박혀 무거운 물푸레나무 창은
벽에 맞고 떨어졌다. 이렇게 네 사람이 구혼자들의 창을   260

피한 후, 강인하고 고귀한 오디세우스가 말했다.

"친구들이여, 구혼자들은 이전에 저지른 악행으로도 모자라

우리를 죽이려고 저렇게 악착같이 덤벼드니

우리도 그들에게 맞서 창을 던질 때가 되었소."

　　　　오디세우스가 이렇게 말하자, 네 사람은 모두 구혼자들을　　265

겨냥해 날카로운 창을 던졌고, 오디세우스는 데모프톨레모스를,

텔레마코스는 에우리아데스를, 돼지치기는 엘라토스를,

소 치는 자는 페이산드로스를 죽였다.

그들이 모두 동시에 드넓은 대청 바닥을 이로 깨물자

나머지 구혼자들은 대청에서 가장 구석진 곳으로 물러났고,　　270

네 사람은 앞으로 달려나가 시신에서 창을 뽑았다.

　　　　그러자 구혼자들은 다시 필사적으로 창을

던졌으나, 하지만 아테나는 그 창들을 대부분 빗나가게 했다.

그들 중 어떤 자는 튼튼하게 지은 대청의 문설주를 맞혔고,

어떤 자는 튼튼하게 짜맞춘 문을 맞혔으며,　　275

어떤 자가 던진 청동 날이 박혀 무거운 물푸레나무 창은

벽에 맞고 떨어졌다. 하지만 암피메돈이 던진 창은

텔레마코스의 손목을 스쳤고, 청동이 피부 표면에 상처를 냈다.

크테시포스가 던진 긴 창도 방패 위로 드러난

에우마이오스의 어깨를 스치고 위로 날아 바닥에 떨어졌다.　　280

계책 많은 현명한 오디세우스와 함께한 사람들은

다시 구혼자들의 무리 속으로 날카로운 창을 던졌다.

이때 도시들을 함락시키는 자 오디세우스는 에우리다마스를,

텔레마코스는 암피메돈을, 돼지치기는

폴리보스를 맞혔다. 소 치는 자는 크테시포스의 가슴을　　285

맞힌 후 의기양양하게 말했다.

"남을 조롱하기를 좋아하는 폴리테르세스의 아들이여,

이후로는 어리석고 분별없음에 굴복해 큰소리치지 말고,
그대보다 훨씬 더 강력하신 신들께 모든 문제를 맡겨라.
이것은 네가 얼마 전에 대청에서   290
신 같은 오디세우스께 던진 소 다리에 대한 보답이다.”
　　　뿔 굽은 소들을 치는 목자가 이렇게 말하는 사이에
오디세우스는 육박전을 벌어 긴 창으로 다마스토르의 아들을
찔렀고, 텔레마코스는 에우에노르의 아들 레오크리토스의
옆구리 한가운데를 창으로 찔러 청동을 꿰뚫었다.   295
그러자 그는 그 자리에서 곧장 앞으로 쓰러져
얼굴 전체로 바닥을 들이받았다. 이때 아테나가 높은 천장에서
사람들을 죽이는 아이기스 방패를 들어 올리자
구혼자들은 잔뜩 겁에 질려 대청 여기저기로 도망치니,
그 모습이 마치 낮이 길어지는 봄날에 쇠파리가 민첩하게   300
날아다니며 공격하면 무리 지어 있던 암소들이 여기저기로
흩어지는 광경 같았다. 굽은 발톱과 흰 부리의 독수리가
산에서 쏜살같이 내려와 덮치면, 구름 아래서 움찔거리며 들판을
스치듯 날아다니던 작은 새들은 맞서 싸우지도 도망치지도 못해
달려드는 독수리에게 죽을 수밖에 없는데,   305
사람들은 독수리가 그렇게 사냥하는 걸 보며 즐거워한다.
그처럼 네 사람은 대청 전체를 이리저리 돌아다니며
구혼자들에게 달려들어 공격했다. 그들의 머리가 깨지며
흉측한 신음 소리가 울렸고, 바닥에는 온통 피가 넘쳐흘렀다.
　　　이때 레이오데스가 달려와 오디세우스의   310
두 무릎을 붙잡고 날개 달린 말로 간청했다.
“오디세우스여, 당신의 무릎을 붙잡고 간청합니다. 저를 죽이는 걸
수치로 여기고 저를 불쌍히 여겨주십시오. 저는 대청에서
어느 여자에게도 악하게 말하거나 행동한 적이 없습니다.

〈구혼자들〉(귀스타브 모로, 1852년)

도리어 그런 짓을 하는 다른 구혼자들을 말렸지요.   315
하지만 그들은 제 말을 듣지 않고 악행에서 손을 떼지 않아
이렇게 끔찍한 운명을 맞았습니다. 나쁜 짓을 하지 않은 제가
그들의 제관이라는 이유로 그들과 함께 죽어야 한다면,
선행을 한들 나중에 아무런 보상도 받지 못하는 것 아니겠습니까?”
        계책 많은 오디세우스는 그를 노려보며 말했다.   320
“네가 그들의 제관이었다고 자랑하는 것을 보니
너는 달콤한 귀향이 내게서 멀어져 내 아내가
너를 따라가 네 자녀들을 낳게 해달라고
대청에서 자주 기도했겠구나.
그러니 너도 무자비한 죽음을 피할 수 없다.”   325
        오디세우스는 이렇게 말한 후, 아겔라오스가 죽으며 바닥에
내던져 거기에 놓여 있던 칼을 다부진 손으로 집어 들었다.
오디세우스가 레이오데스의 목 한가운데를 치자
아직도 말을 잇던 그의 머리는 땅에 떨어져 먼지 속으로 파묻혔다.
        구혼자들 사이에서 어쩔 수 없이 노래했던   330
테르피스의 아들 음유시인 페미오스는 아직 검은 죽음의 운명을
맞지 않았다. 그는 맑은 소리를 내는 포르밍크스를
두 손에 든 채 샛문 가까이에 서서 두 가지 방책을 놓고
마음이 갈라져 고민했다. 대청에서 벗어나 안마당으로 가서
전에 라에르테스와 오디세우스가 황소의 넓적다리뼈를   335
많이 태워 올렸던 위대한 제우스의 제단 옆에 앉아 있을 것인가,
아니면 앞으로 달려가 오디세우스의 무릎을 붙잡고 간청할 것인가.
아무리 생각해보아도 라에르테스의 아들 오디세우스의
무릎을 붙잡는 편이 더 나아 보였다.
그는 희석용 동이와 은징이 박혀 있는 의자 사이 바닥에   340
속 빈 포르밍크스를 내려놓은 후, 앞으로 달려나가

오디세우스의 무릎을 붙잡고 날개 달린 말로 간청했다.
"오디세우스여, 당신의 무릎을 붙잡고 간청합니다.
저를 죽이는 걸 수치로 알고 저를 불쌍히 여겨주십시오.
신들과 인간들을 위해 노래하는 음유시인인 저를 죽이신다면,   345
이 일은 나중에 당신께 괴로움이 될 것입니다.
저는 혼자서 배웠지만 신께서 제 마음속에 온갖 노래를
심어주신 덕분에 신 앞에서는 물론이고 당신 앞에서
노래하기에도 적합한 사람입니다. 그러니 목을 베려 하지 마십시오.
제가 스스로 원해 당신의 궁에 들어와 연회에서   350
구혼자들을 위해 노래한 게 아니라, 저보다 강하고
수도 훨씬 많은 자에게 강제로 끌려왔다는 사실을 당신의
사랑하는 아들 텔레마코스도 증언해줄 수 있을 겁니다."
　　　페미오스가 이렇게 말하자, 그 말을 들은 신성하고 강력한
텔레마코스가 즉시 가까이 있던 아버지에게 말했다.   355
"멈추세요. 이 사람은 아무 잘못 없으니 청동으로 치지 마세요.
제가 어렸을 때 우리 집에서 항상 저를 보살펴준 전령
메돈도 살려주어야 합니다. 필로이티오스나 돼지치기가
이미 그를 죽였든지, 아니면 대청 전체를 휩쓸고 다니신
아버지를 만나 이미 죽은 게 아니라면 말입니다."   360
　　　텔레마코스가 이렇게 말하자 사리에 밝은 메돈이
그의 말을 들었다. 그는 벗긴 지 얼마 안 된 소가죽을
온몸에 두른 채 의자 아래 엎드려 있어 검은 죽음의
운명을 피할 수 있었다. 그는 즉시 소가죽을 벗더니
의자 아래에서 달려나와 텔레마코스의   365
무릎을 붙잡고 날개 달린 말로 간청했다.
"친구여, 그대도 멈추고 그대의 아버지께도 말해주시오.
이 궁에서 그분의 재산을 먹어치우고 어리석게도 그대를

존중하지 않았던 구혼자들에게 분노하신, 월등히 강한 그대
아버지께서 나를 날카로운 청동으로 해치지 말아달라고 말이오."   370
         계책 많은 오디세우스는 그에게 미소 지으며 말했다.
"이 아이가 자네를 구하고 살렸으니 안심해라.
그러니 너는 이 일을 마음속에 담아두었다가 다른 사람에게 말해라.
악을 행하는 것보다 선을 행하는 것이 더 낫다고 말이야.
내가 집에서 해야 할 일을 다 마치는 동안,   375
많은 일을 노래하는 음유시인과 너는 대청에서 나가
안마당에 앉아서 살육을 피해라."
         오디세우스가 이렇게 말하자, 두 사람은 대청에서 걸어 나가
위대한 제우스의 제단 옆에 앉았지만 언제 죽을지 모른다는
두려움에 사방을 두리번거리며 이곳저곳을 날카롭게 살폈다.   380
         오디세우스는 아직도 검은 죽음의 운명을 피해
은밀한 곳에 숨어 살아 있는 자가 있는지
온 집 안을 샅샅이 뒤졌다. 하지만 그 많던 자들이 모두
피와 먼지 속에 쓰러져 있는 것을 보았다.
어부들이 촘촘한 그물을 잿빛 바다에서 끌어내   385
완만하게 기울어진 해변에 쏟아놓으면
물고기들이 소금기 어린 파도를 그리워하며
뜨거운 태양 아래 서서히 숨을 거두듯이,
구혼자들도 그렇게 포개져 쓰러져 있었다.
계책 많은 오디세우스가 텔레마코스에게 말했다.   390
"텔레마코스야, 유모 에우리클레이아를 불러오너라.
내 마음속에 있는 말을 그녀에게 할까 한다."
         오디세우스가 이렇게 말하자, 텔레마코스는 사랑하는 아버지의
말에 순종하여 방문을 흔들며 유모 에우리클레이아에게 말했다.
"우리 집 하녀들의 감독자이며 나이 드신 할멈,   395

일어나 이곳으로 오세요. 아버지께서 부르세요.

하실 말씀이 있으시답니다.”

　　　텔레마코스가 이렇게 말하자, 그 말을 들은

에우리클레이아는 망설임 없이 살기 좋은 방들의 문을

열고 나와 걸어갔고, 텔레마코스가 앞장섰다.　　　　　　400

가보니 오디세우스는 피투성이가 된 채

죽은 자들의 시신 사이에 서 있었다.

들판에서 사냥한 소를 뜯고 돌아오는 사자는

가슴과 뺨에 피가 흥건히 묻어

무시무시한 모습을 띠는데, 바로 그렇게　　　　　　　405

오디세우스 또한 두 손과 두 발뿐 아니라

온몸이 피에 젖어 있었다.

엄청난 일을 목격한 에우리클레이아는 참으로 기뻐서

환호성을 지르려 했지만, 오디세우스는 그녀의 열망을

제지하고 억누르며 날개 달린 말로 당부했다.　　　　　410

“할멈, 속으로만 기뻐하고 환호성은 지르지 마시오.

죽은 자들 앞에서 환호하는 것은 불경하니까.

신들이 정해준 운명과 자신이 저지른 잔인한 짓이

스스로를 죽인 것이오. 이들은 악한 사람이든 선량한 사람이든

이 땅에서 살아가는 모든 인간을 존중하지 않고 악행을　　　415

저질러 끔찍한 운명을 맞았다오.

그러니 자, 그대는 내 궁에 있는 여자들 중 누가

나를 멸시했고, 누가 잘못이 없는지 내게 말해주시오.”

　　　사랑하는 유모 에우리클레이아가 그에게 대답했다.

“그렇다면 아들이여, 제가 사실대로 자세히 말씀드리지요.　　420

당신의 궁에는 쉰 명의 하녀가 있고,

우리는 그들에게 실을 뽑기 위해서 양모를 곱게 빗는 법과

시중드는 법 같은 걸 가르쳤답니다. 그런데 그들 중 모두
열두 명이 파렴치하게 굴면서, 저는 물론이고 페넬로페이아조차
존중하지 않았지요. 텔레마코스는 최근에야 성인이   425
되었기에 마님은 그동안 도련님이 하녀들을
관리하는 걸 허락하지 않으셨어요.
자, 어느 신께서 마님에게 잠을 보내셨으니
제가 반짝이는 이층 방에 올라가 마님께 말씀드릴게요."
          계책 많은 오디세우스는 그녀에게 대답했다.   430
"지금은 그녀를 깨우지 마시오. 대신 그대는 이전부터 흉계를
꾸며온 여자들에게 가서 이곳으로 오라고 하시오."
          오디세우스가 이렇게 말하자 할멈은 그 여자들에게
분부를 전하면서 이곳으로 어서 오라고 재촉하기 위해
대청 밖으로 나갔다. 오디세우스는 텔레마코스와   435
소 치는 자와 돼지치기를 불러 날개 달린 말로 명했다.
"이제 자네들은 시신들을 나르고, 여자들에게도
그렇게 하라고 지시하게. 그런 후 더없이
아름다운 의자와 식탁들을 구멍 많은 해면과
물로 깨끗이 닦게. 그렇게 집 안 전체를   440
정돈하고 나면 하녀들을 튼튼하게 지은 대청 밖으로
끌고 나가 원형으로 된 건물과 흠잡을 데 없이
훌륭한 담장으로 둘러싸인 안마당 사이에서 날이 긴 칼로
그들 모두의 목숨을 빼앗아 구혼자들과 몰래
몸을 섞으며 키워온 연정을 다 잊도록 해주게."   445
          오디세우스가 이렇게 말하자 여자들은 모두 떼로
몰려와 대성통곡을 하며 눈물을 펑펑 쏟았다.
그들은 먼저 죽은 자들의 시신을 날라
훌륭한 담장이 있는 안마당의 주랑 아래 쌓아놓았다.

오디세우스가 직접 명령하고 일을 진행했기 때문에   450

여자들은 어쩔 수 없이 시신들을 밖으로 날랐다.

그런 후 더없이 아름다운 의자와 식탁들을

구멍 많은 해면과 물로 깨끗이 닦았다.

텔레마코스와 소 치는 자와 돼지치기는 튼튼하게 지은

대청 바닥에 묻은 것을 삽으로 긁어냈고,   455

하녀들은 그 찌꺼기를 밖으로 내가서 문 밖에 두었다.

하녀들이 집 안 전체를 정돈하자 그들은 하녀들을

튼튼하게 지은 대청에서 끌고 나가 원형으로 된 건물과

흠잡을 데 없이 훌륭한 담장으로 둘러싸인 안마당 사이

아무도 빠져나올 수 없는 좁은 곳에 몰아넣었고,   460

이윽고 현명한 텔레마코스가 하녀들에게 말했다.

"너희는 내 머리와 우리 어머니에게 치욕을 쏟아붓고

구혼자들과 잠자리를 같이했다. 그러므로 너희에게 자비로운 죽음을

허락하지 않겠다."

　　　텔레마코스는 이렇게 말하고, 뱃머리 검은 배에서   465

사용하는 밧줄의 한쪽 끝을 주랑의 큰 기둥에 묶고,

다른 쪽 끝을 원형 건물 꼭대기에 감은 후

여자들 중 누구의 발도 땅에 닿지 않게 높이 팽팽하게 잡아당겼다.

긴 날개의 지빠귀나 비둘기들이 보금자리로 돌아가다가

수풀 속에 쳐놓은 그물에 걸리면, 그곳이 곧 그들의 가증스러운   470

잠자리가 되듯, 그렇게 여자들은 아주 비참하게 죽어가도록

목에 올가미를 맨 채 차례차례 머리를 위로 하고 몸이 들렸다.

여자들은 숨이 막혀 잠시 발버둥쳤지만 그리 오래가지는 않았다.

　　　그들은 대청 현관과 안마당을 지나며 멜란티오스를 끌고 와

무자비한 청동으로 그의 코와 두 귀를 베고,   475

개들에게 날것으로 주려고 성기를 떼어냈으며,

〈하녀들에게 시신을 치우라고 명령하는 오디세우스〉(니콜라 앙드레 몽시오, 1791년)

분한 마음에 두 손과 두 발을 잘랐다.

　　그들은 일을 모두 마친 후 손과 발을 깨끗이 씻고
오디세우스가 있는 집 안으로 들어갔다.
오디세우스가 유모 에우리클레이아에게 말했다.　　　　　　　480
"할멈, 대청을 정화할 것이니 재앙을 치유하는 유황을
가져오고 불도 가져다주시오. 또한 페넬로페이아에게
시중드는 여자들과 함께 이곳으로 오라고 전하고,
궁 안의 모든 하녀도 여기로 부르시오."

　　사랑하는 유모 에우리클레이아가 대답했다.　　　　　　　485
"그래요, 아들이여, 당신이 하신 말씀은 모두 이치에 맞아요.
자, 제가 겉옷과 웃옷 같은 옷을 가져다드릴 테니
그렇게 넓은 어깨에 누더기를 걸치고 대청에 서 계시지 마세요.
그러면 욕먹기 십상이에요."

　　계책 많은 오디세우스가 그녀에게 대답했다.　　　　　　　490
"지금은 무엇보다 먼저 대청을 정화해야 하니 불부터 가져다주시오."

　　오디세우스가 이렇게 말하자, 사랑하는 유모 에우리클레이아는
지시를 거역하지 않고 불과 유황을 가져다주었다.
오디세우스는 그것으로 대청과 집 안과 안마당을 철저히 정화했다.

　　할멈은 다시 오디세우스의 아름다운 대청을 지나　　　　　　495
여자들에게 가서 소식을 알리고 서둘러 오라고 재촉했다.
그러자 여자들이 손에 횃불을 들고 방에서 나와
오디세우스를 둘러싸고 반갑게 맞으며, 그의 머리와
어깨와 두 손을 잡고 애정을 담아 입을 맞추었다.
마음속으로 그들 모두를 알아본 오디세우스는　　　　　　　　500
소리 내어 울고 싶은 달콤한 열망에 사로잡혔다.

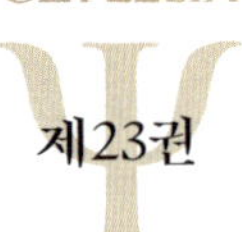

제23권 오디세우스와 페넬로페이아 침상의 비밀

할멈은 사랑하는 남편이 집에 와 있다는 사실을 안주인에게

전하려고 크게 웃으며 이층 방으로 올라갔다.

두 무릎은 부산스러웠고, 두 발은 서로 뒤엉킬 지경이었다.

할멈은 안주인의 머리맡에 서서 그녀에게 말했다.

"페넬로페이아 마님, 일어나세요. 마님께서 날이면 날마다   5

보고 싶어 하셨던 것을 보세요. 비록 오래 걸리기는 했지만

마침내 오디세우스께서 돌아오셨습니다.

게다가 그분은 자기 집을 괴롭히고 재산을 먹어치우면서

자기 아들을 압박한 구혼자들을 이미 죽이셨어요."

　　　사려 깊은 페넬로페이아가 대답했다.   10

"유모, 신들께서는 인간을 어리석게 만드시는가 하면

아주 지혜롭게 만드실 수도 있다고 하더니,

이제는 그대를 실성하게 하셨나 봅니다. 그동안 분별력 있게

행동해온 그대가 이렇듯 이렇게 경박하게 구는 것을 보니

신들께서 그대를 망쳐놓으신 게 분명해요.   15

전에는 바른 생각을 가지고 있던 그대가 도대체 왜 그런

터무니없는 말을 해서 마음에 비탄이 가득한 나를 놀리고,

나를 묶고 내 눈꺼풀을 덮고 있던 달콤한 잠에서

깨우는 건가요? 그 이름을 말하고 싶지 않은 재앙의
일리오스를 보러 오디세우스께서 떠나신 후, 내가 이렇게   20
잠을 푹 잔 적이 없었어요. 그러니 자, 이제 그대는 내려가
방으로 돌아가세요. 만약 다른 하녀가 와서 그런 말로 나를
깨웠다면, 나는 즉시 듣기 싫은 말을 하며 그를 방에서
쫓아냈겠지요. 그러니 그대는 나이 든 덕을 본 거예요.”
　　　사랑하는 유모 에우리클레이아가 대답했다.   25
“마님, 놀리는 게 결코 아니에요. 제가 말씀드린 대로
오디세우스께서 정말 집에 돌아오셨어요.
대청에서 모두가 무시했던 나그네가 그분이에요.
도련님은 아버지가 집에 와 계신다는 것을
진즉에 알았지만, 오만방자한 자들의 행패를   30
응징할 때까지 아버지의 계획을 신중하게 숨기셨답니다.”
　　　할멈이 이렇게 말하자 페넬로페이아는 기뻐하며 침상에서
벌떡 일어나 할멈을 부둥켜안고 눈물을 흘렸다.
이윽고 그녀는 날개 달린 말로 이렇게 물었다.
“유모, 그러면 자, 내게 있는 그대로 말해주세요.   35
그대가 말한 대로 그분이 집에 돌아오셨다면
언제나 무리 지어 집안에 들러붙어 있는 파렴치한
구혼자들에게 어떻게 혼자서 주먹을 날린 건가요?”
　　　사랑하는 유모 에우리클레이아가 대답했다.
“저는 직접 보지 못해서 모릅니다. 죽어가는 자들의   40
신음 소리만 들었지요. 우리는 겁에 질려 튼튼하게 지은
방들 중 가장 안쪽에 있는 방에서 훌륭하게 짜맞춘
문들을 걸어 잠근 채 앉아 있었어요. 얼마 후 마님의
아드님 텔레마코스께서 방 앞에서 저를 부르셨지요.
아버지께서 저를 불러오라고 아드님을 보내신 거예요.   45

〈페넬로페이아를 깨우는 에우리클레이아〉(앙겔리카 카우프만, 1773년)

가서 보니 오디세우스께서는 죽은 자들의 시신 가운데 서 계셨고,

그분 주위로 시신들은 딱딱한 바닥을 차지하고

겹겹이 쌓여 있었어요. 마님이 그 광경을 보았더라면

마음이 훈훈해지셨을 거예요. 그 시신들은 지금 안마당으로

통하는 문 옆에 무더기로 쌓여 있어요. 그분은 큰 불을

피워놓고 더없이 아름다운 궁을 정화하고 계신답니다.

그리고 마님을 불러오라고 저를 보내셨어요.

그러니 저를 따라오세요. 두 분은 고생을 많이 하셨으니

서로 만나 마음껏 기쁨을 누리셔야지요.

그분은 살아서 그분의 집 화롯가로 돌아오셨고, 대청에서

당신과 아들을 만났고, 그분에게 악행을 저지른 모든 구혼자를

이 집에서 응징하셨으니까요. 이제 마님의 오랜 열망이 이루어졌어요.”

　　　사려 깊은 페넬로페이아가 할멈에게 대답했다.

“유모, 그렇다고 의기양양해하며 환호성을 지르지 마세요.

그분이 대청에 모습을 나타내면 모든 사람, 특히 나와 우리

두 사람이 낳은 아들이 얼마나 반가워할지 그대도 잘 알 거예요.

하지만 그대의 이야기는 사실일 리 없어요. 지체 높은 구혼자들이

오만과 악행을 저질러 사람들의 마음을 아프게 하니 어느 불멸의 신께서

진노하여 그들을 죽이신 것이겠지요. 그들은 자신을 찾아온 자가

악한 사람이든 선량한 사람이든 이 땅에서 살아가는 인간은

아무도 존중하지 않았으니까요. 그들은 그런 악행 때문에

재앙을 당한 거예요. 그리고 오디세우스는 아카이오스인의 땅과

먼 곳에서 귀향하지 못하고 목숨을 잃으신 것이고요.”

　　　사랑하는 유모 에우리클레이아가 대답했다.

“마님, 어떻게 그런 말씀을 이빨 울타리 밖으로 내보내세요?

남편이 화롯가에 와 있는데 이제는 집에 돌아오지 못하신다니요.

하긴 마님의 마음은 늘 믿지 않았지요.

그러니 자, 제가 다른 분명한 증거를 말씀드릴게요.
그분에게는 전에 멧돼지의 흰 엄니에 다쳐 생긴 흉터가 있잖아요.
제가 그분의 발을 씻어드리다가 그 흉터를 알아보고   75
마님에게 말씀드리려 했지만, 매우 지혜로운 그분은
손으로 제 입을 막고 말하지 못하게 하셨어요.
그러니 저를 따라오세요. 제 목숨을 걸지요. 만약 제가 마님을
속인 것이라면 저를 가장 비참하게 죽이셔도 좋아요.”

    사려 깊은 페넬로페이아가 대답했다.   80
“유모, 그대가 아무리 지혜롭더라도
영원토록 사시는 신들의 계획을 헤아리기는 어려워요.
하지만 죽은 구혼자들과 그들을 죽인 자를 보러
내 아들에게로 가봅시다.”

    페넬로페이아는 이렇게 말한 후 마음속에서   85
이런저런 생각을 하며 이층 방에서 내려갔다.
사랑하는 남편에게서 떨어져 서서 물어볼 것인가,
아니면 가까이 다가가 머리와 손을 잡고 입을 맞출 것인가.
페넬로페이아는 돌 문턱을 넘어 대청에 들어서자
오디세우스의 맞은편 벽 쪽에 불빛을 받으며 앉았다.   90
오디세우스는 높은 기둥 옆에 앉아 아래쪽을 바라보며
아름다운 아내가 두 눈으로 자기를 보고 무슨 말이든 하기를
기다렸다. 하지만 페넬로페이아는 너무 놀라 한동안 말없이 앉아
있었다. 그녀는 두 눈으로 남편을 응시했으나
그가 허름한 옷을 걸치고 있었기에 쉽사리 알아보지 못했다.   95
그러자 텔레마코스가 그녀를 책망하여 이렇게 말했다.
“어머니답지 않게 마음씨 고약한 어머니,
왜 아버지 옆에 앉아 말로 자세히 물어보지 않고
이렇게 멀리 떨어져 계세요?

수많은 고생 끝에 스무 해 만에 조상들의 땅으로   100
돌아온 남편에게서 이렇게 멀리 떨어져 앉아 계시다니요.
이토록 냉정한 여자가 또 어디 있겠습니까?
하긴 어머니의 마음은 늘 돌보다 더 단단했지요."
　　　사려 깊은 페넬로페이아가 그에게 대답했다.
"얘야, 가슴속 마음이 놀라 아무 말도 할 수 없고,   105
물어볼 수도 없고, 얼굴을 정면으로 쳐다볼 수도 없구나.
이분이 정말 집에 돌아오신 오디세우스라면
분명 우리 두 사람은 서로를 더 잘 알아볼 것이다.
다른 사람은 알지 못하고
우리 두 사람만 아는 증거가 있기 때문이다."   110
　　　페넬로페이아가 이렇게 말하자, 강인하고 고귀한 오디세우스는
미소를 지으며 즉시 텔레마코스에게 날개 달린 말로 일렀다.
"텔레마코스야, 네 어머니가 대청에서 나를 시험할 수 있게
해드려라. 그러면 이제 곧 더 분명하게 알게 될 것이다.
지금은 내가 더럽고 허름한 옷을 입었기 때문에   115
네 어머니가 나를 무시하는 마음이 들어 내가 남편임을
믿지 않는 모양이다. 그건 그렇고 우리는 앞으로 어떻게 하면
가장 좋을지 생각해봐야 한다. 백성 가운데서 자기를 위해
복수해줄 사람이 많지 않은 어느 한 사람을 죽인 경우라도
조상들의 땅과 친족을 버리고 도망치는 법이다.   120
그런데 우리는 이 도시의 버팀목, 이타케에서 가장 훌륭한
젊은이들을 죽였으니 너도 이 문제에 대해 생각해보아라."
　　　현명한 텔레마코스가 대답했다.
"사랑하는 아버지, 그 일은 직접 살펴보시지요.
사람들이 말하길 아버지의 계책이 인간들 중 최고라 하고,   125
필멸의 인간들 중 아버지와 겨룰 자는 아무도 없으니까요.

우리는 열과 성을 다해 아버지를 따르겠습니다.
힘이 남아 있는 한, 용기를 잃지 않을 것입니다.”
　　계책 많은 오디세우스가 그에게 대답했다.
“그렇다면 가장 좋은 계책이라고 내가 생각하는 바를　　　　　　　130
말해보겠다. 너희는 먼저 목욕을 하고 나서 웃옷을 차려입고,
집안 하녀들에게도 옷을 차려입으라고 지시해라.
그런 후 신 같은 음유시인에게 우리 앞에서 맑은 소리 나는
포르밍크스를 연주하게 하고, 너희는 그에 맞추어 흥겹게
춤을 추어라. 그러면 행인이든 인근 주민이든 밖에서　　　　　　135
그 소리를 듣고는 결혼식을 한다고 생각할 것이다.
우리가 울창한 농장으로 떠나기 전까지는
구혼자들이 처단되었다는 소문이 성 전체에
퍼져서는 안 된다. 그런 후 그곳에서 올림포스의 주인께서
우리 손에 어떤 계책을 쥐여 주실지 생각해보자꾸나.”　　　　　140
　　오디세우스가 이렇게 말하자, 그들은 그의 말을 잘 듣고
있다가 순종하여 먼저 목욕을 한 다음 웃옷을 차려입었고,
여자들도 단장을 했다. 그러자 신 같은 음유시인이 맑은 소리
나는 포르밍크스를 집어 들고 연주하여, 달콤한 노래와
흠잡을 데 없이 훌륭한 춤에 대한 열망을 그들의 마음에　　　　145
불러일으켰다. 춤추는 남자들과 허리띠 고운 여자들의 발소리로
큰 궁이 사방으로 울렸다. 그러자 궁 밖에서 그 소리를 들은
사람들 중 어떤 이는 이렇게 말했다.
“왕비님이 구혼을 많이 받더니 정말 누군가와 결혼을
하시나 보군. 결혼한 남편이 돌아올 때까지　　　　　　　　　　150
큰 궁을 끝까지 지켜내지 못하다니 무정한 분이야.”
　　무슨 일이 벌어지고 있는지 알지 못하는 사람들은
그렇게 말했다. 한편 시녀 에우리노메는

〈이타케로 돌아온 오디세우스〉(게라르트 데 라이레세, 17세기)

영웅다운 기개를 지닌 오디세우스를 궁에서 목욕시킨 후
올리브기름을 발라주고 아름다운 겉옷과 웃옷을   155
입혀주었다. 그러자 아테나는 머리부터 발끝까지
아름다움을 듬뿍 쏟아부어 그를 더 크고 당당하게 보이도록
했으며, 머리에서는 풍성한 머리채가 히아신스처럼
흘러내리게 해주었다. 헤파이스토스와 팔라스 아테나에게
온갖 기술을 전수받은 장인의 공예품이   160
우아함을 뽐내듯, 그런 솜씨 좋은 사람이 은에 금을
입히는 것처럼 바로 그렇게 여신은 그의 머리와 어깨에
우아함을 쏟아부었다. 오디세우스는 불멸의 신 같은
모습으로 욕조에서 나와 아내의 맞은편에 놓여 있는
의자에 다시 가서 앉더니 그녀를 향해 이렇게 말했다.   165
"이상한 여자여, 올림포스에 거처가 있는 신들께서는
모든 여자 중에서 그대에게 가장 모진 마음을 주신 게 분명하오.
수많은 고생을 하고 스무 해 만에 조상들의 땅으로 돌아온
남편에게서 이렇게 멀리 떨어져 앉아 있을 만큼
냉정한 마음을 지닌 여자가 또 있을까.   170
그러니 유모, 내 침상을 펴주시오. 저 여자의 가슴에는
강철 같은 마음이 박혀 있으니, 나는 혼자라도 누워 자야겠소."
      사려 깊은 페넬로페이아가 그에게 대답했다.
"이상한 분이여, 나는 잘난 체하는 것도 아니고,
무시하는 것도 아니며, 크게 놀라워하는 것도 아니에요.   175
나는 그대가 노가 긴 배를 타고 이타케를 떠나실 때의
모습을 아주 잘 알고 있지요. 그러니 자, 에우리클레이아,
그분이 직접 튼튼하게 만든 침상을 우리의 신방 밖에 내놓으세요.
그곳에 튼튼한 침상을 내놓은 후 그 위에
양모피와 겉옷과 반짝이는 담요를 갖다 놓으세요."   180

페넬로페이아가 이렇게 말하며 남편을 시험하자
오디세우스는 자신의 본분을 아는 아내에게 화를 내며 말했다.
"여보, 당신의 말이 내 마음을 무척 아프게 하는구려.
누가 우리 침상을 다른 곳으로 옮길 수 있겠소? 신께서는 원하면 무엇
　　이든 다른 곳으로
쉽게 옮길 수 있으니 직접 오신다면 가능하겠지만,　　　　　　　　　　185
사람은 아무리 힘이 좋아도 그렇게 하기는 어렵소.
살아 있는 필멸의 인간 중에서는 아무리 젊고 힘센 자도
그 침상을 쉽게 옮기지 못할 것이오. 다른 누구도 아닌 내가
공들여 만든 그 침상에는 큰 비밀이 있기 때문이오.
이 궁 안마당에는 길고 뾰족한 잎이 달린 다 자란　　　　　　　　　　190
올리브나무 한 그루가 있었는데, 그 나무는 아주 잘 자라
기둥처럼 굵었다오. 나는 그 나무 주위에 돌을 촘촘히 쌓아
방을 만들었고, 방이 완성되자 지붕으로 그 방을 잘 덮고,
튼튼하게 짜맞춘 문짝을 꼭 맞게 달았소.
다음으로 길고 뾰족한 잎이 달린 올리브나무 가지들을 베고,　　　　195
나무 밑동을 뿌리로부터 잘라낸 뒤, 청동으로 솜씨 좋게 잘 다듬고,
먹줄을 쳐서 곧게 해 침대 기둥으로 만들고 나서 송곳으로
기둥 곳곳에 구멍을 뚫었소. 나는 그 침대 기둥을 기점으로
침상을 다듬어 만들었소. 침상이 완성된 다음에는 금과 은과 상아로
정교하게 장식했고, 자주색의 번쩍이는 소가죽끈으로 침상을　　　　200
단단히 묶었소. 이것이 내가 말한 침상의 비밀이오.
하지만 여보, 그 침상이 아직도 그 모습 그대로 있는지,
아니면 누군가가 이미 올리브나무의 밑동을 베어
다른 곳으로 옮겼는지는 나도 알지 못하오."
　　그가 이렇게 말하자 페넬로페이아의 무릎과 심장이 풀렸다.　　　　205
그녀가 잘 알고 있는 확실한 증거를 오디세우스가 밝힌 까닭이었다.

그녀는 울면서 곧장 달려가 두 팔로 오디세우스의
목을 끌어안고 머리에 입을 맞추며 말했다.
"오디세우스, 당신은 다른 일에서도 인간들 중
가장 지혜로운 분이시니 내게 화내지 마세요.   210
우리가 청춘을 함께 지내며 즐거워하다 노년의 문턱에
이르는 것을 시기하신 신들께서 우리에게 이런 시련을
주셨나 봐요. 내가 당신을 처음 보았을 때 반가워하지
않았다고 화내거나 분개하지 마세요.
사람들이 와서 나를 속일까 봐 내 가슴속 마음은   215
늘 떨었답니다. 사악한 이득을 도모하는 자가 많으니까요.
제우스에게서 태어난 아르고스의 헬레네도
아카이오스인의 용맹한 아들들이 사랑하는 조상들의 땅으로
자기를 다시 데려다줄 것을 알았더라면,
외간 남자와 사랑의 잠자리에서 몸을 섞지 않았을 거예요.   220
그러니 어느 신께서 그녀를 부추겨
그런 수치스러운 짓을 하게 한 것이 분명해요.[1]
그 전에는 그녀가 그런 끔찍한 미망을
마음속에 품지 않았겠지요. 앞서 우리의 오해도 그런 미망에서
시작된 거예요. 하지만 우리의 침상에 대해서는 당신과 나,   225
그리고 내가 이곳으로 올 때 아버지께서 내게 딸려 보내신 시녀,
말하자면 우리 두 사람을 위해 당신이 튼튼하게 지은
신방을 지키는 악토르의 딸 외에 인간들 중 다른 사람은
아무도 모르는데, 당신이 그 분명한 증거를 말씀하시니
마음이 모진 나도 믿을 수밖에 없네요."   230
      그녀가 이렇게 말해서 오디세우스의 마음속에 더욱 울고

---

1 페넬로페이아는 사촌인 헬레네를 변호하고 있다.

싶은 심정을 부추겼으며, 그는 아내를 끌어안고 눈물을 흘렸다.

그녀는 그의 마음에 맞고 자신의 본분을 다하는 아내였다.

튼튼하게 만든 배가 바람과 크고 거센 파도에 떠밀려 다니다

포세이돈에게 박살 나면, 바다 위를 헤엄치던 사람들은   235

육지를 발견하고는 반가워한다. 물론 그들 중 일부만

온몸이 소금투성이가 된 채 잿빛 바다에서 뭍으로 올라오지만,

그들은 육지에 발을 디디며 재앙을 피한 것을 반가워한다.

그녀는 그 정도로 남편을 보는 것이 반가워 흰 팔로

그의 목을 꼭 끌어안고 놓아주지 않았다.   240

그들이 끌어안고 우는 동안 이제 장밋빛 손가락을 지닌

새벽의 여신 에오스가 모습을 드러냈겠지만,

빛나는 눈의 여신 아테나는 다른 일을 생각해냈다.

아테나는 밤을 서쪽 끝에 오래 붙잡아두고,

황금 옥좌에 앉은 새벽의 여신을 오케아노스에 머물게 하여,   245

인간에게 빛을 실어다주는 발 빠른 말들이자

새벽의 여신을 싣고 오는 망아지들 람포스와 파에톤 위에

멍에를 얹지 못하게 했다.

이윽고 계책 많은 오디세우스가 아내에게 말했다.

"여보, 우리의 싸움은 아직 끝나지 않았소. 앞으로도 힘든 일이   250

헤아릴 수 없이 많을 것이오. 하지만 힘든 일이 아무리 많고

해내기 어렵다 하더라도, 내가 전우들과 내 귀향에 대해 물어보려고

하이데스의 집에 내려간 날, 테이레시아스의 혼백이

예언했듯이 나는 반드시 모든 일을 이루어낼 것이오.

그러니 여보, 이제 가서 편히 눈을 붙입시다."   255

　　　사려 깊은 페넬로페이아가 대답했다.

"신들께서 당신을 튼튼하게 지은 당신의 집과 조상들의 땅으로

돌아오게 해주셨으니, 이제 당신이 마음에 원하기만 하면

언제든지 잠자리에서 주무실 수 있어요.
그러니 자, 신께서 당신의 마음속에 집어넣으신,   260
당신이 방금 말한 싸움에 대해 내게 말해주세요.
결국 알게 될 것이라면 지금 당장 안다 해도 나쁘지 않으니까요."
　　　계책 많은 오디세우스가 대답했다.
"이상하구려. 당신은 왜 그런 일을 말해달라고 재촉하는 것이오?
당신에게 숨김없이 다 말해주리다. 하지만 당신의 마음이   265
기쁘지는 않을 것이오. 나도 기쁘지 않으니까.
테이레시아스는 내게 손에 잘 맞는 노를 하나 들고,
바다를 알지 못하고 소금이 섞인 음식을 먹지 않는
사람들이 있는 곳에 도착할 때까지 인간의 수많은 도시로
가라고 명령했소. 또한 그들은 뺨 붉은 배도 모르고,   270
배의 날개가 되어주며 손에 잘 맞는 노도 알지 못하는
자들이라고 했소. 테이레시아스는 내게 분명한 징표도
말해주었는데, 그것도 숨기지 않고 당신에게 말해주리다.
길에서 우연히 만난 어떤 여행자가 내 어깨의 물건을 보고
곡식 까부르는 키냐고 묻는다면,   275
내가 들고 있던 손에 잘 맞는 노를 그곳 땅에 박고,
포세이돈 왕께 훌륭한 제물, 곧 숫양 한 마리, 황소 한 마리,
암퇘지에 올라타는 수퇘지 한 마리를 바치고,
집으로 돌아와 드넓은 하늘에 계시는 모든 불멸의 신들께
차례로 성대한 제를 올리라고 했소.   280
그러면 바다로부터 지극히 부드러운 죽음이 편안한 노년을
보낸 내게 찾아올 것이고, 내 주위의 백성도
축복받은 삶을 살게 될 것이라고 했소.
테이레시아스는 이 모든 일이 내게 이루어질 것이라고 말했소."
　　　사려 깊은 페넬로페이아가 대답했다.   285

"신들께서 더 나은 노년을 주신다면
당신에게도 불행에서 벗어날 희망이 있군요."
　　　두 사람은 이런 말을 주고받았고,
그러는 사이에 에우리노메와 유모는
횃불이 타오르면서 내는 빛 아래 부드러운 천을 펴서　　　　　290
잠자리를 마련했다. 그들이 튼튼한 침상에 잠자리를
마련한 후 늙은 유모는 자기 방으로 자러 돌아갔지만,
안방 시녀인 에우리노메는 손에 횃불을 들고
앞장서서 침상으로 가는 두 사람을 방으로
모시고 나서 돌아갔다. 두 사람은 기뻐하며　　　　　295
여전히 그 자리에 놓여 있는 침상으로 갔다.
한편 텔레마코스와 소 치는 자와 돼지치기는
발을 놀리며 춤추는 것을 그쳤고,
여자들도 그치게 한 후 그늘진 대청에 누웠다.
　　　오디세우스와 페넬로페이아는 황홀한 정사를 즐기고 나서　　　　　300
서로 자신이 겪은 일을 나누며 이야기로 서로를
즐겁게 해주었다. 여자들 중 고귀한 페넬로페이아는
구혼자들의 무리가 소들과 살진 작은 가축들을 잡고,
포도주를 마구 퍼마시며 집안을 망치는 걸 지켜보면서
자기가 집에서 견뎌야 했던 온갖 일을 들려주었다.　　　　　305
제우스의 자손 오디세우스는 자기가 사람들에게 안겨준
온갖 괴로움과 자기가 겪은 온갖 고초를 다 들려주었다.
그녀는 들으며 기뻐했고, 그의 얘기가 모두 끝날 때까지
눈꺼풀 위에 잠이 내려앉지 않았다.
　　　오디세우스는 먼저 키코네스인을 제압한 얘기부터 했고,　　　　　310
그런 후 로토파고스인의 비옥한 땅에 간 얘기도 해주었다.
또한 키클롭스가 저지른 모든 일과 그의 강력한 전우들을

〈오디세우스와 페넬로페이아〉(프란체스코 프리마티초, 1563년경)

무자비하게 잡아먹은 키클롭스를 자기가 어떻게 응징했는지도
얘기해주었다. 또한 아이올로스를 찾아갔고,
그가 자기를 반갑게 맞아 환대하고 나서 호송해주었지만,   315
자기는 아직 사랑하는 조상들의 땅으로 돌아갈 운명이 아니어서
폭풍이 몹시 신음하는 그를 다시 낚아채 물고기 많은 바다 위로
데려간 얘기도 했다. 또한 라이스트리곤인의 땅인 텔레필로스에
이르러서는, 그들이 다른 모든 함선들을 파괴하고 거기에 탄
훌륭한 정강이 보호대를 한 전우들을 모두 죽이는 바람에   320
그가 한 척 남은 배로 그 배에 탄 전우들하고만 도망친 일,
그리고 키르케의 다양하고 기발한 계략에 대해서도 얘기해주었다.
또한 테베의 예언자 테이레시아스의 혼백을 찾아가 신탁을 듣기 위해
노 자리 많은 배를 타고 축축하고 곰팡내 나는 하이데스 집으로 내려가,
죽은 전우들과 그를 낳아 길러준 어머니를 만난 얘기도 해주었다.   325
또한 끊임없이 노래하는 세이렌 자매의 목소리를 들은 얘기,
플랑크타이 바위들과 무시무시한 카리브디스,
무사히 도망친 사람이 아무도 없는 스킬라에게 간 얘기도 해주었다.
또한 전우들이 태양신 헬리오스의 소들을 죽이는 바람에
높은 곳에서 천둥을 치는 제우스가   330
용감한 전우들이 탄 빠른 배에 연기 나는 벼락을 보내
그들 모두가 한꺼번에 죽고, 오직 자기만
사악한 죽음의 운명에서 벗어난 얘기도 해주었다.
또한 오기기에섬에서는 요정 칼립소가 그를 남편으로 삼으려고
속 빈 동굴에 억류해두고 먹여 살리면서 그에게 영원히 죽지도   335
늙지도 않게 해주겠다고 회유했지만, 그의 가슴속 마음은
넘어가지 않았다는 얘기도 해주었다.
또한 많은 고생 후 파이악스인의 땅에 이르러서는
그들이 그를 신처럼 진심으로 떠받들고,

청동과 황금과 옷을 많이 주어 사랑하는 조상들의   340
땅으로 호송해주었다는 얘기도 했다.
이것이 그가 들려준 마지막 얘기였다. 이때 마음의 근심이 풀리면서
사지를 이완시키는 달콤한 잠이 그를 엄습했기 때문이다.
            빛나는 눈의 여신 아테나는 오디세우스가 아내와의 잠자리와
잠을 마음껏 즐겼다고 생각했을 때, 또 다른 일을 떠올리고는   345
이른 아침에 태어난 황금 옥좌의 여신을 오케아노스에서 즉시
일어나게 해 사람들에게 빛을 가져다주었다.
그러자 오디세우스가 부드러운 잠자리에서 일어나
아내에게 이렇게 말했다.
"여보, 우리 두 사람은 이미 수많은 시련을 겪었소.   350
당신은 이곳에서 내가 돌아오기를 기다리며 근심 가운데
눈물 흘리는 세월을 보냈고, 나는 귀향하고 싶었어도
제우스를 비롯한 신들께서 내 발을 묶어 조상들의 땅으로
돌아오지 못하게 하는 바람에 온갖 고초를 겪었소.
하지만 이제는 우리 두 사람이 간절히 바랐던 잠자리로   355
다시 돌아왔으니, 당신은 궁 안에 있는 재산을 돌보시오.
나는 오만방자한 구혼자들이 먹어치운 작은 가축들의
상당량을 직접 가서 되찾아 오고, 나머지는
아카이오스인에게 받아 나의 우리를 가득 채울 것이오.
하지만 지금은 나무들이 많은 시골로 가서 나 때문에   360
숱한 근심 가운데 지내셨던 훌륭한 아버지를 뵈어야겠소.
여보, 그대는 지혜로운 사람이지만 내가 당부할 것이 있소.
해가 뜨면 구혼자들이 당한 일, 곧 내가 대청에서 그들을 죽였다는 소
    문이 널리 퍼질 것이오.
그러니 그대는 시중드는 여자들과 함께 이층 방으로 올라가
앉아 있기만 하시오. 아무도 만나지 말고 아무에게도 묻지 마시오."   365

〈오디세우스의 모험〉(아폴로니오 디 지오반니, 1435~1445년)

　　오디세우스는 이렇게 말하고 양쪽 어깨에 아름다운 무구들을
걸치고 텔레마코스와 소 치는 자와 돼지치기를 깨우더니,
그들 모두에게 전쟁 무기를 손에 들라고 지시했다.
그들은 그의 말을 거역하지 않고 청동으로 무장한 다음
문을 열고 밖으로 나갔고, 오디세우스가 앞장섰다.　　　　　　370
이미 대지는 빛을 머금고 있었으나, 아테나는 어둠의 장막을
드리워 그들을 신속히 도시 밖으로 이끌었다.

하이데스로 내려간 구혼자들의 혼백 그리고 평화

킬레네의 헤르메스[1]는 구혼자들의 혼백을 불러냈다.

그는 황금 지팡이를 손에 들고, 원하는 대로

사람들의 눈을 건드려 잠들게도 하고,

다시 깨우기도 했다. 그가 지팡이로

혼백들을 깨우자, 그들은 쉿소리를 내며 그의 뒤를 따랐다.　　　　5

동굴 깊숙한 곳 천장에 매달린 박쥐들이

한 마리 떨어지면 일제히 쉿소리를 내며

이리저리 날아오르듯, 바로 그렇게 구혼자들의 혼백은 일제히

쉿소리를 내며 따라갔고, 사람들에게 해를 끼치지 않는 자 헤르메스[2]는

맨 앞에서 곰팡내 나는 축축한 길을 따라 그들을 이끌었다.　　　　10

1　"킬레네"는 펠로폰네소스반도에 있는 산으로, 최고봉은 해발 2,376미터다. 반도 중부에 있
　　는 아르카디아와 북동부에 있는 아카이아의 접경지대에 있다. 이 산의 한 신성한 동굴에
　　서 "헤르메스"가 태어났다고 전해진다.

2　"헤르메스"는 제1권 각주 14를 보라. 제우스의 뜻을 전하는 전령의 신이자 여행의 신, 상
　　업의 신, 도둑의 신인 그는 날개 달린 모자를 쓰고, 날개 달린 신을 신고, 두 마리 뱀이 감
　　겨 있는 독수리 날개 지팡이를 들고 다니는 모습으로 묘사된다. 그는 죽은 자의 혼백을 지
　　하세계로 호송하는 일도 하기 때문에 '프시코폼포스'('혼백의 호송자')로도 불린다. 또한
　　사람들에게 행운과 도움을 가져다주기도 하여 여기서는 "사람들에게 해를 끼치지 않는
　　자"(ἀκάκητα, '아카케타')라는 별칭이 사용된다.

그들은 오케아노스의 흐름들과 레우카스 바위 옆을 지나고,

헬리오스의 문과 꿈들의 나라 옆을 지나[3]

곧 혼백들, 삶의 노고를 마친 자들의 유령이

거주하는 수선화 핀 들판[4]에 도착했다.

거기서 그들은 펠레우스의 아들 아킬레우스, 파트로클로스,　　15

흠잡을 데 없이 훌륭한 안틸로코스, 용모와 체격에서

모든 다나오스인 중 펠레우스의 흠잡을 데 없이 훌륭한

아들 다음으로 뛰어났던 아이아스의 혼백을 발견했다.[5]

이 혼백들은 아킬레우스 주위에 모여 얘기를 나누고 있었다.

이때 아트레우스의 아들 아가멤논이 근심 어린 모습으로 다가왔다.　　20

그의 주위에는 그와 함께 아이기스토스의 집에서

죽음의 운명을 맞이한 다른 혼백이 모여 있었다.

펠레우스의 아들 아킬레우스의 혼백이 아가멤논에게 먼저 말을 걸었다.

"아트레우스의 아들이여, 천둥을 좋아하는 제우스께서는

언제나 영웅들 중 그대를 가장 아끼고 사랑하신다고　　25

우리는 생각했소. 그대는 아카이오스인이 고통당한

트로스인의 땅에서 수많은 강력한 자들 위에 군림했기 때문이오.

하지만 태어난 자라면 아무도 피할 수 없는 죽음의 운명이

3　"레우카스 바위"는 '흰 바위'라는 뜻으로 오케아노스 어귀를 지나 지하세계로 들어가는 길
　목에 있다. "헬리오스의 문"은 태양신 헬리오스가 출입하는 통로다. 잠의 신 힙노스의 거
　처는 죽음의 신 타나토스의 거처와 마찬가지로 하이데스의 나라 옆에 있는데, 망각의 강
　레테가 돌아 흐르고 낮과 밤이 만나는 동굴에서 살았다. 동굴 입구에는 잠들게 하는 효능
　을 지닌 풀들이 자라고, 동굴 안으로는 어떤 빛이나 소음도 들어갈 수 없었다.
4　여기서 "수선화 핀 들판"은 엘리시온 들판을 말한다. 죽은 자들이 가는 지하세계의 입구에
　서 길이 두 갈래로 갈라지는데, 하나는 엘리시온으로, 다른 하나는 지하세계와 지하감옥
　타르타로스로 통한다. 이 들판 앞에 펼쳐진 골짜기 아래로는 레테강이 흐르는데, 강가에
　는 곧 육체를 가지게 될 혼백이 그 강물을 마시며 전생의 기억을 지운다.
5　여기에 언급된 사람들은 트로이아 전쟁에서 그리스군에 속한 장수이자 영웅으로 전사한
　이들이다.

그대에게도 찾아왔고, 그것도 너무 일찍 찾아왔구려.

그대가 더 오래 살아 트로스인의 땅을 다스리는 영광을   30

누리다가 죽음의 운명을 맞았더라면 얼마나 좋았겠소.

그랬더라면 모든 아카이오스인이 그대를 위해 봉분을 만들고,

그대는 아들에게 큰 명성을 남겨줄 수 있었을 텐데.

하지만 그대는 가장 비참한 죽음을 맞을 운명이었나 보오.”

　　　아트레우스의 아들 아가멤논의 혼백이 대답했다.   35

“펠레우스의 아들 신 같은 아킬레우스여, 그대는 아르고스에서

멀리 떨어진 트로이아에서 죽었고, 트로스인과 아카이오스인 중

가장 뛰어난 자들이 그대의 시신을 차지하려다 목숨을 잃었으니,

그야말로 축복받은 자로군. 그대는 전차 몰던 솜씨를 잊고

소용돌이치는 먼지 속에 사지를 벌린 채 아주 넓은 자리를   40

차지하고 누워 있었다오. 우리는 온종일 싸웠소. 제우스께서 폭풍을

일으켜 멈추게 하지 않으셨다면 싸움은 결코 멈추지 않았을 것이오.

우리는 그대의 시신을 전장에서 함선들이 있는 곳으로 옮겨

침상에 누인 후, 따뜻한 물과 연고로 고운 몸을 깨끗이 닦았소.

다나오스인은 그대를 둘러싸고 뜨거운 눈물을 철철 쏟으며   45

자신들의 긴 머리카락을 잘라 그대에게 바쳤소.

소식을 전해들은 그대의 어머니는 불멸의 바다 요정들과 함께

바다에서 나왔소.[6] 무시무시한 곡소리가 바다 위에서 일었고,

모든 아카이오스인은 아랫도리를 부들부들 떨었다오.

옛일을 많이 아는 네스토르가 그들을 제지하지 않았다면   50

그들은 벌떡 일어나 속 빈 함선들로 갔을 것이오.

6　아킬레우스의 어머니는 바다의 여신 “테티스”다. ‘바다의 노인’이라 불리는 네레우스는 대
　양의 신 오케아노스의 딸 도리스와의 사이에서 50명의 ‘네레이데스’(네레우스의 자식들)
　를 낳았다. 테티스도 그중 한 명이며, 여기서 “불멸의 바다 요정들”은 바로 이 네레이데스
　를 가리킨다.

하지만 네스토르의 조언은 이전부터 최고로 정평이 나 있었소.

그가 그들 가운데서 선한 의도로 이렇게 말했소.

'아르고스인들이여, 이러지 마시오. 아카이오스인의 장정들이여,

도망치지 마시오. 죽은 아들을 만나려고 그의 어머니가   55

불멸의 바다 요정들과 함께 바다에서 나오는 것이오.'

네스토르가 이렇게 말하자 기개 있는 아카이오스인은 공포에 질려

도주하기를 멈추었소. 바다 노인의 딸들이 그대를 에워싸고

애처롭게 울었고, 그대에게 불멸의 옷들을 입혀주었소.

모두 아홉 명인 무사 여신들은 서로 화답하며   60

고운 목소리로 만가를 불렀고, 그곳에 있던 아르고스인들 중

눈물을 흘리지 않는 사람은 아무도 없었소. 무사 여신들의 맑은

목소리가 심금을 울렸기 때문이오. 불멸의 신들과 필멸의 인간들이

열이레 동안 밤낮으로 그대를 위해 울었다오.

열여드레 되는 날 우리는 그대를 불에 내주었고,   65

그대 주위에서 살진 작은 가축들과 뿔 굽은 소들을 많이 잡았소.

그대는 신들의 옷을 입고 연고와 달콤한 꿀을 듬뿍 바른 채

불 속에서 타들어갔고, 무구를 갖춘 많은 아카이오스인 영웅들은

타오르는 불길 주위를 걷거나 전차를 타고 돌았소.

굉장히 큰 소리가 일었지요. 아킬레우스여, 새벽이 밝아올 무렵,   70

헤파이스토스의 불길 속에서 장렬히 타오른 그대의 백골을 거두어,

희석되지 않은 포도주와 연고 속에 보관했소.

그러자 그대의 어머니께서 디오니소스에게 받은 선물인데

명성 자자한 헤파이스토스께서 만드신 것이라며

손잡이 둘 달린 황금 단지를 주었소. 영광스러운 아킬레우스여,   75

바로 그 단지 안에 그대의 백골이 들어 있고, 메노이티오스의

죽은 아들 파트로클로스의 백골도 거기에 함께 있다오.

하지만 그대가 모든 전우 중에서 죽은 파트로클로스 다음으로

존중했던 안틸로코스의 백골은 따로 보관되어 있소.

그런 후 그대와 파트로클로스의 백골이 담긴 단지 위에 80

흠잡을 데 없이 훌륭하고 거대한 봉분을 만들었소.

아르고스인 전사들의 신성한 군대는 이미 태어난 사람들은 물론이고

앞으로 태어날 사람들도 바다 저 멀리에서 잘 볼 수 있도록

드넓은 헬레스폰토스[7]의 뻗어 나온 곳 위에 말이오.

그런 후 그대의 어머니는 신들께 부탁해 더없이 훌륭한 상품들을 85

아카이오스인 장수들을 위해 경기장 가운데 두셨소. 왕이 죽었을 때

젊은이들이 경기를 하기 위해 허리에 띠를 묶고 참가하는 것 같은,

수많은 영웅의 장례 경기에 참석해본 그대라 해도

그 상품들을 보았다면 무척 놀랐을 것이오.

그 정도로 은빛 발의 테티스 여신께서 그대를 위해 90

더없이 훌륭한 상품들을 내어놓으셨다오.

그대는 신들의 총애를 받았기에,

죽은 후에도 이름이 지워지지 않을 것이오. 그대의 명성은 모든 인간

사이에서 영원히 빛날 것이오, 아킬레우스여.

나는 전쟁을 승리로 마무리했지만, 제우스께서는 귀향한 내가 95

아이기스토스와 내 잔인한 아내 손에 끔찍하게 파멸당하도록

---

7 "헬레스폰토스"는 에게해와 마르마라해를 잇는 해협으로, 다르다넬스 해협이라고도 한다. 보스포루스 해협과 함께 아시아와 유럽을 연결해주는 교량 역할을 한다. 위쪽으로는 발칸 반도 동부 지방인 트라케(트라키아)가 있었고, 아래쪽으로는 트로이아가 있었다. 헬레스 폰토스라는 이름은 '헬레의 바다'라는 뜻이다. 보이오티아 지방의 오르코메노스 왕 아타 마스와 구름의 요정 네펠레 사이에서 프릭소스와 헬레가 태어났다. 아타마스의 새 아내인 카드모스의 딸 이노는 삶은 씨앗을 심어 곡식이 자라지 않게 한 다음, 프릭소스를 제물로 바쳐야만 곡식이 자랄 수 있다는 신탁을 꾸며낸다. 아타마스가 거짓 신탁을 믿고 프릭소 스를 죽이려 하자 남매는 네펠레가 보내준 황금 양을 타고 날아서 도망가다가 헬레는 떨 어져 바다에 빠져 죽는데, 그 바다가 헬레스폰토스다. 프릭소스는 무사히 흑해를 건너 콜 키스로 가서 아이에테스왕의 딸 칼키오페와 결혼한다. 나중에 이 황금 양의 털을 구하고 자 이아손이 이끄는 아르고호 원정대가 결성된다.

작정하셨으니 그 승리가 내게 무슨 기쁨이 되었겠소?”
        그들이 이런 얘기를 서로 주고받을 때,
아르고스를 죽인 자, 제우스의 사자인 헤르메스가
오디세우스에게 살해된 구혼자들의 혼백을 이끌고 다가오니   100
그 모습을 본 두 혼백은 곧장 그들에게 다가갔다.
아트레우스의 아들 아가멤논의 혼백은 멜라네우스의 아들,
명성이 자자한 암피메돈을 알아보았다. 이타케에 있는 집에서 살고 있는
암피메돈 가문은 아가멤논과 의형제를 맺었기 때문이었다.
아트레우스 아들의 혼백이 먼저 그에게 말했다.   105
“암피메돈이여, 그대들은 모두 동년배로만 선발한 사람들 같소.
무슨 변을 당해 이 어슴푸레한 땅으로 내려온 것이오?
도시 전체에서 가장 훌륭한 남자들을 골라 모은 듯하오.
포세이돈께서 고통스러운 역풍과 높은 파도를 일으켜
배 안에 있던 그대들을 죽인 것이오? 아니면 육지에서   110
소 떼 혹은 아름다운 양 떼를 약탈하거나 도시와 여자들을
차지하기 위해 싸우다가 적들에게 해를 당한 것이오?
내 물음에 대답해주시오. 나는 그대 가문과 맺은 인연을
자랑스러워했소. 혹시 내가 이타케에 있는 그대의 집을 찾아간 것이
기억나지 않소? 오디세우스를 재촉해 훌륭한 노 자리를   115
갖춘 함선을 타고 일리오스로 따라오게 하려고
신 같은 메넬라오스와 함께 그곳으로 갔는데 말이오.
그때 우리는 꼬박 한 달을 걸려 드넓은 바다를 건너가
도시들을 함락시키는 자 오디세우스를 간신히 설득할 수 있었소.”
        암피메돈의 혼백이 대답했다.   120
“아트레우스의 지극히 영광스러운 아들, 인간의 군주인
아가멤논이여, 당신이 말한 모든 것을 나는 기억하고 있소.
제우스께서 길러주신 분이여, 우리가 어떤 비참한 죽음을

맞았는지 모든 것을 있는 그대로 말씀드리지요.

우리는 오랫동안 떠나 있던 오디세우스의 아내에게 구혼해왔소.   125

하지만 그녀는 가증스러운 구혼을 거절하지도 끝맺지도

않은 채 우리에게 죽음과 검은 죽음의 운명을 안겨줄

궁리를 하더군요. 그리고 마음속에서 속임수를 생각해내

자기 방에 큰 베틀을 설치해놓고, 아주 크고 고운 천을 짜기

시작하더니 갑자기 우리더러 이렇게 말하더이다.   130

'내게 구혼하는 젊은이들이여, 이왕 고귀한 오디세우스께서

돌아가셨으니 여러분은 나와 결혼하고 싶더라도 이 수의를 다 짤 때까지

기다려주시오. 수의 짜는 일을 중도에 그만두어 헛수고하고

싶지는 않소. 나는 사람을 길게 누이는 죽음의 운명이

영웅 라에르테스께 닥칠 때를 대비해 수의를 짜두려 하오.   135

그래야 막대한 재산을 가진 분을 수의도 없이 누워 있게 한다고

내게 분개할 사람이 아카이오스인 여자들 중에 아무도 없을 테니까.'

그녀가 그렇게 말하자 우리의 대장부다운 마음은 그리하겠다고 했소.

그녀는 낮이면 큰 베틀에서 천을 짰지만, 밤이 되면 횃불을

밝혀놓고 낮에 짰던 천을 다시 풀어버리는 짓을 반복하더군요.   140

이런 식으로 그녀는 삼 년 동안이나 속임수를 쓰며

들키지 않고 아카이오스인을 믿게 만들었소.

하지만 달이 기울고 많은 날이 지나며 계절이 바뀌어

넷째 해가 되자 이 일을 분명히 알고 있던 한 하녀가 사실을 고했고,

우리는 그녀가 번쩍이는 천을 푸는 것을 목격했소.   145

이렇게 해서 그녀는 원치 않아도 어쩔 수 없이 수의를 완성하지

않을 수 없었소. 하지만 그녀가 해나 달과 같은 큰 천을

다 짜고 세탁한 다음 그 겉옷을 우리에게 보여주었을 때,

어느 사악한 신께서 어딘가 있던 오디세우스를 데려와

돼지치기가 살고 있는 벽촌으로 이끌었고,   150

<페넬로페이아>(존 로뎀 스펜서 스탠호프, 1864년)

신 같은 오디세우스의 사랑하는 아들도 모래 많은 필로스에서
검은 배를 타고 와 그곳으로 갔소.
두 사람은 구혼자들에게 사악한 죽음을 안겨줄 계책을 짠 후
명성 자자한 도시로 왔는데, 텔레마코스가 먼저 왔고,
오디세우스는 나중에 왔소. 돼지치기가   155
허름한 옷을 입은 오디세우스를 데려왔다오.
오디세우스는 불쌍한 거지 노인의 행색을 하고
지팡이를 짚었고 누더기를 걸치고 있었소.
그가 느닷없이 나타났기 때문에 우리 중 누구도 그가 온 것을
알아채지 못했고, 연장자들도 마찬가지였소.   160
그래서 우리는 그에게 험한 말을 했고 모욕을 주었으며
물건을 던졌소. 하지만 우리가 그의 집에서 물건을 던지고
모욕을 주어도 그는 한동안 인내심을 발휘해 꾹 참더군요.
하지만 아이기스 방패를 지닌 제우스의 마음이
그를 떨쳐 일어나게 하자, 그는 텔레마코스와 함께   165
더없이 아름다운 무구들을 창고 방에 갖다 놓은 후
빗장을 걸어두었소. 그런 후 그는 아주 교활하게도
아내를 시켜 비극으로 끝날 우리의 시합과
살육을 개시하기 위해 구혼자들 앞에 활과 잿빛 무쇠들을
갖다 놓게 했소. 우리는 힘이 많이 부족하여   170
아무도 그 강력한 활에 시위를 걸 수 없었소.
결국 그 큰 활은 오디세우스의 손에 들어갔고,
우리 모두는 그가 아무리 부탁해도 그에게 활을 주지 말라고
소리쳤지만, 오직 텔레마코스만 활에 시위를 걸어보라고
그에게 명령했고 재촉했소. 강인하고 고귀한 오디세우스는   175
손에 활을 받아들어 쉽게 활에 시위를 걸고는 화살 하나로
무쇠들을 관통시켰소. 그러더니 대청 문턱으로 가 서서

빠른 화살들을 쏟아놓고는 무시무시한 눈초리로
주위를 살피다가 안티노오스왕을 쏘았소.
그런 후 그가 다른 사람을 겨냥해 신음을 만들어내는   180
화살들을 쏘았고, 우리는 무더기로 쓰러졌다오.
어느 신께서 그와 그의 편을 도와주는 게 분명했소.
그들은 곧 엄청난 힘에 사로잡혀 대청 전체를 휘젓고 다니며
닥치는 대로 죽였기 때문이오. 머리를 맞은 사람들은
끔찍한 비명을 질렀고, 바닥에는 피가 흥건히 흘렀소.   1858
아가멤논이여, 우리는 다 이렇게 죽었고, 시신은 지금도
오디세우스의 집에 버려져 누워 있다오.
집에 있는 가족들은 이 일을 아무도 모르고 있소.
우리 시신을 안치한 후 상처에서 핏덩이를 씻어내고
곡을 해줄 사람들인데 말이오. 이는 죽은 자들의 당연한 몫이건만."   190
        그러자 아트레우스 아들의 혼백이 이렇게 말했다.
"라에르테스의 아들 계책 많은 오디세우스여,
그대는 큰 미덕을 지닌 아내를 얻었으니 축복받은 사람이오.
이카리오스의 딸 흠잡을 데 없이 훌륭한 페넬로페이아는
참으로 착한 심성을 지녔고, 자기와 결혼한   195
남편 오디세우스를 얼마나 진심으로 생각했는가.
그녀의 미덕은 오랫동안 기억될 것이며,
불멸의 신들께서는 땅에서 살아가는 인간들에게
사려 깊은 페넬로페이아를 위한 노래를 지어주실 것이다.
반면 틴다레오스의 딸은 악행을 작정하고 자기와 결혼한   200
남편을 죽였으니 인간들 가운데서 가증스러운 노래가 될 것이다.
그로 인해 행실 바른 여자들조차 나쁜 평판을 얻게 될 것이다."
        그들은 땅 깊은 곳 아래 하이데스의 집에서
이런 얘기를 주고받았다.

한편 오디세우스 일행은 도시에서 내려와   205
이내 잘 가꾼 라에르테스의 농장에 도착했다.
이 농장은 라에르테스가 직접 지난날 아주 많은 수고를
들여 일궈낸 곳이었다. 그곳에는 그가 기거하는 집이 있었고,
집 주위로는 그를 위해 일하는 꼭 필요한 하인들이
먹고 앉고 자는 오두막들이 빙 둘러 있었다.   210
또한 그곳에는 도시에서 떨어진 농장에서 라에르테스 노인을
정성껏 돌봐주는 시켈리아 출신의 노파도 있었다.
그곳에서 오디세우스는 아들과 하인들에게 말했다.
"너희는 지금 즉시 튼튼하게 지은 집 안으로 들어가
점심 식사를 위해 가장 좋은 돼지 한 마리를 잡아라.   215
나는 아버지께서 나를 알아보시는지,
아니면 오랜 세월 서로 떨어져 있어
알아보지 못하시는지 시험해보겠다."
        오디세우스는 이렇게 말한 후, 전쟁 무구들을
하인들에게 주었다. 하인들은 서둘러 집 안으로 들어갔고,   220
오디세우스는 아버지를 시험하기 위해 과일이 많이 열리는
과수원으로 갔다. 큰 과수원으로 내려가 보니
돌리오스는 없었고, 하인들과 그들의 아들들도 없었다.
돌리오스 노인이 그들을 모두 이끌고 과수원에 울타리를
쌓기 위해 돌들을 모으러 간 것이었다.   225
오디세우스가 잘 가꾼 과수원에 가서 보니
아버지 혼자 한 나무 주위의 흙을 파내고 있었다.
아버지는 헝겊으로 기운 더럽고 허름한 웃옷을 입고,
정강이에는 상처를 입지 않기 위해 소가죽으로 만든 보호대를 하고,
가시덤불 때문에 손에는 장갑을 끼고, 머리에는   230
염소 가죽 모자를 쓴 채 마음속으로 비탄을 키우고 있었다.

강인하고 고귀한 오디세우스는

아버지가 노년에 짓눌린 채 마음속에 큰 비탄을 품은

모습을 보고, 높다란 배나무 아래에 서서 눈물을 뚝뚝 흘렸다.

그런 후 그는 속으로 곰곰이 궁리했다.　　　　　　　　　　235

아버지를 얼싸안고 입 맞추며 어떻게 조상들의 땅에

돌아오게 되었는지 낱낱이 말할 것인가,

아니면 먼저 하나하나 다 물어보아 시험해볼 것인가.

아무리 생각해봐도 먼저 마음에 상처를 주는 말로

아버지를 시험해보는 편이 나을 것 같았다.　　　　　　　240

고귀한 오디세우스는 이렇게 마음을 정한 뒤 곧장 아버지에게 갔다.

아버지는 여전히 고개를 숙인 채 한 나무 주위의 흙을 파내고 있었다.

영광스러운 아들이 아버지 옆으로 다가가 말했다.

"노인장, 그대는 과수원을 가꾸는 일에 미숙한 바가 없어

제대로 가꾸지 않은 나무가 없소이다. 수목이며,　　　　245

무화과나무, 포도나무, 올리브나무, 배나무, 그리고 채소까지

과수원 전체가 잘 손질되어 있으니 말이오.

하지만 내가 한마디 해야 할 것 같은데, 그렇다고 마음속으로

화내지는 마시오. 정작 그대 자신은 제대로 가꾸지 않았다는 말을

하려는 것이오. 그대는 비참한 노년에 짓눌려 있고　　　　250

지저분한 데다 보기에도 흉하오. 그대가 게으른 탓에 주인이

그대를 제대로 돌보지 않은 건 분명 아닐 텐데 말이오.

그대는 외모나 풍채가 결코 종의 것이 아니고,

차라리 왕의 모습에 가깝소. 목욕하고 식사하고 부드러운 침상에서

자야 할 사람처럼 보이오. 사실 그리하는 것이 노인의 권리지만.　　255

그러니 자, 그대는 내게 있는 그대로 말해주시오.

그대는 누구의 하인이고, 누구의 과수원을 가꾸고 있소?

그리고 우리가 도착한 이곳이 정말 이타케인지도 사실대로

말해 내가 제대로 알게 해주시오. 내가 이곳으로 오다가

만난 어떤 이가 이곳이 이타케라고 말해주었지만,   260

그는 분별력을 제대로 갖춘 사람이 아니었소.

이타케에 사는 내 의형제가 아직 살아 있는지, 아니면

이미 죽어 하이데스의 집에 있는지 물었지만,

그는 내 말을 경청하지도, 자세히 말해주지도 않으려 했소.

그러니 이제 내가 하는 말을 잘 들어보시오.   265

나는 전에 사랑하는 조상들의 땅에서 우리 집을 찾아온

어떤 사람을 손님으로 맞아 환대한 적이 있소.

먼 곳에서 우리 집을 찾아온 손님들 중 그보다 더 마음에 든

사람은 없었소. 그는 자기가 이타케 출신이라 자랑했고,

아르키시오스의 아들 라에르테스가 아버지라고 말했소.   270

내 집은 풍족했기에 나는 그를 집으로 데려가

제대로 손님 대접을 하며 정성껏 환대했고,

의형제까지 맺은 뒤 그에 합당한 선물들도 주었소.

잘 가공한 황금 일곱 탈란톤을 주었고, 꽃 모양이 새겨져 있고

온통 은으로 된 희석용 동이를 주었으며,   275

통으로 된 겉옷 열두 벌, 카펫 열두 개,

아름다운 겉옷 열두 벌, 웃옷 열두 벌을 주었고,

또한 훌륭한 수공예 솜씨와 미모를 둘 다 갖춘

여자 네 명도 직접 골라 갖게 했소."

　　　그러자 아버지는 눈물을 뚝뚝 흘리며 말했다.   280

"나그네여, 그대는 그대가 묻고 있는 땅에 도착하기는 했지만,

이 땅은 오만방자한 자들이 장악하고 있다오. 그러니 그대가

그에게 준 수많은 선물도 다 부질없게 되었소. 그대가 이타케 땅에

살고 있는 그를 만났더라면, 그는 그대를 잘 대접하고

선물도 많이 주어 호송해주었을 것이오.   285

〈오디세우스와 라에르테스〉(프리드리히 프렐러, 1864년)

그것이 먼저 나그네를 잘 대접한 이가 누릴 당연한 권리라오.

그러니 자, 그대는 내가 묻는 말에 있는 그대로 자세히 말해주시오.

그런 일이 정말 있었다면, 그대가 내 아들인 그 불운한 손님을 맞아

대접한 지 몇 년이나 되었소? 불운한 내 아들은 가족과 조상들의 땅에서

멀리 떨어진 바닷속 어딘가에서 물고기 밥이 되었거나   290

육지에서 짐승과 새들의 전리품이 되었을 것이오. 그를 낳은

어미와 아비는 그에게 수의를 입히고 그를 위해 울어주지도 못했소.

또한 많은 구혼 선물을 주고 얻은 그의 아내, 사려 깊은 페넬로페이아는

침상에 남편을 눕혀놓고 애곡하고 두 눈을 감겨주는 게 도리이고,

그것이 죽은 자들이 누릴 권리인데도 그렇게 하지 못했소.   295

그러니 그대는 내가 묻는 말에 사실대로 말해주어

내가 제대로 알게 해주시오. 그대는 어디서 온 누구이고,

그대가 사는 도시는 어디이며, 그대의 부모님은 어디에 사시오?

그대와 그대의 신 같은 전우들을 이곳으로 데려다준 배는 어디에

정박해 있소? 아니면 그대는 승객으로 다른 이의 배를 타고 왔고,   300

그 배는 그대를 내려주고 이미 떠난 것이오?”

　　　　계책 많은 오디세우스가 대답했다.

“그렇다면 모든 것을 정확히 있는 그대로 말씀드리지요.

나는 알리바스 출신으로, 거기에 있는 유명한 집에 살고 있소.

나는 폴리페몬의 아들 아페이다스왕의 아들이오.   305

내 이름은 에페리토스인데,[8] 어느 신께서 시카니아[9]에서 배를

표류시키는 바람에 원치 않게 이곳으로 오게 되었소.

내 배는 도시에서 멀리 떨어진 시골에 정박해 있다오.

8 　“알리바스”, “폴리페몬”, “아페이다스”, “에페리토스”는 다른 문헌에서 언급되지 않은, 가공
　　의 이름들로 보인다.

9 　“시카니아”는 시켈리아섬 남서부 아그리젠토 지방 가까이 있는 지역이다.

그리고 오디세우스가 내 조상들의 땅인 그곳을 떠난 지는
다섯 해가 되오. 그가 떠날 때 새들이 오른쪽으로   310
날아가는 길조가 보여 나는 기뻐하며 그를 호송해주었고,
그도 기뻐하며 떠났는데 안타깝군요. 우리 두 사람은
나중에 주인과 손님으로 다시 만나 훌륭한 선물들을
주고받을 희망을 마음속에 품었다오."
　　　오디세우스가 이렇게 말하자 고통의 검은 구름이   315
노인을 뒤덮었다. 그는 두 손으로 거무스름한 먼지를 움켜쥐더니
큰 소리로 신음하며 흰 머리 위에 쏟아부었다.
사랑하는 아버지의 그런 모습을 보자 오디세우스의 마음은 울컥했고,
찌르는 듯한 아픔이 코 전체를 강력하게 훑었다.
오디세우스는 아버지에게 달려가 부둥켜안고 입 맞추며 말했다.   320
"아버지, 바로 제가 아버지가 애타게 찾으시는 그 사람입니다.
스무 해 만에 조상들의 땅에 돌아왔습니다.
그러니 울고불고 눈물 흘리는 일은 그만두세요.
제가 다 말씀드리겠습니다. 우리는 사정이 몹시 절박하지만,
이미 우리 궁에서 구혼자들을 죽여   325
우리 마음을 아프게 한 자들의 만행과 악행을 벌했습니다."
　　　라에르테스가 대답했다.
"이곳에 온 그대가 정녕 오디세우스라면
지금 분명한 증거를 말해주어 내가 믿을 수 있게 해주오."
　　　계책 많은 오디세우스가 대답했다.   330
"먼저 이 흉터를 두 눈으로 살펴보세요.
제가 파르나소스에서 멧돼지의 흰 엄니에 받혀 생긴 겁니다.
아버지와 존귀한 어머니께서는 어머니의 사랑하는
아버지 아우톨리코스께서 이곳에 오셨을 때
제게 주겠다고 머리 끄덕여 약속하신 선물들을 받아오라고   335

저를 그곳에 보내셨지요. 또한 아버지께서 전에 잘 가꾼 과수원에서
제게 주신 나무들에 대해서도 말해보겠습니다.
어린아이였던 저는 아버지를 따라 과수원을 돌아다니며 눈에 보이는
나무마다 다 달라고 했지요. 우리가 이 나무들 사이를 지날 때,
아버지는 나무들의 이름을 하나하나 말씀해주셨습니다.   340
그리고 배나무 열세 그루, 사과나무 열 그루, 무화과나무 마흔 그루를
제게 주셨고, 서로 다른 시기에 열매를 맺는 포도나무 쉰 줄도 제게
주겠다고 약속하셨지요. 제우스의 계절들이 위에서 그 포도나무들을
내리누를 때면 거기에 온갖 종류의 포도송이가 맺혔지요.”
        오디세우스가 이렇게 말하자 아버지의 무릎과 심장이 풀렸으니   345
오디세우스가 말한 증거들은 그가 잘 아는 확실한 것이었기 때문이다.
아버지는 두 팔을 뻗어 사랑하는 아들을 힘껏 끌어안았고,
강인하고 고귀한 오디세우스는 쓰러질 듯한 아버지를
다급히 부축해 꼭 껴안았다. 아버지는 다시 숨이 트이고
가슴속에 정신도 모이자 이렇게 대답했다.   350
“아버지 제우스시여, 정말 네가 구혼자들의 오만방자함을 응징했다면
신들께서는 여전히 높은 올림포스에 계시는 것이 분명하구나.
하지만 이제 머지않아 이타케인들이 모두 불시에 이곳으로
들이닥치고, 사방에 있는 케팔레니아인이 도시에 소식을
전하지는 않을지 내 마음은 몹시 두렵다.”   355
        계책 많은 오디세우스가 대답했다.
“그 일이라면 마음에 걱정하지 말고 안심하세요.
그러니 과수원에서 가까운 집으로 가시지요.
텔레마코스와 소 치는 자와 돼지치기를 먼저 그곳으로 보내
얼른 점심 식사를 준비하게 해두었습니다.”   360
        두 사람은 이런 대화를 나눈 후 아름다운 집을 향해 걸어갔다.
살기 좋은 집에 도착했을 때,

텔레마코스와 소치기, 돼지치기가 고기를 손질하고,

불꽃처럼 붉은 포도주를 희석하고 있었다.

식사가 준비되는 동안 집에서 시켈리아 출신의 시녀가　　　　365

영웅다운 기개를 지닌 라에르테스를 목욕시킨 후 올리브기름을

발라주고 아름다운 겉옷을 입혀주었다.

그러자 아테나가 다가가 백성의 목자인 그의 사지를

튼튼하게 해주고, 이전보다 더 크고 건장해 보이도록 해주었다.

라에르테스가 욕조에서 나오자 그의 사랑하는 아들은　　　　370

불멸의 신 같은 아버지를 보고 깜짝 놀라

그에게 이렇게 날개 달린 말을 건넸다.

"아버지, 영원히 사시는 어느 신께서 아버지의 용모와 풍채를

더 당당하게 보이도록 해주신 것이 분명합니다."

현명한 라에르테스가 말했다.　　　　375

"아버지 제우스와 아테나와 아폴론이시여!

내가 케팔레니아인의 군주로서 본토 해변에 있는 튼튼하게

지은 도시 네리코스[10]를 함락시켰던 바로 그 모습으로

어제 우리 궁에서 어깨에 무구를 메고 너와 함께

구혼자들을 응징했다면 얼마나 좋았겠느냐.　　　　380

그랬더라면 나는 그들 중 다수의 무릎을 풀어버렸을 테고,

너 또한 마음이 기뻤을 것이다."

두 사람은 이런 얘기를 주고받았다.

식사 준비가 끝나자

그들은 차례로 소파와 의자에 앉았다.　　　　385

그들이 손을 내밀어 음식을 집으려 할 때,

---

10 "네리코스"는 원래 이타케 맞은편 본토 아카르나니아에 있던 곳이지만, 라에르테스가 정
　복한 후 레우카스섬으로 불렸다.

돌리오스 노인이 다가왔고, 노인의 아들들도
들판에서 고된 일을 마치고 함께 돌아왔다.
그들의 어머니, 그러니까 그들을 양육해주었고,
노령에 붙잡힌 라에르테스 노인을 정성껏 돌봐온   390
시켈리아 출신의 노파가 밖으로 나가 그들을 불러온 것이다.
오디세우스를 본 그들은 마음속으로 알아보고는 깜짝 놀라
대청에 그대로 서 있었다. 오디세우스가 그들에게 다정하게 말했다.
"노인장, 앉아서 식사하세요. 놀라실 것 전혀 없어요.
우리는 한참 전부터 음식에 손을 내밀길 열망한 채   395
대청에 머물며 계속해서 그대들을 기다리고 있었으니까요."
        오디세우스가 이렇게 말하자, 돌리오스는 두 팔을 벌리고
곧장 오디세우스에게 달려가 그의 손을 잡고 손목에
입 맞춘 후 날개 달린 말을 건넸다.
"주인 나리, 돌아오셨군요. 우리는 나리가 돌아오시기를 고대했지만   400
이제는 기다리지 않았는데, 신들께서 나리를 인도해주셨군요.
건강하고 기쁨이 넘치시길, 신들께서 축복해주시길 빕니다.
그런데 이에 대해 사실대로 말씀하여 제가 분명히 알게 해주십시오.
사려 깊은 페넬로페이아께서도 나리가 이곳으로 돌아오셨다는 것을
이미 분명히 알고 계시나요, 아니면 서둘러 사자를 보내야 하나요?"   405
        계책 많은 오디세우스가 그에게 대답했다.
"노인장, 페넬로페이아도 이미 알고 있으니, 그 일이라면 수고할 필요가
    없소이다."
        오디세우스는 이렇게 말한 후 잘 다듬어 광낸 의자에
다시 앉았고, 돌리오스의 아들들도 유명한 오디세우스
주위로 다가와 인사하고 악수하고 나서   410
차례차례 그들의 아버지인 돌리오스 옆에 앉았다.
        이렇게 그들이 대청에서 식사에 열중하는 동안,

소문의 여신 오사[11]는 재빨리 도시 전체를 샅샅이 돌아다니며
구혼자들의 참혹한 죽음과 비극적 운명을 퍼뜨렸다.
이 일을 알게 된 사람들은 이곳저곳에서 탄식하고 울며   415
사방에서 일제히 오디세우스의 궁 앞으로 모여들더니
저마다 자기 가족의 시신을 궁 밖으로 내와 장례를 치렀다.
다른 도시들에서 온 구혼자들의 경우에는 선원들이
그 시신들을 배에 실어 각자의 집으로 데려다주게 했다.
그런 후 그들은 비통한 심정으로 떼 지어 회의장으로   420
몰려갔다. 모두 모이자 그들 가운데서 에우페이테스가
일어나 말했다. 고귀한 오디세우스의 손에 가장 먼저 죽은
아들 안티노오스로 인해 견딜 수 없는 고통이
그의 마음속에 자리 잡았기 때문이다.
그는 아들을 위해 눈물을 쏟으며 이렇게 말했다.   425
"친구들이여, 이자가 아카이오스인에게 엄청난 짓을 저질렀소.
전에는 수많은 전사를 함선에 태워 데려가서는
속 빈 함선들도 잃고 전사들도 잃더니, 이번에 돌아와서는
케팔레니아인 중 월등하게 훌륭한 사람들을 죽였소.
그러니 자, 그가 재빨리 필로스나 에페이오스인이   430
다스리는 신성한 엘리스로 가기 전에 그에게 갑시다.
그리하지 않는다면 우리는 앞으로 얼굴을 들고 다닐 수 없을 것이오.
아들들과 형제들을 죽인 자를 응징하지 않으면
지금은 물론이고 대대로 수치가 될 테니까.
지금 내게는 살고 싶은 마음이 없고, 어서 빨리 죽어   435

---

11 "소문의 여신 오사"는 대지의 여신 가이아의 딸이다. 그리스 신화에서는 '페메', 로마 신화
   에서는 '파마'라고도 한다. 오비디우스의 『변신 이야기』에 의하면, 페메는 산꼭대기의 '메
   아리가 울리는 놋쇠 궁전'에 거처한다. 이 궁전은 대지와 바다와 하늘의 중간, 우주의 세
   세계가 만나는 지점에 있어 여기서는 아무리 먼 곳에 있는 것도 보고 들을 수 있다.

이미 죽은 자들 곁으로 가고 싶소. 그러니 갑시다.
이자들이 우리보다 먼저 바다를 건너가지 못하게 합시다.”
        에우페이테스가 눈물을 쏟으며 이렇게 말하자
그를 동정하는 마음이 모든 아카이오스인을 사로잡았다.
이때 메돈과 신성한 음유시인이 잠에서 놓여나   440
오디세우스의 집에서 나와 그들에게 다가와 그들 가운데 서자
그들은 깜짝 놀랐다. 사리에 밝은 메돈이 그들에게 이렇게 말했다.
“이타케인들이여, 내 말을 들어보시오. 오디세우스는 불멸의 신들의
뜻을 거슬러 이 일을 도모한 게 아닙니다. 불멸의 신께서 모든 점에서
멘토르 같은 모습으로 오디세우스 곁에 가까이 서 있는 것을   445
제가 직접 보았습니다. 이 불멸의 신께서는 때로는 오디세우스
앞에 나타나 그에게 힘을 더해주고 격려했고, 때로는 대청
전체를 휘젓고 다니며 구혼자들을 두려워 떨게 만들었습니다.
그래서 구혼자들이 무더기로 쓰러진 것입니다.”
        메돈이 이렇게 말하자 그들은 모두 두려움에 사로잡혀 얼굴이 새
            파랗게 질렸다.   450
그들 가운데서 마스토르의 아들인 노영웅 할리테르세스가
발언했으니, 오직 그만 앞의 일과 뒤의 일을 볼 줄 알았기 때문이다.
그는 선한 의도로 그들에게 이렇게 말했다.
“이타케인들이여, 이제 내가 하는 말을 잘 들으시오.
친구들이여, 이런 일이 벌어진 것은   455
여러분이 비겁했기 때문이오. 여러분은 내 말을 듣지 않았고,
백성의 목자인 멘토르의 말도 듣지 않았소.
여러분은 아들들이 어리석고 지각없는 일들을 해도
제지하지 않았소. 그러니 여러분의 아들들은 가장 훌륭한
사람이 이제는 돌아오지 못할 것이라고 생각한 나머지,   460
사악한 오만방자함에 사로잡혀 그의 재산을 먹어치우고,

그의 아내를 멸시하는 만행을 저질렀소.

　　그러니 이제 이렇게 하시고 내가 하자는 대로 따라주시오.
그에게 갔다가는 화를 자초할 뿐이니 우리는 그에게 가서는 안 되오."
할리테르세스가 이렇게 말하자, 그들 중 절반 이상은 그 말이　　　　465
흡족하지 않아 벌떡 일어나 크게 고함을 지르더니 에우페이테스의
말대로 즉시 무구를 갖추러 갔고, 나머지는 그 자리에 무리 지어
머물러 있었다. 이렇게 해서 그들은 번쩍이는 청동을 몸에 걸치고
도시 광장에 집결했고, 어리석게도 에우페이테스가 그들을 이끌었다.
그는 아들의 죽음을 복수하고자 나섰으나, 결국　　　　　　　　470
돌아가지 못하고 그 자리에서 최후를 맞이할 운명이었다.
이때 아테나가 크로노스의 아들 제우스에게 말했다.
"우리 아버지, 크로노스의 아드님이신 최고의 통치자시여,
제 물음에 대답해주세요. 지금 마음속에 무슨 생각을 품고 계신가요?
이제 사악한 전쟁과 무시무시한 함성을 불러일으키실 건가요,　　　475
아니면 양쪽이 화해하게 하실 건가요?"

　　구름을 모으는 자 제우스가 대답했다.
"얘야, 왜 그 일을 내게 꼬치꼬치 묻느냐? 오디세우스가
돌아와 그자들을 응징하는 건 네 마음에서 생각해낸 게 아니냐?
그러니 네가 원하는 대로 해라. 하지만 네가 어떻게 해야　　　　480
합당한지 말해주마. 고귀한 오디세우스가 구혼자들을
응징한 후에는 양쪽이 맹약을 맺고,
오디세우스가 계속 왕이 되어 다스리게 해라.
그들이 아들들과 형제들의 죽음을 잊고 용서할 수 있게 해주어라.
그래서 그들이 이전처럼 서로를 사랑하고,　　　　　　　　　　485
그들 가운데서 부와 평화가 차고 넘치게 해라."

　　제우스의 말에, 고무된 아테나는 기다렸다는 듯
올림포스 정상에서 번개처럼 지상을 향해 내달렸다.

　　한편 오디세우스 일행은 맛있는 음식을 먹고자 하는 욕망에서
벗어나자 그들 가운데서 강인하고 고귀한 오디세우스가 말을 꺼냈다.　　490
"누가 밖에 나가 그들이 가까이 왔는지 보아라."
오디세우스가 이렇게 말하자, 돌리오스의 한 아들이 지시대로 밖으로
나가 현관으로 가 서서 보니 사람들이 가까이 오고 있었다.
그는 즉시 오디세우스에게 날개 달린 말로 전했다.
"사람들이 가까이 왔으니 어서 무장해야 합니다."　　495
그가 이렇게 말하자 그들이 일어나 무장하기 시작하니
오디세우스 일행이 네 명이었고, 돌리오스의 아들이 여섯 명이었다.
흰 머리의 라에르테스와 돌리오스도
노구를 이끌고 무장을 갖추어 전사로 나섰다.
그들은 번쩍이는 청동을 몸에 걸친 채　　500
문을 열고 밖으로 나갔고, 오디세우스가 앞장섰다.
　　이때 제우스의 딸 아테나가 생김새로나 목소리로나
멘토르 같은 모습을 하고 그들에게 다가왔다.
강인하고 고귀한 오디세우스는 아테나를 보자 기뻐하며
즉시 사랑하는 아들 텔레마코스에게 말했다.　　505
"텔레마코스, 너는 이제 전사들 중 가장 훌륭한 자가 누구인지
판가름 나는 곳으로 들어갈 텐데, 이전부터 어느 땅에서나
용기와 대장부다운 기개에서 탁월했던 조상들을 둔
우리 가문을 욕되게 해서는 안 된다. 이 점을 명심해라."
　　현명한 텔레마코스가 대답했다.　　510
"사랑하는 아버지, 아버지께서 원하신다면 말씀대로 우리 가문을
욕되게 하지 않을 기개가 제게 있음을 보시게 될 겁니다."
　　텔레마코스가 이렇게 말하자 라에르테스는 기뻐하며 말했다.
"사랑하는 신들이시여, 이 얼마나 기쁜 날입니까?
아들과 손자가 용맹함을 놓고 서로 다투니 기쁘기 한량없습니다."　　515

빛나는 눈의 아테나가 그에게 다가서서 말했다.

"모든 전사 중에서 내가 가장 아끼는 아르키시오스의 아들이여,

그대는 빛나는 눈의 딸[12]과 아버지 제우스께 기도한 후

즉시 그림자 길게 드리우는 창을 앞뒤로 흔들다 던져라."

팔라스 아테나는 이렇게 말하며 라에르테스에게　　　　　　　520

큰 용기를 불어넣었다. 그러자 그는 위대한 제우스의 딸에게

기도한 후 즉시 그림자 길게 드리우는 창을 앞뒤로 흔들다 던져

에우페이테스의 청동 면갑이 달린 투구를 맞혔다.

투구가 창을 막아내지 못했기 때문에 청동은

그의 투구를 관통했다. 그는 둔탁한 소리를 내며 쓰러졌고,　　　525

그의 위에서 무구들이 요란하게 울렸다.

그러자 오디세우스와 그의 영광스러운 아들은 선봉에 서서

칼과 창을 휘두르며 적을 몰아쳤다. 이렇게 해서 그들은 전멸하여

아무도 집으로 돌아가지 못했겠지만, 아이기스 방패를 가진

제우스의 딸 아테나가 크게 소리쳐 그들 모두를 제지했다.　　　530

"이타케인들이여, 고통스러운 싸움을 멈춰라.

지금 당장 서로 떨어져 피를 흘리지 마라."

아테나가 이렇게 말하자 그들은 겁에 질려 창백해졌다.

여신의 목소리를 듣고 겁에 질린 그들의 손에서

무구들이 날아가 모두 땅에 떨어졌다.　　　　　　　　　535

그들은 살고 싶어 도시 쪽으로 몸을 돌렸고,

강인하고 고귀한 오디세우스는 잔뜩 웅크리고 있다가

무시무시한 고함을 지르며 높이 나는 독수리처럼 그들에게 쇄도했다.

이때 크로노스의 아들이 보낸 연기 나는 벼락이

강력한 아버지를 둔 빛나는 눈의 딸 앞에 떨어졌다.　　　　540

---

12 "빛나는 눈의 딸"은 제우스의 딸인 아테나를 가리킨다.

〈오디세우스와 이타케 반란군의 화해〉(테오도르 반 툴덴, 1633년)

그러자 빛나는 눈의 아테나가 오디세우스에게 말했다.

"제우스의 자손 라에르테스의 아들, 계책 많은 오디세우스여, 이제 그만
    멈춰라.

누구에게나 똑같은 전쟁의 싸움을 그쳐, 크로노스의 아드님

멀리 보시는 제우스께서 네게 진노하시는 일이 없게 하라."

　　　아테나가 이렇게 말하자 오디세우스는 속으로 기뻐하며　　　545

그 말을 들었다. 이렇게 아이기스를 가진 제우스의 딸, 팔라스 아테나의

중재로 양쪽은 이후의 일과 관련해 다시 맹약을 맺으니,

그녀는 생김새로나 목소리로나 멘토르의 모습이었다.

해설

인류 최초의 로드 무비

나그네로 시작해 왕위를 되찾는
오디세우스의 10년 귀향기

박문재

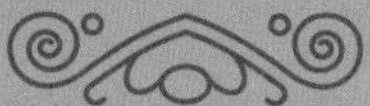

기원전 8세기에 쓰인 것으로 추정되는 『오디세이아』는 『일리아스』와 함께 현존하는 최고(最古)의 서양 서사시이다. 두 작품의 저자인 호메로스는 『일리아스』를 통해 오랫동안 구전으로 전해진 고대 그리스인들의 신화와 전설을 트로이아 전쟁을 중심으로 집약했다. 『일리아스』에는 고대인의 문학적 탁월함, 신들과 인간이 어우러진 세계관, 삶의 가치관, 필멸의 인간이 겪을 수밖에 없는 고통과 비탄이 담겨 있다. 호메로스는 여기서 더 나아가 그리스군 영웅 오디세우스의 귀향 이야기를 다룬 『오디세이아』를 통해 트로이아 전쟁 이후의 '귀향'이라는 주제를 다채롭게 보여준다. 심도 있는 이해를 위해 먼저 호메로스와 트로이아 서사시권 작품들의 연관성을 살피고, 작가가 활동한 시대의 특징과 세계관, 역사적 배경을 검토하고자 한다. 이를 바탕으로 『오디세이아』의 내용을 소개하고 분석할 것이다.

I. 호메로스

역사상 위대한 작가 중 호메로스만큼 시대를 초월해 추앙받은 인물도 드물다. 그의 두 작품은 고대 그리스에서 초등교육 교과서로 사용되었고, 플라톤은 그를 "그리스 문화의 지도자, 모든 그리스인의 스승"이라 칭했다. 단테는『신곡』에서 그를 "모든 시인의 왕"이라 불렀다.

그러나 정작 호메로스의 개인사는 거의 알려져 있지 않다. 고대 그리스 역사는 미노스 문명(기원전 3650-1170년), 키클라데스 문명(기원전 3300-2000년경), 미케네 문명(기원전 1600-1100년경), 암흑기(기원전 1100-750년경), 상고기(기원전 750-480년경)로 이어진다. 상고기(고전시대)에 이르러 호메로스의 일생에 관한 많은 이야기가 전해졌는데, 그중 가장 널리 알려진 것은 그가 아나톨리아 중서부 해안의 그리스 식민지 이오니아 출신의 맹인 음유시인이었다는 점이다. 전해지는 바로는 그는 아나톨리아반도 서쪽 앞바다 이오니아해 키오스섬에서 멜레스강의 신과 요정 크리테이스 사이에서 태어나, 음유시인으로 떠돌다 키클라데스제도의 이오스섬에서 생을 마쳤다고 한다.

고대의 호메로스 전기 중에서는 가짜 헤로도토스(pseudo Herodotos)의『호메로스의 생애』와 알키다마스(기원전 4세기 초)의『호메로스와 헤시오도스의 시합』이 가장 유명하다. 호메로스에 관한 역사적 기록으로 확정된 문헌은 거의 없다. 따라서 고대에 널리 알려졌던 이 두 저작의 내용을 간단히 살펴보고자 한다.

헤로도토스(기원전 약 484-425년)는 호메로스의 출생을 기원전 850년경으로 보았으나,『호메로스의 생애』의 가짜 헤로도토스는 기원전 1102년으로 기록했다. 가짜 헤로도토스에 따르면, 호메로스는 아이올리스 지방의 키메섬 출신 멜라노포스의 딸 크리테이스의 사생아로 스미르나에서 태어났다. 아이올리스 지방은 아나톨리아반도 서부와 북서부 해안 지역 및 인근 섬들에 아이올로스인(그리스인의 한 종족)이 세운 도시국가들로 이루어졌다.

호메로스는 개인 교사와 함께 이타케를 여행하며 멘토르의 집에 머물렀다. 후에 그는 이 환대에 감사하며『오디세이아』에 멘토르를 등장시켰다고 전해진다. 작품에서 멘토르는 오디세우스의 오랜 친구이자 충직한 인물로 묘사되며, 아테나 여신이 그의 모습으로 변신해 오디세우스와 그의 아들 텔레마코스를 돕는다. 서사시는 그리스어 원문에서 "생김새로나 목소리로나 멘토르의 모습"이라는 구절로 끝난다.

하지만 호메로스는 이타케에서 돌아오는 길에 안질에 걸려 맹인이 되었다. 고향 키메에서 후원자를 찾지 못한 그는 포카이아로 건너가 개인 교사 테스토리데스의 집에 머물며 『일리아스』와 『오디세이아』를 구술하는 조건으로 숙식을 해결했다. 테스토리데스는 이 작품들을 글로 옮긴 뒤 키오스섬으로 이주해 자신의 작품으로 공연했다. 이 소식을 들은 호메로스는 키오스로 가서 교사 생활을 했고, 테스토리데스는 그곳을 떠났다. 말년에 호메로스는 사모스섬으로 여행했으며, 아테나이로 가는 길에 이오스섬에서 생을 마감했다.

헤시오도스(기원전 750-650년경)는 그의 대표작 『노동과 나날』에서 평생 단 한 번만 배를 타고 여행했다고 밝히고 있는데, 이는 그리스 본토와 우보이아섬 사이에 위치한 칼키스로 가서 귀족 암피다마스의 장례 경기에 참가하기 위함이었다. 그는 이 시합에서 승리하여 받은 청동 세발솥을 헬리콘산의 무사 여신들에게 바쳤다고 전한다.

하지만 호메로스와 시합했다는 이야기는 직접적으로 나타나지 않는다. 그러나 알키다마스의 『호메로스와 헤시오도스의 시합』에서 이 경연에 관한 기록을 찾아볼 수 있다. 칼키스에서 열린 시합에서 호메로스는 헤시오도스가 던진 모든 질문과 수수께끼에 쉽게 답변했고, 이에 알키다마스와 관중들은 호메로스의 승리를 예상했다. 이후 두 시인은 각자의 작품 중 가장 뛰어난 부분을 암송하는 대결을 벌였는데, 헤시오도스는 『노동과 나날』의 일부를, 호메로스는 『일리아스』의 전투 장면을 선보였다. 관중들은 호메로스의 이름을 연호하며 그를 승자로 추대했지만, 심판을 맡은 암피다마스의 동생은 전쟁과 살육보다 농경 생활을 노래한 시가 더 가치 있다는 이유로 헤시오도스를 우승자로 선언했다.

II. 트로이아 전쟁과 트로이아 서사시권

호메로스의 『일리아스』와 『오디세이아』는 개별적으로 완결된 작품이라기보다, 트로이아 전쟁이라는 고대의 중대한 사건을 둘러싸고 벌어진 다양한 이야기를 노래한 일련의 서사시로서, 더 큰 범주의 트로이아 서사시권에 속한다.

트로이아 전쟁의 연대는 전통적으로 기원전 1194-1184년으로 추정되었으나, 현대 학계에서는 기원전 1260-1180년경으로 보기도 한다. 트로이아 서사시권에서 이 전쟁의 발단을 다룬 서사시는 기원전 7세기 말에 집필된 『키프리아』로, 제우스가 전쟁을 통해 인구를 줄여 대지의 부담을 덜어주기로 결심하는 장면에서 시작된다. 이어서 일곱 명의 장수가 도모한 테베 공략이 벌어진다. 트로이아 전쟁의 원인이 된 사건은 『일리아스』에서도 단편적으로 언급된다.

아킬레우스의 아버지가 될 펠레우스와 바다의 여신 테티스의 결혼식에서 불화의 여신 에리스만 초대받지 못했다. 이에 분노한 에리스는 연회에 나타나 "가장 아름다운 자에게"라는 문구가 새겨진 황금 사과를 던지고 떠난다. 이 사과를 놓고 헤라, 아테나, 아프로디테 세 여신이 다투자, 제우스는 트로이아의 왕자 파리스에게 심판을 맡긴다. 헤라는 최고의 권력을, 아테나는 지혜를, 아프로디테는 세상에서 가장 아름다운 여인을 약속하며 파리스를 유혹한다. 결국 파리스는 아프로디테를 선택하게 된다.

아프로디테는 그리스 최고의 미녀이자 스파르테(스파르타) 왕 메넬라오스의 왕비인 헬레네를 파리스에게 주기로 하고, 그가 트로이아의 맹장 아이네이아스와 함께 떠날 수 있도록 배를 마련하도록 지시한다. 스파르테에 도착한 파리스는 메넬라오스왕의 환대를 받지만, 왕이 크레테로 떠난 사이 왕비 헬레네와 함께 많은 재물을 빼돌려 트로이아로 돌아온다.

제우스의 전령인 이리스 여신은 이 소식을 메넬라오스에게 전하며, 즉시 본국으로 돌아가 형이자 미케네 왕인 아가멤논과 함께 트로이아 원정을 준비하라고 조언한다. 아가멤논과 메넬라오스는 과거 헬레네의 구혼자들에게 요구했던 서약을 근거로, 헬레네를 되찾기 위한 전쟁에 참전할 것을 촉구한다. 마침내 그리스 전역의 영웅들이 연합군을 이루어 아울리스 항에 집결한다.

예언자 칼카스는 아울리스 항구의 제우스 제단에서 나타난 전조를 해석하며, 그리스군이 9년 동안 전쟁을 치른 뒤 10년째 되는 해에 트로이아를 함락시킬 것이라고 예언한다. 마침내 원정을 위한 항해가 시작되지만, 렘노스섬에 기항하는 동안 테살리아 지방 멜리보이아의 왕 필록테테스가 뱀에 물려 섬에 남겨진다. 이 사건을 계기로 아킬레우스와 아가멤논 사이에 갈등이 발생한다. 이후 9년 동안 트로이아 전쟁에서 벌어진 주요 사건들이 간략히 전개된다.

『일리아스』는 트로이아 원정이 시작된 지 10년째 되는 해의 몇 주간 동안 벌어진 사건과 전투를 다룬다. 이야기의 핵심은 제우스의 계획에 따른 아킬레우스와 아가멤논의 불화다. 분노한 아킬레우스가 전장에 나가지 않자, 그동안 열세였던 트로이아군이 전세를 뒤집고 그리스군을 패퇴시켜 함선까지 불태울 위기에 처한다. 결국 아킬레우스의 절친한 벗이자 시종인 파트로클로스가 전투에 나서 반격을 시도하다가 전사한다. 이에 분노한 아킬레우스는 아가멤논과 화해한 뒤, 트로이아군을 실질적으로 이끌던 헥토르를 죽이고, 트로이아 함락의 결정적 전환점을 마련한다.

『아이티오피스』(아이티옵스인의 이야기)에서는 여전사 부족인 아마존을 이끄는 펜테실레이아와 아이티옵스인(에티오피아인)을 이끈 멤논이 트로이아의 동맹군으로 참전하는 이야기가 전개된다. 하지만 두 영웅 모두 아킬레우스에게 죽임을 당한다. 그러나 곧이어 아킬레우스도 스카이아이 성문에서 아폴론의 도움을 받은 파리스의 화살에 맞아 최후를 맞이한다. 이후 아킬레우스의 장례가 치러지고, 그의 무구(武具)를 차지하기 위한 장례 경기가 열린다.

『작은 일리아스』에서는 이 장례 경기에서 아이아스와 오디세우스가 무구를 차지하기 위해 경쟁하는데, 아테나의 도움으로 오디세우스가 승리한다. 이에 분을 참지 못한 아이아스는 스스로 목숨을 끊는다. 한편 예언자 칼카스의 조언에 따라, 이타케의 왕 오디세우스와 아르고스의 왕 디오메데스는 뱀에 물려 렘노스섬에 남겨진 필록테테스를 데려온다. 필록테테스는 헤라클레스의 화살로 파리스를 쏘아 죽인다.

한편 헬레네를 차지하기 위해 프리아모스왕의 두 아들, 헬레노스와 데이포보스가 경쟁한다. 패배한 헬레노스는 트로이아를 떠나 이데산으로 은둔하지만, 오디세우스에게 붙잡힌다. 예언자 헬레노스는 트로이아 함락의 세 가지 조건을 밝힌다. 이에 따라 그리스군은 아테나 여신의 조언을 받아 '트로이 목마'를 제작하고, 그 안에 최정예 전사들을 숨긴 뒤 군영을 불태우고 철군하는 척한다. 트로이아군은 이를 전리품으로 착각하고 성안으로 들여오고, 승리를 자축한다.

『일리오스의 함락』에서는 그리스군이 남긴 목마를 어떻게 처리할 것인지 트로이아인이 논의하는 장면으로 시작된다. 밤이 되자, 목마 속에 숨어 있던 그리스 전사들이 나와 성문을 열고, 인근 테네도스섬에서 대기하던 그리스군이 성안으로 쇄도한다.

이 과정에서 아킬레우스의 아들 네오프톨레모스는 프리아모스왕을 제우스의 제단에서 살해하고, 작은 아이아스는 프리아모스의 딸 카산드라를 아테나 여신의 제단에서 욕보인다. 이에 분노한 아테나 여신은 그리스군이 귀향할 때 복수할 계획을 세운다.

『귀향』에서는 트로이아 전쟁이 끝난 후, 그리스군이 귀향하는 과정에서 겪는 사건들을 다룬다. 아르고스의 왕 디오메데스와 필로스의 왕 네스토르는 무사히 고향으로 돌아가지만, 메넬라오스는 폭풍을 만나 대부분의 함선을 잃고 이집트로 떠밀려 가 여러 해 동안 머물게 된다.

작은 아이아스는 죽음을 맞이하고, 아가멤논은 귀향한 직후 왕비 클리타임네스트라와 그녀의 정부(情夫) 아이기스토스에게 살해당한다. 이로써 그리스군 영웅들 중 오직 오디세우스만이 아직 고향으로 돌아오지 못한 상태가 된다.

"오디세우스 이야기"라는 뜻의 『오디세이아』는 오디세우스가 10년 동안 귀향하는 과정에서 겪은 다양한 사건을 다룬다. 수많은 고난을 헤쳐 나간 끝에 마침내 고국 이타케에 도착한 오디세우스는, 왕비 페넬로페이아를 괴롭히던 구혼자들을 처단한다.

『텔레고네이아』(텔레고노스 이야기)는 오디세우스가 페넬로페이아의 구혼자들을 매장하는 장면으로 시작된다. 이후 그는 신들에게 제사를 올리기 위해 에피로스 지방의 테스프로티아로 떠난다. 그곳에서 여왕 칼리디케와 결혼하여 아들 폴리포이테스를 낳는다. 칼리디케가 이웃 브리고이인들과 전쟁을 벌이다 전사하자, 폴리포이테스가 왕위를 잇고, 오디세우스는 다시 이타케로 돌아온다.

한편, 오디세우스가 10년에 걸쳐 귀향하는 동안, 1년간 그와 동거했던 키르케는 그의 아들 텔레고노스를 낳는다. 성장한 텔레고노스는 폭풍에 휩쓸려 이타케로 떠밀려 오고, 그곳에서 아버지 오디세우스의 가축을 훔치려다 싸움이 벌어진다. 결국 텔레고노스는 자신도 모르는 사이에 친아버지 오디세우스를 죽이고 만다.

III. 영웅시대와 서사시권

『일리아스』는 트로이아 전쟁을 다룬 서사시이지만, 실제로는 10년에 걸친 전쟁 중 불과 몇 주간의 사건만을 집중적으로 묘사하는 작품이다. 이야기의 시작은 아폴론의 제관 브리세스의 딸을 몸값을 받고 풀어주는 문제를 둘러싸고 벌어진 그리스군 총사령관 아가멤논과 최고 영웅 아킬레우스 간의 갈등이다. 이후 아킬레우스의 시종 파트로클로스의 죽음과 트로이아군 최고의 영웅 헥토르의 죽음으로 이야기가 마무리된다.

『일리아스』는 몇 주간의 짧은 전투 이야기를 배경으로 하면서도, 고대 그리스와 아나톨리아 세계에서 신들과 인간이 얽혀 펼쳐내는 다채로운 서사를 담아낸다. 호메로스가 대변하는 고대 그리스인의 사고방식 속에서, 신과 인간은 밀접하게 연결되어 있으며 서로 긴밀하게 상호작용하는 존재들이다. 올림포스산 구름 위에는 올림포스 신들이 거주하며, 인간 세계의 일에 적극적으로 개입한다. 올림포스 열두 신뿐만 아니라, 태양과 대지, 대양, 수많은 강과 샘, 그리고 지하세계(저승)까지 신들의 손길이 미치지 않는 곳이 없다. 시대가 오래될수록 신과 인간의 관계는 더욱 밀접해진다.

보이오티아 출신의 고대 그리스 시인 헤시오도스는 『노동과 나날』에서 자기 시대까지의 인류 역사를 다섯 시대로 나눈다.

- **황금시대**: 티탄 신족의 우두머리이자 제우스의 아버지 크로노스가 통치하던 시기로, 인간은 신들과 자유롭게 어울려 살았다.
- **은시대**: 제우스가 다스리는 올림포스 신들의 시대가 시작되었다. 이 시대의 인간들은 백 살이 되도록 어머니 밑에서 머물렀으며, 성인이 된 후에는 서로 다투며 살았다. 그들의 삶은 짧았지만, 죽은 후에는 ‘축복받은 혼백들’이 되어 낙원에서 살았다.
- **청동시대**: 인간들은 점차 거칠고 완고해졌으며, 청동으로 만든 무기를 들고 끊임없이 전쟁을 벌였다. 폭력적인 삶을 살았던 이들 중에는 ‘축복받은 혼백들’이 없었으며, 그들은 모두 ‘하이데스(하데스)의 검은 집’에 거주했다. 이 시대는 대홍수로 인해 종말을 맞았다.
- **영웅시대**: 테베(테바이)와 트로이아 전쟁에서 싸운 영웅들의 시대이다. 이 시대에 죽은 영웅들은 지상낙원인 엘리시온으로 갔다.

이들은 신은 아니지만 초인적인 존재였으며, 호메로스는 자신의
서사시에서 이들을 노래한다.
- **철시대**: 헤시오도스가 살던 시대이다. 인간들은 점점 철면피가 되어 악을 부끄러워하거나 분노할 줄도 몰랐고, 결국 신들은 인간을 완전히 버렸다.

호메로스가 『일리아스』에서 노래한 시대는 청동시대가 끝나고 시작된 영웅시대다. 영웅시대는 청동시대의 연장선에 놓여 있어, 무쇠도 사용되었지만 여전히 청동이 주된 금속이었다. 당시 영웅들과 전사들은 청동 갑옷을 입었으며, 물푸레나무 자루에 청동 날을 단 창을 주 무기로 사용했다.

영웅들의 상당수는 제우스를 비롯한 신들의 자손이었다. 대표적으로, 그리스군 최고의 영웅 아킬레우스는 필리라 왕국의 펠레우스와 바다의 여신 테티스 사이에서 태어났다. 그의 조부인 아이기아섬의 왕 아이아코스는 제우스와 님프 아이기나의 아들이며, 그의 외조부는 바다의 신 네레우스, 외조모는 대지의 여신 가이아였다.

트로이아군의 최고 영웅 헥토르 역시 신의 후손으로, 그는 다르다니아 왕국(훗날 트로이아 왕국이 여기에서 분리됨)의 건설자인 다르다노스의 혈통을 이어받았다. 또한, 트로이아 전쟁의 발단이 된 그리스 최고의 미녀 헬레네는 제우스가 스파르테 왕 틴다레오스의 왕비 레다와의 사이에서 얻은 딸이었다.

이 영웅들은 고대 그리스와 아나톨리아 전역에서 도시국가를 건설하며 활약했고, 이들 사이에서 수많은 전쟁과 사건이 벌어졌다. 그중 가장 중요하고도 유명한 사건은 테베 전쟁과 트로이아 전쟁이었다. 고대 서사시들은 이 두 사건을 집중적으로 다루었으며, 각각 테베 서사시권과 트로이아 서사시권으로 구분된다.

'서사시권'이라는 용어는 그리스어 "에피코스 퀴클로스"(Επικός Κύκλος)를 번역한 것으로, 일정한 주제를 중심으로 엮인 일련의 서사시 모음을 의미한다.

테베 서사시권은 테베의 왕 오이디푸스를 중심으로 펼쳐지는 일련의 사건들을 다룬다. 이 서사시권에는 다음과 같은 작품들이 포함된다.

- 스핑크스의 수수께끼를 푸는 오이디푸스의 이야기가 담긴 『오이디포데이아』
- 오이디푸스의 두 아들 에테오클레스와 폴리네이케스 간의 전쟁, 즉 테베 공략을 다룬 『테바이스』
- 테베에 대한 2차 원정을 다룬 『에피고노이』
- 알크마이온이 아버지 암피라이오스의 죽음에 대한 복수로 어머니 에리필레를 살해하는 이야기를 담은 『알크마이오니스』

한편, 트로이아 서사시권은 트로이아의 왕자 파리스가 헬레네를 납치하면서 시작된 전쟁을 중심으로 전개된다. 이 서사시권에는 다음과 같은 작품들이 포함된다.

- 파리스의 심판과 트로이아 전쟁의 초기 9년간을 다룬 『키프리아』
- 헥토르의 죽음을 다룬 『일리아스』
- 아킬레우스의 죽음을 다룬 『아이티오피스』
- 트로이아 목마를 다룬 『작은 일리아스』
- 그리스군의 트로이아 함락과 약탈을 다룬 『일리오스의 함락』
- 그리스군의 귀향 과정을 다룬 『귀향』
- 오디세우스의 귀향을 다룬 『오디세이아』
- 오디세우스의 죽음을 다룬 『텔레고네이아』

이들 서사시는 모두 장단단 3음보 6보격 운율로 전개된다.

IV. 영웅시대와 철시대

호메로스를 비롯한 철기 시대의 음유시인들이 『일리아스』와 『오디세이아』를 포함한 트로이아 서사시권을 노래한 이유는, 자신들이 살아가던 타락하고 혼탁한 시대 속에서 과거 영웅시대와 그 시대를 빛냈던 영웅들을 그리워했기 때문으로 추정된다. 이러한 인식은 호메로스와 거의 동시대에 활동한 시인 헤시오도스의 작품에서도 분명하게 드러난다.

특히 『일리아스』는 물론, 『오디세이아』 역시 오디세우스라는 영웅이 수많은 고난과 역경을 극복하고, 108명에 달하는 구혼자라는 악당들을 처단하며 정의를 세우는 이야기다. 이는 영웅시대의 가치를 강조하는 동시에, 철기 시대 사람들이 잃어버린 정의와 질서를 되찾고자 했던 갈망을 반영한 것으로 볼 수 있다.

1. 황금시대: 신과 인간이 함께한 시대

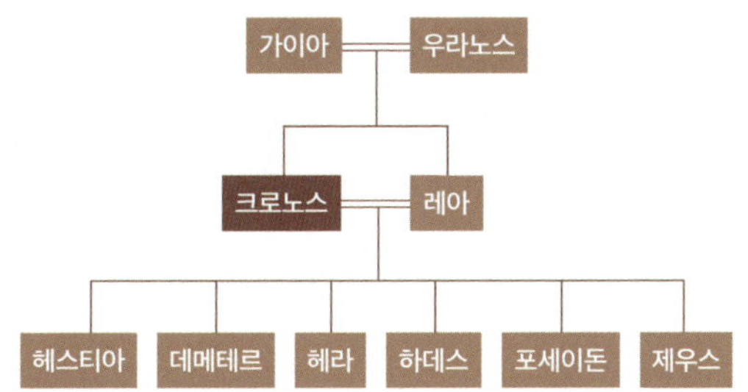

황금시대는 최초의 최고신 우라노스가 물러나고, 제2대 최고신 크로노스와 티탄 신족이 다스리던 시기다. 이 시대의 인간들은 불멸의 신들에 의해 창조되었으며, 신들과 어울려 평화롭고 조화로운 삶을 살았다.

- **노동 없이 풍요로웠다**: 대지는 스스로 양식을 내주었으며, 인간들은 일할 필요가 없었다.
- **늙지 않는 삶**: 인간들은 영원한 청년의 모습으로 살다가 평화롭게 세상을 떠났다.
- **죽음 후에도 존재**: 죽은 후에도 '수호자'가 되어 세상을 지켜보았다.

이 시대의 인간들은 선량하고 고귀한 존재였으며, 플라톤은 그들을 '다에모네스'(δαίμονες, 현자들)라고 불렀다.

2. 은시대: 인간의 타락과 신들의 단절

은시대는 제우스가 크로노스를 몰아내고 최고신으로 등극한 시대다. 이 시기의 인간들은 황금시대와는 달리 점점 타락하기 시작했다.

- **오랜 유년기**: 인간들은 어머니의 보살핌 아래에서 100년 동안 머물렀으나, 성인이 된 후에는 짧은 삶을 살았다.
- **서로 다투는 인간들**: 성인이 된 인간들은 서로 싸우고 다투며 시간을 보냈다.
- **신을 섬기지 않음**: 인간들은 신들에게 제사를 올리지 않았고, 제우스는 불경함을 이유로 그들을 멸망시켰다.
- **죽음 이후의 운명**: 은시대의 인간들은 죽은 후에도 존재했지만, 그들의 영혼은 '축복받은 혼백들'로서 지하세계에 머물렀다.

3. 청동시대: 전쟁과 폭력의 시대

청동시대에 접어들면서 인간들은 더욱 거칠고 완고해졌다.

- **전쟁을 삶의 목적으로 삼음**: 인간들은 오직 전쟁과 싸움에 몰두했다.
- **청동의 시대**: 집과 무기, 도구까지 모든 것이 청동으로 만들어졌다.
- **제우스가 물푸레나무에서 창조**: 이 시대의 인간들은 제우스가 물푸레나무에서 만들어냈으며, 신성함과는 거리가 먼 존재였다.
- **대홍수로 멸망**: 인간들은 끝없는 전쟁 속에서 서로를 죽였으며, 제우스가 내린 대홍수로 인해 결국 멸망했다.

이 홍수에서 살아남은 자는 프로메테우스의 아들 데우칼리온과 그의 아내 피라뿐이었다.

4. 영웅시대: 신과 인간의 마지막 연결

영웅시대는 대홍수에서 살아남은 데우칼리온과 피라 부부에서 시작된다. 제우스가 청동시대의 인간들을 대홍수로 멸망시킨 후, 신과 인간이 함께 살아가던 시기는 끝났으나, 영웅시대에는 신의 혈통을 이어받은 인간들이 등장하며 새로운 역사가 시작된다.

(1) 대홍수와 인류의 재건

앞일을 내다보는 능력을 지닌 프로메테우스는 제우스가 인간을 멸망시키려 한다는 사실을 미리 알아채고, 자신의 아들 데우칼리온과 동생 에피메테우스의 딸 피라에게 거대한 배를 만들어 홍수에 대비하라고 경고한다.

대홍수가 시작되자 데우칼리온과 피라는 9일 밤낮 동안 거친 물살에 휩쓸려 떠돌다가, 결국 파르나소스산 정상에 도착한다. 홍수가 멈춘 후, 둘은 자신들이 유일한 생존자임을 깨닫고, 인류를 다시 번성시킬 방법을 찾아 나선다.

두 사람은 테미스 여신의 신전을 찾아가 인류를 어떻게 다시 번성시킬 수 있을지 질문한다. 여신은 다음과 같은 신탁을 내린다.

"베일로 얼굴을 가리고, 너희 어머니의 뼈를 어깨너머로 던지라."

처음에는 이 신탁의 의미를 이해하지 못했지만, 이내 '어머니'가 대지의 여신 가이아를 뜻하며, '그 뼈'가 돌을 의미한다는 사실을 깨닫는다.

이에 따라 데우칼리온과 피라는 돌을 어깨 너머로 던졌고, 데우칼리온이 던진 돌은 남자로, 피라가 던진 돌은 여자로 변하였다. 이들을 통해 인류는 다시 번성하게 되었고, 데우칼리온과 피라는 새로운 인류의 시조가 되었다.

(2) 영웅들의 등장과 도시국가 건설

데우칼리온과 피라는 그리스 본토 중부 로크리스 지방에 정착하여 여러 자녀를 낳았다. 그중 장남 헬렌은 이후 모든 그리스인의 조상이 된다. 영웅시대에는 신과 인간의 관계가 여전히 밀접하게 이어졌다. 신들의 피를 이어받은 영웅들은 탁월한 용맹과 지혜를 지닌 존재로 여겨졌으며, 고대 그리스와 아나톨리아 전역에서 도시국가를 건설했다. 이들은 신들과 인간을 잇는 마지막 세대로, 이후 철시대가 시작되면서 신들은 점차 인간 세계에서 멀어지게 된다.

(3) 헬렌과 그리스 주요 부족의 기원

데우칼리온과 피라의 아들 헬렌은 테살리아 지방 프티아의 왕이 되었으며, 산의 요정 오르세이스와 결혼하여 세 명의 아들을 낳았다. 이들은 훗날 그리스를 구성하는 주요 부족의 시조가 된다.

- 아이올로스 → 아이올리스인의 시조
- 크수토스 → 크수토스의 두 아들
  - 이온 → 이오니아인의 시조
  - 아카이오스 → 아카이아인의 시조

• 도로스 → 도리스인의 시조

  이 부족들은 자신들이 헬렌의 후손임을 강조하기 위해 '헬레네스'(Ἕλληνες)라 불렀으며, 이는 나중에 그리스인 전체를 지칭하는 명칭으로 발전했다.

  영웅시대는 주로 청동을 사용한 시대였으며, 철(무쇠)은 일부만 사용되었다. 그러나 이 시대만큼은 특정한 금속의 이름으로 지칭되지 않는다. 영웅들은 신과 인간이 결합하여 태어난 존재로, 그들의 족보를 거슬러 올라가면 결국 신들과 연결된다. 이들은 청동기 시대에 청동으로 무장하고 활약했으며, 이러한 시대적 배경 속에서 등장한 대표적인 사건으로는 칼리돈의 멧돼지 사냥, 황금 양털을 찾기 위한 이아손의 아르고호 원정, 테베 공략 7장군, 트로이아 전쟁 등이 있다.

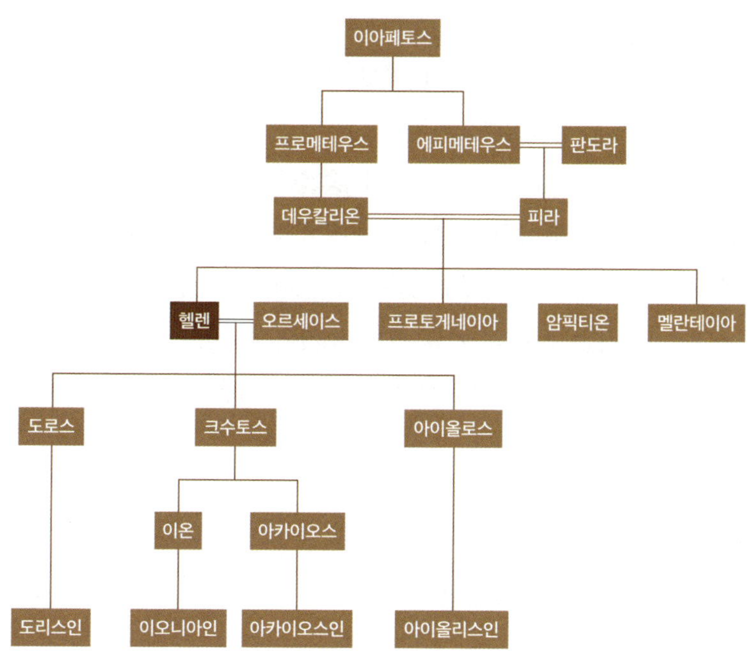

이 시대의 영웅들은 죽으면 지하세계로 가는 길목에 위치한 엘리시온이라는 지상낙원에서 영원한 행복을 누렸다. 테베 공략 사건을 노래한 테베 서사시권과 트로이아 전쟁을 노래한 트로이아 서사시권을 통해 당시 영웅들의 활약과 그 시대의 가치관을 엿볼 수 있다.

5. 철시대: 인간과 신의 단절

한편, 철시대는 호메로스와 헤시오도스가 살았던 시대이다. 이 시대의 인간들은 비참하고 고된 삶을 살아가야 했다. 자녀들은 부모를 공경하지 않고 무시하거나 심지어 학대했으며, 형제들끼리는 서로 싸웠고, 나그네를 대접하는 아름다운 풍습도 사라졌다. 힘이 곧 정의였으며, 악인들은 선량해 보이기 위해 거짓말과 위선을 일삼았다.

철시대의 인간들은 더 이상 수치심을 느끼지 않았고, 불의에도 분노하지 않았다. 인간들이 저지르는 악을 신들조차 어찌할 수 없는 지경에 이르자, 신들은 결국 인간들을 버리고 떠났다. 이로써 신과 인간 사이의 교류는 완전히 단절되었다.

호메로스와 헤시오도스는 정의와 경건이 사라지고 불의와 불경이 만연한 철시대를 살아가며, 정의와 경건이 살아 있던 영웅시대를 그리워했다. 이러한 인식은 호메로스가 『오디세이아』에서 나그네를 환대하고 신을 공경하는 미덕을 거듭 강조한 것에서도 드러난다. 『오디세이아』의 세계관과 이러한 주제의식에 대해서는 다음 항목에서 더 자세히 살펴볼 것이다.

V. 호메로스 시대의 역사적 상황

고대 그리스의 역사는 미노스 문명, 키클라데스 문명, 미케네 문명, 암흑기, 상고기로 구분된다. 호메로스와 헤시오도스가 살았던 시대는 암흑기로 추정된다. 암흑기는 미케네 문명이 몰락한 기원전 12세기부터 새로운 도시국가들이 등장하는 기원전 8세기까지를 가리킨다.

이 시기 동안 동부 지중해 지역에서 문명이 광범위하게 붕괴되었다. 미케네 문명의 거대한 궁전과 대다수 도시가 이 시기에 파괴되고 버려졌다. 이는 이민족의 침략뿐만 아니라, 극심한 기근으로 인한 인구 감소 때문이었을 것으로 추정된다. 미케네 문명이 붕괴할 무렵, 히타이트 문명도 완전히 붕괴되었으며, 트로이아에서 가자에 이르는 수많은 도시가 파괴되었다.

암흑기에는 그리스에서 문자가 기록되지 않았고, 의복은 허름해졌으며, 도기의 장식도 단순해져 기하학적 무늬가 주를 이루었다. 또한, 해외 문명국과의 교류가 단절되면서 문화 발전도 정체되었다. 그러나 기원전 800년경부터 레반트 해안(티로, 시돈을 중심으로 한 팔레스타인 지역)과의 교류가 다시 활발해지면서 그리스 도기 장식이 더욱 화려해졌고, 그리스 문자가 다시 사용되기 시작하면서 고전시대(상고기)로 넘어가게 된다.

호메로스의 이름이 고전시대에 널리 회자된 점을 고려하면, 그는 암흑기 속에서 영웅시대를 돌아보며 노래한 음유시인이었을 가능성이 크다.

암흑기 이전, 미케네 문명 시대는 고대 그리스에서 청동기 시대의 마지막 시기에 꽃핀 문명으로, 기원전 약 1050년까지 지속되었다. 초기 그리스 문화는 테살리아 지역의 문화를 중심으로 발전했지만, 기원전 2000년을 전후하여 북방 산지에서 내려온 아카이오스인(아카이아인)이 본토 남부 각지에 왕국을 건설하면서 본격적인 미케네 문명 시대가 시작되었다.

이들은 미케네, 티린스, 오르코메노스, 필로스 등의 도시국가를 세웠으며, 기원전 1600년경부터는 남쪽 크레테 문명과 경쟁할 정도의 강력한 세력으로 성장했다.

이 시대의 주요 도시국가로는, 펠로폰네소스반도의 미케네, 티린스, 필로스 등이, 그리스 본토에는 아테나이, 테베, 오르코메노스, 테살리아의 이올코스 등이 있었으며, 에피로스, 마케도니아, 에게해의 여러 섬들과 아나톨리아의 남서 해안, 레반트, 키프로스 등이 포함되었다.

영웅시대에 활약한 영웅들과 그들이 속한 도시국가, 왕가, 족보는 『일리아스』를 이해하는 데 중요한 요소다. 트로이아 전쟁에서 그리스 연합군의 총사령관이 미케네의 왕 아가멤논인 것은 결코 우연이 아니다. 미케네 문명의 중심지인 미케네는 넓게 보면 펠로폰네소스반도 아르고스 지방을 포함하며, 이 지역은 고대부터 강력한 세력을 형성했다.

아르고스 지방은 먼 옛날, 이 지역의 강의 신 이나코스가 다스릴 때부터 그의 후손들이 왕위를 이어왔다. 아르고스 평야 북동쪽에 위치한 미케네는 남쪽으로 아르고스만에 접해 있어 크레테(크레타)와 지중해의 여러 섬으로 쉽게 접근할 수 있었으며, 북쪽으로는 육로를 통해 중부 그리스와 연결되는 교통의 요지였다. 이러한 지리적 이점 덕분에 미케네의 왕 아가멤논은 막강한 힘을 지닐 수 있었으며, 『일리아스』에서도 그는 광대한 영토를 다스리는 군주로 묘사된다. 그러나 원래 미케네와 아르고스는 아트레우스 왕가의 영토가 아니었다.

아르고스의 첫 번째 왕은 이나코스강의 신으로, 그는 대양의 신 오케아노스와 티탄 신족 테티스 사이에서 태어났다. 이나코스는 이복 여자형제 멜리아와의 사이에서 아들 포로네우스와 딸 이오를 낳았다.

포로네우스는 아버지 이나코스의 뒤를 이어 아르고스의 왕이 되었고, 자신의 이름을 따서 이 땅을 포로네이아라고 불렀다. 그는 요정 텔레디케와의 사이에서 아들 아피스와 딸 니오베를 낳았다. 니오베는 제우스와의 사이에서 아르고스와 펠라스고스를 낳았으며, 이로써 제우스의 자식을 낳은 최초의 여자가 되었다. 따라서 아르고스는 제우스의 피를 이어받은 최초의 인간인 셈이다.

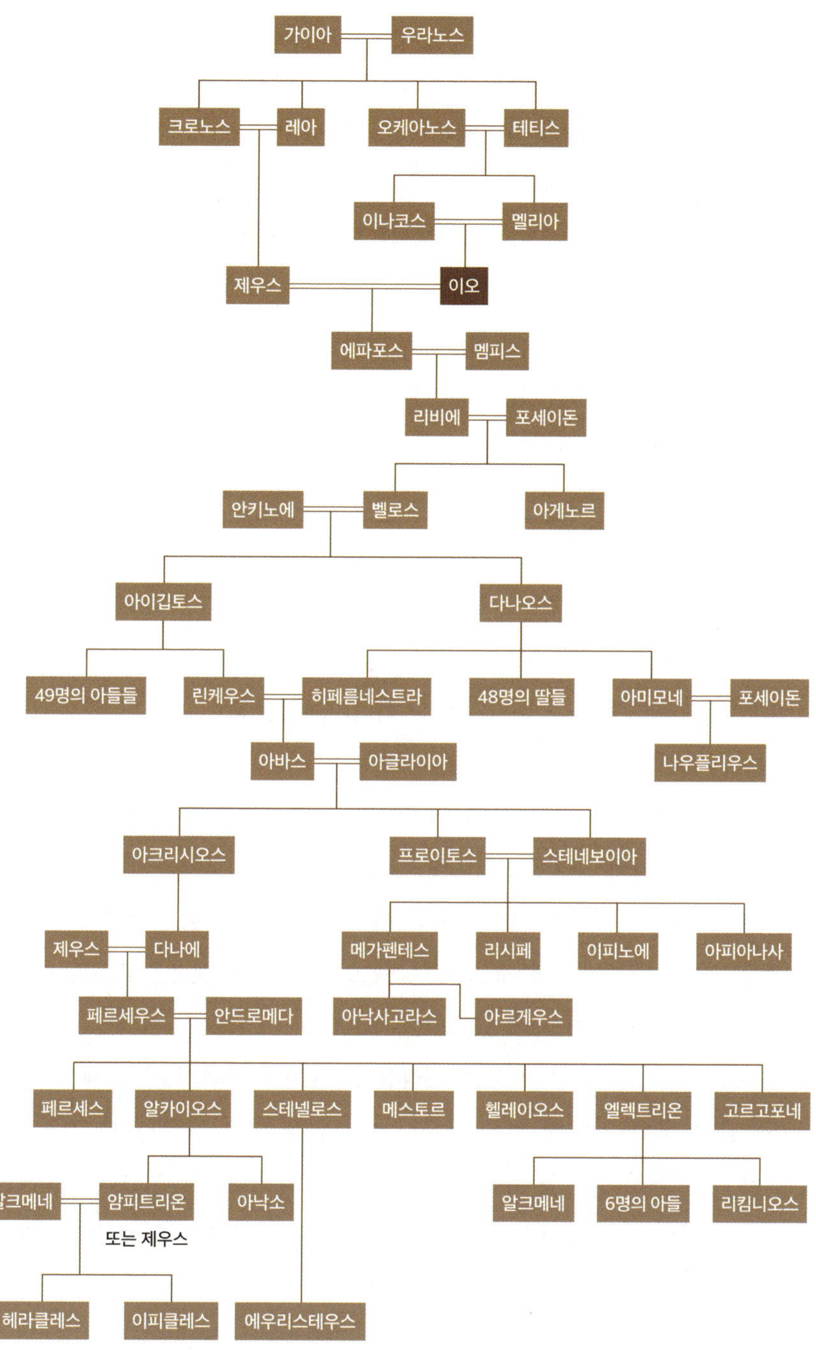

가이아 — 우라노스
크로노스 — 레아
오케아노스 — 테티스
이나코스 — 멜리아
제우스 — 이오
에파포스 — 멤피스
리비에 — 포세이돈
안키노에 — 벨로스
아게노르
아이깁토스
다나오스
49명의 아들들
린케우스 — 히페름네스트라
48명의 딸들
아미모네 — 포세이돈
나우플리우스
아바스 — 아글라이아
아크리시오스
프로이토스 — 스테네보이아
제우스 — 다나에
메가펜테스
리시페
이피노에
아피아나사
페르세우스 — 안드로메다
아낙사고라스 — 아르게우스
페르세스
알카이오스
스테넬로스
메스토르
헬레이오스
엘렉트리온
고르고포네
알크메네 — 암피트리온
또는 제우스
아낙소
알크메네
6명의 아들
리킴니오스
헤라클레스
이피클레스
에우리스테우스

펠라스고스(아르카디아의 펠라스고스)는 펠로폰네소스반도 아르카디아 지역에 처음으로 정착해 펠라스고스인의 시조가 되었다. 그의 손녀 칼리스토는 제우스와의 사이에서 아르카스를 낳았으며, 아르카스는 아르카디아의 왕이 되었다. 그는 숲의 요정 에라토와 결혼해 아잔, 아피다스, 엘라토스를 낳았고, 이들이 성장한 후 왕국을 삼등분하여 각기 다스리게 되었다.

아르고스는 이나코스와 포로네우스의 뒤를 이어 왕위에 오른 아르고스가 그 땅의 이름을 포로네이아에서 아르고스로 개명하면서 새롭게 자리 잡는다. 이후 아르고스는 계속해서 포로네우스 왕가가 통치하게 된다.

아르고스 왕가 중에는 펠라스고스(아르고스의 펠라스고스) 왕이 있었으며, 그의 딸 라리사는 포세이돈과의 사이에서 또 다른 펠라스고스(테살리아의 펠라스고스)를 낳았다. 그는 형제들인 아카이오스, 프티오스와 함께 아르고스를 떠나 테살리아로 건너가 아카이아, 프티아, 펠라스기아를 건설했다.

프티아는 테살리아 남쪽에 위치하며, 동쪽으로는 말리스만, 서쪽으로는 돌로피아와 핀도스산, 북쪽으로는 테살리아 평야와 접하고 있었다. 펠라스기아는 테살리아의 중앙 지역으로, 북쪽으로는 템페 골짜기, 남쪽으로는 페라이에 걸쳐 있었다. 주요 도시로는 펠라스고스의 아르고스, 라리사, 페라이 등이 있었다.

포로네우스의 누이 이오는 헤라를 모시는 여제관이었다. 제우스는 이오를 유혹하기 위해 검은 구름으로 주변을 덮은 후 관계를 가졌고, 그런 다음 헤라의 눈을 피하기 위해 이오를 암소로 변신시켰다. 그러나 이를 눈치챈 헤라는 100개의 눈을 가진 거인 아르고스를 보내 암소로 변한 이오를 감시하게 했다.

제우스는 자신의 전령인 헤르메스를 보내 피리 소리로 아르고스를 잠재운 뒤 죽이게 했다. 헤르메스 덕분에 자유를 찾은 이오는 이집트로 건너가 아들 에파포스를 낳았다.

에파포스는 이집트의 왕 텔레고노스의 양아들이 되어 왕위를 물려받았으며, 나일강의 신 네일로스의 딸 멤피스와 결혼하여 딸 리비에를 낳았다. 에파포스는 나일강 변에 왕비의 이름을 따서 멤피스라는 도시를 건설했고, 주변 지역을 병합한 후 딸의 이름을 따 리비아라고 명명했다.

리비에는 포세이돈과의 사이에서 벨로스를 낳았고, 벨로스는 쌍둥이 형제 아이깁토스와 다나오스를 두었다.

벨로스는 다나오스에게 리비아, 아이깁토스에게 아라비아를 각각 물려주었다.

아이깁토스는 멜람포데스인이 사는 지역을 정복하고, 자신의 이름을 따 이집트라고 명명했다. 이후 그는 리비아의 왕 다나오스에게 자신의 아들 50명과 다나오스의 딸 50명을 결혼시키자고 제안했다.

이에 위협을 느낀 다나오스는 아르고스로 도망쳤다.

그가 아르고스를 선택한 이유는, 강의 신 이나코스의 근거지가 아르고스였고, 제우스의 사랑을 받아 헤라의 질투로 암소가 되어 이집트로 떠난 이오가 바로 이나코스의 딸이었기 때문이며, 다나오스가 이오의 후손이므로 아르고스가 그의 조상들의 땅이었기 때문이다.

아르고스에 도착한 다나오스는 이오의 후손임을 내세우며 왕위를 주장했으나, 당시 아르고스를 다스리던 겔라노르(포로네우스와 아르고스의 후손)는 왕권을 내줄 생각이 전혀 없었다.

겔라노르는 본래 펠라스고스라는 이름이었으나, 다나오스의 요구를 듣고 웃음을 터뜨렸기 때문에 '웃는 자'라는 뜻의 겔라노르라는 이름을 얻게 되었다. 두 사람은 아르고스 시민들 앞에서 왕위를 놓고 논쟁을 벌였고, 그때 늑대 한 마리가 아르고스의 소 떼를 습격해 황소들을 죽이는 사건이 발생했다.

이 장면을 본 아르고스인들은, 멀리서 나타나 황소를 공격한 늑대가 마치 먼 외지에서 온 다나오스를 닮았다고 생각했다. 그리고 이를 신의 계시로 해석하여 다나오스를 왕으로 추대했다. 결국, 아르고스의 통치권은 전설적인 건설자 포로네우스와 아르고스 왕가에서 이오와 다나오스 왕가로 넘어가게 되었다.

쌍둥이 형제 아이깁토스와 다나오스의 싸움에서 살아남은 린케우스(아이깁토스 가문의 아들)는 히페름네스트라(다나오스 가문의 딸)와 결혼하여 아르고스의 왕이 되었고, 그의 아들 아바스가 왕위를 이어받았다.

아바스의 아들 아크리시오스는 아르고스의 왕이 되었지만, 쌍둥이 형제 프로이토스에게 티린스를 넘겨주었다. 아크리시오스는 아들이 없었기에 델포이 신탁을 구했고, 신탁은 그가 딸 다나에의 아들에게 살해될 것이라고 경고했다. 이에 아크리시오스는 궁 안마당에 지붕 없는 청동 방을 만들어 다나에를 가두었지만, 제우스가 황금비로 변하여 그녀와 관계를 맺었다.

다나에는 제우스와의 사이에서 아들 페르세우스를 낳았고, 그는 훗날 메두사를 죽인 영웅이 되어 아르고스의 왕이 되었다. 한편, 아바스의 또 다른 아들 프로이토스가 낳은 메가펜테스는 티린스의 왕이 되었으며, 두 사람은 왕국을 맞바꾸었다. 이로써 아르고스의 왕위는 프로이토스 → 메가펜테스 → 아르게우스로 이어졌다.

그런데 아르게우스의 아들 아낙사고라스가 기괴한 병에 걸리자, 그는 병을 고쳐주는 자에게 보상을 주겠다고 약속했다. 아미타온의 아들이자 짐승의 말을 알아듣는 예언자 멜람푸스가 이를 치료했고, 그 대가로 아르고스를 3등분하여 형 비아스와 함께 다스리게 되었다. 비아스의 후손들은 아르고스 왕위를 계승하였으며, 그의 아들 탈라오스를 거쳐 테베 공략을 주도한 왕 아드라스토스에게 이어졌다. 아드라스토스는 왕위를 사위이자 칼리돈의 왕자였던 티데우스의 아들 디오메데스에게 넘겨주었다.

한편, 페르세우스와 안드로메다 사이에서 페르세스, 알카이오스, 스테넬로스, 헬레이오스, 메스토르, 엘렉트리온, 고르고포네가 태어났다. 아버지의 뒤를 이어 미케네의 왕이 된 엘렉트리온은 알카이오스의 딸 아낙소와 결혼하여 딸 알크메네를 낳았다. 또한, 메스토르의 딸과 포세이돈 사이에서 태어난 타포스섬의 왕 프테렐라오스는 자신의 여섯 아들을 엘렉트리온에게 보내, 어머니의 몫으로 미케네 영토 일부를 달라고 요구했다. 그러나 이 과정에서 갈등이 발생하여 양측이 전투를 벌였다. 이 싸움에서 엘렉트리온의 아들들은 모두 전사했으며, 프테렐라오스의 아들 에우엘레스만 살아남아 엘렉트리온의 소 떼를 빼앗아 엘리스로 가서 팔아버렸다. 홀로 남겨진 알크메네는 약혼자이자 알카이오스의 아들 암피트리온에게 복수를 요청했다. 암피트리온은 타포스섬 원정을 떠나기 전, 소 떼를 되찾으려 했으나 실수로 엘렉트리온 왕을 죽이고 말았다. 이에 스테넬로스가 암피트리온을 추방하고 미케네의 왕이 되었으며, 티린스까지 장악하였다. 암피트리온이 원정을 떠난 사이 제우스는 암피트리온으로 변신하여 알크메네와 동침했고, 그 결과 헤라클레스가 태어났다.

스테넬로스의 아들 에우리스테우스는 미케네와 티린스(아르고스)의 왕이 되었고, 반면 헤라클레스는 헤라의 저주로 광기에 사로잡혀 자신의 처자식을 살해하는 비극을 맞았다. 그 죄를 씻기 위해 그는 에우리스테우스의 명령 아래 열두 과업을 수행하게 되었다.

헤라클레스가 죽자, 에우리스테우스는 트라케로 가서 케익스왕에게 헤라클레스의 후손들을 넘겨줄 것을 요구했다. 이에 헤라클레스의 자식들은 아테나이의 데모폰에게 피신했다. 그러자 에우리스테우스는 아테나이를 공격했으나 대패했고, 자식들까지 모두 잃었다. 결국 그는 도망치던 중 헤라클레스의 조카 이올라오스에게 붙잡혀 최후를 맞이했다.

에우리스테우스가 죽으면서 이나코스 왕가의 아르고스 통치가 끝나고, 대신 탄탈로스 가문의 아트레우스가 아르고스의 왕이 되었다. 아

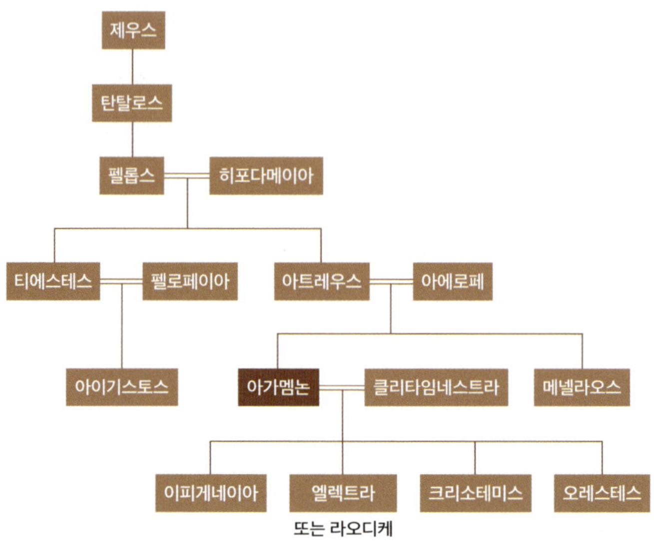

트레우스는 트로이아 전쟁의 주역인 아가멤논과 메넬라오스의 아버지였다.

아트레우스와 그의 형제 티에스테스는 리디아의 왕 탄탈로스의 아들 펠롭스와 엘리스 지방 올림피아에 있는 피사의 왕 오이노마오스의 딸 히포다메이아 사이에서 태어났다. 두 형제는 어머니 히포다메이아의 사주를 받아 이복형제 크리시포스를 죽인 죄로 추방되었고, 미케네로 피신했다. 이후 에우리스테우스 왕이 원정에서 전사하자, 아트레우스가 티에스테스를 추방하고 미케네의 왕이 되었다.

그러나 티에스테스는 복수를 위해 신탁의 계시에 따라 자신의 딸 펠로페이아를 강간하여 아들 아이기스토스를 얻었다. 성장한 아이기스토스는 결국 아트레우스를 살해하고, 그의 아버지 티에스테스를 미케네의 왕으로 즉위시켰다. 티에스테스는 아트레우스의 아들들인 아가멤논과 메넬라오스를 스파르테로 추방했다. 그러나 아가멤논은 스파르테의 왕 틴다레오스의 도움을 받아 미케네 왕위를 되찾았고, 그의 딸 클리타임네스트라와 결혼했다. 한편, 메넬라오스는 틴다레오스의 왕비 레다가 제우스와의 사이에서 낳은 헬레네와 결혼하여, 훗날 스파르테의 왕위를 계승하게 된다.

아트레우스 가문의 시조 탄탈로스는 아나톨리아에 있는 리디아(또는 프리기아) 왕국의 왕이었다. 그는 제우스와 오케아노스의 딸 플루토 사이에서 태어난 아들로, 리디아의 시필로스산 인근의 광대한 영지를 다스리는 부유한 왕이었다.

탄탈로스는 신들의 각별한 총애를 받아 신들의 식탁에 초대될 정도였으나, 그는 신들의 음식을 훔쳐 인간들에게 주고, 신들에게 들은 비밀을 누설하며, 심지어 자기 아들을 요리하여 신들을 시험하는 악행을 저질렀다. 이에 대한 벌로 그는 지하세계의 감옥 타르타로스로 추방되어, 영원히 끝나지 않는 형벌을 받게 되었다.

그의 후손인 탄탈로스 가문 또한 신들의 저주를 받아 비극이 끊이지 않았다. 탄탈로스의 아들 펠롭스는 리디아에서 태어났으나, 고향을 떠나 펠로폰네소스반도로 건너가 피사(올림피아)의 왕 오이노마오스와 마차 경주에서 겨루었다. 그는 오이노마오스의 마부 미르틸로스를 매수하여 경주에서 승리한 뒤, 왕의 딸 히포다메이아와 결혼하여 왕위에 올랐다. 펠롭스는 왕이 되기 전, 아피아 또는 펠라스기오티스를 정복하고, 자신의 이름을 따서 펠로폰네소스(펠롭스의 섬)로 명명했다.

『오디세이아』에서는 스파르테 왕 메넬라오스의 궁전을 다음과 같이 묘사한다. "명성 높은 메넬라오스의 지붕 높은 집이 햇빛이나 달빛 같은 광채로 가득하다"(제4권 44-45행). 궁전이 얼마나 화려하면, 햇빛과 달빛 같은 광채로 가득했다고 표현했을까?

오디세우스의 아들 텔레마코스는 필로스의 왕 네스토르의 아들에게 이렇게 말한다. "내 마음에 기쁨을 주는 분, 네스토르의 아들이여. 소리가 크게 울리는 대청 가득히 빛나는 저 청동과 황금, 호박, 은 그리고 상아를 보시오. 올림포스에 사시는 제우스의 궁전도 이와 같을 것입니다. 이곳에는 보물이 끝없이 쌓여 있습니다. 보고 있자니 놀랍고 경이로울

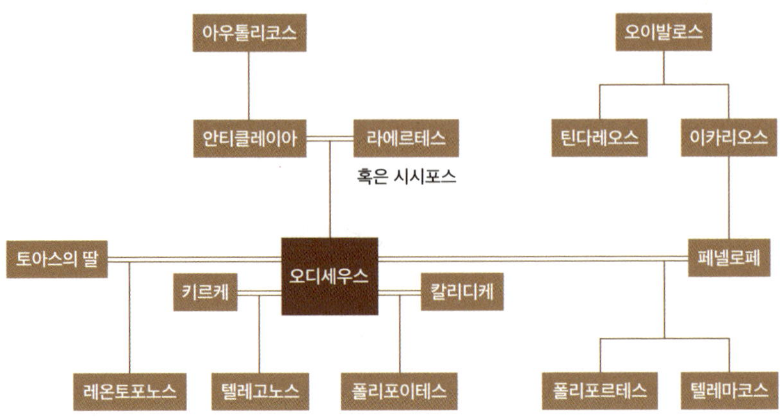

따름입니다"(제4권 71-75행).

그리스와 트로이아의 모든 영웅이 한데 모여 겨룬 트로이아 전쟁은 미케네와 아르고스를 중심으로 꽃피웠던 미케네 문명이 막바지로 치닫던 시기에 발생했다. 호메로스는『일리아스』와『오디세이아』를 통해, 미케네 문명을 중심으로 한 영웅시대의 찬란한 유산과, 그 시대의 영웅 중 한 명인 '강인하고 고귀한 오디세우스'를 노래했다.

화려했던 미케네 문명의 청동기 시대는 기원전 1050년경에 끝나고, 이후 고대 그리스의 암흑기가 시작되었다. 이 암흑기는 기원전 750년 경 고전시대가 열리기 전까지 지속되었다. 이 시기, 고대 그리스에서는 거대한 도시국가들이 사라지고, 사람들은 부족 단위로 살아갔다. 고고학적 증거에 따르면, 부족장의 집도 일반인의 집과 별반 다르지 않을 정도로 단출했다. 미케네 문명 시대를 비롯하여 이전 시대의 모든 문화가 완전히 파괴되었고, 암흑기를 살아간 사람들은 모든 것이 폐허가 되고, 문명이 퇴보한 듯한 세상에서 화려했던 영웅시대를 그리워할 수밖에 없었다.

VI. 『오디세이아』 속으로

1. 내용과 줄거리

『오디세이아』는 트로이아 전쟁이 끝난 후 대부분의 영웅은 무사히 귀향했으나, 오디세우스만은 10년이 지나도록 이타케로 돌아오지 못했다는 사실을 알리는 것으로 시작된다. 저자는 무사(詩의 여신)에게 어느 대목에서든 그 이야기를 들려달라고 요청한 후, 오디세우스가 오기기에 섬의 요정 칼립소에게 7년 동안 억류되어 있는 장면을 보여주며 서사를 펼쳐나간다.

오디세우스의 귀향길이 이처럼 길고 험난해진 이유는 그가 전쟁 직후 키클롭스의 땅에서 포세이돈의 아들이자 외눈박이 거인 키클롭스인 폴리페모스의 눈을 멀게 했기 때문이었다. 이에 격노한 포세이돈이 오디세우스의 항해를 방해하며 그를 고향으로 돌아가지 못하도록 개입했다. 하지만 제우스는 포세이돈이 자리를 비운 사이, 오디세우스의 수호신인 아테나 여신의 요청을 받아들여 그의 귀향을 허락한다.

한편, 아테나 여신은 오디세우스의 궁전이 있는 이타케로 내려가 그의 아들 텔레마코스를 찾아간다. 오디세우스가 트로이아 원정을 떠났을 당시 갓난아기였던 텔레마코스는 이제 장성한 청년이 되어 있었다. 그러나 오디세우스가 부재한 동안, 그의 왕비 페넬로페이아에게 구혼하는 자들이 궁전을 점거하고 있었으며, 이들은 오디세우스의 가축들을 잡아 연회를 벌이며 그의 재산을 탕진하고 있었다. 더 나아가 그들은 오디세우스의 가산을 삼키고, 왕위를 차지하려는 음모를 꾸미고 있었다.

아테나 여신은 텔레마코스에게 남쪽 필로스와 스파르테로 가서 아버지의 생사를 확인하라고 조언한다. 이에 따라 텔레마코스는 아테나 여신이 마련해준 배와 선원들을 데리고 남쪽으로 항해하여, 아버지의 전우인 필로스의 왕 네스토르와 스파르테의 왕 메넬라오스를 찾아간다. 이러한 움직임을 알아챈 구혼자들은 텔레마코스가 귀환하는 길목에서 그를 암살할 계획을 세우고 매복을 준비한다.

전령의 신 헤르메스는 오기기에섬으로 가서 요정 칼립소에게 오디세우스를 귀향시키라는 제우스의 명령을 전한다. 마침내 풀려난 오디세우스는 뗏목을 만들어 항해를 시작하지만, 이를 알아차린 포세이돈이 거대한 파도를 일으켜 뗏목을 박살낸다. 다시 표류하게 된 오디세우스는 파이악스인들이 사는 섬에 도착하고, 아테나 여신의 계획에 따라 강가에서 빨래를 하던 나우시카아 공주를 만나 알키노오스 왕의 궁으로 향한다. 알키노오스 왕은 오디세우스를 극진히 환대하며, 그를 이타케까지 호송해줄 것을 약속한다.

연회가 열리자, 오디세우스는 그동안 자신이 겪은 모험담을 들려준다.

먼저, 그는 트로이아 전쟁을 마친 후 열두 척의 함대를 이끌고 트라케 연안의 키코네스인의 땅 이스마로스를 약탈했다. 이는 귀향하는 전우들에게 전리품을 마련해주기 위해서였지만, 이 전투에서 여러 전우를 잃고 만다. 그 후 순조롭게 항해를 이어가던 오디세우스 일행은 펠로폰네소스반도 남쪽 스파르테 근처의 말레이아곶에서 폭풍을 만나 표류하게 된다. 그들은 신비한 열매 로토스를 먹고 살아가는 로토스파고스인의 섬에 도착하는데, 이 열매를 먹은 전우들은 고향으로 돌아가려는 의지를 잃고 그곳에 머물고 싶어 한다.

오디세우스는 전우들을 강제로 배에 태우고 다시 항해를 시작하지만, 우연히 키클롭스의 땅에 도착하고 만다. 그들은 외눈박이 식인 거인이자 포세이돈의 아들인 폴리페모스의 동굴을 탐험하다가 갇히게 되고, 몇몇 전우들이 잡아먹히는 참사를 당한다. 오디세우스는 계책을 써서 폴리페모스의 눈을 멀게 한 후, 전우들과 함께 가까스로 탈출한다. 이후 그는 바람의 지배자인 아이올로스의 섬으로 향해 환대를 받는다.

아이올로스는 나쁜 바람을 가죽 부대에 넣어 묶은 뒤, 순풍만을 보내 오디세우스를 돕는다. 덕분에 오디세우스 일행은 이타케 가까이까지 도달하지만, 전우들 중 일부가 가죽 부대 안에 보물이 들어 있다고 의심하며 몰래 풀어버리는 바람에 다시 아이올로스의 섬으로 떠밀려 돌아가게 된다.

이번에는 아이올로스가 오디세우스를 박대했고, 그는 다시 항해를 떠나 식인족 라이스트리곤인의 섬에 도착한다. 그러나 이곳에서도 대부분의 함선과 전우들을 잃고, 오직 한 척의 배와 거기에 탄 소수의 전우만 간신히 살아남아 탈출한다. 오디세우스는 계속 항해를 이어가다 마녀 요정 키르케가 사는 아이아이에섬에 도착하는데, 이곳에서 또 다른 시련이 기다리고 있었다.

오디세우스는 아이아이에섬에서 키르케와 1년을 보낸 후, 그녀의 조언에 따라 귀향을 위해 먼저 지하세계로 향한다. 그곳에서 테베의 눈먼 예언자 테이레시아스를 찾아가 신탁을 듣고, 죽은 어머니를 비롯해 트로이아 전쟁에서 전사한 전우들과 유명한 여성들을 만나 대화를 나눈다. 다시 아이아이에섬으로 돌아온 오디세우스는 키르케에게서 세이렌 자매, 스킬라, 카리브디스를 어떻게 피해갈 것인지에 대한 조언을 듣고, 그대로 따라 하여 무사히 위험을 벗어난다.

그러나 마지막 관문이 남아 있었다. 오디세우스 일행은 헬리오스의 소 떼가 있는 트리나키에(시켈리아) 섬에 도착한다. 테이레시아스는 헬리오스의 신성한 소 떼를 건드리지만 않으면 무사히 귀향할 수 있다고 경고했지만, 굶주린 전우들이 이를 어기고 소를 잡아먹고 만다. 그 결과, 함선이 난파되어 오디세우스를 제외한 모든 전우가 죽고, 오디세우스는 표류 끝에 오기기에섬으로 떠밀려가 칼립소에게 7년 동안 붙잡히게 된다. 여기까지가 오디세우스가 파이악스인의 왕 알키노오스의 연회에서 들려준 이야기이다.

파이악스인들은 오디세우스에게 많은 선물을 주고, 배를 마련해 이타케섬까지 데려다준다. 이타케에 도착한 오디세우스는 아테나 여신의 도움으로 거지 노인으로 변장한 후, 자신의 궁전 대신 시골에서 돼지를 치고 있는 돼지치기 에우마이오스의 농장을 찾는다.

한편, 아테나 여신은 오디세우스의 아들 텔레마코스에게 집으로 돌아가 귀향한 아버지를 만나라는 지시를 내린다. 그러나 텔레마코스의 귀향을 눈치챈 구혼자들이 그를 암살하려고 길목에 매복하고 있었기에, 그는 위험을 피해 돼지치기 에우마이오스의 농장으로 향하여 마침내 아버지와 재회한다.

이제 오디세우스는 궁전으로 돌아가 구혼자들의 실상을 직접 파악하기로 한다. 그는 거지 노인의 모습으로 궁전으로 들어가 연회에 참석했으나, 구혼자들에게 모욕을 당하며 굴욕적인 대접을 받는다. 한편, 페넬로페이아는 자신의 남편이 돌아오지 않을 경우, 새 남편을 선택하기 위해 시합을 열겠다고 제안한다. 그 시합의 조건은 오디세우스의 활에 시위를 걸어 12개의 도끼자루를 관통시키는 것이었다.

구혼자들은 단 한 명도 활에 시위조차 걸지 못했으나, 거지로 변장한 오디세우스는 거뜬히 활을 당겼고, 구혼자들의 우두머리인 안티노오스를 쏘아 죽이며 복수를 시작한다. 그는 텔레마코스, 돼지치기 에우마이오스, 소 치는 자와 함께 구혼자들을 모조리 처단한다. 이후 오디세우스는 세 사람을 데리고 아버지 라에르테스의 시골 농장을 찾아가, 복수를 위해 쫓아온 안티노오스의 아버지 에우페이테스를 죽인다. 마지막으로, 아테나 여신과 제우스의 도움으로 이타케인들과 새로운 맹약을 맺으며 이야기의 대단원이 마무리된다.

2. 저작 연대와 문체

『오디세이아』는 '오디세우스의 이야기'라는 뜻으로, 트로이아 전쟁의 서사를 다룬 『일리아스』와 함께 현존하는 서양 문학 중 가장 오래된 작품이다. 『일리아스』는 15,693행, 『오디세이아』는 12,110행으로 구성되며, 두 작품 모두 24권으로 나뉘어 있다.

두 작품의 저작 연대는 암흑기(기원전 12-8세기)와 상고기(기원전 8-5세기) 사이로 추정된다. 학자들은 대체로 기원전 8세기경에 쓰인 것으로 보며, 적어도 기원전 630년 이전에 저술된 것은 확실하다고 본다. 고대 그리스의 역사가 헤로도토스는 『일리아스』에서 도도네(도도나) 신탁이 언급되는 것을 근거로, 이 작품이 기원전 850년에 쓰였다고 추정했다. 『일리아스』가 다루고 있는 트로이아 전쟁은 기원전 12세기 초, 후기 청동기 시대의 미케네 문명을 배경으로 한 사건이므로, 호메로스는 전쟁이 끝난 지 약 400년이 지난 후, 트로이아 전쟁과 오디세우스의 귀향에 대해 기록한 셈이다.

『오디세이아』와 『일리아스』의 문체는 주로 이오니아 방언과 아이올리아 방언으로 되어 있다. 이오니아 방언은 그리스 본토의 에우보이아 섬, 아나톨리아의 이오니아, 키오스섬 등지에서 사용되었다. 아이올리아 방언은 그리스 본토의 테살리아와 보이오티아, 아나톨리아의 아이올리아, 스미르나, 레스보스섬 등에서 쓰였다.

호메로스가 사용한 그리스어의 특징 중 하나는, 고전 아티케 방언에서 '아'(α)로 발음되는 장모음을 '에'(η)로 표기한다는 점이다. 예를 들어, '트로이아'를 '트로이에'로, '크레타'를 '크레테'로, '테바이'를 '테베'로, '스파르타'를 '스파르테'로 표기했다.

『오디세이아』와 『일리아스』는 이후 서사시에서도 널리 사용된 '장단단 3음보 6보격' 운율로 쓰였다. 이는 '장단단'이라는 박자가 여섯 번 반복되는 영웅시 운율로, 서사시의 표준 형식이다.

아리스토텔레스는 이 운율에 대해 다음과 같이 설명했다. "영웅시 운율은 장엄하지만, 일상 대화체로는 어울리지 않는다. 반면 단장격 운율은 일상적인 대화에서 흔히 사용된다. 사람들은 평소 말을 할 때 단장격 운율을 가장 많이 사용한다. 하지만 연설에서는 장엄한 문체로 청중의 감정을 고양할 필요가 있다. 장단격 운율은 경쾌하게 춤추는 듯한 리듬을 가지고 있다"(『시학』 1408b1).

3. 주제와 세계관

(1) 『일리아스』와 『오디세이아』의 서사 구조 비교

『일리아스』의 서사 구조가 트로이아 전쟁을 중심으로 전개된다면, 『오디세이아』의 핵심 서사는 '귀향'(노스토스, νόστος)이다. 오디세우스의 귀향 과정은 아가멤논의 귀향과 뚜렷한 대비를 이룬다. 아가멤논은 트로이아 전쟁을 마치고 신들에게 제사를 올린 후 별다른 어려움 없이 귀향하지만, 궁전에서는 왕비 클리타임네스트라와 그녀의 정부 아이기스토스가 기다리고 있었다. 결국 그는 배신당해 살해당하며, 그의 귀향은 비극으로 끝난다. 이 비극은 앞서 언급한 탄탈로스 가문에 내려진 저주의 연장선에 있으며, 그의 아들 오레스테스의 복수로 마무리된다.

반면, 오디세우스의 귀향은 전혀 다른 양상을 보인다. 스파르테 왕 틴다레오스의 동생 이카리오스의 딸 페넬로페이아는 트로이아 전쟁이 끝난 후 10년이 지나도록 변함없이 오디세우스를 기다린다. 그러나 오디세우스가 없는 동안, 그의 왕국 이타케와 케팔레니아 여러 섬에서 온 구혼자들이 궁전에 진을 치고, 연회를 벌이며 그의 재산을 탕진하고 페넬로페이아를 끊임없이 괴롭힌다. 하지만 페넬로페이아는 결코 굴복하지 않는다.

한편, '강인하고 고귀한 오디세우스' 또한 온갖 고난을 견뎌내며 마침내 귀향하여, 악당들인 구혼자들을 응징하고 페넬로페이아와 재회한다. 그는 결국 이타케를 평화롭게 다스리는 왕으로 복귀하며, 『오디세이아』는 영웅의 승리와 가정의 회복을 통해 완결된다.

(2) 『오디세이아』가 전하는 핵심 메시지: '정의'와 '경건'

『오디세이아』의 핵심 주제를 하나만 꼽자면 '경건', 두 가지로 정리하면 '정의'와 '경건'이다. 정의(δίκη, 디케)는 인간 사회에서 지켜야 할 도리, 경건(εὐσέβεια, 에우세베이아)은 신들을 향한 올바른 태도를 의미한다.

호메로스는 『오디세이아』에서 정의와 경건의 본질, 즉 나그네를 환대하고 신들을 공경하는 것이 중요함을 반복적으로 강조한다. 예를 들어, 오디세우스가 파이악스인들의 땅으로 표류했을 때, 그는 나우시카아 공주 일행이 떠들며 노는 소리를 들으며 이렇게 독백한다. "아, 내 신세가 처량하구나. 나는 또 어떤 사람들의 땅에 온 것인가? 그들은 오만하고 야만적이며 정의롭지 못한 자들일까, 아니면 나그네에게 호의적이고 신을 두려워하는 마음을 지닌 자들일까?"(제6권 119-121행)

(3) '나그네 환대'와 정의의 의미

『오디세이아』에서 '나그네'는 인간 사회에서 가장 힘없는 존재 중 하나이다. 그렇다면 그를 환대하는 것이 어떤 보상도 가져다주지 않음에도 불구하고, 왜 고대 그리스인들은 나그네를 극진히 대접했을까? 그 이유는 '나그네 환대'가 고대 그리스 사회에서 신들이 정한 법(노모스, νόμος)이었기 때문이다.

제우스는 나그네들의 수호신이었으며, 나그네를 박대하는 것은 정의를 짓밟고 불의를 행하는 것과 다름없었다. 오디세우스가 구혼자들을 모두 처단한 후 남긴 말에서도 이 점이 분명하게 드러난다. "신들이 정해준 운명과 자신들이 저지른 잔인한 짓이 스스로를 죽인 것이오. 이들은 악한 사람이든 선량한 사람이든 이 땅에서 살아가는 모든 인간을 존중하지 않고 악행을 저질러 끔찍한 운명을 맞았다오"(제22권 413-416행).

즉, 정의란 신들이 정한 법을 지키는 것이며, 이를 어기는 자는 스스로 불행을 초래하는 것과 다름없다.

(4) 정의의 토대는 '경건'에 있다

그러나 정의를 지탱하는 근본적인 요소는 '경건'이다. 고대 그리스인들은 신들이 법과 질서를 정했다고 믿었으며, 신들을 공경하는 것을 인간 사회의 근본적인 원칙으로 삼았다. 따라서 나그네를 박대하거나, 신들에게 올리는 제사를 소홀히 하는 행위는 곧 신들을 멸시하는 것이며, 이는 신들의 진노를 불러온다고 생각했다. 신들이 정해준 운명과 뜻을 거스르는 행위는 곧 파멸을 자초하는 것이다.

이러한 맥락에서 신들이 보내는 '전조'는 매우 중요한 의미를 가진다. 실제로 오디세우스는 구혼자들을 처단하기 전에 신중하게 전조를 확인한다. 그는 새가 오른쪽으로 날아가는 길조뿐만 아니라, 하녀가 무심코 내뱉은 말까지도 전조로 받아들였다. 결국, 신들의 뜻이 명확해지자 오디세우스는 확신을 가지고 구혼자들을 응징하는 작업을 시작한다.

이 과정에서 특히 두드러지는 점은 오디세우스가 철저한 시험과 검증 후 행동을 실행한다는 사실이다. 아가멤논은 경계를 늦추다가 비극적인 최후를 맞이했지만, 오디세우스는 페넬로페이아뿐만 아니라 아버지 라에르테스, 궁의 하인들, 하녀들까지 세심하게 시험하고 확인한다. 그는 신중한 계책과 신들의 뜻을 받드는 경건함 속에서 정의를 실현하며, 악당들을 물리치고 질서를 세우는 인물로 묘사된다.

따라서 『오디세이아』는 단순한 모험담이나 복수극이 아니다. 고대 그리스인과 호메로스는 신들을 공경하고, 신들과 함께하며, 신들이 세운 법과 정의를 따라 살아가는 것이 인간의 본분이라고 여겼다. 그리고 영웅들은 바로 이러한 삶을 실천한 존재들이었다.

영웅과 일반인을 구별하는 기준은 신들과 함께하는가 아닌가에 있다. 필멸의 인간은 신들이 정한 법과 정의를 스스로 실현할 능력이 없기 때문이다. 오늘날 현대인들은 "신은 죽었다"고 선언하며 인간의 독립성과 자율성을 강조하지만, 과연 필멸의 인간만으로 무엇을 이루어 낼 수 있을까? 고대 그리스에서 영웅시대가 끝나고 철시대가 도래했을 때, 호메로스는 신 없이 살아가는 인간의 한계를 절실히 깨달았다. 그리고 그러한 시대적 인식이 영웅에 대한 깊은 그리움으로 이어진 것은 아닐까?

VII. 텍스트

1. 『오디세이아』의 필사와 주석 전통

『오디세이아』와 『일리아스』는 고대 그리스 전역에서 교과서로 널리 사용되었으며, 오랜 기간 동안 필사본으로 전해졌다. 두 작품에 대한 주석서가 등장한 시점은 기원전 4세기, 아리스토텔레스 시대까지 거슬러 올라간다. 기원전 3-2세기에는 알렉산드리아 도서관과 관련된 학자들이 『오디세이아』와 『일리아스』를 연구하고 정리했다.

특히, 알렉산드리아 도서관의 초대 사서였던 제노도토스(기원전 280년경 활동)는 호메로스의 작품들을 편집하고 주석을 달며 본문을 정리하는 데 기여했다. 사모트라케의 아리스타르코스(기원전 약 220-143년)는 호메로스 연구에서 가장 영향력 있는 학자로 평가되며, 두 작품의 본문을 확정하는 작업을 주도했다.

이후 비잔틴 시대에도 『오디세이아』와 『일리아스』에 대한 연구는 지속되었다. 테살로니케의 대주교 에우스타티오스(기원후 약 1115-1195/6년)는 호메로스의 작품들에 대한 방대한 주석서를 집필했으며, 그의 『오디세이아』 주석서만 해도 20세기 판본 기준으로 2,000쪽에 달할 정도로 방대했다. 후대 학자들은 에우스타티오스의 주석서를 호메로스 연구의 권위 있는 문헌으로 평가했다. 또한, 19세기 이후 이집트에서 발견된 파피루스들 가운데 『오디세이아』의 단편들이 다수 포함되어 있어, 본문의 변천 과정 연구에도 중요한 자료가 되고 있다.

2. 번역 대본과 참고 문헌

본서에서는 David B. Monro와 Thomas W. Allen이 편집한 *Homeri Opera* III/IV (Oxford Classical Texts, Oxford University Press, 1917-1919)를 번역 대본으로 사용하였다.

또한, 다음과 같은 영어 번역서를 참고하였다.

- Robert Fagles, *The Odyssey*, Penguin Classics (London: Penguin Books, 2006)
- H. Rieu et al., *The Odyssey*, Penguin Classics (London: Penguin Books, 2003)
- Walter Shewring, *The Odyssey*, Oxford World Classics (Oxford: Oxford University Press, 1998)
- A. T. Murray, *The Odyssey*, Loeb Classical Library 104, 105 (London: Harvard University Press, 1919)

◆ 인간

오디세우스

지혜롭고 용맹한 이타케의 왕. 트로이아 전쟁에서 큰 공을 세워 승리를 이끌었으나, 전쟁이 끝난 후 10년 동안 귀향하지 못하고 방랑한다. 마침내 고향에 돌아와 아들 텔레마코스와 함께, 궁전을 점거한 구혼자들을 처단하고 왕좌를 되찾는다.

페넬로페이아(페넬로페)

오디세우스의 아내. 남편이 트로이아 원정에 나선 뒤 20년 동안 생사도 모른 채 기다린다. 그동안 구혼자들의 끊임없는 구애와 압박에도 굴하지 않고, 지혜롭게 버티며 정절을 지킨다. 마침내 남편과 재회하여 다시 왕비의 자리를 되찾는다.

텔레마코스

오디세우스와 페넬로페이아의 아들. 아버지가 부재한 20년 동안 어머니를 괴롭히는 구혼자들과 맞서며 성장한다. 아테나 여신의 인도로 아버지의 생사를 찾기 위해 여행을 떠났고, 귀향 후 오디세우스와 힘을 합쳐 구혼자들을 처단한다.

라에르테스

오디세우스의 아버지. 아들이 행방불명된 후, 아내마저 세상을 떠나자 슬픔 속에서 시골 농가에 은둔하며 살아간다.

안티클레이아

오디세우스의 어머니. 귀향하지 않는 아들을 걱정하다 병을 얻어 세상을 떠난다. 오디세우스가 저승을 방문했을 때 혼백으로 나타나 아들과 재회한다.

에우리클레이아

오디세우스와 텔레마코스의 유모. 오디세우스가 거지 노인으로 변장하고 궁전으로 돌아왔을 때, 그의 다리에 난 흉터를 보고 주인을 알아본다.

에우마이오스

오디세우스의 충직한 돼지치기. 허름한 나그네로 변장한 오디세우스를 따뜻하게 맞아들이고, 나중에 구혼자들을 처단하는 데 협력한다.

돌리오스

페넬로페이아가 시집올 때 데려온 충직한 하인. 오디세우스가 전쟁에 나선 후, 라에르테스를 따라 시골로 내려가 함께 농장을 돌본다. 이후 구혼자들의 친족이 복수를 위해 몰려왔을 때 오디세우스를 돕기 위해 싸운다.

멜란테우스(멜란티오스), 멜란토 남매

멜란테우스는 돌리오스의 아들 중 한 명으로, 궁전에서 염소치기로 일하면서 구혼자들의 편에 서서 그들을 시중든다. 그의 누이 멜란토는 구혼자 에우리마코스와 은밀한 관계를 맺고, 페넬로페이아의 행적을 구혼자들에게 고자질한다.

에우릴로코스

오디세우스의 전우이자 매부. 전우들을 부추겨 태양신 헬리오스의 신성한 소를 잡아먹게 하여 신의 진노를 불러오고, 결국 다른 전우들과 함께 목숨을 잃는다.

엘페노르

오디세우스의 부하. 키르케의 궁전에서 만취한 채 지붕에서 잠들었다가 떨어져 죽는다. 나중에 저승에서 오디세우스와 혼백으로 재회해 자신의 장례를 치러달라고 부탁한다.

안티노오스

부유하고 권세 높은 귀족 가문의 자제로, 페넬로페이아에게 구혼하는 무리의 우두머리 역할을 한다. 오디세우스에게 가장 먼저 처단된다.

에우리마코스

구혼자들 중 안티노오스와 함께한 우두머리 중 하나. 언변이 뛰어나 오디세우스에게 화해를 청하지만, 결국 그의 화살에 맞아 죽는다.

암피노모스

구혼자들 중 비교적 사려 깊고 신중한 성격을 지닌 인물. 그러나 스스로 선택한 길에서 벗어나지 못하고 구혼자들과 함께 최후를 맞는다.

멘토르

오디세우스의 오랜 친구이자 충직한 인물. 아테나 여신이 주로 그의 모습으로 변신하여 텔레마코스를 돕고, 오디세우스 부자에게 힘을 실어준다.

네스토르

필로스의 왕이자 트로이아 전쟁에 참전한 영웅. 오디세우스의 행방을 찾으러 온 텔레마코스에게 아버지에 대한 여러 이야기를 들려준다.

페이시스트라토스

네스토르의 막내아들. 텔레마코스가 스파르테로 가는 여정에 동행한다.

테이레시아스

테베 출신의 눈먼 예언자. 저승에서 오디세우스를 만나 그의 미래를 예언하며 귀향길에 대한 조언을 해준다.

메넬라오스

스파르테의 왕이자 헬레네의 남편, 아가멤논의 동생. 전쟁이 끝난 후 8년 만에 헬레네와 함께 귀향한다. 오디세우스의 소식을 찾으러 온 텔레마코스를 환대하며, 바다의 노인에게 들은 이야기를 전해준다.

아가멤논

미케네의 왕이자 트로이아 전쟁에서 그리스군의 총사령관을 맡은 인물. 메넬라오스의 형이기도 하다. 전쟁이 끝난 후 귀향하지만, 아내 클리타임네스트라와 그녀의 정부 아이기스토스에게 살해당한다. 저승에서 오디세우스를 만나 자신의 비극적인 운명을 들려준다.

알키노오스

파이악스인들의 왕으로, 지혜롭고 공정한 통치자. 오디세우스를 극진히 대접한 후, 이타케까지 안전하게 호송해준다. 『오디세이아』의 주요 서사는 오디세우스가 알키노오스 왕에게 들려주는 이야기 형식으로 전개된다.

나우시카아

알키노오스 왕의 딸. 파이악스인의 땅인 스케리아섬에 표류한 오디세우스를 발견하고 왕궁으로 안내하며 그의 귀향을 돕는다.

◆◆ 신, 괴물, 초자연적 존재

제우스

올림포스 신들의 왕이자 인간 세계를 주관하는 신. 포세이돈이 자리를 비운 사이, 아테나의 요청을 받아들여 오디세우스의 귀향을 허락한다.

아테나

지혜와 전쟁의 여신. 오디세우스의 무사 귀향과 왕위 회복을 돕는다. 특히 멘토르로 변신해 텔레마코스를 이끌고, 여러 차례 오디세우스를 보호한다.

포세이돈

바다의 신이자 오디세우스의 숙적. 아들 폴리페모스가 오디세우스에게 실명당하자 분노하여, 오디세우스가 바다에서 끊임없는 고난을 겪도록 만든다.

헤르메스

신들의 전령이자 인간과 신의 세계를 연결하는 존재. 또한, 죽은 자의 영혼을 저승으로 인도한다. 제우스의 명을 받아 칼립소에게 오디세우스를 풀어주라고 전한다.

폴리페모스

포세이돈의 아들로, 키클롭스족 중에서도 가장 강하고 잔인한 외눈박이 거인. 동굴에 찾아온 오디세우스 일행을 잡아먹지만, 오디세우스의 계략에 넘어가 눈을 잃는다.

아이올로스

원래 인간이었으나 바람을 다스리는 신적인 존재가 된 인물. 오디세우스에게 순풍을 주어 귀향을 돕지만, 그의 부하들이 바람을 함부로 풀어 귀향에 실패하자 다시는 도움을 주지 않는다.

로토파고스인들

오디세우스 일행이 표류 끝에 도착한 섬의 부족. 이들이 건넨 로토스 열매를 먹은 오디세우스의 부하들은 고향으로 돌아가려는 의지를 완전히 잃는다.

안티파테스

식인 부족 라이스트리곤인의 왕. 오디세우스 일행이 방문한 섬에서 부하들을 공격하고 잡아먹는다. 그의 부족은 오디세우스의 함대를 공격해 단 한 척의 배만 간신히 탈출한다.

키르케

태양신 헬리오스의 딸이자 강력한 마녀. 마법과 독초를 이용해 인간을 동물로 변화시키는 능력을 지닌다. 오디세우스를 자신의 섬 아이아이에에 가둬두고 1년을 함께 보낸다.

칼립소

아틀라스 신의 딸이자 바다 요정. 오기기에섬에서 오디세우스를 붙잡아두고 남편으로 삼으려 하지만, 제우스의 명령을 받고 결국 그를 떠나보낸다.

세이렌 자매

바다 한가운데 작은 섬에서 아름다운 노래로 뱃사람들을 유혹하는 바다 요정들. 오디세우스는 키르케의 조언을 받아 부하들의 귀를 밀랍으로 막고, 자신은 돛대에 묶인 채 그들의 노래를 듣는다.

스킬라

여섯 개의 머리와 열두 개의 발을 지닌 끔찍한 바다 괴물. 이탈리아반도와 시켈리아섬 사이(메시나 해협)의 바위 동굴에 숨어 있다가 지나가는 선원들을 잡아먹는다.

카리브디스

스킬라와 함께 메시나 해협을 지키는 바다 괴물. 거대한 소용돌이를 일으키며 하루 세 번 엄청난 양의 바닷물을 들이마셨다가 다시 내뱉는다.

옮긴이 **박문재**

서울대학교 법과대학 법학과와 장로회신학대학교 신학대학원 및 동 대학원을 졸업했으며, 독일 보쿰 대학교에서 수학했다. 또한, 고전어 연구기관인 비블리카 아카데미아Biblica Academia에서 고대 그리스어와 라틴어 원전들을 공부했다. 대학 시절에는 역사와 철학을 두루 공부했으며, 전문 번역가로 30년 이상 인문학과 신학 도서를 번역해왔다.

역서로는 『자유론』(존 스튜어트 밀), 『프로테스탄트 윤리와 자본주의 정신』(막스 베버), 『실낙원』(존 밀턴) 등이 있고, 라틴어 원전을 번역한 책으로 『고백록』(아우구스티누스), 『철학의 위안』(보에티우스), 『유토피아』(토머스 모어), 『우신예찬』(에라스무스) 등이 있다. 그리스어 원전에서 옮긴 아우렐리우스의 『명상록』과 『소크라테스의 변명·크리톤·파이돈·향연』, 『아리스토텔레스 수사학』, 『아리스토텔레스 시학』, 『니코마코스 윤리학』, 『이솝 우화 전집』, 『플라톤 국가』 등은 매끄러운 번역으로 독자들의 호평을 받고 있다.

현대지성 클래식 65

오디세이아

1판 1쇄 발행 2025년 4월 18일
1판 2쇄 발행 2025년 12월 31일

지은이 호메로스
그린이 페테르 파울 루벤스 외 그림
옮긴이 박문재
발행인 박명곤 **CEO** 박지성 **CFO** 김영은
기획편집1팀 채대광, 백환희, 이상지, 김진호
기획편집2팀 박일귀, 이은빈, 강민형, 박고은
기획편집3팀 이승미, 김윤아, 이지은
디자인팀 구경표, 유채민, 윤신혜, 권지혜
마케팅팀 임우열, 김은지, 전상미, 이호, 최고은

펴낸곳 (주)현대지성
출판등록 제406-2014-000124호
전화 070-7791-2136 **팩스** 0303-3444-2136
주소 서울시 강서구 마곡중앙6로 40, 장흥빌딩 10층
홈페이지 www.hdjisung.com **이메일** support@hdjisung.com
제작처 영신사

ⓒ 현대지성 2025

"Curious and Creative people make Inspiring Contents"
현대지성은 여러분의 의견 하나하나를 소중히 받고 있습니다.
원고 투고, 오탈자 제보, 제휴 제안은 support@hdjisung.com으로 보내 주세요.

이 책을 만든 사람들
편집 김준원, 채대광 **교정교열** 김애정 **디자인** 임지선